rororo

rororo

*«Eine herzerwärmende Geschichte über wahre Liebe, Freundschaft und das echte Leben.»*
(Heat)

*«Ein Buch, das Sie lachen und weinen lässt!»*
(News of the World)

Carole Matthews, geboren in Merseyside, arbeitete als Sekretärin, Fernsehmoderatorin und Journalistin, bevor sie mit ihren Romanen den großen Durchbruch erlebte. Als Rowohlt Taschenbuch erschienen bisher «Ein Cappuccino mit Folgen» (rororo 23415), «In guten wie in schlechten Tagen» (rororo 23300), «Urlaub vom Leben» (rororo 23855), «Natürlich Liebe» (rororo 23948), «Das Beste kommt zum Schluss» (rororo 24088), «Liebe au chocolat» (rororo 24586) und «Die Schokoladendiät» (rororo 24781).

Carole Matthews

# Bauernhaus sucht Frau

**Roman** ❁ Aus dem Englischen von
Barbara Ostrop und Elvira Willems

Rowohlt Taschenbuch Verlag

Die Originalausgabe erschien 2009 unter dem Titel
«The Difference a Day Makes» bei
Headline Review/Headline Publishing Group, London.

Deutsche Erstausgabe
Veröffentlicht im Rowohlt Taschenbuch Verlag,
Reinbek bei Hamburg, März 2011

Redaktion Anne Kraushaar
Umschlaggestaltung any.way, Hannah Krause
(Foto: Getty Images)
Satz Kepler PostScript, InDesign,
bei Pinkuin Satz und Datentechnik, Berlin
Druck und Bindung CPI – Clausen & Bosse, Leck
Printed in Germany
ISBN 978 3 499 25544 1

# 1

Ich sehe aus dem Augenwinkel, wie sich Williams Gesicht vor Schmerz verzerrt, und blicke erschrocken von meinem Thriller auf. «Will? Was hast du denn?»

«So ein komisches Stechen», sagt mein Mann knapp und reibt sich die Brust.

«Das wird die Verdauung sein», lautet meine Diagnose. «Dein Toast war heute Morgen verbrannt. Und dann hast du ihn auch noch in drei Bissen heruntergeschlungen. Da bleibt das eben nicht aus.»

Ich nehme einen Schluck von meinem Latte macchiato to go, den ich mir beim Eingang zum Bahnhof gekauft habe. Zum Frühstücken hatte ich heute Morgen keine Zeit. Jetzt ist die U-Bahn gerammelt voll, feuchte Körper stehen dicht an dicht, und alle dampfen leicht, da es draußen auf der Straße heftig regnet. Es ist scheußliches Wetter, obwohl der Sommer kurz bevorsteht, und ich bin ausnahmsweise einmal froh, mich mit meinem Mann in die U-Bahn habe retten zu können. Ich schmiege mich noch enger an ihn, und wir schwanken mit der Bewegung der rasch dahinrumpelnden Bahn. Mittlerweile ist es fast unmöglich geworden, mein Buch so hoch und so unbewegt zu halten, dass ich lesen kann, und so gebe ich es auf und bugsiere meinen Kaffee in die andere Hand, um noch einen Schluck zu trinken.

William reibt sich Schulter und Arm und murmelt dabei etwas vor sich hin. Auf seine Stirn treten Schweißperlen, sein Gesicht ist bleich.

«Ist denn auch wirklich alles in Ordnung mit dir?»

«Heiß», keucht er. «Mir ist sehr heiß.» Er fummelt an seiner Krawatte herum, lockert sie und stößt zittrig den Atem aus.

«Es ist nur noch eine Station», sage ich. Es würde ihm bestimmt guttun, sich ein Weilchen zu setzen, aber es ist nicht wahrscheinlich, dass jemand seinen Platz für ihn aufgibt. «Du wirst dich besser fühlen, wenn du an der frischen Luft bist.»

Ich streiche ihm das dichte, dunkle Haar aus der Stirn und blase kühle Luft darüber. Er muss dieses Wochenende unbedingt mal zum Friseur gehen – das ist längst schon überfällig. Aber wir sind beide ständig so auf Achse, dass wir nicht einmal mehr Zeit für die simpelsten Erledigungen finden. «Hast du viel zu tun heute Vormittag?»

William nickt. Dumme Frage. Wir haben immer viel zu tun. Gestern Abend waren wir auf einer Cocktailparty und sind erst nach Mitternacht ins Bett gekommen, zu müde für irgendetwas Anstrengenderes als ein flüchtiges Küsschen auf die Wange. Ich glaube nicht, dass Will die letzten Abende auch nur einmal vor dreiundzwanzig Uhr zu Hause war, und wir nähern uns langsam einem Alter, in dem so etwas nicht spurlos an einem vorübergeht. Es wäre schön gewesen, wenn wir heute Morgen hätten ausschlafen können, aber es sollte nicht sein.

Mein Mann und ich arbeiten beide in der British Television Company. Ich bin Amy Ashurst, die Produktionsleiterin einer Sportquiz-Sendung mit dem einfallsreichen Namen *Sportquiz*, die schon seit vielen Jahren läuft und sehr beliebt ist. Mein Ruf ist so großartig wie unverdient. Denn eigentlich bin ich ganz harmlos. Ich habe einfach nur hohe Ansprüche und liebe meine Arbeit und den ganzen Wirbel darum. So sehr, dass ich den Job sogar umsonst machen würde.

William ist der Leiter der Comedy-Entwicklungsabteilung und arbeitet mit jungen, vielversprechenden Komikern zusammen. Er ist die Seele des ganzen Ladens und hat einige der bekanntesten Namen in der heutigen TV-Unterhaltungsbranche groß gemacht. Er gibt nicht gerne an, aber Sie würden wahrscheinlich jeden einzelnen von ihnen kennen.

Zusammen in derselben Firma zu arbeiten hat Vorteile und Nachteile – wobei wir uns allerdings tagsüber kaum sehen und höchstens ab und zu mal gemeinsam in die Kantine gehen. Das Problem zeigt sich eher am Abend, wenn keiner von uns beiden abschalten kann und wir nur über die Arbeit reden. Aber, wie gesagt, wir beide lieben unseren Job, und so ist das eigentlich auch nicht weiter schlimm.

«Versuch dir doch erst mal einen Tee zu holen und fünf Minuten Pause zu machen, bevor du mit dem Tag beginnst.» Ich drücke seinen Arm. William ist nie krank. Er ist ein absoluter Fitness-Freak und joggt jeden Tag, egal wie das Wetter ist. Ganz im Gegensatz zu mir, die man zwingen muss, einmal im Jahr eine Sporthalle zu betreten. Mein Mann strotzt vor Gesundheit und wird das auch jedem erklären, der bereit ist, ihm zuzuhören.

«Ja.» Sein Gesicht sieht merkwürdig wachsartig aus.

«Möchtest du einen Schluck von dem hier?» Ich biete ihm meinen Latte an, doch er schüttelt den Kopf.

Es wird Zeit, dass wir mal wieder Urlaub machen, denke ich. Wir waren beide ständig so beschäftigt, dass wir schon seit einer Ewigkeit keine richtige Erholungspause mehr eingelegt haben. Will hätte das vielleicht nötiger gehabt, als er sich das eingestehen möchte. Ich sollte im Büro gleich mal im Terminkalender nachsehen, ob sich da nicht doch ein paar Tage freischaufeln lassen.

«Du siehst wirklich ein bisschen angegriffen aus», sage ich mit sorgenvollem Blick, und bei diesen Worten kippt er plötzlich vornüber. Entsetzt versuche ich ihn aufzufangen und lasse dabei mein Buch und meinen Kaffee auf den Boden fallen. Die Leute um uns herum treten erschrocken zurück und bilden einen kleinen Kreis um ihn. «William?» Mein Mann landet auf den Knien, greift sich an die Brust und keucht.

«Helfen Sie mir!», schreie ich in Panik und blicke mich in der Menschenmenge um. «Helfen Sie mir! Ist hier ein Arzt?»

Alle schauen mich ausdruckslos an. Angst ergreift mich. Was soll ich tun? Was *kann* ich tun? «William. William!» Mein Mann ringt um Atem.

«Ich bin Krankenpfleger», sagt eine Stimme, und ein junger Mann schiebt sich durch die Menge und kniet sich neben William hin, ohne auf die Kaffeepfütze zu seinen Füßen zu achten.

Die U-Bahn fährt in der Station White City ein. «Das ist unser Halt», sage ich eilig.

«Lassen Sie ihn uns hier rausschaffen.»

Mit seinen Armen über unseren Schultern schleppen wir William zur Tür und legen ihn auf den Bahnsteig. Er keucht noch immer, und sein Gesicht nimmt die Farbe von Fensterkitt an.

«Es ist das Herz», sagt der Pfleger und öffnet Williams Mantel und Jackett.

Sein Herz? Ich würde am liebsten loslachen. Unmöglich. Will ist noch keine zweiundvierzig. Weiß dieser Typ nicht, wie fit mein Mann ist? Er nimmt wahrscheinlich nächstes Jahr wieder am London Marathon teil. William wäre der letzte Mensch in der Welt, der einen Herzanfall erleiden könnte, das kann sich der junge Mann aber so was von abschminken.

«Wir brauchen einen Krankenwagen», fährt der Pfleger mich an. *«Sofort.»*

Während ich hastig nach meinem Handy greife, wird mir klar, dass es hier unten nicht funktioniert. Vergebens schaue ich mich nach einem U-Bahn-Mitarbeiter um, und dann renne ich los, schiebe mich auf der Suche nach Hilfe zwischen den Pendlern hindurch, während hinter mir Will reglos auf dem Bahnsteig liegt.

## 2

Stunden später gehe ich, noch immer vollkommen schockiert, im Krankenhauszimmer auf und ab. Dann höre ich im Bett hinter mir ein Geräusch, drehe mich um und sehe, dass mein Mann sich bewegt hat. Jetzt ist es mein Herz, das sich bei seinem Anblick schmerzhaft zusammenzieht. Mit seinem bleichen Gesicht und den Augen wie schwarze Kohlenstücke sieht er aus wie ein Schneemann. Dieser Mann, der normalerweise so stark und robust ist, wirkt jetzt schwach wie ein kleines Kätzchen. Ich kann seinen Anblick kaum ertragen. Es ist einfach nicht richtig.

Ich gehe zum Bett, streiche über seine Finger und achte dabei auf die Schläuche, die in seinem Handrücken stecken. Sein Krankenhauskittel steht offen, und an seiner entblößten Brust ist ein Herzmonitor angebracht, der – Gott sei

Dank – mittlerweile wieder stetig piept. «Du hast mir einen ganz schönen Schreck eingejagt, du dummer Kerl.»

«Ich mir selbst auch», räumt William ein. Seine Lippen sehen so trocken aus, dass ich mir reflexhaft meine eigenen befeuchte. «Ich dachte schon, der Sensenmann klopft an die Tür.»

«Ich weiß.» Eine Weile hatte ich das auch geglaubt.

William lässt für einen Moment die Augen wieder zufallen. «Wir Ashursts sind bekannt für unsere schwachen Herzen, Amy.» Er versucht zu lachen. «Aber ich hätte nie gedacht, dass mich das auch betreffen würde. Ich bin davon ausgegangen, dass meines ein Ausbund an Gesundheit ist.»

«Vielleicht ist es gar nicht dein Herz. Die Ärzte wollen dich jetzt erst mal allen möglichen Tests unterziehen, um zu sehen, was den Zusammenbruch verursacht hat.» Mein Mann wurde direkt ins Krankenhaus eingeliefert und hat dort gleich eine erste Diagnose erhalten. Kein Herzanfall, sondern einfach nur Bewusstlosigkeit infolge von Schmerzen. Aber was diese Schmerzen ausgelöst hat, wissen wir immer noch nicht.

«Du musst noch ein paar Tage im Krankenhaus bleiben. Aber immerhin bist du jetzt außer Gefahr.» Ich streichele sein Haar.

«Der Chefarzt hat mich gefragt, ob ich Stress hatte.»

Darüber können wir nur müde lachen. Wir sind in der Fernsehbranche. Wir jonglieren mit zwei Karrieren, zwei Kindern und einem riesigen Haus. Natürlich ist Will gestresst. Das sind wir beide.

«Hast du zu Hause angerufen?», möchte er wissen.

«Ich habe Maya gesprochen.» Maya ist unser bulgarisches Kindermädchen. Sie ist inzwischen seit vier Jahren bei uns, und ganz ehrlich, ich habe keine Ahnung, was ich ohne sie tun würde. Mein Leben würde innerhalb von zehn Minuten auseinanderbrechen. Sie geht nicht nur phantastisch mit den Kindern um, sondern kocht auch, putzt, kauft ein, schimpft in unserem Namen Handwerker aus und sorgt ganz allgemein dafür, dass unser Leben so zuverlässig dahinschnurrt wie eine gut geölte Maschine. Im Gegenzug dafür bezahlen wir sie fürstlich, stellen ihr einen schicken Audi und flehen sie ständig an, nur ja keinen netten Mann zu finden, mit dem sie eine eigene Familie gründen könnte. «Ich habe sie gebeten, den Kindern noch nichts zu sagen. Ich erzähle es ihnen selbst, wenn ich heimkomme.»

«Du gehst doch aber heute nicht zur Arbeit, oder?»

Ich hebe die Augenbrauen. «Gav hat mir schon hinterhertelefoniert.» Gavin Morrison – das ist mein Chef. Er gehört mit Haut und Haar der BTC und würde nie zulassen, dass ihm so eine Kleinigkeit wie der Verdacht auf einen Herzanfall die Quote ruiniert. Kranke Angestellte kommen in seinem Weltbild einfach nicht vor. «Ich habe ihn angerufen, um ihm zu sagen, was passiert ist, und dass ich wahrscheinlich erst morgen wieder da bin. Aber weil wir heute drei Shows hintereinander aufzeichnen, hat er mich gebeten, trotzdem zu kommen. Einfach um sicherzugehen, dass alles nach Plan läuft.»

«Kann das nicht jemand anderes machen?»

Ich zucke die Schultern. «Du weißt doch, wie das ist. Wir sind total unterbesetzt.»

Will reagiert mit einem zustimmenden Schnauben. «Das weiß ich nur zu gut.»

Der Gast von *Sportquiz* ist ein Ex-Fußballspieler, der jetzt ein Hotel für Angler in Schottland betreibt, und wir müssen es nach Kräften ausnutzen, wenn er sich einmal von seinem

Anwesen losreißt, um zur Aufzeichnung nach London zu kommen. Er ist ein absoluter Profi, und es macht Spaß, mit ihm zu arbeiten, aber es ist auch ein wahnsinniger Aufwand für alle – mich selbst eingeschlossen.

«Du siehst aber auch fix und fertig aus», sagt mein Mann. «Für dich war das doch heute genauso ein Schock. Ruh dich lieber mal aus und sag ihnen, sie sollen sich ihr Quiz sonst wohin stecken.»

Das Quiz sonst wohin stecken? Das klingt überhaupt nicht nach Will.

«Oder du kuschelst dich gleich zu mir ins Bett», schlägt er vor.

Lächelnd necke ich ihn: «So krank kannst du gar nicht mehr sein.»

«Ein bisschen spiele ich auch den Tapferen», räumt er mit einem Seufzer ein.

Die Vorstellung, zu Hause für ein paar Stunden die Füße hochzulegen, ist verführerisch. Ich fühle mich vollkommen erschüttert, zittrig und innerlich verunsichert. Aber zugleich möchte ich Will hier nicht einfach allein zurücklassen.

Mein Handy läutet wieder, und ich greife danach, bevor die Krankenschwester es hört, denn eigentlich darf ich es hier drinnen gar nicht anlassen. Es ist schon wieder mein Chef. «Nur eine Stunde», bittet er mich. «Es reicht schon, wenn du nur für eine Stunde reinschaust.»

Wenn es einen Tag gibt, an dem ich es mir wirklich nicht leisten kann, bei der Arbeit zu fehlen, dann heute. Ich kaue auf den Lippen. Ich weiß, wie hektisch es ohne mich für meine Leute wird. «Ich tue mein Bestes, aber ich kann es nicht versprechen», sage ich und lege auf. Damit wird sich Gavin nun einfach abfinden müssen.

William sieht, wie ich auf die Uhr schaue. «Geh schon», sagt er mit schwacher Stimme. «Für seine Firma muss man Opfer bringen. Du weißt genau, dass Gavin dir keine Ruhe lässt, bis du kommst.»

Ich bin zwischen der Sorge um meinen Mann und der um meine Mitarbeiter hin und her gerissen. Gleich heute Morgen habe ich meine Assistentin Jocelyn angerufen und ihr Bescheid gegeben, dass sie womöglich die Stellung halten muss. Sie ist großartig. Aber sie ist nicht ich. Und mein Chef hätte nicht angerufen, wenn er sich nicht ebenfalls Sorgen machte. Wieder schaue ich auf die Uhr. Wenn ich mich beeile, könnte ich gerade noch rechtzeitig zur ersten Aufnahme kommen. «Ich möchte dich nicht allein lassen.»

«Hier kannst du ohnehin nicht viel tun.» Mein Mann mustert das Gewirr von Schläuchen und Drähten an seiner Brust. Er hat Verständnis für den Druck, unter dem ich stehe, weil es bei ihm ja ganz genauso läuft. «Ich werde einfach noch ein bisschen schlafen. Ich bin sehr müde.» In seiner Stimme höre ich Unsicherheit.

Ich lege den Kopf an seine Schulter. «Ich hasse es, dich so zu sehen. Die machen jetzt noch ein paar Tage an dir rum, und dann bist du wieder gesund wie ein Fisch im Wasser. Ganz bestimmt.»

Er sieht mich düster an. «Was, wenn nicht, Amy?»

Ich lache ihn leise aus. «Ach komm, du bist der gesündeste Mensch, den ich kenne. Du hattest nur einen kleinen Schwächeanfall. Mehr nicht.» Ich fahre ihm mit dem Daumen über die Wange, und er greift nach meiner Hand und drückt sie. «Du bist bald wieder gesund. Nächste Woche bist du schon wieder bei der Arbeit und schüchterst all die jungen Hupfer ein, deren Karrieren du in den Händen hältst», scherze ich.

Wills Blick wandert zur Decke, und ich sehe, dass ihm Tränen in die Augen treten. Das passt nun überhaupt nicht zu ihm.

«Mach die Augen zu, Liebling», fordere ich ihn zärtlich auf. «Schlaf ein bisschen. Je mehr Ruhe du findest, desto besser.» Ich fühle mich schrecklich deswegen, aber ich sollte im Studio vorbeischauen. Nur ein paar Stunden, dann komme ich zurück. «Ich habe bei dir im Büro angerufen, es ist alles unter Kontrolle.»

«Ich hatte für heute Abend ein Essen mit Marty Moran organisiert.» Der neue Aufsteiger der Comedy-Szene. «Kannst du dafür sorgen, dass der Termin auf nächste Woche verlegt wird?»

Ich nicke. «Kann ich sonst noch was für dich tun?»

Will greift nach meiner Hand und küsst sie. «Hör einfach nur nicht auf, mich zu lieben», sagt er.

«Nie», versichere ich ihm. Er schließt die Augen, und ich warte ab, bis sein Atem ruhig wird und er eingeschlafen ist. Dann werfe ich einen letzten Blick auf den piependen Monitor und stehle mich mit einem teuflisch schlechten Gewissen davon.

# 3

«Du solltest gar nicht hier sein», schilt meine Assistentin mich, greift nach ihrem Clipboard und räumt meinen Platz am Produktionstisch. Anscheinend hat heute außer meinem Chef keiner mit mir gerechnet. «Warum bist du nicht im Krankenhaus geblieben?»

«Ich weiß. Ich weiß. Gavin hat angerufen und mich gebeten zu kommen.»

Jocelyn hebt die Augenbrauen. Ihr Blick sagt, dass er

mich hätte in Ruhe lassen sollen, womit sie wahrscheinlich recht hat. Andererseits stehen wir hier nun mal alle unter Druck.

«Geh wieder zu deinem Mann», sagt sie.

«Jetzt bin ich hier. Außerdem kann ich dort sowieso nichts tun», beharre ich. «Will hat tief und fest geschlafen, als ich weggegangen bin. Er braucht einfach nur etwas Ruhe, dann geht es ihm bestimmt bald wieder gut. Die meinen, es könnte einfach nur am Stress liegen oder so.» Ich versuche, mich damit zu trösten, dass mein Mann ein Team von Experten vor Ort hat, die sofort reagieren, sollte eines der tausend Geräte, an die er angeschlossen ist, auch nur einen einzigen falschen Piepser von sich geben.

«Das ist ein Hilferuf seines Körpers», fährt Jocelyn fort und kommt damit zu ihrem Lieblingsthema. «Schau doch mal, wie viele Überstunden ihr ständig macht. Das ist doch absurd. Vielleicht solltet ihr mal ein wenig kürzer treten.»

Falls Jocelyn versucht, mir das Gefühl zu geben, alt und unzulänglich zu sein, kann sie das vergessen. Sowohl Will als auch mir geht es am besten, wenn wir unter Druck stehen. Zumindest habe ich das bisher immer geglaubt.

Ich blicke zum Studio. Das Publikum nimmt gerade seine Plätze ein, bereit, sich in der Aufwärmphase von einem Komiker in Schwung bringen zu lassen. «Soll ich die ganzen Leute vielleicht wieder nach Hause schicken?» Ich zeige aufbrausend auf die Menschenmenge. «Soll ich einfach sagen, tut mir leid, heute geht's leider nicht – ich hab was Wichtigeres vor?»

Jocelyn schaut mich finster an. Die beiden Quiz-Mannschaften aus Promi-Sportlern werden gerade im grünen Saal betütert, dem vornehmsten Raum in der BTC. Ich werde ihnen gleich einmal guten Tag sagen müssen und schauen, ob auch wirklich jeder ihrer Diva-Allüren Rechnung getragen wird.

«*Ich* könnte den Laden heute ganz genauso schmeißen», sagt Jocelyn.

Ich bin mir sicher, dass sie das könnte. Meine Assistentin ist eine sehr ehrgeizige Frau und würde nur allzu gerne beweisen, dass sie meinem Job gewachsen ist. Aber Gavin hat nun mal klipp und klar gesagt, dass ich diejenige bin, die er heute am Steuer sehen möchte.

«Meine Güte, Amy, dafür hätte doch jeder Verständnis. Ich weiß, dass wir uns alle gerne für unersetzlich halten, aber wir kommen auch mal ein paar Tage ohne dich zurecht. Dein Mann ist krank.»

«Es geht ihm gut. Der Arzt sagte, es war einfach nur ein Schwächeanfall. Ein kleinerer Schwächeanfall.» Der Arzt hat das nicht *wirklich* gesagt, aber ich bin mir sicher, das ist es, was er eigentlich meinte.

Jocelyn stößt ein Schnauben aus. Wir sind nie krank. Ich kann mich gar nicht an das letzte Mal erinnern, an dem Will oder ich aus gesundheitlichen Gründen einen Tag freigemacht haben. Sogar wenn die Kinder krank sind, gehen wir zur Arbeit und lassen sich Maya um sie kümmern. So muss es eben laufen. Sowohl Will als auch ich stehen jeweils an der Spitze unseres Teams – und wir sind nicht an diese Position gekommen, weil wir uns bei jeder Erkältung freigenommen haben. William versteht, warum ich hier sein muss, und ihm wäre der Gedanke unerträglich, dass ich seinetwegen andere Menschen versetze. Natürlich würde ich lieber an seinem Bett sitzen und ihm beim Schlafen zuschauen, aber wir sind nun mal Profis und haben die Arbeit im Blut. Uns bleibt keine Wahl.

«Fangen wir an, oder?» Ich streiche mein Haar zurück. «Je schneller wir mit der Aufzeichnung fertig sind, desto eher kann ich zurück ins Krankenhaus.» Ich muss jetzt all meine Probleme hintanstellen und meinen Job machen. Mein Magen zieht sich vor Nervosität zusammen, als die Uhr abläuft, aber das ist Teil der Aufregung, die ich liebe. Genau das will ich immer wieder haben. Sicher, ich bin Ehefrau und Mutter, aber ich bin eben auch Amy Ashurst, die adrenalinsüchtige Fernsehproduzentin.

# 4

Gegen zweiundzwanzig Uhr ist die Aufzeichnung der letzten Show endlich fertig, und ich kann gehen. Abgesehen von den üblichen kleineren Retakes wegen verpatzter Zeilen ist alles glattgelaufen. Ob das alles auch so gut geklappt hätte, wenn ich nicht gekommen wäre?

Es gibt Abende, an denen die Gäste gar nicht auftauchen oder zwei Stunden zu spät oder, schlimmer noch, komplett betrunken sind – aber zum Glück war das heute nicht der Fall. Trotzdem war ich nicht richtig bei der Sache und habe stattdessen bei jeder Gelegenheit im Krankenhaus angerufen, um mich zu vergewissern, dass es Will gutgeht. Der Krankenschwester zufolge hat er den größten Teil des Tages verschlafen, und das hat ihm bestimmt mächtig gutgetan. Ehe wir uns versehen, wird er wieder der Alte sein.

«Wir gehen alle noch in die Bar Oscar», sagt Jocelyn. «Du kommst wahrscheinlich nicht mit, oder?»

Ich schüttele den Kopf. «Heute Abend nicht.» Normalerweise würde ich mir die Gelegenheit nicht entgehen lassen, mit meinen Kollegen nach der Arbeit noch einen trinken zu gehen. Sie sind ein netter Haufen, und es macht Spaß, mit ihnen zusammen zu sein. Nicht allein deswegen gehen wir mindestens einmal die Woche gemeinsam in ein angesagtes Lokal, und ich glaube, dass das einer der Gründe ist, warum wir ein so gutes Team sind. «Ich fahre direkt zurück und sehe nach, wie es Will geht.»

«Wünsch ihm gute Besserung von mir», sagt meine Assistentin.

Ich verabschiede mich vom Moderator und den Sportlergästen, dann rufe ich einen Fahrer und lasse mich im Wagen zum Krankenhaus bringen.

Unterwegs telefoniere ich mit Maya.

«Ich habe die Kinder zur üblichen Zeit ins Bett gebracht, Amy», sagt sie. «Ich dachte, du nicht würden wollen, dass sie auf dich warten.»

«Nein, nein, das hast du richtig gemacht», beruhige ich sie und unterdrücke einen Sehnsuchtsanfall nach meinen Kleinen. Sie sind für mich immer noch meine Kleinen, obwohl Tom jetzt schon acht und Jessica sechs ist. Tom sieht genauso aus wie sein Daddy, robust und kräftig, mit einem dunklen Haarschopf und mitternachtsblauen Augen. Er hat auch den Ehrgeiz seines Vaters geerbt und muss sich in allem, was er anpackt, selbst übertreffen. Jessica kommt mehr nach mir – sie ist schmächtig, hat ein elfenhaftes Gesicht und meine blassblauen Augen. Allerdings wirkt sie zu entspannt, um wirklich ein Kind von mir zu sein, und packt die Dinge nur mit einem Mindestmaß an Energie an. «Geht es beiden gut?»

«Ja, alles bestens.» Jetzt ist es an Maya, mich zu beruhigen.

«Schön. Dann sehe ich sie ja morgen früh.» Ich habe ein schlechtes Gewissen, weil ich wieder einmal ihre Bettgehzeit versäumt habe. Sie sind immer so glücklich, wenn einer von uns rechtzeitig nach Hause kommt, um ihnen ihre Gutenachtgeschichte vorzulesen, und Will und ich versuchen, das so oft es geht einzurichten. Mit dem Resultat, dass wir jeden Sonntagabend vor unseren Terminkalendern sitzen und wahrscheinlich so aussehen, als bereiteten wir eine wichtige militärische Operation vor. Ich wünschte, ich könnte mehr Zeit mit den Kindern verbringen. Aber ein knappes Zeitbudget ist die Geißel jeder arbeitenden Mutter.

«Ich habe gerichtet dein Abendessen, du brauchst es nur noch in die Mikrowelle zu tun», informiert mich Maya.

«Danke», antworte ich. «Du bist so gut zu uns. Ich weiß gar nicht, wie ich ohne dich zurechtkäme.»

«Wie geht es William?»

«Ich fahre gerade hin», erkläre ich. «Warte aber nicht auf mich.» Ich weiß, wie sie ist. Sie wird sich zwingen, wach zu bleiben, bis ich zu Hause bin, nur um sicherzugehen, dass mit mir alles in Ordnung ist. «Wir reden morgen früh darüber.»

«Gute Nacht, Amy», sagt sie, und ich lege auf, unglaublich dankbar, dass ich jemanden habe, der mir den Rücken freihält.

Die Station liegt fast im Dunkeln, als ich eintreffe, und eine Krankenschwester kommt mir vom Empfangstisch aus entgegen. Als ich ihr meinen Namen nenne, sagt sie: «Ich glaube, Mr. Ashurst schläft. Lassen Sie mich kurz nachsehen.»

«Ich wecke ihn nicht auf», verspreche ich. «Ich will ihm nur gute Nacht sagen.» Tatsächlich würde es mir schon reichen, ihn zu sehen. Er hat mir heute schrecklich gefehlt, und jetzt, da die Show abgedreht und der Adrenalinspiegel gesunken ist, kehren meine Ängste um seine Gesundheit umso heftiger zurück.

Sie zögert kurz und nimmt mich dann mit in das Zimmer meines Mannes.

Will schläft. In dem Raum ist es unerträglich heiß, und seine Bettdecken sind zurückgeworfen. Noch immer wirkt er bleich und verletzlich.

Die Krankenschwester überprüft kurz die Geräte, die Will überwachen, dann schleicht sie sich hinaus und lässt mich mit meinem Mann allein.

Ich stehe da, betrachte ihn und würde am liebsten die Sorgenfalten auf seiner Stirn glätten. Ich liebe diesen Mann so sehr. Wir haben uns vor zwölf Jahren kennengelernt, als ich gerade einmal sechsundzwanzig war, und ich kann ohne weiteres sagen, dass die letzten zwölf Jahre die glücklichste Zeit meines Lebens waren. Ich war schon seit meinem Uni-Abschluss bei der BTC und arbeitete mich gerade fleißig die Karriereleiter nach oben, als Will – mit dreißig bereits ein erfolgreicher Produzent – zur Firma stieß. Wir lernten uns bei einer Weihnachtsfeier für eines der Formate kennen – witzigerweise eine Dating-Show. Ich hatte mich mächtig aufgebrezelt, mit einem neuen Kleid und imposanten Highheels. Die Absätze waren so hoch, dass ich beim Eintreten in den Partyraum umknickte und mir den Knöchel vertrat. Und wer war zur Stelle, um mich aufzufangen? Will. Er besorgte mir einen Drink und tat etwas Eis in sein Taschentuch, was wenn schon nicht meinem Ego, so doch immerhin meinem verletzten Knöchel half. Wir fanden eine ruhige Ecke, wo ich meine Schande verbergen und den Fuß hochlegen konnte. Und als wir dort, fern des Getümmels, auf einmal uns selbst überlassen waren, war es bereits um uns geschehen. Wir gingen ein paar Wochen lang miteinander aus und beschlossen daraufhin, dass wir füreinander geschaffen waren. Ohne weitere Umstände zog ich mit meinem ganzen Kram und zwei Dutzend Handtaschen in seine geräumige Wohnung in Notting Hill. Dort leben wir heute immer noch, wenn auch mittlerweile in einer dreigeschossigen georgianischen Villa mit riesigem Garten und viel Platz für Graffiti an der Außenmauer.

Während ich diesen Erinnerungen nachhänge, hat Will die Augen aufgeschlagen.

«He», sage ich. «Ich kriege Ärger mit der Schwester. Ich hab ihr versprochen, dich nicht aufzuwecken.»

«Ich bin froh, dass du da bist», meint mein Mann mit einem unterdrückten Gähnen.

Ich ziehe einen Stuhl neben sein Bett, stütze meinen Ellbogen auf der Matratze ab und sehe ihn an. «Ich habe gerade darüber nachgedacht, wie sehr ich dich liebe.»

«Ich liebe dich auch», erwidert er flüsternd.

«Wie fühlst du dich?»

«Okay», antwortet er zögernd. «Das hat mir heute alles einen ganz schönen Schreck eingejagt, weißt du.»

«Bald bist du wieder gesund.»

«Mein Vater ist im Alter von zweiundvierzig Jahren an einem Herzinfarkt gestorben», ruft er mir in Erinnerung. «Ich hatte eigentlich vor, länger durchzuhalten als er.»

«Das wirst du auch», versichere ich ihm.

«Man wird aber trotzdem nachdenklich.» Er stößt einen zittrigen Seufzer aus.

«Nächste Woche gehst du wieder zur Arbeit und hast die ganze Sache vergessen.»

«Das glaube ich nicht.»

«Doch, bestimmt. Ich gebe dir maximal zwei Wochen.»

«Nein», entgegnet er schlicht. Will blickt mir tief und

besorgt in die Augen. «Weißt du, Amy, ich habe heute viel nachgedacht. Ich werde nicht wieder zur Arbeit zurückkehren.»

«Nächste Woche also noch nicht?»

«Nicht nächste Woche und nicht die Woche danach», antwortet er. «Sondern überhaupt nicht mehr.»

## 5

«Er ist verrückt geworden», erzähle ich Maya, als sie den Tisch fürs Frühstück deckt. Ich gehe so aufgeregt hin und her, dass ich fast den Küchenfußboden abwetze. Nicht mehr lange, und ich habe eine knietiefe Rinne hineingelaufen. «Vollkommen verrückt. Er sagt, er kehrt nicht mehr zur Arbeit zurück. Dabei ist die Arbeit sein Leben. Vielleicht hat er sich beim Sturz den Kopf angeschlagen. Er redet vollkommen wirr.»

«Vielleicht ist er einfach ein bisschen besorgt.»

«Das kann ich ja auch verstehen. Aber jetzt mache ich mir ebenfalls Sorgen.» Sogar noch größere Sorgen als vorher. Als wir dachten, er hätte einen Herzanfall, war ich außer mir und voller Angst um unsere Zukunft. Jetzt aber habe ich einen Mann, der davon redet, alle weltlichen Güter aufzugeben und ein Hippie oder so was zu werden, und fürchte plötzlich auf ganz andere Weise um unsere Zukunft.

Vielleicht sollte ich mich nicht gerade einer Frau anvertrauen, die rein formal gesehen unsere Angestellte ist, aber Maya ist in den letzten Jahren eine unserer besten Freundinnen geworden. Sie gehört für uns zur Familie. In der Tat ist die einzige lebende Verwandte, die wir noch haben, meine Schwester Serena. Wir haben kein weitmaschiges Familiennetzwerk, und es gibt keine Großeltern, die babysitten oder im Notfall einspringen könnten. Wir haben niemanden. Manche Leute schaffen es durch den größten Teil ihres Erwachsenenlebens, ohne von schrecklichen Verlusten heimgesucht zu werden. Dieses Glück hatten Will und ich nicht. Williams Vater ist jung gestorben – er war damals so alt wie Will jetzt. Dann erlag, noch ganz am Anfang unserer Ehe, Wills Mutter ihrem Krebsleiden und zog uns damit den Boden unter den Füßen weg. Und noch bevor unsere Tränen getrocknet waren, kamen im gleichen Jahr meine Eltern während eines Urlaubs in den österreichischen Alpen bei einem Autounfall ums Leben. Die Reise war ein Geschenk zum sechzigsten Geburtstag meiner Mutter, und ich hatte ihr gerade gesagt, dass ich mit ihrem ersten Enkelkind schwanger sei. Sie war schrecklich glücklich, und es tut mir immer noch weh, dass sie meine wunderbaren Kinder nie kennengelernt hat. Das sind also wir. Eine kleine verschworene Gemeinschaft von vier gegen den Rest der Welt. Wir haben noch ein paar verstreute Tanten und Vettern und Cousinen, aber wegen der Arbeit hatten wir nie Zeit, den Kontakt mit ihnen zu pflegen. Stattdessen beschränken sich unsere verwandtschaftlichen Bande auf die jährlichen Weihnachtskarten. Und manchmal vergessen wir sogar die. Maya ist unsere einzige Stütze. Es gibt nichts, was sie über unsere Familie nicht wüsste. Gutes wie Schlechtes. Sie hat sowohl William als auch mich schon in Unterhosen gesehen – einmal auch zusammen. Viel intimer geht es nicht.

«Er redet davon, seinen Job an den Nagel zu hängen, Maya. Einen Job, den er heiß und innig liebt. William Ashurst, der Workaholic, ist überzeugt, dass er ohne Arbeit glücklicher wäre.»

«Er wird sehen das anders, wenn es ihm wieder bessergeht.» Meine Kinderfrau macht sich daran, für die Kinder eine Auswahl von Frühstücksflocken zurechtzustellen. Sie reiht die Schachteln mit militärischer Präzision aneinander, immer in derselben Reihenfolge und fein säuberlich Ecke an Ecke.

«Gestern Abend bin ich an seinem Bett sitzen geblieben, bis die Krankenschwester mich rausgeschmissen hat.»

«Ich habe dich heimkommen hören», sagt Maya. «Es war schon ganz schön spät. Und du hast lassen stehen dein Abendessen.»

Ich konnte nichts essen. Ich kann immer noch nichts essen. Aus lauter Gewohnheit habe ich mir eine Schale mit Vollkornflocken gefüllt, die ich jetzt versuche herunterzuwürgen. «Er hat über nichts anderes geredet, als dass er unser Leben ändern möchte.»

«So eine Aufregung wie diese ändert, wie jemand Dinge sieht», versichert Maya mir gelassen und holt einen Krug mit frischem Orangensaft aus dem Kühlschrank.

«Ich mag unser Leben», erkläre ich. «Und ich dachte, Will sieht das genauso.» Wir haben phantastische Jobs, phantastische Gehälter, phantastische Kinder, die auf eine phantastische Schule gehen, eine phantastische Kinderfrau und ein phantastisches Haus in einem phantastischen Viertel. Wie viel besser könnte es werden?

«Wenn er aus Krankenhaus kommt, müsst ihr machen Urlaub. Das wird euch allen guttun.»

«Da hast du recht.» Ich stürze mich auf die Idee. «Wir werden alle gemeinsam fahren. Was fändest du gut? Und wo würde William wohl gerne hin? Vielleicht kann ich heute noch buchen.»

Maya zuckt die Schultern. «Wir könnten wieder großes Haus in Frankreich mieten», schlägt sie vor. «Dein Mann ist da immer glücklich.»

«Ja», stimme ich eifrig zu. «Er liebt Frankreich. Und ich auch. Die Landschaft, das Baguette, der Käse, der Wein. Er wird sich fühlen wie im siebten Himmel.»

«Aber vielleicht mit seinem Herzen er darf solche Sachen nicht mehr essen?»

«Verdammt.» Ich stoße ein unglückliches Schnaufen aus. «Du hast recht.» Warum Urlaub in Frankreich machen, wenn man sich nicht mit diesem ganzen ungesunden Zeug vollstopfen kann? Die Landschaft ist ja schön und gut, aber außer Essen gibt es dort nicht allzu viel zu tun, oder? Will täte alles für eine Ecke Brie und ein Glas Bordeaux.

«Kinder», ruft Maya die Treppe hinauf. «Euer Frühstück ist fertig. Beeilt euch.»

Wenn Maya den Kindern sagt, dass sie sich beeilen sollen, dann tun sie das. Wenn ich es ihnen sage, könnten sie dabei glatt von einer Schnecke überholt werden.

Tom und Jessica poltern die Treppe hinunter und marschieren direkt zum Tisch. «Sagt ihr mir nicht einmal guten Morgen?», frage ich.

Jessica kommt und umarmt mich fest. «Ich hab dich lieb», sage ich ihr.

«Ich hab dich auch lieb», gibt sie zurück. «Gestern hab ich dich gar nicht gesehen.»

«Ihr habt mich beim Frühstück gesehen», antworte ich und versuche verzweifelt, mich zu erinnern, ob das auch stimmt. War es gestern, als Will und ich so früh zur Arbeit mussten, dass wir die beiden verpasst haben? Seitdem ist so viel passiert, dass mein Gedächtnis nicht mehr mitspielt.

Als ich merke, dass mein Sohn sich mehr für seine Cheerios interessiert als für mich, gehe ich zu ihm, fahre ihm durchs Haar und gebe ihm einen Kuss auf die widerstrebend hingehaltene Wange. «Wo ist Dad?», fragt er.

Ich setze mich auf den Stuhl neben ihm und wechsele einen Blick mit Maya. «Daddy geht es nicht so gut», sage ich.

«Liegt er im Bett?», möchte Jessica wissen, die sich zu uns an den Tisch setzt.

«Ja.» Ich lächele beide beruhigend an. «Aber nicht in seinem eigenen. Er liegt im Krankenhaus im Bett.» Als ich ihre verängstigten Gesichter sehe, füge ich eilig hinzu: «Nur für ein oder zwei Tage.»

Tom ist ganz blass geworden. «Er stirbt doch nicht, oder?»

«Natürlich nicht, du kleiner Dummkopf», antworte ich mit einem gezwungenen Lachen, aber in Gedanken sehe ich wieder Will, wie er leblos auf dem Bahnsteig liegt. «Er ist in null Komma nichts wieder gesund.»

Jessica bricht in Tränen aus. «Warum? Warum ist er im Krankenhaus? Kann ich ihn besuchen?»

«Natürlich kannst du das, Schätzchen. Maya kann euch nach der Schule hinbringen.»

«Ich will aber mit *dir* hin», protestiert sie mit schmollend vorgeschobener Lippe. «Und zwar jetzt gleich.»

«Ich muss zur Arbeit.» Ich habe vor, auf dem Weg dorthin für eine Stunde im Krankenhaus vorbeizuschauen, aber wenn ich die Kinder mitnähme, würde dieses Unternehmen in eine größere Expedition ausarten. «Du musst jetzt ein großes Mädchen sein und später mit Maya hinfahren.»

«Ich hoffe, Daddy geht es bald wieder besser.» Jessica schnieft und fährt sich mit dem Ärmel über die Nase.

«Ich auch, Liebling.» Und das meine ich in mehr als nur einem Sinn.

6 Mein lieber Mann ist vor zwei Wochen aus dem Krankenhaus entlassen worden, und ich stehe bereits am Rande des Nervenzusammenbruchs. Geben Männer nicht phantastische Invalide ab? Nichts erinnert mich mehr an meine Angst um sein Leben. Stattdessen würde ich ihn jetzt am liebsten erwürgen. Und zwar mit bloßen Händen.

Man hatte ihn schließlich für zehn Tage im Krankenhaus behalten und jedem Test unterzogen, den die Menschheit bis zum heutigen Tage ersonnen hat. Was dabei gefunden wurde, war meiner Meinung nach durchaus beruhigend. Nicht aber nach der Meinung meines Mannes. Der Arzt sagt, sein Herz macht – von kleineren Unregelmäßigkeiten beim Schlagen abgesehen – einen gesunden Eindruck. Das ist doch eine gute Nachricht. Nicht so gut geht es dagegen Wills Blutdruck, der so hoch ist, dass er jetzt täglich Betablocker schlucken muss. Und wegen seiner schlechten Cholesterinwerte muss er Statine nehmen und fettarm essen. Adieu, französischer Käse. Dann nimmt er noch etwas, um sein Blut zu verdünnen. Unser Hausarzt hat ihm gesagt, dass er ein besseres Gleichgewicht zwischen Berufs- und Privatleben finden muss, und ich habe das Gefühl, Will nimmt das viel zu wörtlich.

«Wir verkaufen», verkündet Will aus seinem Sessel im Wohnzimmer, in dem er schon den ganzen Tag sitzt. Er hat die Füße hochgelegt, den *Guardian* auf den Boden geworfen und sein ‹medizinisches› Glas Merlot neben sich abgestellt.

Ich verdrehe die Augen und werfe meiner Schwester hinter dem Kopf meines Mannes einen vielsagenden Blick zu. Ihr Gesichtsausdruck verrät nichts.

«Ich hatte mich schon gefragt, warum draußen ein Schild mit ZU VERKAUFEN hängt», bemerkt Serena. «Ich wusste gar nicht, dass ihr umziehen wolltet.»

«Es ist dieses verdammte Ding», sagt Will und schlägt sich mit der Faust in die Herzgegend. Ich wünschte, er würde das lassen. Mir läuft es bei diesem Anblick jedes Mal eiskalt den Rücken runter. «Das bringt einen zum Nachdenken.»

«Der Arzt sagt, du hättest gar keinen echten Herzanfall gehabt», merke ich an. «Nur einen Warnschuss.»

«Und was für einen», antwortet Will übertrieben lachend. «Der größte Teil meiner Familie ist jung abgetreten. Ich will nicht, dass mir dasselbe passiert. Dieser Warnschuss hat mich so erschreckt, dass ich nun darüber nachdenke, was ich mir wirklich vom Leben wünsche.»

«Und einer dieser Wünsche wäre es, euer wunderschönes Zuhause zu verkaufen?» Serena trinkt einen Schluck von dem Rotwein, den ich ihr eingeschenkt habe. Ich mache hinter Wills Rücken eine hilflose Geste.

Ich habe Serena für heute eingeladen, weil ich hoffe, dass sie Will vielleicht zur Vernunft bringen kann. Ich selbst bin dabei gescheitert, und all meine Einwände, Wünsche und Unsicherheiten werden seit drei Wochen von Will systematisch ignoriert. Meine große Schwester jedoch ist cool und berechnend. Sie wird direkt zum Kern des Problems vorstoßen und für mich eintreten, wie sie das seit jeher tut.

«Jawohl», erklärt mein Mann ihr stolz. «Wir lassen all das hinter uns.» Mit einer weit ausholenden Geste weist er auf den Raum. Ich verdrehe die Augen noch ein bisschen mehr. «Letztlich sind das hier nur Steine und Mörtel.»

Steine und Mörtel, in die ich seit sieben Jahren eine Menge Liebe stecke, denke ich. Aber ich sage nichts.

Nehmen wir einmal dieses Wohnzimmer. Hier stehen handgefertigte Bücherregale aus bester Eiche, die ich eigens in Auftrag gegeben habe, damit sie genau in unsere Nischen und Winkel passen. Die Vorhänge allein haben mich drei Monatsgehälter gekostet – und das ist keine unbeträchtliche Summe. Der moderne Kronleuchter ist aus mundgeblasenem Murano-Glas. Dieses Zimmer allein könnte die Seiten diverser Magazine für Inneneinrichtung füllen. Und jetzt soll ich all das zurücklassen? Einfach so aus einer Laune heraus?

«Ich habe genug von dem Stress und den Anstrengungen des Großstadtlebens», fährt er wortreich fort. «All die Menschen, der Dreck und die Luftverschmutzung. Und nie sehe ich die Kinder.»

«Was nicht an der Stadt liegt, sondern an deiner Arbeit», rufe ich ihm in Erinnerung.

«Jetzt wird alles anders werden, mein Schatz.» Er greift hinter dem Sessel nach meiner Hand, und ich lasse es zu. «Ich will den Wind in meinem Haar spüren, Dreck unter den Nägeln haben und wirklich fühlen, dass ich Teil der Natur bin.»

Er hat eins auf den Kopf gekriegt, ganz eindeutig. Ich kenne diesen Mann nicht mehr.

«Diese Arbeit, dieses Leben bringen mich um», sagt er. «Wortwörtlich.»

Langsam wäre ich dabei gerne behilflich, denke ich.

«Während meiner Genesungszeit war ich im Internet», fährt Will fort, der keine Ahnung von meinen mörderischen Gedanken hat. «Auf dem Land kann man ein paar ganz phantastische Immobilien kaufen.»

Und beschissene Schulen gibt es da auch. Wie viel Geld haben wir nicht schon in die perfekte Ausbildung unserer Kinder gesteckt, und jetzt sollen wir unsere bisherige Strategie einfach so mir nichts, dir nichts aufgeben?

«Und Amy ist damit vollkommen einverstanden?», will Serena wissen.

«Absolut», sagt Will.

Ich schüttele den Kopf und forme mit dem Mund ein energisches «Nein!»

Will drückt mir wieder die Hand. «Ich weiß, dass sie gewisse Zweifel daran hegt, die Stadt zu verlassen, aber sie wird das Leben auf dem Land lieben. Da bin ich mir sicher.»

Nein, das werde ich nicht!

«Vielleicht könntet ihr ja ein Haus im Umland von London finden, sodass sie bei der BTC weiterarbeiten kann? Wie fändest du das, Schwesterherz?»

Ich klammere mich an den Strohhalm, der mir hingehalten wird. «Das wäre eine Idee.»

Jetzt ist Will mit Kopfschütteln an der Reihe. «Immobilien in Reichweite von London sind immer noch viel zu teuer. Und außerdem wollen wir all das hinter uns lassen. Wir wollen weg, weit weg.»

Nein, wollen wir nicht!

«Wir werden schon eine Möglichkeit finden, unseren Lebensunterhalt zu verdienen», sagt mein Mann.

«Wirklich?» Serena klingt nicht überzeugt.

«Wir haben der BTC im Laufe der Jahre zu viel von uns gegeben, und die haben das nur zu gerne ausgenutzt. Amy musste sogar zur Arbeit gehen, obwohl ich im Krankenhaus lag. Und mich rufen sie jeden Tag an und fragen, wann ich wieder so weit hergestellt bin, dass ich zurückkommen kann. Ich hätte ihnen schon längst sagen sollen, dass sie sich ihren tollen Job in den Hintern schieben können.»

«Aber wovon wollt ihr leben?», fragt Serena. Ich bin froh, dass sie das tut, denn genau das würde ich auch gerne mal wissen. Die British Television Company mag ja ein beschissener Arbeitgeber sein, aber das bedeutet nicht, dass wir einfach mit den Fingern schnipsen müssen, um einen weniger stressigen Job zu bekommen.

«Ich könnte freiberuflich arbeiten», sagt Will. «Und Amy auch. Falls wir ein Haus finden, das groß genug ist, könnten wir ein paar Zimmer herrichten und eine Pension für Touristen aufmachen.»

Mir bleibt der Mund offen stehen. Ich bin schockiert. Denkt er etwa an ein Bed and Breakfast? Und sehe ich etwa aus wie eine Frau, die gerne ein Bed and Breakfast führen würde?

«Mir war gar nicht bewusst, dass du so ein Landmensch bist», bemerkt Serena.

«O doch, ich liebe die Natur!», erklärt Will entschieden.

Seit wann denn das?, möchte ich schreien. Ein paar Urlaube im Grünen machen uns noch nicht zu geborenen Landeiern. Alle Jubeljahre gehen wir mal in den Bergen spazieren – ohne uns weiter als eine Stunde von Parkplatz und Eiscremeverkäufer zu entfernen –, aber das ist auch schon alles, was wir mit dem Land zu schaffen haben. Wir besitzen keine Wachstuchjacken. Wir haben nicht einmal Gummistiefel!

«Aber ist das Gras auf der anderen Seite nicht immer grüner?», fragt meine Schwester ruhig. «Das ist doch geradezu schon ein Klischee. Massenhaft Londoner ziehen jedes Jahr aufs Land, nur um dann festzustellen, dass sie es dort hassen.»

Das erscheint mir als eine sehr vernünftige Anmerkung.

Mein Mann schüttelt sich bei diesem Gedanken vor Heiterkeit aus. «Nur weil man nicht an jeder Ecke einen Cappuccino bekommt, ist es auf dem Land doch nicht schlecht.»

«Es geht hier vielleicht nicht nur um Cappuccino.»

Sondern zum Beispiel auch um das Glück deiner Frau, könnte ich hinzusetzen.

Doch Will antwortet darauf nur mit einem Lachen. Einem irren Lachen, wenn Sie mich fragen.

«Du wirst mit diesem Schritt alles aufgeben, was du kennst und was dir lieb und teuer ist.» Serena spricht mit der Stimme der Vernunft, aber ich wette, innerlich kocht sie vor Wut über die Halsstarrigkeit meines sonst so verbindlichen Gatten. «Ist das wirklich klug?»

«Es ist Zeit für einen Neuanfang. Weg mit dem Alten, her mit der Terra incognita.»

Das klingt wirklich überhaupt nicht gut. Ich fühle mich dem Alten ziemlich verbunden.

«Es wird besser für die Kinder sein. Besser für uns. Außerdem ...» Hier entschlüpft Will wieder ein kleines Lachen. «Ich habe bereits gekündigt.»

Mein Weinglas fällt mir aus der Hand und zerklirrt auf dem gebleichten Eichenholzboden. Der Fleck wird nicht mehr weggehen. «Du ... du ... du hast mir nichts davon gesagt», stammele ich.

«Du wusstest, dass ich das tun würde», meint er ganz ruhig. «Graham sagt, es ist nicht nötig, dass ich überhaupt nochmal zurückkomme. Was sagst du dazu?»

Ich sollte Wills Chef Graham Copeland gleich am Montag anrufen und ihn anflehen, Will seinen Job zurückzugeben. Wenn ich vor ihm auf die Knie falle und reichlich Tränen vergieße, wird er es sich vielleicht noch einmal überlegen. Die BTC mag keine Leute, die nicht länger zur Familie gehören wollen. Sie nimmt das gern persönlich. Aber die müssen doch sehen, dass es Will nicht gutgeht. Die können ihn doch unmöglich ernst genommen haben.

«Ich finde, wir sollten das ganz langsam angehen», bringe ich vor.

Will lächelt großmütig. «Ich denke, wir sollten gehen, so schnell wir nur können», kontert er.

Jetzt ist meine Zeit gekommen, mich zu widersetzen. Ich schaue Serena an, und sie nickt zustimmend. Tief Luft holend sage ich: «William, ich bin mir da wirklich überhaupt nicht sicher.»

«Aber das ist es, was ich brauche», fleht er. «Wie kannst du auch nur erwägen, mich zurück in dieses schreckliche Hamsterrad zu zwingen? Ich möchte all dem entfliehen – ich möchte, dass *wir* entfliehen. Ich möchte uns allen ein besseres Leben verschaffen – dir, mir und den Kindern. Wenn wir weiter leben wie zuvor, bin ich vielleicht nicht mehr lange genug da, um die Kinder heranwachsen zu sehen. Denkst du auch daran?»

«Natürlich.»

«Dieser Umzug wird uns guttun», beharrt er. «Wie kannst du mir die Chance verwehren, meinem Leben einen neuen Sinn zu geben?»

## 7

Und so finde ich mich weniger als drei Monate später vor Helmshill Grange wieder, einem riesigen, düsteren Haus tief in den Yorkshire Moors. Es ist Juli, und dunkle Regenwolken hängen am Himmel. Sogar die Sonne ist lieber in London als hier. Unser Umzugswagen ist verlorengegangen und mitsamt unseren Tischen und Stühlen wahrscheinlich inzwischen auf dem Weg nach Litauen oder sonst wohin. Jessica weint. Und ich würde am liebsten mitheulen.

«In diesem Verschlag sollen wir leben?», jammert sie entsetzt. Ich hätte es selbst nicht besser ausdrücken können.

«Ja, Schätzchen.» Ich drücke sie an mich.

«Aber das Haus ist unheimlich!»

«Es hat Charakter», verbessere ich sie. Und wahrscheinlich auch ein paar Gespenster. Tom starrt entsetzt auf unser neues Anwesen. «Wie werden unsere Freunde zum Spielen hierherkommen?», will er wissen.

*Nur unter großen Schwierigkeiten.* Diese Antwort verkneife ich mir.

Ich schaue wieder auf das Haus und verliere den Mut. Was hat Will sich eigentlich dabei gedacht? Was habe *ich* mir dabei gedacht, dass ich ihn damit hab durchkommen lassen? Dass er sich dieses lächerliche neue Leben für uns ausgedacht hat, während wir doch mit unserem alten vollkommen glücklich waren?

«Kann ich hier immer noch Ballettstunden nehmen?», fragt Jessica mit zitternder Stimme.

«Darum werden wir uns kümmern, sobald wir uns eingerichtet haben», sage ich und hoffe, das klingt besser als *wahrscheinlich nicht.* Eine allzu große Auswahl an Ballettschulen wird es hier wohl nicht geben. Um nicht zu sagen, vermutlich gar keine.

Das Haus hat eine symmetrische Front und war früher wahrscheinlich einmal sehr schön. Jetzt sieht es so aus, als müsste man einen dicken Batzen Geld allein dafür aufwenden, um es überhaupt bewohnbar zu machen. Das Ehepaar, das vorher hier gelebt hat, hat offenkundig seit seinem Einzug mit Anfang zwanzig nichts mehr an dem Haus gemacht. Jetzt sind beide geschätzte hundertacht Jahre alt und sitzen gemütlich in einem Seniorenwohnheim in dem nahe gelegenen Städtchen Scarsby, haben Gaszentralheizung und doppelt verglaste Fenster, und ich verstehe durchaus die Vorzüge, die das für sie hat.

Die Fenster hier müssen erst einmal komplett ersetzt werden. Ebenso das Dach. Und die Haustür. Das Haus braucht neue elektrische Leitungen, und die Wände müssen verfugt und gestrichen werden. Man könnte das olle Ding allerdings einfach auch komplett abreißen.

Will hat es übers Internet gekauft, ohne tatsächlich vor Ort gewesen zu sein. Gemessen daran, dass er unser ganzes vorheriges Eheleben hindurch so zuverlässig wie ein Schweizer Eisenbahnnetz war, sieht ihm das so gar nicht ähnlich. Trotzdem hat der mit Engelszungen redende Verkäufer es geschafft, meinen Mann zu überzeugen, dass es sich um eine begehrenswerte Immobilie in attraktiver Lage handelte, die keine fünf Minuten länger auf dem Markt bleiben würde. Zumindest der letzte Teil stimmte. Drei Minuten später gehörte das Haus uns.

Das Foto im Internet war, wie man jetzt sieht, äußerst schmeichelhaft. Wir haben unser komfortables Zuhause in Notting Hill für ein Haus eingetauscht, das eher zur Addams-Family als zu uns passen würde. Das Gartentor hängt schief in den Angeln, und der Vorgarten hat schon sehr lange keinen Rasenmäher mehr gesehen.

Jessica weint noch etwas mehr, und ich kann ihr, ehrlich gesagt, keinen Vorwurf daraus machen. Vielleicht denkt sie das Gleiche wie ich.

Auf dem Hof hinter dem Haus liegt eine große, offene Scheune. Der Garten erstreckt sich, so weit das Auge reicht, in die umliegende Moorlandschaft, und die Obstwiesen an deren Rand gehören vermutlich auch noch zu unserem Grundstück.

«Schau dir das an!», schreit mein Mann auf – jedoch nicht entsetzt, sondern glücklich. «Ist das nicht wunderbar?»

Ich muss mir auch so eine rosarote Brille besorgen, wie Will sie seit seinem Schwächeanfall trägt. Ich würde das Leben schrecklich gerne so sehen wie er.

Als ich still bleibe, fügt er hinzu: «Ich gebe zu, man muss ein bisschen was daran tun, aber das können wir langsam angehen. Alle zusammen.»

Ich bin noch immer sprachlos. Vielleicht überrascht es Sie, dass ich nicht den geringsten Drang verspüre, ein altes, baufälliges Haus zu renovieren. Für so etwas lasse ich normalerweise Leute kommen.

«Und schau dir doch nur die Landschaft an.» Will weist mit einer weit ausholenden Geste auf die Umgebung.

Alles, was ich sehen kann, sind Wolken. Viele Wolken. Grau wie verwaschene Unterwäsche.

«Und hör nur.» Mein Mann spitzt theatralisch die Ohren. «Nichts.» Er strahlt seine erschütterte Frau, seine weinende Tochter und seinen ungläubigen Sohn an.

Ich kann allerdings noch etwas hören: Schafe. Und alle beschweren sich. Ihr klägliches Blöken weht über die Felder heran. Was für hellsichtige Tiere.

«Atme doch nur diese Luft ein!» Will füllt sich theatralisch die Lungen.

Ich tue, wie mir befohlen, und alles, was ich riechen kann, ist Kacke. Wahrscheinlich die von den jammernden Schafen.

«Wo ist der Supermarkt?», möchte Maya wissen.

Ich frage mich immer noch, wie wir unser Kindermädchen überreden konnten, mit uns in dieses gottverlassene Nest zu kommen. Und im Moment sieht es so aus, als würde sie sich diese Frage auch stellen.

«Nicht allzu weit weg», versichert ihr Will. «Etwa eine halbe Stunde von hier auf dem Weg nach Scarsby.»

Maya schnappt nach Luft. Und nicht vor Freude.

Unfähig, mir unser neues Anwesen noch länger anzuschauen, drehe ich mich um und betrachte den Rest des Dorfs. Unser wunderschönes Haus in Notting Hill hat jetzt ein junges Paar bezogen, sie Nachrichtenmoderatorin, er Musikproduzent. Sie seien ganz überwältigt, haben sie gesagt. Ob sie das von diesem Haus hier wohl auch behaupten würden? Überwältigend ist es ja, wenn auch nicht im positiven Sinn.

Allerdings sieht das Dorf Helmshill selbst für meinen vorurteilsbeladenen Blick recht hübsch aus. Vor unserem Haus liegt ein sauber gemähter Dorfanger mit einem Ententeich wie aus dem Bilderbuch. Am Rande davon stehen eine freundlich wirkende Dorfkneipe, mehrere winzige Cottages mit rosenumrankten Türen und ein gemauerter Brunnen, um den rote Geranien blühen. Sanfte Hügel umgeben das Dörfchen, an dessen Fuß eine kleine, pittoreske Kirche liegt. Ihre Mauern sind vom Alter geschwärzt, aber das Gras um die schiefen Grabsteine ist ordentlich gemäht. Ich mag alte Kirchen. Vielleicht finde ich die Zeit, dort einmal spazieren zu gehen. So weit, so schön. Das Gemeindehaus wirkt selbst für die wenigen Einwohner hier zu klein, aber auch vor seiner Tür blühen die Geranien um die Wette – das muss dieser ganze Regen sein. Es gibt jedoch keinen Supermarkt, keine Post, keinen schnieken, kleinen Delikatessenladen mit einer großen Auswahl an Oliven und definitiv kein Café, das schaumigen Cappuccino serviert.

Das Haus in unserer nächsten Nachbarschaft ist ein eindrucksvolles modernes Steinbauwerk mit großen Fenstern.

Es liegt oberhalb von uns auf dem Hügel, und wer auch immer dort wohnen mag, blickt in selbstgewählter Einsamkeit auf den Rest des Dorfes hinunter.

«Dann richten wir uns mal wohnlich ein», sagt Will und reibt sich vor Freude die Hände.

Jessica heult wieder und wird von Maya getröstet, die ebenfalls weint. Weil wenigstens eine von uns die Nerven bewahren muss, grabe ich die Fingernägel in die Handflächen, um meinen Schmerz auf einen bestimmten Punkt zu konzentrieren.

Wenn ich daran denke, dass ich für das hier eine wunderbare, gutbezahlte Arbeit aufgegeben habe, wird mir ganz anders. Eine Stelle, für die ich fünfzehn Jahre gekämpft habe. Und all das nur, weil mein Mann es so wollte, man in einer Ehe eben auch Opfer bringen muss. Doch im Moment wünschte ich, ich hätte es sein gelassen.

Maya und die Kinder gehen vor uns, aber meine Beine scheinen mir nicht mehr gehorchen zu wollen. Kann man durch Schock gelähmt sein?

«Sag bitte, dass es dir gefällt», bedrängt Will mich. Er legt den Arm um mich und drückt mich fest an sich. Ich habe das Gefühl, gleich zu zerbrechen. Ich versuche so angestrengt zu lächeln, dass meine Wangenmuskeln davon wehtun. «Ich möchte nicht, dass du unglücklich bist.»

«Ich bin nicht unglücklich», sage ich. Ich bin verzweifelt, untröstlich, deprimiert und hoffnungslos.

«Das ist es!» Mit dem Stolz des Eigentümers schaut er strahlend auf sein neues Anwesen. «Das habe ich mir immer gewünscht. Mein eigenes Land, so weit das Auge reicht.» Und das von einem Mann, der sich in Notting Hill nicht einmal um seinen eigenen Garten kümmern wollte, einem Mann, der viel lieber einen Gedichtband zur Hand nahm als einen Spaten. «Jetzt werden wir den Traum leben!»

So weit, so gut. Nur, dass es der Traum meines Mannes ist und nicht meiner.

## 8

Offensichtlich ist unser Haus der Ort, an dem alle Spinnen Englands zusammenkommen, um hier Urlaub zu machen. Würde ich unter Spinnenphobie leiden, wäre ich in einem fortwährenden Zustand des Entsetzens. Manche von ihnen haben haarigere Beine als Will.

Bei Einbruch der Dunkelheit kamen unsere Möbel schließlich doch noch an, und die beiden liebenswürdigen jungen Männer von ShiftIt – der Umzugsfirma für unverbesserliche Spinner – arbeiteten bis Mitternacht, um uns auch allen unsere Betten zur Verfügung zu stellen. Der Rest des Mobiliars wurde wahllos in den mehr oder weniger richtigen Räumen abgestellt.

Obgleich ich immer noch unter Schock stehe, habe ich mich heute Morgen zum Aufstehen gezwungen, auch wenn ich lieber die Decke über den Kopf gezogen und mich vor der bitteren Realität versteckt hätte. Irgendwie ist es mir gelungen, in dem Wust von Umzugskartons meine schäbigsten Kleider zu finden, und jetzt rücken Maya und ich der großen Farmhaus-Küche mit Schrubbern, Eimern und literweise nach Kiefernnadeln duftendem Desinfektionsmittel zu Leibe. Unsere Vorgänger waren eindeutig nicht mit Meister Propper vertraut. Aus Angst, hier auch noch irgendwo auf eine Leiche zu stoßen, habe ich es bis jetzt nicht riskiert, den Herd zu öffnen. Und in die Nähe des Kellers gehe ich schon gar nicht.

Maya weint beim Putzen noch immer leise vor sich hin.

«So schlimm ist es doch gar nicht», versuche ich sie zu trösten. «Wenn wir erst einmal alles sauber gemacht haben ...» Ich gerate ins Stocken, da mir klar wird, dass wir dafür an die drei Jahre benötigen könnten. Überall liegt Dreck rum, den selbst ich als Mäuseköttel zu identifizieren weiß, und die Fensterscheiben sind trübe von jahrealtem Schmutz.

Worauf ich Maya nicht aufmerksam machen möchte, ist, dass sie dem Ganzen hier einfach den Rücken kehren könnte, während ich aufgrund meiner ehelichen Pflichten in der Falle sitze. Als ich mein Jawort gab, hatte ich, offen gesagt, keine Ahnung, dass sich das auf ein Leben auf dem Land beziehen würde. Mein Kindermädchen dagegen könnte uns allen schlicht einen Vogel zeigen und sich in London eine andere, weniger verrückte Familie suchen. Sie ist ein Mädel nach meinem Geschmack und hat die Großstadt im Blut. Und wie mir ist ihr jetzt wahrscheinlich danach, sich die Adern aufzuschneiden.

Drinnen ist das Haus geräumig mit großen Zimmern, die man als «luftig» bezeichnen könnte oder – weniger blumig gesprochen – als «zugig». Maya und ich haben bereits zwei der sechs Schlafzimmer geputzt und sie zu Kinderzimmern erklärt, und Tom und Jessica packen still ihre Spielsachen aus, zu erschüttert, um sich zu zanken. Noch nie habe ich meine Kinder so gedämpft erlebt.

Wir hätten eine Firma damit beauftragen sollen, das Haus vor unserem Einzug einmal gründlich sauber zu machen, aber ich hatte keine Ahnung, dass es so schlimm sein würde. Dazu kommt, dass wir jetzt offiziell pleite sind. Buchstäblich alles Geld vom Verkauf des Hauses in Notting Hill ist in dieses Farmhaus hier geflossen. Das bedeutet, dass wir zwar keine Hypothek aufnehmen mussten, uns aber für die alltäglichen Ausgaben nur noch sehr wenig bleibt. Zumal wir jetzt beide offiziell arbeitslos sind. Mein Mann ist überzeugt, dass ich freiberuflich arbeiten kann, damit wir über die Runden kommen. Doch ich bin mir da nicht so sicher. Bestenfalls müsste ich drei Stunden am Tag pendeln. Aber könnte ich das täglich schaffen?

Nach dem, was ich Wills Worten entnehme, hat er vor, sich ländlichen Beschäftigungen zuzuwenden – was auch immer das sein mag –, und die Worte «Bed and Breakfast» tauchen dabei häufiger auf, als mir lieb ist.

Mein Mann geht durchs Haus und singt dabei laut: «Oh, what a Beautiful Morning». Ich kann aufrichtig sagen, dass ich ihn nie zuvor Songs aus *Oklahoma* habe singen hören. Er ist in seinem Element. Dies hier ist sein Traum. Und mein Albtraum.

Natürlich schließt sein Gesundheitszustand aus, dass er irgendetwas allzu Anstrengendes tut, weshalb er sich von dem Putzen fernhält. Er hat eher eine Kontrollfunktion.

Inzwischen ist er zu *South Pacific* übergegangen, und die Klänge von «Gonna Wash That Man Right Out of My Hair» kommen immer näher. «Da habt ihr etwas übersehen.» Will zeigt auf eine schmutzige Stelle des Bodens, als er die Küche betritt. Verstehen Sie, was ich meine?

«Du könntest etwas Nützliches tun», schlage ich vor. «Fahr nach Scarsby und besorg uns für heute Abend etwas zu essen.» Ein nettes Restaurant dürfte es hier in der Nähe wohl nicht geben.

«Gute Idee», sagt Will zwischen zwei Refrains, schnappt sich den Autoschlüssel und fährt los.

Seufzend lehne ich mich auf meinen Schrubber, und in diesem Moment stößt unser Kindermädchen einen markerschütternden Schrei aus, da unter einem der Schränke ein Mäuseschwanz hervorlugt. Ich schließe die Augen. Alles wird gut werden. Ich werde es nicht vermissen, zur Arbeit zu gehen. Ich werde es nicht vermissen, jeden Tag Schuhe von Jimmy Choo zu tragen. Ich werde es nicht vermissen, mir alle fünf Minuten einen Latte macchiato kommen zu lassen. Ich werde es nicht vermissen, von meinen Angestellten auf Händen getragen zu werden. Ich werde es nicht vermissen, mit Promis aus der Sportwelt auf Du und Du zu sein. Ich werde es nicht vermissen, dass meine große Schwester ein paar Mal pro Woche vorbeischaut. Ohne all das kann ich auskommen, solange es nur meinen Mann glücklich macht und ihn bei Gesundheit hält. Was hätte es für einen Sinn, in London zu bleiben, wenn ich mich ständig darum sorgen müsste, dass William am Abend nicht mehr heimkommt? Das hier ist also viel, viel besser für uns.

Ich breche in Tränen aus.

«Weine nicht, Amy.» Maya lässt ihren Schrubber fallen und legt die Arme um mich.

«Ich weine nicht», schluchze ich und schniefe noch lauter.

Ich hatte wirklich gehofft, dass die BTC meine Kündigung nicht akzeptieren würde, dass mein Chef sich zu Boden werfen und mich anflehen würde zu bleiben. Aber das hat er nicht getan. Gavin Morrison hat mir viel Glück gewünscht und mich ohne ein Wort des Protests ziehen lassen. Schon bevor ich ging, war meine Assistentin Jocelyn befördert worden. Und sie machte mir nach Jahren loyalen Dienstes klar, dass sie es gar nicht abwarten konnte, mich von hinten zu sehen und in meine Fußstapfen zu treten.

«Wir werden uns alle daran gewöhnen», erklärt mir mein Kindermädchen energisch.

«Ganz bestimmt.» Ich suche hektisch nach einem Papiertaschentuch und frage mich, was ich um diese Zeit wohl in meinem alten Leben getan hätte. «Du hast recht. Wir werden uns daran gewöhnen. Wir werden Landeier werden und es lieben. Es braucht nur ein bisschen Zeit.»

Und davon liegt eine Ewigkeit in Helmshill Grange vor mir.

# 9

Als William aus Scarsby zurückkehrt – es müssen bereits mehrere Stunden vergangen sein –, wirft er leichten Schrittes die Tür hinter sich ins Schloss. Und das, obwohl er zwei schwere Einkaufstüten unter den Armen trägt.

«Lass mich das machen», sage ich. «Du sollst nicht so schwer tragen.» Sein Gesicht ist bleich. Noch immer ist Will schnell erschöpft, und das macht mir Sorgen. Sollte sich sein Zustand nicht inzwischen gebessert haben, wenn ihm wirklich nichts fehlt? Die Balance zwischen Berufs- und Privatleben tendiert doch jetzt eindeutig zugunsten des Privatlebens – müsste sich das nicht langsam auf seine Gesundheit auswirken? Wir haben uns bisher noch nicht bei einem Hausarzt vor Ort angemeldet, und ich nehme mir vor, das schleunigst zu tun. Das wollte ich schon, seit wir hier sind. Er muss jemanden haben, der ein Auge auf ihn hat, einfach sicherheitshalber. Laut Will mache ich mir da allerdings zu viele Sorgen. Er hat beschlossen, dass er jetzt, wo wir aufs Land gezogen sind, ein Inbild robuster Gesundheit ist. Arterien, die einmal verstopft waren, sind auf wundersame Weise frei geworden, der überhöhte Cholesterinwert ist von selbst ganz nach unten gesackt, und sein Blutdruck könnte es mit dem eines Neunzehnjährigen aufnehmen.

Zumindest wenn es nach Will geht. Mich würde dennoch interessieren, was ein Arzt dazu zu sagen hat.

«Das sind lauter leichte Sachen», versichert er mir. «Der Rest liegt im Kofferraum.»

Ich nehme ihm die Tragetaschen ab und riskiere einen schnellen Blick hinein, um zu sehen, ob er auch irgendetwas gekauft hat, was wir tatsächlich brauchen können. Zumindest sind da schon einmal ein paar Milchkartons und ein Laib Brot, ich kann mich also ein bisschen entspannen. Wenn Will in London ausnahmsweise einmal das Einkaufen übernommen hatte, war es vorgekommen, dass er absolut nichts von dem mitgebracht hatte, was auf der Liste stand, dafür aber zwei Kilo stinkigen Käse und ein paar Oliven.

Heute scheint er an unsere praktischeren Bedürfnisse gedacht zu haben. In der anderen Tüte liegen Klopapierrollen.

«Warum grinst du denn wie ein Verrückter?», will ich wissen und sehe meinen Mann misstrauisch an. «Was hast du getan?»

«Nichts, nichts!» Er zappelt herum wie ein Fünfjähriger.

«Sicher?»

Als Antwort bekomme ich ein Kichern.

«Wie ist Scarsby?»

«Wunderbar», antwortet er.

Bestimmt wieder so eine maßlose Übertreibung.

«Dann hole ich mal den Rest des Einkaufs», sage ich und bemühe mich, nicht zu seufzen.

Ich stapfe durch die Küche und gehe zum Wagen. Als ich auf die Zufahrt trete, gelingt es mir gerade noch, den Klagelaut zu unterdrücken, der mir die Kehle hochsteigen will. Jetzt weiß ich, was William in Scarsby getrieben hat.

Ich fahre herum und sehe, dass er breit lächelnd hinter mir steht.

«Gefällt er dir?», fragt er.

Mein Mund geht nicht mehr zu. «Wo ist das Auto?»

«Da steht es.»

«Das *richtige* Auto, meine ich.»

«In Scarsby gibt es einen großartigen Autohändler», erklärt er mir. «Ich dachte, der Wagen hier wäre besser für uns geeignet. Jetzt wirken wir glaubwürdiger.»

Man könnte auch sagen, jetzt wirken wir wie die Hinterwäldler.

Dort, wo unser eleganter schwarzer Audi stehen sollte, parkt jetzt der zerbeulteste Landrover, den ich je gesehen habe. Er ist so verrostet, dass man noch nicht mal seine ursprüngliche Farbe erkennen kann.

«Maya wird sich in diesem Ding um keinen Preis sehen lassen.» Und ich im Übrigen auch nicht.

«Der Wagen ist praktisch», erklärt mein Mann. «Du hast doch gesehen, wie schmal und kurvenreich die Straßen hier sind – der Audi wäre innerhalb weniger Wochen Schrott gewesen. Wenn der hier ein bisschen abgenutzt wird, macht das nichts aus.»

Tatsächlich würde es mir nicht einmal etwas ausmachen, wenn ihn eine Nagelbombe in die Luft risse. «Wir sind vertraglich verpflichtet, Maya ein zuverlässiges Fahrzeug zur Verfügung zu stellen», rufe ich ihm in Erinnerung.

«Das hier ist das zuverlässigste, was du kriegen kannst.» Will tätschelt das Fahrzeug liebevoll. «Der Wagen ist absolut robust.» Der Seitenspiegel fällt herunter.

«Lassen wir uns nicht etwas *zu* kompromisslos auf das Landleben ein? Ein bisschen Komfort dürfte doch nicht zu viel verlangt sein.»

Will schiebt die Lippen vor. «Ich bin mir nicht sicher, ob wir noch das Geld für Komfort haben», merkt er an. «Die ganze Sache hier war eine teure Angelegenheit.»

Wem sagst du das.

«Aber ich habe Pläne», sagt er. «Große Pläne.»

Ich hoffe, bei diesen Plänen geht es darum, wieder zu Verstand zu kommen, dieses Haus sofort zum Verkauf anzubieten und direkt nach London zurückzukehren, rechtzeitig zu Weihnachten.

«Ich fühle mich hier schon zu Hause», sagt Will. Er legt den Arm um mich und drückt mich an sich. «Ich liebe dich. Ich bin dir schrecklich dankbar, dass du das für mich tust. Ich weiß, dass das alles nicht leicht für dich ist. Aber wir werden von jetzt an viel schlichter leben. Zu den Dingen im Leben zurückkehren, die wirklich wichtig sind.»

«Und das wären?»

«Familie, Freunde. Leben ohne Stress. Du und ich.» Will küsst mich auf die Wange.

Und während ich dieses Gefühl durchaus genieße, muss ich unwillkürlich daran denken, dass mir die kleine Vollwertbäckerei am Ende unserer Straße in London auch wirklich wichtig war.

# 10

Man sollte meinen, zwei Wochen würden reichen, um das Haus vollständig zu putzen und die Umzugskartons endgültig auszupacken. Aber das ist nicht der Fall. Trotz des Chaos hat mein Mann es jedoch irgendwie geschafft, das Buch *Hühnerhaltung* von Audrey Fanshawe aus einer der Kisten zu fischen, und das liegt jetzt auf seinem Nachttisch. Er macht es sich im Bett bequem, nimmt schwungvoll das Buch zur Hand und schlägt die Seiten auf. Dies ist der Mann, den ich geliebt habe, weil er mit Tolstoi, James Joyce und Thomas Hardy bewandert war. Und jetzt das: *Hühnerhaltung.*

Ich lasse meinen Roman von Zadie Smith sinken und wende mich Will zu. «Eigentlich glaube ich nicht, dass ich Hühner halten möchte.» Die einzigen Hühner, die ich mag, sind die Bio-Hähnchen vom Supermarkt. Fein säuberlich verpackt in einer Plastikschale, versteht sich.

«Glaub mir, das wird großartig», erklärt Will mir mit einer Stimme, die ich allmählich zu fürchten lerne. «Hühner sind wundervolle Tiere. Sind es eigentlich Vögel?»

Sogar ich weiß, dass es Vögel sind, und ich habe noch nicht einmal einen Blick in das Hühnerbuch geworfen.

«Jedes Huhn hat seine eigene Persönlichkeit.»

Das weiß er vermutlich ebenfalls von Audrey Fanshawe, da die einzige Erfahrung, die William mit Hühnern hat, ebenfalls auf den Hähnchen in der Plastikschale gründet.

«Wir können unsere eigenen Bio-Eier essen», fährt er aufgeregt fort. «Und vielleicht sogar ein paar verkaufen.»

Wir könnten sie auch einfach nur im Supermarkt kaufen, denke ich, und uns das ganze Theater sparen – aber wie es dieser Tage meine Art ist, äußere ich meine Meinung nicht. Stattdessen kuschele ich mich an Will und sage leise: «Du hast dich seit deinem Schwächeanfall so verändert. Ich erkenne dich kaum mehr wieder.»

Er legt *Hühnerhaltung* beiseite. «Magst du den neuen, besseren Will nicht?»

«Ich habe ein bisschen Mühe, mit dir Schritt zu halten», gebe ich zu und streiche ihm mit den Fingern über die Brust. Es beunruhigt mich, dass es unter diesem starken, robusten Äußeren etwas gab, das absolut nicht in Ordnung war, und dass wir nicht das Geringste davon wussten. Will wird jetzt regelmäßig zur Kontrolluntersuchung gehen und wahrscheinlich für den Rest seines Lebens Medikamente nehmen müssen. Ich hoffe nur, dass die Ärzte hier draußen, mitten in der Pampa, so gut sind wie sein Arzt aus London. Und dass es auch hier tüchtige Krankenpfleger gibt, die sich im Notfall um alles kümmern. «Im Herzen bin ich noch immer eine abgebrühte TV-Produzentin mit einem Hang zu Killerheels und superschicken Anzügen. Es kommt mir einfach so vor, als hättest du dich mit diesem Leben auf dem Land etwas schneller angefreundet als ich.»

«Warte nur, bis wir einen richtigen kleinen Bauernhof mit Hühnern, Schafen und Schweinen haben.»

*Schafe? Schweine?* Davon höre ich jetzt das erste Mal.

«Warum brauchen wir denn Schafe? In den Hügeln wimmelt es doch nur so von ihnen. Können wir nicht einfach die anschauen?»

«Es geht nicht darum, sie anzuschauen, sondern sie aufzuziehen und dann in schmackhafte Gerichte zu verwandeln.»

«Unsere eigenen Schafe essen?» Nicht mit mir. Ich weiß ein bisschen Abstand zwischen mir und meinen Nahrungsmitteln zu schätzen. Wie könnte ich etwas in mich hineinstopfen, das vorher in meinem eigenen Garten herumgelaufen ist? Wenn man sich erst einmal um ein Tier gekümmert hat, baut man doch eine Beziehung zu ihm auf wie zu einem Haustier. Jessica wäre garantiert die Erste, die zur Vegetarierin werden würde. «Ich dachte, wir wollten einfach nur ein großes Haus auf dem Land haben. An ein Gespräch über einen Bauernhof kann ich mich nicht erinnern.»

«Das hatte ich als selbstverständlich vorausgesetzt», erklärt Will und klingt beleidigt, dass ich nicht Gedanken lesen kann.

Ich seufze und gebe nach. «Wenn es das ist, was du dir wünschst, dann machen wir es. Ich will einfach nur, dass du glücklich und gesund bist.»

«Ich fühle mich, als hätte ich ein neues Leben bekommen.»

Ich fühle mich, als wäre mir ein Leben abhandengekommen. Aber so ist es eben. William liebt es hier in diesem großen Haus mit seinem leckenden Dach, den lauten Rohrleitungen und den Lampen mit ihrem Wackelkontakt, also muss ich eben das Beste daraus machen. Denn ich liebe diesen Mann wirklich. Da bleibt mir, verdammt nochmal, einfach keine andere Wahl.

«Wie geht es deinem Herzen?» Ich lasse die Finger auf seiner Brust nach unten gleiten. Er mag ein relativ gutes Gesundheitszeugnis bekommen haben – trotz des hohen Blutdrucks und der Cholesterinwerte –, aber wir wissen immer noch nicht, warum er eigentlich an diesem schicksalhaften Tag in der U-Bahn zusammengebrochen ist. Und so haben wir seit Wills Erkrankung nicht mehr miteinander geschlafen. Wir waren beide zu besorgt, dass es zu anstrengend für ihn sein könnte, obgleich der Arzt – mit einem Lachen – gesagt hat, es sei ein Mythos, dass Männer mittleren Alters an Herzversagen sterben, während sie Sex mit ihren jüngeren Geliebten hätten. Ich mache mir trotzdem Sorgen. Der Arzt hat nicht erwähnt, was passieren könnte, wenn ebendieser Mann mittleren Alters Sex mit seiner ebenfalls in den mittleren Jahren befindlichen Frau hat.

«Meinem Herzen geht es bestens», antwortet Will lächelnd. «Es ist kerngesund. Im Moment scheint es sogar ziemlich an Fahrt aufzunehmen.»

«Dann schlage ich vor, dieses Schlafzimmer endlich einmal einzuweihen», sage ich und schleudere sein verdammtes Hühnerbuch zu Boden.

«Geh sanft mit mir um», neckt Will mich und nimmt mich in die Arme.

Genau das habe ich vor. Ich küsse ihn liebevoll.

Und für kurze Zeit kann ich vergessen, wo wir sind und auf was wir uns eingelassen haben. Ich vergesse die Hühner und Schafe und das seltsame Kratzen vom Speicher und gebe mich voll und ganz meinem Mann hin.

## 11

«Heilige Scheiße!», rufe ich aus. «Was zum Teufel soll das denn sein?» Dafür, dass ich seit der Geburt der Kinder nicht mehr richtig geflucht habe, sind das ziemlich viele Schimpfwörter auf einmal.

«Das sind Hühner», sagt Will.

Er ist gerade in unserem abgewrackten, alten Landrover von Scarsby gekommen – und die Abgaswolke, die er dabei hinterlassen hat, hängt noch kilometerweise in der Luft. Unser neuer, ökologischer Lebensstil bezieht sich eindeutig nicht auf unser Fahrzeug. Man könnte Makrelen mit ihm räuchern, würde man sie nur fünf Minuten hinter den Auspuff halten.

Die zerrupftesten Hühner, die ich je gesehen habe, flattern aus dem Kofferraum des Landrovers auf meine Zufahrt und kreischen dabei, als würden sie gerade verbrüht.

Das Gespräch über die Hühner liegt gerade einmal eine Woche zurück, und ich hatte gehofft, mich allmählich mit dem Gedanken anfreunden zu können, tatsächlich welche zu besitzen. Will braucht normalerweise mindestens ein halbes Jahr, um ein Buch zu lesen, und ich war mir sicher, dass er keine kaufen würde, bevor er sich nicht all das Wissen angeeignet hat, das Audrey über unsere gefiederten Freunde mitzuteilen hat. Aber ich hatte für einen Moment vergessen, dass er ja jetzt, wo er nicht mehr arbeitet, viel Zeit hat. Und dass er einen kompletten Persönlichkeitswandel vollzogen hat.

Mehr und mehr Hühner purzeln auf unsere Zufahrt. «Was ist denn mit denen los?», frage ich. «Warum sind sie kahl? Und warum rennen sie so wild herum und stoßen ständig gegeneinander?»

«Ich habe sie gerettet», erklärt William mir.

«Wovor?»

«Sie wurden unter schrecklichen Bedingungen gehalten.» Also ein bisschen wie diese Familie hier. «Der Farmer hat sie mir für fünf Pfund pro Tier überlassen.»

Ich kann mich des Gefühls nicht erwehren, dass mein naiver Mann ausgeraubt worden ist. Ein Huhn rennt gegen meine Beine und kippt um. «Die sind ja blind.»

«Hmm.» Will kratzt sich am Kopf. «So was hatte ich mir schon fast gedacht.»

«Und was sollen wir jetzt mit denen anfangen?»

«Uns um sie kümmern», sagt Will, und wieder schleicht sich dieser gekränkte Tonfall in seine Stimme.

Als ich an Hühner dachte, hatte ich exotischere Rassen im Sinn – Sultanhühner, Haubenhühner, Buff Rocks, Gold Sebrights oder sogar das eigenartige transsylvanische Nackthalshuhn (ja, auch ich habe einen Blick in Audrey Fanshawes Buch geworfen) –, aber nicht dieses armselige Lumpengesindel von Geflügel.

Jetzt rennen sie im Garten herum und stoßen dabei überall an. «Wo bringen wir sie unter?»

«Ha!», sagt mein Mann, taucht in den Kofferraum des Landrovers und bringt eine großartige Broschüre zum Vorschein. Er zeigt auf ein Bauwerk, das wohl ein Hühnerstall sein soll. Es ist das Ritz-Carlton unter den Hühnerställen. Da hat heute also noch jemand Will drangekriegt.

«Da sollen wir diese versifften Hühner unterbringen?»

«Ich dachte, wir schaffen ihnen ein besseres Zuhause als vorher. Der Stall wird heute noch geliefert.»

Eines der Hühner rennt mit Karacho gegen den Apfelbaum. «Ich denke, wir sollten jemanden holen, der erst mal nach ihnen schaut. Sie könnten ja auch Vogelgrippe oder so was haben», sage ich.

«Die haben keine Vogelgrippe», erwidert Will unwirsch. «Sie brauchen einfach nur ein bisschen fürsorgliche Pflege. Nicht wahr, meine Süßen?»

Noch ein Huhn fällt hin.

«Also, ich bin der Meinung, wir sollten jemanden kommen lassen. Vielleicht einen Tierarzt.»

«Es gibt da einen im Dorf», sagt mein Mann. «Er wohnt in diesem modernen Haus da oben auf dem Hügel.»

Ein kluger Mann. Ich wette, in seinem Haus zieht es nicht dermaßen, dass man meint, die Fenster hätten keine Scheiben. «Wir sollten uns seine Telefonnummer besorgen und ihn gleich mal anrufen.»

«Gute Idee», sagt Will. «Ich warte nur noch ab, bis die Schafe kommen, dann kann er nach allen Tieren auf einmal schauen.»

«Schafe? Was für Schafe?» An diesem Punkt fange ich an zu hyperventilieren.

## 12

Ich ziehe meine Samtcordhosen und die Wickeljacke aus Kaschmir an und mache mich mit den Kindern auf den Weg zu der kleinen Schule hinunter, in der wir sie angemeldet haben.

Es ist September, der erste Tag des neuen Schuljahrs, und meine Kinder waren heute Morgen überhaupt nicht glücklich darüber, es in einer neuen Klasse beginnen zu müssen. Noch nie haben sie ihre Frühstücksflocken so langsam gegessen.

Auch ich mache mir Sorgen um die Wahl ihrer Bildungseinrichtung, jedoch aus anderen Gründen. Tom und Jessica sind in London auf eine exklusive Privatschule gegangen, und ich frage mich, wie sie mit der Umstellung auf eine reguläre Dorfschule zurechtkommen werden. Wir sind jetzt seit über einem Monat hier, und noch immer haben sie keine Kinder aus dem Ort kennengelernt. Es war einfach nie jemand zu sehen. Wahrscheinlich waren die meisten Leute im Urlaub, an vernünftigeren Orten, wo es wärmer ist und weniger Schafe gibt. Und, um ehrlich zu sein, war auch mein Bedürfnis nach Geselligkeit unter einem solchen Berg von Trübsinn begraben, dass es mir egal war, ob wir irgendwelche Nachbarn kennenlernten oder nicht. Und so standen wir heute allein und verlegen auf dem Schulhof herum, während uns alle anderen in ihren netten, kleinen Cliquen gar nicht beachteten. Wir hätten ebenso gut Schilder tragen können, auf denen *unrein* stand. Als dann die Schulglocke läutete, habe ich meine beiden Kinder mit schwerem Herzen an der Tür von St. Mary's zurückgelassen.

Jetzt kann ich es gar nicht erwarten, sie abzuholen und zu sehen, wie es ihnen ergangen ist. Die Schule ist spielzeugklein und hat Fenster wie ein Lebkuchenhaus. Ich muss zugeben, dass es wirklich nett ist, Tom und Jessica zu

Fuß abholen zu können. Das hat ja früher immer Maya erledigt – notgedrungen –, da ich noch bei der Arbeit war.

Die Schule hier hat zwanzig Schüler, die jetzt, pünktlich um halb vier, alle gleichzeitig aus dem Gebäude strömen. Aber ist das hier die richtige Institution, um aus Jessica eine Rechtsanwältin und aus Tom einen Schönheitschirurgen zu machen? Ich bücke mich, um Jessica zu küssen, während Tom meiner Umarmung geschickt ausweicht.

«Wie war die Schule?», frage ich fröhlich.

«Klein», antwortet Jessica. «Sehr klein.»

«Habt ihr euch schon mit jemandem angefreundet?»

«Nein», antwortet sie. «Die reden alle so komisch, dass man kein Wort verstehen kann. Und dann sagen die auch noch, dass *wir* komisch reden.» Meine Tochter sieht empört aus.

«Wartet mal ein paar Tage ab, dann wird es euch hier richtig gut gefallen», beschwichtige ich sie.

«Das glaube ich kaum», widerspricht Jessica. «Ich würde am liebsten wieder in meine alte Schule zurück.»

«Ich auch.» Tom stößt mit der Schuhspitze nach dem Schulhofstaub.

«Wir reden mit Daddy», sage ich als Ablenkungsmanöver.

Die Schulleiterin kommt heraus, um mit mir zu sprechen. Sie heißt Mrs. Barnsley, ist unförmig und trägt Kleider, in denen meine Mutter nicht hätte begraben werden wollen. Mrs. Barnsley begutachtet meine Designerklamotten. «Willkommen in Helmshill, Mrs. Ashurst», sagt sie. «Die Kinder haben sich schon sehr gut eingelebt.»

«Haben wir nicht», verbessert Tom sie.

Mrs. Barnsley beachtet ihn nicht. «Wir hoffen, dass Sie sich hier alle gut einleben werden. Dies hier ist eine kleine

Schule, und wir bauen darauf, dass wir Sie in einigen unserer Ausschüsse sehen werden. Elternengagement wird bei uns ganz groß geschrieben.»

Es hat mir eigentlich ganz gut gefallen, dass sich mein Engagement bisher nur auf das Bezahlen saftiger Schulgebühren beschränkte. Schulausschüssen bin ich erfolgreich aus dem Weg gegangen, indem ich mich darauf berief, zu viel Arbeit zu haben. Ich habe vor, es auch weiter so zu halten. In meiner Vorstellung ist es nur ein kleiner Schritt von der Mitgliedschaft in einem Ausschuss bis zum Kochen von Marmeladen und Backen von Kuchen für den Sommerbasar. Wenn William sich dieses Leben so sehr wünscht, dann kann ja er in all diesen verdammten Ausschüssen mitmachen. Und die Marmelade kochen. «Ja, wunderbar», sage ich – doppelzüngig, wie ich bin. «Da bin ich natürlich gerne mit an Bord.»

Mrs. Barnsley, eindeutig zufrieden mit meiner Gefügigkeit, lächelt und geht weiter. Ihre Aufgabe ist erledigt, und es ist klar, wer hier das Sagen hat.

Auf dem Heimweg halte ich Jessica an der Hand und nehme zum ersten Mal in den Wochen, seit wir hier sind, unsere weitere Umgebung wahr. Tom rupft müßig Blätter aus den Hecken, meine Tochter plappert über nichts Besonderes, und ich höre gar nicht richtig hin.

Das Dorf liegt in einer Senke zwischen grünen Hügeln, die von schwindelerregend schiefen Trockensteinmauern durchzogen sind. Heute ist der Himmel unglaublich blau, und die Wolken sehen aus wie das weiße, flockige Fell der allgegenwärtigen Schafe. Die Stille, die über alldem liegt, wird nur von einem gelegentlichen Blöken und dem Gezwitscher der Vögel durchbrochen. Das ist schon etwas anderes als der gnadenlose Verkehrslärm an der Ladbroke Grove vor unserem früheren Haus. Könnte ich diesen Ort lieben lernen? Wäre es so schlimm, ein bescheidenes Leben mitten im Nirgendwo zu führen, mit genug Zeit, um den Himmel anzuschauen? Könnten wir nicht alle glücklich und zufrieden hier wohnen? Das wäre doch gar nicht so schlecht, oder ...

«Ich finde es hier grässlich», unterbricht Tom meine Gedanken. «Ich will heim.»

«Ich auch», stimmt Jessica ihm zu. «Es riecht komisch.»

Ich seufze leise. Meine Tochter hat recht. Wo man auch hingeht, überall liegt ein leichter Hauch von Dung in der Luft. Vielleicht muss ich doch noch ein wenig an meinem Happy End arbeiten.

## 13

Auf dem Weg zu unserem Haus, Helmshill Grange, überqueren wir den Dorfanger, und beim Anblick der heruntergekommenen Fassade wird mein Schritt deutlich schleppender. Auf der Zufahrt steht ein glänzender, neuer Range Rover, den ich noch nie gesehen habe.

Dann höre ich ein Blöken dicht bei unserem Haus und bleibe abrupt stehen. Ich weiß genau, was das bedeutet. Wir haben Schafe bekommen. Trotz meiner Hoffnung, dass Will seine Meinung ändern würde und so sehr von den blinden Hühnern in Anspruch genommen wäre, dass er nicht an weitere Tiere denken könnte, stehen die Schafe jetzt gemütlich in meinem Garten.

«Geht schon mal zu Maya», fordere ich die Kinder auf und gebe ihnen einen sanften Schubs in Richtung Haus. «Sie hat Kekse gebacken.» Das hoffe ich zumindest. Als ich endlich meinen Mut zusammengenommen und mich der Herausforderung des alten Herds gestellt hatte, dauerte es Tage, das Feuer in dem verdammten Ding anzubekommen. Jetzt ist es in der Küche so heiß wie im Hades.

Ich gehe zu den Schafen. Es sind nur drei, aber das sind schon mehr als genug.

«Hallo, Schatz.» Will küsst mich zerstreut auf die Wange. «Das hier ist der Tierarzt.»

«Hallo», sagt der Tierarzt. «Guy Burton. Freut mich.»

«Hallo.» Ich schüttele ihm die Hand. Er sieht verdammt gut aus, das muss ich sagen. Wir haben bisher nur sehr wenige von unseren Nachbarn kennengelernt, aber die meisten waren uralt, verhutzelt und unfreundlich. Ein Schema, in das Guy Burton definitiv nicht hineinpasst.

Er ist blonder als Will und auch größer und robuster. Seine Augen sind dunkel, gefühlvoll und wirken so, als hätte er schon einiges im Leben durchgemacht. Sein Gesicht ist braungebrannt und wettergegerbt. Wie alt er wohl sein mag? Mein Alter – achtunddreißig – oder vielleicht ein bisschen jünger? Auf dem Kinn hat er eine Andeutung von Designer-Stoppelbart, aber der könnte auch ganz unbeabsichtigt sein. Wahrscheinlich hat er sich heute Morgen einfach nur nicht rasiert: Er sieht nicht gerade aus wie ein Mann, der Stunden vor dem Badezimmerspiegel zubringt. Trotzdem denke ich, dass er die Herzen der unverheirateten Mädels bestimmt schneller schlagen lässt – falls es hier in Helmshill überhaupt welche gibt. Er spricht ohne Dialekt, und ich frage mich, was jemand wie Guy Burton an einem solchen Ort macht. Außer nach unseren Tieren zu schauen, natürlich. Hmm. Wenn ich nicht eine glücklich verheiratete Frau wäre, würde Guy Burton mir vielleicht den Kopf verdrehen. Ob er wohl ledig ist? Vielleicht könnte ich ihn mit

Serena verkuppeln. Es wird allmählich Zeit, dass meine Schwester einmal mit jemandem ausgeht, der kein verheirateter Rechtsanwalt ist.

«Willkommen in Helmshill», unterbricht er meine kupplerischen Gedanken.

«Danke.»

«Ich hoffe, dass Sie hier glücklich sein werden.» Dann sind wir ja schon zwei, die das hoffen.

Ich zeige auf eines der jämmerlichen Hühner, das gerade im Kreis läuft und blind auf dem Boden herumpickt. «Haben die hier irgendwelche Überlebenschancen?»

«Den da habe ich Christopher genannt», erzählt mir mein Mann mit liebevollem Stolz. Mir bleibt der Mund offen stehen.

«Sie sind schlecht gehalten worden, tief in ihrem eigenen Mist», erklärt Guy kopfschüttelnd. «Wir haben das dem Farmer schon ein Dutzend Mal gesagt. Aber er hört nicht auf uns. Das Ammoniak aus ihrem eigenen Kot macht sie blind. Er kann froh sein, dass er die Hühner an Sie losgeworden ist.»

Will sagt nichts über die beträchtliche Summe, die den Besitzer gewechselt hat.

«Mit viel Liebe und gezielten Antibiotikagaben werden Sie in null Komma nichts wieder fit sein», sagt der Tierarzt.

«Wie oft brauchen sie denn die Medikamente?» Das klingt teuer.

«Täglich», antwortet Guy.

«Dann müssen Sie also jeden Tag kommen?»

«Nein», lacht er. «Die Tropfen verabreichen Sie ihnen selbst. Es sind nur ein paar für jedes Auge. Nichts, worüber man sich Sorgen machen müsste.»

«Oh.» Diese Aufgabe wird definitiv mein Mann übernehmen müssen.

«Und man muss ihnen zeigen, wo ihr Futter ist, und sie auf ihre Sitzstangen heben, bis sie wieder gelernt haben, selbst hinaufzusteigen.»

«Wenn man gesunde Hühner kauft, dann machen sie das wahrscheinlich alles von alleine.»

«Richtig», bestätigt Guy. An diesem Punkt starre ich Will wütend an. «Es handelt sich nur um ein paar Monate. Vielleicht auch ein bisschen länger. Wenn Sie all meine Anweisungen befolgen, werden sie bald wieder aufleben.»

«Was ist mit den Schafen?»

«Sie haben da drei sehr nette alte Damen», meint der Tierarzt.

Will guckt dumm aus der Wäsche.

«Alte Damen? Ist das etwas Gutes oder etwas Schlechtes?»

«Sie sollten geschlachtet werden», bringt mein Mann vor. «Schau sie dir doch an.»

Das tue ich. Sie stehen in einer Reihe da und erwidern meinen Blick. Sie sehen tatsächlich wie alte Damen aus; es fehlen ihnen nur noch die Filzhüte und die Handtaschen. Wir haben also nicht nur blinde Hühner, sondern auch noch Schafe in den Wechseljahren.

«So etwas Grausames konnte ich einfach nicht zulassen», bringt Will wie zu seiner Verteidigung hervor. «Deshalb dachte ich, wir kümmern uns einfach auch noch um diese armen Kreaturen», fährt er fort. «Der Farmer sagte, sie hätten höchstens ein wenig Mastitis. Oder so ähnlich.» Schulterzuckend tut mein Mann die Notwendigkeit einer genauen Bezeichnung ab. «Er hat mir versichert, es sei nicht ansteckend.»

«Mastitis», bestätigt der Tierarzt. «Das bedeutet einfach nur, dass das Mutterschaf seinen Nachwuchs nicht säugen kann. Aber darüber brauchen Sie sich bei diesem kleinen Trio wohl keine Gedanken zu machen, die taugen ohnehin nicht mehr zur Zucht.»

Guy Burton spricht zu mir gewandt, da er mich offensichtlich für den rationaleren Teil von uns beiden hält. «Da ist die biologische Uhr längst abgelaufen.»

Ich weiß nur zu genau, wie sie sich fühlen müssen.

«Dann können wir sie also auch nicht essen?»

«Sie werden nette Streicheltiere abgeben», bringt Will vor. «Diese drei reizenden alten Damen.»

Ich wette, er hat auch schon Namen für sie.

«Ich muss jetzt los», sagt Guy. «Mr. Dawkins Katze geht es nicht gut. Ich habe ihm versprochen, auf dem Rückweg zur Praxis bei ihm vorbeizuschauen.»

«Danke», sagt Will. «Danke, dass Sie gekommen sind.»

«Kein Problem», antwortet Guy. «Dieser Besuch geht auf mich. Ich werde Ihnen nur die Medikamente berechnen, Sie kriegen die Rechnung dann per Post.» Er übergibt uns schachtelweise Augentropfen für Hühner. Nachdem er gesehen hat, in welcher Verfassung sich der Haufen hier befindet, spielt er in Gedanken wahrscheinlich schon mit der Anschaffung eines neuen Porsche. «Ich bin mir sicher, dass ich Sie noch öfter sehen werde.»

Da bin ich mir ebenfalls sicher, falls Will so weitermacht und ständig neue hoffnungslose Fälle anschleppt. Für wen hält er sich eigentlich? Brigitte Bardot?

Wir sehen Guy Burton nach, wie er zu seinem Range Rover geht, hineinsteigt und rückwärts aus der Einfahrt setzt.

«Er wirkt sehr nett», sagt Will. «Tüchtig. Die Sorte Mensch, auf die man sich im Notfall verlassen kann.»

«Ja», stimme ich zu.

«Er hat mir ein paar großartige Tipps zur Hühnerhaltung gegeben.»

Ich frage mich, ob unser Tierarzt ebenfalls abends im Bett Audrey Fanshawe liest. Irgendwie bezweifle ich es. «Ist das alles?», frage ich müde. «Du hast nicht vielleicht noch eine dreibeinige Ziege vergessen? Falls doch, sag es mir am besten gleich. Ich glaube nicht, dass ich heute noch mehr Überraschungen vertrage.»

«Also ...», setzt Will an.

Und mit komödientauglichem Timing kommen die Kinder aus der Küche gelaufen.

«Mummy», schreit Jessica ekstatisch. «Wir haben ein Kätzchen!»

«Und einen Hund!», fügt Tom hinzu.

Hinter ihnen kommt ein großer, schwarzbrauner Hund mit vollem Karacho auf mich zu. Seine Zunge hängt bis zum Boden, und zwei Sabberfäden fliegen in dem Wirbelwind, den er hinterlässt. Er sieht vollkommen verrückt aus. Ich hasse Hunde. Sie stinken und haaren alles voll. Die Katze folgt ihm mit trippelnden Schritten über den Kies. Sie ist schlank, schwarz und sieht höllisch gemein aus. Ich hasse auch Katzen. Sie haben einen Hintern wie ein Bleistiftspitzer und knabbern an Babys, die noch in der Wiege liegen.

Der Hund kracht gegen meine Knie und wirft mich beinahe um.

«Das ist Hamish», sagt mein Mann, schnappt sich das Viech, bevor es noch mehr Unheil anrichtet, und knuddelt ihm die Ohren. Daraufhin schüttelt Hamish sich wie wild, wodurch sein Sabber in fetten Tropfen auf meiner schönen Samtcordhose landet.

Ich sehe meinen Mann an, und Tränen treten mir in die Augen. «Ach William», sage ich. «Was um Himmels willen hast du dir dabei gedacht?»

## 14

«Verdammte Scheiße», knurre ich, als ich aus dem Bett steige und in Mäuseeingeweide trete. Wie man sieht, habe ich mich schon langsam an das Leben auf dem Land gewöhnt, nicht wahr? Früher hätte ich bei so etwas aufgeschrien.

Die Katze Milly Molly Mandy – der Name ist von Jessica gewählt – ist unser einziges Tier, das alle körperlichen Fähigkeiten und Attribute zu besitzen scheint, die man von ihm erwartet. Sie zeigt dabei jedoch Tendenzen, auf die jeder Serienmörder stolz wäre. Hannibal Lecter wäre ein besserer Name für sie gewesen. Und so sitzt sie jetzt zufrieden da und leckt sich die Pfoten, während sie die drei enthaupteten und ausgeweideten Nagetiere begutachtet, die sie hereingebracht hat, um uns zu ergötzen.

«Muss ich mich jetzt jeden Morgen auf gefolterte Mäuse gefasst machen?», frage ich, während ich zum Badezimmer hüpfe.

«Wenn sie in diesem Tempo weitermacht, werden die paar verbliebenen Angehörigen der Mäusepopulation von Helmshill Grange bald ihre Koffer packen und sich ein sicheres Refugium suchen», bemerkt mein Mann. «Stimmt's, Mols?» Die Katze lässt sich nicht lange bitten und springt auf den warmen Platz im Bett, den ich gerade geräumt habe. Ich hasse Tiere im Schlafzimmer. Und im Wohnzimmer oder in der Küche übrigens auch.

«Braves, braves Kätzchen», säuselt Will und streichelt sie liebevoll. «Die beste Mäusefängerin in ganz Yorkshire.»

Milly Molly Mandy hat nicht lange gebraucht, um sich Wills Zuneigung zu erobern. Bei mir wird das verdammt viel länger dauern.

«Es ist schön, ein Haus zu haben, das voller Tiere und Liebe ist», sagt er träumerisch. In Notting Hill hat Will den Kindern nicht einmal einen Hamster erlaubt.

Ich dusche unter einer eiskalten Tröpfelbrause. Weil die Rohre so uralt sind, braucht das Wasser immer eine Ewigkeit, bis es sich durchs ganze Haus zum Badezimmer vorgearbeitet hat. Unglückseligerweise ist mein Zeitgefühl auch jetzt noch, sechs Wochen nach unserem Umzug, im Londoner Tempo getaktet, und ich habe nicht die Geduld, so lange zu warten. Während ich mich zitternd, aber energisch abtrockne, denke ich, dass doch erst September ist – und noch dazu ein vergleichsweise milder; wie wird es hier also erst im Winter sein? Die Fenster halten ja jetzt schon nicht einmal das mildeste Lüftchen ab. Wie sollen sie einem ausgewachsenen Sturm standhalten, der, wie man mir sagte, häufig über Helmshill tobt? Und, noch wichtiger, wie werde *ich* ihm standhalten?

Aus Gründen, die am besten ich selbst verstehe, achte ich trotz meiner neuerdings bescheidenen Lebensumstände auf meine Erscheinung und wähle ein Diane-von-Furstenberg-Kleid, um die Kinder zur Schule zu bringen. Wann denn sonst soll ich das verdammte Ding tragen?

Mein Mann sieht heute Morgen wieder müde aus. Sein Gesicht ist blass, und er hat dunkle Ringe unter den Augen. Untypischerweise liegt Will immer noch im Bett, als ich mit meinen kalten Waschungen fertig bin. «Hast du nicht gut geschlafen?», frage ich.

«Wie ein Stein», antwortet er. «Aber ich könnte glatt noch ein paar Stunden weiterschlafen.»

«Wahrscheinlich fällt jetzt die ganze Anstrengung des Umzugs von dir ab. Es würde nicht schaden, wenn du dich ein paar Tage ausruhst.» Noch immer bin ich nicht dazu gekommen, uns bei einem Hausarzt anzumelden. Die nächstgelegene Praxis befindet sich in Scarsby, und jedes Mal, wenn ich dort bin, vergesse ich, dorthin zu gehen und die Formulare zu holen. «Bleib doch einfach noch ein paar Stunden liegen.»

«Zu viel zu tun», sagt er und wirft gähnend die Bettdecke zurück, was die Katze vom Bett verjagt.

«Hast du gestern deine Tabletten genommen?»

«Hmm ...» Will kratzt sich am Kinn.

«Dann nimm sie wenigstens heute. Und versuche, da mal eine Regelmäßigkeit reinzubekommen. Du bist sehr zerstreut, seit du ein Gutsherr geworden bist, William Ashurst.» Ich muss ihn jeden Tag ermahnen, sonst würde er nie daran denken, seine verdammten Medikamente zu schlucken.

«Du hast recht», antwortet er nickend. «Könntest du sie nicht jeden Morgen für mich rauslegen?»

Ich muss unbedingt eines dieser Kästchen besorgen, die mit den Wochentagen beschriftet sind, und es mit Wills Pillen füllen – genau wie man es für alte Leute macht. Was würde er ohne mich tun? Ich lächele ihn nachsichtig an. Aber immerhin kann ich mir jetzt, da ich nicht mehr arbeite, die Zeit nehmen, ihn ein bisschen mehr zu verwöhnen. Es hat auch einige Zeit gedauert, bis ich mich an diesen Gedanken gewöhnt habe. Mittlerweile bekomme ich nur noch circa zehn Mal am Tag einen Sehnsuchtsanfall nach meinem alten Job, und ich vermeide es außerdem ernsthaft,

Fernsehen zu schauen, da das die Sache nur noch schlimmer gemacht hat. Abgesehen davon ist der Empfang hier so beschissen, dass man meint, man würde jede Sendung durch einen Schneesturm sehen.

«Jetzt dürfte allmählich auch warmes Wasser aus der Leitung kommen», sage ich.

«Eine schöne lange Dusche macht mich vielleicht wach.» Im Vorbeigehen umfasst er meine Taille. «Ich sehe dich unten.»

«Ich hab dich lieb», sage ich, als er ins Bad verschwindet, aber ich weiß nicht, ob er mich gehört hat.

## 15

Ich lege ein Paar Diamantohrringe an und gehe in die Küche. Maya, tüchtig wie immer, hat – zwischen all den unausgepackten Umzugskartons – schon den Tisch fürs Frühstück gedeckt. Auch sie scheint sich hier allmählich einzuleben. Ich erwische sie mittlerweile nur noch einmal am Tag beim Weinen.

Jetzt kommt sie tränenüberströmt aus der Spülküche.

«Maya, was ist denn los?» Unser neuer Hund Hamish folgt ihr auf den Fersen und wedelt wild mit dem Schwanz, eindeutig sehr mit sich zufrieden. Er kommt zu mir, streift gegen meine Beine und hinterlässt dabei Haare und Sabber auf meinem Kleid.

«Er hat wieder versucht, unsere Unterwäsche zu fressen», erklärt sie mir mit zitternder Stimme. «Er hat den Wäschetrockner ganz allein aufgemacht und alles völlig kaputt gemacht.»

«Nein», lache ich. «Unmöglich.»

«Doch. Er ist sehr ungezogener Hund, Amy.»

Das weiß ich bereits. Seit dem Tag seiner Ankunft ist Hamish der Fluch meines Lebens. Er ist riesig – viel zu groß selbst für ein so geräumiges Haus. Er ist voller Energie, dummer Gedanken und jetzt, so scheint es, auch noch voller Unterwäsche. Längst schon haben wir uns daran gewöhnt, alles Essbare außer Reichweite zu legen, nachdem er mehr als einmal Will das Frühstück vom Teller geklaut hat. Mein Mann findet diese Eigenschaft einnehmend. Geschirrtücher sind ein Ding der Vergangenheit. Und Spülschwämme sowieso – offensichtlich ein ganz besonderer Lieblingshappen für diesen Hund.

Jetzt hat Hamish offensichtlich hochwertigere Materialien für sich entdeckt und gelernt, den Wäschetrockner zu öffnen. Ob ein so begriffsstutziger Hund das wirklich kann?

Ich gehe durch die Waschküche und kann Mayas Einschätzung der Lage immer noch nicht ganz glauben. Aber es ist eindeutig, die Tür des Wäschetrockners steht offen, und davor liegt ein Stapel verdächtig zerfetzter Unterwäsche. «Hamish», brülle ich. «Hierher! Warst du das etwa?»

Doch mein Ärger trifft auf taube Ohren, und Hamish lehnt weise jede Verantwortung für seine Untat ab. Dieser Hund hört es nie, wenn man seinen Namen ruft, erkennt aber das leiseste Klacken, das etwa das Öffnen einer Keksdose verursacht. Und zwar auch von dem hintersten Winkel des Gartens aus.

«Ich glaube, ein Teil fehlt.» Maya räumt die Sauerei auf. «Vielleicht hat er ihn gefressen.»

«Verdammter Köter», schimpfe ich – und in diesem Moment betritt Will die Küche. Ich stürze aus der Spülküche und begrüße meinen Mann mit einem Fetzen schwarzer Spitze in der Hand.

«Was ist denn das?»

«Die Überreste meines Lieblingsslips. Deine Unterwäsche hat er auch angefressen.»

«Ach, Hamish», sagt Will nachsichtig zu dem Hund, der sich gegenwärtig hinter seinen Beinen versteckt. «Warst du etwa unartig?» Hamish wirft sich in einem Anfall von Begeisterung auf den Rücken und streckt die Beine aus.

Es hat nie zu meinem Lebensplan gehört, schon vor dem Frühstück mit dem Anblick eines Paars Hundehoden konfrontiert zu werden. «Wo genau hast du diesen Köter eigentlich her?», möchte ich wissen.

«Er ist ein Tierheimhund», antwortet Will vorsichtig. «Das hatte ich dir doch gesagt. Er war eine Ewigkeit dort, und keiner wollte ihn haben. Nicht wahr, Wuffi?»

Wie aufs Stichwort bellt Hamish.

«Hast du dich jemals gefragt, warum?»

«Sie sagten, er sei kein ganz einfacher Bursche. Doch er ist ein Gordon Setter», berichtet mir mein Mann. «Reinrassig, mit einem Stammbaum.»

Reinrassig? Für mich sieht er aus wie eine Kreuzung aus Hund und Clown.

«Man muss ihn einfach nur ein bisschen erziehen.»

Oder gleich mit Beruhigungsmitteln vollpumpen.

«Er verhält sich noch ein wenig wie ein Welpe. Das wird sich legen, wenn er sich hier eingewöhnt hat.» Im Moment versucht der Hund, an Will hochzuspringen. «Nicht wahr, mein Junge?»

«Er hat unsere Unterwäsche ruiniert.»

«Nein!» Will lacht genau so, wie ich gelacht habe.

«Doch!»

Mein Mann merkt, dass es mein Ernst ist. «Das ist wahrscheinlich seine Kau-Phase. Er wird daraus herauswachsen.»

«Ich muss nachher nach Scarsby fahren, um neue Wäsche zu besorgen.» Ich schnalze missbilligend mit der Zunge. «Den Hund hat dir doch nicht dieser verdammte Tierarzt angedreht, oder?»

«Nein», versichert Will mir. «Tatsächlich hat Guy mich sogar gewarnt, dass er ein bisschen wild sein könnte.»

«Na phantastisch.»

Jessica kommt in die Küche, den Arm voller Barbie-Puppen – alle mit abgekautem Kopf. «Schaut nur, was mit denen passiert ist!»

Hamish lässt beschämt den Kopf hängen und versucht, sich leise davonzuschleichen. Dieser Hund würde keinen guten Pokerspieler abgeben.

«Elendiges Mistvieh», knurre ich. Dann sage ich meiner Tochter: «Du musst deine Zimmertür geschlossen halten, Schätzchen. Bis Hamish aus seiner ‹Kau-Phase› herausgewachsen ist.»

«Das waren meine Lieblingspuppen», jammert sie.

Ich hasse Barbie-Puppen, ich weiß nicht, warum ich mein Kind mit so was spielen lasse. Sie tragen zu viel Make-up und sind gekleidet wie Huren. Eigentlich sehen sie ohne Kopf sogar besser aus. «Mach dir nichts draus», sage ich und werfe Will einen strengen Blick zu. «Daddy kauft dir neue.»

Tom kommt herunter. Er hat seinen Schul-Blazer an und einen erstaunten Ausdruck im Gesicht. «Guckt mal», sagt er und streckt seine Arme aus. «Da sind Löcher drin.»

Viele Löcher. Löcher wie von Hundezähnen. Aber sollte das nicht Beweis genug sein, verraten die silbrigen Sabberfäden, die die neue Uniform überziehen, dass Hamish der Schuldige ist. Der Hund legt sich auf den Boden und versucht, sich unsichtbar zu machen. Recht schwierig für einen großen, haarigen Köter von anderthalb Zentnern.

«Mach dir nichts draus», sage ich noch honigsüßer als beim Mal zuvor. «Daddy kauft dir einen neuen.»

«Aber was soll ich heute tragen? Mrs. Barnsley kriegt die Krise, wenn sie das sieht.»

«Weißt du was, Daddy kommt heute einfach mit uns in die Schule», sage ich munter in Wills Richtung, «und erklärt Mrs. Barnsley genau, was passiert ist.»

Während Maya den Kindern hilft, sich ihre Frühstücksflocken zuzubereiten, ziehe ich Will zu mir. «Jetzt reicht's», flüstere ich grimmig. «Das hier ist kein Haus voller Tiere und Liebe. Das ist ein Haus mit einer Fressmaschine, einer Serienmörderin und verschiedensten angekauten Sachen. Du bist doch nicht der verdammte Doktor Doolittle. Keine Tiere mehr! Das meine ich ernst.»

«In Ordnung», erklärt Will geläutert. «Ich hab dich verstanden. Keine Tiere mehr.»

«Versprichst du mir das beim Leben deiner Kinder?»

«Ja», antwortet er. «Wenn heute die Ziegen eingetroffen sind, ist es das wirklich gewesen.»

## 16

Während die Kinder zu Ende frühstücken, gehen Will und ich nach draußen, um uns um unsere stetig wachsende Tierschar zu kümmern. Wenig begeistert übernehme ich die Hühner, während mein Mann nach den alten Schafen schaut, die die Namen Daphne, Doris und Delila erhalten haben.

Ich versuche die Tatsache zu übersehen, dass die Spitzen meiner Lieblingsstiefel von Kurt Geiger offensichtlich ebenfalls von unserem Hund angekaut worden sind. Allerdings muss ich mir dabei eingestehen, dass sie ohnehin nicht das ideale Schuhwerk für die Tierhaltung sind. Da es so aussieht, als würden wir dauerhaft hier bleiben, sollte ich uns allen wohl bald einmal anständige Gummistiefel kaufen.

Ich stoße einen Schrei aus, als ich den Deckel der Futtertonne anhebe und mir dabei eine klein Maus entgegenspringt. Himmel hilf! Mein Herz hämmert wie wild. Dieses Haus mag vielleicht gut für Wills Herz sein. Für meines ist es definitiv eine Belastungsprobe. Seufzend messe ich das Getreide für die Hühner ab. Werde ich mich je an all diese herumhuschenden Geschöpfe gewöhnen, die die Natur nun mal so mit sich bringt?

Unser Hühnerstall ist riesig und könnte noch viel mehr Tiere beherbergen als unser zerrupftes Dutzend. Die Tür ziert ein herzförmiges Fenster mit einer Acrylglasscheibe – was ein hübsches Detail ist, aber unsere Hühner vollkommen gleichgültig lässt. Sie sind schließlich blind. Neben dem Hühnerstall befindet sich ein langer Auslauf, wo Will – recht hoffnungsvoll, wie mir scheint – einen großen Kaninchenverschlag aufgestellt hat.

Ich arbeite mich bei den Hühnern durch und verziehe angeekelt das Gesicht. Ach, wie ich Hühner verabscheue! Insbesondere diese nervöse, mottenzerfressene Sorte. Als Erstes versuche ich es mit Christopher, da sie am fügsamsten aussieht. Offensichtlich ist mein Mann nicht bis zu der Stelle in *Hühnerhaltung* gekommen, wo Audrey darauf hinweist, dass alle Hennen weiblich sind. Chris zappelt unter meinen Händen und gackert kreischend, als versuchte ich, sie zu ermorden, während ich mich damit abmühe, ihr die Antibiotika in die blinden Augen zu träufeln. Die anderen Hühner stieben auseinander, flattern blind im Stall herum und scharren erfolglos an der Tür.

«Ich tue das zu deinem eigenen Besten», erkläre ich

Christopher fest. «Hör auf zu zappeln. Du jagst den anderen Angst ein.» Und da habe ich früher bei *Sportquiz* die Ansprüche von Fußball-Erstligaspielern anstrengend gefunden!

Als ich es endlich geschafft habe, alle Tiere einzufangen und jedem seine Tropfen zu verabreichen, ist mein Diane-von-Furstenberg-Wickelkleid gründlich mit Hühnerkacke versaut. Ich trage jedes Huhn behutsam zur Futterschüssel und zeige ihm sein Frühstück. Dafür brauche ich ewig. Und ich muss es später am Tag wiederholen. Und morgen. Und übermorgen. Und überübermorgen auch.

Als ich erschöpft in die Küche zurückkehre, sitzt mein Mann da und trinkt Tee. Mit den Schafen ist es ihm offensichtlich besser ergangen. «Reizende alte Dinger», erklärt er mit zufriedenem Lächeln. «Sie haben mir wirklich gar keine Probleme bereitet. Ich glaube, sie werden unser Leben sehr bereichern.»

Drei Schafe in den Wechseljahren? Da bin ich aber mal gespannt! Heute ist es warm und sonnig. Warte nur ab, bis wir uns in Sturm und Schnee zu ihnen durchkämpfen müssen. Das ist dann vielleicht nicht mehr ganz so bereichernd.

Bevor ich die Zeit finde, selbst eine Tasse Tee zu genießen, sind die Kinder für die Schule fertig.

«Hamish hat sein Frühstück auch schon gehabt», informiert Jessica mich, und erst da entdecke ich den Haufen Cornflakes neben dem zerfetzten Karton. Ich befühle meine Stirn. Allmählich bekomme ich Fieber, das könnte ich schwören.

«Ich mach das schon weg, Amy», sagt Maya mit missbilligendem Zungenschnalzen und verschwindet, um Handfeger und Kehrblech zu holen – die, ehrlich gesagt, zurzeit im Dauereinsatz sind. Ich weiß nicht, warum Maya sich mit all dieser Zusatzarbeit nicht in Streik begibt. Und warum ich mich ihr dabei nicht einfach anschließe.

«Kann Hamish uns mit zur Schule begleiten?», fragt Tom.

«Was für eine gute Idee», sagt Will. Ich würde den verdammten Kerl am liebsten hierlassen, eingesperrt in einem kleinen Raum, wo es nichts für ihn zu fressen gibt außer den Überresten der Cornflakesschachtel. Aber dann würde er sich wahrscheinlich durch die Tür nagen.

«Komm schon, Junge.» Mein Mann versucht, ihn mit der Leine einzufangen, während der Hund bockt wie ein wildes Pferd. «Vielleicht finde ich ja eine Hundeschule», keucht Will, während er mit Hamish kämpft. Das kann nicht gut für sein Herz sein.

Zehn Minuten und einiges Theater später ist der Hund endlich an der Leine, und wir machen uns auf den Weg, jetzt in Eile, da wir mittlerweile ziemlich spät dran sind. Will wird von Hamish, für den Eile der Normalzustand ist, die Straße entlanggezerrt. Es ist, als versuchte man, mit einem Stier in Rage spazieren zu gehen.

«Halt, Junge! Nicht so schnell», ruft Will erfolglos. Es besteht kein Zweifel daran, wer hier mit wem spazieren geht.

Wir kommen gerade rechtzeitig, um Mrs. Barnsley noch auf dem Schulhof anzutreffen, was Will ausnutzt, um sie sogleich mit seiner Geschichte über Toms zerkaute Jacke zu behelligen. Die respekteinflößende Mrs. Barnsley wirft einen misstrauischen Blick auf Hamish, der gerade selbstvergessen das Schultor anpinkelt, und drückt damit unmissverständlich die Hoffnung aus, dass unsere Kinder bessere Manieren besitzen.

Mein Mann und ich überlassen Tom und Jessica ihrem Tag und kehren samt Hund nach Helmshill Grange zurück.

Ich kann mich noch immer nicht ganz überwinden, «nach Hause» zu sagen. Die hügelige Landschaft um uns herum erstrahlt in der milden Septembersonne, und die Straßen sind leer – abgesehen von gelegentlich vorbeifahrenden Heuwagen. Obwohl es schon neun Uhr vorbei ist, gibt es keinerlei Anzeichen von Leben im Dorf. Das hier könnte der friedlichste Ort auf Erden sein. Aber auch der langweiligste.

Hamish, der wie wild an der Leine zieht, zerrt uns die Straße entlang. Will hängt sich bei mir ein, und ich weiß nicht recht, ob er dabei Zuneigung oder einfach nur zusätzlichen Halt sucht.

Er wendet sich mir zu. «Meinst du, du kannst hier glücklich sein?»

Was soll ich sagen?

«Ich weiß es nicht, Will», antworte ich ehrlich. Ich verkneife mir die Bemerkung, dass ich gegen den Drang ankämpfen muss, alle fünf Minuten die British Television Company anzurufen, um herauszufinden, wie es dort steht und ob man mich vermisst. Wenn sie mich anflehen würden zurückzukommen, was würde ich tun? Ist das körperliche Wohlergehen meines Mannes wichtiger als meine geistige Gesundheit? Könnte ich nicht zu meinem hochkarätigen Job zurückkehren und dann einfach pendeln – die Woche über in London und an den Wochenenden zurück aufs Land? Leben nicht massenhaft Familien heutzutage so? Ich wusste nicht, dass ich mich zu einem nicht unwesentlichen Teil auch darüber definierte, großartige Fernsehsendungen zu produzieren, aber so ist es, so traurig es auch klingen mag. Ich war immer stolz auf das, was ich geleistet habe. Von wem werde ich jetzt Anerkennung – oder eine saftige Gehaltserhöhung – bekommen, wenn ich ein paar zerrupfte Hühner gesundpflege?

Dann denke ich an das schreckliche Bild von Will auf diesem Bahnsteig und an meine Angst, er könne sterben. Sollte ich nicht froh darüber sein, dass ich zusammen mit ihm hier sein kann, statt mich darüber aufzuregen, dass ich meine Karriere und mein sechsstelliges Gehalt aufgegeben habe? Ich will nicht während der Woche von ihm oder den Kindern weg sein. Wir sind eine Familie. Wir müssen das tun, was für uns alle das Beste ist. Und mein Mann ist felsenfest überzeugt, dass das Beste darin besteht, aus dem Hamsterrad von Stress und Arbeit auszusteigen. «Gib mir Zeit», sage ich ihm. «Ich bin mir sicher, es wird alles gut.»

«Das hoffe ich», sagt er. «Ich finde es wunderbar hier. Und die Kinder auch.»

Ich bin mir nicht sicher, ob es den Kindern hier ansatzweise besser gefällt als mir, aber ich beschließe, diesen Gedanken unausgesprochen zu lassen.

Will schaut auf den verrückten Hund, der vor uns die Straße entlangschlingert. «Du findest es hier auch wunderbar, nicht wahr, mein Junge?» Hamish jault vor Entzücken. «Ich denke, ich lasse ihn mal von der Leine. Nur für ein, zwei Minuten.»

«Hältst du das wirklich für klug?»

«Dieser Hund ist schlauer, als du meinst», schilt mich Will. «Er wird zurückkommen, wenn ich ihn rufe.»

William macht die Leine los, und sofort stürmt der Hund in die Freiheit davon. «Hamish», ruft Will optimistisch. «Hierher!»

Hamish wirft ihm einen Blick zu, der bedeutet, nie im Leben, Kumpel. Dann überspringt er eine ein Meter zwanzig hohe Mauer und rennt wie verrückt bellend in die umliegenden Hügel davon.

«Hamish!»

Als Antwort bellt der Hund nur noch etwas lauter.

«Hamish!» Will klingt jetzt sehr streng. «Komm sofort zurück!»

Hamish wird rasch zu einem kleinen, schwarzen Punkt in der Ferne. Der ohrenbetäubende Lärm seines Bellens verhallt.

Und ich sage nichts.

## 17

«Wenn ich diesen Hund noch einmal bei meinen Schafen erwische», sagt der Farmer mit einer so starken Dialektfärbung, dass ich ihn kaum verstehen kann, «dann erschieße ich ihn, verdammt nochmal.»

«Danke», sagt Will. «Vielen, vielen Dank, dass Sie ihn nach Hause gebracht haben.»

Mein Mann war stundenlang auf der Suche nach Hamish durch die Felder gestreift, aber ohne Erfolg. Stattdessen wurde Hamish dabei erwischt, wie er mit Schafen spielte. Wie ich ihn kenne, hat er wahrscheinlich versucht, sie zu besteigen.

«Es tut mir wirklich sehr leid», fährt Will fort. «Ich kann mich nur entschuldigen. Und für den Schaden aufkommen.»

Was wohl die angemessene Entschädigungssumme für ein gevögeltes Schaf ist? Apropos Geld: Heute muss ich mich ernstlich ans Telefon hängen und die Fühler nach einer neuen Stelle ausstrecken. Ich habe es schon bei den beiden größten Fernsehsendern der Gegend versucht, aber da war nichts zu machen. Derzeit scheinen alle den Gürtel enger zu schnallen. Man konnte mir nur anbieten, ihnen meinen Lebenslauf zu schicken und mich in die Kartei aufzunehmen, wie bei einem arbeitsuchenden Teenager.

Dabei muss es doch irgendwo Bedarf an meiner Expertise geben! Will war sich so sicher, dass wir freiberuflich Fuß fassen würden, aber wo? Hier gibt es weit und breit nichts. Und das, wo sich die Rechnungen auf unserem Tisch langsam stapeln, da die Versorgung unserer wachsenden Tierschar keine unerheblichen Kosten verursacht. Der Betrag, den Will aus dem Verkauf unseres wunderschönen Audi erlöst hat, ist schon aufgefressen worden – buchstäblich. Einer von uns muss allmählich richtig Geld machen, bevor unsere wenigen Ersparnisse vollständig dahinschmelzen.

Der Farmer schnauft. Er trägt Regenmantel, Kappe und Gummistiefel und zeigt uns ein finsteres Gesicht.

Hamish, schlammverklebt und stinkend wie ein Schweinestall, steht in der Zufahrt und wedelt fröhlich mit dem Schwanz, anscheinend ohne sich seiner Beinahbegegnung mit dem Tod bewusst zu sein. Um seinen Hals liegt ein orangefarbener Nylonstrick, und Will umklammert ihn so fest, als hinge sein Leben davon ab.

Mein Mann hält dem schweigsamen Bauern die Hand hin. «William Ashurst», sagt er in seinem freundlichsten Tonfall. Sein Handschlag wird nicht erwidert. «Und dies hier ist meine Frau Amy.»

In diesem Moment würde ich am liebsten leugnen, Will auch nur ansatzweise zu kennen, aber wie würde ich dann erklären, dass ich hier bin? «Hallo.»

Der Farmer sieht mich ebenso finster an.

«Wir sind gerade hierhergezogen», fährt Will munter fort.

«Ich weiß», antwortet der Farmer unbeeindruckt. «Sie sind die zugezogenen Bonzen aus der Stadt.» Verächtlich betrachtet er unseren Designer-Hühnerstall und unsere drei ältlichen Schafe.

«Wir würden unsere Nachbarn wirklich gerne einmal besser kennenlernen. Vielleicht könnten wir Sie ja mal abends einladen. Sie und Ihre Frau. Wenn Sie eine haben ...» Wills Bemühen um Leutseligkeit erstirbt.

Hamish, der sich an der entgegenkommenden Haltung seines Herrchens ein Beispiel nimmt, drängt dem Farmer die Schnauze in den Schritt. Das kommt gar nicht gut an. Der Mann streckt die Hand aus, um seine Hoden zu schützen, und tritt nach Hamish, der sofort davonschießt.

«Halten Sie diesen verdammten Köter von meinem Land weg, oder ich werde ihn verdammt nochmal erschießen.» Damit stapft unser Nachbar zu seinem Landrover zurück – der übrigens in einem besseren Zustand ist als unserer – und braust davon.

«Das lief ja phantastisch», merkt Will mit einem Seufzer an.

«Ich dachte, es wären die Londoner, die für ihre Unfreundlichkeit berühmt sind», brumme ich.

«Hamish», sagt Will, «jetzt haben wir Ärger mit unseren Nachbarn. Du bist ein sehr unartiger Hund.»

«Du bist eine Gefahr für die Gesellschaft», füge ich hinzu. «Du musst etwas unternehmen, Will. Der ist ja wie ein wildes Tier. Übrigens auch, was seinen Geruch angeht.»

«Ich kümmere mich darum, ganz bestimmt», verspricht mein Mann.

«Als Erstes könntest du ihn mal mit dem Schlauch abspritzen», kommandiere ich. «Oder wahrscheinlich sollte ich das lieber machen.»

«Das schaff ich schon», beharrt Will. «Bei mir wird er stillhalten.»

Ja, ungefähr so, wie er vorhin zurückgekommen ist, als du ihn gerufen hast.

«Du sollst dich aber auch nicht überanstrengen», sage ich. «Ich werde jetzt endlich mal den Arzt anrufen und dir für morgen einen Termin geben lassen. Es macht mir Sorgen, dass du ständig so müde bist.»

«Mir geht es bestens.» Will lässt die Muskeln spielen wie ein altmodischer Muskelprotz im Zirkus. «Du sorgst dich zu viel. Ich fühle mich fit wie ein Turnschuh.»

«Versprich mir, dass du es ruhig angehen lässt.»

«Das mache ich.» Mein Mann küsst mich auf die Wange. «Versprochen.»

Als ich in die Küche zurückgehe, frage ich mich, ob ich irgendwo in unseren Umzugskisten eine Flasche Wein finden kann. Ein anständiges Glas Rotwein wäre jetzt genau richtig, auch wenn es noch nicht einmal Mittag ist. Das also hat das einfache Leben auf dem Land innerhalb von zwei Monaten aus mir gemacht – eine waschechte Alkoholikerin.

Und so beschleunigt sich mein Schritt bei dem Gedanken an einen schönen Bordeaux. Ja, fast schon fange ich an, fröhlich vor mich hin zu pfeifen. Doch in dem Moment, in dem ich schwungvoll in die Küche trete, stoße ich auf Maya, die ihre Jacke anhat und ihren Koffer in der Hand. «Ich gehe», sagt sie.

«Was?» Ich bleibe abrupt stehen, und meine kurzfristige Munterkeit erlischt. «Das kannst du nicht machen.»

«Ich mag es hier nicht, Amy.» Unser geliebtes Kindermädchen beginnt zu weinen. «Ich wollte nicht hierherkommen. Aber ich habe es für dich gemacht und für die Kinder. Jetzt ich ertrage es hier nicht mehr. Am allerwenigsten den Hund. Ständig versucht er, an mein Hintern zu schnüffeln.»

«Das macht er bei jedem.» Diese Eigenschaften hatte ich vielleicht noch nicht erwähnt. Doch sobald man sich in diesem Haus bückt, hat man eine Hundenase zwischen den Pobacken. Der einzige Hintern, an dem Hamish bisher noch nicht geschnüffelt hat, war der von Mrs. Barnsley, und ich würde sagen, das war ein Moment seltener Klugheit. «Das bedeutet, dass er dich mag.» Du liebes bisschen, jetzt verteidige ich ihn auch noch. So verzweifelt wünsche ich mir, dass Maya bleibt.

«Na ja, ich mag ihn nicht. Und ich mag auch die toten Mäuse in meinen Hausschuhen nicht. Dieses Haus ist sehr zugig und kalt. Und überhaupt: Was ich soll an meinen freien Tagen tun?»

Mir fällt auf, dass mein Kindermädchen seit unserer Ankunft tatsächlich keinen einzigen freien Tag mehr gehabt hat. Sie hat sich mit keinem Wort darüber beschwert – bis jetzt. Das macht mir ein schrecklich schlechtes Gewissen. «Wir klären das alles, Maya. Das verspreche ich dir.»

Maya schüttelt den Kopf. «Ich bin zu jung, um auf dem Land zu leben.»

Ich auch.

«Tu das nicht.» Ich würde am liebsten auf die Knie fallen. «Bitte, tu das nicht.»

Sie reibt sich die roten Augen. «Meine Freundin hat heute Morgen angerufen. Es gibt Job für mich. In London. Mehr Geld und Mercedes Benz.»

Na ja, das würde wahrscheinlich die Loyalität so manchen Kindermädchens auf die Probe stellen, aber ich hatte gedacht, Maya sei anders. Ich dachte, sie sei mit uns zusammen, weil sie uns mag – so wie wir sie mögen. Sie ist mehr als ein Kindermädchen, sie ist meine Freundin. Hier auf dem Land ist sie sogar meine einzige Freundin. «Zieh den Mantel aus», bitte ich sie. «Lass mich mit William sprechen. Wir könnten dir deinen eigenen kleinen Wagen kaufen, und vielleicht ist auch eine Lohnerhöhung drin. Wir brauchen dich hier.»

«Ich war im Internet», sagt sie traurig. «Heute Nachmittag kann ich Zug bekommen. Ich muss jetzt Taxi rufen.»

«Bitte warte. Geh nicht, ohne dich von den Kindern zu verabschieden. Sie werden am Boden zerstört sein. Sie lieben dich.»

«Ich kann Kinder nicht sehen. Das wäre zu traurig. Ich muss jetzt gehen.»

Mein Mann kommt durch die Tür, wahrscheinlich auf der Suche nach seinen Gummistiefeln, um den Hund abzuspritzen.

«Maya geht», rufe ich voller Angst und ergreife seinen Arm. «Sag ihr, sie soll bleiben, Will. Sag ihr, wie sehr wir sie mögen und dass wir ihr ein kleines Auto kaufen könnten. Sie ist nicht der Landrover-Typ.» Und ich übrigens auch nicht – ich kann sie da vollkommen verstehen. «Vielleicht können wir ihr ein bisschen mehr Geld zahlen.»

Will seufzt und zieht mich an sich. Er spricht mit gesenkter Stimme. «Ehrlich gesagt, Amy, bin ich mir nicht sicher, wie lange wir es uns noch leisten können, Maya zu behalten. Das Geld ist knapp. Meinst du nicht, wir könnten uns jetzt, wo wir beide zu Hause sind, langsam allein um alles kümmern?»

«Die Kinder werden außer sich sein. Maya ist doch schon seit Jahren bei uns.» Genauer gesagt, seit Jessica zwei geworden ist.

Will flüstert erneut. «Vielleicht wird es Zeit, sie gehen zu lassen.»

Ich drehe mich um und merke, dass Maya jedes Wort gehört hat. «Ich sollte Taxi rufen», sagt sie mit hängendem Kopf.

Wenn wir wollten, könnten wir das Geld bestimmt irgendwo auftreiben. Vielleicht sollte ich ihr noch mehr zusetzen, aber wie kann ich sie bitten, hier zu bleiben, wenn ich selber nicht einmal sicher bin, ob ich hier sein möchte. «Ich fahre dich zum Bahnhof», sage ich resigniert.

Ich nehme die Schlüssel des Landrovers vom Haken und schlucke meinen Ärger und meine Enttäuschung herunter. «Wenn ich schon einmal unterwegs bin, besorge ich in Scarsby noch Ersatzunterwäsche.» Und gebe noch mehr von dem Geld aus, das wir nicht mehr haben.

## 18

Ich winke Maya vom Bahnhof Scarsby nach, setze mich dann in den Landrover und weine. Dicke, fette Tränen. Mein einst so schönes und wohlgeordnetes Leben hat sich zur Unkenntlichkeit verändert, und ich bin mir nicht sicher, ob ich es überhaupt noch will.

Als ich endlich mit Schluchzen und Selbstmitleid fertig bin, schmeiße ich den Gang des Landrovers rein und rumpele in die Stadtmitte. Wenn ich Stadt sage, dürfen Sie nicht an ein urbanes Zentrum denken; es handelt sich hier eher um ein winziges Marktstädtchen mit einer ebenso winzigen Einwohnerschaft. Der Altersdurchschnitt liegt um die achtzig, und allein durch mein Auftauchen heute habe ich ihn bereits um die Hälfte gesenkt. Es gibt eine Hauptstraße mit einer Reihe attraktiver traditioneller Steinhäuser im Yorkshire-Stil. Das schickste Restaurant ist eine Pizzeria, und die hiesige Antwort auf Starbucks heißt Poppy's Tea Room. Ich parke auf dem Hauptplatz – was zu den wenigen Vorteilen von Scarsby gegenüber London gehört. Man muss hier nicht stundenlang nach einem Parkplatz suchen und für den dann auch noch horrende Summen ausgeben.

Heute ist Markttag. Zwischen den verstreuten Marktständen flanieren Pensionäre, und die Bürgersteige sind von einem Aufgebot an Rollatoren blockiert. Ich schlendere ziellos herum und begutachte die zum Verkauf stehenden Waren. Als ich mir Scarsby im Internet ansah – kurz nachdem Will die Bombe hatte platzen lassen, dass wir hierherziehen würden –, stand auf der Tourismusseite, es gebe einen, ich zitiere, «lebhaften Markt mit einer breiten Palette begehrenswerter Designerartikel». Das munterte damals mein besorgtes Gemüt entschieden auf. Was aber verschwiegen wurde, war die Tatsache, dass man auf dem Markt von Scarsby lediglich dann eine breite Palette begehrenswerter Designerartikel findet, wenn man sie in Polyestertexturgarn sucht. Es gibt orthopädische Schuhe, Freizeithosen mit Elastikbund und Blümchenblusen, in denen sich nicht einmal die Angestellten von, sagen wir, Baufirmen blicken lassen würden. Es sieht nicht so aus, als würde ich hier einen angemessenen Ersatz für meine La-Perla-Dessous aus schwarzer Spitze finden können.

Von einem Stand, der CDs verkauft, ertönt in dezenter Lautstärke Louis Armstrongs «Wonderful World». Daneben werden Eier feilgeboten, und ich kaufe ein paar davon, da es wohl noch mehrere Jahre dauern kann, bis unsere Hühner selbst welche legen. Schuhe mit Absätzen sucht man hier vergebens, stattdessen gibt es eine Vielfalt robuster Treter. In einem der zahllosen Läden für Outdoor-Kleidung kaufe ich eine leuchtendrote, wasserdichte Jacke im Sonderangebot. Was ihr an Stil fehlt, macht sie durch Praktikabilität wett. In der Jacke sehe ich aus wie eine Pfadfinderführerin oder eine verirrte Wandersfrau. Aber der Winter wird nicht mehr lange auf sich warten lassen, und mir wird klar, dass ich keine geeignete Kleidung dafür habe. Wenn es in London geregnet hat, bin ich einfach nicht nach draußen gegangen. Diese Option habe ich jetzt nicht mehr. Widerstrebend greife ich auch nach einem Paar grüner Gummistiefel. Sehen Sie, was aus mir geworden ist?

Nachdem die Sachen bezahlt und in schlichtes, braunes Papier eingeschlagen sind, gehe ich zur Arztpraxis und fülle die nötigen Formulare aus, um die ganze Familie anzumelden. Anschließend lasse ich Will einen Termin für morgen Nachmittag geben. Damit fällt mir eine Last von den Schultern. Je eher er hier seinen Arzt hat, desto besser.

Anschließend gehe ich zu Poppy's Tea Room hinüber, um Trost bei einem getoasteten Teekuchen und eine Tasse heißen Yorkshire-Tee zu suchen. Ich ertrage es einfach nicht, jetzt schon nach Helmshill Grange zurückzukehren. Ich bin wütend auf Will, auf mich selbst und – am allermeisten – auf diesen verdammten Hund. Hätte Hamish nicht immer an Mayas Hintern geschnüffelt, wäre sie vielleicht geblieben. Aber dann begreife ich, dass unser Hund nur einen kleinen Beitrag zur Summe aller Teile geleistet hat.

Im Teesalon tobt der Bär. Eine – für hiesige Verhältnisse – echte Menschenmenge aus drei alten Damen sitzt in einer Ecke zusammen. Irgendwie muss ich bei ihrem Anblick an unsere Schafe denken, nur dass diese Damen hier Hüte auf den Köpfen und Lacklederhandtaschen zu ihren Füßen haben und mir beim Eintreten komische Blicke zuwerfen. Ich setze mich an einen Zweiertisch beim Fenster und gebe meine Bestellung bei einer gleichgültigen Kellnerin auf – der einzigen Jugendlichen, die ich bisher gesehen habe.

Während ich warte, hält draußen ein Range Rover, und unser Tierarzt Guy Burton springt heraus.

«Hallo, Mrs. Ashurst», begrüßt er mich beim Eintreten, und sein Lächeln wird breiter.

«Amy, bitte.» Er beugt sich vor und schüttelt mir die Hand.

«Wie läuft es so?»

Lächerliche, dumme Tränen treten mir gegen meinen Willen in die Augen. Ich greife nach einem Papiertaschentuch. «Prima», sage ich mit einem Schniefen. «Ganz prima.»

«Oh», meint er. «So gut also. Ist es etwas, worüber Sie reden wollen?»

Ich schüttele den Kopf. «Es geht mir gut, wirklich.»

«Haben Sie etwas dagegen, wenn ich mich zu Ihnen setze? Oder warten Sie auf jemanden?»

«Nein, nein.» Ich kenne hier niemanden, auf den ich warten könnte.

Er nimmt sich einen Stuhl, und ich merke, wie groß er ist, als er sich mit seinem großen Körper darauf niederlässt. Die Kellnerin kommt und sieht ganz entschieden glücklicher aus als vorhin, als sie meine Bestellung aufgenommen hat. Die Frauen mit den Hüten sehen aufmerksam herüber. Sollen sie doch.

«Unser Kindermädchen hat uns verlassen», erkläre ich ihm, als die Kellnerin wieder abgezogen ist und ich mich beruhigt habe. «Sie war jahrelang bei uns. Gerade habe ich sie am Bahnhof abgesetzt und in die flirrende Großstadt entlassen.»

«Ist das denn das Ende der Welt?», fragt er, aber nicht unfreundlich.

Ich schüttele den Kopf. «Nein. Aber es ist zumindest das Ende einer Welt, die ich einmal sehr gut kannte und sehr gern mochte.»

«Es fällt Ihnen schwer, sich an das Leben auf dem Land zu gewöhnen?»

«Ein wenig», antworte ich und schaffe es, irgendwo ein Lachen aufzutreiben. Dann vergeht mir die gespielte Tapferkeit, und ich stoße einen bebenden Seufzer aus.

Guy betrachtet mich abwartend, und aus irgendeinem Grund veranlasst mich das weiterzureden. «Ich bin nicht aus eigenem Antrieb hierhergekommen», erkläre ich. «Ich habe es für Will getan. Er war überzeugt davon, dass wir unser Leben ändern müssen. Ich habe einen großartigen Job und ein wunderbares Großstadtleben aufgegeben. Und es gibt Zeiten, viele Zeiten, zu denen ich mich frage, ob ich das Richtige getan habe.»

«Sie müssen Ihren Mann sehr lieben.»

«Das stimmt», antworte ich.

Unsere Riesentasse Tee kommt und dazu mein Teekuchen und Guys getoastetes Käse-Sandwich.

«Mein Mann hat vor kurzem einen Warnschuss vor den Bug bekommen, was seine Gesundheit angeht», fahre ich fort. «Das war ein schrecklicher Schock für uns.»

«Das glaube ich.»

«Daraufhin hat er sein Leben vollständig neu bewertet», mache ich weiter, plötzlich unfähig, mich daran zu hindern, meine Probleme abzuladen. «Bei mir hätte es das Gleiche bewirken sollen, aber so war es nicht. Und jetzt habe ich das Gefühl, dass unsere Sicht der Dinge nicht mehr zusammenpasst.»

«Aber Sie versuchen es ihm zuliebe mit dem Leben hier.»

«So in der Art.»

«Das klingt in meinen Ohren sehr großmütig», stellt Guy fest.

«Ich fühle mich kein bisschen großmütig. Ich fühle mich meines Lebens beraubt, übellaunig und, um ehrlich zu sein, wie in die Falle gegangen.»

«Sie stehen ja noch ganz am Anfang», meint Guy mitfühlend. «Ich habe lange gebraucht, um zu lernen, diesen Ort hier zu lieben.»

«Aber jetzt lieben Sie ihn?»

Er nickt. «Ich bin jetzt seit fünf Jahren hier. Inzwischen würde ich nirgendwo anders mehr hingehen.»

«Nicht einmal der Liebe wegen?»

Darüber lacht der Tierarzt. «Ich bin hierhergekommen, um mich von einem gebrochenen Herzen zu kurieren, und ich habe nicht die Absicht, mir so was so schnell nochmal anzutun.»

«Woher kommen Sie ursprünglich?»

«Aus Surrey. Die Leute hier haben drei Jahre gebraucht, um mich nicht länger den Zugezogenen zu nennen. Und ich habe zwei Jahre gebraucht, um zu verstehen, was sie sagen.»

«Und jetzt sind Sie eine Stütze der Gemeinde.»

«Ich bilde mir zumindest gerne ein, dass ich hier eine wichtige Rolle spiele.» Mir scheint, dass Guy errötet. «Apropos, wie geht es den Hühnern?»

«Ich verabscheue sie», gestehe ich. «Aber ich gebe ihnen jeden Morgen und jeden Abend ihre Medizin. Sie danken mir dafür, indem sie mich von oben bis unten vollkacken.»

Darüber lacht er wieder, und ich stimme ein. «Glauben Sie mir, es wird der Tag kommen, da werden sie Ihre Hilfe zu schätzen wissen.»

«Hoffentlich.»

«Warten Sie nur ab, bis Sie jeden Morgen diese wunderbaren Bio-Eier aus dem Nest nehmen können.»

«Tja, und jetzt sollte ich wegen der Hühner wohl besser heimfahren.» Ich werfe einen Blick auf meine Uhr, rufe die Kellnerin und füge hinzu: «*Das* ist ein Satz, von dem ich nie geglaubt hätte, dass ich ihn jemals sagen würde.»

«Es wird besser werden», meint Guy. «Das verspreche ich Ihnen. Geben Sie sich einfach Zeit.»

«Sie bringen mich gleich wieder zum Weinen.»

«Das möchte ich aber wirklich nicht.»

Auf diese Antwort erröte ich wie ein Schulmädchen.

Die Kellnerin kommt mit der Rechnung. «Das bezahle ich», erklärt Guy nachdrücklich.

«Danke.»

«Amy», sagt er leise, und seine wunderbaren braunen Augen blicken tief in die meinen. Er legt seine Hand auf die meine, und dabei durchfährt mich ganz unerwartet ein Kribbeln. Ich sollte meine Hand wegziehen, lasse sie aber liegen. So verkehrt das auch ist, mir gefällt dieses fremdartige Gefühl bei der Berührung seiner Haut. «Falls es irgendetwas gibt, was Sie brauchen – Sie oder William –, müssen Sie mich nur anrufen. Sie haben meine Handy-Nummer. Zögern Sie nicht, sie zu nutzen.»

«Danke», sage ich. «Ich werde daran denken.» Endlich befreie ich meine Hand, und wir wechseln ein unsicheres Lächeln. Als ich aus dem Teesalon eile, sehe ich, wie die alten Damen die Köpfe zusammenstecken und beim Klatschen umständlich ihre Hüte zurechtrücken. Unser Treffen hat ihren Nachmittag gerettet.

Und während ich zu meinem klapprigen, alten Landrover zurückkehre, kann ich mir vorstellen, dass ich – wäre ich keine glücklich verheiratete Frau – mir nur allzu gerne von Guy Burton helfen lassen würde.

# 19

«Sieh an, sieh an, da war wohl jemand nicht alleine bei Poppy's?» Cheryl lehnte sich im Personalraum rücklings an die Wand und verschränkte die Arme.

«Woher wissen Sie das?» Die Nachmittagssprechstunde stand an, und Guy war gerade dabei, sich die Hände zu waschen.

«Ich bin das Orakel, das alles sieht und alles weiß», erklärte sie.

«Na, dann können Sie mir ja auch gleich selbst die Antwort verraten?»

«Richtig. Es war die Neue, Mrs. Ashurst.» Sie lächelte wieder. «Bekomme ich jetzt eine Gehaltserhöhung?»

«Nein.»

«Und dann kommen Sie auch noch zu spät zur Sprechstunde», tadelte die Tierarzthelferin ihn. «Das passiert Ihnen doch sonst nie.»

«Tut mir leid. Soll nicht wieder vorkommen.» Es stimmte, im Wartezimmer saßen dichtgedrängt Menschen mit Kartons und Reisekäfigen auf dem Schoß und warteten darauf, dass er sich um ihre Haustiere kümmerte. Dank Amy Ashurst war er tatsächlich viel zu spät dran. Aber das Treffen mit ihr war es wert gewesen, seine Patienten und seine Mitarbeiterin zu verärgern.

«Und? Ist sie nett?»

«Sie ist wunderbar», sagte Guy. So wunderbar, dass er besser nicht länger darüber nachdachte. «Genau wie ihr Mann und ihre Kinder.»

Cheryl zog die Nase kraus. «Ich weiß, ich weiß.»

Es gab nicht viel, was Cheryl nicht wusste. Sie war seine Arzthelferin, seit er die Praxis vor fünf Jahren übernommen hatte, und tat seither ihr Bestes, um ihn mit sämtlichen Frauen in Scarsby und Umgebung zusammenzubringen.

Ganz egal, ob sie nun in Frage kamen oder nicht. Weil er kein Interesse daran hatte, mit ihren zweifelhaften Freundinnen auszugehen, musste sich Guy einmal sogar gegen den Verdacht erwehren, er sei vielleicht schwul. Manchmal wünschte er sich, er hätte damals einfach einen Freund namens Cecil erfunden – das hätte ihm das Leben wahrscheinlich um einiges erleichtert. Die Tatsache, dass Cheryl kürzlich geheiratet und ein kleines Kind hatte, hinderte sie nicht daran, ihn bei Gelegenheit sehnsüchtig anzuschmachten – was ihm überaus peinlich war. Seine liebste Mitarbeiterin hatte eindeutig ein Faible für ihn. Und er fragte sich oft, ob sie ihn nicht deshalb unbedingt an die Frau bringen wollte, um ihn in Sicherheit zu wissen.

«Mrs. Todd ist hier mit ihrer rasierten Muschi.»

«Ich habe Ihnen schon mehrfach erklärt, Cheryl, dass das eine haarlose Katze ist. Eine Sphynx. Eine rasierte Muschi ist … nun, das wollen wir lieber nicht weiter vertiefen.»

«Wie auch immer.» Sie setzte ein affektiertes Grinsen auf. «Dieses grässliche Viech kotzt die ganze Bude voll. Sie wartet in Behandlungszimmer eins auf Sie. Seit geschlagenen zehn Minuten.»

«Ich bin sofort bei ihr.» Mrs. Todd gehörte zu den Patientinnen, die ihn nicht immer in erster Linie aus Sorge um ihre tierischen Gefährten aufsuchten. Sie war meist in reichlich Leopardendruck und schweres Parfüm gehüllt. Und ihre Katze wurde ungewöhnlich oft von Unpässlichkeiten heimgesucht. Meistens kleineren. Doch da war Mrs. Todd nicht die Einzige, er hatte einige solcher Patientinnen. Manchmal mussten die Hausfrauen in Scarsby eben selbst für ein bisschen Abwechslung sorgen.

Die Tierarztpraxis lag in einer lauschigen Seitenstraße neben Duggley's Eisenwarenladen – wo man von kleinen

Plastikteilen bis hin zum Zehn-Tonnen-Traktor alles kaufen konnte. Dem Vorbesitzer war die Arbeit in der Praxis zu viel geworden, und er hatte sich zur Ruhe setzen wollen. Der Preis hatte gestimmt, der Zeitpunkt war perfekt gewesen, und Guy hatte die Gelegenheit beim Schopf ergriffen und war aufs Land geflohen. Eine Entscheidung, die er bis heute nicht bereute. Na ja, höchstens wenn er manchmal mitten in der Nacht aufwachte und niemand da war, um sich anzuschmiegen. Aber auch mit dem ganzen Verlorene-Liebe-Kram war er glänzend zurechtgekommen. Wenigstens glaubte er das. Guy schob sämtliche Zweifel beiseite.

Die Arbeit gab ihm Halt. Die Praxis gedieh. Und er war nicht nur bei den gelangweilten Hausfrauen von Scarsby beliebt. Im Laufe der Jahre hatte er auch den widerwilligen Respekt der Bauern in der Gegend gewonnen. Keine leichte Aufgabe für einen «Weichling aus dem Süden». Er hatte einen gigantischen Kredit aufgenommen, um ein neues, supermodernes Ultraschallgerät anzuschaffen. Und inzwischen hatte er auch einen übereifrigen Assistenten – Stephen –, der in der Regel die Sprechstunde übernahm, während er zu den Bauernhöfen rausfuhr, sich um das Vieh kümmerte und mürrische Bauern davon überzeugte, dass er nicht nur auf ihr sauer verdientes Geld aus war.

Es war ein gutes Leben. Eines, das ihm entsprach. Er war niemandem Rechenschaft schuldig. Außer natürlich seinem Bankberater. Und Cheryl. Und, gelegentlich, Mrs. Todd. Sie würde unzufrieden sein, dass er sie hatte warten lassen. Da schadete es wohl nichts, sein freundlichstes Arztgesicht aufzusetzen.

«Es heißt, sie ist stinkvornehm», rief Cheryl hinter ihm her. «Diese Mrs. Ashurst.»

«Nein», verbesserte Guy sie, nachdem er gründlich darüber nachgedacht hatte. «Ist sie nicht.» Amy Ashurst war vieles, was Gefühle in ihm aufwühlte, die er längst für tot gehalten hatte. Aber stinkvornehm war sie bestimmt nicht.

Cheryls Augen verengten sich. «Sie bekommen ja einen ganz verträumten Blick.»

Er konzentrierte sich wieder ganz auf seine anstehende Sprechstunde. «Ich habe nur an die rasierte Muschi gedacht», konterte er.

## 20

Als ich in die Einfahrt einbiege, sehe ich, dass mein lieber Mann auf unserer maroden Holzbank unter der großen Eiche eingeschlafen ist. Will hat an einem der unteren Zweige ein Vogelfutterhäuschen angebracht, und es herrscht ein reges Kommen und Gehen von Blaumeisen und anderen bunten Vögeln, deren Namen ich nicht kenne.

Mein Mann hockt zusammengesunken in der Ecke der Bank, das Kinn auf der Brust und die Arme vor dem Bauch verschränkt. Er scheint sich hier eher wie am Mittelmeer als im rauen Süden Englands zu fühlen, da eine ausgedehnte Nachmittags-Siesta inzwischen fest zu seinem Tagesprogramm gehört. Natürlich gönne ich ihm das. Wenn er im Moment mehr schlafen muss als sonst, sollte er das auch tun.

Es sieht so aus, als hätte William alle Umzugskartons durchwühlt, um seinen geliebten Panamahut zu finden, der ihm jetzt über die Augen gerutscht ist. Ich mag ihn gern in diesem Hut, und es sieht so bequem aus, wie er dort schlummert – der Mann vom Land in einem ruhigen Moment –, dass mir unwillkürlich ein Lächeln auf die Lippen tritt.

Ich schlüpfe vom Fahrersitz, klopfe den Schmutz aus

dem Wagen von meinem Kleid ab und schaue auf den Garten. Dies hier ist wirklich ein friedliches Fleckchen. Auch ich hätte nichts gegen ein kleines Nickerchen einzuwenden. Vielleicht können Will und ich uns ja gemeinsam ins Bett kuscheln und ein bisschen Zeit für uns allein genießen, bevor die Kinder nach Hause kommen? Bei dem Gedanken habe ich Schmetterlinge im Bauch. Möglicherweise hat das ruhige Leben auf dem Land doch seine Vorzüge. Normalerweise musste sich unser Sexleben in alles andere einfügen und fand in der Regel stumm und ausschließlich mitten in der Nacht statt.

Hamish schläft ebenfalls tief und fest zu Wills Füßen und wird eindeutig einmal einen großartigen Wachhund abgeben, da er weder bei der lärmenden Ankunft des Landrovers noch bei dem Herannahen meiner auf dem Kies knirschenden Schritte mit einer Wimper gezuckt hat. Will übrigens auch nicht. Ich schnalze mit der Zunge und lächele. So eine Schlafmütze!

Mein Lächeln gefriert, als ich entdecke, dass William in meiner Abwesenheit zwei Zwergziegen geliefert bekommen hat – die eine schwarz, die andere braun –, die jetzt zufrieden unser Gras kauen. Sie sehen entzückend aus, aber ich wette, dass sie wie alles andere hier mit viel Arbeit verbunden sein werden.

Ich seufze. Es mag idyllisch aussehen, aber die Arbeit wird wohl wieder an mir hängenbleiben. Der Gedanke an unser heimliches Vergnügen am Nachmittag vergeht mir. Es gibt so viel zu tun, dass ich nicht einmal wage, darüber nachzudenken, sonst würde ich noch einen Panikanfall bekommen. Mir ist bewusst, dass dies hier für viele Menschen – darunter meinen Mann – einen idealen Lebensstil darstellt, aber ich frage mich, warum wir kein kleineres, weniger verfallenes Haus haben suchen können, mit einer funktionierenden Zentralheizung und nicht so viel Land, als dass man dort seinen eigenen Streichelzoo einrichten kann? Aber jammern bringt nichts. Dies ist eben mein Los, und da muss ich jetzt durch.

Als Erstes werde ich bald die Kinder abholen müssen. Ich hoffe, dass sie demnächst auch mal allein nach Hause gehen können, aber vorläufig genieße ich es noch, sie regelmäßig zur Schule zu bringen und wieder abzuholen. Ich schaue auf die Uhr. Das soll mir eine Lehre sein, in Zukunft nicht mehr so lange in Poppy's Tea Room zu sitzen und mit dem einzigen Mann zu flirten, der hier im Ort etwas hermacht.

Am besten sollte ich sofort losgehen und sie abholen. Dann fällt mir ein, dass die Schule nur fünf Minuten zu Fuß entfernt liegt und dass die Kinder hier, am Ende der Welt, wahrscheinlich nicht gleich entführt werden oder eine Schießerei aus vorbeifahrenden Autos erleben müssen, wenn ich mich ein paar Minuten verspäten sollte. Mir bleibt noch mehr als genug Zeit, um Will eine Tasse Tee zu machen und ein bisschen mit ihm zu plaudern.

Das ist noch etwas Gutes an dem Leben hier. Die Kinder genießen mehr Freiheit und eine bessere Lebensqualität – zumindest so lange sie klein sind. Was passiert, wenn sie einmal in der Pubertät sind und es hier nichts für sie zu tun gibt, kann man nicht sagen. Bestimmt werden sie den ganzen Tag im Internet verbringen. Aber davon sind wir noch Welten entfernt. Vielleicht sollten wir unsere schwindenden Rücklagen plündern und ihnen Fahrräder kaufen. Dann könnten wir gleich einen Familienausflug starten, wenn Will morgen vom Doktor kommt und wir endlich schwarz auf weiß wissen, dass er rundum gesund ist. Unser Arzt in Notting Hill hat gesagt, William solle sich regelmäßig bewegen, dürfe sich aber nicht überanstrengen. Hoffentlich wären die vielen Berge da keine allzu große Herausforderung. Ja, ich bin mir noch nicht mal sicher, ob das Spazierengehen mit diesem verdammten Hund nicht schon zu viel des Guten ist. Es ist eher so, als würde man hinter einem Schnellzug hergeschleift.

Ob ich Will vielleicht besser schlafen lasse? Er hat heute Morgen so müde ausgesehen. Er scheint dieses Nachmittagsnickerchen eindeutig gebraucht zu haben, denn seine Zeitung liegt unangetastet neben ihm. Wir sind wohl die einzigen Leute hier im Dorf, die den *Guardian* lesen. Auf einmal überkommt mich eine ungeahnte Sorge um ihn. Ich lasse ihn noch ein paar Minuten ruhen und mache ihm erst einmal den Tee. In der Küche setze ich den Wasserkessel auf, suche die Teedose – die noch immer keinen festen Platz gefunden hat – und hantiere mit Tassen. Es war schön, ein wenig Zeit mit Guy Burton zu verbringen. Ein bisschen positive Aufregung an einem ansonsten ziemlich grauenhaften Tag. Er scheint ein netter Kerl zu sein. Außerdem wird er uns gute Ratschläge geben können, wie wir am besten mit unseren neuen Schützlingen umgehen sollen. Ich hoffe, dass er im Lauf der Zeit zu einem guten Freund wird. Und den hätten wir hier bitter nötig, da man nicht behaupten kann, dass sich unsere Nachbarn bei uns bisher die Klinke in die Hand gegeben haben. Das war in London zwar auch nicht anders, aber hier hatte ich erwartet, dass es anders sein würde. Stattdessen haben bisher alle einen ziemlich weiten Bogen um uns gemacht.

Während ich warte, bis das Wasser kocht, stehe ich da und frage mich, was wir zu Abend essen sollen. Mit den Eiern, die ich auf dem Markt gekauft habe, könnte ich Rührei machen, und im Kühlschrank liegt noch ein Salat. Das wird reichen.

Ich stelle die Teesachen auf ein Tablett und trage sie in den Garten hinaus. Will lümmelt sich immer noch auf der Bank, aber Hamish wacht mit einem Ruck auf und wedelt mit dem Schwanz. Als er begreift, wer ich bin, leuchten seine verrückten Augen auf. Er springt auf und rast auf mich zu.

«Nein, Hamish!»

Der Hund donnert mir gegen die Beine und schlägt mir das Teetablett aus der Hand. Die Tassen, das Zuckerschälchen und die mit kochendheißem Wasser gefüllte Teekanne stürzen mit einem lauten Krach zu Boden und erschüttern die Stille der Landschaft. «Du blödes Viech! Schau nur, was du angerichtet hast.» Ich will ihn schlagen, aber er ist zu schnell für mich, springt im Garten herum und bellt glücklich.

«Hast du gesehen, was dieses Tier jetzt wieder angestellt hat?», schreie ich Will an. «Ich kann von Glück sagen, dass ich keine Verbrennungen dritten Grades habe.»

Dann merke ich, dass mein Mann trotz des ganzen Wirbels immer noch tief und fest schläft. «Will?» Ich gehe zu ihm, um ihn zu schütteln, und sein Panamahut rutscht ihm vom Kopf. Mit den Fingern berühre ich sein Herz.

Ich stehe da und starre meinen Mann an. Ich kann nicht weinen, ich kann nicht schreien, ich kann nicht atmen, ich kann mich nicht bewegen. Die Welt hat aufgehört, sich zu drehen.

## 21

Ich liege auf unserem Bett und starre auf die Risse in der Decke. Ich habe nie zuvor bemerkt, wie viele es von ihnen gibt. Tom ist endlich eingeschlafen. Aber im Nachbarzimmer höre ich Jessica noch immer leise weinen. Ich habe sie den ganzen Abend im Arm gehalten, und ich weiß, dass ich wieder aufstehen und nach ihr schauen sollte, aber ich kann mich nicht bewegen, weil ich selbst vor Kummer wie gelähmt bin.

Ich kann nicht glauben, dass William nicht mehr da ist. Er hat mich alleingelassen, hier in diesem riesigen Haus – dem Haus, das er für uns ausgesucht hat. Helmshill Grange hat sich noch nie größer und leerer angefühlt. Ich hatte den Notruf angerufen, als ich begriff, was passiert war, und die Sanitäter kamen sofort. Doch auch sie konnten nur mehr Williams Tod feststellen.

Dann informierte einer der Männer unseren neuen Hausarzt. Dr. Redman kam und stattete uns seinen ersten Hausbesuch ab. Energisch und mitfühlend teilte er uns mit, dass mein Mann einen tödlichen Herzanfall erlitten hatte. Das hätte ich mir auch ohne seine Hilfe denken können. Trotz aller Pillen und Tabletten, die eigentlich dafür sorgen sollten, dass William ein reifes Alter erreicht, wurde ihm nur ein kurzer Aufschub gewährt. Wir hatten beide mit einer längeren Gnadenfrist gerechnet. Wir hatten uns beide geirrt.

Dr. Redman sagte mir außerdem, William habe keine Schmerzen gelitten. Dann rief er das Bestattungsinstitut an, und das schaffte meinen Mann mit jener professionellen Routine und Höflichkeit fort, die ich schon viel zu oft erleben musste.

Unten in der Küche höre ich, wie Hamish jault und sich vor Kummer gegen die Küchentür wirft. Ich habe ihm heute nichts zu fressen gegeben, und auch den Hühnern, Schafen und Ziegen nicht. Auch ich selbst habe nichts gegessen. Während mein Leben um mich zusammenbrach, hat mein lieber Sohn Tom sich selbst und Jessica Toast zubereitet. Dann haben wir alle am Tisch gesessen und still vor uns hin geweint, während die Kinder das Essen heruntergewürgt haben.

William ist weg, und ich sehe keine Zukunft mehr vor mir. Was wird jetzt mit uns geschehen? Wir haben den Traum meines Mannes gelebt, und der hat sich jetzt, wo Will gestorben ist, plötzlich in einen Albtraum verwandelt. Ich kenne hier niemanden und habe keine Ahnung, was ich tun soll. Am Abend habe ich meine Schwester angerufen, und sie versprach, gleich morgen zu uns zu kommen. Serena wird mir Halt geben. Sie wird wissen, was zu tun ist.

Ich höre eine Tür knarren, und gleich darauf tapsen schwere Hundepfoten die Treppe hinauf. Die Schlafzimmertür fliegt auf, und Hamish kommt hereingesprungen. Er stellt sich winselnd neben das Bett.

«Dir fehlt wohl dein Herrchen, Junge?», frage ich streng. «Wo warst du denn, als er gestorben ist? Du bist zu seinen Füßen gelegen und hast gepennt. Ein toller Freund bist du.»

Hamish legt den Kopf aufs Bett. Seine irren Augen schauen klagend drein, und er winselt jämmerlich.

«Hast du noch nie *Lassie* gesehen? Angeblich sollst du so eine Gefahr doch instinktiv erkennen. Du sollst losrennen und Hilfe holen, um dann die Lage gerade noch rechtzeitig retten zu können.»

Der Hund legt die Schnauze auf meine Hand und bedeckt sie mit Sabber.

«Verzieh dich», sage ich, rolle mich zusammen und kehre

ihm den Rücken. «Wie auch immer du dich fühlst, ich fühle mich schlechter.»

Und der Grund dafür ist, dass ich mir dieselbe Frage stelle: Wo war denn ich, als mein Mann gestorben ist? Ich habe Tee getrunken und mit einem anderen Mann geflirtet.

## 22

Anscheinend konnte Serena auch nicht schlafen. Also ist sie mitten in der Nacht losgefahren, und jetzt steht ihr schicker, schwarzer Porsche wie ein Fremdkörper neben dem verrosteten alten Landrover in der Zufahrt. Sie wirbelt in der Küche herum, wie nur eine große Schwester herumwirbeln kann, zwingt mir ein gekochtes Ei auf, obwohl mein Magen dagegen rebelliert. Aber sie lässt nicht locker.

«Du musst etwas im Bauch haben», sagt Serena streng. «Du kannst das alles nicht mit leerem Magen angehen.»

«Ich kann das alles überhaupt nicht angehen.» Ich bin ständig kurz davor loszuheulen.

Draußen schüttet es, der Regen hämmert gegen die Scheiben und spritzt vom Boden zurück. Der tiefhängende Himmel ist dunkel, und es sieht so aus, als würde sein Vorrat an Wasser so bald nicht ausgehen. Plötzlich ist der Winter hereingebrochen. Ich sollte irgendwas mit den Tieren tun, aber ich mag nicht darüber nachdenken, was. Ich weiß nicht, ob die Hühner im Stall sind oder draußen, und schlimmer noch, es ist mir auch vollkommen egal.

Meine Schwester kommt und legt mir den Arm um die Schultern. «Du musst jetzt stark sein um der Kinder willen. Ich werde dir dabei helfen.»

Tom und Jessica haben sich heute Morgen noch nicht gerührt, und ich wollte sie auch nicht wecken. Wahrscheinlich ist es das Beste, wenn sie so lang schlafen, wie sie können. Ich werde Serena bitten, gleich in der Schule anzurufen und Mrs. Barnsley zu sagen, was passiert ist.

«Kommst du jetzt wieder nach London zurück?», fragt Serena unvermittelt.

«Das hier war Wills Traum für uns», antworte ich.

«Es war aber nicht dein Traum», ruft sie mir in Erinnerung. «Jetzt musst du das tun, was für dich und die Kinder das Beste ist.» Sie sitzt neben mir auf dem Stuhl und schenkt sich noch eine Tasse Kaffee ein. «Du solltest heimkommen. Du brauchst jemanden aus deiner Familie in der Nähe. Jetzt sind nur noch wir beide übrig, Schwesterherz. Wir müssen zusammenhalten. Zieh in meine Nähe, damit ich dir mit Tom und Jessica helfen kann.» Serena hat eine todschicke Wohnung in den Docklands. Sie arbeitet von sieben Uhr morgens bis zehn Uhr nachts. Jetzt betrachtet sie die heruntergekommene Küche. «Du kannst unmöglich hierbleiben. Das ist viel zu viel Arbeit für eine einzige Person.»

«Du hast recht», sage ich und denke wieder an die Hühner, die Schafe und die beiden neuen Ziegen, die auf meine Fürsorge warten. Die Verantwortung hier überfordert mich. Ich habe es heute Morgen kaum geschafft, mich anzuziehen, wie kann ich mich da auch noch um ein paar Dutzend Tiere kümmern? Noch dazu solche, über die ich nicht das Geringste weiß. Serena hat recht. Wir können nicht hierbleiben. «Sobald die Beerdigung vorbei ist, biete ich das Haus zum Verkauf an. Wir sollten wieder eine Wohnung in Notting Hill suchen, damit die Kinder an ihre alte Schule zurückgehen können.»

Serena tätschelt meine Hand. «Das kommt mir sehr vernünftig vor.»

«Vielleicht kann ich ja meine alte Stelle wiederbekommen. Oder etwas Ähnliches.» Dieser Gedanke ist wie ein kleines Licht in der Dunkelheit. «Ich bin mir sicher, bei der BTC werden sie Verständnis für meine Lage haben.»

Hamish kommt zu mir, die Leine im Maul. «Nicht jetzt», erkläre ich ihm, und er lässt die Leine mit einem kläglichen Blick auf den Boden fallen. Ich habe ein schlechtes Gewissen, weil ich ihn noch nicht gefüttert habe, gehe zum Schrank in der Waschküche, wo wir sein Hundefutter aufbewahren, und mache ihm eine Schüssel zurecht. Er schlingt sein Fressen dankbar herunter, schiebt dabei die Schale über den Boden und verziert die Wände mit Trockenfleischstückchen und Sabber.

«Du hast widerliche Tischmanieren, Hund.»

Er bellt mich an und speit dabei Futter quer durch den Raum. Sobald ich mich wieder halbwegs im Griff habe, werde ich als Erstes diesen verdammten Köter in das Tierheim zurückbringen, aus dem er gekommen ist. Ich werde nicht mit ihm fertig, und im Moment ertrage ich es kaum, ihn anzusehen. Weil er da war, als Will gestorben ist, und ich nicht. Weil er schuld daran war, dass ich überhaupt in Scarsby war. Hätte er nicht dauernd Mayas Hintern beschnüffelt, hätte sie uns vielleicht nicht verlassen. Hätte er nicht all unsere Unterwäsche zerkaut, hätte ich überhaupt nicht in die Stadt gehen müssen. Ich hätte da sein und vielleicht das Leben meines Mannes retten können, und er wäre nicht langsam und allein zugrunde gegangen.

«Du wirst dich wieder fangen», sagt Serena, als ich in die Küche zurückkomme.

«Ja», antworte ich matt. Menschen arrangieren sich. Das

Leben geht weiter. Ich habe Verantwortung. Wenn die Kinder nicht wären, würde ich mich einfach auf den Boden legen und selbst sterben wollen. Doch da meldet sich mein schlechtes Gewissen zu Wort. Ich kann Wills Schützlinge jetzt nicht im Stich lassen. «Ich geh mal besser und füttere die Hühner.»

«Brauchst du Hilfe?» Meine Schwester sieht bei diesem Gedanken genauso entsetzt aus.

«Nein», versichere ich ihr. «Ich komme schon zurecht.» Damit ziehe ich meine frischerstandene Regenjacke und die Gummistiefel an und gehe hinaus in die Kälte.

## 23

Ich versuche krampfhaft, Antibiotika in Christophers runde Hühneraugen zu tropfen, und frage mich gleichzeitig, warum ich mir überhaupt die Mühe mache. Bald sind die Tiere ohnehin alle weg. Wills Traum ist mit ihm zusammen gestorben, und ich wäre nicht traurig, wenn ich nie wieder ein Huhn sehen müsste. Auch wenn die Tiere jetzt, da die Antibiotika allmählich zu wirken beginnen, zum ersten Mal die Chance haben, auch mich zu sehen. Anscheinend werde ich wohl niemals das Vergnügen haben, meine eigenen Eier einzusammeln. Aber wahrscheinlich ist das sowieso nur eine weitere Erfahrung des Landlebens, die maßlos überschätzt wird.

Der Regen trommelt auf den Hühnerstall nieder, und ich weine beim Arbeiten leise vor mich hin. Obwohl Vormittag ist, ist der Himmel nächtlich dunkel. Durch das herzförmige Fenster und das Dämmerlicht sehe ich die Scheinwerfer eines Wagens, der gerade in die Zufahrt einfährt. Ich achte kaum darauf. Wer immer es ist, Serena wird mit ihm fertig werden. Ich wende mich wieder den Hühnern zu. Da sie nichts sehen, sitzen sie alle mit dem Gesicht zur Wand auf ihren Stangen, was mich heute morgen unendlich traurig macht.

Hinter mir geht die Tür des Hühnerstalls auf. «Amy», sagt eine Stimme.

Als ich aufblicke, sehe ich Guy Burton in der Tür stehen. Er ist klatschnass, und das Haar klebt ihm am Kopf. «Ich habe es gerade erst erfahren.»

«Sind es nicht angeblich die guten Nachrichten, die sich schnell verbreiten?» Meine Stimme ist rau.

«Es tut mir schrecklich leid.»

Ich stehe da, ein Huhn in der Hand, und weiß nicht, was ich sagen soll. Der Tierarzt weiß es auch nicht. Es hat den Anschein, als wollte er mich gern in den Arm nehmen, aber ich glaube nicht, dass ich das ertragen könnte.

«Lassen Sie mich das für Sie erledigen.»

«Ich komme schon zurecht», sage ich. «Ich bin beinahe fertig.»

«Die Schafe sollten drinnen stehen, solange es so heftig regnet», erklärt Guy mir.

«Oh.»

«Soll ich sie in einen der Ställe bringen? Haben Sie Heu?»

Ich schüttele den Kopf und sage: «Ich weiß es nicht.» Es war Wills Aufgabe, nach den Schafen zu schauen. Auch wenn es alte Damen sind, traue ich mich nicht in ihre Nähe.

«Ich kümmere mich darum», sagt Guy. «Die Ziegen bringe ich ebenfalls rein. Die mögen den Regen auch nicht.»

«Danke.»

«Amy», sagt er, «wenn es irgendetwas gibt, das Sie brauchen, irgendetwas, das ich tun kann – sagen Sie mir Bescheid. Sie müssen das nicht allein durchstehen. Will hätte nicht gewollt, dass sie isoliert sind.»

Woher will dieser Mann, dieser Fremde, wissen, was Will gewollt hätte, wo doch ich, seine Frau, ihn am Schluss gar nicht mehr richtig verstehen konnte? Ich schiebe den Gedanken weg, bevor er mich wieder zum Weinen bringt.

«Ich kann hier nicht bleiben», erkläre ich Guy. «Nicht jetzt, wo Will nicht mehr da ist. Das Haus wird zum Verkauf angeboten. Und die Kinder werde ich so bald wie möglich nach London zurückbringen.»

Jetzt ist es an Guy, überrascht dreinzuschauen. «Ist es nicht noch ein bisschen früh für eine Entscheidung? Ich dachte, Sie hätten gerade erst begonnen, es hier zu mögen.»

Ich denke an den Nachmittag zurück, den wir gemeinsam im Teesalon verbracht haben und an dem ich in diese dunkelbraunen Augen gelacht habe, während Will gleichzeitig still und leise aus meinem Leben entschwand. «Nein», sage ich. «Ich hasse es hier.»

«Das ist schade», meint Guy.

«Na ja. So ist das Leben.»

«Dieser Ort hier hat viel zu bieten.»

«Sie klingen wie ...» Ich hätte beinahe «mein Mann» gesagt und halte mich gerade noch zurück.

«Vielleicht sehen Sie es in ein paar Monaten anders.»

«Bis dahin bin ich hoffentlich schon lange weg.»

«Es wird den Leuten hier leidtun, Sie gehen zu sehen.»

Das bezweifle ich. Seit ich hier bin, habe ich mit kaum jemandem gesprochen. Ich hatte das Haus geputzt und die Kartons ausgepackt und bin kaum nach draußen gegangen. Wie sollte mich da jemand vermissen? Außerdem brauche ich jetzt meine alten Freunde um mich. Die Freunde, die früher immer noch irgendwie einen Platz in meinem vollgestopften Terminkalender gefunden haben. Ich muss auch Maya wissen lassen, was passiert ist. Sie wird am Boden zerstört sein. Vielleicht kommt sie ja zu uns zurück.

«Ich bringe besser mal die Schafe rein», sagt Guy, der sieht, dass ich in Gedanken versunken bin. «Nachher komme ich nochmal mit etwas Heu vorbei, aber ich werde Sie nicht stören. Ich gehe direkt in den Stall.»

«Danke. Das ist sehr nett von Ihnen.»

«Sind Sie sicher, dass ich nicht auch noch die Hühner versorgen soll?»

Ich schüttele den Kopf und sage: «Es geht mir besser, wenn ich etwas zu tun habe.»

Dann, als ihm eindeutig nichts mehr einfällt, womit er mir noch helfen oder irgendwelchen Trost bieten könnte, geht er wieder in den Regen hinaus, und ich sehe ihm nach.

Geht es mir wirklich besser, wenn ich zu tun habe? Im Moment fällt mir nichts ein, was dieses Loch in meinem Inneren ausfüllen könnte. Wenn die Kinder nicht wären, würde ich mich in diesem luxuriösen Hühnerstall hinlegen und mich von den Tieren zu Tode picken lassen.

## 24

Der Bestattungswagen ist da. Er wartet draußen mit leise laufendem Motor und lässt die Auspuffgase in die Luft wirbeln. Wir haben es geschafft, Hamish einzufangen, der mit schäumendem Maul durch den Garten gestürmt ist. Jetzt ist er in der Waschküche eingeschlossen und heult dort zum Gotterbarmen. Er weiß ganz genau, dass irgendetwas los ist, und er weiß auch, dass es ihm nicht gefällt.

Heute Morgen noch hat er eine Kauorgie gefeiert – ein Geschirrhandtuch, ein Spülschwamm, Jessicas Lieblingshausschuhe und ein Stapel saubere, gefaltete Handtücher aus der Waschküche durften alle nähere Bekanntschaft mit ihm machen. Ich hatte keine Zeit mehr, hinter ihm herzuräumen. Ich bin auch seit Tagen nicht mit ihm spazieren gegangen, da ich es nicht ertragen habe, durchs Dorf zu gehen, und jetzt ist der Hund eine brodelnde Masse aufgestauter Energie.

«Bist du dir sicher, dass er da drinnen klarkommt?», fragt meine Schwester nervös.

«Uns bleibt keine Wahl», antworte ich. «Wir müssen jetzt los.» Ich suche kurz die Küche ab. «Ich kann mein Handy nicht finden.»

«In der Kirche wirst du es nicht brauchen.»

«Ich bin mir sicher, dass ich es heute Morgen noch hatte.»

«Vorhin hat der Tierarzt angerufen», berichtet Serena. «Er hat gefragt, ob es in Ordnung ist, wenn er zum Gottesdienst kommt. Ich habe ja gesagt.»

Ich nicke dankbar. Obwohl der Gedanke an ihn noch immer Schuldgefühle in mir weckt, wäre es gut, ihn dort zu sehen – wenigstens ein freundliches Gesicht. Er ist die letzten Tage bei uns im Garten unauffällig ein und aus gegangen, hat nach den Tieren geschaut und diskret dafür gesorgt, dass ich nicht vergesse, die Hühner nachts im Stall einzusperren. Mehr als einmal hat er sie vor den Zähnen gerissener Füchse bewahrt, die nur darauf warten, hier eine kostenlose Mahlzeit zu ergattern.

Die ganze Woche schon rufen mich die Leute aus dem Dorf an, um mir ihr Beileid auszusprechen – selbst wenn sie Will zum Teil gar nicht gekannt haben. Was im krassen Gegensatz zu unseren ältesten und angeblich engsten Freunden steht.

Serena hat all unsere Kollegen in der British Television Company für mich angerufen, all die Menschen, die wir schätzten, Freunde, die uns durch Sorgen und Nöte begleitet haben, und kein Einziger von ihnen hat zugesagt, zu Williams Beerdigung zu kommen. Alle haben sie eine ganze Flut von Gründen angeführt, warum sie einem Mann nicht die letzte Ehre erweisen können, der ihnen einmal lieb und teuer gewesen ist. Kein Babysitter, zu viel Arbeit (wie oft habe ich diese Ausrede selbst benutzt) und vieles mehr. Hätte uns diese Tragödie in Notting Hill ereilt, wären sie wahrscheinlich die Ersten gewesen, die vorbeigeschaut hätten. Aber hier in Yorkshire heißt es, aus dem Auge, aus dem Sinn. Nicht einmal Maya kommt. Angeblich gibt ihr neuer Arbeitgeber ihr nicht frei. Alte Freundschaft zählt offenbar nicht, wenn eine lange Autobahnstrecke dazwischenliegt. Meine Schwester hat mich zu überreden versucht, Will in London zu bestatten, aber ich weiß, dass hier der Ort ist, an dem er hätte ruhen wollen. Auch, wenn uns hier nur eine kurze Zeit beschieden war.

Unsere Freunde und Kollegen haben alle Blumen und Kränze geschickt, um ihr schlechtes Gewissen zu beruhigen. Ich würde sie am liebsten ins Feuer werfen. Wie können sie Will das antun? Wie kann jemand, der im Leben so beliebt war, im Tod so missachtet werden? Die Menschen, die uns lieb und teuer waren, sind, wie sich herausstellt, nur Schönwetter-Freunde gewesen. Jetzt zeigt sich, wer wirklich für uns da ist. Wir werden eine klägliche Trauergesellschaft abgeben.

Hamish heult noch immer. Ich gebe die Suche nach meinem Handy auf. «Gehen wir. Sind die Kinder fertig?»

Serena nickt. «Sie sind sehr tapfer.» Tapferer als ich. Ich würde mich am liebsten auf den Boden legen und nie wieder aufstehen. Meine Schwester ruft nach den Kindern, und sie kommen in die Küche.

Ich bücke mich und umarme sie. Jessica weint lautlos. «Ich habe euch beide schrecklich lieb», sage ich. «Daddy wäre so stolz auf euch.»

Dann nehme ich sie bei der Hand – sogar Tom hat heute dagegen nichts einzuwenden –, und wir gehen hinaus zum Bestattungswagen.

## 25

Seit unser Ankunft im Dorf wollte ich schon immer einmal diese reizende kleine Kirche besuchen; ich hatte mir dabei nur andere Umstände vorgestellt. Heute ist ein unpassend warmer und sonniger Tag. Auf dem Friedhof halten die Bäume an ihren letzten Blättern fest, die golden und himbeerrot leuchten, während das abgefallene Laub einen bunten Teppich auf dem Boden bildet. Will hätte einen solchen Tag geliebt. Er hätte die Kinder bei der Hand genommen, wäre mit ihnen durch das raschelnde Laub marschiert, die Blätter mit den Füßen hochwirbelnd, und hätte dabei laut aufgejuchzt. Ich blende das Bild aus.

Wir folgen dem Sarg in die Kirche, und es fällt mir schwer zu glauben, dass es mein Mann ist, der dadrin liegt. Immer wieder muss ich mir dasselbe sagen – *er ist weg, und er kommt nicht wieder*. Ich drücke die Hände der Kinder, und sie blicken mit tränennassen Augen zu mir auf.

Die Kirche ist mit weißen Lilien geschmückt, die einen betörenden Duft verbreiten. Aber nicht das ist es, was mir den Atem verschlägt. Die Kirchenbänke sind voll besetzt mit den Leuten aus dem Dorf, mit Menschen, die ich in den letzten Monaten allenfalls flüchtig gesehen habe. Und doch sind sie gekommen, um sich von Will zu verabschieden. Ich bin gerührt, dass sie sich dazu im Gegensatz zu unseren Freunden die Zeit genommen haben.

Wir gehen in einer traurigen, kleinen Prozession den Mittelgang hinunter, und die Sonne, die durch die bunten Fensterscheiben strahlt, wirft ein Kaleidoskop von Regenbogenfarben auf den Boden. Auf seine eigene, eindringliche Art ist das alles sehr schön.

Der Pfarrer tritt vor den Altar, und der Sarg wird vor ihm auf einem Ständer abgestellt. Ich kenne den Pfarrer nicht, aber er ist gestern vorbeigekommen, um mit mir die Bibelstellen und Kirchenlieder durchzusprechen. Wie hätte ich ihm erklären können, dass es mir vollkommen egal war? Jetzt beginnt er zu sprechen, und eine respektvolle Stille senkt sich über die Gemeinde. «Wir sind hier im Angesicht Gottes versammelt», sagt er feierlich, «um uns von William Ashurst zu verabschieden ...»

Ich spüre, wie meine Beine zu zittern beginnen. Wie soll ich das hier durchstehen?

Dann ertönt plötzlich hinter uns ein schreckliches Geheul. Ich drehe mich entsetzt um. Und bevor ich darüber nachdenken kann, wo ich mich befinde und aus welchem Anlass ich hier bin, brülle ich aus Leibeskräften los: «Hamish! Nein!»

Der Hund jagt durchs Kirchentor herein. Ich will gar nicht darüber nachdenken, wie er aus dem Haus entkommen ist, aber er hat es geschafft. Er schießt den Mittelgang hinunter, stößt die Gemeinde aus dem Weg und besprüht sie mit Sabber.

«Nein!», schreie ich und stürze mich auf ihn. Vergeblich.

Ich sehe, wie Guy Burton einen Satz macht, aber auch er ist zu langsam für Hamish. Mit großem Geschick weicht der Hund dem Tierarzt aus, verliert aber den Halt auf dem glattgetretenen Boden und schlittert mit scharrenden Pfoten auf den Sarg zu.

Die Gemeinde hält entsetzt den Atem an, als Hamish vergebens versucht zurückzurudern und dann mit Karacho gegen Wills Sarg kracht. Als der trotz heftigen Schwankens gnädigerweise stehenbleibt, atmet die Gemeinde erleichtert wieder aus.

Hamish stellt sich auf die Hinterbeine, legt den Kopf auf den Sarg und winselt kläglich.

Irgendwie bekomme ich mich wieder unter Kontrolle und marschiere auf ihn zu. «Hamish, hierher», rufe ich, alle Benimmregeln für trauernde Witwen vergessend.

Hamish schaut mich ängstlich an und sinkt auf dem Boden zusammen. Es ist dies der Moment, in dem ich ein vertrautes Geräusch höre.

«Das darf jetzt nicht wahr sein.» Mir bleibt der Mund offen stehen. Aber es ist wahr.

Was da läutet, ist mein Handy. Ich würde meinen Klingelton überall erkennen. Es war meine und Wills Lieblingsmelodie. Und sie kommt aus Hamishs Magen. Dorthin ist mein Handy also verschwunden. Er öffnet das Maul zum Bellen, und das Klingeln des Handys ertönt jetzt noch lauter. Es ist unser vielgeliebter Queens-Hit, der jetzt die Stille durchschneidet und in der Kirche widerhallt: «Another One Bites the Dust».

## 26

Ich weiß nicht, wie wir den Rest des Gottesdienstes überstehen, aber wir schaffen es. Guy Burton hat Hamish niedergerungen und ihn mit seinem Hosengürtel an einer Kirchenbank festgebunden. Abgesehen von einem gelegentlichen klagenden Heulen, mit dem er die Lobrede des Pfarrers unterbrach, konnte die Beerdigung daraufhin glücklicherweise ohne erneute Zwischenfälle weitergehen.

Jetzt ist Hamish in Guys Range Rover verbannt, und wir anderen befinden uns in dem kleinen benachbarten Dorfsaal. Ich war davon ausgegangen, dass nur Serena, die Kinder und ich an Wills Beerdigung teilnehmen würden, und wollte anschließend nach Hause gehen und den Tag in stiller Besinnung fortsetzen. Doch die Dorfgemeinschaft hatte anscheinend andere Pläne.

Der Saal ist wie die Kirche mit weißen Lilien geschmückt, und alle haben etwas zu essen mitgebracht und ein wunderbares Buffet aus einheimischen Produkten angerichtet. Vom Metzger in Scarsby kommt eine Platte mit Schweinepasteten und aus einem Laden, von dem ich bisher noch nie etwas gehört habe, eine köstliche Auswahl an Käsesorten. Es ist, als wäre dies hier nicht nur eine Abschieds-, sondern gleichzeitig eine Willkommensfeier, und ich wünschte, mein Mann könnte das alles erleben. Er hätte es wirklich genossen.

Eine Frau namens Cheryl, die in Guys Praxis als Arzthelferin arbeitet, stellt mich den Leuten vor. Alle wirken ausgesprochen nett, und mir wird klar, wie unhöflich es von mir war, die Menschen hier bisher weitgehend ignoriert zu haben. Ich war wohl zu sehr auf mich und mein Selbstmitleid fixiert, um eine gute Nachbarin zu sein. Eine Dame und ein Herr, die, soviel ich weiß, die Dorfkneipe führen, machen viel Aufhebens um die Kinder. Serena hat Tom und Jessica je einen kleinen Teller aufgegeben, und ich sehe zu meiner Erleichterung, dass die beiden essen, während sie angeregt mit dem Paar plaudern. Die Unverwüstlichkeit von Kindern erstaunt mich immer wieder aufs Neue. Die beiden haben sich heute so gut gehalten, und ich bin ungemein stolz auf sie. Anscheinend war es Guys Idee, diese Zusammenkunft zu organisieren, nachdem Serena ihm gesagt hatte, dass keiner von unseren Freunden nach Yorkshire kommen würde, und ich finde es wirklich nett von ihm, dass er das für ein Paar tut, das er kaum kennt. Ich sehe, wie er auf der anderen Seite des Saals mit zwei älteren Damen schäkert, und muss darüber trotz meines Schmerzes lächeln.

Als alle fertig gegessen haben und viele Tassen starken Yorkshire-Tees getrunken sind, stehe ich auf, um ein paar Worte zu sagen. «Vielen Dank für all das hier», erkläre ich. «Sie wissen gar nicht, wie viel das mir und meiner Familie bedeutet. Mein Mann wäre Ihnen für Ihre Freundlichkeit schrecklich dankbar gewesen. Er hat das Leben in diesem Dorf geliebt, obwohl wir erst seit kurzem hier waren, und er freute sich auf ein langes ...» An dieser Stelle versagt mir die Stimme. William hatte geglaubt, dass wir in Helmshill ein langes, glückliches Leben führen würden. Doch jemand anders hatte da anscheinend andere Pläne gehabt. «Ich möchte Cheryl und Guy dafür danken, dass sie dies hier für mich organisiert haben. Ich bin mir nicht sicher, ob ich das selbst geschafft hätte.» Ich hebe meine Teetasse. «Auf William Ashurst», sage ich. «Ein wunderbarer Mensch, ein liebender Ehemann und ein liebevoller Vater. Wir werden ihn sehr vermissen.»

«Auf William», schallt es von meinen neuen Freunden zurück.

Nachdem diese Prüfung überstanden ist, ziehe ich mich

zurück und mache mich auf die Suche nach Guy Burton. Als ich ihn finde, befreie ich ihn von seinen beiden betagten Bewunderinnen. Wir gehen zur Tür des Saals und entschlüpfen in die schwache Wärme des winterlichen Sonnenscheins. Ich lasse mich auf eine Bank beim Dorfanger fallen und stoße einen erschöpften Seufzer aus. Guy setzt sich neben mich. Hamish im Range Rover beginnt, wie wild zu bellen. Inzwischen muss er wohl schon auf der Stelle trippeln. Entweder das, oder er hat in Guys Wagen gepinkelt.

«Ich wollte mich noch einmal persönlich bei Ihnen bedanken», erkläre ich Guy. «Ich weiß das wirklich zu schätzen. William hätte sich sehr darüber gefreut.»

«Es war das Mindeste, was ich tun konnte.»

«Anscheinend hatten wir in London nur viele Schönwetter-Freunde.»

«Hier dauert es vielleicht ein bisschen, bis die Leute Sie akzeptieren, aber wenn es einmal geschehen ist, sind sie Freunde fürs Leben.»

Ich lächele matt. «Wie wichtig das ist, wird mir erst jetzt klar.»

«Wie lange bleibt Serena?»

«Nur noch ein paar Tage. Sie hat in London eine leitende Stelle. Ich werde versuchen, ein Haus in ihrer Nähe zu finden, wenn wir dorthin zurückziehen.»

Ein Schatten legt sich über Guys Gesicht. «Ich dachte, Sie hätten es sich vielleicht noch einmal überlegt.»

Ich schüttele den Kopf. «Nein. Das Haus wird so bald wie möglich zum Verkauf angeboten.»

«Oh», sagt er.

«Serena ist die einzige nahe Verwandte, die ich jetzt noch habe. Ich möchte in ihrer Nähe sein.»

«Natürlich.» Guy seufzt.

Wieder ertönen die Klänge meines Handys aus Hamishs Magen. Ich lache zittrig. «Wer das wohl sein mag?»

«Ich nehme Ihren Hund besser mit in die Praxis.»

«In die Praxis?»

«Ich muss dieses Handy aus ihm herausholen. Ich bin mir bloß nicht sicher, ob sich das Problem allein auf natürlichem Wege beheben lässt. Es könnte ihm schaden.»

«Daran habe ich nicht gedacht. Wird es viel kosten?» Ich hasse es, jetzt über so was nachzudenken, aber unser Geld ist knapp. Wir haben noch nicht angefangen, uns um Wills Nachlass zu kümmern, und meine Pläne, hier freiberuflich zu arbeiten, kann ich jetzt komplett an den Nagel hängen. Denn wer sollte nach den Kindern schauen, wenn ich für ein paar Wochen am Stück nach Manchester oder so fahren müsste? Mir bleibt einfach keine andere Wahl, als mir eine Stelle in London zu suchen.

«Machen Sie sich darüber keine Sorgen. Sie haben schon genug am Hals.»

«Sie haben schon so viel für uns getan», erwidere ich, und Tränen steigen mir in die Augen. Ich zwinge mich, zu einem geschäftsmäßigen Ton zurückzufinden. «Sagen Sie mir einfach, wie viel es ist, und ich begleiche dann die Rechnung.»

«Ich hoffe, dass Hamish Ihnen den Tag nicht vollkommen verdorben hat. Es war ein sehr schöner Gottesdienst. Ich bin mir sicher, dass Sie auch gute Erinnerungen daran haben werden.»

«William hätte das alles sehr gefallen», antworte ich. Tatsächlich wäre mein Mann begeistert gewesen. «Mit der Zeit wird es mir wahrscheinlich genauso gehen.»

«Das hoffe ich.» Guy steht auf. «Ich behalte den großen Kerl für ein oder zwei Tage bei mir, um sicherzugehen, dass mit ihm alles in Ordnung ist. Sobald es ihm bessergeht, rufe ich Sie an.»

«Danke.» Guy geht zu seinem Wagen. Hamish will herausspringen, als er die Tür aufmacht, aber diesmal wird ihm erfolgreich der Weg abgeschnitten.

«Seien Sie vorsichtig», warne ich. «Er ist ein Satansbraten.»

«Er braucht einfach nur eine feste Hand», gibt Guy zurück.

Er braucht einfach nur eine Tonne Tranquilizer. Ich schüttele den Kopf. Dieser verdammte Köter. Er macht mir einfach zu viel Arbeit. Sobald es ihm wieder bessergeht, kehrt er auf direktem Wege dahin zurück, woher er gekommen ist.

## 27

In dem Moment, als Guy aus seinem Wagen ausstieg, fuhr auch Cheryl gerade vor.

«Dieser Hund sieht irgendwie durchgeknallt aus», sagte sie, als sie die Tür zur Praxis öffnete.

«Er ist nur ein bisschen ungestüm.» Guy hatte Mühe, Hamish vom Beifahrersitz zu locken, auf dem er sich glücklich niedergelassen hatte. Er zog an der Leine. «Komm schon, Junge.» Das Telefon in Hamishs Bauch fing wieder an zu klingeln. Bei aller Komik, die das hatte, wusste Guy doch, dass er das Telefon so schnell wie möglich da rausholen musste, bevor der Hund unter Umständen eine lebensbedrohliche Obstruktion erlitt.

Als er im Jahr zuvor seinen Border Collie Robbie hatte einschläfern müssen, hatte er sich geschworen, sich nie wieder emotional an einen Hund zu binden. Guy wusste nicht, was Hamish an sich hatte – er war so lästig, wie Rob klug gewesen war –, doch irgendwie war es diesem gewaltigen Lümmel von einem Hund gelungen, sich in sein Herz einzuschleichen. Vielleicht lag es ja daran, dass er Amy gehörte, die sich Guy leider nicht so recht aus dem Kopf schlagen konnte.

Guy ging um das Auto herum zum Fahrersitz und bugsierte Hamish mit aller Kraft aus dem Range Rover. Augenblicklich raste der Hund vor Guy in die Praxis, genauer gesagt, direkt in den Drehständer mit den Broschüren, der gleich vorne im Empfangsbereich stand. Jetzt flatterten die Merkblätter über Kastration, Entwurmung und die Freuden der Kaninchenhaltung über den ganzen Fußboden.

«Schluss damit, du Monster!», kreischte Cheryl. Sie liebte diesen Drehständer und konnte glückliche Stunden damit zubringen, ihn zu sortieren und die Broschüren kunstvoll aufzufächern.

Just in diesem Augenblick kam Mrs. Evans mit ihrer Katze Tabby herein, die einen faulen Zahn gezogen bekommen musste. Hamish stürzte sich auf den Transportkorb und schlug ihn Mrs. Evans aus der Hand. Die Tür flog auf, und Tabby sprang mit ausgefahrenen Krallen heraus und fauchte. Daraufhin machte Hamish einen entsetzten Satz nach hinten und stieß gegen das Aquarium, das mit einer exquisiten Auswahl tropischer Fische bestückt war. Beim Aufprall von fünfundsiebzig Kilo Lebendgewicht zersprang das Glas, und Wasser und tropische Fische schossen durch den Raum.

Tabbys fauler Zahn hinderte ihn nicht daran, sich einen vorbeifliegenden Kaiserfisch zu schnappen und unzerkaut herunterzuschlucken. Mrs. Evans war einer Ohnmacht nahe. Hamish bellte begeistert.

«Schaffen Sie sofort den Hund hier raus!», kreischte Cheryl.

«Hamish! Hamish!» Guy stürzte sich auf ihn, doch seine Füße rutschten über den nassen Fußboden. Schließlich schlang er die Arme um Hamish und zerrte ihn mit Gewalt in Behandlungszimmer eins. «Ich bin so schnell wie möglich bei Ihnen, Mrs. Evans», sagte er über die Schulter und setzte ein professionelles Lächeln auf. «Cheryl, könnten Sie mir wohl hier drin zur Hand gehen?»

Guy schloss die Tür hinter sich und lehnte sich dagegen, um Luft zu schnappen. Er hatte riesige Kühe behandelt, rasende Stiere, tretende Pferde, doch keines dieser Tiere hatte die Kraft und Überschwänglichkeit dieses Hundes besessen.

«Hamish», sagte Guy und keuchte genauso wie der ihm neuerdings anvertraute Hund. «Wir beide müssen zu einer Einigung kommen. Wenn du dich nicht bald benimmst, bist du schneller wieder im Tierheim, als du ‹Gassi› sagen kannst.»

Hamish antwortete mit einem fröhlichen Bellen. Das einzige Wort, das er verstanden hatte, war wahrscheinlich «Gassi» gewesen.

«Also, rauf auf den Tisch.»

Ohne weitere Ermutigung sprang der Hund mit einem Satz auf den OP-Tisch und wedelte wie wild mit dem Schwanz.

«Das, was ich gleich mit dir vorhabe, wird dir wahrscheinlich nicht gefallen, ganz und gar nicht gefallen», sagte Guy, als er dem Hund den Rücken zukehrte, um ein Narkotikum aufzuziehen. Er würde Hamish vorsichtshalber eine starke Dosis geben. Es war einiges erforderlich, um diesen Hund in Bewusstlosigkeit zu versetzen, und er wollte auf keinen Fall, dass Hamish aufwachte, während er gerade damit beschäftigt war, ihm ein Handy aus dem Magen zu entfernen.

## 28

«Es ist unerträglich für mich, dich allein zu lassen», sagt meine Schwester mit einer Träne im Auge.

«Ich komme schon zurecht. Heul bloß nicht, sonst fang ich auch noch an.»

Serena lacht. «Komm so bald du kannst nach London.»

«Ich werde versuchen, in den nächsten Tagen einen Termin bei meinem ehemaligen Chef zu bekommen.»

Sobald er merkt, was ihm an mir entgeht, wird er mich bestimmt wieder einstellen wollen. Dann kann ich unser altes Leben in London wieder fortführen, kann die Kinder in ihr vertrautes Terrain zurückbringen, dorthin, wo sie sich am besten auskennen, und vor allem dorthin, wo *ich* mich am besten auskenne. Wie sehr ich mich danach gesehnt habe! Ich hatte mir nur nicht vorgestellt, welche Tragödie sich würde ereignen müssen, um mich wieder dorthinzubringen. Jetzt würde ich lieber für immer in diesem heruntergekommenen, alten Haus bleiben, wenn ich nur Will wieder zurückbekäme. Aber da das nicht geschehen wird, müssen wir den nächsten Schritt tun. Ich muss mich auf ein Leben ohne ihn vorbereiten.

Tom und Jessica umarmen Serena. «Seid schön brav», fordert sie sie auf. «Eure Mummy braucht euch jetzt.»

Meine Kinder nicken feierlich, und das bricht mir fast das Herz. Ich ziehe sie an mich, und wir begleiten Serena zum Wagen.

Wir geben ihr einen letzten Kuss, und dann stehen wir in

der Einfahrt und winken ihr nach, während der Porsche mit dröhnendem Motor losdonnert und die Stille des Morgens durchbricht. Kaum ist sie außer Sicht, kommt schon unser Immobilienmakler angefahren und stellt ein *Zu verkaufen*-Schild auf, während ich ihm dabei zuschaue. Ich hoffe, dass das Haus rasch einen Abnehmer findet, damit ich so bald wie möglich von hier wegkomme.

Ich gehe in die Küche zurück, wo Hamish auf seinem Hundebett liegt. Na ja, zumindest ein Teil von ihm. Er ist so groß, dass er auf allen Seiten darüber hinausragt. Seit Guy ihn nach der Operation zurückgebracht hat, ist er sehr gedämpfter Stimmung, und wenn er immer so wäre, könnte ich vielleicht gerade so mit ihm zu Rande kommen. Der Hund trägt einen großen, weißen Kragen, damit er sich nicht die Fäden herauszieht, aber er ist eindeutig unglücklich mit der Situation und tatzt ständig mit den Pfoten nach der Wunde. Milly Molly Mandy, die Katze, sitzt an seinem Kopf und nimmt die Gelegenheit wahr, ihm systematisch die Krallen über die Nase zu ziehen, solange er sich nicht wehren kann. Das dürfte wohl die Rache für die vielen Gelegenheiten sein, bei denen er versucht hat, sie zu vögeln.

Während ich den inzwischen üblichen Haufen von angefressenen Mäusen wegwerfe, den die Katze als Abfall zurücklässt, legt Jessica sich auf den Küchenfußboden, kuschelt sich an Hamish und schlingt ihm die Arme um den mächtigen, weichen Hals. Sein Schwanz trommelt auf den Boden. «Wir lieben dich, Hamish», gurrt sie. «Du hast uns schrecklich gefehlt.»

Hmm. Nicht uns allen. Ich hatte drei wunderbar sabberfreie Tage. Ich schaue meine Tochter an und begreife, dass es wohl härter als gedacht wird, Hamish ins Tierheim zurückzubringen.

«Jetzt, wo Daddy nicht mehr da ist, sind wir für dich da», schließt Tom sich dem Fest der Hundeliebe an. Na großartig. Sieht so aus, als hätte Will das Doktor-Dolittle-Gen an seine Kinder vererbt. Ich würde am liebsten anklagend die Fäuste zum Himmel strecken.

Die Hühner, Schafe und Ziegen warten alle auf ihr Frühstück, und so schlüpfe ich in meine Gummistiefel und gehe zum Stall. Ohne mit der Wimper zu zucken fische ich die zappelnden Mäuse aus dem Hühnerfutterbehälter. «Lauft in die andere Richtung», rate ich ihnen und deute mit einem Nicken aufs Haus, «sonst seid ihr bald Katzenfutter.»

Sie huschen in Richtung meiner Küche davon, und ich schnalze missbilligend mit der Zunge. «Keiner kann sagen, ich hätte euch nicht gewarnt.»

Die Hühner gewinnen ihr Augenlicht allmählich zurück, und das ist, wie sich herausstellt, nicht nur eine gute, sondern auch eine etwas problematische Entwicklung. Denn jetzt können sie mich sehen, wenn ich mit ihren Antibiotikatropfen komme, und stieben in alle Richtungen auseinander, sobald ich auftauche. Die Arbeit dauert dadurch doppelt so lang. Glücklicherweise sehen sie auch nicht mehr so gerupft aus wie früher, sondern haben jetzt einen hübschen, flauschigen Federmantel. Sobald sie wieder ganz gesund sind, finde ich bestimmt schnell einen Abnehmer für sie.

Das Licht liegt heute weich über den Bergen. Dadurch kommen sie einem nah vor, als würden sie das Haus beschützen. An manchen Tagen ist die Luft so frisch, dass man das Gefühl hat, sie schmecken zu können, als hätte sie ein zusätzliches Ozon-Molekül. Es wird anders sein, wenn wir in London zurück sind und uns dort wieder mit der Luftverschmutzung abfinden müssen.

Ich lasse die Schafe auf die Wiese hinaus. Doris hinkt, und

ich nehme mir vor, Guy zu fragen, was sie haben könnte. Es wird verdammt schwierig sein, diese drei alten Damen loszuwerden. Wahrscheinlich wird man sie schlachten müssen. Ich versuche, nicht darüber nachzudenken. Es bräuchte schon jemanden mit einem sehr weichen Herzen, um sie zu retten. Einem weichen Herzen, wie Will es hatte. Bei diesem Gedanken schießen mir die Tränen in die Augen.

«Warum hast du uns hierhergebracht?» Ich kehre das Gesicht zum Himmel. «Ich habe das hier nie gewollt, Will. Das hier war dein Traum. Ich bin dafür geschaffen, in einem teuren Kostümchen hinter dem Schreibtisch zu sitzen, und nicht, um in Gummistiefeln knietief durch Hühnerscheiße zu waten.» Ich blicke auf meine vollgekackten Stiefel hinunter. «Es fühlt sich so an, als würde ich dich im Stich lassen. Aber ich schaffe es einfach nicht. Hoffentlich verstehst du, warum ich nach London zurückkehre. Ich werde hier allein nicht zurechtkommen. Meine Energie reicht gerade, um mich um die Kinder und mich selbst zu kümmern. Alles, was darüber hinausgeht, ist einfach zu viel. Ich muss zu dem zurückkehren, was mir liegt.»

Nach diesem Ausbruch schleppe ich mich pflichtbewusst zu den Zwergziegen. Als sie mich sehen, meckern sie begeistert los. «Hallo, Jungs.» Eigentlich bin ich mir gar nicht sicher, ob es Jungs sind. Sie knabbern nervös an meiner Hand. Ich muss zugeben, dass sie wirklich recht niedlich sind. Will hätte sich bis über beide Ohren in sie verliebt. Da fällt mir ein, dass wir ihnen bis jetzt noch nicht einmal Namen gegeben haben. Am besten lassen wir das auch sein. Sie werden ja sowieso bald wieder von hier verschwinden.

Morgen rufe ich meinen alten Chef Gavin an und lasse mir einen Termin für nächste Woche bei ihm geben. Dann melde ich die Kinder wieder in ihrer alten Schule an und suche uns eine Wohnung für ein neues Leben im Qualm der Großstadt. Jetzt, da ich einen Plan habe, sehe ich der Zukunft schon viel positiver entgegen. Aber die Tränen laufen erneut, als mir ein weiteres Mal schneidend bewusst wird, dass es eine Zukunft ohne Will sein wird.

## 29

Am nächsten Morgen sehe ich, dass Hamish sich über Nacht den Kragen vom Hals gezerrt und mit den Zähnen die Fäden herausgezogen hat. Das scheint ihm aber nicht geschadet zu haben. Die Operationswunde wirkt gut verheilt. Ich habe die Kinder zur Schule gebracht, weil ich glaube, dass es besser für sie ist, wenn sie so schnell wie möglich zur Normalität zurückkehren. Sonderbarerweise haben sie kein bisschen protestiert. Das hätten sie aber getan, wäre ihnen klar gewesen, dass ich heute Vormittag eine geheime Mission habe.

«Komm schon, Junge», sage ich und locke Hamish mit Hundekeksen in den Landrover. Kauend und schmatzend arbeitet er sich zum Beifahrersitz vor. «Was für ein leichtgläubiger Trottel», brumme ich in mich hinein.

Ich binde Hamishs Leine am Türgriff fest und steige dann neben ihm ein. «Mach jetzt keinen Unfug», sage ich. «Verstanden?»

Er sabbert den Sitz voll.

Kopfschüttelnd lege ich den Gang ein und rumpele los. Ich kann es gar nicht abwarten, diese Rostlaube loszuwerden und zu den guten, alten Nahverkehrsmitteln zurückzukehren. Wie ich mich nach dem Gedränge in der U-Bahn und den schaukeligen Gelenkbussen sehne. Schon der Gedanke daran lockt ein Lächeln auf meine Lippen.

Auf dem Sitz neben mir wedelt Hamish mit dem Schwanz, während wir über die kurvenreichen Landstraßen fahren. Gelegentlich heult er zur Musik auf Radio 2 – dem einzigen Sender, den ich auf dem uralten Radio empfange. Die Strecke führt uns quer übers Hochmoor, es ist das erste Mal, dass ich in dieser Richtung unterwegs bin. Die Landschaft ist atemberaubend schön, ein Flickenteppich von Farben unter einem weiten, wolkenlosen Himmel.

Eine Stunde später holpern wir in Malhead ein. Wenn man sagen kann, dass in Scarsby abends um sechs die Bürgersteige hochgeklappt werden, dann hat Malhead nicht einmal Bürgersteige. Lediglich ein paar bunt zusammengewürfelte Cottages säumen die jämmerliche Hauptstraße. Viel mehr gibt es hier nicht. Ich fahre langsamer, schalte in den dritten Gang herunter und rolle die Straße entlang. Weit kann es nicht sein. «Hast du irgendeine Vorstellung, wo es langgeht?»

Hamish blickt mich aus traurigen Augen an. Ich muss schlucken. Ob er wohl Bescheid weiß? Der Gedanke bringt mich zum Lachen. Natürlich nicht. Er ist einfach nur ein großer, dummer Hund.

Dann sehe ich tatsächlich ein Hinweisschild. *Tierheim Malhead.* Genau danach habe ich gesucht. Ich biege mit dem Landrover auf den Kiesweg ein, und wir rumpeln weiter. Hamish beginnt, leise zu knurren. «Hör auf damit», sage ich. «Es ist doch so, als würdest du nach Hause kommen.»

Einen Moment lang überkommen mich Zweifel. Was soll ich den Kindern sagen? Sie werden es mir sehr übelnehmen, wenn ich mit der Wahrheit herausrücke. Ich könnte sie einfach anlügen und behaupten, Hamish sei weggelaufen. Das würden sie sicher glauben. Es wäre nicht sein erster Versuch.

Ich halte vor den Zwingern und denke, dass sie doch eigentlich gar nicht so schlimm aussehen. Sie sind sogar recht gemütlich – so gemütlich wie ein Gefängnis. Massenhaft Hunde bellen, und sie klingen ... nun, sie klingen irgendwie aufgeregt und unglücklich. Hamish knurrt noch lauter.

Ich sitze da und höre auf das Hämmern meines Herzens. Doch ich bin fest entschlossen. Es gibt kein Zurück. Ich gehe um den Wagen herum zum Beifahrersitz, binde Hamish los und will ihn aus dem Wagen zerren. Er bleibt wie ein Klotz sitzen und rührt sich nicht vom Fleck.

«Hamish», rede ich ihm zu. «Auf dich warten da ein paar köstliche Leckerbissen.» Ich lege eine Spur Hundekekse auf dem Boden aus, aber er lässt sich kein zweites Mal an der Nase herumführen. Ich schiebe und schubse, geifere und gifte, schmeichele und fluche. Nichts bringt ihn dazu, sich zu bewegen.

«Na gut», sage ich. «Meinetwegen kannst du auch im Auto bleiben.» Ich schlage die Tür krachend zu und mache mich auf die Suche nach dem Tierheimpersonal. Dem begegne ich in Gestalt einer Wasserstoffblondine in rosa Gummistiefeln, die mich an der Tür zur Zwingeranlage begrüßt. Sie blinzelt ins Sonnenlicht.

«Mein Mann war vor ein paar Monaten hier», erkläre ich. «Er hat einen Hund von Ihnen bekommen. Und, also ...» Ich versuche, mit fester Stimme zu sprechen. «Mein Mann ist vor kurzem gestorben. Unerwartet.»

«Ach, das ist ja schrecklich», erwidert sie, jetzt selbst mit brüchiger Stimme. «Sie sind doch noch so jung. Was für eine Tragödie.»

«Ja. Ja, das war es. Das *ist* es.»

«Wir helfen Ihnen gerne, wo immer wir können. Wirklich …» Ich habe das Gefühl, in ihrem Mitleid zu ertrinken.

«Ich ziehe mit den Kindern wieder nach London», fahre ich fort. «Und wir können den Hund nicht mitnehmen. Er braucht Platz. Und den werden wir nicht haben.»

«Das kann ich vollkommen verstehen.» Sie legt mir die Hand auf den Arm.

«Ich bin mir sicher, Hamish wird bald …»

Ihr Gesicht erstarrt. «Haben Sie Hamish gesagt?»

«Ja, ich …»

«Der große Gordon Setter?»

«Ja. Genau der.»

«Nein.» Sie hebt abwehrend die Hand. «Diesen Hund nehme ich nicht zurück.»

«Aber Sie haben doch gerade eben gesagt …»

«*Nein.*»

«Sie haben gesagt, Sie helfen mir, wo immer Sie können.»

Jetzt sind beide Hände oben. «Aber nicht damit.»

«Warum denn nicht?»

«Er hat einen zerstörerischen Einfluss.»

«Er ist ein bisschen lebhaft», räume ich ein, von Panik erfüllt. «Aber ich bin mir sicher, dass er in den letzten Monaten viel ruhiger geworden ist.» Wie zum Beweis drehe ich mich zum Landrover um und zeige auf Hamish, der mich, ich könnte schwören, in diesem Moment über das ganze Gesicht angrinst.

«Nein», entgegnet sie. «Es war wahnsinnig schwer, ein neues Zuhause für ihn zu finden. Wissen Sie, wie viele Male er schon zurückgekommen ist? Wie viele Helferinnen ich verloren habe, weil er versucht hat, sie zu …» Sie sieht mich an, als wäre es meine Schuld, dass mein Hund einen Überschuss an Testosteron hat. «Ihr Mann war der Einzige, der dumm genug war …» Dann wird ihr klar, was sie gesagt hat, und sie verstummt.

«Na, danke vielmals», antworte ich scharf. «Sie waren mir eine große Hilfe.»

«Es tut mir leid», beendet sie das Gespräch. «Ich bedaure Ihren Verlust sehr. Wirklich. Aber diesen verdammten Hund nehme ich nicht zurück.»

Damit wendet sie sich ab und marschiert in ihren lächerlichen rosa Gummistiefeln davon. Bei ihrem blondgefärbten Haar sieht man bereits den Ansatz.

Ich stampfe in die andere Richtung und setze mich neben Hamish ins Auto. Er dreht mir den Rücken zu. «Du hast nochmal einen Aufschub bekommen», sage ich. «Kein Grund, jetzt einen auf beleidigt zu machen.»

Bei diesen Worten lässt er einen fürchterlich stinkenden Furz fahren, dessen giftige Gase sich auf Anhieb im Auto verbreiten. Selbst seine eigene Nase kräuselt sich vor Ekel.

«Meine Güte, Hamish», knurre ich ihn an und ramme den Rückwärtsgang rein. «Du weißt wirklich nicht, wann es genug ist.»

# 30

«Ich muss den Tierarzt anrufen», sage ich zu Tom. Wir betrachten gerade die Schafe auf der Wiese. «Ich bin mir ziemlich sicher, dass Doris inzwischen schlimmer humpelt.»

«Ich finde es schön, Haustiere zu haben», sagt mein Sohn wehmütig.

«Das sind keine Haustiere», stelle ich klar. «Das ist Nutzvieh.»

«Was macht das für einen Unterschied?», fragt er. «Wir kümmern uns um sie wie um Haustiere.»

«Wir geben ihnen aber keine Namen, wie Haustiere sie haben.»

«Die Hühner haben alle Namen. Und die Schafe auch.»

«Aber die Ziegen haben keine.»

«Sie heißen Stephanie und Blob.»

«Ihr könnt doch eine Ziege nicht Blob nennen.»

Tom zuckt die Schultern mit einer Abgeklärtheit, die seinem bereits acht Jahre währenden Leben und Überleben auf diesem Planeten zu verdanken ist. Früher war er voller Selbstvertrauen, aber seit Wills Tod ist er viel zurückhaltender und unsicherer geworden. Ich wüsste nur zu gerne, was in seinem kleinen Kopf vor sich geht.

«Das kannst du Jessica sagen», meint er. «Ich habe ihr auch gesagt, ‹Blob› wäre dämlich. Aber Namen haben die Ziegen jedenfalls.»

Auf diesen Streit über Namen lasse ich mich erst gar nicht ein – es sieht so aus, als würde ich da sowieso nur den Kürzeren ziehen.

«Können wir in London auch Haustiere haben?»

«Ich weiß es nicht. Wir werden fragen müssen, was ...» Ich halte inne. Beinahe hätte ich gesagt, «Wir werden fragen müssen, was Daddy davon hält», aber dann wird mir klar, dass ich von nun an alle Entscheidungen selbst treffen werde, ganz egal, ob es dabei um Tiere oder Taschengeld geht. Von jetzt an können die Kinder nur noch mir dankbar oder böse sein.

Tom blickt mich verwirrt an. «Wen werden wir fragen müssen?»

«Tante Serena.»

Zum Glück kommt es meinem Sohn nicht in den Sinn

nachzuhaken, warum gerade meine Schwester darüber entscheiden sollte, ob wir uns ein Tier anschaffen oder nicht.

«Was ist mit Hamish? Er ist ein Haustier.» Besagter Hund schleicht zurzeit durch den Garten und macht einen großen Bogen um mich.

Ja, was ist mit Hamish? Wie kann ich Tom sagen, dass er nur deshalb noch bei uns ist, weil das Tierheim ihn nicht zurücknehmen wollte?

«Wir können ihn doch nicht einfach hier zurücklassen. Und Milly Molly Mandy auch nicht.» Die Katze ertrage ich so gerade noch, trotz der Tatsache, dass sie immer noch nicht stubenrein ist. Aber Hamish? Wäre Will nicht schon tot, würde ich ihn am liebsten dafür ermorden, dass er mir diesen Köter angehängt hat. Wie könnten wir je in London mit ihm zurechtkommen?

Ich wende mich von Tom ab, hole als Ausweichmanöver mein neues Handy aus der Tasche und drücke Guy Burtons Nummer. Ist es ein schlechtes Zeichen, dass er schon eine Kurzwahlnummer bekommen hat? Er nimmt sofort ab und meldet sich knapp und professionell.

«Guy», sage ich. «Hier ist Amy.»

Es stimmt, dass man das Lächeln in jemandes Stimme hören kann, und ich merke, wie es mir ebenfalls ein Lächeln entlockt, als er fragt: «Hallo, was kann ich für Sie tun?»

«Wir haben ein Problem mit einem der Schafe. Doris humpelt. Könnten Sie sie sich vielleicht einmal kurz ansehen, wenn Sie Zeit haben?»

«Ich bin gerade auf dem Heimweg», erklärt er. «In zehn Minuten bin ich bei Ihnen.»

Und tatsächlich biegt sein Range Rover kurze Zeit darauf in unsere Zufahrt ein. In der Hand hält er seine Tierarzttasche und einen Apfelkuchen, den seine Helferin Cheryl für uns gebacken hat. Seit Wills Tod bekommen wir wöchentlich Kuchen und Pasteten geschenkt, und irgendjemand stellt außerdem immer wieder frischgeerntetes Gemüse auf unsere Türschwelle. All das macht mich ganz demütig.

Guy übergibt mir den Kuchen, und in diesem Moment wirft sich Hamish, der nun genug geschmollt hat, auf den Neuankömmling und versucht, eine sexuelle Handlung an ihm zu vollziehen.

«Runter mir dir, Hamish!», schreie ich. Hamish denkt gar nicht daran.

Schließlich gelingt es Guy, sich zu befreien.

«Tom», sage ich. «Bring diesen Hund ins Haus.»

Mein Sohn ringt mit dem zappelnden Köter und schleppt ihn in die Küche, während Guy und ich zu den Schafen gehen, die ich inzwischen in den Stall getrieben habe.

«Macht Ihnen Hamish immer noch zu schaffen?», fragt Guy.

Ich nicke und schlucke die Tränen herunter, die mir zurzeit bei der kleinsten Gelegenheit in die Augen steigen. «Ich habe heute versucht, ihn ins Tierheim zurückzubringen, aber die waren so schlau, ihn nicht zurückzunehmen.»

«Armer Hamish», sagt Guy.

«Armer Hamish, von wegen!» Eher schon arme Amy. Ich werfe dem Tierarzt einen vielsagenden Blick zu. «Sie wollen ihn wohl nicht haben?»

«Ich kann ihn an ein paar Tagen in der Woche auf meine Runde mitnehmen, falls Ihnen das hilft.»

«Das wäre sehr nett von Ihnen», stürze ich mich dankbar auf die Chance, ein paar Stunden Ruhe und Frieden zu haben, ohne dass irgendetwas angekaut oder gevögelt wird.

«Es wäre auch kein Fehler, ihn ein bisschen zu erziehen.»

«Lässt sich eine Naturkatastrophe erziehen?»

«Wir könnten es versuchen.» Inzwischen sind wir bei den Schafen angelangt. Guy macht das Tor auf, und wir gehen in den Stall. Er packt die blökende Doris und klemmt sie zwischen seinen Beinen ein.

«Also», sagt Guy, «das Problem bei alten Damen, ob nun Schaf oder Mensch, ist, dass sie oft Ärger mit den Füßen haben. Deshalb muss man ihnen auch regelmäßig die Klauen schneiden und auf Infektionen zwischen den Zehen achten.»

Na großartig. Jetzt werde ich auch noch für die Pediküre der Schafe aufkommen müssen. Ich kaue nervös auf der Unterlippe. Dieses Haus ist das reinste Geldgrab. Wer hätte gedacht, dass es so teuer sein könnte, ein paar Tiere zu halten? Wenn ich nächste Woche in London bin, werde ich unbedingt Wills Finanzen mit dem Anwalt durchgehen müssen. Ich werde mich wesentlich besser fühlen, wenn ich einmal weiß, wie viel Geld wir aus Wills Rente und seiner Lebensversicherung zu erwarten haben.

Guy untersucht Doris' Hufe. «Da ist eine kleine Infektionsstelle», sagt er nach ein- oder zweiminütiger Inspektion. «Ich werde sie säubern, und anschließend braucht das Schaf Antibiotika. Wenn ich schon hier bin, schaue ich mir auch noch die anderen Mädels an.» Er klemmt Delila in seine Armbeuge und untersucht auch ihre Füße. «In ihrem Alter muss ich auch die Zähne regelmäßig kontrollieren, um sicherzugehen, dass sie richtig fressen können.»

Ach, warum konnte Will uns keine jungen Schafe besorgen, kleine Lämmer, die jetzt unseren Speiseplan bereichern könnten, statt dieser in die Jahre gekommenen Riege, die uns unser dringend benötigtes Geld kostet?

Ich beobachte, wie viel Sorgfalt Guy auf die alten Damen verwendet. «Sie müssen Ihre Arbeit sehr lieben», sage ich.

«Ja, das ist wohl richtig.»

«Sie sind auf jeden Fall sehr gut darin.» Aus irgendeinem Grund macht es mich verlegen, das zu sagen.

«Danke», antwortet Guy mit einem schiefen Lächeln. «Wenn nur gewisse Farmer hier draußen mein Talent genauso positiv beurteilen würden.» Er richtet sich auf, und die Schafe flüchten sich in die hinterste Ecke des Stalls zusammen, da sie für heute genug Demütigungen erdulden mussten. Guy wäscht sich die Hände unter dem Wasserschlauch. «Wie läuft es mit dem Verkauf des Hauses?»

«Morgen kommen die ersten Leute zur Besichtigung.»

«So bald schon?»

In ganz Scarsby gibt es nur einen einzigen Immobilienmakler – eigentümlich, wenn man bedenkt, dass es in London nur so von ihnen wimmelt –, aber Collier's scheint gute Arbeit geleistet zu haben. «Der Immobilienmakler meint, es handele sich um eine äußerst begehrenswerte Liegenschaft.»

«Mike Collier redet viel Blödsinn, wenn der Tag lang ist», stellt Guy fest und deutet mit einem Nicken auf das *Zu verkaufen*-Schild. «Dieses Haus war beinahe ein Jahr lang auf dem Markt, bevor es ihm gelungen ist, es loszuwerden ...» Er verstummt.

«An ein paar verrückte Leute aus dem Süden, die es nicht besser wussten?»

«So ungefähr.» Er lacht.

«Ein ganzes Jahr?», schnaufe ich.

«Tut mir leid», sagt Guy. «Das war jetzt bestimmt nicht das, was Sie hören wollten.»

«Ich gehe besser mal rein und bringe die Räume auf Hochglanz. Ich will es loswerden – und zwar schnell.»

«Das hier würde ein wunderschönes Heim für eine Familie abgeben.» Guy betrachtet das Haus. «Man müsste viel Arbeit hineinstecken, aber es wäre die Sache wert.»

«Wenn Sie es kaufen, würde ich Ihnen den Hund als Dreingabe geben», scherze ich.

«Das würde ich liebend gerne tun», räumt er ein. «Aber ich habe niemanden, mit dem ich es gemeinsam bewohnen könnte. So vegetiere ich halt weiter in meinem eigenen Haus vor mich hin.»

«Bleiben Sie doch zum Abendessen», schlage ich spontan vor. «Es gibt irgendwas mit Nudeln. Nichts Besonderes.»

«Das wäre schön», meint er, «aber ich kann jetzt noch nicht Feierabend machen. Joe oben in der Brandon's Farm hat eine Kuh mit Kartoffelschlund.»

«Ich werde nicht einmal fragen, was das ist.»

«Es ist eine Kuh, der eine Kartoffel im Schlund festsitzt.»

Ich lächele. «Natürlich.»

«Ich weiß nicht, wann ich fertig bin.»

Achselzuckend sage ich: «Dann eben ein andermal.» Ich begleite Guy zu seinem Wagen. Es wird schon dunkel. Der Abend kommt jetzt immer früher – um halb vier Uhr nachmittags ist die Sonne schon beinahe verschwunden –, und bei mir stellt sich das Gefühl ein, dass der Winter hier besonders lang und hart ist. Ich hoffe, dass die Leute, die Helmshill Grange morgen besichtigen – Mr. und Mrs. Finnegan –, sich sofort in das Haus verlieben, sodass ich hier weg bin, bevor das Wetter richtig schlecht wird. Das ist sehr optimistisch, ich weiß, aber es ist der einzige Gedanke, der mich vorm Verrücktwerden bewahrt. «Noch einmal danke, Guy.»

«Gern geschehen», gibt er zurück, wirft seine Tierarzttasche hinten in den Range Rover und schiebt sich hinters Steuer.

Ich winke, während er zurücksetzt. Es gibt hier auch manches, was ich später einmal vermissen werde, und ich gebe es nicht gern zu, aber Guy Burton wird dazugehören.

## 31

Als Guy vom Hof der Brandons zurückkehrte, war es schon nach zehn Uhr. Amys Einladung zum Abendessen abzulehnen, war ihm relativ leichtgefallen. Bei Mrs. Brandon dagegen war er da nicht so schnell davongekommen.

Die Behandlung der Kuh war in relativ kurzer Zeit über die Bühne gegangen. Es hatte nur ein wenig Einfühlungsvermögen und brutale Gewaltanwendung bedurft, um ihr die berüchtigte Kartoffel aus dem Hals zu holen, ohne gebissen zu werden. Joe Brandon allerdings war einer der wenigen redseligen Bauern in der Gegend, und bei einem Hausbesuch bei ihm musste Guy immer eine gute halbe Stunde draufschlagen. Hinzu kam, dass Ellen Brandon, eine der besten Köchinnen der Gegend, immer erpicht darauf war, ihre Künste vorzuführen, wenn er da war. Es schien, als habe Ellen es sich in gleichem Maße zur Lebensaufgabe gemacht, ihn zu mästen, wie es sich Cheryl zur Lebensaufgabe gemacht hatte, ihm eine neue Frau zu suchen.

Eine Stunde nachdem er die Kuh erlöst hatte, hatte er noch immer in der gemütlichen Küche der Brandons gesessen – vollgestopft mit selbstgemachten Würstchen und Kartoffelbrei, gefolgt von Apfelkuchen mit einem großzügigen Klacks Schlagsahne. Gewärmt von dem bullernden Ofen, hatte er den Brandons dabei zugehört, wie sie sich mit einer Ungezwungenheit gegenseitig aufzogen, wie das nur Menschen können, die seit über zwanzig Jahren verheiratet sind.

Jetzt war er wieder zu Hause. Das Haus war kalt, denn die Heizung war nicht angesprungen, und nirgends brannte ein Licht, um ihn willkommen zu heißen. Er seufzte, als er einen Haufen Werbepost durchsah, der sich auf seiner Fußmatte stapelte.

Das einzige Lämpchen, das blinkte, war das des Anrufbeantworters. Er drückte auf die Abspieltaste und hörte sich die üblichen Nachrichten von Menschen an, die kotzende Katzen, ohnmächtige Hunde und kalbende Kühe hatten. Die meisten konnten bis zum nächsten Morgen warten, doch zu zweien musste er in der Nacht wahrscheinlich noch einmal raus. Als die letzte Nachricht abgespielt wurde, bekam er auf einmal eine Gänsehaut, und das hatte nichts damit zu tun, dass ein Tier in Not war.

«Hi, Guy», sagte die Stimme im Dunkeln. «Ich weiß, dass es lange her ist, aber ich dachte, ich ruf mal an und schau, wie's dir geht.» Es gab eine verlegene Pause am anderen Ende der Leitung, und Guy konnte plötzlich das Klopfen seines eigenen Herzens hören. «In meinem Leben gab es in letzter Zeit einige Veränderungen, und ich habe mich gefragt, was sich bei dir so tut. Wenn du Lust hast, mich anzurufen, würde ich mich sehr freuen, von dir zu hören.» Sie nannte eine Nummer und sagte dann: «Oh, hier spricht übrigens Laura.»

Als ob er das nicht wüsste. Er ging weiter ins Wohnzimmer. Von den Panoramafenstern konnte man auf das Tal und den Rest des Dorfes sehen. Es war dieser Ausblick, dem er damals sofort verfallen war und dessentwegen er das Haus gekauft hatte. Auch Helmshill Grange konnte er von hier aus sehen. Die Fenster im ersten Stock waren erleuchtet. Amy machte sich sicher zum Schlafen fertig. Auch ihm hätte es gutgetan, mal früher zu Bett zu gehen, doch als Tierarzt hatte er sich das schon vor Jahren abgewöhnt.

Er seufzte unglücklich auf. Laura also. Wie war sie bloß auf die Idee gekommen, ihn nach all den Jahren jetzt anzurufen? In ihrem Leben gab es einige Veränderungen, hatte sie gesagt. Hieß das, dass sie nicht mehr mit seinem besten Freund Craig verheiratet war? Jenem besten Freund, für den sie ihn, Guy, verlassen hatte, nachdem er die beiden zwei Monate bevor er und Laura heiraten wollten, zusammen im Bett erwischt hatte? Guy war normalerweise eher geneigt zu vergeben und zu vergessen, doch manche Wunden gingen einfach viel zu tief.

Nicht einmal seinen Freunden konnte er damals mehr ins Gesicht sehen. Sie hatten versucht, ihn mit in die Stadt zu schleppen, aber er hatte keinen Bedarf gehabt an geselligen Abenden. Er hatte die Frau verloren, die er fünf Jahre lang geliebt hatte, und er war wund vor Schmerz. Er wollte sich keine andere suchen, um sie zu ersetzen. Er hatte gedacht, sie wären glücklich miteinander und würden zusammen alt werden. Was für ein großes, großes Missverständnis. Craig und Laura hatten weitergemacht, als wäre nichts passiert. Genau wie – zu seiner Verwunderung – seine Freunde. Nach und nach hatte er das Gefühl gehabt, aus seinem gesellschaftlichen Umfeld gedrängt zu werden. Das war der Grund, warum er hergekommen war. Um dem allem zu entfliehen. Ein neues Leben anzufangen. Zwei Wochen nach der Trennung hatte er seine Koffer gepackt und war aufs Land geflohen. Seither war er hier. Und er hatte weder Laura noch Craig je wiedergesehen.

Er setzte sich, ohne Licht einzuschalten, und starrte aus dem Fenster. Was sollte er machen? Zum Telefonhörer greifen und alte Wunden wieder aufreißen? Er hatte gerüchteweise gehört, dass sie nicht glücklich war in ihrer Ehe – Craig konnte noch nie die Hände bei sich behalten, während er, der verlässliche und ahnungslose Guy, immer treu gewesen war. Hatte Laura angerufen, um ihm zu sagen, dass sie und Craig sich getrennt hatten und dass das Ganze ein schrecklicher Fehler gewesen war? Wollte er das jetzt nach all den Jahren wirklich von ihr hören?

Helmshill hatte sich als wunderbarer Ort erwiesen, um sich zu verkriechen und sein gebrochenes Herz auszukurieren. Es gab kein nennenswertes gesellschaftliches Leben. Alles, was von ihm verlangt wurde, war ein-, zweimal im Monat in der Dorfkneipe zu erscheinen und sich beim jährlichen Sommergrillfest und bei der Erntedankfeier sehen zu lassen. Das war nicht viel. Und auch nicht gefährlich. Obwohl sich Cheryl mit wachsender Leidenschaft darum bemühte, ihn zu verkuppeln, war Guy ein überzeugter und zufriedener Single geblieben. Erst als Amy Ashurst im Dorf aufgetaucht war, war ihm der Gedanke gekommen, dass ihm womöglich einige der schöneren Dinge im Leben entgingen. Doch sie war die Frau eines anderen, und er hatte sich alle Mühe gegeben, sie sich aus dem Kopf zu schlagen. Jetzt hatten sich auch ihre Umstände geändert. Auf tragische Weise. Und Guy war ins Grübeln gekommen, ob seine Besorgnis um sie ganz und gar uneigennütziger Natur war.

In Helmshill Grange gingen jetzt die Lichter aus, und Guy hoffte, dass Amy heute Nacht gut schlafen konnte. Er riss an einem eingerissenen Fingernagel. Es war spät. Er sollte sich um die Leiden seiner Patienten kümmern. Das war wichtiger als Lauras Sorgen. Guy griff zum Telefon und wählte nicht die Nummer seiner ehemaligen Verlobten, sondern die des Bauern mit der kalbenden Kuh. Er hatte die Arbeit in den letzten fünf Jahren als Vermeidungsstrategie benutzt, und er sah keinen Grund, jetzt etwas daran zu ändern.

## 32

«Der Immobilienmakler hat uns von Ihrem Verlust erzählt», sagt Mrs. Finnegan. «Es tut uns sehr leid.» Sie berührt mich am Arm. Warum macht man das bei Witwen? Die fühlen sich dadurch kein bisschen besser, glauben Sie mir.

«Danke. Deswegen kehre ich nach London zurück. Wir hatten so große Pläne mit diesem Anwesen hier», sage ich. «Es wäre ein wunderschönes Zuhause für unsere Familie geworden.»

Die beiden kommen aus Herfordshire, sie ist Verlegerin und er Anwalt. Sie suchen ein Wochenendhaus, in das sie Gäste einladen können. Helmshill Grange wäre perfekt für sie. Zumindest werde ich ihnen das nahelegen. Tatsächlich kann ich mir nicht vorstellen, warum sich irgendjemand ein Haus dieser Größe als Zweitwohnsitz zulegen sollte. Aber ist das nicht heutzutage der Trend?

Hamish habe ich vorsichtshalber in einem der kleinen Nebengebäude eingesperrt. Ich dachte, er würde dort alles zusammenheulen wie der Hund der Baskervilles, aber es ist kein Piepser von ihm zu hören. Das sollte mich misstrauisch machen. Aber weil ich so wild darauf bin, mein Haus zu verkaufen, fällt es mir gar nicht auf.

Mr. und Mrs. Finnegan betrachten die vergammelte Küche. «Ach du meine Güte.» Sie legt die Hand an die Kehle. «Da ist aber viel Arbeit nötig.»

«Daher auch der günstige Preis», erkläre ich. «Ich möchte

gerne rasch verkaufen. Und der größte Teil der Arbeiten ist rein kosmetischer Natur.» Wenn Mike Collier Blödsinn reden kann, ich kann das auch.

«Der Immobilienmakler hat uns gesagt, dass wir neue Rohre verlegen, eine neue Heizung installieren, das Dach neu decken, eine Horizontalsperre gegen Feuchtigkeit einbauen und die Fenster erneuern müssen.»

Dann hat mein Immobilienmakler also plötzlich sein Gewissen entdeckt. «Richtig. Davon abgesehen sind die Arbeiten allerdings schnell gemacht», erkläre ich strahlend.

«Wir hatten nicht erwartet, dass es derart ...» Mr. Finnegan betrachtet den Raum, und ihm fehlen die Worte. Es sind die schmeichelhaften Fotos. Damit kriegt man sie jedes Mal dran. Wer sonst als ich wüsste das besser?

«Kommen Sie und schauen Sie sich das Wohnzimmer an.» Ganz ehrlich, das ist ein großartiger Raum. Will mochte ihn im ganzen Haus am liebsten. Er ist gut geschnitten, hat eine hohe Decke und Terrassentüren, die auf den Garten hinausgehen – wenn sie denn aufgingen und nicht die Rahmen faulten. Ich sehe Will vor mir, wie er mit hochgelegten Füßen auf dem Sofa saß und im *Guardian* blätterte, und schiebe das Bild beiseite, um mich auf meine Aufgabe konzentrieren zu können.

Mit schwungvoller Geste öffne ich die Wohnzimmertür. Und sehe entsetzt, wie Hamish gerade dabei ist, den Sessel zu bespringen. Die Zunge hängt ihm aus dem Hals, auf dem Holzboden hat sich eine Sabberpfütze gesammelt, und sein mächtiger Hundehintern rammelt wie wild auf meinen Designersessel ein.

«Ach du liebe Güte.» Wieder fährt Mrs. Finnegans Hand zur Kehle.

«Hamish! Runter da!», schreie ich. «O bitte, verzeihen

Sie das.» Ich reiße den Hund am Halsband vom Sessel herunter. Er jault vor Empörung über diesen erzwungenen Koitus interruptus. «Normalerweise ist er ganz brav.» Wie zum Beweis steckt er Mr. Finnegan die Nase zwischen die Beine.

Ich zerre ihn in die Waschküche und zische ihm zu: «Du verdammter Köter! Wie bist du hier reingekommen? Hast du einen unterirdischen Tunnel von der Scheune hierher gegraben?»

Hamish blickt mich mit Rehaugen an.

«Lass das», sage ich. «Das bringt bei mir nichts. Bleib hier drinnen und benimm dich. Sonst muss ich dir etwas Schreckliches antun.» Ich sperre ihn in der Waschküche ein.

Der Hund winselt kläglich. Man könnte denken, *ich* quälte *ihn* und nicht umgekehrt.

Als ich wieder im Wohnzimmer bin, schauen Mr. und Mrs. Finnegan besorgt drein. «Ich zeige Ihnen das Obergeschoss», sage ich munter, und sie trapsen hinter mir her, während ich einen Schwall sinnlosen Geplappers ablasse.

Ein Blick in mein Schlafzimmer offenbart, dass Hamish auch hier einen Besuch abgestattet hat. Als ich die Tür öffne, stieben die Federn meiner zerfetzten Daunendecke in die Luft. Der Inhalt meiner Unterwäscheschublade liegt verstreut in der Gegend, und meine hauchzarten Spitzendessous sind jetzt sogar noch hauchzarter.

«Ach du liebe Güte», sagt Mrs. Finnegan erneut.

«Tut mir sehr leid», sage ich und schlage die Tür krachend zu. Ich bringe diesen Hund noch um.

In den Kinderzimmern sieht es ganz ähnlich aus. Spielsachen, Federbetten und Kleider sind allesamt zerkaut und zerfetzt. Anscheinend hat Hamish gelernt, Türen aufzumachen. Von jetzt an werden wir alles mit Kindersicherungen verschließen müssen.

«Lassen Sie uns einen Blick in das wirklich sehr hübsche Badezimmer werfen», versuche ich mein Bestes. Beklommen mache ich die Tür einen Spalt weit auf. Und tatsächlich ist das Bad von dem Höllenhund verschont geblieben.

«Ach du liebe Güte», sagt Mrs. Finnegan entsetzt. Wenn sie das jetzt noch einmal sagt, werde ich sie auch noch umbringen müssen. «Wann ist denn das Badezimmer zuletzt renoviert worden?»

«Wir haben uns bemüht, die Originalausstattungen weitestgehend beizubehalten», erkläre ich mit einem Blick auf die Badewanne mit der abgeplatzten Emaille und den Klauenfüßen und auf das uralte Klo. Viel mehr Unheil hätte Hamish hier gar nicht mehr anrichten können.

Die Finnegans machen kehrt und gehen wieder die Treppe hinunter. Dann hämmert plötzlich mein Herz los. «Wo ist Ihre Handtasche?», frage ich Mrs. Finnegan. «Wo ist sie?»

Sie blickt auf ihren freien Arm und schiebt nachdenklich die Lippen vor. «Ich habe sie, glaube ich, in der Küche gelassen.»

Ohne ein weiteres Wort dränge ich mich auf der Treppe an den beiden vorbei und stürze Richtung Küche. Eine unbehütete Handtasche ist für Hamish das reinste Himmelsmanna. Und tatsächlich steht er bereits auf dem Tisch und lässt sich den Inhalt von Mrs. Finnegans Handtasche schmecken.

Tom und Jessica kommen aus dem Garten herein, wohin ich auch sie während der Hausbesichtigung verbannt hatte. «Wie ist Hamish hier reingekommen?», schreie ich sie an.

«Er hat in der Scheune geheult», antwortet Jessica. «Also

haben wir ihn ein bisschen herausgelassen. Dann hat er auch in der Waschküche geheult. Er mag es nicht, wenn man ihn einsperrt, Mummy. Daddy hätte das nicht getan.»

Bei diesen Worten zieht sich mein Herz zusammen. Als die Finnegans hinter mir in der Tür auftauchen, brauche ich mich nicht umzudrehen, um ihren entsetzten Blick zu sehen. Ich spüre, wie er sich in meinen Rücken bohrt.

«Was war da drin?», frage ich. «Was fehlt?»

Mrs. Finnegan schiebt sich mit einem misstrauischen Blick auf den Hund vorsichtig vor.

«Er tut Ihnen nichts», versichere ich ihr. Er wir sie höchstens bespringen wollen, wenn ich das Glitzern in seinen Augen richtig deute.

«Alles ist weg», sagt sie, die Augen vor Schreck geweitet. «Make-up, Papiertaschentücher, ein kleiner Geldbeutel ...»

«Ruf den Tierarzt an», schreie ich Tom an. «Ruf den Tierarzt an!»

Hamish leckt sich die Lippen. Sehe ich wirklich Lippenstift darauf? Ich wende meine Aufmerksamkeit wieder Mrs. Finnegan und ihrer leeren Handtasche zu. «Sonst noch irgendwas?»

Dann höre ich wieder das unverkennbare Klingeln eines Handys. Diesmal ertönt die Melodie «Stop, Look, Listen to Your Heart». Lausche auf dein Herz, schon klar. Davon, dass man auf den Inhalt eines Hundemagens lauschen soll, ist nicht die Rede.

«O nein.» Ich sinke auf die Knie nieder. «Nicht schon wieder.»

## 33

Hamish steht auf dem Operationstisch des Tierarzts. Ich wische mir die Wuttränen weg und streiche mir das Haar aus dem Gesicht. «Ich möchte, dass Sie ihn einschläfern», sage ich.

Das Handy in Hamishs Magen klingelt schon wieder. Der Hund wedelt im Takt mit der gefühlvollen Melodie.

Guys Gesicht verdüstert sich. «Wieso das denn?»

«Ich ertrage ihn nicht mehr.»

«Er ist ein großartiger Hund, Amy. Er ist einfach nur ein bisschen ... lebhaft.»

«Er ist strohdumm.»

«Aber das ist kein Grund, ihn einzuschläfern.»

Ich bleibe unbeeindruckt. «Sie glauben nicht, was er wieder angestellt hat.»

«Na ja, ich kann hören, dass er ein weiteres Handy gefuttert hat.»

«Es ist noch schlimmer. Der Mistkerl hat mir den Verkauf meines Hauses vermasselt.»

«Und das ist alles?»

«Ich habe keine einzige anständige Unterhose mehr. Er hat sie alle zerfetzt. Selbst die aus Seide.» Die hatte Will mir zu unserem letzten Hochzeitstag geschenkt. Es war mein Lieblingsslip. Und ich werde ihn nie mehr ersetzen können. Dieser Gedanke allein reicht aus, mir die Tränen in die Augen zu treiben.

«Man bekommt im Supermarkt Unterwäsche für drei Pfund das Pack. Decken Sie sich doch da neu ein. Mir scheint das keine große Sache zu sein.»

«Sie sind nicht ich!», jammere ich.

«Amy, Sie denken nicht klar. Ich wiederhole es noch einmal. Das sind alles keine Gründe, einem Hund das Leben zu nehmen, der sich bester Gesundheit erfreut.»

«Er ist aber langsam ein Risiko für *meine* Gesundheit!»

«Ich habe Ihnen doch gesagt, dass ich ihn zweimal pro Woche für ein paar Stunden nehme. Vielleicht auch noch öfter, wenn es möglich ist.»

«Und was ist mit dem Rest der Zeit?» Meine Stimme wird stetig schriller, und die Leute, an denen ich mich im Wartebereich vorbeigedrängt habe, können mich wahrscheinlich hören, aber das ist mir egal. Ich möchte, dass dieser Hund eingeschläfert wird – und zwar sofort. «Wie soll ich den Rest der Zeit mit ihm klarkommen? Ich kann es mir nicht leisten, ihn ständig zu Ihnen zu bringen.»

«Es ist wahrscheinlich ein schlechter Zeitpunkt, Sie darauf hinzuweisen, dass ich Ihnen noch keinen meiner Besuche berechnet habe.»

Ich verschränke die Arme vor der Brust. «Und es ist wahrscheinlich ein schlechter Zeitpunkt, Ihnen zu sagen, dass ich nicht vorhabe, zum Wohltätigkeitsfall zu werden.»

Guys Gesicht nimmt einen entschlossenen Ausdruck an.

«Gut», sagt er. «Wenn Sie wollen, dass dieser Hund getötet wird, können Sie das selber tun. Ich mache es nämlich gewiss nicht.»

Guy zerrt den überraschten Hamish vom Tisch und packt mich, die ich sogar noch überraschter bin, am Arm. Dann führt er mich durch den Wartebereich, vorbei an der baff erstaunten Cheryl und den verblüfften Katzen-, Hunde-, Hamster- und Kaninchenhaltern. Er bringt mich auf den Parkplatz, der neben der Praxis liegt. Er macht die Heckklappe seines Wagens auf, zieht unter der Bodenabdeckung eine doppelläufige Schrotflinte hervor und schwenkt sie in meine Richtung – was mich zurückspringen lässt. Hamish bellt glücklich.

Guy drückt mir das Gewehr in die Hand. «Sind Sie schon mal mit so was umgegangen?»

«Nein.» Ich kann kaum sprechen.

Er zeigt auf den Lauf. «Das ist das gefährliche Ende. Und das da ist der Abzug. Sie müssen nur auf den Hund zielen und abdrücken.»

«Was?» Mir scheint, jetzt ist der Tierarzt derjenige, der den Verstand verloren hat. «Ich dachte, Sie geben den Tieren eine tödliche Injektion oder Tabletten.»

«Das gilt nur für kranke Hunde», fährt er mich an. «Wenn das Tier vollkommen gesund ist, pusten wir ihm das Gehirn weg. Das heißt, in diesem Fall werden Sie das tun.»

«Das kann ich nicht», sage ich entsetzt.

«Aber von mir erwarten Sie es?»

Nun, wenn es keinen anderen Weg gibt, dann soll es so sein. Zitternd umfasse ich das Gewehr mit beiden Händen. Schweiß tritt mir auf die Stirn, und ich befeuchte nervös meine Lippen. «Das ist doch lächerlich. Ich kann doch keinen Hund auf Ihrem Parkplatz erschießen.»

Guy bleibt ungerührt. «Würde es Ihnen irgendwo anders leichter fallen?»

Mir sitzt ein Kloß in der Kehle. Ich kann das schaffen. Ich werd's ihm zeigen. Vorsichtig richte ich das Gewehr auf Hamish. Der hält das alles für einen großartigen Spaß und springt selig vor mir auf und ab.

«Ich bitte Sie ein letztes Mal, das nicht zu tun, Amy», meint Guy ruhig. «Denken Sie an Ihre Kinder. Sie haben gerade erst ihren Vater verloren. Wie wollen Sie ihnen das hier erklären?»

Meine Hand beginnt zu zittern. Hamish liegt auf dem Boden, wälzt sich auf den Rücken und verschafft mir einen großartigen Blick auf seine Eier. Wahrscheinlich sitzt sein Gehirn auch irgendwo da unten. Meine Arme zittern so sehr, dass ich das Gewehr kaum oben halten kann. Hamish windet sich zappelnd auf dem Rücken, und seine Zunge hängt dämlich heraus.

Was zum Teufel mache ich hier eigentlich? Bin ich verrückt geworden? Ich kann das nicht tun – ich kann es einfach nicht. Und Guy hat das gewusst. Natürlich. Ich lasse das Gewehr los und sinke auf dem Kies in die Knie. Meine Wut verraucht, und mein Körper zittert. «Ich kann nicht mehr», schluchze ich laut. «Ich fühle mich so allein. Ich weiß nicht, was ich tun soll. Ohne Will schaffe ich das alles einfach nicht.»

Guy kniet sich neben mich auf den schmutzigen Kies. Er legt die Arme um mich. «Schsch. Nicht weinen. Alles wird sich finden. Es ist doch noch früh. Sie können sich im Moment gar nicht anders fühlen.»

Ich lehne mich an ihn und lasse die Tränen laufen. Dann spüre ich, wie Hamish sich zwischen uns drängt, mit seinem großen, dummen Kopf gegen mein Kinn streift und versucht, die Frau, die ihn eigentlich ermorden wollte, zu trösten.

«Verzieh dich, du dummes Tier», sage ich. Dann beginne ich zu lachen. Aber die Tränen fließen weiter.

## 34

«Ihr müsst heute ganz brav sein», sage ich zu Tom und Jessica, während sie ihre Frühstücksflocken löffeln – dabei sind sie das sowieso immer. Beide nicken feierlich, und ich liebe sie dafür. Ich packe zwei enthauptete Mäuse bei den Schwänzen und werfe sie in den Mülleimer. «Und das gilt erst recht für dich.» Hamish wedelt mit dem

Schwanz. Ich bin mir nicht sicher, ob ich besonders glücklich darüber bin, dass er noch immer unserem Haushalt angehört, aber dass dem so ist, ist unübersehbar.

Guy hat mir versprochen, dass er jemanden suchen wird, der Hamish übernimmt, wenn wir wieder nach London ziehen. Mir fällt auf, dass er sich zwar für Hamish in die Bresche geworfen hat, sich aber nicht allzu sehr darum reißt, ihn selbst zu nehmen. Woran mag das nur liegen? Wie dem auch sei, eines ist klar: Dieser Hund wird auf keinen Fall mit uns nach Notting Hill zurückkehren. Wie könnten wir ihn mitnehmen? Es mag den Kindern das Herz brechen, aber meines würde definitiv noch größeren Schaden erleiden, wenn er mitkäme.

Heute Morgen hat das grässliche Tier eines von meinen schwarzen Spitzenhöschen – am Stück – ausgeschissen. Ich bin sehr in Versuchung, es nicht wegzuwerfen, sondern einfach nur in die Waschmaschine zu stecken. Das würde sich wie ein kleiner Triumph anfühlen. Aber so tief bin ich noch nicht gesunken.

«Guy wird den ganzen Tag bei euch sein», sage ich ihnen zum dritten Mal in der Hoffnung, dass sie es nicht vergessen.

Beide nicken geistesabwesend, und ich begreife, dass ich ihnen für heute genug zugesetzt habe.

Natürlich habe ich meinen Aktionstag in London organisiert, ohne daran zu denken, dass die Schule ausgerechnet heute wegen einer Lehrerfortbildung geschlossen ist. So sehr ich auch versuche, effizient und wohlorganisiert zu sein, es misslingt mir andauernd. Das Leben ohne Will ist so viel schwerer, als ich es je für möglich gehalten hätte. Seine Abwesenheit macht mir täglich mehr zu schaffen. Als wir verheiratet waren, hatte ich oft das Gefühl, das ganze Gewicht der häuslichen Verantwortung allein zu schultern, aber das war ganz offensichtlich eine Fehleinschätzung.

Ich habe mit dem Gedanken gespielt, die Kinder mit in die Stadt zu nehmen, aber das wäre unmöglich gewesen. Serena ist für ein paar Tage auf einer Konferenz in Belgien und kann daher nicht einspringen. Ich wollte gerade alle Termine wieder absagen, da ist Guy wie ein Ritter in schimmernder Rüstung vor mir erschienen und hat mir angeboten, heute Abend die Tiere zu versorgen. Ich selbst bin heute früh schon bei Tagesanbruch aufgestanden, um meinen Teil der Arbeit zu erledigen.

Als Erstes werde ich meinen alten Chef Gavin Morrison aufsuchen, um mit ihm zu besprechen, welche Möglichkeiten es bei der British Television Company für mich gibt. Hoffentlich macht Jocelyn ihre Sache in meinem Job so schlecht, dass man froh ist, ihn mir zurückgeben zu können. Falls aus diesem Szenario nichts wird, gibt es noch ein paar andere großartige Stellen bei der BTC, auf die ich schon seit Jahren ein Auge geworfen habe. Jetzt ist vielleicht die richtige Zeit, ganz von vorne anzufangen.

Außerdem habe ich mich mit dreien meiner alten Freundinnen per E-Mail verabredet und treffe mich mit ihnen in dem angesagten Promi-Restaurant 24/7 zum Lunch. Ich kann es gar nicht erwarten. Es ist Monate her, seit ich zum letzten Mal leckeres Essen zu völlig überteuerten Preisen genossen habe. Am Nachmittag suche ich den Direktor von Toms und Jessicas alter Schule auf, um die Kinder rechtzeitig zum Halbjahrsbeginn im Januar anzumelden. Was ich tun soll, falls das Haus bis dahin noch nicht verkauft ist, weiß ich nicht, aber das entscheide ich, wenn es so weit ist.

Schließlich habe ich noch einen Termin beim Anwalt, um meine Finanzen zu ordnen und Klarheit in Wills Geldangelegenheiten zu bringen. Dann werde ich wissen, wie viel Geld wir zur Verfügung haben, und kann entsprechend planen. Wenn ich daran denke, das alles ohne die Unterstützung meines Mannes zu erledigen, wird mir richtig schlecht.

Ich höre Guys Räder auf dem Kies der Einfahrt knirschen. Er wollte mich mit den Kindern zusammen zum Bahnhof bringen und dann Tom und Jessica mit zu sich nehmen.

Er klopft an die Küchentür und streckt den Kopf herein. «Sind alle fertig? Wir müssen los, um den Zug zu bekommen.»

Hamish stürzt sich mit Karacho auf seinen Retter. Ich sage nichts, als der Hund versucht, Guy in die Missionarsposition niederzuringen. «Runter mit dir, Junge!», versucht Guy es vergeblich. «Runter!»

«Los, zieht eure Mäntel an», fordere ich die Kinder auf, die wesentlich besser gehorchen, und stelle noch schnell das Geschirr bis zum Abend in die Spüle – was bedeutet, dass die Katze es wahrscheinlich sauber lecken wird, bevor ich heimkomme.

«Alles in Ordnung?», fragt Guy atemlos und hält mir die Wagentür auf.

«Ja», antworte ich. «Alles bestens. Danke für Ihre Hilfe.»

«Das mache ich gerne.»

Guy und ich sind ein bisschen verlegen miteinander, seit ich den Rambo markiert habe und die Jagdsaison auf Hamish eröffnen wollte. Er behandelt mich mit Samthandschuhen, damit ich nicht wieder die Nerven verliere. Und ich versuche, nicht daran zu denken, was für ein gutes Gefühl es war, von ihm gehalten zu werden.

## 35

Nachdem sie Amy zum Abschied am Bahnhof gewinkt hatten, lud Guy Tom, Jessica und Hamish wieder ins Auto.

Als Erstes hatte Guy sich überlegt, Hamish ordentlich müde zu machen. Und vielleicht auch die Kinder. Er hatte noch nie Babysitterpflichten übernommen und keine Ahnung, was da alles auf ihn zukam. Am Vormittag sollten sie erst mal alle Dampf ablassen, am Nachmittag mussten sie dann brav sein. Er war jetzt schon überzeugt, dass das bei Tom und Jessica um einiges leichter zu erreichen sein würde als bei Hamish.

Immerhin war er so vorausschauend gewesen, vorher einzukaufen – keinen Mist, sondern zuckerfreie Säfte und gesunde Snacks wie zum Beispiel Haferkekse und getrocknetes Obst. Sie würden also zumindest schon mal keinen Hunger leiden. Mit Hamish auf dem Beifahrersitz ließen sie Scarsby hinter sich und fuhren durch hübsche Dörfer hindurch die immer steileren Hügel auf das Moor hinauf.

Es war ein strahlender, sonniger Tag – und das war auch gut so, denn bei Regen konnte das Moor einer der trostlosesten Orte auf der Welt sein. Oben angekommen, sprangen Jessica und Tom aus dem Auto, um das Tor in dem Zaun zu öffnen, der die Wiesen und Felder umgab. Er fuhr mit dem Auto ganz langsam hindurch, und die Kühe, die frei über die Straße spazierten, bewegten ihre schweren Leiber zögerlich auf das Weideland. Als die Kinder wieder eingestiegen waren, fuhren sie hinauf zu dem kleinen Bergsee Staincliffe Tarn und parkten auf dem schäbigen kleinen Parkplatz. Sie waren allein hier. Im Sommer, wenn Horden von Touristen in die Gegend einfielen, gab es hier kein Durchkommen. Doch jetzt hatten sie das ganze Moor nur für sich. In dieser Jahreszeit liebte Guy es hier am meisten.

Aus dem warmen Mief des Autos stiegen sie hinaus in den kräftigen Wind, und Guy war froh, dass Amy so vorausschauend gewesen war und den Kindern warme Jacken angezogen hatte. Hamish sprang aus dem Auto und schüttelte sich, dass der Sabber nur so spritzte.

«Versprich mir, dass du dich benimmst», warnte Guy ihn. «Ich muss heute immerhin beweisen, dass du dazu in der Lage bist.»

Hamish bellte, was Guy als stillschweigende Zustimmung nahm. Schließlich war der Hund ihm etwas schuldig. «Sind alle bereit?»

Die Kinder nickten, und sie machten sich auf den Weg zu dem kleinen See. Da es hier keine Schafe gab, um die Guy sich Sorgen machen musste, machte er Hamish von der Leine ab und ließ ihn frei herumlaufen. Er hoffte nur, dass der Hund zurückkam, doch vorsorglich hatte er einige Hundekekse eingesteckt – nur für den Fall.

Weiße Wolken jagten über den Himmel, und die Wasseroberfläche des Bergsees kräuselte sich unter der steifen Brise. Hamish kam zurück und lief in großen Kreisen um sie herum, während Jessica mit ausgebreiteten Armen den Wind einzufangen suchte und dabei ihr langes Haar hinter sich herflattern ließ. Er überlegte, ob Amy und Will mit den Kindern schon einmal hier heraufgefahren waren. Vermutlich nicht. Sie hatten wohl eher alle Hände voll damit zu tun gehabt, sich in Helmshill Grange einzurichten, und hatten keine Zeit gehabt, die Umgebung eingehender zu erkunden. Und seit dem Tod des Vaters, da war er sich sicher, hatte die Familie das Dorf kaum verlassen. Die Kinder taten ihm leid, und er hoffte, dass er Amy zumindest heute ein wenig entlasten konnte, während sie tat, was sie tun musste.

«Habt ihr je Steine hüpfen lassen?», fragte er Tom, als sie sich dem See näherten.

Der kleine Junge schüttelte den Kopf. «Daddy hat gesagt, er würde mir zeigen, wie das geht», plapperte er fröhlich. «Aber ...», plötzlich brach seine Stimme, «er hat's nie getan.»

Guy bückte sich und legte Tom den Arm um die Schultern. «Also», sagte er, «ich bin wahrscheinlich im Leben nicht so gut wie dein Papa, aber vielleicht kann *ich* dir ja jetzt zeigen, wie es geht.»

Tom nickte und wischte sich verstohlen eine Träne weg. Guy hob ein paar flache Steine vom Boden auf. «Die hier sind perfekt. Schau mal, wie glatt sie sind.»

Der Junge nickte noch einmal, als er über die Steine rieb, und langsam breitete sich auf seinem Gesicht wieder ein Lächeln aus.

«Nimm dir einen so zwischen die Finger.» Guy zeigte ihm, wie er den Stein in der Hand halten musste. «Bück dich, und jetzt lass ihn fliegen!»

Der Stein schoss aus Toms Hand und hüpfte einmal, zweimal, dreimal über das Wasser.

Der Junge drehte sich mit einem breiten Grinsen zu ihm um, und Guy war erleichtert. «Erstklassiger Steinhüpfer!», sagte Guy, und sie klatschten ab.

Sie amüsierten sich gut eine weitere halbe Stunde mit Steinewerfen, und sogar Jessica ließ sich dazu herab, es ein-, zweimal zu probieren, obwohl es ja eigentlich Jungensache war. Dann spazierten sie einmal um den See, Hamish immer vorneweg.

«Das hat Spaß gemacht», sagte Tom.

«Ich wette, dein Papa hat dir von da oben zugeschaut.»

«Glaubst du wirklich?»

«Ja. Ganz bestimmt.»

Tom grinste wieder. Jessica kam neben Guy und schob leise ihre kleine Hand in die seine. Plötzlich begriff er, wie viel Anziehungskraft das Familienleben besaß. Nachdem er Laura verloren hatte, war er fest entschlossen gewesen, Junggeselle zu bleiben. Doch diesen Kindern war es ein Leichtes gewesen, seinen schwachen Punkt zu finden. Guy lächelte in sich hinein. Das Singleleben war nicht so toll, wie es gemeinhin gepriesen wurde. Er war überzeugt, dass auch Amy dieser Ansicht war.

Er blickte auf Tom und Jessica hinunter. Sie hatten so viel Spaß zusammen gehabt. Amy würde wahrscheinlich für viele Jahre keine neue Beziehung haben wollen. Er konnte ihr das nicht verübeln, und es wäre verrückt, sich Hoffnungen zu machen. Doch ganz plötzlich stieg der Gedanke in ihm auf, dass ein Leben mit ein paar Kindern und einem durchgeknallten Hund vielleicht gar nicht so schlecht war.

«Hunger?», fragte er. Die Kinder nickten, und sie kehrten zum Auto zurück. Bislang war es ein wunderbarer Vormittag gewesen. Außer dass er eindeutig zu schön gewesen war, um lange anzuhalten. Als er den Karton mit Leckereien öffnete, den er extra in den Kofferraum gelegt hatte, sah Guy, dass da vor ihm schon jemand dran gewesen war.

«Hamish!» Der Hund schlich über den Parkplatz davon, den Bauch dicht am Boden.

Alles, was von ihren Snacks noch übrig war, waren ein paar halbzerkaute Stücke Einwickelpapier.

«Na gut», seufzte Guy. «Sieht ganz so aus, als müssten wir auf einen heißen Kakao und Schokoladenmuffins zurück zu Poppy's.»

So wie die Kinder jubelten, würden die ihnen viel besser

munden als die gesundere Alternative. Na, er hatte es wenigstens versucht.

«Hamish!», rief Guy. «Komm sofort hierher!» Erstaunlicherweise kam der Hund sofort angesprungen und hüpfte ohne Widerstand zu leisten auf den Beifahrersitz.

Ich bin ein Naturtalent, dachte Guy stolz. Zwei engelsgleiche Kinder und ein fast engelsgleicher Hund. Warum habe ich das nicht schon längst mal ausprobiert?

## 36

Nach einer scheinbar endlosen Zugfahrt sitze ich um elf Uhr im Empfangsbereich der British Television Company. Kaum zu glauben, wie viel heute Morgen in der U-Bahn los war. Vielleicht bin ich in den letzten paar Monaten einfach aus der Übung gekommen, aber es ist mir wirklich nicht leichtgefallen, auf so engem Raum mit all diesen Leuten zusammengepfercht zu sein. Ständig musste ich an meine Fahrt mit Will denken, als er seinen Schwächeanfall bekam, und ich war froh, als ich endlich aussteigen konnte.

Es kommt mir eigenartig vor, dass ich jetzt, da ich keinen Sicherheitsausweis mehr habe, von jemandem in mein altes Büro begleitet werden muss. Ganz ehrlich, ich kann es gar nicht erwarten, mich hier wieder ins Getümmel zu stürzen, die Hühner und Gummistiefel hinter mir zu lassen und durch Promis und Jimmy Choos zu ersetzen. Die eine Wand ist mit einer Reihe riesiger LCD-Bildschirme bedeckt, auf denen ein Potpourri der Produktionen des Senders läuft. Darunter ist auch die *Sportquiz*-Aufzeichnung von gestern Abend, und von einem plötzlichen Sehnsuchtsanfall überkommen, summe ich die vertraute Erkennungsmelodie mit.

Allein schon meine bloße Anwesenheit hier lässt meinen Adrenalinspiegel steigen. Lasst mich einfach wieder hinter meinen Produktionstisch zurück, um das zu tun, was ich am besten kann. Das würde mir wirklich unheimlich helfen. Will sähe das bestimmt genauso. Er wüsste, dass es richtig für mich ist.

Gavin Morrison, mein ehemaliger Chef, lässt mich eine halbe Stunde warten – und irgendwie ärgert mich das. Ich weiß, wie groß der Zeitdruck hier ist, aber auch ich muss mich an einen Zeitplan halten. Ich muss am Bahnhof King's Cross den Sechsuhrzug erwischen, um heute noch nach Hause zu kommen.

Schließlich taucht Gavins forsche Assistentin auf und führt mich durch die Kontrollpunkte ins Gebäude hinein. In seinem Büro begrüßt Gavin mich herzlich mit einer Umarmung und einem Kuss auf die Wange. Ich setze mich ihm gegenüber hin.

Er reibt sich die Hände. «Tee? Kaffee?»

«Ein Kaffee wäre großartig, danke.» Gavin nickt seiner Assistentin zu, und sie verschwindet geräuschlos und tut ihre Pflicht.

«Es ist ein gutes Gefühl, wieder hier zu sein.»

«Sehr schön», meint er und lehnt sich in seinem Chefsessel zurück.

Ich merke, dass ich nervös mit den Händen herumfummele, und versuche, das sein zu lassen.

«Das mit William hat uns allen unglaublich leidgetan.» Er schüttelt den Kopf. «Wirklich.»

Nicht leid genug, dass du den Hintern hochgekriegt hättest, um nach Yorkshire zu kommen und mir bei der Beerdigung beizustehen, denke ich, aber stattdessen sage ich: «Danke. Ich weiß das zu schätzen.»

«Du wirst dein Leben jetzt vermutlich ganz anders anpacken müssen», meint er.

«Ja.» Ich atme bebend aus. «Ganz anders. Und darüber möchte ich mit dir reden.»

Gavin legt die Fingerspitzen zusammen und hebt die Augenbrauen.

«Ich will das Haus verkaufen und nach London zurückkehren. Es ist schon auf dem Markt, und es sollte kein Problem sein, einen Käufer zu finden. Wenn alles gut läuft, könnte ich Anfang nächsten Jahres zurückkommen.» Eine extrem optimistische Schätzung, aber das braucht Gavin ja nicht zu wissen.

«Was ist mit dem Traum vom idyllischen Landleben?» Höre ich da Sarkasmus aus seiner Stimme?

«Ich möchte in der Nähe meiner Schwester wohnen», antworte ich, ohne auf seine Sticheleien zu reagieren. «Das Haus ist wunderschön, aber zu groß, um allein damit fertig zu werden.»

Gavin schiebt die Lippen vor, sagt aber nichts.

«Ich hatte gehofft, dass ich zurückkommen könnte. Ich weiß, dass Jocelyn jetzt meine alte Stelle hat ...»

«Und sie macht ihre Sache ausgezeichnet», wirft Gavin ein.

Na wunderbar. «Aber vielleicht gibt es ja etwas anderes. Ich erinnere mich, dass ihr ein paar neue Kunst- und Kultursendungen geplant hattet ...»

«Die Dinge haben sich verändert, seit du gegangen bist», erklärt mein ehemaliger Chef.

«Aber ich war doch nur ein paar Monate weg – so viel kann ich da nicht verlernt haben. Und außerdem hat mir der Wirbel hier gefehlt. Ich möchte so bald wie möglich wieder zurückkommen.»

«Es hat einschneidende Kürzungen gegeben, Amy. Das musst du doch wissen. Liest du denn keine Zeitung?»

Offen gestanden habe ich schon seit Monaten keine mehr gelesen. «Doch, natürlich.»

«Nicht einmal *Sportquiz* ist uns mehr sicher.»

«Aber das läuft doch schon seit Jahren. Und die Einschaltquoten sind dauerhaft hoch.»

«Der Sender hat einen neuen Controller bekommen, und der kehrt gnadenlos in jeder Ecke und jedem Winkel. Wir haben eine Sperre auf Neueinstellungen und müssen dreitausend Stellen abbauen.» Gavin breitet die Hände aus. «Dreitausend!»

«Meine Güte, das ist ja …», stammele ich, und mein Herz hämmert wie wild. Er wird mir keine Stelle anbieten. Hier gibt es nichts mehr für mich. Das hatte ich nicht erwartet. Es ist ein Gefühl, als würde ich ein weiteres Mal ins Bodenlose stürzen. Ich habe der BTC jahrelang treue Dienste geleistet. Für meine Karriere habe ich alles Mögliche geopfert. Als Will nach seinem Schwächeanfall im Krankenhaus lag, habe ich keinen einzigen Tag gefehlt. Jetzt frage ich mich, ob das wirklich etwas ist, worauf ich stolz sein kann. «Das ist ja schrecklich.»

Gavin steht auf, und ich begreife, dass er mich zur Tür bringen will. Ich habe noch nicht einmal meinen Kaffee bekommen. Vier Stunden bin ich hierher unterwegs, und er ist nicht einmal höflich genug, so lange zu warten, bis ich etwas getrunken habe. Ich stehe auf, weil ich nicht weiß, was ich sonst tun soll und wie ich ihn dazu bringen könnte, seine Meinung zu ändern.

«Ich würde dich wirklich gerne wieder einstellen und dir helfen, nach London zurückzukommen. Aber daraus wird nichts, Amy.» Er schüttelt den Kopf und spielt das beste Bedauern vor, das ich je gesehen habe. Mit solchen darstellerischen Qualitäten sollte er *vor* der Kamera stehen und nicht dahinter. «Selbst in der kurzen Zeit, in der du weg warst, hat sich hier einiges geändert.»

«Ja, sicher», bringe ich heraus. «Das sehe ich.»

«Schade, dass du nicht eine Weile gewartet hast.» Gavin stößt ein humorloses Lachen aus. «Du hättest eine schöne Abfindung bekommen können.»

Kurz darauf stehe ich wieder vor dem Television House auf der Straße. Ich bin ganz benommen. In meiner Naivität hatte ich angenommen, dass man mich hier mit offenen Armen aufnehmen würde. Ich hatte geglaubt, dass man mich schätzt. Dabei war ich die ganze Zeit einfach nur ein kleines Rädchen im Getriebe gewesen. Ich bin achtunddreißig und habe schon alles verloren. Meinen Mann und meinen Job. Sie können sich nicht vorstellen, wie wertlos ich mich fühle.

## 37

Nach der schokoladigen Erfrischung bei Poppy's verfrachtete Guy Tom, Jessica und Hamish wieder ins Auto. Die Kinder hatten inzwischen ihre erste Scheu überwunden und plauderten mit ihm, als würden sie ihn seit Jahren kennen.

Er steuerte den Range Rover aus Scarsby hinaus und wieder in die offene Landschaft. Sie würden Marty und Gill Bainbridge besuchen, die ihm nun schon seit Jahren ihre Tiere anvertrauten. Marty gehörte zu einer neuen Generation von Fernsehgärtnern und war mittlerweile zu einer bekannten Persönlichkeit herangewachsen, nachdem er vor fünf Jahren in diese Gegend gezogen war. Er war damals, genau wie Guy, ein Neuankömmling gewesen, sodass zwischen ihnen auf ganz natürliche Art eine Verbundenheit entstanden war. Marty und Gillian hatten den alten Radley-Hof mit fünfundzwanzig Morgen Land gekauft und führten ihn wie ein Mustergut – hauptsächlich deshalb, weil ab und zu Fernsehkameras auftauchten und Marty dabei filmten, wie er auf seinem Hof den Landwirt gab. Seine Sendung lief zur Haupteinschaltzeit auf ITV.

Die Bainbridges hatten zwei Kinder – den neunjährigen Oliver und die siebenjährige Ellie. Sie hatten verabredet, dass Tom und Jessica sich auf dem Bauernhof umsehen und ein bisschen helfen sollten, während Guy bei Martys Tieren einige Routineuntersuchungen durchführte. Danach wollte Gill ihnen eines ihrer legendären Mittagessen kochen, und wenn die Bainbridge-Kinder am Nachmittag von der Schule nach Hause kamen, konnten die vier Kinder noch ein wenig zusammen herumtoben. Perfekt.

Das Haus der Bainbridges war eher ein Herrenhaus denn ein Bauernhaus – ein wunderschön proportioniertes georgianisches Wohnhaus, viel geschmackvoller und eleganter als die sonst eher plumpen Steinhäuser in der Gegend. Radley's war im Laufe seiner Geschichte stets ein florierender Bauernhof gewesen, und die Bainbridges führten diese Tradition fort. Selbst der Hofplatz war klinisch sauber und bot eine willkommene Abwechslung zu einigen Höfen in den Hügeln, wo oft nicht klar war, wo der Schweinestall aufhörte und das Bauernhaus anfing.

Der Rasen vor dem Haus war in schnurgeraden Streifen makellos gemäht und am Rand mit Sommerblumen und Immergrün eingefasst – eine Pflanzung, wie sie nur ein Fernsehgärtner hinkriegte. Eine majestätische Eiche, die sich noch an ihr goldenes Laub klammerte, breitete ihre Äste über dem Eingang aus, und prunkvolle Pflanzbehälter aus Stein mit verschwenderisch blühenden Blumen hielten links und rechts der Haustür Wache.

Guy hielt hinter Martys und Gills neuem Mercedes mit Allradantrieb, der vor dem Haus geparkt war. Auf dem Rücksitz machte Jessica vor Ehrfurcht große Augen. «Glaubst du, unser Haus sieht eines Tages auch mal so aus?»

«Ganz bestimmt», sagte Guy. Wenn man viel Farbe, viel harte Arbeit und noch mehr Geld hineinsteckt. Doch Helmshill Grange besaß ohne Zweifel das Potenzial, eines Tages ein genauso eindrucksvolles Anwesen zu sein.

«Das wäre schön», sagte Jessica atemlos, als sie aus dem Auto stiegen und auf Marty und Gill zugingen, die herausgekommen waren, um sie zu begrüßen.

Marty schlug Guy auf den Rücken. «Freut mich, dich zu sehen, alter Freund.»

«Ganz meinerseits.» Voller Neid nahm Guy den Mercedes in Augenschein. «Gefällt mir, die neue Kutsche.»

«Tja, ich dachte, ich gönn mir mal was», sagte Marty stolz. «Wurde letzte Woche geliefert. Spritziges kleines Ding. Und mit allem möglichen Komfort ausgestattet.»

«Du wirst eben doch bequem auf deine alten Tage», foppte Guy ihn.

«Na, vielleicht machen wir nachher mal 'ne Probefahrt, um ihn ein bisschen auf Touren zu bringen.»

«Klingt verlockend.»

«Ihr Männer und eure Spielzeuge – da habe ich wohl gar nichts mehr zu melden?», schimpfte Gill und umarmte Guy. «Wir sehen dich viel zu selten.»

«Ich weiß», sagte er entschuldigend. «Das Leben ist hektisch.»

«Aber nicht so hektisch, dass du dich nicht noch um die Kinder von jemand anderem kümmern kannst?»

Er musste lächeln. «Ich helfe einer Freundin aus.»

«Wir haben alles über die wunderbare Witwe Ashurst gehört», flüsterte sie. Und als sie seinen verdutzten Blick sah, fügte sie hinzu: «Ich habe gestern mit Cheryl gesprochen, sie hat mich über sämtliche Einzelheiten ins Bild gesetzt.»

«Ich fürchte, Cheryl neigt dazu, aus diesen Einzelheiten ziemlich viel zu machen.» Er schob die Kinder vor. «Das hier ist Tom», sagte er. «Und das ist Jessica.»

«Freut mich sehr, euch kennenzulernen», sagte Gill. «Ich hoffe, ihr amüsiert euch hier bei uns. Unsere beiden Kinder kommen später auch nach Hause, dann könnt ihr zusammen spielen.»

Tom und Jessica lächelten schüchtern.

Gill hakte sich bei Guy unter und führte ihn zum Haus. «Wollt ihr eine Tasse Tee?»

«Wir hatten eben bei Poppy's heiße Schokolade und Muffins», gestand er.

«Hoffentlich habt ihr noch ein bisschen Platz gelassen fürs Mittagessen.»

«Oh, ganz bestimmt.»

«Dann gehen wir gleich auf den Hof», sagte Marty. «Ich will, dass du mal einen Blick auf die neuen Suffolks wirfst, die ich gerade vom Züchter gekauft habe.»

«Klar, ich hole nur noch kurz den Hund», sagte Guy. «Er hält mich zwar ganz schön auf Trab, aber ich glaube, er wird sich benehmen.»

Er ließ Hamish aus dem Wagen, und der Hund sprang sofort in weiten Kreisen um sie herum, um die Energie abzubauen, die sich auf der zwanzigminütigen Autofahrt angestaut hatte.

«Verstehe, was du meinst.» Marty strahlte. «Trotzdem, ein hübscher Kerl.»

«Er gehört uns», meldete Jessica sich zu Wort.

«Na, da habt ihr aber Glück», meinte Marty.

«Wir haben auch eine Katze», wagte sie sich vor, jetzt, da sie die Sprache wiedergefunden hatte. «Sie heißt Milly Molly Mandy.»

«Dann müsst ihr euch unbedingt unsere Tiere anschauen», sagte Marty. «Ihr werdet sie mögen.» Er fasste Tom um die Schultern und nahm Jessica an der Hand.

Guy lächelte in sich hinein. Bei den Bainbridges war kein Platz für Schüchternheit. Der Tag stellte sich als großer Erfolg heraus. Wenn Amy ihn ließ, konnte er das vielleicht öfter machen.

«Komm, Junge», sagte er zu Hamish. «Wenn du dir heute wenigstens ein bisschen Mühe gibst und dich benimmst, dann ist alles perfekt.»

Worte, die er später tief bedauern sollte.

## 38

Ich bin in einem der vielen Starbucks an der Oxford Street und trinke meinen zweiten Cappuccino. Das Lokal ist schmutzig, überall stapeln sich benutztes Geschirr und zerknüllte Servietten, und die Kellnerinnen laufen sich die Hacken ab. Plötzlich habe ich Sehnsucht nach der Sauberkeit von Poppy's Tea Room und einem Ort, wo es so still ist, dass man die Uhr ticken hört.

Ich bin jetzt seit über einer Stunde hier und kann mich nicht überwinden aufzustehen. Ich müsste nur meine Tasse leer trinken, zahlen und die paar Schritte in die Charlotte Street gehen, wo ich mich mit meinen Freundinnen in dem angesagten neuen Restaurant 24/7 zum Lunch verabredet habe. Aber ich schaffe es nicht. Meine Hände zittern, und mein Herz schlägt wie wild. Und das liegt nicht am Koffein. Der Schweiß läuft mir den Körper hinunter.

Ich kenne Angela, Lizzy und Justine nun schon seit Jahren, aber wir waren kaum in Kontakt, seit wir nach Yorkshire gezogen sind. Noch so ein Fall von aus den Augen, aus dem Sinn. Ich hatte mich so darauf gefreut, die drei zu sehen – aber jetzt? Ich glaube, ich könnte ihre mitfühlenden Worte und ihr mitleidiges Lächeln im Moment nicht ertragen. Umso mehr, als sie nicht zu Wills Beerdigung gekommen sind, um mir beizustehen, wo ich sie dort doch am allermeisten gebraucht hätte. Machen echte Freundinnen so was?

Vielleicht hätte ich mich besser gefühlt, wenn ich mit der Aussicht auf eine neue Stelle aus der British Television Company gekommen wäre und mir hätte sagen können, dass ich wieder in meine alte Welt zurückkehren kann, wenn auch ohne Will. Aber das ist wohl ganz offensichtlich nicht der Fall. Was soll ich jetzt machen? In der Medienwelt streuen, dass ich einen neuen Job suche – genau wie die dreitausend anderen Angestellten, die gerade ohne viel Federlesen von der BTC gefeuert wurden? Ich hatte darauf gezählt, dass meine alten Kollegen meine Situation verstehen und begreifen würden, wie sehr ich unter Druck stehe. Wenn meine alte Firma mich so grob behandelt, wie kann ich dann erwarten, einen neuen Arbeitgeber zu finden, der behutsam mit mir umgeht, bis ich wieder richtig Fuß gefasst habe?

Meine Freundinnen haben alle tolle Jobs und noch tollere Ehemänner. Wie kann ich mich gleich zu ihnen setzen und ihnen beim Klatschen zuhören, wenn ich mich ihrer Welt mittlerweile so fremd fühle? Was hätte ich ihnen denn zu erzählen? Kann ich wirklich Geschichten über den grässlichen Hamish und drei tattrige alte Schafe mit kranken Füßen zum Besten geben? Wir sind grundverschieden, und das ist mir, ehrlich gesagt, erst jetzt richtig klargeworden.

Ich schicke Lizzy eine SMS, dass ich es nicht schaffe und dass sie mich bitte bei den anderen entschuldigen soll. Das ist mir sehr unangenehm, da diese Verabredung ja überhaupt nur wegen mir zustande gekommen ist. Aber jetzt merke ich, dass ich einfach keine Lust darauf habe.

Lizzy simst mir zurück. «Kein Problem!», fängt sie an. Angela musste anscheinend sowieso absagen, weil sie zu viel Arbeit hatte und nicht wegkonnte. Justine hat unseren Lunch vergessen und sich stattdessen mit einem ihrer Kunden zum Essen verabredet. Und Lizzy, die sich immerhin die Mühe gemacht hat, mir zu antworten, ist selbst auch schon verspätet und hat das Büro gerade erst verlassen. So viel zum Thema Mitgefühl. Wäre ich hingegangen, hätte ich mir ganz allein zuprosten können.

«Ein anderes Mal», simse ich zurück und denke daran, wie oft ich selbst schon absagen musste, weil die Arbeit Vorrang hatte. Vielleicht erholt sich unsere Freundschaft, wenn ich wieder in London lebe und eine neue Stelle gefunden habe.

Statt also ein Gericht zu bestellen, das wahrscheinlich frisch zubereitet und mit einem fabelhaften *Jus* beträufelt gewesen wäre, nehme ich noch einen Kaffee und lasse mir ein in Folie eingewickeltes Sandwich aufwärmen. Während ich esse und sich in meinem Mund ein Geschmack von Plastik ausbreitet, frage ich mich, wie es den Kindern wohl bei Guy geht. Ich hoffe wirklich, dass sie einen besseren Tag haben als ich. Ich würde Guy gerne eine SMS schreiben und fragen, ob alles in Ordnung ist, aber ich möchte nicht, dass er denkt, ich kontrolliere ihn.

Als Nächstes muss ich den Schulleiter von Toms und Jess' alter Schule treffen, um sicherzugehen, dass die Kinder nächstes Halbjahr einen Platz bekommen. Ich hoffe wirklich, dass das Haus bis dahin verkauft ist. Die Weston Academy ist eine sehr angesehene Schule, und den Kindern ging es vor unserem Wegzug aus London dort ganz wunderbar. Die Gebühren sind allerdings astronomisch hoch, und ich muss bis dahin unbedingt wieder einen Job gefunden haben, um sie zu bezahlen. Schon die Schuluniformen sind so teuer, als wären sie von Armani.

Ich räume meinen Tisch ab, auch wenn das hier sonst keiner tut, und werfe den Müll in den schon überquellenden Mülleimer. Dann steige ich wieder in die U-Bahn und fahre nach Notting Hill.

Es ist ein komisches Gefühl, durch die Straßen meines alten Viertels zu gehen, und mich überkommt eine plötzliche Wehmut. Ich vermeide es, an meinem alten Zuhause vorbeizugehen, weil ich den Anblick der neuen glücklichen Bewohner jetzt wohl unerträglich fände. Was wäre geschehen, wenn wir nicht umgezogen wären? Wäre Will heute vielleicht noch am Leben, wenn wir hier in der Stadt geblieben wären? Waren es vielleicht gerade all die Turbulenzen des Neuanfangs, die sich als zu viel für ihn erwiesen haben? Ich weiß es nicht. Ich weiß nur, dass mir im Moment die Turbulenzen eines wiederholten Neuanfangs ebenfalls nicht guttun.

Ich zittere, als ich bei der Schule ankomme und nach dem Direktor frage. Mr. Spalding ist kurz angebunden und geschäftsmäßig. Er führt die Schule mit straffer Hand, was Will und mir damals besonders gut gefiel.

Man bringt mich in sein Büro, und wie schon einmal an diesem Tag nehme ich den Platz gegenüber von meinem Gesprächspartner ein.

«Ihr Verlust hat uns hier an der Weston Academy sehr betroffen gemacht», sagt er.

«Danke.»

«Wie kommen die Kinder damit zurecht?»

«Es geht ihnen gut», antworte ich. «Tom ist ein bisschen stiller als sonst, was ja zu erwarten war. Jessica hält sich verblüffend tapfer.»

«Das höre ich gerne.»

«Beide freuen sich darauf, nach London zurückzukommen und hier ihre Freunde wiederzusehen. Sie brauchen jetzt ihre vertraute Umgebung um sich herum. Deshalb hatte ich gehofft, dass sie wieder auf die Weston gehen können.»

Mr. Spalding holt tief Luft. Er schüttelt den Kopf. «Es tut mir schrecklich leid, Mrs. Ashurst. Wir würden Tom und Jessica wirklich gerne wieder aufnehmen. Beide waren ausgezeichnete Schüler, eine wahre Freude. Es hat uns leidgetan, sie zu verlieren. Aber leider sind wir vollkommen ausgebucht. Ich muss Ihnen ja nicht sagen, wie beliebt die Schule ist.» Er lächelt selbstgefällig. «Wir haben eine sehr lange Warteliste.»

«Ich dachte, angesichts der besonderen Umstände ...»

«Ich wäre wirklich froh, wenn ich Ihnen helfen könnte.»

«Und das können Sie wirklich nicht?» Oder sollte ich sagen: wollen Sie nicht?

«Leider nein. Wie gesagt, wir haben eine lange Warteliste. Stellen Sie sich vor, was passiert, wenn jemand herausfindet, dass Tom und Jessica vorgezogen worden sind.»

Ja. Gott verhüte, dass zwei trauernde Kinder eine Vorzugsbehandlung bekommen könnten. Aber schockiert, wie ich bin, sage ich nichts.

Mr. Spalding steht auf und reicht mir die Hand. Ich sollte mich langsam daran gewöhnt haben, dass man mich schon wieder vor die Tür setzt, aber ich bin trotzdem erschüttert.

Also finde ich mich heute zum zweiten Mal verwirrt und benommen auf der Straße wieder. Um diese Zeit wollte ich bereits einen großartigen Job in der Tasche und die Kinder an ihrer alten Schule angemeldet haben. Aber der Tag läuft überhaupt nicht so, wie ich es geplant hatte.

## 39

Hinter dem Haus der Bainbridges lag ein riesiger, sehr hübscher Garten, der in einzelne lauschige Bereiche unterteilt war. Marty selbst hatte sie alle sorgfältig arrangiert, und sie hatten schon Dutzende Male die Titelbilder seiner Bestseller oder diverser Hochglanz-Magazine geziert. An zwei Wochenenden im Jahr öffnete er den Garten für wohltätige Zwecke, und jedes Mal fielen Horden von bewundernden Fans ein.

«Der Garten sieht gut aus, Marty», sagte Guy, der fand, dass das hier sein eigenes vernachlässigtes Stück Land auf beschämende Weise in den Schatten stellte.

«Nächste Woche haben wir hier einen Fototermin für *Gardeners' World*. Habe mich krumm geackert, um ihn picobello zu kriegen. Nicht leicht um diese Jahreszeit. Der Boden ist weich wie Kitt.» Mit Stolz ließ Marty den Blick über sein Anwesen schweifen. «Bin allerdings verdammt zufrieden mit dem Ergebnis.»

«Das kannst du auch. Du musst unbedingt mal bei mir vorbeikommen und mir ein paar Tipps geben.»

«Jederzeit, mein Lieber. Jederzeit.»

Hinter dem Garten lagen die Scheunen, Ställe und Nebengebäude, und selbst die sahen hier aus wie im Bilderbuch. In einer Scheune hatten die glücklichen Bainbridge-Kinder sogar ihren eigenen kleinen Streichelzoo.

Die Verschläge, in denen Zwergziegen, Kaninchen, Meerschweinchen, Lämmer und eine Handvoll quiekender, schwarz gefleckter Ferkel hausten, waren tadellos gepflegt. Hier auf der Bainbridge-Farm musste Guy sich keine Sorgen machen, dass das Vieh nicht gut behandelt wurde.

Tom und Jessica saßen verzückt auf strategisch platzierten Heuballen, während die Kaninchen und Meerschweinchen um sie herumwuselten.

«Oh, wie süß», trillerte Jessica. «Glaubst du, Mummy würde uns erlauben, zu Hause auch Kaninchen und Meerschweinchen zu halten?»

«Da müssen wir sie fragen.» Wie sollte Guy ihnen beibringen, dass ihre Mutter vorhatte, sie so bald wie möglich wieder zurück nach London zu verfrachten? Das, entschied er, ging weit über seine Pflichten als Babysitter hinaus.

«Ich find's toll hier», sagte das kleine Mädchen mit einem Seufzer, während ein Kaninchen an seiner Jacke knabberte. «Ich dachte, ich fände London toller, aber das stimmt nicht.»

Vielleicht läuft der Tag doch ein bisschen zu glatt, dachte Guy. Die Kinder würden die Gegend bald wieder verlassen, da sollte er sie nicht noch zu begeisterten Landbewohnern machen.

«Ich muss mir mit Mr. Bainbridge seine neuen Schafe anschauen gehen», sagte Guy. «Wollt ihr mitkommen?»

Die Kinder nickten, und alle zusammen packten mit an, um die Kaninchen und Meerschweinchen wieder in ihre jeweiligen Behausungen zu stecken.

«Hamish lasse ich hier», sagte Guy zu Marty. «Wenn das für dich in Ordnung ist. Sonst macht er womöglich noch die Schafe scheu. Wenn ich ihn hier anleine, wird er keinen Schaden anrichten können.»

Nachdem er den Hund sicher an dem Zaun festgebunden hatte, gingen sie quer über die Wiese zum Schafspferch. Hamish bellte ihnen einsam und verlassen hinterher.

Marty hatte sich zwei Dutzend reinrassiger Suffolk-Schafe gekauft, eine der besten Rassen der Britischen Inseln. Wegen ihrer charakteristischen schwarzen Gesichter wurden sie in der Gegend auch – wenig überraschend – «Schwarzgesichter» genannt.

«Glaubst du, die ließen sich auf einer Landwirtschaftsschau präsentieren?», wollte Marty wissen.

«Ein hübscher Haufen sind sie auf jeden Fall», pflichtete Guy ihm bei.

Die beiden Männer lehnten sich eine Weile an den Zaun und bewunderten die Schafe und die spektakuläre Aussicht über das Moor, das hinter der Farm aufstieg.

«Wir sollten zum Mittagessen gehen», meinte Marty irgendwann und rieb sich die Hände. «So wie ich Gillian kenne, biegt sich der Tisch inzwischen unter dem Gewicht der vielen Speisen. Hat irgendjemand Hunger?»

«Ja!», riefen Tom und Jessica.

Auf dem Rückweg zum Haus fiel Guy plötzlich auf, dass sie Hamish nicht mehr bellen hörten. Seit wann war das schon so? Eigentlich hätte er spätestens wieder anfangen müssen, sobald er hörte, dass sie zurückkamen.

Sein Herz fing wild an zu pochen, als sie um die Ecke bogen und der Zaun in Sicht kam, an dem er Hamish fest angebunden hatte. Nun, die Leine war immer noch am Pfosten verknotet, doch von Hamish war weit und breit keine Spur.

«O nein», stöhnte Guy und beschleunigte den Schritt.

«Was ist los?», rief Marty hinter ihm her.

«Hamish!», rief Guy ihm zu.

Auch Tom und Jessica tauschten besorgte Blicke aus und liefen hinter Guy her.

Im Garten – dem preisgekröntem Garten – hatte Hamish allen Spaß der Welt. Marty hatte recht gehabt, die Erde war sehr weich, und Hamish war eifrig damit beschäftigt, mit beiden Vorderpfoten ein tiefes Loch zu buddeln. Etwa ein Zwanzigstel hatte er schon geschafft.

«Hamish!» Guy schoss über den malträtierten Rasen. Hinter sich hörte er Marty nach Luft schnappen. «Hamish! Hör sofort damit auf!»

Doch nichts lag Hamish ferner. Dies war ein tolles Spiel. Schnüffelnd schob er seine Schnauze in das gewaltige Loch, das er gerade gebuddelt hatte.

Guy, Tom und Jessica kamen abrupt hinter ihm zum Stehen.

«Iiiiiiih!», sagte Jessica. «Was ist denn das?»

Triumphierend drehte Hamish sich um, die Beute zwischen seinen großen sabbernden Kiefern.

«Ein Maulwurf», sagte Guy, der Ohnmacht nahe.

«Ich habe noch nie einen Maulwurf gesehen», sagte Jessica beeindruckt.

«Ich auch nicht», stimmte Tom ihr zu.

Jetzt kam Marty keuchend angerannt. Der Maulwurf blinzelte blind zu ihnen herüber.

«Also», sagte Marty, als er endlich wieder Luft bekam.

«Bis jetzt hatte ich noch nie Probleme mit Maulwürfen.»

Guy behielt es sich vor, ihn nicht darauf hinzuweisen, dass er eigentlich auch kein Problem mit Maulwürfen hatte, sondern mit einem Hund, der für sein Leben gern nach Maulwürfen buddelte.

## 40

Schon zum dritten Mal an diesem Tag befinde ich mich auf einem kleinen Stuhl vor einem imposanten Chefsessel, dazwischen ein großer Schreibtisch, der wie eine Barriere wirkt. Und erneut steht kein Tee für mich bereit.

«Sind Sie sich absolut sicher?», frage ich.

Mr. Robert Hilton von Henry, Hilton & Gambon, seit langem die Anwaltskanzlei unserer Familie, nimmt die Brille ab und reibt sich die Augen. «Wenn Will noch bei der British Television Company angestellt gewesen wäre, hätte Ihnen natürlich eine große Zahlung zugestanden. Die Lebensversicherungspolice der BTC war sehr großzügig.»

«Aber weil er die Firma ein paar Monate vor seinem Tod verlassen hat, bekomme ich absolut gar nichts.»

Robert sieht noch einmal in seine Unterlagen. «Ich fürchte, das ist richtig so.»

«O Gott.» Ich umklammere die Armlehnen meines Stuhls. Ich hatte gehofft, dass es noch eine weitere Lebensversicherung gab und uns wenigstens etwas Geld zustand. Wir hätten es so dringend nötig. Unsere Ersparnisse sind nach unserem Umzug nach Hemshill Grange aufgebraucht, auch, weil seither weder Will noch ich gearbeitet hatten. Wir hatten einfach kein Geld mehr für eine Lebensversicherung – und, wie sich herausstellte, auch keine Zeit mehr, um überhaupt eine abzuschließen. Wenn wir beide ein wenig Geld hinzuverdient hätten, hätten wir es gerade so schaffen können. Jetzt, da ich die einzige Brotverdienerin bin, wird ein Teilzeitjob oder freiberufliche Arbeit bei weitem nicht ausreichen.

«Das Timing Ihres Mannes, verzeihen Sie den Ausdruck, war äußerst unglücklich.»

«Wem sagen Sie das?»

«Ich nehme an, dass Ihr Mann mit der Zeit besser für Sie alle vorgesorgt hätte ...» Seine Stimme erstirbt.

Aber die Zeit war nun gerade das, was meinem Mann ausgegangen ist. Und so hat er mich und die Kinder praktisch mittellos zurückgelassen. Ich reiße mich zusammen. Nein, streng genommen stimmt das nicht. Wir sind reich an Sachwerten, auch wenn wir keinen Cent in der Tasche haben. Unser Vermögen, das ist das Haus – und das nun so schwarz auf weiß vor Augen zu haben, bestärkt mich in meiner Entschlossenheit, es so bald wie möglich loszuwerden.

«Sie bekommen eine Witwenrente», fährt der Anwalt fort. «Aber leider wird die nicht ausreichen, um zwei Kinder großzuziehen.»

Über den Tisch schiebt er mir ein Blatt zu, und ich studiere die Zahlen. «Nein», sage ich dann. «Da haben Sie recht. Das reicht hinten und vorne nicht.»

Jetzt muss ich mich wenigstens nicht mehr grämen, dass Tom und Jessica nicht an die Weston Academy zurückkehren können. Ich hätte sie mir ohnehin nicht leisten können.

Was soll ich nun tun? Mein monatliches Einkommen wird nicht einmal reichen, um Hamishs langsam ausufernde Tierarztrechnungen zu bezahlen. Ich würde am liebsten weinen, aber das werde ich nicht vor meinem Anwalt tun.

Ich nehme Will dieses Schlamassel nicht übel. Es wäre unerträglich für ihn, wenn er wüsste, dass er uns in dieser Lage zurückgelassen hat. Außerdem, wer denkt eigentlich wirklich darüber nach, dass jeder Tag der letzte sein könnte? Wahrscheinlich war ihm nie der Gedanke gekommen, dass wir in Helmshill Grange einmal ohne ihn zurechtkommen müssten. So, wie Will es sah, hatten wir dort ein langes und glückliches Leben vor uns. Zum Teufel, jetzt muss ich doch noch weinen.

Ich hole ein Papiertaschentuch aus meiner Handtasche und schnäuze mich.

Mein Anwalt blickt verunsichert drein. «Ich wünschte wirklich, ich hätte bessere Nachrichten für Sie, Amy.»

Meine einzige Hoffnung ist jetzt, dass ich Helmshill Grange rasch verkaufen kann.

«Wenn ich Ihnen irgendwie helfen kann …», sagt Robert und schaut auf die Uhr.

Meine Zeit ist um, und Roberts Rechnungen kann ich mir von nun an eindeutig auch nicht mehr leisten. Aber wenn nicht er, wer wüsste das besser?

Ich stehe auf und schniefe ein letztes Mal. «Wir werden es schon schaffen», sage ich. Ich weiß nicht wie, aber das ist mein Versprechen an meine Kinder. Wir werden einen Weg finden. Irgendwie.

# 41

«Ich fühle mich schrecklich», sagte Guy zum x-ten Mal. «Das ist ganz allein meine Schuld.» Und Hamishs natürlich. «Tu, was getan werden muss, um es für nächste Woche zu richten, und schick mir die Rechnung.» Er wusste nicht viel übers Gärtnern, aber er ging davon aus, dass ziemlich viele Rasensoden gebraucht werden würden, um die Folgen von Hamishs exzessiver Maulwurfsjagd zu beseitigen.

«Unsinn, mein Lieber», sagte Marty großmütig. Guy war sich nicht sicher, ob er im umgekehrten Fall auch so hochherzig gewesen wäre.

«Ich bitte dich darum», beschwor Guy ihn. «Egal was es kostet. Ich komme für den Schaden auf.»

Dass Marty so generös über das Zerstörungswerk an seinem prächtigen Garten hinwegging, machte es für Guy nur noch schlimmer. Er wollte nicht, dass der Vorfall einen Schatten über ihre Freundschaft warf, und war nur allzu gern bereit, den Schaden wenigstens finanziell auszugleichen.

«So was kann passieren», versicherte Marty ihm. Er lachte sogar kurz auf.

«Vor allem, wenn Hamish in der Nähe ist», sagte Tom ernst.

«Wir können den Fototermin bestimmt verschieben.» Bei diesen Worten zitterte Martys Stimme verräterisch.

Guy wäre am liebsten tot umgefallen. Warum hatte er nicht begriffen, dass es für Hamish ein Leichtes war, so eine Leine durchzukauen? Er hätte den Hund an die Kette legen sollen, und zwar an eine sehr schwere.

«Noch ein bisschen Hirtenauflauf?» Gillian war ganz blass. Die leidenschaftliche Umgestaltung ihres Gartens hatte sie eindeutig schwerer getroffen als ihren Mann.

Die beiden Kinder nickten eifrig auf die Frage, nicht ahnend, welches Ausmaß der Verwüstung ihr Hund diesmal angerichtet hatte. Der war mittlerweile in den Range Rover verbannt worden, und in den Gesprächspausen konnte man sein protestierendes Jaulen hören.

Dem köstlichen Auflauf folgte ein traditioneller Bread-and-Butter-Pudding. Doch Guy war der Appetit vergangen. War es vielleicht besser, überlegte er, wenn sie sich gleich nach dem Essen entschuldigten und heimfuhren?

Die Kinder schütteten sich dickflüssige Sahne über ihren Pudding und hauten ordentlich rein. Guy lächelte und tat es ihnen tapfer nach. Er wünschte, Hamish würde endlich Ruhe geben, denn sein unaufhörliches Bellen erinnerte daran, dass er noch da war und ihnen weiter auf die Nerven gehen würde.

Wie konnte er Amy helfen, dieses Biest zu zähmen? Er war seit vielen Jahren Tierarzt, doch einem dermaßen zerstörungswütigen Tier wie Hamish war er noch nie begegnet. Guy überlegte, ob man Hunde mit dem gleichen Medikament behandeln konnte, das man hyperaktiven Kindern gab, um sie ruhigzustellen.

Dann hörte Hamish auf zu bellen, und Guy wusste instinktiv, dass ihm das erst recht Grund zur Sorge geben sollte. Und damit lag er richtig. Nach einem Moment vollkommener Stille drang das Knirschen von Reifen auf Kies zu ihnen.

«O nein», rief er und stürzte ans Fenster. Er kam gerade rechtzeitig, um mit anzusehen, wie der Range Rover auf der leicht abschüssigen Einfahrt ins Rollen kam. «Nein!»

Gott allein weiß, wie er es hingekriegt hatte, doch durch sein Herumspringen im Auto hatte Hamish wohl irgendwie die Handbremse gelöst. Vielleicht hatte Guy sie auch nicht so fest angezogen, wie er gedacht hatte. Wie auch immer, jetzt war es zu spät. Draußen in der Einfahrt gewann der Range Rover an Geschwindigkeit und steuerte zielstrebig auf den neuen Mercedes der Bainbridges zu. «Halt!», schrie Guy.

Hamish saß jetzt aufrecht auf dem Fahrersitz, die Pfoten auf dem Lenkrad, und duckte sich mit verdutztem Gesicht von der Windschutzscheibe weg. Doch wieder einmal kam Guy zu spät. Viel zu spät.

Der Range Rover knallte wie in Zeitlupe direkt auf das Heck des Mercedes. Es gab einen höllischen Krach, gefolgt von leisem Klirren. Dann schob sich der Mercedes langsam, aber unaufhaltsam in die Außenmauer des eleganten Wohnhauses.

Inzwischen waren Marty, Gill und die Kinder zu Guy ans Fenster geeilt und konnten von dort die Zerstörung ihres funkelnagelneuen Autos mit eigenen Augen bezeugen.

«Es tut mir leid.» Guy wagte es nicht, seinen Freund anzusehen. «Du glaubst nicht, wie unendlich leid mir das tut.»

Er hörte, wie Marty neben ihm schluckte – und dann mit belegter Stimme sagte: «Die Rechnung *dafür* werde ich dir allerdings schicken, alter Freund.»

## 42

Ich brauche fünf Stunden bis zum Bahnhof in Scarsby, und das verschafft mir reichlich Zeit, um über unsere Situation nachzudenken. Als ich endlich aus dem Zug aussteige, bin ich müde, erschöpft und den Tränen nahe. Ich wünschte, Will wäre da. Ich wünschte, ich könnte die Situation mit ihm durchsprechen. Ich wünschte, er wäre hier, denn dann steckten wir gar nicht erst in diesem Schlamassel.

Auf dem Bahnsteig stehen Tom, Jessica und Guy. Obwohl es schon zehn Uhr abends ist und die Kinder morgen Schule haben, bin ich wahnsinnig glücklich, sie jetzt zu sehen. Eigentlich hatte ich erwartet, mit dem Taxi heimfahren zu müssen. Die Kinder laufen zu mir, ich werfe die Arme um sie und breche prompt in Tränen aus. Wie um Himmels willen soll ich mich um sie kümmern, wenn ich mich nicht mal selber in den Griff bekomme?

Guy steht abwartend daneben und sieht verlegen drein.

«Danke», sage ich. «Es war sehr nett von Ihnen, mich abzuholen. Wirklich.»

«Ich dachte, es wäre vielleicht nicht leicht, um diese Uhrzeit ein Taxi zu bekommen», sagt er. «Hatten Sie einen guten Tag?»

Ich schüttele den Kopf. «Nein», antworte ich leise, damit die Kinder es nicht hören. «Ich erzähle Ihnen später davon.»

Wir gehen zu Guys Wagen, und ich frage: «Wie steht es mit euch? Ist alles gutgegangen?»

«Wunderbar», antwortet Guy strahlend. «Es lief prima heute, nicht wahr, Kinder?»

«Ja», rufen sie pflichtbewusst im Chor.

«Wart ihr auch schön brav?»

Meine Kinder nicken ernst.

«Ich habe eine neue Freundin gefunden», erzählt Jessica aufgeregt. «Sie heißt Ellie und ist sieben. Sie hat ein Pony, das Snowflake heißt, und ich durfte darauf reiten.»

«Wirklich?» Ich sehe Guy mit erhobenen Augenbrauen an, und er nickt.

«Ich hätte auch gerne ein Pony», verkündet Jessica. «Ponys sind cool.»

Na ja, denke ich, stattdessen hast du einen verrückten Hund und eine mordlustige Katze. «Hat Hamish keinen Ärger gemacht?»

«Nein», antwortet Guy, und er weicht meinem Blick aus. «Kein bisschen.»

«Er hat Mr. und Mrs. Bainbridges besten Rasen zerwühlt», erzählt Jessica mir fröhlich. Ich hätte Guy sagen können, dass die Kleine kein Geheimnis bewahren kann. Ihr Bruder hat ihr nicht umsonst den Spitznamen Plappermaul verpasst.

«Ach ja?» Wieder sehe ich Guy fragend an.

«Nur eine kleine Maulwurfjagd», antwortet Guy knapp. «Er ist da lediglich seinem natürlichen Instinkt gefolgt.»

«Das war doch nicht zufällig der Rasen von Marty Bainbridge, dem Fernsehgärtner?»

«Er war sehr verständnisvoll», erklärt Guy. «Es ist nichts Schlimmes passiert.»

«Wie viel schulde ich ihm?»

«Nein, wirklich. Überhaupt nichts.»

Wir kommen beim Range Rover an, und trotz meiner Erschöpfung fällt mir auf, dass er zerbeulter ist als am Morgen. Ich stehe da und betrachte den Schaden. Beide Scheinwerfer sind zerbrochen, und der Stoßdämpfer ist ziemlich eingedellt. «Hatten Sie einen Unfall?»

«Einen kleinen nur», antwortet Guy. «Nichts, worüber man sich Sorgen machen müsste. Wir waren zu dem Zeitpunkt nicht im Wagen.»

«Das war ebenfalls Hamish», erklärt Jessica mit einem theatralischen Seufzer. «Er hat die Handbremse in Guys Auto gelöst, und das ist in Mr. und Mrs. Bainbridges Wagen gekracht.»

Diesmal begegne ich Guys Blick, und ich bin mir sicher, dass er das Funkeln in meinen Augen sehen kann. Jedenfalls erkenne ich die Vorsicht in seinen. «Klingt so, als hättet ihr bei eurem Ausflug einen ziemlichen Eindruck hinterlassen.»

«Frauen», meint Tom missbilligend. «Du solltest das doch nicht erzählen, Jessie Plappermaul.»

«Oh.» Jessica hält die Hand vor den Mund, und sie sieht Guy entschuldigend an. «Tut mir leid.»

Er ist so nett und lacht.

«Ich bin froh, dass ich nicht die Einzige bin, die Hamish nicht im Griff hat.»

«Es wird meine Lebensaufgabe sein, diesen Hund zu erziehen.»

«Waren die Bainbridges sehr böse?»

«Überraschenderweise nicht wegen des Gartens», antwortet Guy. «Aber als der Mercedes in ihr Haus gekracht ist, hat das ihre Geduld schon ein wenig strapaziert.»

«Das glaube ich gerne.»

«Sie haben uns wieder zum Spielen eingeladen», meldet sich Jessica.

«Solange wir Hamish nicht mitbringen», fügt Tom hinzu.

Armer Hamish, denke ich. Er muss nur einmal jemanden besuchen und kriegt danach gleich Hausverbot. Was soll ich bloß mit ihm anfangen?

«Es klingt so, als wäre Ihr Tag so glatt verlaufen wie meiner», sage ich mit einem Lächeln zu Guy. «Aber keine Sorge, ich werde Sie nicht bitten, noch einmal als Babysitter einzuspringen. Sie werden uns los sein, ehe Sie sich's versehen.»

Wir steigen ins Auto. Hamish sitzt auf der Rückbank und ist ordentlich am Gurthalter festgebunden. Er sabbert und stinkt den Wagen voll. Bei meinem Anblick bellt er glücklich. Was für ein verdammter Quälgeist er doch ist.

«Amy», sagt Guy leise, als wir nebeneinander Platz genommen haben. «Trotz allem habe ich den Tag heute wirklich genossen. Die Kinder sind großartig, und wir hatten es richtig schön miteinander. Ich würde das gerne noch einmal machen. Bevor Sie wegziehen.»

Damit legt er den Gang ein und rollt vom Parkplatz. Ich bin froh, dass er keine Antwort erwartet, denn ich habe nicht die leiseste Ahnung, was ich darauf sagen soll.

## 43

Ich kuschele Jessica ein, nachdem ich ihr Bett nach Mäuseüberresten abgesucht habe, und reiche ihr ihre Puppe, der Hamish den Kopf abgebissen hat. «Schlaf schön.»

«Mummy», sagt sie nachdenklich, während sie den enthaupteten Rumpf streichelt. «Guy wäre ein sehr netter Daddy.»

«Ach ja?» Noch so eine Bemerkung, die mich sprachlos macht. Aber meine Kehle ist ohnehin wie zugeschnürt.

«Ich weiß ja, dass er kein Daddy ist, aber er könnte einer sein. Er hat uns beigebracht, wie man Steine übers Wasser hüpfen lässt und wie man ein Pony reitet und alles.»

«Sagen wir doch lieber, er ist ein sehr netter *Onkel*», schlage ich vor und versuche, die Tränen zurückzuhalten. «Ein großartiger Onkel.»

«Wenn er hier ist, fehlt mir Daddy nicht so sehr», sagt sie. Meine Tochter steckt den Daumen in den Mund, und dieses eine Mal lasse ich es ihr ausnahmsweise durchgehen. Sie kuschelt sich ins Bett, zufrieden und müde von ihrem aufregenden Tag. Morgen werde ich es verdammt schwer haben, sie für die Schule zu wecken, aber im Moment bin ich einfach nur froh, dass sie einen Tag lang ihren Schmerz nicht gefühlt hat.

Ich schaue noch einmal nach Tom, aber der schläft schon tief und fest. Er hat die Decke weggestrampelt und liegt lang ausgestreckt auf dem Rücken, genauso wie Will immer am liebsten geschlafen hat.

Unten wartet Guy auf mich. «Ich war so frei, die hier aufzumachen», sagt er und hält eine Flasche Rotwein hoch. Es ist einer von Williams Lieblingsweinen, und das macht mich auf einmal unglaublich traurig, aber ich sage nichts.

«Prima. Gute Idee.»

«Gill Bainbridge hat mir für Sie eine Portion von ihrem wunderbaren Hirtenauflauf mitgegeben, falls Sie noch nichts gegessen haben.»

«Dann kann sie Ihnen ja nicht ganz so böse gewesen sein», meine ich mit einem schiefen Lächeln.

«Sie hat sich zumindest große Mühe gegeben, nicht den Anschein zu erwecken», sagt er. «Die Bainbridges sind sehr nette Leute. Sie müssen einmal zu ihnen mitkommen. Ich habe den Auflauf vorhin in den Ofen gestellt, er sollte jetzt fertig sein.»

«Sie würden eine wunderbare Ehefrau abgeben», scherze ich, und plötzlich werden wir beide rot. Guy beschäftigt sich intensiv mit meinen Topfhandschuhen. «Wo ist Hamish?», frage ich, um das Thema zu wechseln.

«Der ist in der Waschküche eingesperrt.»

Jetzt erst höre ich, wie er an der Tür kratzt. Um die Klinke ist sicherheitshalber noch eine von Williams Krawatten gewickelt, aber es wird bestimmt nicht mehr lange dauern, bis Hamish die Tür allein aufbekommt und ich dann überhaupt keinen Frieden mehr habe.

Ich nehme das Glas Wein, das Guy mir eingeschenkt hat, und trinke einen Schluck. Ich habe ein komisches Gefühl dabei, weil das genau das ist, was Will und ich abends immer taten, sobald die Kinder schliefen. Wir saßen am Küchentisch zusammen, aßen einen Happen, tranken zur

Entspannung ein gutes Glas Rotwein und redeten über alles Mögliche. Ich kann kaum glauben, dass ich das nie wieder mit Will zusammen tun werde und stattdessen jetzt schon auf dieselbe Weise mit einem anderen Mann zusammensitze, den ich kaum kenne. Tränen treten mir in die Augen.

«Alles in Ordnung?»

Ich stoße einen Seufzer aus und sage: «Eigentlich nicht. Ich hatte einen beschissenen Tag.»

Guy serviert mir den dampfenden Teller, legt mir eine Gabel dazu, und ich mache mich über das Essen her. Der Auflauf ist heiß, und die Kartoffeln verbrennen mir den Gaumen, aber ich esse trotzdem, um etwas zu tun zu haben.

«Wie sich herausgestellt hat, bekomme in meiner alten Firma keinen Job mehr. Dabei hatte ich naiverweise geglaubt, sie würden vor Erleichterung ganz aus dem Häuschen sein, wenn sie erfahren, dass ich wieder zu haben bin.» Ich steche mit der Gabel zu. «Wem habe ich da eigentlich etwas vorgemacht? Mein ehemaliger Chef – ein Mann, den ich wirklich respektiert habe – hat mich behandelt, als hätte ich die Pest. Er konnte es gar nicht erwarten, mich den Raum verlassen zu sehen.»

«Das ist nicht sehr feinfühlig, in Anbetracht der Umstände.»

Ich versuche, es mit einem Schulterzucken abzutun. «So ist das Geschäft eben heutzutage. Ich hätte es wissen müssen. Es war dumm von mir, etwas anderes zu erwarten.» Der Hirtenauflauf ist so gut wie sein Ruf, und Gillian Bainbridge ist eindeutig eine viel bessere Köchin als ich. Der sahnige Kartoffelbrei und das würzige Lamm spenden mir ein bisschen Trost. Zusammen mit dem Rotwein gibt mir das Essen fast wieder das Gefühl, ein Mensch zu sein – solange ich nicht zu sehr über unsere Notlage nachdenke. Ein paar Tränen unterdrückend, fahre ich mit meiner Leidensgeschichte fort. «Die Kinder werden nicht wieder von ihrer ehemaligen Schule aufgenommen. Was aber eigentlich egal ist, weil ich, wie sich herausstellt, das Schulgeld ohnehin nicht bezahlen könnte.» Ich lasse den Auflauf stehen und lege den Kopf in die Hände. «Weil William die BTC kurz vor seinem Tod verlassen hat, gibt es keine Lebensversicherung, und außer einer kleinen Rente bekomme ich gar nichts. Nichts. Nada. Niente.»

«Ach, Amy», sagt Guy. «Das tut mir sehr leid.»

Ich zwinge mich zu einem Lächeln. «Ich sollte Ihnen das alles gar nicht erzählen. Ich habe heute schon mehr als genug auf Ihnen abgeladen.»

Guys Hand legt sich auf meine. Ich bin schockiert, wie warm sie ist. Sie brennt heißer als eben der Hirtenauflauf in meinem Mund. «Ich möchte Ihnen ein Freund sein, Amy. Ein guter Freund.»

Ich ziehe die Hand weg und sage knapp: «Das sind Sie auch. Sie wissen, dass Sie das sind.» Das hier fühlt sich nicht richtig an. Es ist, als würde ich William betrügen. «Aber ich hoffe, Sie wissen auch, dass Sie nie mehr als das sein werden.»

«Amy ...»

«Ich liebe meinen Mann noch immer, Guy. Und auch wenn ich jetzt auf mich gestellt bin», meine Stimme schwankt, «heißt das nicht, dass ich nach jemand anderem Ausschau halte. Ich hoffe, Sie denken nicht ...»

«Ich denke überhaupt nichts», erklärt er nachdrücklich. «Ich genieße es nur, mit Ihnen und den Kindern zusammen zu sein. Ich weiß, wie es ist, allein zu sein. Falls ich Ihnen helfen kann ...» Dann steht Guy unvermittelt auf. «Es tut mir leid. Das ist alles ganz anders aus mir rausgekommen, als ich wollte. Ich glaube wirklich, ich sollte jetzt wohl besser gehen.»

Ich trinke einen Schluck Wein, und meine Hand zittert. «Das denke ich auch.»

Er geht zur Tür. «Rufen Sie mich an», sagt er. «Ich werde Ihnen von mir aus nicht mehr auf die Pelle rücken, wenn Sie sich nicht melden.»

«Danke für heute», sage ich. «Ich weiß das wirklich zu schätzen. Und danke vonseiten der Kinder.»

Aber der Schaden ist geschehen. Guy lässt die Tür hinter sich ins Schloss fallen.

Ich höre, wie sein Wagen wegfährt, und dann kann ich die Tränen nicht mehr zurückhalten. Denkt er etwa, ich bin auf der Suche nach einem Mann? Ist es das, was er will? Seine Füße unter meinen Tisch strecken? Er mag sehr charmant sein, und Jessica mag von ihm denken, er wäre ein wunderbarer Daddy, aber es ist viel zu früh für mich, irgendjemanden so nah an mich heranzulassen. Ich mag Probleme haben, massenhaft Probleme, aber ich werde sie bewältigen. Ich kann es allein schaffen. Und das werde ich auch.

## 44

Sich zu betrinken und dann die Ex anzurufen, war eine äußerst schlechte Idee. Er wusste es. Er wusste es sogar sehr gut. Guy griff nach dem Hörer. Eine noch schlechtere Idee allerdings war es, wenn man noch nüchtern genug war, um zu erkennen, dass das, was man da tat, Mist war.

Trotz aller Bedenken wählte er Lauras Nummer. Es war

spät, wahrscheinlich lag sie schon im Bett. Einen flüchtigen Augenblick lang überlegte er, ob sie wohl allein dort lag.

Nachdem er es so wunderbar hingekriegt hatte, Amy zu sagen, dass er immer für sie da sein würde, hatte er beschlossen, sich zu Hause erst mal ordentlich einen hinter die Binde zu gießen. Normalerweise machte er so etwas nicht mehr. Als Laura ihn verlassen hatte, hatte er sich kurzzeitig dem Alkohol zugewandt, um nachts überhaupt schlafen zu können. Doch viel gebracht hatte das auch nicht. Jetzt war er als Arzt immer in Bereitschaft, und mit einer Flasche Wein intus war es schlicht unmöglich, bei einer kalbenden Kuh einen Kaiserschnitt vorzunehmen oder ein Lamm zur Welt zu bringen, das lieber noch ein wenig im Bauch seiner Mutter bleiben wollte. Nächtliche Saufgelage gehörten also eigentlich der Vergangenheit an.

Doch heute Nacht war ihm das egal. Der hochprozentige Weg ins Vergessen war einfach zu verlockend. Außerdem hatte ohnehin sein Assistent Stephen Bereitschaft. Er würde sich um die kranken Tiere kümmern und sich anschließend wieder mit kalten Händen und Füßen zu seiner hübschen jungen Frau ins Bett kuscheln. Das war das Schlimmste am Single-Dasein. Dass niemand auf ihn wartete, wenn er nach einem nächtlichen Notfalleinsatz müde und durchgefroren nach Hause kam.

Jahrelang hatte er so getan, als sei ihm das egal. Doch jetzt musste er sich eingestehen, dass er sich etwas vorgemacht hatte.

Es war ein wahrlich seltsamer Tag gewesen. Er hatte vieles getan, von dem er nie erwartet hätte, dass er es je tun würde – zum Beispiel eine Stange Geld für einen neuen Rollrasen und umfassende Reparaturen an einem Mercedes hinzulegen. Doch wer hätte gedacht, dass er so gut mit

Amys Kindern zurechtkommen würde? Okay, dieses Ungetüm an Hund hatte wirklich mehr als genug getan, um von ihrem ausgezeichneten Benehmen abzulenken, doch Guy hatte sie trotzdem gern um sich gehabt. Beunruhigender fand er jedoch die Tatsache, dass er auf einmal nicht mehr sicher war, ob ihm dieses Junggesellenleben wirklich guttat. War er da nicht in einen gewissen Trott hineingeraten? War es nicht leichter, sich mit Katzen, Hunden und Kühen zu umgeben, als tiefere Beziehungen zu Menschen aufzubauen? Bedeutete *eine* katastrophale Beziehung wirklich, dass er es nie wieder versuchen sollte? Oder hätte er sich damit die Chance auf Glück verbaut?

Er musste sich doch nur ansehen, was dabei herausgekommen war, als er versucht hatte, sich in Amys Familie einzubringen. Ein totales Chaos! Sie hatte ihm deutlich zu verstehen gegeben, dass sie nichts mehr mit ihm zu tun haben wollte. Und das war gut so.

Außer dass es natürlich überhaupt nicht gut war. Schließlich hatte er nur deshalb eine Flasche Rotwein hinuntergekippt, weil es ihm durchaus etwas ausmachte, ob er Amy je wiedersah oder nicht. Es spielte eine Rolle, dass er jetzt nicht mehr mit den Kindern reiten oder wandern gehen konnte, dass er nicht mehr ihr Lachen, ihr Gekabbel und ihre Geschichten hören oder sie bei Poppy's mit kalorienreichen Mahlzeiten füttern konnte.

Er sollte versuchen, eine neue Frau kennenzulernen, sollte endlich geregelte Verhältnisse schaffen und sich vielleicht sogar ein paar eigene Kinder zulegen. War es so falsch, dafür auf bekanntes Terrain zurückzukehren? Vielleicht konnten er und Laura ja einfach da weitermachen, wo sie aufgehört hatten. Er hatte sie geliebt. So sehr, dass er sie sogar hatte heiraten wollen – und das war ihm seither mit keiner Frau mehr so ergangen. Na ja, zumindest nicht bis zu dem Zeitpunkt, als ihm Amy Ashurst begegnet war.

Amy liebte ihren Mann noch, und so sollte es auch sein. Sie würde bald wieder nach London zurückziehen und aus seinem Leben verschwinden. Er würde über sie hinwegkommen. Da war er sich ganz sicher.

Guy seufzte. Wie lange dauerte so ein Trauerprozess? Hatte er selbst nicht Jahre gebraucht, um über Laura hinwegzukommen? Beim Klang ihrer Stimme auf seinem Anrufbeantworter zog sich ihm jetzt noch der Magen zusammen. Und sie war nicht gestorben, sondern hatte sich nur mit seinem besten Kumpel aus dem Staub gemacht. Wann würde Amy bereit sein für eine neue Beziehung? Nächstes Jahr? Übernächstes? Vielleicht nie. Konnte er je gegen William Ashurst ankommen oder gegen dessen toten Geist?

Guy wurde nicht jünger, und wenn er nicht jetzt gleich etwas unternahm, würde sich sein Leben wahrscheinlich nie ändern. Amy wollte ihn nicht, also würde er sein Glück eben bei einer versuchen, die deutlich gemacht hatte, *dass* sie ihn wollte.

Laura nahm den Hörer ab, bevor Guy weiter darüber nachdenken konnte, ob das, was er da tat, wirklich klug war.

«Hallo», sagte sie verschlafen.

Sein Herz machte einen Satz, der vertraute Klang ihrer Stimme versetzte ihn um fünf Jahre zurück. «Ich hoffe, ich rufe nicht zu unpassender Zeit an», sagte er unbeholfen.

«Guy?» Sie stieß ein entzücktes kleines Lachen aus, und sein Herz schlug einen Purzelbaum. «Ich hätte nie gedacht, dass du zurückrufst.»

Wahrscheinlich war das nicht der rechte Augenblick, um ihr zu sagen, dass er es auch nicht gedacht hätte.

## 45

«Ist immer noch Wochenende?», möchte Jessica wissen.

«Nein, Liebling», sage ich. Wenigstens glaube ich das nicht.

«Haben wir Ferien?»

«Nein.»

«Und warum sind wir dann nicht in der Schule?», fragt meine Tochter. «Wir hatten da gerade etwas über einen Jungen gelernt, der enthauptet und danach in einen Elefanten verwandelt wurde.»

«Du meinst wohl Ganesh», wirft mein Sohn ein. «Den hatten wir schon vor Jahren.»

Verstimmt nimmt Jessica zur Kenntnis, dass Tom über Hindu-Gottheiten besser informiert ist als sie. Mein Sohn trägt vorsichtig eine Schale mit Frühstücksflocken zum Tisch und stellt sie vor mich hin.

«Ich habe dir ein paar Schoko-Pops gebracht, Mummy.»

«Danke», sage ich und schiebe die Schale zu der Tasse Tee, die Tom mir vorher schon gemacht hat.

«Hamish hat auch Hunger», meint Tom mit einem besorgten Blick auf den Hund, der auf dem Boden liegt und im Moment so aussieht, als wollte er gleich eine seiner eigenen Pfoten abkauen. «Soll ich ihm sein Fressen geben?»

«Darum kümmere ich mich später.»

«Das hast du gestern auch schon gesagt, Mummy, aber ich glaube ehrlich gesagt nicht, dass du es gemacht hast.» Selbst in meiner gegenwärtigen Verfassung kann ich sehen, dass Tom und Jessica einen beunruhigten Blick wechseln. Aber sie brauchen sich keine Sorgen zu machen. Wirklich nicht. Ich bringe alles in Ordnung.

«Mummy macht das», beharre ich. «Mummy macht alles.»

Es ist beinahe Mittag, und wir sitzen noch immer in unseren Morgenmänteln da.

Aber was soll daran schon so schlimm sein? Es schert sich doch sowieso niemand darum. Oder hat uns etwa irgendwer bis jetzt vermisst?

Wobei ich mir offen gestanden nicht mehr sicher bin, ob nicht Mrs. Barnsley uns gestern angerufen hat, um zu fragen, warum die Kinder nicht in der Schule waren. Irgendwie kann ich mich auch nicht erinnern, ob und was ich ihr geantwortet habe. Vielleicht hat sie auch nur eine Nachricht auf den Anrufbeantworter gesprochen. Ich weiß es nicht.

Jessicas Haar sieht aus wie ein Vogelnest, und ich sollte ihr sagen, dass sie es kämmen soll. Aber auf meinem eigenen Kopf sieht es wahrscheinlich auch nicht besser aus. Hat sich überhaupt irgendeiner von uns in den letzten Tagen gewaschen? Vielleicht würde ich mich besser fühlen, wenn ich mal wieder unter die Dusche ginge.

«Mummy», unterbricht Tom meinen Gedankengang. «Die Hühner und Schafe füttert auch keiner. Und Stephanie und Blob auch nicht.»

«Das mach ich später auch noch.»

«Wenn du mir sagst, was ich tun soll», meint mein Sohn, «erledige ich das für dich.»

«Das ist wirklich nicht nötig. Ich kümmere mich darum.»

Hamish bellt los, und ich höre das Knirschen von Rädern auf der Einfahrt. Wer sollte hier vorbeikommen? Einen Moment später klopft jemand an der Küchentür.

«Wer kann das sein?»

«Ich mache auf, Mummy», sagt Tom.

«Nein, nein.» Ich hebe die Hand und stemme mich hoch. «Überlass das mir.»

Vor der Tür steht ein schick gekleidetes Paar.

«Ja?»

«Wir sind Mr. und Mrs. Johnson. Wir sind hier, um uns das Haus anzuschauen», erklären sie mir.

Überrascht reiße ich die Augen auf. «Jetzt?»

Sie sehen einander Bestätigung heischend an und meinen dann: «Der Immobilienmakler hat uns gesagt, er hätte Sie gestern angerufen und einen Termin mit Ihnen ausgemacht.»

«Hat er das?» Komisch, ich habe keine Erinnerung daran.

Die Johnsons betrachten meinen schmuddeligen Schlafanzug. «Passt es Ihnen denn jetzt wirklich?»

«Bestens», antworte ich und lasse sie rein.

«Wir könnten auch ein andermal wiederkommen.»

«Nein, nein», versichere ich. «Bringen wir es hinter uns. Ich möchte dieses verdammte Haus endlich loswerden.»

Bei diesem Ausbruch schauen sie ein wenig verblüfft drein. Aber es ist die Wahrheit. Je eher ich von hier wegkomme, desto besser.

«Auf der Einfahrt sind übrigens Schafe», berichtet Mr. Johnson mir.

«Tatsächlich?»

«Genauer gesagt, drei», sagt er.

«Das sind Daphne, Doris und Delila», erklärt ihnen mein Sohn. «Sie sollten auf der Wiese sein.»

«Das regele ich später», meine ich mit einer wegwerfenden Geste. «Kommen Sie nur herein.»

Mr. und Mrs. Johnson sehen sich ein zweites Mal an und treten dann ein.

«Das hier ist die Küche.» Ich deute auf den Raum, in dem ich gerade mit meinen Kindern gesessen habe. «Aber das sehen Sie ja selbst. Was für ein Loch, nicht wahr?»

Die Johnsons zucken leicht zurück. «Nun, hier und da ist sie sicherlich ein wenig renovierungsbedürftig», meint Mr. Johnson höflich.

«Da hilft nur eine Brandfackel», erkläre ich mit einem bitteren Lachen.

«Ich sollte eigentlich in der Schule sein», erzählt Jessica Mrs. Johnson. «Aber ich bin es nicht.»

Ich schaue meine Kinder an und merke plötzlich, wie schmuddelig sie wirken müssen. Sobald die Johnsons weg sind, muss ich ihnen mal mit dem Waschlappen zu Leibe rücken.

«Kommen Sie und schauen Sie sich das Wohnzimmer an», sage ich und führe sie durch die Tür. Jedes Mal, wenn ich hier hereinkomme, meine ich, Will auf dem Sofa liegen zu sehen. Manchmal kommt es mir so vor, als könnte ich tatsächlich die Hand ausstrecken und ihn berühren. Schon wandert mein Arm nach vorn. Dann merke ich, was ich tue, und vertreibe das Bild. Das Wohnzimmer – oder sollte ich besser sagen Geisterzimmer? – ist leer und unbewohnt wie immer, seitdem Will nicht mehr bei uns ist. «Von hier aus hat man einen wunderschönen Blick auf den Garten, wirklich beschissen wunderschön.» Ich fühle mich auf einmal so erschöpft, ich wünschte, sie würden das verdammte Haus jetzt sofort kaufen und sich wieder verpissen.

«Ist mit Ihnen alles in Ordnung, Mrs. Ashurst?», fragt Mrs. Johnson.

«Wieso?»

«Sie sehen sehr ...», sie sucht nach dem richtigen Wort, «... müde aus.»

«Müde?» Ich lache los. Müde bin ich also? Ich lache noch etwas mehr.

«Müde?» Ich sinke auf dem Wohnzimmerboden in die

Knie. «Ja», sage ich und weiß plötzlich nicht mehr, ob ich lache oder weine. «Ich bin schrecklich müde.» Ich lege mich auf den Boden. «Es tut mir furchtbar leid. Aber ich schaffe das einfach nicht. Wirklich nicht.» Dann rolle ich mich zusammen und weine und weine und weine.

«Mummy», höre ich Toms ängstliche Stimme an meinem Ohr. «Mummy, steh auf.»

Mrs. Johnson hockt sich neben ihn. «Ich glaube, deiner Mutter geht es nicht besonders gut, Schätzchen. Gibt es jemanden, den ihr anrufen und um Hilfe bitten könnt?»

«Ja», höre ich Tom sagen. «Den Tierarzt.»

## 46

«Mrs. Tilsley hat gesagt, sie hat Sie mit einer dunkelhaarigen Frau in Ihrem Wagen gesehen.» Cheryl verschränkte bei dieser Bemerkung die Arme vor der Brust und schien dabei zu vergessen, dass sie Guy eigentlich die Termine für den heutigen Tag hatte reichen wollen. Sie hatte ihre künstliche Bräune aufgefrischt und präsentierte sich an diesem Morgen mit einem alarmierenden Stich ins Orange, wie ihn sonst nur Paris Hilton hinbekam.

«Tatsächlich.»

«Sie hat gesagt, Sie wären oben beim Hof der Bainbridges gewesen.»

«Aha.»

Cheryl setzte ein selbstgefälliges Gesicht auf. «Ich weiß, dass es nicht die reizende Mrs. Ashurst war, denn die war an diesem Tag in London.»

«Wenn Sie Mrs. Tilsley das nächste Mal sehen», sagte Guy mit einem Lächeln, «dann legen Sie ihr vielleicht ans Herz, mal beim Optiker vorbeizuschauen.»

Seine Sprechstundenhilfe sah ihn fragend an.

«Das war keine dunkelhaarige Frau», erklärte er ihr schließlich mit einem Seufzen und lehnte sich an den Empfangstresen. «Das war Amy Ashursts Hund Hamish.»

«Tz, tz, tz», machte Cheryl. «Mist. Und ich dachte schon, ich hätte Sie erwischt.»

«Pech gehabt.»

Sie schnaube unglücklich.

«Wenn Mrs. Tilsley gesagt hat, meine Begleitung hätte ein bisschen nach einem Hund ausgesehen, dann lag das daran, dass es tatsächlich ein Hund war.»

«Sie haben wirklich ein freudloses Leben, Guy», klagte Cheryl.

«Verraten Sie mir was Neues, Cheryl.»

«Ich könnte doch nochmal eine Verabredung mit einer meiner Freundinnen für Sie arrangieren.»

«Nein, danke.»

«Es tut einem Mann nicht gut, allein zu sein.» Er würde Cheryl nicht verraten, dass er vor kurzem ebenfalls zu diesem Schluss gekommen war. Diese Information hätte bis zur Mittagszeit die Runde durch ganz Scarsby gemacht, und dann könnte er Poppy's Tea Room nie wieder ungestört betreten.

«Ich stelle mich bei Verabredungen nicht besonders geschickt an», beharrte er.

«Das liegt daran, dass Sie sich keine Mühe geben. Sie könnten leicht Eindruck machen, wenn Sie sich ein bisschen herausputzen würden.»

Darüber musste Guy lachen. «Haben wir heute viele Termine?», fragte er in dem Versuch, das Gespräch in eine andere Richtung zu lenken, nämlich auf die anstehende Arbeit. Die vormittäglichen Hausbesuche hatte er schon hinter sich gebracht, und bis jetzt hatte noch niemand einen Notfall gemeldet. Doch der Tag war noch jung.

«Das Übliche», sagte Cheryl. «Eine Hündin muss kastriert werden. Ein Collie mit Arthrose in der Hüfte. Bla, bla, bla.»

«Wann ist der erste Termin?»

«Erst um zwei.»

«Dann gehe ich mir jetzt ein Sandwich holen. Danach werde ich ein wenig Papierkram erledigen und mich um unsere stationären Patienten kümmern.» In den Käfigen in der Praxis waren einige kranke Tiere, die seiner Aufmerksamkeit bedurften.

«Und denken Sie nochmal über das Treffen mit einer meiner Freundinnen nach», sagte Cheryl, als er ihr schon den Rücken zugekehrt hatte. «Ich bin mir sicher, die eine oder andere wäre gern dazu bereit.»

Er wollte ihr nicht sagen, dass er, so wie es aussah, sich schon ganz allein eine Verabredung organisiert hatte. Das würde er sich für einen anderen Tag aufheben. Fürs Erste sollte es sein kleines Geheimnis sein.

Er wollte gerade zur Tür hinaus, da klingelte sein Handy.

«Onkel Guy?», sagte Tom. Der Junge klang besorgt.

Guy spürte, wie ihm das Blut in den Adern gefror. «Was ist los, Tom?»

«Kannst du bitte kommen und nach Mummy schauen?» Er klang, als würde er weinen. «Es geht ihr gar nicht gut.»

## 47

Guy reicht mir einen Teller mit heißem Buttertoast und einen Becher mit dampfendem Tee, und wir setzen uns zusammen in meine zugige, deprimierende Küche.

«Ich weiß nicht, was passiert ist», sage ich und lasse den Kopf hängen. «Ich habe vollkommen die Nerven verloren.»

«Das ist wohl kaum überraschend», meint Guy mitfühlend.

«Diesmal kann ich nicht einmal Hamish die Schuld daran geben, dass ich einen weiteren potenziellen Käufer für das Haus verloren habe.» Nachdem der Hund Guy mit der üblichen Schnüffelaktion in den unteren Regionen begrüßt hat, klopft er jetzt bei der Erwähnung seines Namens fröhlich mit dem Schwanz auf den Boden. «Das hier hab ich ganz allein vermasselt.»

«Sie sind sehr hart gegen sich selbst, Amy.»

«Nicht hart genug», verbessere ich ihn. «Wie konnte ich mich nur so gehen lassen? Was ist mit den Kindern? Wie konnte ich sie so schrecklich vernachlässigen?»

«Es waren doch nur ein paar Tage», meint er.

Nachdem Guy eingetroffen war, hatte er sofort die Situation in die Hand genommen. Die Kinder mussten sich duschen und für die Schule fertig machen, und als ich sah, wie Guy Toms Kragen gerade zupfte und Jessica behutsam das Haar kämmte, schossen mir erneut die Tränen in die Augen.

Sobald die Kinder weg waren, ordnete Guy an, dass ich ein heißes Bad nahm, und trug mir auf, in der Wanne zu bleiben, während er mir etwas zu essen machte. Jetzt bin ich angezogen, habe frischgewaschenes Haar und fühle mich ganz entschieden wieder mehr wie ein Mensch. Ich habe sogar etwas Mascara aufgelegt.

«Die Tiere haben auch kein Futter und Wasser bekommen.» William würde sich im Grab umdrehen, wenn er sehen könnte, was in so kurzer Zeit aus mir geworden ist. Ich habe seinen Traum kein bisschen weitergelebt. Ich bin vielmehr darauf herumgetrampelt.

«Machen Sie sich keine Sorgen wegen der Tiere. Ich habe mich schon um sie gekümmert», versichert mir Guy. «Sie haben keinen bleibenden Schaden davongetragen. Auch wenn Daphne, Doris und Delila vielleicht ein paar Tage lang nicht mit Ihnen sprechen werden.»

Ein Lächeln breitet sich auf meinem verheulten Gesicht aus. «Sie sind zu gut zu uns», sage ich. «Und ich war letztes Mal so grässlich zu Ihnen, nachdem Sie so viel für mich getan hatten.»

«Das kann ich sehr gut verstehen», gibt Guy zurück. «Es war halt nicht das, was Sie im Moment brauchen. Aber falls Ihnen das irgendein Trost ist, es war wirklich gut gemeint.»

«Das weiß ich», sage ich mit einem traurigen Lächeln. Ich bin schrecklich froh, dass ich diese Freundschaft nicht kaputt gemacht habe. Guy ist der einzige Mensch, auf den ich mich hier stützen kann. «Das weiß ich wirklich.»

«Ihr Zusammenbruch ist eine verzögerte Reaktion», erklärt er. «Sie haben die ganze Zeit versucht, mit allem allein fertig zu werden. Das ist nun mal nicht leicht.»

«Und schauen Sie nur, wie schlecht ich es gemacht habe.» Ich schäme mich wirklich. Ich habe Will enttäuscht. «Ich rufe meine Schwester an und frage, ob sie übers Wochenende kommt. Serena wird mir tüchtig die Leviten lesen.»

«Wir bringen Sie wieder ins rechte Gleis», verspricht Guy.

«Was, wenn ich dieses Haus nie verkaufen kann? Was mache ich dann?»

«Vielleicht können Sie in der Zwischenzeit hier einfach ein paar Dinge in Ordnung bringen. Das würde schon helfen.»

«Das sollte ich tun. Aber ich habe keine Ahnung, wo ich anfangen soll. Es kommt mir alles so überwältigend vor.» Wieder steigen mir die Tränen in die Augen.

«Schauen Sie», sagt Guy, «was das angeht, kann ich Ihnen jetzt tatsächlich helfen. In der EU gibt es alle möglichen Förderprogramme, um die Renovierung kleiner Bauernhöfe zu unterstützen. Ich bin mir sicher, ich könnte ein paar Gelder bewilligt bekommen, die Ihnen erst mal weiterhelfen.»

«Meinen Sie wirklich?» Nachdenklich trinke ich meinen Tee. «Das wäre sehr hilfreich. Aber würde mich die Tatsache, dass das Haus zum Verkauf steht, nicht von einer solchen Förderung ausschließen?»

«Überlassen Sie diese Sorge ruhig mir. Ich werde die Anträge stellen und die Formulare für Sie ausfüllen.»

«Danke, Guy. Sie sind mir wirklich eine große Hilfe.»

«Keiner hier möchte, dass Sie sich quälen», sagt Guy. «Sie müssen es einfach nur akzeptieren, wenn man Ihnen helfen will.»

«Da haben Sie recht. Ich sollte mehr ausgehen und mich ins Dorfleben integrieren. Allein die vielen Lebensmittel, die mir die Leute ständig vor die Tür gestellt haben. Ich sollte einmal die Runde machen und mich bei allen bedanken. Wir haben hier wie die Eremiten gelebt, und den Kindern gegenüber ist das nicht fair.»

«Es sind wirklich liebe Kinder, Amy. Die verstehen das schon. Glauben Sie mir.»

«Ich frage mich nur, wie ich mein dummes Verhalten in den letzten Tagen bei ihnen wiedergutmachen kann.»

«Wenn es Ihnen ernst damit ist, mehr unter Leute zu gehen, sollten Sie nächstes Wochenende zum Dorftanz kommen. Ich habe vergessen, für welchen guten Zweck er diesmal stattfindet, aber es ist eigentlich immer ein netter, ungezwungener Abend. Sie würden dort bestimmt noch ein paar weitere Leute aus dem Dorf kennenlernen.»

«Ich überlege es mir.»

«Das sollten Sie. Die Leute würden sich freuen.» Dann sehe ich, dass er verstohlen auf die Uhr schaut.

«Guy, ich möchte Sie nicht länger aufhalten. Sie haben sicherlich noch viel zu tun.»

«Ich muss zur Nachmittagssprechstunde zurück», räumt er ein. «Bestimmt wartet schon eine ganze Versammlung von hustenden Hamstern und kranken Kraken auf mich.»

«Sie machen da eine sehr gute Arbeit.»

«Und um Ihnen zu beweisen, dass ich auch ein guter Mensch bin, werde ich sogar diesen Kerl hier für ein paar Tage mitnehmen, damit Sie mal Ruhe haben.» Er deutet mit dem Daumen auf Hamish.

«Das würden Sie tun?»

«Ja.» Guy klatscht in die Hände. «Los, komm», sagt er zu dem Hund, der sofort aufspringt und fröhlich herumhüpft. Wenn ich doch nur halb so viel Energie hätte wie dieser Köter. «Auf zu einem kleinen Tapetenwechsel mit deinem Onkel Guy.»

«Ich hoffe, er macht Ihnen nicht ganz so viel Ärger wie beim letzten Mal», necke ich ihn.

«Es muss Ihnen bereits deutlich bessergehen, wenn Sie sich schon wieder über mich lustig machen können.»

«Ja, das stimmt. Es geht mir viel besser.» Ich bringe Guy zur Tür, und als er aufbricht, recke ich mich und gebe ihm ein Küsschen auf die Wange. «Vielen Dank.»

«Dafür sind Freunde doch da, Amy.» Er erwidert mein Küsschen. «Vergessen Sie das nicht.»

Und während ich ihm nachwinke, wird mir klar, wie sehr

mir ein starker, liebevoller Mann in meinem Leben fehlt. William wird nicht leicht zu ersetzen sein, dafür hat er die Latte zu hoch gelegt.

## 48

Guy fuhr vor einem kleinen Cottage am Rande des Dorfes vor. Er drehte sich zu Hamish um. «Ich stehe jetzt vor einem Dilemma», sagte er ernst. «Machst du mehr Probleme, wenn ich dich mitnehme oder wenn ich dich im Auto lasse?»

Hamish beantwortete diese Frage mit einem begeisterten Bellen.

Vielleicht sollte ich mir auch einen Hund zulegen, dachte Guy. Es tat ihm gut, in Gesellschaft zu sein, und er wirkte nicht ganz so durchgeknallt, wenn er mit sich selbst sprach.

Nach einem Augenblick der Unentschlossenheit knotete Guy Hamishs Leine an der Kopfstütze fest. «Bleib hier. Rühr dich nicht vom Fleck. Ich bin in fünf Minuten wieder da.»

Guy sprang aus dem Auto und klopfte an die Tür des gepflegten kleinen Hauses. Wenige Augenblicke später öffnete ihm ein schlaksiger alter Mann und beugte sich dabei vor.

«Alan», sagte Guy, «könnten Sie mir wohl einen Gefallen tun?»

Der Mann trat zur Seite und ließ Guy eintreten.

In dem kleinen Wohnzimmer fühlte man sich wie in eine andere Zeit versetzt. Gehäkelte Spitzendeckchen zierten die Armlehnen des Chintzsofas und den blankpolierten antiken Couchtisch. Der ehemalige Landarbeiter Alan Steadman war Witwer. Er lebte immer noch in demselben Cottage, das er früher schon mit seiner Frau bewohnt hatte, und er hielt es seit ihrem Tod vor drei Jahren pedantisch sauber. Alan hatte Guy ab und zu in seiner Praxis aufgesucht, wenn sein alter Jack Russell, Bill, ein wenig Aufmerksamkeit gebraucht hatte. Jetzt war auch Bill gestorben, und Alan gab eine zunehmend traurigere Erscheinung ab. Zu welcher Tages- oder Jahreszeit auch immer, Alan trug stets ein Tweedjackett, eine handgestrickte Weste und – eingedenk von Mrs. Steadman, Gott hab sie selig – Krawatte und Tellermütze. Er hatte viele Jahre auf dem Brindle-Hof gearbeitet, wo man ihn als verlässlichen Landarbeiter geschätzt hatte. Jetzt war er in Rente und wusste nicht mehr so recht etwas mit sich anzufangen. Hier und da übernahm er ein bisschen Gartenarbeit, damit er nicht ganz zum Einsiedler wurde. Alan war kein Mann von vielen Worten.

«Was kann ich für Sie tun?», fragte er.

«Es gibt eine neue Mitbewohnerin im Dorf, Mrs. Ashurst, die oben in Helsmhill Grange lebt. Sie hat kürzlich ihren Mann verloren.»

Alan nickte. Wie alle in der Gegend war auch er bestens informiert.

«Hätten Sie ein, zwei Stunden am Tag Zeit, um ihr ein wenig zur Hand zu gehen? Ein paar Tiere müssten gefüttert und die Ställe ausgemistet werden. Am Haus wäre auch das eine oder andere zu machen. Das Tor hängt schief in den Angeln, und der Garten bräuchte ein wenig Pflege.»

Alan nickte noch einmal.

«Sie werden von mir bezahlt, nicht von Mrs. Ashurst. Am Ende der Woche. Bar auf die Hand», versicherte Guy ihm. Das war hier in der Gegend die bevorzugte Währung. «Aber das bleibt unter uns.»

Alan nickte ein drittes Mal.

«Können Sie nächste Woche anfangen?»

«Sicher.»

«Danke, Alan. Ich wusste, dass ich mich auf Sie verlassen kann.»

Beim Rausgehen duckte Guy sich unter dem niedrigen Türsturz. Es war ihm ein Rätsel, dass Alan nicht permanent eine Beule am Kopf hatte.

Hamish, der immer noch brav im Auto saß, hatte es geschafft, in Guys Abwesenheit nichts kaputt zu machen.

Guy lächelte in sich hinein. Das würde Amy hoffentlich helfen. Er konnte sich darauf verlassen, dass Alan sich auf Helmshill Grange ordentlich ins Zeug legen würde. Er schaute auf seine Armbanduhr und zuckte zusammen. Er war schon viel zu lange weg. Cheryl würde Hackfleisch aus ihm machen, und das Wartezimmer würde voller nervöser, übellauniger Patienten sein – und das waren nur die Besitzer der kranken Tiere. Er musste sofort zurück in die Praxis, um zu sehen, was ihn erwartete. Später würde er dann diese imaginären EU-Formulare ausfüllen, von denen er Amy erzählt hatte.

## 49

Serena hockt mit angezogenen Beinen auf meiner Couch. «Hier drinnen ist es eiskalt», sagt sie und reibt sich energisch die Arme. Dieses Haus ist so ziemlich das Gegenteil von ihrer schicken Wohnung in den Docklands. Dort befinden sich bestimmt nicht in jeder Ecke Stockflecken und Mäuseinnereien.

«Ich weiß. Tut mir leid. Bevor der Winter wirklich einsetzt, muss ich Brennholz oder so etwas organisieren.» Noch so eine Aufgabe, die ich angehen muss. Ich schenke ihr Wein nach und hoffe, dass wenigstens der Alkohol sie etwas wärmt.

Sie kippt dankbar einen Schluck herunter und hält sich an dem Glas fest, als könnte es ihre Finger auftauen. «Es fühlt sich so an, als hätte er schon angefangen.»

«Wir können in die Küche zurückgehen. Der Ofen hält uns warm.» Tom, Jessica und ich hocken uns normalerweise abends dicht um den Herd. Ideal ist das allerdings nicht. Was bringt es, ein riesiges Haus zu besitzen, wenn man es aus Angst vor akuter Unterkühlung in den meisten Räumen nicht bewohnen kann?

«Ich glaube nicht, dass ich es auf den Stühlen da länger als zehn Minuten aushalten kann. Ich bin völlig k.o. und würde am liebsten sofort ins Bett. Kann dein Kummer bis morgen warten?»

Darüber muss ich lächeln. Ich hatte gehofft, meine Schwester würde mich sofort mit Mitgefühl überhäufen und Lösungen aus dem Ärmel schütteln. Aber sie ist gerade erst nach einer anstrengenden sechsstündigen Fahrt aus London hier eingetroffen, und so kann ich ihr verzeihen, dass sie zu erschöpft ist, um mein chaotisches Leben für mich zu sichten.

«Ich bin einfach nur froh, dass du hier bist», sage ich ehrlich.

«Klingt so, als wäre der Tierarzt schon vor mir zur Rettung gekommen.» Serena sieht mich schräg von der Seite an.

«Er war großartig», sage ich mit einem von Herzen kommenden Seufzer. «Ich weiß wirklich nicht, wie ich ohne ihn zurechtgekommen wäre.» Aus irgendeinem Grund macht es mich schon befangen, auch nur über Guy Burton zu reden. «Er geht toll mit den Kindern um.»

«Hmm», macht Serena und wirft mir einen forschenden Blick zu. «Mehr willst du mir über diesen Burschen nicht verraten?»

Ich setze mich neben Serena auf die Couch, schmiege mich an sie und klaue ihr ein bisschen Decke. Wir kuscheln uns aneinander, so wie wir es früher als Jugendliche so oft getan haben. Damals redeten wir bis spät in die Nacht über die Probleme der Liebe und des Erwachsenwerdens, die damals so überwältigend schienen und heute, nach all dieser Zeit, so einfach wirken.

«Ich bin vor kurzem Witwe geworden», sage ich. «Ich habe noch kaum getrauert und empfinde doch schon etwas für einen anderen Mann.» Ich lehne mich auf der Couch zurück. «Ist das schlimm?» Serena streichelt mein Haar, und ich lehne den Kopf an ihre Schulter. «Wie kann ich nur so fühlen? Es kommt mir vor wie ein schrecklicher Verrat an meinem Mann. Ich liebe William immer noch und vermisse ihn ganz furchtbar, und doch ...» Ich weiß nicht, wie ich den Satz zu Ende bringen soll.

«Und empfindet dieser Tierarzt auch dasselbe für dich?»

«Ich glaube schon», räume ich ein. «Wir haben nicht direkt darüber gesprochen. Und, ehrlich gesagt, auch nicht indirekt. Als Guy einmal auch nur eine Andeutung gemacht hat, hat mich das schon völlig aus der Fassung gebracht.» Aber – und es ist mir zu peinlich, das laut auszusprechen – es hat mich auch irgendwie nachdenklich gemacht ...

«Vielleicht ist es tatsächlich noch etwas früh, um über so etwas nachzudenken», gibt Serena zu bedenken.

«Es ist sogar ganz entschieden zu früh», pflichte ich ihr bei. «Aber mir gehen trotzdem manchmal so komische Gedanken durch den Kopf.»

Wir trinken von unserem Wein und schauen ins dämmrige Zimmer. Weil die Glühbirnen hier drinnen immer so beunruhigend flackern, habe ich stattdessen ein paar Kerzen angezündet. Ich bin froh, dass die Dunkelheit verbirgt, wie rot ich auf einmal geworden bin.

«Die Sache ist die», sage ich zu meiner Schwester. «Ich bin sehr intensiv geliebt worden. Ich weiß, was für ein tolles Gefühl das ist. Während des größten Teils unserer Ehe war William ein wunderbarer Ehemann ...»

«Abgesehen davon, dass er dich zum Schluss trotz aller Gegenwehr hierhergeschleppt hat.»

«Davon einmal abgesehen», räume ich ein. Ich weise Serena nicht darauf hin, dass ich mich eigentlich gar nicht gewehrt, sondern Wills Traum mit einiger Resignation akzeptiert habe. Wenn ich lauter protestiert hätte, wäre ich vielleicht gar nicht hier. William wäre der Gedanke schrecklich gewesen, mich unglücklich zu machen. Er wollte ja nur das Beste für uns. «Aber nachdem ich schon einmal erlebt habe, was einen wunderbaren Mann ausmacht, meine ich, einen guten Blick dafür zu haben. Und mir scheint, Guy Burton verfügt über die richtigen Eigenschaften.»

«Verdammt», sagt Serena. «Warum habe nicht ich ihn zuerst gesehen? Ich habe es nicht einmal geschafft, mir auch nur *einen* brauchbaren Ehemann zu schnappen.»

Darüber lachen wir beide. Man kann ohne weiteres behaupten, dass Serenas Liebesleben nicht besonders glattgelaufen ist. Während sie sich mittlerweile nur noch von verheirateten Männern angezogen fühlt, vorzugsweise Anwälten, hat sie sich davor durch ein reiches Arsenal an schwulen Schauspielern, hungernden Künstlern und ständig zugedröhnten Rockmusikern gearbeitet. Und das, obwohl immer mehr als genug ledige, heterosexuelle und finanziell unabhängige Männer um ihre Gunst buhlten.

«Er kommt mir ganz anders vor als Will. Ich dachte, du magst eher Männer, die mit Verstand behaftet sind und nicht mit Hundehaaren.»

«Ich betrachte ihn nicht als Ersatz. Ganz und gar nicht.»

«Und wo liegt dann das Problem?»

«Er ist sehr schnell ein guter Freund geworden. Zu schnell. Was werden die Leute von mir denken?»

«Es geht darum, ob *du* dich in der Situation wohlfühlst», erklärt Serena. «Das allein zählt.»

«Ich möchte nicht, dass man hinter meinem Rücken über mich redet.»

«Na, das ist ja mal wieder typisch für ein kleines Kaff wie dieses. Was immer du tust, man wird über dich klatschen. Kein Wunder, dass du es nicht abwarten kannst, hier wegzukommen.»

«Und was soll ich jetzt tun?»

«Lass es ganz langsam angehen, das ist mein Rat.»

«Morgen Abend findet in dem kleinen Dorfsaal ein Tanzfest statt», sage ich. «Guy hat mich gefragt, ob ich auch komme. Lass uns doch alle gehen – auch die Kinder –, dann kannst du ihn dir einmal anschauen und dir einen ganz objektiven Eindruck von ihm machen. Vielleicht bin ich ja einfach nur komplett durcheinander und mache aus Guy etwas, was er gar nicht ist.»

Ein Anflug von Panik huscht über das Gesicht meiner Schwester. «Ich habe aber überhaupt nichts Schickes zum Anziehen dabei.» Alle Gedanken an meine Sorgen sind im Angesicht ihrer Kleider-Krise vergessen.

Das bringt mich zum Kichern. «Ich glaube nicht, dass du dort in Dior aufschlagen musst, Schätzchen», necke ich sie. «Wahrscheinlich bist du hier selbst in deinen Rock & Republik-Jeans overdressed.»

«Wenn du meinst.» Serena sieht nicht überzeugt aus.

«Ich sollte hingehen und mich einmal mit ein paar Leuten aus dem Dorf unterhalten. Ich möchte nicht hochmütig wirken. Sie sind damals alle zu Williams Beerdigung gekommen und bringen uns seither immer wieder Pies oder Puddings vorbei. Sie waren wirklich alle sehr rücksichtsvoll, und ich frage mich, ob das in Notting Hill genauso gewesen wäre.»

«Das klingt so, als würdest du doch noch von deiner Absicht abkommen, hier wegzuziehen», bemerkt Serena.

«Nein, nein», versichere ich ihr. «Ich verkaufe – mir bleibt ja gar nichts anderes übrig. Ich habe mich nur mit der Tatsache abgefunden, dass es vielleicht noch etwas dauert, bis ich einen Käufer finde.» Auch wenn wir morgen eine Besichtigung haben, der ich recht hoffnungsvoll entgegensehe.

«Und in der Zwischenzeit dachtest du, ein kleines Techtelmechtel mit dem Tierarzt könnte den Schmerz lindern, du Luder?» Meine Schwester stößt mich in die Rippen.

«Ich habe keine Ahnung, was ich dachte», antworte ich. Aber ein Techtelmechtel mit Guy Burton hatte ich wirklich nicht im Sinn. Wie kann Serena so etwas auch nur denken? Und warum kann ich meiner Schwester nicht erklären, was ich wirklich empfinde? Weil ich es auf einmal selbst nicht mehr weiß? Aber auch wenn ich für ein Techtelmechtel zur Verfügung stünde, sehe ich Guy Burton nicht als den richtigen Mann für so was. Dafür ist er viel zu loyal und zu beständig.

Aber was mache ich mir da überhaupt für Gedanken? William ist gestorben, und ich möchte sein Andenken ehren. Er ist der einzige Mann, den ich je geliebt habe, und niemand wird an das heranreichen, was er für mich bedeutet.

**50** «Rufen Sie diesen Hund zurück», keifte Cheryl, als Hamish energisch an ihrem üppigen Hintern schnüffelte.

«Hamish!», schalt Guy. «Lass das. So gewinnt man nicht das Herz einer Frau.»

«Ich hoffe, Ihre Anmachtaktik ist besser als seine», meinte Cheryl.

Sie ist vielleicht nicht so direkt, dachte Guy kleinlaut, aber ungefähr genauso unbeholfen.

«Sie sollten ihn im Range Rover einsperren», riet seine Tierarzthelferin ihm. «Beim letzten Mal hat er hier ein ziemliches Chaos angerichtet.»

Das Aquarium war ersetzt worden, doch die Fische schienen allesamt einen ziemlichen Schaden davongetragen zu haben. Einer schwamm jetzt seitwärts, und alle miteinander wirkten sie nervöser als früher. Während Guy überlegte, ob es auch Prozac für Fische gab, beschloss er, Cheryl nicht zu erzählen, dass Hamish genauso gefährlich war, wenn er unbeaufsichtigt in einem Auto hockte.

«Ich gehe mit meinen Patienten in Behandlungszimmer eins und stecke Hamish in das andere.»

Cheryl schüttelte den Kopf, überzeugt, dass das keine gute Idee war.

Die Liste der Patienten für die nachmittägliche Sprechstunde war nicht besonders lang, und darüber war Guy froh, denn er wollte heute unbedingt pünktlich Schluss machen, um zum Tanz im Dorfsaal zu gehen. Er mischte sich in der Gemeinde nicht genug unter die Leute, und das wurde ihm mit monotoner Regelmäßigkeit unter die Nase gerieben. Zudem hegte er die leise Hoffnung, Amy Ashurst könnte sich dort sehen lassen. Guy hatte die ganze Woche auf eine Zusage von ihr gewartet, doch er hatte nichts von ihr gehört. Jetzt kostete es ihn einiges an Überwindung, allein zu dem Tanz zu gehen, doch er war fest entschlossen. Er hoffte nur, dass die Tiere ihm keinen Strich durch die Rechnung machten und an diesem Abend einmal nicht seiner Hilfe bedurften.

In Behandlungszimmer eins wartete eine freundliche schwarze Labradorhündin darauf, dass er ihr eine Schnittwunde in der Pfote nähte.

«Hallo, Mrs. Harris. Hallo, Megan.» Die Hündin wedelte begeistert mit dem Schwanz. Mrs. Harris strahlte über das ganze Gesicht. «Armes altes Ding», sagte er zu der Hündin und kraulte ihr die Ohren.

«Ich dachte schon, Sie meinten mich, Mr. Burton», meinte die ältliche Mrs. Harris mit einem mädchenhaften Kichern.

«Aber so etwas würde ich doch niemals zu Ihnen sagen», sagte er mit einem charmanten Zwinkern.

Sie kicherte noch einmal auf.

«So, dann erzählen Sie mir mal, wie Megan sich das hier zugezogen hat», bat Guy Mrs. Harris.

«Es ist heute Morgen beim Spazierengehen passiert», antwortete sie. «Sie ist in eine Glasscherbe getreten. Sieht so aus, als hätten die Teenager wieder im Park getrunken. An so was denken sie nicht, wenn sie ihre Flaschen in die Sträucher werfen.»

«Na, dann komm mal her, Megan», sagte Guy und hob die verletzte Pfote hoch. «Lass mich mal einen Blick drauf werfen.»

Die Hündin klopfte mit dem Schwanz gegen den Tisch. Sie gehörte schon seit geraumer Zeit zu seinen Patienten und war eine gutmütige Natur, sanft und fügsam. Als er den Schnitt säuberte, ließ sie kaum ein Wimmern hören.

«Gutes Mädchen.» Mit drei Stichen war die Wunde verarztet.

Cheryl steckte den Kopf zur Tür herein. «Mrs. Harris, ich habe Ihren Mann am Telefon. Er hat schon versucht, Sie auf dem Handy anzurufen, kann Sie aber nicht erreichen.»

«Oh, der Akku ist leer», sagte sie. «Ich habe gestern vergessen, ihn aufzuladen. Wie dumm von mir.»

«Sie können das Gespräch auch gerne vorne am Empfangstresen entgegennehmen.»

Mrs. Harris blickte Guy fragend an. «Ja, ja, gehen Sie nur», sagte er. Manche Hunde brauchten ihr Herrchen oder Frauchen um sich, doch Megan wird bestimmt auch kurz ohne sie zurechtkommen.

«Ich bin gleich wieder da.» Mrs. Harris eilte aus dem Zimmer.

Guy zog die Schublade auf, um einen Verband herauszuholen, mit dem er die Wunde verbinden wollte. Doch es war keiner da. «Bleib mal kurz da sitzen, Megan», sagte er. «Rühr dich nicht vom Fleck.»

Er ging ins Lager nebenan, um dort nachzusehen. Auch hier konnte er nichts finden. Cheryl würde gleich am Montag neues Verbandsmaterial bestellen müssen. Als er sah, dass Mrs. Harris noch am Empfangstresen am Telefon war, ging er auch noch kurz in Behandlungszimmer zwei, um zu schauen, ob die Schubladen dort besser bestückt waren.

Dort angekommen, stellte Guy bestürzt fest, dass von Hamish weit und breit keine Spur zu sehen war. Er hatte den Hund mit seiner Leine an den stählernen OP-Tisch gebunden. Ausgeschlossen, dass er sich befreit hatte, ohne den Tisch umzureißen oder einen Riesenaufstand zu veranstalten. Und doch war es Hamish irgendwie gelungen.

«Hamish!», flüsterte er laut. «Wo zum Teufel steckst du?» Er öffnete die Tür zum Empfangsbereich gerade so weit, dass er durch den Spalt spähen konnte. Da draußen wirkte alles ruhig. Wenn Hamish irgendwo dort aufgetaucht wäre, hätte Cheryl längst Alarm geschlagen. Guy kratzte sich nachdenklich am Kopf.

Er ging durch den Flur zurück in Behandlungszimmer eins und war umso bestürzter, als er dort auf Hamish traf. «O nein!»

Hamish drehte sich um und grinste ihn an. Ein sabberndes Hundegrinsen. Wie zum Teufel war er ihm entwischt? Besaß der Hund etwa magische Kräfte?

«Runter da!», fuhr Guy ihn an, doch Hamish achtete gar nicht weiter auf ihn.

Und wer hätte es ihm verübeln können, war er doch auf dem Tisch mit dem beschäftigt, was Hunde am liebsten tun – auch, wenn Megan dabei einen eher widerwilligen Eindruck machte.

«Runter», sagte Guy erneut und packte Hamish an seinem Hinterteil. «Sofort.»

«Vielen Dank, Cheryl», hörte er Mrs. Harris sagen. «Er wollte mich nur darum bitten, auf dem Heimweg bei Allinson's einen Teekuchen mitzubringen. Dummer alter Kerl.»

Guy hörte Cheryl eine abschätzige Bemerkung über Männer murmeln. Die Zeit wurde knapp. Er zerrte Hamish von Megan runter, und diese gewaltsame Unterbrechung seiner schnellen Nummer ließ den Hund erschrocken aufjaulen.

«Rein mit dir!» Er schob Hamish in den Lagerraum, obwohl ihm augenblicklich aufging, dass das womöglich gar keine gute Idee war. Doch er hatte keine Wahl. «Wenn du irgendetwas davon frisst», warnte er ihn, «bist du ein toter Hund.» Und das war nicht nur im übertragenen Sinne gemeint.

Er versuchte gerade, Megan wieder richtig hinzusetzen, da kam Mrs. Harris durch die Tür gefegt.

«Oh», sagte sie, «Sie haben auf mich gewartet.»

Ob Mrs. Harris wohl auffiel, dass er genauso heftig keuchte wie ihre Hündin? Falls dem so war, ließ sie es sich nicht anmerken. «Ich müsste rasch mal raus, ein paar Verbände holen, und ich wollte Megan nicht allein lassen.»

«Das hätte ihr doch nichts ausgemacht, Mr. Burton», sagte Mrs. Harris mit einem Kichern. «Sie ist doch so ein braves, kleines Mädchen, nicht wahr, Meggy-Meg?»

«Ich bin sofort wieder da», sagte er und schoss zur Tür.

«Ich muss mit Ihnen noch besprechen, ob man sie nicht vielleicht kastrieren lassen sollte», rief Mrs. Harris hinter ihm her und drückte ihrem verhätschelten Haustier einen Kuss auf die Nase. «Wir wollen doch nicht, dass du mit irgendeinem dahergelaufenen Köter anbändelst, was, Püppchen?»

Guy brachte es nicht übers Herz, Mrs. Harris zu sagen, dass das in etwa den Effekt hätte, als würde man einen Pferdestall fest verriegeln, nachdem das Pferd schon längst getürmt war.

# 51

Ich füttere die Schafe Daphne, Doris, Delila und die beiden süßen Ziegen Stephanie und Blob, während die Kinder nach den Hühnern schauen. Milly Molly Mandy hat sich schon selbst um ihr Abendessen gekümmert und verspeist gerade ein Mäusegehirn.

Meine Schwester hat sich – welch Überraschung! – rar gemacht, als die Aufgaben verteilt wurden, und mir wird bewusst, wie schnell ich mich an diese Pflichten gewöhnt habe, auch wenn ich immer ein bisschen hinterherhinke. Es gibt eine wachsende Liste von Dingen, die erledigt werden müssen, und ich mache mir eine innere To-do-Liste, während ich zum Haus zurückgehe.

«Christopher hat ein Ei gelegt», ruft Tom mir mit ehrfürchtiger Stimme hinterher. Mein Sohn hält es hoch, damit ich es sehen kann. Es ist das erste Ei unserer Hennen. Und es ist ein perfektes Exemplar. Es ist noch warm, und wir halten es so vorsichtig, als stamme es von Fabergé und nicht von unseren einst so zerrupften Hühnern.

All die Wochen, in denen wir sie mit Antibiotika beträufelt haben, haben sich endlich ausgezahlt, und sie haben sich zu rundlichen, dichtbefiederten und, wie es scheint, jetzt auch voll legefähigen Hennen entwickelt. Ihr Augenlicht ist wiederhergestellt, und sie rennen nicht mehr gegen Bäume oder starren blind gegen die Wände ihres luxuriösen Hühnerhauses. Dies hier könnte der Beginn einer allmorgendlichen Produktion frischer Eier sein. Überschüssige Eier könnten wir am Tor verkaufen und damit unsere magere Haushaltskasse mit ein paar dringend benötigten Pfund aufbessern.

Ich muss wohl emotional überreizt sein, denn ich spüre einen Kloß in der Kehle, als ich das Ei behutsam zur Küche trage. «Wir losen aus, wer es morgen zum Frühstück bekommt.»

«Ich will nichts essen, was aus einem Hühnerpo kommt», erklärt Jessica mit gerümpfter Nase. «Ich mag nur die Eier, die es bei Sainsbury's gibt.»

«Was meinst du wohl, wo die herkommen?»

«Jedenfalls nicht aus einem Hühnerpo!»

Du liebes bisschen. Heutzutage haben die Kinder keine Ahnung mehr von natürlicher Nahrungskette, und ich sollte mich in einem ruhigen Moment unbedingt einmal mit Jessica hinsetzen und ihr erklären, wie das Essen auf ihren Teller kommt.

«Los, los. Wir kommen zu spät zum Tanz.» Ich treibe meine Schar zusammen. «Wollen wir mal sehen, was unser kleines Dörfchen so zu bieten hat.»

Im Dorfsaal herrscht bei unserer Ankunft bereits ein reges Treiben. Es fällt mir schwer, nicht an das letzte Mal zu denken, als ich hier war. Damals, nach Wills Beerdigung, war die Atmosphäre gedämpft; heute Abend liegt Partystimmung in der Luft, und der Saal ist bunt geschmückt. Jeder der kleinen Tische ist mit einem Papiertischtuch bedeckt und mit regenbogenfarbenen Helium-Ballons dekoriert. Auf der Tanzfläche tanzen die Kinder zu den neuesten Hits der Scissor Sisters, und Tom und Jessica schließen sich ihnen eifrig an. Ich wünschte, mein Mann wäre hier und könnte mich bei der Hand halten.

Meine Schwester hat meinen Rat, sich schlicht zu kleiden, angenommen, sieht aber in ihren schmal geschnittenen Jeans und dem schwarzen Kaschmir-Pullover immer noch schick aus. Ich habe eine schwarze Hose hervorgezerrt, die, o Wunder, nicht mit Spuren von Hamishs Sabber versaut ist, und eine silbergraue Jersey-Wickeljacke, in die er ausnahmsweise nur ein kleines Loch hineingefressen hat. Selbst die Schuhe von Jimmy Choo sind wieder im Dienst – ich hatte sie nicht mehr getragen, als mir klargeworden war, dass sie zum Füttern von Tieren nicht geeignet sind. Serena hat mich überredet, die volle Kriegsbemalung aufzulegen, und zum ersten Mal seit Monaten fühle ich mich wieder gut.

«Das erinnert mich an die Schul-Disco», flüstert Serena mir zu, als sie mir das Glas Rotwein reicht, das sie an der Bar erstanden hat. «Ich fühle mich, als hätte ich in den Tiefen meiner Handtasche eine Flasche Wodka hier reingeschmuggelt.»

Ich lache. Sie hat recht. Es ist eine heimelige Stimmung im Saal, und alle sind sehr freundlich. Leute, die ich kaum kenne, kommen zu mir und fragen mich, wie es mir geht. Serena, die in zwei Jahren kein einziges Wort mit ihrem direkten Nachbarn gewechselt hat – und auch nicht die Absicht hat, es jemals zu tun –, findet das höchst suspekt.

«Wie hältst du das nur aus?», möchte sie wissen.

«Ich finde es nett», erkläre ich ihr. «Hier kümmern sich die Leute eben umeinander.» Ich weiß, dass mir das in London definitiv fehlen wird.

Ich sehe zu, wie meine Kinder auf der Tanzfläche ihren Spaß haben. Tom hat zu seinem Pech den peinlich ungelenken Tanzstil seines Vaters geerbt, während Jessica das Geschick einer Stangentänzerin aufweist. Ich lächele den beiden zu, und da geht die Tür ein weiteres Mal auf, und Guy Burton steht im Saal. Auf meine Wangen legt sich eine Röte, die nichts mit dem Rotwein zu tun hat. So schick und elegant wie heute habe ich ihn noch nie gesehen. Sein normalerweise windzerzaustes Haar ist frisch gewaschen und ein wenig gestylt. Sieht so aus, als hätte er sogar Gel verwendet. Er trägt ein Hemd von Ted Barker und schwarze Jeans.

«Wow», sagt Serena. «Ich hoffe, das ist nicht der Tierarzt.»

«Doch.»

«Verdammt», sagt sie. «Ich wollte ihn gerade schon für mich reklamieren.»

«Aber du hast ihn doch schon bei der Beerdigung gesehen.»

«Da war er aber noch nicht so attraktiv. Oder falls doch, ist es mir nicht aufgefallen.»

Ich berühre Serenas Hand. «An dem Tag hatten wir beide andere Dinge im Kopf.»

«Ich muss meinen Schwager mehr geliebt haben, als mir bewusst war», neckt sie mich, «wenn mir vor lauter Kummer doch glatt der Schönling des Ortes entgangen ist.»

Meine Schwester ist wirklich furchtbar. Trotzdem muss ich kichern. «Du bist schrecklich.»

Sie trinkt von ihrem Wein und betrachtet ihn. «Ich kann verstehen, warum er deine Hormone in Wallungen bringt. Meine flippen auch schon ein bisschen aus.»

«Meine Hormone sind von Guy Burton völlig unberührt.» Sie sieht mich an, als würde ich lügen.

Guy arbeitet sich freundlich lächelnd in den Raum vor, schüttelt Hände, klopft Leuten auf den Rücken und bleibt bei jedem stehen, um ein paar Worte zu wechseln. Er ist eindeutig sehr beliebt. An der Theke spendiert ihm jemand einen Drink, und dann merke ich, dass ich den Atem anhalte, als Guy sich zu uns durchschiebt.

Serena stößt mich in die Rippen, als Guy herankommt und sich vor uns stellt. «Schön, Sie hier zu sehen», sagt er. «Ich hatte gehofft, dass Sie kommen würden.»

«Ich konnte meine Schwester nicht von hier fernhalten», erkläre ich mit einem Lachen.

Er streckt die Hand aus, und Serena ergreift sie. «Guy Burton», stellt er sich vor.

«Ich habe schon viel von Ihnen gehört», sagt sie. Ein echter Klassiker.

«Hoffentlich nur Gutes», erwidert er – noch so ein Standardsatz.

Jetzt reicht es aber mit dem Flirten, denke ich. Serena soll ihn doch nur in Augenschein nehmen, um zu sehen, ob er für eine Freundschaft taugt. Guy dreht sich um und betrachtet die Tanzfläche. «Die Kinder scheinen sich ja prächtig zu amüsieren.»

«Sie sind ganz aufgeregt», erzähle ich. «Christopher hat heute ihr erstes Ei gelegt.»

«Das ist wundervoll», meint Guy. «Darauf sollten wir anstoßen.»

Wir heben die Gläser, stoßen an und erklären im Chor: «Auf Christopher!»

«Wie geht es Hamish?», frage ich.

«Großartig.» Guy weicht meinem Blick aus.

Dann hatte er also wieder Unfug getrieben. «Hmm?»

Guy seufzt in dem Wissen, dass ich ihn durchschaut habe. «Ihr Hund versucht gerade, sich einen Weg aus meiner Abstellkammer zu nagen.»

«Das schafft er», versichere ich ihm.

«Genau das macht mir Sorgen.»

«Meinen Sie, Sie könnten ihn morgen auch noch behalten? Ich habe um elf Uhr eine Hausbesichtigung. Es würde meine Verkaufschancen beträchtlich fördern, wenn Hamish nicht dabei wäre.»

Er sieht plötzlich unglücklich drein. «Noch immer entschlossen, uns zu verlassen?»

Ich nicke und sage: «Mir bleibt doch gar keine andere Wahl.»

«Vielleicht sollte ich mich besser weigern, Ihnen Beihilfe

zu Ihrem Weggang zu leisten», meint er, «aber Sie wissen natürlich, dass ich einspringen werde.»

«Danke», sage ich, «ich weiß das wirklich zu schätzen. Kommen Sie doch morgen Abend zum Essen, bevor Serena nach London zurückfährt.»

Doch bevor Guy antworten kann, schwingt die Tür des Dorfsaals auf, und ein Schwall kalter Luft zieht herein. Wir drehen uns um, um zu sehen, wer da so einen großartigen Auftritt hat. Es ist eine außergewöhnlich schöne Frau. Eine Masse schwarzer Locken fällt ihr über die Schultern, sie hat blasse Haut und durchdringende, blaue Augen. Diese Frau hat sich definitiv nicht für legere Kleidung entschieden. Sie trägt ein hautenges, topmodisches schwarzes Kleid – etwas, was man in Helmshill wohl höchstens alle fünf Jahre zu sehen bekommt – und schwarze Stiletto-Stiefel.

«Verdammt», sagt Guy fast lautlos. Er starrt sie mit offenem Mund an. «Das ist Laura.»

Er wendet sich uns zu, blickt aber über die Schulter immer noch nervös zu der Frau an der Tür. «Sie müssen mich entschuldigen, meine Damen.»

Und bevor wir Gelegenheit haben, ihn zu entschuldigen oder nicht, ist er quer durch den Saal davon und schließt die Frau in die Arme. Aus irgendeinem dummen Grund begibt sich mein Herz in den freien Fall.

«Das sieht überhaupt nicht gut aus», bemerkt Serena.

«Nein», stimme ich ihr zu. Und frage mich, wer zum Teufel Laura sein mag.

## 52

Guy war schockiert, als Laura in Helmshill unvermittelt vor ihm stand. «Wie hast du mich gefunden?», fragte er.

«Du bist in der Gegend hier sehr bekannt», sagte Laura lässig. «Ich habe am Pub gehalten und nach dir gefragt, und sie haben mir gesagt, du wärst wahrscheinlich hier. Ich hoffe, es stört dich nicht, dass ich hier so unangekündigt auftauche.»

«Nein, nein», beschwichtigte Guy sie. Obwohl er sich nicht sicher war, ob das wirklich der Wahrheit entsprach. Lauras Anwesenheit machte ihm auf jeden Fall einen Strich durch die Rechnung, was seine ganz persönliche Vorstellung von diesem Abend anging. Er kam sich zwar vor wie ein Teenager, doch er hatte gehofft, die restliche Zeit mit Amy zu verbringen und sie vielleicht sogar in den Armen zu halten, wenn der DJ die langsameren Stücke auflegte. Dann hätten die Klatschmäuler aber was zum Reden gehabt! Doch jetzt sah es so aus, als könnte er seine Pläne vergessen. Und das war wahrscheinlich gut so, denn Amy war ja ganz offensichtlich immer noch ganz versessen darauf, aus Helmshill wegzukommen. Wenn sie so scharf darauf war, den Ort wieder zu verlassen, konnte sie nicht das Gleiche empfinden wie er für sie. Ihm war einmal das Herz gebrochen worden – dank der Frau, die jetzt vor ihm stand –, und er hatte es nicht besonders eilig, diese Erfahrung zu wiederholen.

«Ich wollte dich überraschen», sagte Laura.

Seine Exfreundin hatte bei ihrem ersten Telefonat gesagt, sie müsse eines Tages mal nach Helmshill kommen und sich das Dorf mit eigenen Augen ansehen. Er war bloß nicht davon ausgegangen, dass dieser Tag so bald kommen würde – oder überhaupt, wenn er ganz ehrlich war. Sagten die Leute so etwas meistens nicht einfach so? Sie hatte ihn am Abend vorher angerufen und ihn beiläufig gefragt, was er am Wochenende vorhabe. Er hatte gesagt, er sei zu Hause, hatte jedoch weder diesen Tanzabend erwähnt noch sein Vorhaben, eng umschlungen mit einer gewissen Mrs. Ashurst zu tanzen. Laura hatte nur gesagt, dass sie am Wochenende nichts Besonderes vorhabe. Hätte er daraus schließen müssen, dass seine Ex stante pede hier hochflitzen würde, um ihre frühere Beziehung wieder aufzunehmen? Er wusste einfach nie, was Frauen meinten.

«Na, das ist dir gelungen», antwortete er.

Sie lachte, hakte sich bei ihm unter und nahm den Dorfsaal in Augenschein. «Das ist also deine Vorstellung von Nachtleben?»

«Nein», sagte er. «Mein Vorstellung von Nachtleben ist ein Teller Spaghetti und irgendein Mist im Fernsehen. Dies hier ist mein jährlicher Ausflug.» Ob sie ahnte, dass das kein Scherz war?

«Du hast dich immer nach einem ruhigen Leben gesehnt.»

«Und du hast es immer gehasst.»

«Ich habe mich verändert», flüsterte Laura leise.

«Du bist noch schöner geworden», sagte Guy ehrlich. Die Jahre waren sehr freundlich gewesen zu Laura. Ihre natürliche Schönheit war jetzt noch strahlender, und ihr Glamour sorgte dafür, dass sich nicht nur in Helmshill, sondern – wie er vermutete – auch sonst überall die Köpfe nach ihr umdrehten. Was machte sie eigentlich hier, im entlegensten Winkel der Welt, nach all der Zeit?

«Ist deine Anwesenheit hier unbedingt erforderlich?», wollte sie wissen.

Er zuckte die Achseln, wirkte dabei in seiner Unbekümmertheit allerdings ein wenig bemüht. «Nicht unbedingt.»

«Können wir woanders hingehen, wo es ein bisschen privater ist und wo wir reden können? Wir haben uns bestimmt viel zu erzählen.»

«Ja, sicher», sagte Guy, «lass uns zu mir nach Hause gehen.» Die Worte kamen ihm mit leiser Beklommenheit über die Lippen.

Mit einem Blick über die Schulter sah er Amy bei ihrer Schwester stehen und in seine Richtung schauen. Sie wirkte nicht mehr so glücklich wie vorhin, und er fragte sich, ob es ihr gutging. Für einen kurzen Moment überlegte er, ob er ihr zuwinken sollte, doch dann ließ er es bleiben. Er legte den Arm um Lauras Schultern, steuerte sie zur Tür, und die beiden verließen gemeinsam den Festsaal.

## 53

Als sie bei Guy ankamen, war Hamish im Wohnzimmer gerade dabei, die Sofakissen aufzureißen. Der Hund sprang wie wild im Zimmer herum und versuchte, die überall herumfliegenden Federn zu fangen. Die Überreste der Katzenklappe, vorher ein fester Bestandteil der Tür zum Abstellraum, hingen ihm dabei wie eine Halskette ums Genick. Guy stöhnte. «Wie zum Teufel bist du da rausgekommen?» Mit gezielten Kopfstößen, vermutete er. Doch wie es Hamish gelungen war, seinen mächtigen Leib durch das winzige Loch zu zwängen, konnte er sich beim besten Willen nicht zusammenreimen.

Hamish bellte fröhlich und wedelte entzückt mit dem Schwanz. Jetzt, da er Zuschauer hatte, machte er erst recht eine große Show und stürzte sich auf ein Kissen, um es unter wütendem Zähnefletschen in einen Kampf auf Leben und Tod zu verwickeln. «Das reicht, Hamish!»

Der Hund schüttelte das Kissen ein letztes Mal durch. Guy packte ihn an dem Katzenklappenkragen und zog ihm das Kissen aus der Schnauze. Eine Sekunde lang wirkte Hamish geknickt. Dann wandte er seine Aufmerksamkeit Laura zu und stieß ihr seine nasse Nase in die Leistengegend.

«Hör auf damit», sagte Guy und wollte ihn wegziehen. Er kam sich vor, als müsste er einen Panzer aufhalten.

Laura schob das Tier so taktvoll wie möglich von sich. «Ich wusste gar nicht, dass du einen Hund hast.» Es klang, als wäre es ihr lieber, er hätte keinen.

«Er gehört nicht mir, sondern einer Freundin», sagte Guy und zerrte Hamish am Kragen in die Küche. «Ich kümmere mich für ein paar Tage um ihn.»

«Er scheint sehr lebhaft zu sein.» Sehr ungezogen würde es besser treffen, dachte Guy.

Das Wohnzimmer sah aus, als wäre es von einer Lawine verwüstet worden. «Ich sperre ihn in die Küche», beschloss Guy und hoffte, dass Hamish nichts dagegen hatte.

Laura hatte eine Reisetasche mitgebracht, hatte also eindeutig vor, über Nacht zu bleiben. «Mein Gästezimmer ist seit Jahren nicht benutzt worden», gestand Guy und hielt Hamish weiter gut fest. «Ich schätze, es müsste mal gründlich gelüftet werden.» Ganz zu schweigen davon, dass der ganze Plunder, der sich im Laufe der Zeit dort angesammelt hatte, fortgeräumt werden müsste – darunter ein Rudergerät, das seit mindestens zwei Jahren nicht mehr zum Abreagieren benutzt worden war. «Ich nehme das Sofa, und du kannst in meinem Bett schlafen.»

Laura beäugte die zerfetzten Kissen. «Das ist unmöglich.» Sie legte die Hand auf seine Brust, und er spürte, wie sich sein Herzschlag unter ihrer Berührung beschleunigte. Die Frau, die ihn so verletzt hatte, hob jetzt an, um sein Gesicht zu streicheln, und drückte ihre Lippen auf die seinen. So hatte Guy sich den Abend bestimmt nicht vorgestellt. Trotzdem merkte er, dass sein Körper reagierte. Die Lippen seiner Exfreundin waren warm und weich, und er schob jeden Gedanken an Amy und ihre vermutlich ebenfalls sehr weichen Lippen beiseite.

«Was ist mit Craig?», fragte er, als sie sich voneinander lösten. «Wie passt er ins Bild?»

«Es ist aus», erklärte sie ihm und stieß keck das Kinn vor. «Wir sind Geschichte.»

Jetzt war nicht der rechte Zeitpunkt, das Warum und Wieso zu erörtern. Für dieses Gespräch war noch reichlich Zeit. Abgesehen davon wusste er genug über seinen einst besten Freund, um sich vorstellen zu können, was passiert war.

«Ich bin wieder Single.»

Das machte die Sache eindeutig übersichtlicher.

Laura warf einen Blick auf das Chaos im Wohnzimmer und das zerfetzte Sofa und sah dann Guy an. «Wir könnten uns dein Bett teilen.»

War es verrückt, sofort die Nacht mit Laura zu verbringen? Mussten sie sich nicht erst einmal in aller Ruhe unterhalten, bevor sie den nächsten Schritt taten? Doch wenn er immer seiner vernünftigen inneren Stimme folgte, würde er bestimmt auf Lebzeiten ein Single bleiben. Amy Ashurst war erst seit kurzem Witwe. Sie würde eindeutig nicht so schnell wieder an eine neue Beziehung denken. Es war naiv, auf sie zu warten, zumal sie ohnehin nichts anderes im Sinn hatte, als so schnell wie möglich nach London zurückzukehren. Sie hasste das Landleben. Und er hasste London. Und wenn er ehrlich war, unterschied sich die Situation mit Laura nicht wirklich davon – auch sie wollten genau das

Entgegengesetzte. Doch sollte er deswegen darauf verzichten, über das Wochenende ihre Gesellschaft zu genießen?

Seine Exfreundin hatte ihm deutlich zu verstehen gegeben, dass sie ihn wollte. Seine Lippen prickelten noch von ihrem Kuss, und dieses Gefühl hatte er in der letzten Zeit wieder bitterlich vermisst. Es war lange her, dass er mit einer Frau zusammen gewesen war. Laura war schön, intelligent und lustig. Und ziemlich sexy obendrein. Er hatte keine lange Liste von Eroberungen, mit denen er sie vergleichen konnte, doch er hatte mit dieser Frau den besten Sex seines Lebens gehabt. In diesem Augenblick drückte sich Laura – während Hamish ihn in die entgegengesetzte Richtung zog – mit ihrem ganzen Körper gegen ihn, und ihr Mund suchte den seinen. Ist es verrückt, die Gelegenheit einfach verstreichen zu lassen?, überlegte Guy fieberhaft. Oder ist es noch verrückter, eine Flamme neu zu entfachen, die vor langer Zeit verloschen ist?

## 54

Mit einem Becher heißer Schokolade in der Hand sitzen meine Schwester und ich in der Küche und drängen uns dicht an den Ofen. Ich habe mich immer noch nicht daran gewöhnt, an dem verdammten Ding zu kochen, aber die Atmosphäre, die er erzeugt, ist mir doch ans Herz gewachsen.

Irgendwie haben wir es geschafft, die völlig aufgekratzten Kinder in ihre Betten zu verfrachten, und jetzt liegt Milly Molly Mandy zusammengerollt auf meinem Schoß und schnurrt leise. Wenn man bedenkt, dass ich Katzen so sehr hasse wie sie Menschen, ist das ein großer Durchbruch. Ich streichele sie vorsichtig, und sie lässt es zu, ohne zu versuchen, mir den Arm zu zerkratzen oder das Bein aufzureißen. Stattdessen macht sie es sich noch gemütlicher auf meinem Schoß, und überraschenderweise spendet mir ihr weicher, warmer Körper Trost. Es gibt Millionen von Untersuchungen, die belegen, dass Haustiere Stress reduzieren können – auch wenn bei mir bis jetzt eher das Gegenteil der Fall war.

«Was hältst du von ihm?»

«Vom Tierarzt?», fragt Serena schläfrig, den Kopf gegen die Stuhllehne gelehnt.

Ich nicke.

Sie summt die Melodie von «Burning Love».

«Um Elvis zu zitieren, er ist ein Prachtkerl, der vor Liebe brennt.»

«Nicht wahr?»

«Und wer ist deine Rivalin mit der Mörderfigur und dem exquisiten Kleidergeschmack?»

«Ich weiß es nicht.» Ich zucke die Schultern. «Es könnte eine Schwester sein oder eine lang verschollene Verwandte. Läuft es in solchen Geschichten nicht immer darauf hinaus? Es kommt zu einer schrecklichen Verwechslung, und am Ende ist sie gar nicht das alleinstehende, leidenschaftliche Mädel, das man in ihr gesehen hat. Aber egal, wer sie ist, sie ist nicht meine Rivalin. Zwischen Guy und mir läuft nichts. Wir sind einfach nur Freunde, und das ist alles.» Auch wenn ich geglaubt hatte, dass wir einen besonderen Draht zueinander hätten. Jetzt aber stelle ich fest, dass ich kaum etwas über ihn weiß. Er hat diese Frau nicht einmal erwähnt. Warum sollte er auch?

«Du hast mir erzählt, du hättest ihm klipp und klar gesagt, dass du kein Interesse hast. Da kannst du es ihm nicht übel nehmen, wenn er es bei einer anderen versucht, die einen etwas verfügbareren Eindruck macht. Und diese Frau hat definitiv so ausgesehen, als wäre sie sehr an ihm interessiert.»

«Nicht wahr?»

«Sie hat auch nicht so ausgesehen, als hätte sie zwei Kinder im Schlepptau.»

«Nein», stimme ich zu. Und auch nicht so, als wäre sie mit all den Problemen beladen, die ich derzeit mit mir herumschleppe. «Guy ist ledig, gutaussehend und alleinstehend. Wer kann ihm einen Vorwurf machen, wenn er sich mit einer attraktiven Frau trifft?»

«Sie war nicht attraktiv. Sie war umwerfend.»

«Soll ich mich dadurch irgendwie besser fühlen?»

«Je schneller du dieses Haus verkaufst und heimkommst, desto besser», lautet Serenas Urteil.

Daheim? Wo genau soll das jetzt nochmal sein?

«Du hängst hier in der Luft», erklärt meine Schwester.

«Vielleicht ist ja das Paar, das morgen Vormittag kommt, etwas kauffreudiger als die anderen. Der Immobilienmakler hat gesagt, sie seien sehr interessiert an dem Haus.»

«Immobilienmaklern kann man nicht trauen.»

«Stimmt.» Und Tierärzten anscheinend auch nicht. «Aber hoffen wir mal, dass er diesmal recht hat. Ich möchte, dass dieses Haus so ordentlich aussieht wie nur irgend möglich.» Und wir müssen geschickt darüber hinwegtäuschen, dass die Türen des Geschirrschranks schief hängen und die Decke feuchte Flecken hat. «Guy behält Hamish morgen nochmal bei sich, damit er nicht die Zimmer verwüstet oder versucht, meine potenziellen Käufer zu vernaschen.»

«Warum schaffst du dir diesen Hund nicht einfach vom Hals?», fragt Serena. «Er stinkt, sabbert und nervt.» Eine treffende Zusammenfassung, wie mir scheint. «Du musst ihn sowieso loswerden, wenn du nach London zurückziehst.»

«Ich weiß. Glaub mir, ich habe es versucht. Aber dieser Köter ist einfach unverwüstlich. Außerdem hängen die Kinder so an ihm.» Ich muss sagen, dass Hamishs diverse Abenteuer sie bislang gut von ihrem Kummer abgelenkt haben. Vielleicht muss ich dem Hund doch dankbar sein.

«Tom und Jessica sehen so aus, als hätten sie sich hier wirklich gut eingelebt.»

«Erinnere mich nicht daran. Es wird mir schrecklich leidtun, sie schon wieder zu entwurzeln.»

«Aber ihr könnt doch immer wieder nach Helmshill zurückkommen.»

«William liegt hier», sage ich. «Wir werden regelmäßig zu Besuch kommen. So oft wir können. Wir werden diesen Ort nicht so schnell vergessen.» Und auch nicht die Menschen, die wir hier kennengelernt haben.

## 55

«Lass mich eben den Hund in die Küche bringen und hier ein wenig aufräumen», schlug Guy vor.

Laura schmiegte sich an ihn, ihr Körper weich und gefügig. «Können wir das nicht morgen früh machen?»

Hamish geriet allmählich außer sich, und Guy glaubte nicht, dass er ihn noch lange festhalten konnte.

«Wir sollten so schnell wie möglich ins Bett gehen.» Ihre Finger spielten mit einem Hemdknopf und öffneten ihn langsam. Guy schluckte.

«Gib mir fünf Minuten», sagte er, «dann bin ich sofort bei dir.»

Der Hund zerrte ihn in die Küche. «Ich wünschte, ich

hätte dich schon als Welpen gehabt», schimpfte Guy. «Dann wärst du um einiges besser erzogen.»

Hamish bellte glücklich.

«Wir haben Besuch», erklärte Guy. Dann senkte er die Stimme. «Ich komme zum ersten Mal seit Jahren endlich wieder zum Zug. Kannst du nicht mal ein bisschen Ruhe geben?»

Der Hund war völlig überdreht. Er hätte einen guten, langen Spaziergang gebraucht, um all die aufgestaute Energie abzuarbeiten – und Guy selbst hätte das wahrscheinlich auch nicht geschadet. Doch irgendwie glaubte er nicht, dass Laura von diesem Vorschlag begeistert gewesen wäre. Der Gedanke deprimierte ihn. Sie war erst seit fünf Minuten wieder Teil seines Lebens, und schon diktierte sie stillschweigend, wie es zu laufen hatte.

«Du bist mir vielleicht ein Hund», sagte Guy. «Ich tu dir das nicht gern an, Kumpel, aber heute Abend brauche ich dringend ein bisschen Zeit für mich.»

Er holte seine Arzttasche, stellte sie auf den Tisch und kramte darin herum. «Ha!» Guy hatte gefunden, wonach er gesucht hatte: Hunde-Tranquilizer. «Das sollte dich für den Rest der Nacht in den Schlaf wiegen.»

Hamish blickte ihn vorwurfsvoll an.

«Wenn ich dir vertrauen könnte», raunte Guy, «müsste ich das hier nicht machen. Aber du lässt mir einfach keine Wahl.»

Der Hund sank zu Boden.

«Jetzt hab dich nicht so, Hamish. Es ist nur für eine Nacht.»

Hamish winselte jämmerlich.

«Wie wäre es, wenn ich das Mittel in einem Stück Kuchen verstecken würde?»

Der Hund klopfte widerwillig mit dem Schwanz auf den Boden.

Guy ging zum Schrank. Die Küche war nicht besonders gut ausgestattet. Wenn irgend möglich, aß er in Poppy's Tea Room zu Mittag. Es gab nichts Traurigeres, als für sich allein zu kochen. In der Keksdose fand er zufällig noch einen Teekuchen – ein unberührtes Geschenk von der Frau eines dankbaren Bauern. Guy konnte sich nicht mehr daran erinnern, was er getan hatte, um es zu verdienen. «Wie wäre es damit?»

Hamish sabberte als Antwort. Guy wickelte den Kuchen aus dem Butterbrotpapier. Er war bestimmt noch gut. Abgesehen davon würde allerdings auch ein vertrockneter Teekuchen diesem Hund nichts anhaben können.

Guy zerdrückte die Tablette, brach ein Stück Kuchen ab und schob die Krümel hinein. «Hier», sagte er und legte den frisierten Kuchen auf den Tisch. «Du wirst nicht mal den Unterschied schmecken.»

Auf diese Bemerkung hin machte Hamish einen Satz Richtung Hintertür. «O nein!», rief Guy. «Tu das nicht. Du kommst jetzt sofort her!»

«Na, schon fertig?», fragte Laura von hinten.

«Nicht ganz», antwortete Guy über die Schulter. Sie kam in die Küche geschlendert, sexy und sinnlich.

«Oh, lecker.» Beim Anblick des Kuchens leuchteten Lauras Augen auf. «Ich liebe selbstgebackenen Teekuchen», schnurrte sie und griff nach dem kleinen Stück an der Kante der Tischplatte.

«Nicht!», rief Guy und streckte die Hand danach aus.

Zu spät. Laura hatte den Kuchen schon heruntergeschluckt.

Sie sah ihn verdutzt an. «Nicht?»

«Also, ich meine, er ist nicht selbstgebacken», stammelte er mit schwächlicher Stimme. «Was ich sagen wollte, ist, er ist gekauft … Ich will nicht, dass du einen falschen Eindruck bekommst.» Es hatte keinen Zweck, ihr zu beichten, dass darin genug Stoff war, um ein Pferd umzuhauen. Das würde jetzt nur zu einem riesigen Streit führen, denn Laura fände das Ganze garantiert nicht besonders komisch.

«Ich bin so müde.» Sein unerwarteter Übernachtungsgast reckte sich. Das ist reiner Zufall, dachte Guy. Der Tranquilizer kann unmöglich schon wirken. Laura gähnte ausgiebig.

«Das muss die frische Landluft sein», tippte er.

«Mhm», sagte seine Exverlobte schläfrig und glitt mitten in der Küche zu Boden.

Guy kniete sich neben sie. Gott sei Dank atmete sie noch. «Laura», sagte er und schüttelte sie sanft. «Laura, wach auf!»

Doch Laura ruhte schon in Morpheus' Armen und schnarchte zufrieden.

Guy setzte sich seufzend auf den Boden. Hamish kam, lehnte sich an ihn und leckte ihm das Ohr. Das war vermutlich die einzige Art der Zuwendung, die er in dieser Nacht zu spüren kriegen würde.

«Vielen Dank auch, Kumpel.»

Alles, was er jetzt tun konnte, war abwarten. Er schätzte, dass Laura erst wieder am nächsten Tag aufwachen würde, und dann wohl gegen Mittag.

## 56

Ich schmeiße unsere hauseigene Serienmörderin hinaus und putze ihre Hinterlassenschaft von Mäuseeingeweiden, enthaupteten Leichen und Katzenkotze gründlich weg. Jetzt, da Hamish aus dem Weg ist, brauche ich wenigstens nicht mit einer unerwarteten Sexszene zu rechnen.

Heute bin ich schon seit dem Morgengrauen auf und putze, und ich muss sagen, dass dieses Haus mittlerweile selbst in meinen geplagten Augen gar nicht mehr so schlecht aussieht. Ich schaue auf die Uhr. Mr. und Mrs. Gerner-Bernard müssten jeden Augenblick kommen, und meine Nervosität wächst.

In diesem Moment höre ich, wie Wagenräder auf der gekiesten Einfahrt knirschen. Ich ziehe mir die Schürze aus und streiche mein Haar glatt.

«Du siehst trotzdem noch fix und fertig aus», sagt meine Schwester.

«Danke.» Ich habe gestern Nacht kein Auge zugetan – warum, weiß ich auch nicht. Tausend Gedanken kreisten mir durch den Kopf, und ich wälzte mich bis zum Morgengrauen schlaflos herum – bis ich beschloss, aufzustehen und das Haus zu putzen, statt im Bett zu liegen und mich verrückt zu machen.

«Lass mich sie herumführen.»

«Nein, nein. Das mache ich schon.» Es klopft an der Hintertür. «Ich hoffe nur, dass die Gerner-Bernards sehr viel Geld und sehr schlechte Augen haben.»

Mit einem strahlenden Lächeln und gespielter Gastfreundschaft bitte ich das Ehepaar herein. Beide arbeiten freiberuflich in London und suchen ein Wochenendhaus, wo sie auch mal Gäste einladen können – wie so ziemlich jeder, der bisher hier war. Sie sehen aus wie die Art Leute, mit denen ich in Notting Hill Umgang hatte, und ich weiß nicht, warum sie mir trotzdem nicht besonders sympathisch sind.

«Das ist ja reizend hier», schwärmt Mrs. Gerner-Bernard. «Aber man muss viel Arbeit reinstecken.»

«Gilt das nicht für fast alles im Leben?», frage ich und lache fröhlich.

Falls die beiden denken, dass ich mich sonderbar verhalte oder irgendwie verzweifelt wirke, lassen sie es sich zumindest nicht anmerken.

Ohne Umschweife führe ich sie durchs Haus, zeige ihnen das Wohnzimmer, das Esszimmer und das perfekt proportionierte Arbeitszimmer. Heute scheint die Sonne. Licht strömt durch die frischgeputzten Fensterscheiben. Der verblasste Teppich zeigt sich von seiner besten Seite, und die düstere Tapete schimmert elegant.

«Wir könnten eine Menge daraus machen», sagt Mr. Gerner-Bernard mit nachdenklichem Nicken.

«Lassen Sie mich Ihnen die Zimmer im oberen Geschoss zeigen.»

Alles läuft gut. Beim Anblick der Schlafzimmer, die alle blitzblank, wenn auch nicht besonders schön eingerichtet sind, stoßen sie anerkennende Laute aus. Sie geben auch die richtigen Geräusche von sich, als sie das altmodische Badezimmer sehen. Toms und Jessicas Kinderzimmer sind ordentlicher, als ich sie je gesehen habe, und ihre Spielsachen stehen in Reih und Glied auf den Regalen, die seit unserer Ankunft wahrscheinlich noch nie benutzt worden sind.

«Wie ist der Blick von hier oben?», möchte Mrs. Gerner-Bernard wissen.

«Er ist wunderschön», antworte ich automatisch. Wir treten zum Fenster und sehen auf die Yorkshire Moors hinaus. Die Sonne hat sich einen Weg durch die Wolken gebahnt und setzt glänzende Tupfen auf die Hügel. Ich glaube nicht, dass sie jemals grüner und schöner ausgesehen haben. Aus irgendeinem Grund verschlägt es mir fast den Atem.

«Oh, wie schön», ruft Mrs. Gerner-Bernard. «Unsere Freunde wären begeistert. Stell dir nur vor, wie großartig es wäre, jedes Wochenende dem stickigem London zu entkommen und diese Berge um sich zu haben.»

Ich würde ihr gerne sagen, dass das hier keine Berge sind, aber ich weiß eigentlich auch nicht, worin genau der Unterschied zwischen einem Berg und einem Hügel besteht. Vielleicht sind es ja auch Berge. Ich kenne sie jedenfalls nur als Moore, und plötzlich fühle ich eifersüchtigen Besitzerstolz. Wo kommt das denn plötzlich her?

Draußen auf den Mooren kann ich Tom und Jessica gerade noch als winzige Gestalten erkennen. Ich habe sie für die Zeit der Besichtigung mit ihrem Drachen dort hinausgeschickt. Ich sehe, wie sie glücklich über die Hügel rennen und den roten, flatternden Drachen hinter sich herziehen. Obwohl ich ihr Lachen nicht hören kann, ertönt es laut in meinem Kopf. Werden sie diese Freiheit auch noch in London haben? Mein Magen zieht sich zusammen. In Notting Hill haben sie ihr halbes Leben vor dem Fernseher oder dem Computer verbracht oder irgendwelche Kurse besucht; jetzt sind sie bei Wind und Wetter draußen, und an die Vorzüge davon hatte ich bisher noch gar nicht richtig gedacht.

«Was für ein idyllisches Fleckchen», sind die Gerner-Bernards sich einig. «Man kann so viel daraus machen! Können wir den Außenbereich sehen?»

Von allen möglichen lächerlichen Gedanken überkommen, schleppe ich mich vor den beiden die Treppe hinunter. Das hier ist *mein* Haus, denke ich. Ich möchte es euch nicht verkaufen. Um mich wieder in den Griff zu bekommen, blende ich ihr aufgeregtes Geplapper aus.

Ich zeige ihnen den Hühnerstall im Ritz-Carlton-Style und weise stolz darauf hin, dass die Hühner aus schlechter Haltung gerettet worden sind und ich sie mit eigener Hand gesund gepflegt habe. An diesem Punkt tritt ein glasiger Blick in die Augen der Gerner-Bernards. Ich schaffe es gerade noch, ihnen nicht zu erzählen, wie begeistert ich war, als Christopher und Co. heute Morgen drei weitere Eier gelegt hatten – eines für jeden von uns –, und dass meine Hennen schlauer sind als alle Hennen, die es je auf der Welt gegeben hat.

Daphne, Doris und Delila kauen träge ihr Gras. Die alten Damen sehen heute sehr adrett aus. «Sie sind zu alt für die Zucht», erzähle ich den Gerner-Bernards. «Wir halten sie einfach nur als Streicheltiere.»

«Wir würden keines von den Tieren wollen», erklärt mir Mrs. Gerner-Bernard knapp. «Wir wollen einfach nur ein Haus auf dem Land. Ich mag keine Tiere.»

«So habe ich früher auch empfunden», sage ich – und merke auf einmal, was ich da sage. *Früher.* Jetzt nicht mehr. Ich fahre fort mit meiner Werberede. «Aber wenn man sie einmal eine Weile hat, entwickelt man ein ganz erstaunliches Maß an Zuneigung zu ihnen. Mein Mann hat die hier alle vor der Schlachtbank gerettet.»

Mrs. Gerner-Bernards Augen sehe ich an, dass es diesmal keine Gnade für die guten Alten geben wird. Diesmal sind sie dran. Ich muss unwillkürlich schlucken. «Die Ziegen sind auch sehr niedlich.»

«Sie müssen uns nicht noch mehr zeigen.» Die Gerner-Bernards wechseln einen Blick. «Wir möchten gerne ein Angebot abgeben.»

«Sie wollen das Haus kaufen?»

«Wenn der Preis stimmt. Wir zahlen bar, müssen uns also nicht erst um einen Kredit kümmern.»

«Gut», antworte ich einfach. «Das ist prima.»

«Wir wollen die Sache so schnell wie möglich über die Bühne bringen», sagt Mr. Gerner-Bernard. Er ist irgend so ein Werbefuzzi. Er trägt eine Brille, wie sie all diese Medienfritzen tragen, und allmählich wird er mir richtig unsympathisch. «Die Handwerker sollen im Winter das Haus von vorne bis hinten umkrempeln, und im Sommer würden wir dann einziehen.»

«Natürlich.» *Das Haus von vorne bis hinten umkrempeln?* Irgendwie gefällt mir diese Ausdrucksweise nicht.

«Wie bald könnten Sie ausziehen?»

«Nun ja», sage ich überrumpelt, weil jetzt alles so schnell geht. «Sofort. Allerdings hatte ich gehofft, dass wir noch Weihnachten hier feiern könnten.» *Weihnachten?* Woher kommt das denn jetzt auf einmal? Warum habe ich das gesagt?

«Das sollte kein Problem sein», meint er und streichelt sein Medienfritzen-Ziegenbärtchen. «Der Papierkram braucht mehrere Wochen, selbst wenn wir aufs Tempo drücken. Dann wird zweifellos Weihnachten alles verlangsamen. Ich hätte Sie gern Anfang des neuen Jahres hier draußen, sagen wir Ende Januar.»

«Ja.» Plötzlich ist meine Kehle trocken. «Das sollte kein Problem sein.»

Mr. Gerner-Bernard schüttelt mir die Hand, zu fest. Sie tut dasselbe. «Ich gehe davon aus, dass der Immobilienmakler Sie noch heute Nachmittag kontaktieren wird.»

Und schon sitzen sie in ihrem großen, protzigen Wagen und sausen davon. Ich stehe da und starre ihnen nach.

Sie kaufen bar und wollen ein Angebot abgeben. Ich

streiche mir mit der Hand durchs Haar. Es sieht so aus, als hätte ich es endlich geschafft, das Haus hier loszuwerden. Und jetzt lautet die Frage, warum mein Herz nicht jubelt. Warum lege ich keinen Freudentanz hin?

# 57

«Ich liebe dich nicht mehr», sagte Guy. «Im Augenblick mag ich dich nicht mal besonders.»

Er lag auf dem Rücken, die Hände hinter dem Kopf verschränkt. Neben ihm schnarchte Laura immer noch im Tiefschlaf.

Hamish legte den Kopf auf Guys Brust. «Du verschwindest besser, bevor sie aufwacht, sonst haben wir beide endgültig bei ihr verschissen. Dir ist schon klar, dass du mir gestern den kompletten Abend verdorben hast?»

Der Hund rutschte vom Bett und schlich in die Küche, um zu schauen, was für weitere Verwüstungen er dort anrichten konnte. Hamish war schon eine Persönlichkeit, es war kein Wunder, dass Amy völlig erschöpft von ihm war. Er war der agilste Hund, der Guy je über den Weg gelaufen war. Trotzdem musste er lächeln, als er Hamish mit reuevoll eingezogenem Schwanz die Treppe hinunterschleichen sah.

Guy stützte sich auf die Ellbogen und betrachtete seinen unerwarteten Übernachtungsgast. Hoffentlich bekamen die Helmshill-Buschtrommeln hiervon keinen Wind. Aus irgendeinem Grund wollte er nicht, dass Amy von dieser Nacht erfuhr – auch wenn zwischen ihm und Laura nichts gelaufen war. Guy überlegte, wie sich die Situation wohl entwickelt hätte, wenn er seinen Gast nicht unabsichtlich mit Beruhigungsmitteln ausgeknockt hätte. Wäre es angespannt gewesen zwischen ihnen, oder wären all die Jahre des Schmerzes von ihm abgefallen?

Vielleicht war es besser, wenn er aufstand, bevor Laura wach wurde. Die Situation wäre nur noch peinlicher, wenn sie zusammen im Bett lägen, insbesondere da Laura noch ganz bekleidet war. Dem Morgen danach hatte Guy noch nie besonders viel abgewinnen können.

Er hatte sie in der Nacht die Treppe hinaufgetragen und auf das Bett gelegt, ihr die Stiefel von den Füßen gezogen und sie behutsam mit dem Federbett zugedeckt. Er hatte mit dem Gedanken gespielt, wieder runter aufs Sofa zu gehen, doch dann hatte er sich gedacht, dass sie eh nicht merkte, ob er neben ihr im Bett lag oder nicht.

Sie kam ihm jetzt vor wie eine Fremde, diese Frau, mit der er eine ganze Weile zusammen gewesen war. Wie viele Nächte hatten sie einander nackt in den Armen gelegen – und jetzt brachte er es nicht einmal über sich, ihr das Kleid auszuziehen, damit sie es etwas bequemer hatte. Andererseits war Laura dermaßen weggetreten, dass sie wahrscheinlich an einer Wäscheleine hängen könnte und trotzdem tief und fest schlafen würde.

Leise verließ Guy das Bett. Er duschte und zog sich danach Jeans und Sweatshirt an.

Unten im Wohnzimmer lag Hamish zufrieden inmitten der Federn und haschte mit seinen großen Pfoten nach ihnen.

«Heute», sagte Guy, «machen wir beide einen langen Spaziergang, um ein bisschen was von deiner überschüssigen Energie loszuwerden.»

Bei diesem Ausblick bellte Hamish glücklich. Guy gab dem Hund etwas zu fressen und ging dann mit dem Staubsauger durchs Wohnzimmer, um das hauseigene Hamish-

Chaos in Angriff zu nehmen. Er hatte gerade die letzten Federn aufgesaugt, da erschien Laura in seinem Bademantel am Fuß der Treppe.

«Hi», räusperte sie sich schüchtern. «Du hast aber toll aufgeräumt.»

«Danke. Ich hoffe, der Staubsauger hat dich nicht geweckt.»

Laura schüttelte den Kopf, schien diese heftige Bewegung aber gleich zu bereuen.

«Gut geschlafen?», fragte Guy unschuldig.

«Ich weiß nicht, was passiert ist», sagte seine Exfreundin. «Ich war plötzlich unglaublich müde.» Wie um es zu unterstreichen, gähnte sie wieder. Sie sah immer noch nicht so aus, als würde sie auf Hochtouren laufen. «Ich weiß noch, dass ich das ganzen Federchaos hier begutachtet habe, und dann … peng, weg war ich. Ich fühle mich, als hätte ich einen gewaltigen Kater, dabei habe ich doch keinen einzigen Schluck Alkohol getrunken. Oder?»

«Nein», bestätigte Guy. Dazu waren sie nicht mehr gekommen. «Die Landluft kann schon mal eine umwerfende Wirkung haben.» Er war sich bewusst, dass er ihr eigentlich die Wahrheit sagen sollte, doch irgendwie brachte er es nicht über sich.

«Haben wir …?» Den Rest der Frage ließ Laura offen.

«Nein», lachte er. «Das haben wir auch nicht.»

«Gut», sagte sie. «Ich komme mir richtig blöd vor.»

«Nicht doch», meinte Guy. «Du hast den Schlaf wahrscheinlich gebraucht.»

«Ich habe in letzter Zeit wirklich viel gearbeitet.»

«Wie wär's, wenn du duschen gehst und ich dir inzwischen Frühstück mache?» Dann fiel ihm ein, dass er außer einem vertrockneten Rest Brot nichts zu essen im Haus hatte. Und den alten Teekuchen wollte er Laura auf keinen Fall anbieten, am Schluss würde er bei ihr noch Erinnerungen an gestern Abend auslösen. «Nein, ich glaube, Plan B ist besser. Ich muss dringend mit diesem Köter hier einen Spaziergang machen. Hättest du Lust, gemeinsam mit uns eine Runde zu drehen und dann in einem kleinen Lokal zu frühstücken?»

«Klingt toll.»

«Du hast vermutlich nicht vor, gleich wieder abzureisen.» Er wollte auf keinen Fall, dass seine Ex sich in den nächsten paar Stunden hinters Steuer setzte.

«Ich würde gerne heute noch hierbleiben. Wäre das okay für dich?»

«Ja», beeilte sich Guy zu sagen. «Natürlich.»

Sie lächelte ihn an und warf ihm eine Kusshand zu, bevor sie sich umdrehte und die Treppe rauf verschwand. Er schaute ihr hinterher, doch ein Lächeln wollte ihm nicht recht gelingen. War er wirklich froh, dass Laura so plötzlich wieder in seinem Leben aufgetaucht war?

## 58

Ich lege den Hörer auf und drehe mich zu meiner Schwester um. «Das Haus ist verkauft», sage ich.

«Das glaub ich jetzt nicht.» Serena starrt mich staunend an. «Jemand ist verrückt genug, diesen Kasten hier zu kaufen?»

Ich nicke, unfähig zu antworten. Meine Beine fühlen sich irgendwie zittrig an.

«Hast du einen guten Preis bekommen?»

«Nicht schlecht.» Wir werden in London in einer Schuhschachtel wohnen müssen, aber genau das möchte ich ja.

«Zwanzigtausend unter dem geforderten Preis. Aber in der Not frisst der Teufel Fliegen.»

«Wie rasch können sie einziehen?»

«Sie wollen, dass ich Ende Januar hier raus bin.»

«Da hast du einiges zu tun.»

«Wenigstens bedeutet das, dass wir hier noch Weihnachten feiern können.»

Serena sieht verwirrt drein. «Warum solltest du das machen wollen? Du könntest dir doch sofort eine Wohnung mieten. Ich dachte, du wolltest so schnell wie möglich weg von hier.»

Das dachte ich auch.

«Fang doch trotzdem schon einmal an, deine Sachen zu packen», rät mir meine Schwester. «Sobald du eine Wohnung in London gefunden hast, kannst du zurückziehen. Es ist doch nicht schlimm, wenn dieses Haus hier ein paar Wochen leer steht. Hier hält dich nichts.»

«Nein», antworte ich verdrossen. «Da hast du wohl recht.»

Ich gehe zum Fenster und schaue auf das Hochmoor hinaus. Was würde Will über meinen bevorstehenden Umzug denken? Wir werden das Haus und das Leben hinter uns zurücklassen, das er so schnell zu lieben gelernt hat. «Freust du dich für mich?», frage ich laut.

«Natürlich», antwortet meine Schwester, die nicht merkt, dass ich eigentlich nicht mit ihr geredet habe.

Die Wolken hängen tief. Ich höre nichts außer dem leisen Geraschel der Bäume im Wind. Wie anders es in London sein wird. Ich werde mich wieder an den Lärm, die Abgase und das Menschengewimmel gewöhnen müssen. Draußen im Garten sehe ich die Kinder spielen. Ganz hinten, neben dem Obstgarten, steht ein alter Rosskastanienbaum, und jemand hat ein Schaukelseil daran befestigt. Im Moment hängt Tom kopfüber daran und baumelt hin und her, während Jessica mit ausgestreckten Armen und wehendem Haar im Kreis um ihn herumrennt. Trotz der Tragödie haben sie ihre Zeit hier genossen, da bin ich mir sicher. Sie sind gegen die Kälte warm angezogen, und wie sie da so rund und niedlich in ihren Steppjacken herumspringen, würde ich am liebsten zu ihnen hinauslaufen und sie umarmen. Ich weiß, dass der Verlust ihres Vaters sie schwer getroffen hat, aber sie sind so reif damit umgegangen, dass ich wirklich sehr stolz darauf bin, ihre Mutter zu sein.

«Ich sollte den Kindern Bescheid sagen», meine ich zu Serena.

«Mach das, und ich setze derweil heißes Wasser auf», antwortet sie. «Dann können wir zur Feier mit einer schönen Tasse Tee anstoßen.»

Ich ziehe Gummistiefel und Mantel an und trete vor die Tür. Die Luft ist frisch und trocken, und die Hühner sind draußen und scharren herum, obwohl sie die Kälte eigentlich nicht mögen. Ich muss im Hühnerstall Licht anbringen, damit ihr Tag länger wird und sie keine Winterdepression bekommen – falls Hühner dafür überhaupt anfällig sind. Ich muss unbedingt Guy um Rat fragen. Ich möchte ja nicht, dass meine Mädels nachlassen, jetzt, wo sie endlich mit dem Legen angefangen haben. Dann fällt mir ein, dass ich mir über all das keine Sorgen mehr zu machen brauche, denn bald werden die Hühner sowieso ihrem Schicksal überlassen bleiben.

Daphne, Doris und Delila blöken zufrieden, als sie mich herannahen sehen. Kommt mir das nur so vor, oder sieht Delila wirklich ein bisschen dicker aus? Vielleicht frisst sie mehr Heu als die anderen. Sie kann ein bisschen tyrannisch sein, wenn es um ihr Abendessen geht. Es schmerzt mich, dass die Gerner-Bernards meine alten Mädels nicht wollen, aber andererseits ist es ja noch gar nicht so lange her, dass ich sie selbst nicht wollte. Wenn unsere Hauskäufer die Schafe nur kennenlernen und herausfinden würden, wie lustig sie manchmal sind, würden sie ihnen bestimmt auch bald ans Herz wachsen. Was mich innehalten lässt. Ich wusste bisher gar nicht, dass sie *mir* ans Herz gewachsen waren. Ich dachte, sie gingen mir auf die Nerven – ähnlich wie die Ziegen Stephanie und Blob, die verrückten Hühner, die mordlustige Katze und dieser verdammte Hund.

Apropos, es ist ein kleines Wunder, dass Guy Hamish nicht schon längst zurückgebracht hat. Entweder ist es ihm egal, wenn sein Haus ruiniert wird, oder er hat Hamishs Leiche schon im Keller verscharrt. Ich schaue auf die Uhr. Es wird Zeit, dass ich Guy anrufe und ihm sage, dass die Luft rein ist und der Höllenhund wieder nach Hause kommen kann. Außerdem muss ich diesem reizenden Mann erzählen, dass wir bald hier weg sein werden. Kein Gespräch, auf das ich mich freue – ebenso wenig wie darauf, den Kindern zu sagen, dass wir ein weiteres Mal umziehen.

Ich bleibe stehen, um die Schafe am Ohr zu kraulen, und als Jessica mich sieht, rennt sie zu mir und schlingt mir die Arme um die Taille.

«Ich finde es toll hier», sagt sie atemlos. «Tom und ich haben mit dem Drachen über das ganze Moor gerannt. Wir waren überall!»

«*Sind* mit dem Drachen», verbessere ich sie automatisch.

«*Sind* mit dem Drachen.» Spricht sie nach und zieht eine Schnute.

Wir stehen beieinander und sehen den ältlichen Schafen dabei zu, wie sie ihr Gras kauen. Die Wintersonne steht bereits tief am Himmel und taucht alles in ein milchiges Licht, aber trotzdem spüre ich noch ihre Wärme im Gesicht. Ich lege meiner Tochter den Arm um die schmalen Schultern und frage: «Wie fändest du es, wenn wir nach London zurückziehen würden?»

Jessica wühlt ihre Stiefelspitze in den kalten Boden. «Anfangs wollte ich das», gibt sie zu, «da fand ich es ziemlich merkwürdig hier. Aber jetzt gefällt es mir besser. Können wir Kaninchen bekommen? Das würde Christopher gefallen.»

«Das ist wohl nicht möglich», erkläre ich ihr. «Jetzt, wo Daddy fort ist, muss Mummy eine Stelle finden, und wir können es uns eigentlich nicht leisten hierzubleiben.»

«Oh.» Jessica sieht nicht gerade begeistert aus.

Tom kommt zu uns gerannt. Seine Wangen sind rosig vor Anstrengung, und ich glaube, dass er noch nie so gesund ausgesehen hat. Mein Sohn lehnt sich schwer gegen mich. Für eine richtige Umarmung ist er schon viel zu cool.

«Ich habe Jessica gerade gefragt, wie sie es fände, wenn wir nach London zurückziehen.» Tom windet sich. «Was meinst du dazu?»

«Weiß nicht», murmelt er.

«Wenn wir nach London zurückziehen, könnt ihr all eure alten Freunde wiedersehen», sage ich strahlend.

«Wir mögen unsere neuen Freunde aber auch gerne», erklärt Tom.

«Na ja, die könnten uns ja jederzeit besuchen kommen.»

«Aber das würden sie nicht tun», wendet Tom ein. «So wie keiner von unseren alten Freunden hierhergekommen ist. Der einzige Besuch, den wir aus London hatten, ist Tante Serena.»

Ist es nicht schrecklich, wenn Kinder einem so logisch kommen?

«Daddy ist auch hier», sagt mein Sohn leise. «Wir können ihn doch nicht einfach zurücklassen.»

Tränen treten mir in die Augen. «Wir werden Daddy niemals zurücklassen», erkläre ich ihm. «Wo immer wir hingehen, wird Daddy bei uns sein, weil wir uns immer an das erinnern werden, was er für uns getan hat und wie er war.»

«Warum können wir uns nicht lieber hier an ihn erinnern als in London?»

«Ach, Liebling. Ich wünschte, das wäre möglich. Aber ich muss arbeiten gehen, und hier kann ich nichts finden. Dieses Haus und all die Tiere kosten eine Menge Geld, und das haben wir einfach nicht.» Ich hasse es, ihnen solche Erwachsenensorgen aufbürden zu müssen. In ihrem Alter sollten sie sich über all das eigentlich noch keine Gedanken machen müssen. «Ihr habt doch unser altes Haus auch gemocht.»

«Ziehen wir wieder dahin zurück?»

«Nein. Da lebt jetzt jemand anders. Aber wir finden etwas neues Schönes.»

«Können wir noch den Sommer über hierbleiben und dann erst wegziehen?»

«Die Sache ist die», sage ich. «Mummy hat das Haus schon verkauft. Zwei sehr nette Leute wollen es kaufen, und wir können schon bald nach Hause zurückkehren.»

Jessica bricht in Tränen aus. «Ich dachte, das hier wäre unser Zuhause.»

Ich bin mir nicht sicher, ob ich darauf eine Antwort habe.

«Wenn wir nach London ziehen», schluchzt sie, «können wir dann auch die Hühner, die Schafe und die Ziegen mitnehmen?»

«Und Milly Molly Mandy», ruft Tom ihr in Erinnerung.

«Und Milly Molly Mandy», mahnt sie.

«Und Hamish», fügt mein Sohn hinzu. «Wir können doch Hamish nicht zurücklassen. Wer außer uns würde ihn denn liebhaben?»

Ja, wer wohl? Einer der Hauptgründe, aus denen ich hier weg will, ist, dass ich diesen verdammten Köter nie wieder sehen will. Das und natürlich die Tatsache, dass wir kein Geld haben.

«Ich weiß nicht, ob wir einen Garten haben werden», räume ich ein. «Möglicherweise müssen wir in eine kleine Wohnung ziehen.»

Bei diesen Worten sehen die beiden entsetzt drein, und Toms Augen wandern mit vielsagendem Blick zur endlosen Hügelkette des Hochmoors.

Ich hocke mich hin und ziehe beide Kinder an mich. Es ist mir egal, ob Tom sich nicht gerne umarmen lässt, das muss er jetzt einfach mal über sich ergehen lassen. «Es wird euch in London sehr gefallen», beruhige ich die beiden. «Du kannst wieder Ballettstunden nehmen», sage ich zu Jessica. «Erinnerst du dich noch, wie sehr dir die gefehlt haben?»

Bei diesen Worten zittern ihre Lippen ein wenig. Doch dann kontert sie. «Aber Guy hat gesagt, ich könnte hier lernen, ein Pony zu reiten.»

Na, danke vielmals, Guy.

«Wartet nur ab.» Ich drücke sie wieder an mich. «Es wird großartig werden.»

Tom und Jessica sehen einander trübselig an.

«Es ist das Beste für uns», erkläre ich ihnen. «Das verspreche ich euch.» Und dabei hoffe ich inständig, dass das auch der Wahrheit entspricht.

## 59

Guy und Laura saßen auf einer Bank vor dem Wayfarers Café, einem alteingesessenen Lokal am Fuß der riesigen Kalksteinklippe Staincliffe Cove. Es war ein schöner Tag, und im Nationalpark waren viele Wanderer unterwegs, die mit Rucksäcken bepackt in alle Richtungen ausströmten. Staincliffe Cove war der perfekte Ort, um sämtliche Alltagssorgen hinter sich zu lassen. Oben von der Klippe stürzte donnernd ein Wasserfall herunter und verwandelte den Bach zu ihren Füßen in einen tosenden Strom. Die beiden hielten sich gegen die tiefstehende Wintersonne die Hand über die Augen und sahen zwei Kletterern zu, die an Seilen vorsichtig den Fels erklommen.

Laura seufzte zufrieden. «Ich kann schon verstehen, warum man an einem Ort wie diesem leben möchte.»

«So sehr, dass du den Glanz der Großstadt dafür aufgeben würdest?»

Unsicher schob sie ihre Hand in seine. «Wenn ich einen hinreichend guten Grund hätte.»

«Das hier ist das, was ich immer gewollt habe», sagte Guy. Die großartige Landschaft raubte ihm immer wieder den Atem. Guy war nicht in Yorkshire geboren oder aufgewachsen, doch er hatte das Gefühl, hierher zu gehören. Er war nie scharf auf Nachtclubs und überteuerte trendige Restaurants gewesen, und einen Spaziergang in dieser Gegend würde er jederzeit einem Besuch in einer Kunstgalerie vorziehen.

Laura dagegen war immer ein Stadtmensch gewesen. Seine Ex arbeitete im Marketing. Sie liebte die kleinen, schummrigen Kinos, die Museen, den Trubel und die Geschäftigkeit. Selbst wenn sie ihn nicht so gemein behandelt hätte, hätte das ihre Beziehung niemals ausgehalten. Das begriff Guy in diesem Moment auf einmal. Einer von ihnen hätte immer Kompromisse eingehen und sich dem Lebensstil des anderen anpassen müssen. Er überlegte, ob sich Laura jetzt – da sie älter und klüger und auch schon das ein oder andere Mal auf die Nase gefallen war – an ein ruhiges Landleben gewöhnen könnte. Wollte Amy vielleicht aus ähnlichen Gründen unbedingt nach London zurückkehren? Manche Menschen hatten den hektischen Rhythmus der Stadt einfach im Blut, während andere sich nach Weite und offener Landschaft sehnten.

Das Café, einer von Guys Lieblingsorten, war ein beliebter Rastplatz für hungrige Wanderer, die frisch von den Klippen oder dem Penninenweg kamen. Heute war keine Ausnahme, und überall waren buntes Goretex und schmutzige Wanderstiefel zu sehen.

Zum Glück hatte Laura eine warme Schaffelljacke mitgebracht, sodass sie gut gegen die Kälte gewappnet war. In ihrer schwarzen, hautengen Jeans, ihrem cremefarbenen Kaschmirpullover und den Designer-Wanderstiefeln sah sie fraglos um einiges schicker aus als die normalen Wanderer. Auf einmal erinnerte Guy sich daran, dass seine Ex immer schon etwas an sich gehabt hatte, das sie aus der Masse herausstechen ließ.

Hamish lag zufrieden zwischen ihren Füßen und kaute an seinen Pfoten, doch Guy wusste aus Erfahrung, dass so ein Moment bei dem Setter auch nur die Ruhe vor dem Sturm bedeuten konnte. Vorsichtshalber hatte er die Hundeleine unter ein Bein des schweren Eisentischs gezwängt. Laura hielt großen Abstand zu dem Tier. Ganz augenscheinlich war sie kein großer Hundefan. Trotzdem war es schön, an diesem phantastischen Tag hier draußen zu sein, mit einer hübschen Frau an seiner Seite und einem treuen, wenn auch leicht gestörten Hund zu seinen Füßen.

Sie hatten ein extrem kalorienreiches, warmes Frühstück zu sich genommen: Schinken, Eier und Cumberland-Würstchen, heruntergespült mit einer riesigen Tasse dampfenden Tee. Guy war erleichtert zu sehen, dass Lauras Appetit nicht unter der versehentlichen Verabreichung der Beruhigungsmittel gelitten hatte. Selbst Hamish hatte sich über ein paar Würstchenbrocken freuen dürfen.

«Wenn wir nicht bald gehen», seufzte Guy mit gespielter Besorgnis, «rühren wir uns gar nicht mehr vom Fleck.»

Die Wintersonne wärmte ihnen das Gesicht. Ein Bach plätscherte neben ihnen, und rund ein Dutzend Stockenten watschelten hoffnungsvoll zwischen den Füßen der Wanderer herum und bettelten um ein paar Krumen. Es war ein idyllisches Fleckchen Erde, und Guy überlegte, ob Lauras Liebe zu London anfing zu schwinden.

«Es ist wirklich schön hier», sagte seine Exfreundin, als hätte sie seine Gedanken gelesen. Sie lehnte sich auf ihrem Stuhl zurück, schlug die Beine übereinander und strich sich ihr langes, schwarzes Haar aus dem Gesicht. «Ich hätte gar nichts dagegen, mich nicht mehr vom Fleck zu bewegen.» Sie lächelte ihn an, und er spürte ein Ziehen in der Magengegend, genau wie damals, als sie sich kennengelernt hatten. Das, dachte er, ist gar nicht gut. «Es tut mir leid wegen gestern Abend. Ich dachte ... Ich hatte gehofft, es würde anders laufen zwischen uns.»

Guy zuckte nur die Achseln, denn er wusste nicht recht, was er sagen sollte.

«Ich habe im Lauf der Jahre viel über uns nachgedacht», erklärte sie. «Selbst während meiner Beziehung mit ...» Sie sprach den Namen von Guys einstigem bestem Freund nicht aus.

«Warst du glücklich mit Craig?» Wollte er das wirklich wissen? Wollte er dieses Gespräch tatsächlich führen?

«Meistens.» Sie nickte. «Obwohl ich mich manchmal gefragt habe, ob ich nicht den größten Fehler meines Lebens gemacht hatte.»

«Warum ist es in die Brüche gegangen?»

«Er hat mich wegen einer anderen verlassen», gestand Laura und warf ihm unter ihren Wimpern einen Blick zu. «Tut weh, nicht wahr?»

«Höllisch», pflichtete er ihr bei.

«Seither sind für mich andere Dinge wichtig», sagte sie. «Ich bin nie wieder jemandem begegnet, der deine Eigenschaften besitzt.»

Warum klang das gerade so, als wäre er ein Teppich und nicht der richtige Mann zum Heiraten?

«Geht mir ähnlich», räumte er ein, und das stimmte sogar. Bis Laura beschlossen hatte, mit seinem besten Kumpel ins Bett zu hüpfen, waren sie beide ein gutes Gespann gewesen.

Laura drückte seine Hand. Trotz der kalten Luft war ihre Haut weich und warm. «Glaubst du, wir könnten es noch einmal miteinander versuchen?»

Doch bevor er antworten konnte, spürte Guy, dass der Tisch verdächtig wackelte. «Nein!», brüllte er. Wie immer zu spät. «Nicht, Hamish!»

Der Hund wollte mit den Enten spielen. Und zwar sofort. Mit dem schweren Cafétisch im Schlepptau schoss er über die Terrasse und scheuchte dabei all die Wanderer auf, die noch mitten beim Frühstücken waren.

«Komm zurück!» Guy rannte hinterher, doch Hamish war schneller und längst außer Reichweite.

In einem Wirbel aus Gezeter und Flügelschlagen hasteten

die in Panik geratenen Stockenten in den Bach, ohne zu begreifen, dass so ein bisschen fließendes Wasser Hamish bei seinem Feldzug niemals aufhalten konnte. Schwere Holztüren waren für ihn kein Hindernis, ebenso wenig wie Eisenketten oder – wie es schien – ein Cafétisch, den er munter hinter sich herschleifte. Unter wildem Gebell stürzte er voran und landete – Platsch! – mitten im Bach. Der Tisch sank wie ein Stein und zog Hamish mit sich unter Wasser.

Guy lief ans Bachufer, bereit, nach Hamish zu tauchen.

Doch der tauchte schon eine Sekunde später fröhlich bellend ohne den Cafétisch wieder auf. Glücklich paddelte er hinter seinen neuen und recht widerwilligen Spielgefährten her.

Eine aufgeregte Schar von Menschen in Goretexkleidung hatte sich versammelt, um dem Schauspiel zuzusehen, während andere noch die kläglichen Reste ihres Frühstücks von der Terrasse klaubten.

«Hamish! Hierher!», rief Guy, und der Hund paddelte überraschenderweise ans Ufer. Guy packte ihn am Halsband und zerrte ihn heraus, woraufhin Hamish sich kräftig schüttelte und ihn und Laura von oben bis unten nass spritzte. Dem Hund schien das Abenteuer nichts auszumachen. «Wieder mal glücklich davongekommen», raunte Guy Hamish zu. «Dabei sind es Katzen, die neun Leben haben, nicht Hunde.»

Hamish bellte.

Das wurde teuer, keine Frage. Ein Dutzend oder mehr Frühstücke würden ihn ein Heidengeld kosten. «Ich gehe wohl besser rein und begleiche die Rechnung», sagte Guy kopfschüttelnd.

«Ja», sagte Laura. Guy bemerkte, dass ihr hübsches Gesicht auf einmal ziemlich frostig aussah.

Um zu zeigen, dass er keineswegs traumatisiert, sondern wieder voller frischer Energie war, beschloss Hamish in diesem Augenblick, Laura mit einem freundlichen Stupser in den Schritt zu belohnen.

Bedauerlich, dass Hamish nicht wusste, wie stark er war. Und noch bedauerlicher, dass Laura immer noch so nah am Ufer des Baches stand.

Schreiend und wild mit den Armen rudernd platschte sie ins Wasser. Dies war ein idyllisches Fleckchen Erde, ein Ort, wo man all seine Alltagssorgen hinter sich lassen konnte – es sei denn, man hatte Hamish dabei.

## 60

Ich habe William vernachlässigt und fühle mich schrecklich deswegen. Normalerweise gehe ich zwei- bis dreimal in der Woche zum Friedhof, aber in meinem Kopf herrschte ein solches Chaos, dass ich nicht weiß, wo die Zeit geblieben ist. Am Dienstag werde ich auf dem Markt von Scarsby ein paar Blumen holen und sie auf sein Grab stellen, aber heute begnüge ich mich damit, einfach nur einen Spaziergang zum Friedhof von St. Mary's zu machen, um Will zu besuchen.

Die Kinder sind in der Obhut von Serena, die sie im Moment in dem Spiel *Operation* fertigmacht. Meine Schwester ist so wettkampforientiert, dass sie nicht ganz begreift, dass es nicht nötig ist, eine Sechsjährige und einen Achtjährigen hoffnungslos in die Pfanne zu hauen. Charakterstärkung, so würde sie das nennen.

Tom und Jessica sind noch immer sehr gedrückter Stimmung, seit ich die Bombe habe platzen lassen, und ich fühle mich schrecklich deswegen. So schrecklich, dass ich den

Vormittag erneut damit zugebracht habe herumzutelefonieren und nach einer Stelle in der Umgebung zu fragen. Aber vergebens. Anscheinend hat keiner Verwendung für eine ehemalige Quizshow-Produzentin der BTC, egal, wie gut sie auch einmal gewesen sein mag. Serena versucht, die Kinder aufzumuntern, und macht ihre Sache großartig. Heute Abend aber tritt sie wieder die Rückfahrt nach London an, und mir graut davor. Sie wird mir wirklich fehlen. Vielleicht ist mir deshalb so melancholisch zumute.

Ich öffne das hölzerne, überdachte Friedhofstor und lasse mich von der Stille umfangen. Ein graues Eichhörnchen huscht an mir vorbei und hält eine Nuss in den Pfoten, die es wahrscheinlich aus einem Vogelfutterhäuschen geklaut hat. Ich gehe zu Williams Grab. Noch immer steht dort kein Grabstein, und es ist allein meine Schuld, dass der Steinmetz ihn noch nicht fertiggestellt hat. Ich konnte mich einfach nicht entscheiden, was ich darauf einmeißeln lassen sollte. Wie kann man das ganze Leben eines Menschen in ein paar kümmerlichen Zeilen zusammenfassen? Wie sollen die Leute daraus ablesen können, was Will mir und den Kindern bedeutet hat? *Geliebter Ehemann und liebender Vater.* Das umreißt nicht einmal ansatzweise, was Will für uns war. Werden die Generationen nach uns auf ihrem Weg zu Hochzeiten, Taufen oder Beerdigungen auf sein Grab schauen? *William Matthew Ashurst, 42 Jahre.* Vielleicht hätte ich hinzusetzen sollen: *Zu früh von uns genommen.* Keiner wird wissen, dass er ein großartiger Cricket-Spieler war und phantastische Spaghetti bolognese kochen konnte. Wird es jemanden interessieren, dass er gerne Rotwein trank und Schokolade am liebsten kalt aß, direkt aus dem Kühlschrank? Würden die Leute lächeln, wenn sie wüssten, dass er das Haus an Halloween immer mit schwarzen und orangeroten Luftballons schmückte, überall künstliche Spinnweben und Skelette aufhängte und Michael Jacksons «Thriller» mit voller Lautstärke abspielte, sodass die Kinder vor Aufregung und Angst kreischten? Würde es ihnen das Herz erwärmen, wenn sie wüssten, dass er sich nach mehr als einem Ehejahrzehnt noch immer jeden Abend auf dem Sofa an seine Frau kuschelte, für ein paar schöne Momente abseits des stressigen Alltags, und dass er es ihr nie übel nahm, wenn sie im Bett ihre kalten Füße an ihm wärmte? Wie kann ich ein reiches und großartiges Leben auf ein paar in einen Grabstein gemeißelte Zeilen reduzieren? Was mein Mann verdient hätte, passt nicht auf einen kleinen Stein, und so bleibt es bei *Geliebter Ehemann und liebender Vater*.

Das Grab erkennt man im Moment nur daran, dass die Erde darauf noch frisch ist. Der Grabhügel ist schon so weit eingesunken, dass er beinahe auf Höhe des restlichen Bodens ist. Jemand hat ihn mit Grassamen bestreut, und nächstes Frühjahr wird er bereits mit dem üppigen, gepflegten Rasen auf dem Friedhof verschmolzen sein. Was lehrt uns das über die Vergänglichkeit des Lebens?

Obwohl der Boden ziemlich feucht ist, setze ich mich mit angezogenen Beinen neben William aufs Gras. Für die Jahreszeit ist es noch nicht besonders kalt, aber trotzdem muss ich den Mantel enger um mich ziehen. Ich spiele mit dem Gras zu meinen Füßen und sage dann leise: «Du fehlst mir.»

Die Kirche hier ist klein und einladend, und es ist nicht schwer, sich all die Taufen, Hochzeiten und Beerdigungen vorzustellen, die hier im Lauf der Jahrhunderte stattgefunden haben. Auch wenn sie dieser Tage nicht mehr allzu gut besucht wird, gibt es immer noch ein paar treue Anhänger, die dafür sorgen, dass die Tradition weitergeht. Mit ihren verwitterten Steinen stellt die Kirche eine Konstante dar in einer Welt, die sich ständig verändert.

«Ich bin so orientierungslos ohne dich», sage ich meinem Mann. «Ich weiß nicht, was ich tun soll, und es fällt mir schwer, alle Entscheidungen allein zu treffen. Finanziell sind wir in einer schrecklichen Lage. Ich habe das Haus verkauft – dein Traumhaus, und ich weiß nicht, wie ich dir das antun konnte. Aber ich versuche, das zu tun, was für die Kinder und mich das Beste ist, auch wenn ich keine Ahnung habe, was das eigentlich sein mag.» Ich zupfe ein paar Grashalme raus und lasse sie durch die Finger fallen. «Ergibt das in deinen Augen irgendeinen Sinn?»

Ich beobachte das Eichhörnchen, wie es hin und her flitzt. Offensichtlich hat es irgendwo einen reichen Futtervorrat gefunden, und ich könnte schwören, dass ich ein Lächeln auf seinem Gesicht erkennen kann. Sonst bewegt sich gar nichts auf dem Friedhof. Ich muss in London unbedingt auch gelegentlich einfach mal still dasitzen und zusehen, wie die Welt vorbeizieht. Aber ob mir das dort wohl gelingen wird?

«Und ich empfinde etwas für einen anderen Mann», mache ich weiter. «Aber das weißt du wahrscheinlich ohnehin. Falls nicht, es ist Guy Burton. Der Tierarzt. Du mochtest ihn damals sehr, und jetzt mag ich ihn auch. Er ist mir ein phantastischer Freund. Aber ich glaube, meine Gefühle sind mit mir durchgegangen, weil ich mich so verwundbar fühle. Ich habe zugelassen, dass er mir und den Kindern sehr nahegekommen ist, und jetzt fühlt es sich so an, als würde ich dich betrügen. Weil ich mit meinem Leben weitermache und an eine Zukunft ohne dich denke. Wie kann ich das nur schon tun, wo du doch Sonne, Mond und Sterne für mich warst?»

Ich möchte Wills Stimme hören, die mir sagt, dass alles in Ordnung kommt, dass ich das Richtige tue. Aber es bleibt stumm.

Plötzlich fällt Regen vom Himmel. Ich höre, wie er auf die Zweige der Bäume trommelt, bevor ich ihn auf der Haut spüre. Anfangs ist es ein leichter Schauer, dann wird er immer stärker. Meine Augen füllen sich mit Tränen. Ich lege mich neben meinen geliebten William auf den Boden und lasse mich von dem Regen durchtränken, während mir die Tränen übers Gesicht laufen.

# 61

«Es lief alles nicht so wie geplant, nicht wahr?», sagte Guy.

Er hatte Laura nach ihrem Unfall nach Hause gebracht, wo sie in der Dusche verschwunden und sehr lange nicht wieder aufgetaucht war. Jetzt stand sie in sauberen Kleidern in seinem Wohnzimmer, die Reisetasche zu ihren Füßen, die patschnassen Designerstiefel in einer Plastiktüte.

«Sagen wir, es war ein interessantes Wiedersehen.» Sie besaß den Anstand, sich an einem Lächeln zu versuchen – ein Gesichtsausdruck, der ihr nachhaltig entschwunden war, nachdem Guy sie mit Hilfe eines stämmigen Wanderers vor den Augen einer ansehnlichen Menschenmenge aus dem eisigen Bach gezogen hatte.

«Ich nehme an, du hast es nicht eilig, diese Erfahrung zu wiederholen?»

«Wir sind zu verschieden», antwortete sie knapp.

Guy zuckte die Achseln. «Das waren wir schon, bevor wir uns getrennt haben.»

«Es war falsch von mir, herzukommen und zu hoffen, wir

könnten das wieder entfachen, was mal zwischen uns war. Es geht nicht – und das weiß ich jetzt.» Sie trat zu ihm und legte ihm die Arme um die Taille. «Kannst du mir trotzdem verzeihen, dass ich es versucht habe?»

Er nickte, auch wenn er sich nicht ganz sicher war, warum Laura diese Reise in die Vergangenheit überhaupt unternommen hatte.

«Wir könnten ja Freunde sein», fuhr sie fort, während sie mit dem Stoff seines Sweatshirts spielte. «Freunde, die zusammen viel durchgemacht haben und sich immer noch nah sind.»

«Das wäre schön», gestand Guy.

«Du kannst ab und zu nach London kommen, um dich daran zu erinnern, wie schrecklich es dort ist. Und ich besuche dich einmal im Jahr hier, damit du mich der Folter durch Hamish unterziehen kannst.»

Bei der Erwähnung seines Namens wedelte der Hund mit dem Schwanz. Guy hatte erwogen, ihn in Ungnade in der Küche einzuschließen, war dann aber zu der Einsicht gekommen, dass das sinnlos war. Hamish war eine unbezähmbare Bestie, und es war klüger, sich damit abzufinden – besonders wenn man wollte, dass Türrahmen und Möbel keinen Schaden nahmen. «Der Hund geht heute Nachmittag zurück zu seiner Besitzerin.»

«Dieser Amy?»

«Ja.»

«Du sprichst oft von ihr.»

Tat er das?

«Ist da was zwischen euch?»

«Nein, nein», sagte Guy mit einem Lachen, doch sein Herz pochte trotzdem schneller. Allein bei dem Gedanken, Amy nachher zu sehen, hob sich seine Stimmung. «Sie hat kürzlich ihren Mann verloren. Ich versuche nur, sie ein wenig zu entlasten.»

«Du hattest immer schon ein weiches Herz.»

Er wollte Laura nicht erzählen, dass sein Herz um einiges härter geworden war, nachdem sie ihn verlassen hatte. Das war Schnee von gestern.

«Ich sollte gehen.» Laura schloss die Augen und küsste ihn sanft auf die Lippen. Es fühlte sich schön an, doch es war keine Leidenschaft dahinter – weder bei ihr noch bei ihm.

Sie war eine attraktive Frau, zweifellos. Manch einer wäre geschmeichelt, ihre Aufmerksamkeit zu genießen, doch er empfand nicht mehr dasselbe für sie wie früher. Es war abgelöst worden von so etwas wie Freundschaft. Er überlegte, ob er je nach London fahren oder ob Laura sich je wieder den Gefahren des Landlebens aussetzen würde. Wahrscheinlich nicht. Und das war bestimmt auch besser so.

## 62

Als ich vom Friedhof zurückkomme, schält Serena gerade Kartoffeln. Sie blickt von ihrer Arbeit auf. «Du siehst ein bisschen verheult aus. Alles in Ordnung?»

Ich nicke. «Ich habe einfach nur mal wieder ein bisschen geweint und mich selbst bemitleidet.»

Meine Schwester lässt die Kartoffeln stehen, wischt sich die Hände ab, kommt zu mir und umarmt mich. «Du hältst dich glänzend.»

Da bin ich mir nicht so sicher.

«Trink einen Schluck Wein.» Ich sehe, dass sie bereits eine Flasche geöffnet hat, um sich die Zeit zu vertreiben, während sie in der Küche arbeitet. «Dann fühlst du dich gleich viel besser.»

Sie kippt mir etwas Wein in ein Glas, und ich bin klug genug, mich meiner Schwester nicht zu widersetzen und trinke einen ordentlichen Schluck. Der Wein ist mild, fruchtig und kommt gerade recht. Ich fühle mich tatsächlich besser. «Wo sind die Kinder?»

«Ich habe sie bei *Operation* gnadenlos besiegt. O ja!» Sie wirft triumphierend die Faust in die Luft, und dieser Anblick bringt mich zum Lachen. «Jetzt schauen sie irgendeine DVD, hab vergessen, was genau.»

«Ich helfe dir und schäle die Möhren.» Ich ziehe eine Schublade auf und suche nach einer zweiten Schürze.

Serena geht zur Spüle zurück. «Es haben zwei Leute angerufen, während du weg warst.»

Ich hebe interessiert die Augenbrauen. «Ach ja?»

«Der eine ist von Guy. Er wollte nur sagen, dass er Hamish zurückbringt, und ich habe ihn eingeladen, zum Essen zu bleiben.» Mit einem Blick fragt sie mich, was ich davon halte.

«Und, kommt er?»

«In einer halben Stunde.»

«Das ist schön. Die Kinder werden sich freuen.»

«Ich dachte, du selbst wärest davon vielleicht auch ganz angetan.»

Ich weigere mich, auf ihr Genecke einzugehen. «Und von wem ist der zweite Anruf?»

«Von Gavin Irgendwas.» Mein Herz setzt einen Schlag aus. Auf dem Kühlschrank klebt ein Post-it, und sie reckt den Kopf, um ihr Gekritzel darauf zu entziffern.

«Morrison», schlage ich vor.

«Genau.»

«Was wollte er?»

«Keine Ahnung. Er sagte, du sollst ihn anrufen.»

«Jetzt gleich?»

«Warum nicht?»

Ich nehme den gelben Zettel und betrachte ihn. Als ich noch für Gavin gearbeitet habe, war diese Telefonnummer auf meinem Handy als Kurzwahl gespeichert. Ich habe sie feierlich gelöscht, nachdem er mir so wenig feierlich zu verstehen gegeben hatte, dass es für mich bei der BTC keine Zukunft geben wird. Jetzt sitze ich am Küchentisch und starre die Nummer an. Was er wohl von mir will?

Bevor mich der Mut verlässt, gebe ich die Nummer ein. Gavin nimmt nach dem ersten Läuten ab.

«Hallo Gavin», sage ich und versuche, mit fester Stimme zu sprechen. «Du hast angerufen.»

«Diese Kunst-und-Kultur-Sendung, von der wir geredet haben», blafft er ins Telefon. «Wir haben gerade grünes Licht bekommen. Es sieht so aus, als würden wir sie nun doch endlich durchbekommen. Du stehst dafür ganz oben auf meiner Liste. Hast du Lust?»

«Ein Job?», frage ich.

Darüber lacht er. «Ja, ein verdammter Job. Ich hatte dir ja gesagt, dass ich mich um dich kümmern würde.»

Hatte er das wirklich gesagt? In meiner Erinnerung hatte er mich eher unmissverständlich aufgefordert, mich zu verpissen.

«Die Bezahlung ist nicht ganz so gut wie früher, aber die sonstigen Konditionen wären dieselben. Der Vertrag wäre auf ein Jahr befristet. Hast du Lust? Oder willst du lieber weiter kniehoch durch Kuhdung waten?»

Am liebsten würde ich ihm sagen, er soll Leine ziehen, so schlecht, wie er mich behandelt hat. Aber kann ich wirklich einem geschenkten Gaul ins Maul schauen? Ich selbst habe ihn ja auf diese Kunst-und-Kultur-Sendung angesprochen.

Kann ich da jetzt sein Angebot ausschlagen? Und warum sollte ich das tun? Genau das ist doch die von mir gesuchte Bestätigung, dass ich auf dem richtigen Weg bin. Ich habe immer gewusst, dass ich mein Leben nur in London wieder auf die Reihe kriegen würde. Gavin Morrison hat mir gerade einen Rettungsring zugeworfen.

«Ja, klar. Natürlich habe ich Lust darauf.» Ich kann die Freude nicht aus meiner Stimme verbannen. «Ich habe mein Haus verkauft. Wann soll ich anfangen?»

«Ich denke an Februar.»

«Das würde wunderbar passen.»

«Bestens», meint Gavin. «Ich werde die Personalabteilung bitten, dir den Vertrag zu schicken. Willkommen zurück an Bord, Amy.»

«Danke. Vielen, vielen Dank.»

Ich lege auf und wende mich Serena zu. «Ich habe eine Stelle», sage ich. «Wieder bei der BTC.»

«Phantastisch!» Sie lässt die Kartoffeln noch einmal stehen und kommt, um mit mir durch die Küche zu tanzen.

«Ich habe eine Stelle!» Mein Herz hämmert wie wild. Ich bin in die Reihen der Menschen zurückgekehrt, die für eine Anstellung in Frage kommen, und Sie wissen gar nicht, wie gut sich das anfühlt.

## 63

«Ich habe das Haus verkauft», erzähle ich Guy.

Er nickt langsam. «Dann haben Sie ja erreicht, was Sie wollten.»

«Ja.»

Guy hat Hamish vor etwa fünf Minuten zurückgebracht,

und schon macht der Hund mit einem der Küchenstühle rum.

«Hamish», schreie ich ihn an, «hör auf, es mit Möbeln zu treiben.» Der Hund beachtet mich überhaupt nicht. Ich seufze, ohne dass sich jemand davon angesprochen fühlt.

Im Gegensatz zu mir sind die Kinder entzückt, den Köter wiederzusehen. Jessica hat Hamish ein Halsband aus rosa Glasperlen gemacht, das er voller Stolz trägt, und außerdem steckt ihm eine Reihe rosa Haarklammern an den Ohren. Die gefallen ihm zwar nicht ganz so gut, aber er duldet sie trotzdem großmütig. Tom hat ihm in einem unbeobachtet geglaubten Moment bereits drei Schokoplätzchen zugeschoben. Aber heißt es nicht, Schokolade sei giftig für Hunde? Das wäre doch dann immerhin eine Chance! Aber als ich sehe, wie glücklich die Kinder mit Hamish sind, versetzt mir das einen Stich. Sie werden ihn schrecklich ungern zurücklassen.

Ich reiche Guy und meiner Schwester ein Glas Wein. Serena bekommt nur ein kleines, da sie heute am späten Abend noch nach London zurückfährt.

«Ich habe auch eine Stelle in Aussicht.» Die Erleichterung, die ich dabei empfinde, gleicht fast meine Schuldgefühle aus, aber nur fast.

«Das freut mich für Sie», sagt Guy, aber seine Miene drückt eher das Gegenteil aus.

«Danke Gott dafür, dass du dieses Haus los bist und bald endlich wieder etwas Geld verdienst», sagt Serena und hebt ihr Glas. «Auf die Rückkehr in die Zivilisation.»

Ich sehe, wie sich Guys Gesicht verdüstert und er bei dem gedankenlosen Trinkspruch meiner Schwester sein Glas abstellt. Manche Menschen lieben diese Gegend hier und wollen nirgendwo anders sein. Serena stößt mit mir an. «Auf die Zivilisation», echoe ich schwach.

«Ich will keine Sillivisation», meldet sich Jessica.

*«Zivilisation»*, verbessere ich sie.

«Ich will sie nicht», wiederholt sie unbeirrt. «Ich will hierbleiben.»

«Ich auch», schließt Tom sich an, obwohl ihn keiner gefragt hat.

Was soll ich nur tun? Wie soll ich meine Kinder davon überzeugen, dass sie unbedingt nach London zurückkehren wollen, nachdem ich die ersten Monate hier in Helmshill damit zugebracht habe, sie zu überzeugen, dass sie unbedingt hier sein wollten? Langsam kriege ich Kopfweh, und es wird mehr als ein Glas Rotwein brauchen, um den Schmerz zu lindern. «Mummy hat dort eine Stelle bekommen. Freut ihr euch denn nicht? Jetzt werdet ihr alles Mögliche tun können, was euch Spaß macht. Und wir können Tante Serena öfter sehen.»

«Die lässt uns aber nicht bei *Operation* gewinnen», merkt meine Tochter an und stößt dann einen übertriebenen Seufzer aus, den ich als das Ende der Unterhaltung auffasse.

In dem alten Ofen schmort unser Abendessen und erfüllt unsere Küche mit einem köstlichen Duft. Das ist ein gutes Zeichen, denn bevor ich hier abhaue, möchte ich in diesem verdammten Ding wenigstens einmal ein vernünftiges Essen gekocht haben. Alles andere, woran ich mich versucht habe, ist entweder halb roh oder verbrannt oder zwei Tage zu spät aus dem Ofen genommen worden. Es gibt Lammkeule, und ich hoffe, dass Daphne, Doris und Delila nicht am Geruch erkennen, dass es einer ihrer Artgenossen ist, der da im Herd brutzelt.

«Die Leute, die das Haus gekauft haben, scheinen ein nettes Paar zu sein», erzähle ich Guy strahlend.

«Wochenendpendler?»

«Ja», antworte ich und habe ein schlechtes Gewissen, weil Helmshill Grange den größten Teil der Zeit leerstehen wird. Der Immobilienmakler hat erzählt, dass die einheimischen Kaufinteressenten ständig überboten werden und viele Immobilien nur als Ferienhäuser genutzt werden. Das finde ich ebenfalls schade. «Aber ich denke, dass sie regelmäßig hier sein werden. Es hat ihnen sehr gefallen.»

Guy sieht nicht überzeugt aus. «Dann werden sie die Tiere also nicht behalten?»

«Nein», gebe ich zu. Ich denke, sie haben vor, am Wochenende die Beine hochzulegen und ein oder zwei Flaschen guten Shiraz zu leeren. Sie wollen ihre Zeit sicherlich nicht in Hühner- oder Schafställen verbringen.

«Ich werde versuchen, ein neues Zuhause für die Tiere zu finden», sagt Guy.

«Das wäre großartig, Guy, haben Sie vielen Dank dafür.»

«Es wird nicht einfach», brummt er, bevor er sich seinem Wein zuwendet. «Übrigens, ich habe dafür gesorgt, dass ab morgen jemand zu Ihnen kommt und Ihnen hilft. Er heißt Alan Steadman. Er hat sein ganzes Leben in Scarsby verbracht, in einem der Cottages am Rande des Dorfes. Bevor er in Rente ging, hat er für die Brindles gearbeitet.»

«Das weiß ich wirklich zu schätzen, Guy.» Ich öffne den Ofen und schaue nach, ob mein Braten vor Mitternacht fertig wird. Hmm. Er sieht gut aus. «Und das alles wird mit diesen EU-Fördergeldern bezahlt?»

«Ja», antwortet Guy.

«Ich bin überwältigt. Nicht dass ich mich beklagen will», beklage ich mich, «aber es wird Zeit, dass auch ich einmal etwas von diesen verdammten Behörden habe.»

«Alan ist ein guter Arbeiter. Er wird alles in Ordnung

bringen. Geben Sie ihm eine Liste mit allem, was es zu erledigen gibt.»

«Da ist es wirklich schade, dass wir jetzt bald gehen.»

«Ganz meine Meinung», erwidert er.

Ich lege Guy die Hand auf die Schulter. Sein Sweatshirt fühlt sich weich und warm an. Rasch ziehe ich die Finger zurück. «Sie tun zu viel für uns.»

«Das mache ich gerne», sagt er. «Der Hausverkauf wird bis zu seinem Abschluss wahrscheinlich ohnehin eine Weile dauern. Alan wird auch gerne nach den Tieren schauen, bis Sie gehen.»

«Vielleicht behalten die Gerner-Bernards die Tiere ja, wenn Alan hier ist.» Heißt es nicht, die Hoffnung stirbt zuletzt? Also.

Ich würde Guy jetzt unglaublich gern nach der geheimnisvollen Diva fragen, die am Wochenende bei ihm war, aber ich traue mich nicht. Ich fühle mich noch nicht einmal so weit auf sicherem Boden, dass ich ihn ihretwegen necken könnte, und von sich aus verrät er nichts. Er hat nicht einmal erwähnt, warum er uns beim Dorftanz alle hat sitzenlassen.

Hamish, gelangweilt von der fehlenden romantischen Reaktion seines Stuhls, legt sich zu Guys Füßen hin. Er schnauft und prustet und kommt schließlich zur Ruhe. Jessica schlängelt sich heran, lehnt sich beiläufig gegen Guys Stuhl und schafft es dann, sich in einer Folge subtiler Bewegungen auf seinen Schoß zu setzen.

«Es ist schön, dich und Hamish hier zu haben», sagt sie zu Guy. Und dann zu mir: «Nicht wahr, Mummy?»

«Ja.»

Guy lächelt mich befangen über den Kopf meiner Tochter hinweg an. Einem außenstehenden Beobachter würde das hier wie eine reizende häusliche Szene erscheinen. Keiner würde all den Gefühlsaufruhr und die seelischen Schmerzen vermuten, die unmittelbar unter der Oberfläche liegen.

## 64

«Haben Sie Ahnung von Hängebauchschweinen?», fragte Cheryl.

«Ja. Ich hatte im Laufe meines Lebens schon einige heiße Dates mit ihnen», frotzelte Guy.

«Sehr witzig. Es ist nämlich eines unterwegs hierher, mit einem verdorbenen Magen», erklärte seine Helferin ihm. «Es wird in etwa zehn Minuten da sein. Ich habe gesagt, Sie würden sich seiner annehmen, bevor Sie zu Ihren Hausbesuchen aufbrechen.» Cheryl verschränkte die Arme vor ihrer stattlichen Brust und hob die Augenbrauen. «Inzwischen haben Sie mehr als genug Zeit, mir von der schwarzhaarigen Frau zu berichten, die laut Mrs. Tilsley am Wochenende bei Ihnen im Auto saß.»

Guy öffnete den Mund, um zu protestieren. Musste man sich am Montagmorgen wirklich schon gleich einer solchen Befragung unterziehen?

«Und erzählen Sie mir nicht wieder, es wäre Mrs. Ashursts Hund gewesen.» Cheryl warf ihm einen wissenden Blick zu.

«Diesmal kann ich die Schuld wirklich nicht auf Mrs. Tilsleys Sehvermögen schieben», räumte er ein. «Es war meine Exfreundin, die zu einem Überraschungsbesuch aus London gekommen ist.»

Cheryl grinste. «Exfreundin, was?» Sie rieb sich fröhlich die Hände. «Ich bringe Sie schon noch unter die Haube. Wusste ich doch, dass Sie es in sich haben.»

«Freuen Sie sich nicht zu früh, Cheryl. Es ist sehr unwahrscheinlich, dass das in nächster Zeit passiert. Das mit meiner Exfreundin war eindeutig nur ein … Ausrutscher.» Angesichts der Art und Weise, wie der Abend verlaufen war, schien ihm die Bezeichnung One-Night-Stand eher unangebracht.

Seine Heiratsvermittlerin sah ihn entgeistert an. «Sie können sie unmöglich schon nach einem einzigen Wochenende wieder vertrieben haben. Das traue ich nicht mal Ihnen zu.»

«Ich habe sie versehentlich unter Beruhigungsmittel gesetzt, sodass sie rund vierzehn Stunden tief und fest geschlafen hat, und im Anschluss daran hat Hamish sie – ebenfalls aus Versehen – bei Staincliffe Cove in den Bach geschubst. Es war so romantisch, wie ein solches Wiedersehen nur sein kann.»

«Sie sind wirklich ein hoffnungsloser Fall», schimpfte Cheryl. «Was soll ich bloß mit Ihnen machen? Sie enden mir noch als trauriger alter Junggeselle, der Socken in Sandalen trägt.»

«Vielen Dank für diesen entzückenden Ausblick in meine Zukunft. Jetzt habe ich etwas, worauf ich mich wirklich freuen kann.»

«Ich habe gehört, die Witwe Ashurst hat ihr Haus verkauft.»

«‹Die Witwe Ashurst›, was ist das denn jetzt? Eine Art Jane-Austen-Geschichte?»

«Na? Hat sie, oder hat sie nicht?»

«Ja», gestand Guy und ließ die Schultern hängen. «Sie hat.»

«Tz, tz, tz», machte Cheryl. «Damit wäre noch eine aus dem Rennen.»

Guy setzte sich im Wartezimmer auf einen Stuhl unter dem neuen Aquarium und sagte wehmütig: «Ich will nicht, dass das in Poppy's Tea Room oder bei Mrs. Tilsleys Telegraph die Runde macht, aber ich mochte sie wirklich.»

«Ich weiß», sagte Cheryl. «Ich bin schließlich nicht blind.»

«Was soll ich bloß machen?», fragte er, auch wenn ihm in dem Augenblick, da ihm die Worte aus dem Mund kamen, aufging, dass es wahrscheinlich äußerst unklug war, seine wohlmeinende, aber über die Maßen neugierige Tierarzthelferin in sein Liebesleben einzuweihen. «In ein paar Wochen ist sie weg.»

«Dann müssen Sie einen Weg finden, sie aufzuhalten.»

«Dazu bräuchte es ein kleines Wunder.»

«Trotz Ihrer bisherigen Misserfolge bei der weiblichen Spezies glaube ich, dass Sie ein sehr wagemutiger Mann sind.»

«Ich befürchte, Ihr Vertrauen in mich ist eher unangebracht.»

«Haben Sie ihr gesagt, wie Sie empfinden?»

«Auf dumme, unbeholfene und umständliche Art.»

«Kein guter Anfang.»

«Nein.»

«Dann müssen Sie jetzt ganz auf die romantische Karte setzen. Erobern Sie ihr Herz im Sturm. Kaufen Sie ihr Rosen. Überschütten Sie sie mit Komplimenten. Lesen Sie ihr Gedichte vor.»

«Gedichte? Liest Ihr Mann Ihnen Gedichte vor?»

«Um Gottes willen, nein. Aber eine Frau darf doch noch Träume haben.»

«Ich glaube, wenn ich mit Rosen bei ihr auftauche und Gedichte deklamiere, würde Amy die Beine in die Hand nehmen und das Weite suchen.» Zudem hegte er den Verdacht, dass William Ashurst der Typ gewesen war, der sich für Gedichte begeisterte, und mit ihm wollte er auf keinen Fall konkurrieren müssen. «Ich tue die Dinge lieber auf meine Art.»

«Also dumm, unbeholfen und umständlich.» Cheryl zog die Augenbrauen hoch.

In diesem Augenblick ging zum Glück die Tür zur Praxis auf, und hereingeschlurft kamen ein sehr elend aussehendes Hängebauchschwein und sein gleichermaßen hängebauchiger Besitzer. Wie kam es, dass Haustiere immer ihren Besitzern ähnelten?

«Das ist Pork Chop», sagte der Mann. «Es ist nicht ganz auf dem Damm.»

Das Schwein schaute hoch und seufzte schwer. Guy wusste genau, wie es sich fühlte. Er kannte diesen Zustand nur allzu gut von sich selbst.

# 65

Ein hochgewachsener, dünner Mann steht an meiner Hintertür. Er trägt ein Tweedjackett und eine Krawatte und bearbeitet seine flache Kappe mit seinen Händen, als sei es ihm unangenehm, meinem Blick zu begegnen. Hamish flippt hinter mir fast aus vor Vorfreude, unseren Besucher zur Begrüßung anzukauen.

«Der Tierarzt schickt mich», sagt der Neuankömmling knapp.

«Ah. Sie müssen Mr. Steadman sein.»

«Jep.»

«Sie werden nicht glauben, wie sehr ich mich freue, dass Sie mir helfen wollen.» Ein Gefühl der Erleichterung durchflutet mich, dabei hat der arme Kerl bisher noch gar nichts getan. Ich schiebe Hamisch mit dem Bein weg und halte ihn gleichzeitig am Halsband fest. «Ich komme hier alleine nicht besonders gut klar.»

«Jep. Hat der Tierarzt gesagt.»

Mein neuer Helfer ist ein gutaussehender alter Mann, trotz seines von Sorgenfalten zerfurchten Gesichts. Zu seiner Zeit muss er ein richtiger Hingucker gewesen sein. Sein Äußeres ist picobello, und sein ganzer Körper strahlt Ruhe und Zurückhaltung aus. Man kann sich zwar nicht vorstellen, dass er sich dazu bewegen ließe, in einer Karaoke-Bar zu singen oder auch nur eine zu besuchen, auch hat es nicht den Anschein, als würde man ihn leicht zum Lächeln bringen können, aber ich mag Mr. Steadman auf Anhieb. «Wie sollen wir vorgehen? Soll ich Sie hier herumführen? Ihnen eine Liste schreiben mit all den Dingen, die zu machen sind?»

«Sagen Sie mir, wo Not am Mann ist, Miss, und ich kümmere mich drum.»

«Ich weiß noch nicht einmal, wo ich anfangen soll. Sie haben wahrscheinlich mehr Ahnung von diesem ganzen Kram, als ich jemals haben werde.» Wie kann ich ihm auch nur ansatzweise erklären, dass ich allein schon davon erschöpft bin, die Tiere täglich aus dem Stall zu holen, sie zu füttern und dann auch noch ständig auszumisten, nur damit sie alles, was man gerade sauber gemacht hat, wieder von neuem vollscheißen können.

«Überlassen Sie das mir», sagt er.

«Ich kann kaum glauben, dass ich für all das Fördergelder bekomme.»

Alan Steadman blickt zu Boden. «Ich kümmere mich um den Hund, wenn's Ihnen recht ist.»

«Der ist verrückt», erkläre ich ihm und versuche dabei,

Hamishs Nase von meinem Hintern wegzuschieben. «Ziemlich verrückt. Sie werden zu nichts kommen, wenn Hamish in der Nähe ist.»

«Komm, Bursche.» Alan Steadman pfeift schrill durch die Zähne, und Hamish, der sehr verwirrt aussieht, macht sich von mir frei und legt sich neben Alan auf den Boden.

Ich bin sprachlos.

Bevor ich so weit bin, dass ich irgendetwas sagen kann, geht Mr. Steadman weg. Hamish folgt ihm unterwürfig, ein Inbild des Gehorsams. Ich muss halluzinieren.

«Halten Sie ihn von den Schafen fern», rufe ich ihm nach. «Er reitet gern bei ihnen auf. Und bei den Ziegen auch.» Ehrlich gesagt, bei allem, was zwei, vier oder gar keine Beine hat.

Mr. Steadman hebt zur Antwort die Hand, dreht sich aber nicht um. Ich sehe ihnen nach, wie sie über den Hof gehen. Mein unkontrollierbarer, durchgeknallter Hund sieht aus, als wäre er der Hauptdarsteller in der Fernsehserie *Ein Mann und sein treuester Begleiter*.

Guy hatte recht – mein neuer Retter macht nicht viele Worte, aber ich bin unendlich dankbar, dass er da ist.

Milly Molly Mandy sitzt auf dem Frühstückstisch und leckt die Überreste der Milch aus meiner Schale mit Frühstücksflocken. Sie beschwert sich mit einem wütenden Miau, als ich sie vom Tisch jage. Ob die Kinder auch die Katze mitnehmen wollen? Natürlich werden sie das wollen. Das Ganze entwickelt sich langsam zu einem Albtraum. Tom und Jessica waren heute Morgen beim Frühstück immer noch sehr still, aber ich hoffe, dass sie sich allmählich mit der Idee anfreunden, nach London zurückzuziehen.

Ich sollte schon einmal damit anfangen, ein paar Sachen zu packen und unser Zuhause zum zweiten Mal in Umzugskartons zu verstauen. Allein schon der Gedanke erfüllt mich mit Schrecken. Ich freue mich darauf, nach London zurückzuziehen, wieder zur Arbeit zu gehen und mitten im Trubel zu stehen – aber gleichzeitig jagt mir der Gedanke auch Angst ein. Ich habe den Verdacht, dass ich sehr viel langsamer ticke, seit ich hier bin, und es wird mir schwerfallen, wieder zum alten Tempo zurückzufinden. Und während ich noch dastehe und versuche, mich zu all den anstehenden Aufgaben aufzuraffen, höre ich draußen auf dem Kies Reifen knirschen. Froh über die Ablenkung gehe ich zur Tür und freue mich gleich noch mehr – mehr, als ich sollte –, als ich Guys Wagen in der Zufahrt sehe.

«Hi», rufe ich und gehe nach draußen, um ihn zu begrüßen. Es war schön, ihn gestern Abend hier zu haben. Ich bin gerne mit ihm zusammen. Nach dem Essen gelang es Jessica, ihn zu überreden, ihr eine Geschichte vorzulesen. *Geschichten für coole Kids* war vielleicht nicht gerade sein Ding, aber er erledigte die Sache mit einem beachtlichen Maß an Begeisterung, und meine Tochter ist jetzt sein größter Fan. Außerdem hat Guy Tom bei den Hausaufgaben geholfen. Ich glaube eigentlich nicht, dass mein Sohn wirklich Hilfe brauchte, er fühlte sich einfach nur ein bisschen vernachlässigt. Er scheint Will intensiver zu vermissen als Jess, aber vielleicht kann er seine Trauer auch einfach nur nicht so gut verbergen.

Guy springt aus dem Range Rover. «Seien Sie mir nicht böse», sagt er. «Es handelt sich hier nur um eine Übergangslösung.»

«Wovon reden Sie?»

Er geht zur Heckklappe seines Wagens und macht sie auf. «Ist Alan heute Morgen aufgetaucht?», fragt er über die Schulter.

«Ja. Er ist hier. Er hat Hamish irgendwie verzaubert und in einen richtigen Hund verwandelt.»

«Dann werden Sie überhaupt keine Arbeit damit haben», verspricht mir Guy.

«Womit denn nun?»

Er hebt ein kleines, zappeliges Schweinchen aus dem Laderaum, das irgendwie vergrämt dreinblickt. Der Tierarzt und das Schwein sehen mich ernst an. «Mit Pork Chop.»

«O nein», sage ich.

«Es ist nur für ein paar Wochen. Maximal einen Monat», erklärt Guy mit einer Geschwindigkeit, die mich hellhörig machen sollte. «Wir werden ganz schnell ein neues Zuhause für ihn finden. Wie könnte man sich nicht in dieses niedliche, kleine Kerlchen verlieben?»

«Ich bin nicht verliebt», sage ich. Dann werde ich rot. Um die Dinge noch schlimmer zu machen, wird Guy ebenfalls rot.

«Pork Chop ist ein vietnamesisches Hängebauchschwein», informiert er mich. Es ist schwarz, hat ein niedliches Rüsselchen, stämmige kurze Beine und natürlich einen knuddeligen Hängebauch. Und während *ich* dem offensichtlichen Charme des Tiers vielleicht widerstehen kann, kenne ich zwei sehr beeindruckbare Kinder, die ihm schnell erlegen sein werden.

«Das Schwein wurde uns heute Vormittag gebracht. Der Besitzer hatte es als Ferkel für seine Kinder gekauft und geglaubt, es würde nicht mehr größer. Der arme Pork Chop hat sein ganzes Leben in einem winzigen Reihenhausgarten zugebracht, und jetzt haben sie es über, sich um ihn zu kümmern.» Guy setzt das Schwein auf den Boden. «Ich wünschte, die Leute würden gründlicher nachdenken, bevor sie sich solche Tiere anschaffen.»

Manche Leute wissen nicht, dass sie eigentlich keine Tiere wollen, werden sie dann aber schnell wieder los. Ich weiß, dass ich keine Tiere will, und bekomme trotzdem eins nach dem anderen aufgebrummt.

«Alan kann ihn zu den Schafen setzen», sagt Guy. «Er wird keinerlei Ärger machen.»

Für mich sieht dieses Schwein nach einem ganzen Berg von Ärger aus. Es grunzt, tapst vorwärts, schnüffelt an meinen Füßen und schenkt mir sogar ein kleines Schweine-Lächeln. Ach Gott. Die Kinder werden es lieben. Mir wird angst und bange. Als ob ich nicht schon genug Mühe hätte, sie von hier wegzubekommen. Jetzt muss ich auch noch den Kampf gegen Pork Chop aufnehmen.

## 66

Alan Steadman ist jetzt gerade mal eine Woche bei mir, und schon sind Tiere, Ställe und Haus nicht mehr wiederzuerkennen. Der Hof wird täglich gefegt und sieht aus wie aus einem kitschigen Historienfilm. Seit Alans Ankunft wirken die Ziegen, Schafe und Hühner viel glücklicher und gesünder. Die Hühner haben Tageslichtlampen in ihrem Stall, sodass sie eifrig Eier legen, statt den Tag zu verpennen. Pork Chop hat sich gut eingelebt, und es scheint ihn nicht allzu sehr zu stören, wenn sein stürmischer Verehrer Hamish mit nervtötender Regelmäßigkeit bei ihm aufzureiten versucht.

Meine Fenster sind von innen und außen geputzt, mein Gartentor ist gerichtet, im Zaun sind alle fehlenden Latten ersetzt, die Hecke ist geschnitten und die Wiese gemäht. Überraschenderweise lebte dort kein bisher unentdeckter Stamm von Pygmäen, wie ich es bisher immer vermutet hatte. Kurz, Alan Steadman hat all die Dinge getan, die mein Mann hatte tun wollen – ohne jemals dazu gekommen zu sein. Wenn Alan nicht etwa dreißig Jahre älter wäre als ich, voller Falten und mit einer ungesunden Vorliebe für Tweedstoffe, könnte ich mir wirklich vorstellen, mich in ihn zu verlieben. Kein Heim sollte ohne einen Mr. Steadman sein.

Auch die Kinder sind ganz begeistert von ihm. Trotz seiner kurz angebundenen Art hat Alan unendliche Geduld mit ihnen und Stunden damit zugebracht, sie in der richtigen Versorgung der Tiere zu unterweisen. Ich muss lächeln, wenn ich meine schmale Tochter mit einem großen Eimer Hickory-Nüsse für Pork Chop über den Hof wanken sehe, mit herausgestreckter Zunge und hochkonzentriertem Blick. Tom bleibt in seinen Gummistiefeln Alan immer dicht auf den Fersen und sieht wie ein echter Bub vom Land aus. Ein guter Anblick.

Nur Milly Molly Mandy ist gegen Alans Charme gefeit. Mit einem selbstgefälligen Katzenlächeln hat sie heute Morgen eine geköpfte Amsel auf den Küchenboden geworfen, um zu zeigen, wie sie die Sache sieht. Vor ein paar Monaten wäre ich kreischend aus dem Raum gerannt; jetzt hole ich einfach nur Handfeger und Kehrblech und begrabe das unglückselige Geschöpf mehr oder weniger feierlich im Mülleimer.

In gewisser Weise stößt es mir sauer auf, dass all die Arbeit von Alan letztlich nur den Gerner-Bernards zugute kommen wird, aber wenn die EU dafür bezahlt – was sie anscheinend gerne tut –, dann zum Teufel damit. Sollen die Gerner-Bernards eben profitieren.

Ich trete zurück und bewundere Helmshill Grange im Wintersonnenschein. Alles sieht so schmuck aus, und für einen Moment werde ich ganz wehmütig. Was ärgerlich ist, da ich heute die Kinder nach London schleppe, um Mietwohnungen zu besichtigen. Tom und Jessica machen ein Riesentheater um Hamish, bevor wir in den Landrover steigen.

«Du wirst uns fehlen, du Schnuddel-Knuddel-Hund», gurrt meine Tochter gegen Hamishs Hals. Ich könnte schwören, dass ihr Tränen in den Augen stehen. «Gehorche Onkel Alan und sei brav, bis wir zurückkommen.»

Hamish sitzt da, wedelt mit dem Schwanz und sieht wie das Inbild eines vorbildlichen Hundes aus. Ich bin immer noch nicht ganz von der Persönlichkeitsveränderung dieses Tiers überzeugt. Ich sehe Hamish misstrauisch an. Wenn die Kinder ihn schon auf einem Tagesausflug so sehr vermissen, wie wird es dann erst sein, wenn wir ihn ganz hier zurücklassen?

Am Nachmittag wartet eine ganze Reihe von Wohnungsbesichtigungen auf uns. Ich habe weder der Schulleiterin noch Guy von unserer heutigen Mission erzählt. Mrs. Barnsley weiß nicht Bescheid, weil sie mir erst letzte Woche erzählt hat, dass die Kinder sich in der kleinen Schule phantastisch eingelebt hätten, dass sie großartige Schüler seien und es Freude mache, sie zu unterrichten. Da fühle ich mich gleich noch schlechter, wenn ich auch nur daran denke, sie aus ihrer gutgeführten Bildungseinrichtung herauszunehmen, um ihr Schicksal einer durchschnittlichen innerstädtischen Londoner Schule anzuvertrauen. Denn eine schicke Privatschule ist angesichts unserer derzeitigen Finanzlage nicht drin. Wenn ich erst einmal wieder gutes Geld verdiene, kann ich sie vielleicht noch einmal umschulen lassen.

Und über die Gründe, warum ich Guy unseren kleinen Ausflug verschwiegen habe, wage ich ebenfalls nicht nachzudenken.

Aber ich wollte die Kinder heute mitnehmen, damit sie

sich langsam an die bevorstehende Veränderung unseres Lebensstils gewöhnen, und ich hoffe wirklich, dass sie den Ausflug genießen.

«Wir übernachten bei Tante Serena», erkläre ich ihnen, als wir von Helmshill Grange wegfahren, das jetzt auch noch die Dreistigkeit besitzt, im Sonnenlicht zu funkeln.

«Juhu!», ruft Jessica. «Wie aufregend!»

Tom, der älter ist und meinen raffinierten Plan eindeutig besser durchschaut, sagt nichts. Ich brettere eilig über die Straße, um den Zug noch rechtzeitig zu erwischen. Ich möchte, dass der Tag heute wie am Schnürchen läuft. Ich möchte, dass wir ein neues Zuhause in London finden. Und ich möchte, dass meine Kinder wieder von der Stadt begeistert sind und begreifen, dass ich das alles auch für sie tue.

Die Kinder winken dem bellenden Hamish so lange nach, bis er nicht mehr zu sehen ist. Und ich denke, dass es nicht mehr lange dauert, bis wir hier wirklich Abschied nehmen, zum allerletzten Mal.

## 67

Als Guy vor Helmshill Grange vorfuhr, traf er auf Alan, der gerade dabei war, sich um die Ziegen zu kümmern. Der Tierarzt sprang aus seinem Range Rover und ging zu ihm hinüber.

«Doktor», sagte Alan zur Begrüßung und hob die Hand an die Mütze.

«Hi, Alan. Wie läuft's?»

«Gut.»

«Sieht aus, als hätten Sie hier Wunder gewirkt.» In der Tat wirkte der Hof wie verwandelt. Alles war blitzsauber, und von dem Kopfsteinpflaster hätte man sogar essen können.

Guy überlegte, ob er Alan überreden konnte, auch bei ihm am Haus ein bisschen was zu machen. Offen gestanden war es inzwischen nämlich auch schon ganz schön vernachlässigt. Sein Haus war zu groß für ihn allein, doch die Praxis warf genug ab, und er hatte keine Idee, was er sonst mit seinem Geld anfangen sollte. In Helmshill brauchte er keine Designerkleidung, keine protzige Uhr und keinen Sportwagen. Da war es ein gutes Gefühl, dass er zumindest Amy mit dem Geld helfen konnte, solange sie es brauchen konnte.

Der redliche ältere Mann trat einen Schritt zurück und bewunderte die Früchte seiner Arbeit. «Jep.»

Man fand heutzutage nur noch selten jemanden, der so stolz auf seine Arbeit war. «Ist Mrs. Ashurst auch zufrieden?»

Alan zuckte die Achseln. «Glaub schon.»

«Sie denkt immer noch, die EU bezahlt für all das hier?»

Er nickte. «Jep.»

«Gut, gut», antwortete Guy, obwohl er sich nicht ganz sicher war, ob es sie überhaupt kümmern würde, wenn sie herausfände, dass *er* Alan bezahlte und nicht die EU. In diesem Augenblick fiel Guy auf, dass Amys Wagen nicht in der Auffahrt stand. «Ist sie nicht da?»

«Ist in London», informierte Alan ihn. «Mit den Kindern.»

«In London?» Seltsam, dass sie diesen Ausflug ihm gegenüber nicht erwähnt hatte. Guy hatte in letzter Zeit geglaubt, dass sie sich wieder etwas nähergekommen seien. Aber da hatte er sich wohl geirrt.

«Will sich Wohnungen ansehen», sagte Alan. «Soll ich hier weitermachen, solange sie weg ist?» Er wies in alle Richtungen, um auf das zu zeigen, was er im Hof und am Haus geleistet hatte.

«Ja», sagte Guy mit seinem Seufzen. «Es wird sie hoffentlich davon überzeugen hierzubleiben.»

Alan schnaubte.

«Soll ich Hamish auf meiner Runde mitnehmen? Ich bin auf dem Weg zu den Cadugans, um ein Pferd zu kastrieren. Es macht ihnen bestimmt nichts aus, wenn ich ihn dabeihabe.» In diesen Tagen der Maul- und Klauenseuche, der Blauzungenkrankheit und Gott weiß was noch für Epidemien hatten Bauern immer öfter etwas dagegen, wenn er auf seinen Hausbesuchen einen Hund mitbrachte. Doch seit Robbie tot war, merkte Guy immer häufiger, wie sehr er die Gegenwart eines Hundes vermisste.

«Ist ein guter Kerl.» Hamish rollte sich auf den Rücken, streckte die Beine in alle vier Himmelsrichtungen und bot seinen Bauch zum Kraulen dar. Alan rieb grob mit dem Fuß darüber. «Wenn auch 'n bisschen verrückt.»

«Er scheint Sie auf jeden Fall sehr zu mögen.»

Alan tat das Kompliment mit einem Achselzucken ab.

«Komm, Hamish. Alan hat zu tun. Du darfst heute mit mir mitkommen.» Guy schlug sich mit der Hand auf den Oberschenkel, um den Hund zu ermutigen. «Wann kommt Mrs. Ashurst zurück?»

«Morgen Abend.»

«Dann nehme ich Hamish mit zu mir nach Hause», sagte Guy. «So haben Sie keinen Ärger.»

Alan wirkte fast ein wenig enttäuscht. Doch Guy war überzeugt, er würde das anders sehen, wenn Hamish mit seinem Schwanz erst einmal all die hübschen kleinen Nippsachen in Alans Cottage wegfegen würde.

«Komm schon, Hund», rief Guy, doch Hamish blieb stur zu Alans Füßen liegen. Guy wollte ihn an seinem Halsband hochziehen, doch der Hund rührte sich nicht vom Fleck.

«Komm, Junge», sagte Alan, schnippte mit den Fingern und führte den schmachtenden Hund zur Heckklappe von Guys Wagen. Alan schaute Guy dabei nicht in die Augen. Hamish sprang rein, setzte sich und legte den Schwanz um die Pfoten.

Wie es aussah, hatte Alan nicht nur Helmshill Grange auf Vordermann gebracht, sondern auch Hamish. Misstrauisch beäugte Guy den Hund. Hoffentlich hielt es ein Weilchen an.

Bevor Guy sich auf den Fahrersitz setzte, zeigte Alan mit einem Daumen auf die Weide hinter ihnen, wo Daphne, Doris und Delila zufrieden grasten. «Eins von den alten Mutterschafen ist trächtig.»

«Ausgeschlossen», widersprach Guy ungläubig.

Alan zuckte die Achseln. «Wollen Sie mal gucken?»

Der Tierarzt nickte und ging zur Wiese hinüber. Alan schnappte sich Delila – die immer schon die Flotteste der drei war –, und Guy bückte sich, um ihr den Bauch abzutasten. Er war eindeutig angeschwollen. «Sie ist schon ziemlich weit», sagte Guy. «Muss ein romantisches Zwischenspiel gehabt haben, kurz bevor sie herkam.»

Mr. Steadman nickte zustimmend. «Würd ich auch sagen.»

«Tja ja», sinnierte Guy. «Wunder geschehen.» Er hoffte nur, dass das auch in Bezug auf Amy galt und er sie doch noch überreden konnte, nicht zurück nach London zu gehen.

**68** Die Kinder sind entsetzt. Ich schiebe die Post im Eingangsbereich mit dem Fuß beiseite und ziehe den Schlüssel des Wohnungsmaklers aus dem Schloss. Der Makler musste in seinem Wagen noch einen dringenden Anruf auf seinem Handy entgegennehmen und hat uns daher allein hier hochgeschickt. Das ist wahrscheinlich ganz gut so.

«So schlecht ist es doch gar nicht, oder?», frage ich.

«Wir können hier unmöglich wohnen, Mummy.» Jessica sieht geschockt aus. Sogar noch geschockter als damals, als wir Helmshill Grange zum ersten Mal sahen. «Wo sollte denn Hamish hin?»

Das ist eine durchaus berechtigte Frage.

Wir schieben uns vorsichtig in die Wohnung und begutachten die rosa Paisleymuster-Tapete im Wohnzimmer – ich bin mir sicher, dass meine Eltern in den Siebzigerjahren auch so eine hatten – und den orange gemusterten Teppich. Das allein ist schon schrecklich genug. Hinzu kommt allerdings noch, dass sich die Tapete von den Wänden löst und in den Teppich der Schmutz von tausend Füßen eingetreten ist. Das Badezimmer am Ende des Flurs ist mit avocadogrünem Kunststoff ausgestattet, und ich bekomme augenblicklich Sehnsucht nach der uralten, klauenfüßigen Badewanne in Helmshill.

«Igitt», entfährt es Jessica.

Igitt trifft es gut.

Gerechterweise muss man sagen, dass die Zimmer einigermaßen groß sind. Aber da hören die Komplimente auch schon auf. Die Miete ist astronomisch hoch, und die Gegend ist bei weitem nicht so gut wie die, in der wir früher gelebt haben. Ich kann kaum glauben, dass ich für so ein Loch so viel bezahlen muss. Mir wird bang ums Herz. Wie kann man es sich überhaupt leisten, in London eine Wohnung zu mieten, wenn man nicht gerade mit zehn anderen Leuten in einem Zimmer hausen will?

Die Wohnung liegt in einem riesigen Mietshaus, das alles in allem keinen besonders gepflegten Eindruck macht. Der Lift funktioniert nicht, und in dem schmuddeligen Treppenhaus ist die Hälfte der Glühbirnen kaputt. Vielleicht würden wir ja nur vorübergehend hier wohnen, aber der Mietvertrag läuft mindestens sechs Monate. Ich frage mich, ob ich es mit den Kindern in den Wintermonaten mit ihren langen, dunklen Nächten hier aushalten würde? Die Antwort ist ein eindeutiges Nein. Ich würde mich jedes Mal zu Tode fürchten, wenn sie auch nur allein aus der Tür gingen. Und das würden sie wohl oder übel machen müssen, sobald ich meine Stelle antrete. Ich kaue nervös an einem Fingernagel.

Nur Milly Molly Mandy würde es hier gefallen, denn in der schmutzigen Küche gibt es mehr als genug Hinweise auf Nagetiere. Die Katze wäre im siebten Himmel.

«Keine Sorge», sage ich. «Es gibt noch eine ganze Reihe von Wohnungen, die wir besichtigen können. Ich bin mir sicher, dass wir die richtige finden.»

Tom sagt nichts, aber er ist blass geworden.

Wir sind schon wieder unten, bevor der Makler sein Telefonat beendet hat. «Hat die Wohnung Ihnen gefallen?», fragt er, als wir bei ihm sind.

«Nicht besonders», antworte ich. «Hoffen wir, dass die nächste besser ist.»

«Nun, es ist nicht so leicht, wenn man nur ein begrenztes Budget hat», sagt er.

Was er meint, ist ein *sehr begrenztes* Budget, aber auch wenn ich weiß, dass ich Kompromisse machen muss, bin ich doch nicht bereit, im Elend zu leben. Helmshill Grange mag einen verwohnten Charme haben, aber es ist definitiv keine Ruine. Habe ich das wirklich gerade gedacht?

Inzwischen haben wir weitere fünf Wohnungen besichtigt, die allesamt den Anschein machten, sich in ihrer Hässlichkeit überbieten zu wollen. Es ist kalt und dunkel geworden, und Jessica wird allmählich weinerlich, weil sie Hunger hat. Ich selbst fühle mich auch ziemlich elend, wenn auch aus anderen Gründen. Dann, gerade als ich denke, dass ich diese Folter nicht länger ertrage, halten wir vor Lancaster Court. Es ist ein langweiliger Wohnblock mit ehemaligen Sozialwohnungen, aber er liegt in einer guten Gegend nicht weit von unserem alten Haus. Das Gebäude scheint in letzter Zeit ein bisschen aufgehübscht worden zu sein, denn die Wohnungen sind mit neuen, doppelt verglasten Fenstern versehen, und die Tür des Haupteingangs ist frisch gestrichen.

Trotz dieser kleinen, stimmungsaufhellenden Details steigen wir müde aus dem Wagen. Ich weiß nicht, warum der Wohnungsmakler uns nicht als Erstes hierhergebracht hat, da das Gebäude am ehesten meinen ursprünglich geäußerten Wünschen entspricht. Wahrscheinlich, weil die Wohnung nicht nur die geeignetste, sondern auch die teuerste auf seiner kurzen Liste ist. Wir trotten hinter ihm her in die Eingangshalle, die ebenfalls vor kurzem in dezenter Farbe gestrichen worden ist. Der Makler öffnet die Tür einer Wohnung im Erdgeschoss, und wir folgen ihm hinein.

«Wow», sage ich. Das mag, ehrlich gesagt, etwas übertrieben sein, aber so spät am Tag und nach so vielen heruntergekommenen Wohnungen wirkt Lancaster Court Nummer 3 definitiv vielversprechend. Wie das gesamte Gebäude wurde auch die Wohnung vor kurzem renoviert. Sie haut einen nicht gerade vom Hocker, aber hässlich ist sie nicht. Sie ist nicht feucht, nicht von Mäusen verseucht, und sie liegt nicht in einem Gebiet, wo ich Angst haben muss, dass den Kindern – oder auch mir – bei der erstbesten Gelegenheit das Handy geraubt wird. Will fände es bestimmt schrecklich, mich und die Kinder hier eingepfercht zu sehen, aber ich muss eben mit dem wenigen Geld auskommen, das uns zur Verfügung steht. Und obwohl wir uns diese Wohnung eigentlich immer noch nicht leisten können, übersteigt sie unser Budget doch nicht allzu sehr.

«Das hier wäre nur eine vorübergehende Lösung, bis Mummy wieder richtig arbeitet. Glaubt ihr, dass wir hier wohnen könnten?», frage ich die Kinder.

«Ja», stimmt Jessica bereitwillig zu. Ich glaube, sie will so verzweifelt mit dem Besichtigen aufhören und Zuflucht in Serenas hübscher Wohnung finden, dass sie ganz vergessen hat, dass sie gar nicht von Yorkshire hierherziehen möchte. «Hamish würde es hier gefallen.»

«Ganz bestimmt», versichere ich ihr. «Gegenüber ist ein kleiner Park, wo wir mit ihm spazieren gehen könnten.»

«Oh», räumt der Makler ein. «Da gibt es einen kleinen Haken. Der Vermieter erlaubt keine Haustiere – außer vielleicht einen Goldfisch.»

Mir ist klar, dass Hamish beträchtlich mehr Probleme verursachen würde als ein Goldfisch. Verdammt. Ich will diese Wohnung haben. Sie ist die einzige, die auch nur annähernd für uns in Frage kommt. Was soll ich tun?

«Geht und sucht euch eure Zimmer aus», sage ich zu den Kindern, und Jessica – clever wie immer – rennt los, um gleich das beste zu beschlagnahmen. Tom schlurft über den glänzenden Laminatboden hinter ihr her. Mein Sohn ist beunruhigend still.

Als die Kinder außer Hörweite sind, senke ich die Stimme

und sage verschwörerisch: «Ich habe nicht wirklich vor, unseren Hund hierherzubringen. Aber meine Kinder wissen das noch nicht. Ich wäre Ihnen dankbar, wenn Sie es für sich behalten könnten.»

«Ach so», raunt er und tippt sich seitlich gegen die Nase. «Ich werde schweigen wie ein Grab.»

Ich fühle mich schrecklich wegen dieses Betrugs. Trotzdem frage ich: «Wo soll ich unterschreiben?»

## 69

Guy fuhr auf den Hof der Cadugans und traf dort die neunzehnjährige Jade an, die hier als Stallmädchen arbeitete. Wie immer wurde sie rot, als er aus dem Wagen stieg und sie begrüßte. Guy hatte den vagen Verdacht, dass sie ein wenig in ihn verknallt war. Cheryl wüsste, ob er da richtiglag, oder ob sie einfach nur ein schüchterner Teenager war. Wäre sie nicht halb so alt gewesen wie er, hätte er sich womöglich sogar für sie interessiert. Sie war auf jeden Fall ein hübsches Mädchen. Dieser Meinung war eindeutig auch Hamish, der in dem Augenblick, da der Range Rover zum Stehen kam, auf sie zuschoss und sie mit Sabber und hündischer Zuneigung überschüttete. So viel zu Alans beruhigendem Einfluss auf den Hund. Die Wirkung schien in dem Augenblick nachzulassen, da der heilige Mr. Steadman außer Sichtweite war.

Es war windig über dem Moor, und die Wolken jagten nur so über den blauen Himmel. Jade schob sich die Haare aus den Augen und versuchte, sie mit einem Haargummi zu bändigen. Als ihr das rosafarbene Ding dabei zu Boden fiel, machte Hamish ihr das ultimative Kompliment und fraß es mit einem Bissen auf.

«Tut mir leid», sagte Guy. «Ich gebe Ihnen das Geld, damit Sie sich ein neues kaufen können.»

«Nein, nein.» Jade bemühte sich um ein Lachen. «Ist egal.»

«Er ist manchmal ein wenig überschwänglich.» Mit anderen Worten, völlig außer Rand und Band. «Ich habe heute einen engen Terminplan. Warum bringen Sie mich nicht zu dem Pferd, und ich mache mich gleich an die Arbeit?»

Sie gingen zusammen über den Hof und betraten den sauberen Stall, in dem die edlen Pferde der Cardugans untergebracht waren. Guy kannte sie inzwischen alle mit Namen, und er tätschelte ihre Nasen und begrüßte sie im Vorbeigehen mit leisem Gemurmel.

An der letzten Box blieben sie stehen. «Das ist Ladies' Knight», sagte Jade. Sie streichelte das Pferd. «Du bist ein feiner Kerl, was?»

Der junge Hengst scharrte nervös mit den Hufen. Er war ein Jahr alt, und sein braunes Fell glänzte wie eine Kastanie.

«Ja, ein schönes Tier», pflichtete Guy ihr bei. Er tätschelte das Pferd und gab ihm die Gelegenheit, ihn kennenzulernen. «Bringen wir es hinter uns», sagte Guy, bevor er sich die Hände wusch und dem Pferd dann ein starkes Narkosemittel direkt in die Drosselvene spritzte. Ein übles Zeug, welches das Tier ausreichend ruhigstellte, um es operieren zu können. Einige Tropfen des Medikaments würden ausreichen, um einen Menschen für immer zu betäuben. Deswegen musste Guy in seinem Arztkoffer immer ein Gegenmittel dabeihaben, falls es sich jemand einmal versehentlich selbst verabreichte.

Dann war es Zeit, das Skrotum des Pferds zu waschen und zu desinfizieren, nicht unbedingt Guys Lieblingsjob, denn auch ein ruhiggestelltes Pferd konnte immer noch austreten und seinen eigenen Hoden ernsten Schaden zufügen.

Jade hielt Ladies' Knight am Halfter fest und flüsterte ihm tröstliche Worte ins Ohr, während Guy dem Pferd eine örtliche Betäubung gab und mit einem gezielten Schnitt dessen Hoden freilegte. In so einem Augenblick fragte er sich des Öfteren, warum er nicht Buchhalter oder Anwalt geworden war. Welcher geistig gesunde Mensch hatte Spaß an solch einer Tätigkeit? Es musste eine bessere Möglichkeit geben, sich seinen Lebensunterhalt zu verdienen.

Mit einem Instrument, das seiner Meinung nach zu Recht Emaskulator genannt wurde, entfernte Guy schließlich die Hoden des Pferdes. Aus irgendeinem Grund zuckte Guy stets mitfühlend zusammen, wenn er mit dieser Kastrationszange ans Werk ging. Es war eine Schande, dass Ladies' Knights Hengsttage vorüber waren, bevor sie überhaupt begonnen hatten. Die Hoden warf er in einen Eimer, um sie später zu entsorgen. Er gab dem Pferd einen Klaps auf das Hinterteil, weil es sich so gut benommen hatte. «Braver Bursche», sagte er.

Selbst nach all den Jahren schauderte es Guy noch, wenn er ein Pferd kastrieren musste, und es war völlig ausgeschlossen, dass er sich je selbst sterilisieren lassen würde.

«Jetzt sind Sie am Zug, Jade», sagte Guy, als er die letzten Handgriffe machte. «Sie müssen die Wunde die nächsten zehn Tage gut sauber halten. Sagen Sie Mr. Cadugan, er soll mich anrufen, falls es Probleme gibt.»

«Alles klar, Mr. Burton.»

«Komm, Hamish.» Er pfiff nach dem Hund, der um den Eimer mit den Testikeln herumschlich. «Bei Fuß.»

«Der Hund wirkt etwas wacklig auf den Beinen», bemerkte Jade, als Guy die Hecktür des Range Rovers öffnete.

Guy schüttelte den Kopf. «Der führt immer irgendwelchen Unsinn im Schilde.» Er stieg ins Auto. «Bis zum nächsten Mal, Jade.»

Sie winkte ihm zum Abschied, und Guy bog auf die schmale gewundene Straße zurück nach Scarsby ein, wo seine nachmittägliche Sprechstunde auf ihn wartete. Er drehte das Radio auf und pfiff beim Fahren tonlos mit. Es war ein schöner Tag. Kein Regen. Blauer Himmel, die Luft kalt und klar. «Was für ein Wetter, hm, Junge?»

Er hatte erwartet, Hamish zumindest ein Bellen zu entlocken, doch der Hund reagierte nicht. Guy warf einen Blick in den Rückspiegel. Alles, was er sehen konnte, waren Hamishs vier Beine, die starr in die Luft ragten. Seine langjährige Erfahrung als Tierarzt sagte ihm, dass das nichts Gutes verhieß.

Guy bremste scharf, schnappte sich seine Arzttasche und hastete um den Wagen herum nach hinten, wo er die Heckklappe aufriss. Hamish lag vollkommen reglos da, mit von sich gestreckten Beinen, glasigen Augen und heraushängender Zunge. In dem Moment klingelte sein Handy. Ganz schlechtes Timing. Guy war versucht, den Anrufer der Voicemail zu überlassen, aber bei seinem Beruf wusste man nie, ob es nicht doch dringend war. «Guy Burton», meldete er sich barsch.

«Hier ist Jade», sagte die junge Frau am anderen Ende der Leitung. «Die Hoden von Ladies Knight sind aus dem Eimer verschwunden.»

Das also stimmte mit Hamish nicht. Er hatte die Innereien des Pferds heruntergeschlungen und sich mit dem Anästhetikum darin schachmatt gesetzt. Gütiger Himmel, die Menge, die Hamish da intus hatte, könnte ihn umbringen. «Danke, Jade. Sie sind eine Lebensretterin.»

Ohne zu zögern zog Guy das Gegenmittel in eine Spritze auf und verabreichte es Hamish. Der Hund bellte mit schwerer Zunge und starrte ihn trunken an.

Guy seufzte erleichtert auf. «Das war knapp, mein Junge. Tu mir das nie wieder an.» Der Hund drehte sich um und stupste die Nase in die Hand des Tierarztes. «Du bist eine wandelnde Katastrophe, Hamish. Hat dir das schon mal jemand gesagt?»

Hamish bellte glücklich, auch wenn es immer noch leicht weggetreten klang.

Guy hatte sich noch nie im Leben so dringend einen Brandy gewünscht. Wenn Hamish etwas zugestoßen wäre, hätte er sich das nie verzeihen können. Ganz abgesehen davon, dass das seine Chancen bei Amy beträchtlich geschmälert hätte. Dass man eine Frau nicht gewann, indem man ihren Hund um die Ecke brachte, würde ihm wahrscheinlich auch Cheryl bestätigen.

## 70

Serena ist für die Nacht in ihr anderes Zimmer gezogen, damit wir alle zusammen bei ihr unterkommen können. Auf dem Boden liegt eine Luftmatratze, die sie gerade mit Hilfe ihres Haarföhns aufbläst. Direkt daneben steht ihre supermoderne und unglaublich teure Vibrationsplattform VibroGym, die so groß ist, dass sie fast den ganzen Raum einnimmt.

Meine Schwester hat netterweise für die Kinder und mich ihr Doppelbett geräumt, aber schon jetzt ist klar, dass wir hier nicht länger als ein oder zwei Nächte bleiben könnten. Wir sind eine zu große Belastung. Dieses Apartment ist definitiv nur auf eine Person zugeschnitten. Ob wir wollen oder nicht, wir werden direkt von Helmshill Grange in unsere neue Wohnung ziehen müssen.

«Und du bist dir auch wirklich sicher, dass du das Richtige tust?», flüstert Serena mir zu, während ich ihr Kopfkissen frisch beziehe.

Ich vergewissere mich, dass die Kinder noch immer vor ihrem 42-Zoll-Plasmafernseher und ihrer Wii-Konsole kleben. «Die Wohnung ist nicht wirklich schön», antworte ich mit gesenkter Stimme, «aber sie ist auch nicht ganz schlecht. Jetzt können wir wenigstens nach London zurückziehen.»

«Und das ist immer noch das, was du willst?»

Ich blicke auf. «Warum sollte ich es denn nicht mehr wollen?»

Sie zuckt die Schultern. «Ich weiß nicht. Ich dachte in letzter Zeit einfach nur, dass das Landleben dir eigentlich ganz gut zu bekommen scheint.»

Ich habe zwar nicht gerade rote Apfelbäckchen, aber vielleicht sehe ich tatsächlich nicht mehr ganz so abgehärmt aus wie unmittelbar nach Wills Tod. Gesunde Landluft hin oder her, was sein muss, muss sein. «Ich muss arbeiten, Serena. Das hier ist die einzige Stelle, die ich bekommen habe. In Helmshill kann ich es gleich vergessen, und selbst in Scarsby gibt es kaum Jobs, wenn ich nicht gerade Kellnerin in Poppy's Tea Room werden will.»

«Es gibt schlimmere Berufe.»

Ich verschränke die Arme über dem Kissen und sage: «Das klingt jetzt aber überhaupt nicht nach dir. Ich dachte, gerade du wolltest mich wieder hier im Land der Lebenden sehen, fest eingebunden in Job und Karriere.»

«Nun, Arbeit ist nicht alles, oder?», gibt sie mit einem ganz untypischen Mangel an Ehrgeiz zurück. «Schau dir doch diese Wohnung hier an. Sie ist eine Schuhschachtel – eine hübsche Schuhschachtel, gewiss, aber sie frisst den größten Teil meines Einkommens. Ich arbeite den ganzen Tag, nur damit ich dieses winzige Dach über dem Kopf habe. Das ist doch verrückt. Wo bleibt denn da die Lebensqualität?»

«Jetzt klingst du schon wie Will.»

Serena prüft, wie viel Luft noch in der Matratze fehlt. «Vielleicht hatte er ja nicht ganz unrecht. Ich bin um sechs Uhr morgens im Büro, komme selten vor zwanzig Uhr nach Hause – außer, wenn mein Schwesterherz mich besucht –, und was bekomme ich dafür? Einen Scheißdreck.»

«Abgesehen von einem enormen Gehalt.»

«Selbst Schuhe hat man irgendwann genug, Amy.»

Ich gehe zu dem riesigen Panoramafenster und schaue hinaus. Hier gibt es nichts außer Beton, Stahl und Glas. Eine attraktive, künstliche Landschaft, aber sie kann es nicht mit den Yorkshire Moors aufnehmen. Das begreife sogar ich. Nirgends sehe ich einen Grashalm oder irgendeine Pflanze. Trotz der doppelt verglasten Fenster höre ich das Summen des Verkehrs in der Tiefe, gelegentlich durchbrochen von einem zornigen Hupen. Was für ein Unterschied das ist zu dem Frieden und der Ruhe von Helmshill! Auf einmal kommt mir diese Stadt schrecklich fremd vor. Ich schüttele den Kopf, um den Gedanken loszuwerden.

«Ich kann jetzt nicht mehr zurück», sage ich, als ich mich vom Fenster abwende, «selbst wenn ich wollte. Das Haus ist verkauft. Ich kann die Gerner-Bernards nicht versetzen. Ich hasse Leute, die so was tun. Außerdem habe ich gerade einen sechsmonatigen Mietvertrag unterschrieben, der Ende Januar beginnt.» Und ich habe beim Wohnungsmakler eine hohe Kaution hinterlegt, da er mir versichert hat, die «begehrenswerte» Wohnung am Lancaster Court werde nicht lange auf dem Markt bleiben. Natürlich habe ich ihm das sofort abgenommen. Nichts auf der Welt hätte mich dazu bringen können, noch einen weiteren deprimierenden Tag damit zuzubringen, mir überteuerte Löcher anzuschauen. Den fett gedruckten Paragraphen HAUSTIERE VERBOTEN habe ich rasch übergangen. «Wir feiern noch Weihnachten in Helmshill Grange, und im neuen Jahr sind wir dann da raus. Ich bin mir sicher, dass es das Beste für die Kinder ist.»

Meine Schwester wirkt nicht überzeugt, und das verunsichert mich. «Und was ist mit Guy?»

Ich zucke die Schultern. «Was soll mit ihm sein?»

«Eines habe ich aus meinen ausgedehnten Single-Jahren auf diesem Planeten gelernt, nämlich dass es schwer ist, einen guten Mann zu finden.»

Serena stöpselt das Ventil ins Loch und wickelt das Kabel um den Föhn. «Ich meine das ganz ernst, denk doch mal darüber nach. Du magst ihn. Er mag dich. Und vielleicht noch mehr als das.»

Ich hebe abwehrend die Hand. «Dafür ist es viel zu früh.»

«*Jetzt* ist es noch zu früh», stimmt sie mir zu. «Aber ich möchte nicht, dass du in fünf Jahren plötzlich merkst, dass es dann auf einmal zu spät ist.»

«Ich habe Angst, es ihm zu erzählen», gebe ich zu. «Ich weiß gar nicht, warum.»

«Du bist meine Schwester», seufzt Serena, «und ich liebe dich. Aber manchmal bist du wirklich schwer von Begriff.»

«Guy wird verstehen, warum ich das mache. Ganz bestimmt. Wir beide müssen jetzt das tun, was im Moment für uns das Richtige ist, unabhängig davon, was in der Zukunft geschehen oder auch nicht geschehen könnte», sage ich bestimmt. Ich hoffe nur, dass ich damit auch recht habe.

# 71

Am nächsten Nachmittag sind die Kinder still, als wir vom Bahnhof nach Helmshill Grange zurückfahren, und irgendwie erscheint mir das als schlechtes Zeichen. Die Begeisterung über den Besuch bei ihrer Lieblingstante ist nach der langweiligen Bahnfahrt längst abgeflaut. Die Sonne geht unter, und die Landschaft sieht sanft und verträumt aus. Wir sind das einzige Auto auf der Straße, und alles, was wir hören, ist das Rollen der Reifen auf dem Asphalt.

Den ganzen Vormittag habe ich darum gekämpft, dass die Kinder in Queensway aufgenommen werden, jener Schule, die unserer neuen Wohnung am nächsten liegt. Mit der Weston Academy für Kinder reicher Eltern lässt sie sich nicht vergleichen. Stattdessen ist sie ein großer Betonklotz aus den Sechzigerjahren mit Millionen Kindern aus hundert verschiedenen Nationen – und damit ein anderes Kaliber als die gemütliche, kleine St.-Mary's-Schule in Helmshill. Trotzdem musste ich um einen Platz betteln. Mir wird ganz unwohl bei dem Gedanken, Tom und Jessica dort jeden Tag hinzuschicken. Aber die Schulleiterin wirkte durchaus geradlinig und vernünftig, wenn auch vielleicht nicht ganz so durchsetzungsfähig wie Mrs. Barnsley. Es heißt ja, man soll ein Buch nicht nach seinem Einband beurteilen, und obwohl die Schule in Queensway einem schrecklich zerfledderten Umschlag entspräche, hat sie ziemlich hohe Anforderungen. Aber meine Kinder sind ja daran gewöhnt, in der Schule hart zu arbeiten. Außerdem ist das Ganze ja sowieso nur eine vorübergehende Lösung. Wenn die Kasse erst einmal wieder voll ist, tauschen wir Wohnung und Schule in etwas Besseres aus.

Guys Wagen steht in unserer Zufahrt, als wir dort einbiegen, und mein lächerlich romantisches Herz setzt bei diesem Anblick einen Schlag aus. Ich wünschte, es würde das nicht tun, aber Gefühl und Verstand scheinen hier in einem gewissen Widerspruch zu stehen.

Als die Kinder aus dem Wagen stürzen, sehe ich, dass Alan gerade mit dem Fegen des Hofs fertig wird und unser lieber Tierarzt Delila und ihre Gefährtinnen für die Nacht in den Stall bringt. «Hallo», sagt er, als ich näher komme. «Darf ich der Erste sein, der Ihnen zur Schwangerschaft gratuliert?»

Ich schaue ihn verwirrt an.

«Delila», erklärt er. «Es sieht so aus, als hätte sie kurz vor ihrem Eintreffen hier noch ein kleines Techtelmechtel gehabt.»

«Sie bekommt ein Junges?»

Guy nickt.

«Sind Sie sich da auch wirklich sicher?» Dann wird mir klar, dass er ja Tierarzt ist und wahrscheinlich recht hat. «Aber ich dachte, dafür sei sie zu alt und ausgelaugt.» So wie ich selbst.

«Wunder gibt es immer», antwortet er schulterzuckend. «Es ist eigentlich unglaublich, dass wir es nicht schon längst bemerkt haben. Sie wird bald niederkommen.»

Ich frage mich, was wohl mit Delila und ihrem Lämmchen passieren wird, wenn die Gerner-Bernards das Haus übernehmen und ich alle Tiere loswerden muss. Will würde jetzt vor Begeisterung zu tanzen anfangen, als wäre er selbst der glückliche Vater, aber für mich stellt das hier nur ein weiteres Problem unter vielen dar. Unwillkürlich seufze ich laut.

«Sie klingen müde», sagt Guy. «Hatten Sie einen langen Tag?»

«Wir waren in London.»

«Alan hat es mir gesagt.» Er lehnt sich gegen die Stalltür. «Und waren Sie erfolgreich?»

«Ich habe eine Wohnung gemietet», erwidere ich nüchtern. «Ab Ende Januar.»

Er nickt, sagt aber nichts. Mein verrückter Hund kommt über den Hof gerannt, und mich überkommt ein Anfall von schlechtem Gewissen.

«War Hamish brav?»

«Aber sicher», antwortet Guy.

«Keine Probleme?»

Er schüttelt den Kopf, ein bisschen zu nachdrücklich für meinen Geschmack. «Überhaupt keine.»

«Er sieht ein bisschen seltsam aus, als wäre er betrunken oder so.»

«Ach wirklich?» Der Hund ist definitiv unsicher auf den Beinen. «Ich wüsste nicht warum.»

Meine Kinder stürzen sich auf Hamish, und diesmal sind sie es, die ihn unter dem Ansturm der Begeisterung zu Boden werfen. Komisch, normalerweise läuft das doch genau andersrum.

«Alan wird ihn schon wieder herrichten», sage ich kopfschüttelnd. «So, wie er alles wieder herrichtet. Ich bin Ihnen so dankbar, dass Sie mir diese Fördermittel besorgt haben. Wann genau laufen die nochmal aus?»

Guy weicht meinem Blick aus. «Ähm, ich denke, bis Sie hier weggehen, sind wir noch abgedeckt.»

«Großartig. Es war eine solche Erleichterung.»

«Gut. Das hatte ich gehofft.»

Und dann, ich weiß nicht warum, fällt es mir plötzlich wie Schuppen von den Augen. «Von welcher Stelle kommt das Geld nochmal?»

«Nun ...», windet sich Guy. «Ich erinnere mich nicht so genau. Da müsste ich erst mal in den Unterlagen nachschauen. Sie wissen ja, ich habe ein Gedächtnis wie ein Sieb.»

Irgendetwas an seinem Tonfall lässt die Alarmglocken in meinem Kopf lauter schrillen. Meine Schwester hat recht. Ich bin *wirklich* schwer von Begriff. Ich verschränke die Arme vor der Brust und sehe den Tierarzt durchdringend an. «Es ist keine EU-Stelle, die für Alans Arbeit hier zahlt, oder?»

«Ähm ...», macht Guy wieder und blickt sich nach einem Fluchtweg um. Doch es gibt keinen.

«Sie sind das, der für das alles hier bezahlt.» Ich zeige auf den properen Hof und mein vor Sauberkeit blinkendes Haus.

«Es ist ja nur eine kleine Hilfe.»

«Ach, Guy», sage ich. «Das können Sie doch nicht machen. Warum sollten Sie sich denn für uns in solche Unkosten stürzen?»

«Ich wollte es so», antwortet er schlicht. «Ich konnte sehen, dass Sie allein nicht gut zurechtkamen. Und außerdem ist es auch für Alan gut. Seit er allein lebt und Rente bezieht, langweilt er sich zu Tode.»

«Wie konnten Sie mich so überzeugend anlügen?», frage ich.

«Ich wusste, dass Sie mein Geld sonst nicht angenommen hätten.»

«Bin ich so stur?»

Darauf nickt er.

«Was sind Sie nur für ein phantastischer Schwindler», beschwere ich mich. «Wahrscheinlich sind Sie noch nicht mal ein verdammter Tierarzt.»

Darüber müssen wir beide lachen, und das löst die Spannung.

«Warum?», frage ich erneut. «Warum haben Sie das gemacht?»

Diesmal sieht Guy mir direkt in die Augen, und meine Kehle schnürt sich zusammen. «Weil ich gehofft hatte, dass Sie dann hierbleiben würden.»

Und jetzt gibt es nichts, was ich darauf erwidern könnte.

## 72

Ich weiß nicht, wo all die Zeit hin ist, aber auf einmal steht Weihnachten vor der Tür. Es ist Heiligabend, und die Kinder und ich schmücken den Baum. Alan hat uns von dem Bauernhof seiner Freunde eine phantastische Blautanne mitgebracht, die jetzt in einer Ecke des Wohnzimmers steht und den Raum mit Kieferndutt erfüllt. Außerdem hat uns der heilige Mr. Steadman einen riesigen Stapel Brennholz für den Winter gespalten, und jetzt erfüllt ein Feuer den Raum mit seiner wohligen Glut. Milly Molly Mandy liegt zusammengerollt vor dem Ofen und schläft tief und fest. Selbst Serienmörder scheinen an Weihnachten eine Auszeit zu nehmen. Im Schlaf krümmt sie die Krallen und zuckt mit den Pfötchen. Ich könnte wetten, dass sie davon träumt, ein Nagetier bei lebendigem Leib zu häuten. Um die Feuchtigkeit so gut wie möglich zu vertreiben, habe ich die Heizung ebenfalls voll aufgedreht, und ich versuche, nicht über die Ölrechnung nachzudenken, sondern stattdessen die gemütliche Atmosphäre, die wir uns sonst nicht leisten können, zu genießen.

Ich trete zurück und bewundere den Baum. Helmshill Grange hat noch nie so schön ausgesehen wie heute, und dieser Gedanke schmerzt mich.

Tom behängt den Baum mit Schokoladentaler-Säckchen, der riesige Ast beugt sich unter dem Gewicht. «Kann ich bitte jetzt schon eins haben, Mummy?»

«Lass ein Säckchen übrig», sage ich. «Dann kannst du es dir nach dem Tee mit Jessica teilen.»

Als Kind habe ich die glitzernden Goldsäckchen mit Schokoladentalern geliebt. Sie waren mein liebster Baumschmuck, und diese Vorliebe habe ich offensichtlich an meine beiden Kinder vererbt. Obgleich ich kein großer Fan von Weihnachten bin, macht es mir Spaß, den Baum zu putzen, den Schmuck aus den Schachteln zu holen, ihn abzustauben und Schätze zu entdecken, die ich in der Zwischenzeit ganz vergessen hatte. Dieses Jahr treibe ich besonders viel Aufwand um Weihnachten. Und das, obwohl das Geld knapp ist. Aber ich wollte die Kinder mal so richtig verwöhnen. Sie haben eine harte Zeit hinter sich, und ich möchte sie dafür belohnen, wie gut sie mit dieser Situation umgegangen sind. Sobald wir mit dem Schmücken fertig sind, wird ein Stapel buntverpackter Geschenke unter den Baum wandern. Tom bekommt eine Xbox und Jessica einen Haufen geschmacklosen Barbie-Kram, von dem sie begeistert sein wird. Außerdem habe ich ihnen Anziehsachen und Süßigkeiten gekauft und ihre Weihnachtsstrümpfe mit jeder Menge lustiger kleiner Geschenke gefüllt, die die Kinder zum Lachen bringen sollen.

Auch von Alan bekommen die beiden ein riesiges Geschenk, und nur ich weiß bereits, was darin ist. Der Gute hat mir anvertraut, dass er den beiden einen Holzschlitten gebaut hat. Ein richtiges Kunstwerk, in das links und rechts ihre Namen eingraviert sind. Sie haben bisher noch nie einen Schlitten gehabt, und ich bin mir sicher, dass sie völlig aus dem Häuschen sein werden. Ein Blick in den Garten zeigt mir, dass noch immer kräftig Schnee fällt und der Boden bereits mit einer weichen, weißen Decke überzogen ist. Ich kann mich nicht erinnern, wann ich zum letzten Mal so viel Schnee gesehen habe, es sieht wie verzaubert draußen aus. Die Kinder haben so was vielleicht noch überhaupt nie erlebt. Es ist Jahre her, seit wir in London einmal mehr als ein paar Flocken hatten. Ich gebe es nicht gerne zu, insbesondere nicht in diesem späten Stadium, aber ein Teil von mir wird diesen Ort hier schmerzlich vermissen.

Die Bainbridges haben uns unsere Sünden vergeben – oder genauer gesagt die Sünden unseres Hundes –, und Gill hat uns einen wunderschönen Kranz für unsere Haustür gebastelt. Sie haben auch Geschenke für Tom und Jessica vorbeigebracht, was wirklich nett von ihnen ist. Wenn wir hierblieben, würden wir bestimmt Freunde werden. Alles sieht großartig aus, und fehlte nicht eine bestimmte Person, dann wäre dieses Weihnachten vollkommen.

Ich schaue auf die Uhr. Wir gehen heute Abend alle zum Familiengottesdienst in die Kirche St. Mary's, wo wir auch Alan und Guy treffen werden. Die beiden werden außerdem morgen zum Weihnachtsessen kommen. Es wird eigenartig sein, Weihnachten ohne William zu feiern – diese Zeit des Jahres hat er immer am liebsten gemocht. Er hat das ganze Fest geliebt, vom Schmücken des Baumes über das Flambieren des Weihnachtspuddings bis zu unserem traditionellen Familienspaziergang am zweiten Weihnachtsfeiertag – aber wir müssen eben das Beste daraus machen. Meine Schwester Serena ist noch vor dem Schneetreiben eingetroffen, ebenfalls bis obenhin beladen mit Geschenken für die Kinder. Sie ist jetzt oben, steht unter der heißen Dusche und trinkt zur Entspannung nach der Fahrt ein Glas guten Rotwein, den ich Wills Vorrat entnommen habe.

«Wir sollten uns ein wenig beeilen», sage ich zu den Kindern. «Wir wollen uns schließlich nicht verspäten.» Was ich eigentlich meine, ist, dass wir keinen Platz ganz hinten bei der zugigen Tür wollen. «Seid ihr so weit?»

Beide nicken und kommen zu mir. Ich lege die Arme um sie und drücke sie an mich. Es sind Tage wie diese, an denen ich meinen Mann am stärksten vermisse. Nach und nach hakt man die Wegmarken ab – das erste Weihnachten ohne ihn, unser Hochzeitstag, Wills Geburtstag, mein Geburtstag, die Geburtstage der Kinder, vielleicht ein Urlaub. Und dann, irgendwann, werden wir ein ganzes Jahr ohne ihn hinter uns gebracht haben. Bei diesem Gedanken schnürt sich mir die Kehle zu. Wir müssen hier raus, bevor ich anfange zu weinen.

Ich führe die Kinder in die Küche und lasse sie mit der langwierigen Prozedur des Anziehens von Stiefeln, Mänteln und Mützen beginnen. «Serena», rufe ich. «Wir müssen los.»

Ich schaue nach Hamish, der im Moment in der Waschküche eingeschlossen ist. Es wäre unmöglich gewesen, im Beisein dieses Monsters den Baum zu schmücken. Er lebt noch, beschwert sich aber lauthals über die unmenschliche Behandlung. Ich knuddele ihn kurz und klemme dann den Stuhl wieder unter den Türgriff, sodass es kein Entkommen gibt. Jetzt winselt er noch erbärmlicher hinter der Tür.

Auf der Arbeitsplatte in der Küche liegt die Pute, die Guy von der Farm der Tunliffes hat schicken lassen. Ich habe sie heute in dem alten Wärmespeicherofen gebraten, mit dem ich jetzt, wo ich bald wieder zu einem stinknormalen elektrischen Herd zurückkehren werde, endlich umzugehen gelernt habe. Ich habe sie vor einer halben Stunde aus dem Ofen geholt, und jetzt ist sie in Alufolie verpackt. Nach der

Messe können wir also warme Putensandwiches essen – noch so eine Familientradition, die Will eingeführt hat. Ich hatte kurz überlegt, Hamish ein Stückchen abzugeben, um ihn friedlicher zu stimmen, bin aber dann schnell wieder von dieser Idee abgekommen. Es hätte ihn bestimmt nur auf dumme Gedanken gebracht.

Ich ziehe mir Stiefel an und bin bereit, der Kälte die Stirn zu bieten. Ich könnte schwören, dass es in London niemals so eisig war. Serena taucht auf. Selbst in einer Art Arktis-Outfit schafft sie es, schick auszusehen. Sie trägt Uggboots, braune Jeans und eine eierschalenweiße Steppjacke mit einem dunklen Pelzkragen. Ich habe versucht, mich ebenfalls in Schale zu werfen, und trage meine gute schwarze Hose, einen roten Kaschmirpullover und einen dicken Mantel, den ich in London kaum anhatte, der in den letzten Wochen aber häufig zum Einsatz kam.

«Es dauert nicht lange», rufe ich dem Hund über die Schulter zu. «Versuch brav zu sein, Hamish.»

Dann treten wir alle in den Schnee hinaus, und ich lasse die Tür hinter uns ins Schloss fallen.

## 73

Guy schritt über den Friedhof. Der Schnee war schwer und tief, und die Szene, die sich ihm bot, sah aus wie auf einer Weihnachtskarte: die malerische Kirche, deren Buntglasfenster warm leuchten, und davor die dürren Äste der Bäume, dick bedeckt mit Schneeflocken, die im Schein der Kirche auffunkelten wie Diamanten. Auch das Moor im Hintergrund war mit einer dichten Schneedecke überzogen. Es würde ganz schön kalt werden da oben heute Nacht, dachte Guy und hoffte, dass er nicht zu einem

Notfall gerufen wurde. Das Problem an der Arbeit mit Tieren war, dass sie sich nicht an Feiertage hielten.

Aber was für ein idyllisches Bild. Es erfüllte ihn mit Freude, in Helmshill zu leben, und er konnte sich in diesem Augenblick nicht vorstellen, je woanders zu sein. Am Wegesrand sah er Tom, Jessica und Serena. Amy kniete neben Wills Grab und platzierte vor dem Grabstein einen strahlendroten Weihnachtsstern, der in der schwarz-weißen Winterlandschaft fast ein wenig fehl am Platze wirkte. Guy sah, dass sie sich eine Träne aus dem Auge wischte und aufstand, um ihre Kinder zu umarmen. Die Freude, die er bei ihrem Anblick empfunden hatte, war verflogen. Sie war immer noch die Frau eines anderen, selbst wenn dieser andere nicht mehr hier war. Und das durfte er nie vergessen.

Guy verlangsamte sein Tempo und gab ihnen eine Minute, um sich zu sammeln, doch als er sah, dass Amy sich bereits wieder an einem Lächeln versuchte, trat er zu ihnen.

«Ist es euch auch kalt genug?», fragte er.

Sie drehte sich zu ihm um, und die Wärme ihres Lächeln raubte ihm schier den Atem. So sehr er sich auch bemühte, sich zu kontrollieren, sein Herz schlug einen heftigen Trommelwirbel. «Es ist traumhaft», schwärmte sie. «Wie im Winterwunderland.»

Am liebsten hätte er ihre Hand genommen, doch das wagte er nicht, und so gingen sie nebeneinanderher in die bereits rappelvolle Kirche. An einem normalen Sonntag mochte die Gemeinde kleiner ausfallen, doch die hohen Fest- und Feiertagen lockten die Bewohner von Helmshill in großer Zahl hierher. Auch Alan war schon da und saß allein in einer Bank. Als sie sich zu ihm setzten, huschte ein seltenes Lächeln über sein Gesicht.

Es fühlte sich einfach so richtig an, dachte Guy, als er sich auf die harte Bank setzte und wie der Rest der Gemeinde die Hände zum Gebet faltete. Es war, als wäre ihm eine fertige Familie direkt ins Haus geliefert worden, um ihn aus der Einsamkeit herauszuholen, die ihn, wie er jetzt erst bemerkte, wie ein dichter Nebel umhüllt hatte. Was konnte er tun, damit es so blieb? Denn das war alles, was er sich wünschte. Amy, die Kinder, ihre Schwester, sogar Alan. Sie alle zusammen sollten jetzt seine Familie sein, und der Gedanke, dass Amy seinen Traum nicht teilte, ja, dass sie nicht einmal etwas davon ahnte, war ihm schier unerträglich.

Der Pfarrer las die Messe, Weihnachtslieder wurden gesungen, und die Stimmen der Dorfbewohner schallten hell und klar durch die Kirche. Plötzlich, es war mitten bei «Stille Nacht», konnte er nicht mehr. Die Töne kamen einfach nicht mehr heraus, er hatte einen Kloß im Hals und Tränen in den Augen. Wurde er etwa noch sentimental auf seine alten Tage? Er blickte zu Amy, die neben ihm saß. Auch sie hatte aufgehört zu singen und weinte stattdessen still vor sich hin. Was ihr wohl durch den Kopf ging? Dachte sie an ihren Mann? Oder beschlichen sie auf einmal Zweifel, ob es richtig war, all das hinter sich zu lassen?

Verstohlen nahm er ihre Hand. Sollten die Dorfbewohner doch denken, was sie wollten. Sie brauchte Trost, und er wollte für sie da sein. Amy zog ihre Hand nicht weg. Stattdessen sah sie ihn dankbar an, ihre sanften blauen Augen voller Tränen, mit einem Blick, der bis in seine Seele drang.

Die Worte *Ich liebe dich* lagen ihm auf der Zunge, und er sehnte sich danach, sie endlich auszusprechen. Doch er würde sich zurückhalten müssen. Zumindest für den Moment.

## 74

Wir gehen den kleinen Weg vor der Kirche zurück, tauschen gute Wünsche mit den Leuten aus dem Dorf und umarmen einander, während um uns herum der Schnee weiterhin leise auf die Erde rieselt. Verwehter Pulverschnee hat sich an den Grabsteinen gesammelt, und der Weihnachtsstern, den ich Will vorhin aufs Grab gestellt habe, ist schon kräftig mit Weiß überzogen.

Ich spüre eine innere Wärme, und zum ersten Mal gestehe ich mir gerne ein, dass ich jetzt ein Teil der Gemeinschaft hier bin. Guy hat während der Messe meine Hand gehalten, und ich weiß nicht, ob er das getan hat, um mich zu trösten, oder aus irgendeinem anderen, beängstigenderen Grund, aber es hat sich gut angefühlt, zu gut.

Jetzt steht er vor mir. «Wir sehen uns morgen», sage ich und küsse ihn zärtlich auf die Wange. «Kommen Sie gegen Mittag. Serena hat ein paar Flaschen Champagner mitgebracht, damit können wir uns noch vor dem Mittagessen abschießen.»

Guy lacht, und ich merke, wie sehr ich dieses Lachen inzwischen liebe. Ein Gefühl, das mich erschauern lässt – und zwar nicht nur unangenehm. «Ich freue mich darauf.»

Alan, eingehüllt in einen Mantel, der wahrscheinlich noch aus Kriegszeiten stammt, steht hinter uns. Ich küsse ihn ebenfalls auf die Wange, aber ich bin mir nicht sicher, ob er das mag oder nicht. Er berührt sein Gesicht, wo meine Lippen ihn gestreift haben, und dabei treten ihm Tränen in die Augen. Vielleicht ist es schon zu lange her, seit ihn jemand geküsst hat. «Also, wir sehen uns auch morgen, Alan.»

Er nickt und geht in die Nacht davon. Ich kann den Gedanken kaum ertragen, dass er an Heiligabend allein in sein Cottage zurückkehrt. Ich sehe Guy an und empfinde bei ihm dasselbe Bedauern. Vielleicht hätte ich die beiden schon jetzt zu warmen Puten-Sandwiches einladen sollen. Aber ich sollte wohl auch etwas Zeit mit Serena verbringen, da wir seit ihrer Ankunft noch keine Gelegenheit hatten, allein miteinander zu reden.

«Dann also bis morgen», verabschiede ich mich fröhlich.

Guy beugt sich vor und gibt mir einen Kuss, obwohl wir diesen Punkt ja eigentlich schon erledigt hatten. Er trifft leicht daneben und streift meinen Mund, bevor er mir einen richtigen Kuss auf die Wange gibt. Die Wärme seiner Lippen überrascht mich, und wie Alan hätte ich die Stelle fast mit dem Finger berührt. Unsere Blicke heften sich aneinander, und aus irgendeinem Grund fällt es mir schwer, mich loszureißen.

«Ich frier mir hier gleich den Arsch ab», ruft Serena, klatscht in die Hände und bringt uns damit endlich in die Wirklichkeit zurück. «Können wir langsam los?»

«Ich komme schon», sage ich verwirrt und löse mich aus Guys Umarmung. «Bis morgen also.» Im Weggehen winke ich ihm nochmal zu.

Tom und Jessica sind uns schon weit voraus, und ich gehe neben Serena her.

«Hmm», macht meine Schwester und betrachtet mich fragend. «Das war aber ein zärtlicher Moment.»

«Ja», gebe ich zurück. «Danke für die rechtzeitige Unterbrechung.»

«Tut mir leid. Das ist mir auch erst aufgefallen, als ich mein großes Maul schon aufgerissen hatte.» Sie drückt mich an sich. «Für eine Wiederholung ist noch massenhaft Zeit.»

«Nicht wirklich», erwidere ich. Schließlich geht unsere Zeit in Helmshill Grange rasch ihrem Ende entgegen.

Ich habe im ganzen Haus das Licht angelassen, damit es uns bei unserer Rückkehr warm und freundlich empfängt. Und in der Tat sieht das Grange reizend und sehr festlich aus. Aus dem Schornstein qualmt es stetig, und drinnen wird es heute die reinste Sauna sein. Das ist gut so, denn dies ist ein Weihnachten, an dem ich mich warm, kuschelig und zufrieden fühlen will.

Die Kinder beginnen eine Schneeballschlacht und kreischen, wenn ein Ball sein Ziel trifft.

Ich versetze Serena einen Knuff. «Los», dränge ich. «Zeigen wir ihnen mal, wie das geht.»

Kichernd wie die Schulmädchen ballen wir Schnee zusammen und schleudern ihn auf die Kinder, die vor Entzücken aufschreien. Dann gehen sie zum Gegenangriff über und bombardieren uns mit ganzer Kraft. Serena läuft zu ihnen über, und zu dritt jagen sie mich zum Haus zurück und überschütten mich mit Schneebällen, während ich lachend und japsend davonrenne. Es ist lange her, seit ich mich so leicht gefühlt habe. Ich blicke mich nach den Kindern um, nach meiner Schwester und nach Helmshill Grange. Dies ist ein wundervoller Moment, den ich immer in meiner Erinnerung bewahren möchte.

Ich treffe als Erste bei der Hintertür ein und stoße sie auf, noch immer prustend und heftig keuchend. Dann bleibe ich abrupt stehen. Es dauert einen Moment, bis ich die Szene in all ihren Einzelheiten verarbeiten kann. Und dann schreie ich sie wieder, die Worte, die ich hier schon zu oft habe schreien müssen: «O nein!»

## 75

Auf dem Boden mitten in der Küche liegt die Pute. Oder zumindest das, was von ihr übrig geblieben ist. Um sie herum sind Fleischstückchen und Fetzen von Alufolie verstreut. Unser Weihnachtsessen sieht so aus, als hätte es eine Höllenfahrt hinter sich. Ich spüre, wie mein Gesicht rot anläuft und mir heiß wird vor Wut. Hamish! Warte nur, bis ich dich verdammte Bestie in die Finger kriege. Der Stuhl, der unter dem Griff der Waschküchentür verkeilt gewesen war, ist umgestürzt, und die Tür steht offen. Wie hat dieser verdammte Hund es nur wieder geschafft, da rauszukommen?

Es ist allerdings klar, dass das nicht alles Hamishs Werk allein ist. Seine Komplizin liegt auf dem Küchentisch und leckt sich träge Fett von den Krallen. Milly Molly Mandy hält in ihren Waschungen inne und wirft mir einen verächtlichen Blick zu.

«Runter von diesem verdammten Tisch, bevor ich dich lebendig häute», schreie ich gerade in dem Moment, in dem die Kinder und Serena hinter mir lachend hereinkommen. Auch sie bleiben sofort stehen.

Nachdem sie sich schnell überlegt hat, dass sie heute vielleicht besser nicht die Coole spielt, springt Milly Molly Mandy vom Tisch und schießt mit Lichtgeschwindigkeit durchs Wohnzimmer.

«O nein», entfährt es jetzt auch Serena hinter mir.

In diesem Moment höre ich Hamish fröhlich im Wohnzimmer bellen. Ich stürme hin und reiße wie eine Furie die Tür auf. Meine glückselige Weihnachtsstimmung ist mir zu diesem Zeitpunkt schlagartig abhandengekommen. Das Wohnzimmer hat es noch schlimmer getroffen als die Küche. Meine wunderschöne Blautanne, die wir alle mit solcher Liebe geschmückt haben, liegt umgestürzt auf dem

Boden. Im Moment zerrt Hamish gerade den Engel von der Baumspitze, die Silberkrone und filigranen Flügel fest zwischen den Zähnen. Sein leises, grollendes Knurren ist voller Freude.

«Du lieber Gott.» Meine Hand fährt zum Mund.

Alle Geschenke haben die Hamish-Behandlung erfahren. Zerrissenes Geschenkpapier übersät den Raum. Toms Xbox ist so zernagt, dass sie nicht mehr wiederzuerkennen ist, und Jessicas Barbie-Ausstattung ist in tausend versabberte Stückchen zerkaut.

Von Alans handgearbeitetem Schlitten ist das bunte Papier abgerissen und das Holz mit riesigen Zahnabdrücken versehen. Außerdem sind die kleinen, glitzernden Säckchen mit Schokotalern vom Baum gezerrt worden und liegen jetzt zerkaut und ausgespuckt auf dem Teppich.

«Oh», flüstert Jessica schwach. «Böser Hamish.»

Plötzlich erwache ich aus meiner Erstarrung. «Gut! Das war es jetzt!» Ich stürze mich auf Hamish und packe ihn zu seiner Überraschung derart grob beim Halsband, dass ihm fast die Augen aus dem Kopf fallen. «Raus mit dir. Sofort.» Er beginnt zu winseln, als ich ihn zur Tür zerre. Selbst mit seinem wenigen Verstand begreift er, dass er diesmal wirklich tief in der Scheiße steckt. «Ich will dich nie wieder sehen.»

«Amy ...» Serena versucht, mich zu beschwichtigen, aber ich höre nicht auf sie. Ich schiebe mich an meiner Schwester vorbei und zerre den widerstrebenden Hund hinter mir her.

Seine Pfoten schleifen über den Boden, als ich ihn durch die Küche ziehe und er vergeblich versucht, sich zu setzen. Ich falle über ihn her. «Du hast mein verdammtes Weihnachtsfest ruiniert», schreie ich. «Alles, was ich getan habe, alles, wofür ich gearbeitet habe, hast du blödes Vieh kaputt gemacht.»

«Mummy», sagt Jessica, und ich höre, dass sie weint.

Ich drehe mich um und sehe die bleich gewordenen Gesichter meiner Kinder. Ich glaube nicht, dass sie mich je zuvor so haben fluchen hören. Aber eine fürchterliche Wut hat mich ergriffen, und ich kann nicht anders.

«Dieser Hund verschwindet hier», sprudelt es aus mir heraus. «Ich habe es versucht, aber jetzt reicht es mir. Ich kann mir das nicht länger antun.»

Irgendwie schleife ich ihn aus der Küchentür. Auf keinen Fall wird er vor dem neuen Jahr ins Haus zurückkommen, dafür hat er heute zu viel Schaden angerichtet. Der Schnee fällt jetzt noch dichter, und Hamish heult, als ich ihn zu dem Geräteschuppen zerre – und zwar zu dem mit dem dicksten Riegel vor der Tür.

Trotz seines Widerstands gelingt es mir irgendwie, Hamish hinter die dicke Backsteinmauer zu befördern. «Du bleibst verdammt nochmal hier, bis ich beschlossen habe, was ich mit dir anfangen werde.»

Hamish senkt den Kopf und schaut mich klagenden Blickes an. Aber dafür ist es jetzt zu spät. «Lass den Scheiß», schreie ich ihn an und fuchtele mit den Armen. Er weicht vor mir zurück und duckt sich. «Du hast nicht nur gespielt, du bist ein zerstörerisches Monster. Morgen muss ich sechs Mäuler füttern. Hast du dir vielleicht mal überlegt, was ich denen jetzt zum Essen vorsetzen kann?»

Nach all den Monaten, in denen ich mich zu beherrschen versucht habe, fühlt es sich jetzt so an, als wären alle Dämme gebrochen. Ich bebe innerlich und kann mich nicht beruhigen. Hinter mir höre ich Tom und Jessica leise weinen. Sie stehen zitternd im Hof, und der Schnee fällt auf sie.

«Wir haben ihn lieb, Mummy», schluchzt Jessica. «Er hat es nicht so gemeint.»

«Ich komme auch ohne eine Xbox zurecht», fügt Tom unter Tränen hinzu.

Ich ignoriere ihre Bitten. Ich habe gute Gründe, diesen großen, nutzlosen, sabbernden Scheißköter zu beschimpfen, da können sie ihn noch so sehr vergöttern. Aber ich bin hier diejenige, die das Sagen hat. Hamish versucht es ein letztes Mal mit einem tapferen Schwanzwedeln.

«Das funktioniert nicht», blaffe ich ihn an. «Ich hoffe, du bist zufrieden mit dir, du blöder Köter. Jetzt aber heißt es Vorhang zu für dich, Freundchen. Das Spiel ist aus, und ich habe gewonnen.» Damit schlage ich die Tür hinter ihm zu, trete der Vollständigkeit halber noch einmal dagegen und vergewissere mich, dass der Riegel ordentlich vorgelegt ist.

Ich werde mir jetzt erst mal einen Drink einschenken, und zwar einen doppelten Brandy. Dann werde ich die Überreste der Pute vom Boden kratzen und überlegen, womit ich meine Gäste Weihnachten bewirte. Und dann, dann werde ich darüber nachdenken, wie ich mir diesen verfluchten Hund vom Hals schaffe.

## 76

Als ich am Weihnachtsmorgen aufwache, habe ich mich endlich etwas beruhigt. Gestern Abend konnte ich gar nicht mehr mit dem Heulen aufhören, doch jetzt, da ich mich ausgeweint habe, sehe ich die Sache etwas entspannter. Wenn es nicht so traurig und so kostspielig wäre, könnte ich vielleicht sogar die komische Seite von Hamishs letztem Zerstörungsanfall sehen. Vielleicht kann ich ja in ein paar Jahren darüber lachen. Für jetzt gilt es festzustellen, dass es zwar keine Pute und keine Geschenke gibt, die Welt sich aber trotzdem weiterdreht. Es gibt Schlimmeres. Niemand ist gestorben.

Aber vielleicht liegt ja gerade darin der eigentliche Grund für meinen Ausbruch gestern Abend. Der war nämlich nicht allein Hamishs weihnachtlichem Wüten geschuldet, sondern hatte mit dem Druck zu tun, unter dem ich stehe, dem neuen Job, dem Umzug nach London, der Sorge, dass ich mich nun ganz allein um die Kinder kümmern muss, und der Tatsache, dass das Leben nie wieder so sein wird wie früher. Das Verhalten meines Hundes war da nur der Tropfen, der das Fass zum Überlaufen gebracht hat. Ich hatte mir so viel Mühe gegeben, alles perfekt zu machen, und dann ... Nun, damit fange ich besser nicht wieder an. Denn nachdem ich einmal ordentlich Dampf abgelassen habe, fühle ich mich auf einmal viel besser. Ich schäme mich einfach nur und muss überlegen, wie ich das alles wiedergutmachen kann.

Weil sich Hühner glücklicherweise nicht an Feiertage halten, werden wir mehr als genug Eier haben. Rührei als Weihnachtsessen, das könnte gehen. Dazu werden wir ein paar Gläser Champagner trinken und dann herzlich über die Sache lachen. Auf keinen Fall werde ich mir den heutigen Tag verderben lassen.

Milly Molly Mandy liegt zusammengerollt am Fußende des Bettes, schläft tief und fest und sabbert mein Lieblingsfederbett voll. Mein ungewöhnlicher Ausbruch hat die Katze offensichtlich nicht sonderlich erschüttert.

«Morgen, Mils», sage ich und strecke den Fuß unter dem Federbett hervor, um sie damit zu streicheln. «Noch etwas Pute gefällig?»

Sie macht ein Auge auf, betrachtet mich kühl und schließt

das Auge wieder. Nur keine übertriebene Begeisterung zeigen.

Es ist seit vielen Jahren das erste Mal, dass ich am ersten Weihnachtstag allein aufwache, aber ich komme damit klar. Ich streichele Wills Seite des Betts, obgleich sie leer ist. Er ist immer noch bei uns, Tag für Tag, und so wird es auch bleiben. Das weiß ich. Statt um meinen Verlust zu trauern, sollte ich dankbar sein für das, was ich habe. Ich bin gesund, relativ glücklich und habe zwei wunderbare Kinder, die mein Leben lebenswert machen. Ich bin vielleicht nicht die beste Mutter der Welt, aber trotz meiner Unzulänglichkeiten werden sie zu netten, verantwortungsbewussten Menschen heranwachsen. Sie machen mir ja jetzt schon nicht die geringsten Probleme.

Ein Blick auf die Uhr zeigt mir, dass es beinahe schon acht ist, auch wenn draußen noch immer Dunkelheit herrscht. Daran merkt man, dass Tom und Jessica langsam groß werden. Normalerweise würden sie mich jetzt längst aus dem Bett zerren und um die Geschenke bitten. Vielleicht sind sie allerdings auch nur liegen geblieben, weil sie wissen, dass es dieses Weihnachten ohnehin keine Geschenke gibt.

Ich fühle mich schrecklich, weil ich so aus der Haut gefahren bin. Das war vollkommen inakzeptabel, und ich muss mich sofort bei den Kindern dafür entschuldigen. Dieser verdammte Hund ist der Nagel zu meinem Sarg, das schwöre ich. Aber es sieht so aus, als würde ich ihn als dauerhaftes Mitglied der Familie nicht mehr los. Ich werde dafür sorgen, dass Hamish viel Zeit hat, im Geräteschuppen über sein dummes Verhalten nachzudenken – auch wenn Weihnachten ist und ich spüre, wie ich langsam weich werde.

Ich räkele und strecke mich ein letztes Mal, und dann stehe ich auf und bereite mich auf die Härten des Tages vor.

Solange noch ein bisschen Ruhe herrscht, gehe ich unter die Dusche und lasse das heiße Wasser lange über mich plätschern. Eventuell zu lange, wie mir auf einmal bewusst wird, denn für Serena werden jetzt nur noch ein paar lauwarme Tropfen übrig sein. Das entspricht nicht wirklich dem weihnachtlichen Geist, stelle ich beschämt fest. Aber auf der anderen Seite hat meine Schwester die anderen 364 Tage des Jahres massenhaft warmes Wasser und ich nicht.

Nach dem Duschen und Anziehen gehe ich in die Küche und beginne, das Frühstück vorzubereiten. Die Croissants und das Pain au chocolat, das ich gekauft habe, sollten bis Mittag vorhalten. Ich hoffe nur, dass die Hühner eifrig gelegt haben, denn ich will sie schließlich nicht anstelle der Pute in den Ofen stecken müssen.

Der Kessel verkündet mit einem Pfeifen, dass das Wasser kocht, und ich bringe Serena eine Tasse Kamillentee. Sie ist gerade erst aufgewacht und fläzt sich immer noch im Bett. «Denk ja nicht, dass du noch lange so liegen bleiben kannst», warne ich sie. «Sobald die Kinder auf sind, wirst du keine freie Minute mehr haben.»

«Ich freue mich schon darauf», gähnt sie. «Zum Glück sind ja meine Geschenke dem Tornado Hamish entgangen. So haben sie doch noch etwas zum Auspacken. Wie gut, dass ich gestern nicht mehr dazu gekommen bin, sie unter den Baum zu legen.»

Wir hatten eine Ewigkeit gebraucht, um die Sauerei im Wohnzimmer aufzuräumen, aber schließlich war es uns gelungen, die Blautanne wieder aufzurichten, und mit einigen eifrigen Verschönerungsbemühungen hatten wir es sogar geschafft, dass sie fast wieder nach ihrer alten Pracht aussah – abgesehen von der gründlich zerkauten Fee oben auf der Spitze. Nachdem die Kinder zu Bett gegangen waren, hatten wir dann Serenas Geschenke nach unten geschmuggelt und sie unter den Baum gelegt.

«Du bist ein Engel.» Ich umarme meine Schwester liebevoll. «Frohe Weihnachten. Lass uns einen wunderschönen gemeinsamen Tag verbringen.»

«Mhm», macht sie. «Er wird großartig werden. Ich bin sowieso kein großer Fan von Pute.»

«Sag das bloß nicht», wehre ich lachend ab. «Ich hatte mir so viel Mühe gegeben, damit alles perfekt wird.»

«Trink ein paar Gläschen. Entspann dich. Und mach dir keine Sorgen. Wir sind doch alle so dankbar, überhaupt hier sein zu können, egal, was du aufträgst. Sonst hätten wir den Tag nur allein verbracht und wären sentimental geworden.»

«Meinst du, ich sollte mal die Kinder wecken? Es sieht ihnen gar nicht ähnlich, so lange im Bett zu bleiben, auch wenn es gestern ziemlich spät geworden ist.» Und Jessica schluchzend zu Bett gegangen ist, denke ich voll schlechtem Gewissen. «Ich schau mal bei ihnen rein.»

Als Erstes gehe ich in Jessicas Zimmer. Der Morgen ist dunkel und trübe, draußen fällt noch immer Schnee, und inzwischen liegt er schon recht hoch. Ich beiße mir nervös auf die Lippen. Guy wird keine Probleme haben, hierherzukommen, er kann ja zu Fuß gehen, aber ich hoffe, dass Alan gut mit seinem Wagen nach Helmshill durchkommt. Inzwischen müssen die Straßen fast unpassierbar sein. Vielleicht sind die Leute, die hier oben leben, ja eher an solche Verkehrsbedingungen gewöhnt. Was mich betrifft, bin ich froh, dass wir uns den ganzen Tag einigeln können und uns nicht draußen den Elementen aussetzen müssen.

«Aufstehen, du Schlafmütze», rufe ich, als ich Jessicas Zimmer betrete. Sie ist vollständig unter ihrer Decke begraben, eingewühlt wie eine kleine Schlafmaus. Ich setze mich auf den Rand des Bettes und schüttele den Deckenberg. «Willst du nicht sehen, ob der Weihnachtsmann da war?»

Dann gerinnt mir das Blut in den Adern, und ich reiße die Decke zurück. Nicht Jessica, sondern ein Haufen sorgfältig arrangierter Teddybären und Puppen liegt darunter. «Serena!», schreie ich und stürze mich dann mit wild klopfendem Herzen durch den Flur in Toms Zimmer.

Schon beim Öffnen der Türe sehe ich, dass der Höcker im Bett nicht mein Kind ist. Tatsächlich liegt auch hier ein Berg von Stofftieren. «O Gott», flüstere ich tonlos. «Wo zum Teufel sind die beiden?»

Ich schaue durch Toms Fenster auf den Hof hinaus und sehe sofort, dass die Tür des Geräteschuppens, in dem Hamish eingesperrt war, sperrangelweit geöffnet ist. Anscheinend haben meine Kinder eine Geheimoperation ins Werk gesetzt, um den verdammten Hund zu befreien.

«Was ist los?» Serena tritt hinter mich, zieht ihren Morgenmantel an und versucht, ihr Haar glattzustreichen. Gähnend sieht sie aus dem Fenster. «Wo brennt's?»

Die Augen voller Tränen drehe ich mich zu ihr und stoße hervor: «Die Kinder sind verschwunden.»

# 77

Ich habe Guy angerufen, der wiederum Alan angerufen hat, und jetzt stehen sie beide vor mir. «Es sieht so aus, als hätten sie den Hund mitgenommen und wären weggelaufen», sage ich und schaffe es gerade so, die Tränen zu unterdrücken.

«Allzu weit können sie nicht gekommen sein», meint Guy in beruhigendem Tonfall. «Das Wetter gestern Nacht war schrecklich.» Aber als ich sehe, wie die beiden Männer verstohlen einen besorgten Blick wechseln, muss ich doch wieder weinen. Meine Kleinen könnten da draußen sein, irgendwo inmitten des Schneetreibens.

Sobald Serena und ich festgestellt hatten, dass Tom und Jessica verschwunden waren, hatten wir Stiefel und Mäntel angezogen und alle Außengebäude und Scheunen gründlich abgesucht. Es hätte ja sein können, dass sie immer noch in der Nähe des Hauses waren oder irgendwo hinter einem Strohballen steckten. Schließlich werden kleine Ausreißer oft schlafend hinter dem Sofa oder unter ihren Betten gefunden. Doch Tom und Jessica waren leider nirgendwo zu sehen.

Tom hat sein Handy auf dem Küchentisch liegen gelassen, ausgerechnet heute, wo er es wirklich einmal brauchen würde. Wie leid tut es mir jetzt, dass ich Jessica immer ein eigenes Handy verwehrt habe.

Es ist viel Neuschnee gefallen, und so gibt es keine Fußspuren, die uns einen Hinweis darauf geben würden, wohin die Kinder gegangen sind. «Das alles ist allein meine Schuld», erkläre ich Guy mit tränenerstickter Stimme. «Als wir gestern Abend von der Kirche zurückkamen, hatte Hamish das Haus verwüstet.»

«Das scheint seine Spezialität zu sein», meint Guy – und ich frage mich kurz, woher er das eigentlich so genau wissen will.

«Diesmal hat er wirklich alle Register gezogen», seufze ich. «Er hat die Pute verschlungen, den Weihnachtsbaum umgeworfen und einen Großteil der Geschenke zerkaut. Als ich das gesehen habe, bin ich vollkommen ausgerastet und habe ihn im Geräteschuppen eingesperrt und den Kindern gesagt, dass er verschwinden muss.»

Guy schiebt die Lippen vor. «Anscheinend hatten die beiden andere Vorstellungen.»

«Wo wollen sie denn jetzt nur mit dem Hund hin? Halten sie mich wirklich für so herzlos?» Meine Augen begegnen Guys Blick, und ich denke an den Tag zurück, an dem ich ihn gebeten habe, Hamish einzuschläfern. Mein Gott, was hatte ich mir damals bloß dabei gedacht?

«Wir verschwenden wertvolle Zeit», sagt Guy. «Wohin gehen die Kinder normalerweise, wenn sie auf dem Moor spielen? Es ist gut möglich, dass sie dorthin gelaufen sind.»

«Eigentlich bleiben sie immer ziemlich nah beim Haus.»

«Vielleicht haben sie sich im Schnee verirrt. Das passiert schnell.» Guy fährt sich mit den Fingern durchs Haar. «Sollen wir uns erst selbst auf die Suche machen, bevor wir die Polizei rufen, oder sollen wir ihr sofort Bescheid geben?»

«Polizei?» Jetzt klingt alles gleich noch bedrohlicher. «Sie glauben doch nicht, dass jemand die Kinder entführt hat?»

«Nein, nein», antwortet Guy. «Aber ich frage mich, wie lange sie schon draußen unterwegs sind und ob sie angemessen gekleidet sind.»

«Ihre Mäntel und Stiefel sind weg.» Handschuhe und Mützen sollten sie also auch bei sich haben, da ich immer darauf bestehe, dass sie sie in den Manteltaschen aufbewahren.

«Haben Sie eine Ahnung, um welche Uhrzeit sie aufgebrochen sein könnten?»

Ich schüttele den Kopf. «Serena und ich sind kurz nach Mitternacht zu Bett gegangen. Als ich dann nochmal nach den Kindern geschaut habe, schienen sie tief und fest zu schlafen. Ich hatte allerdings auch ein bisschen was getrunken.» Mehr als nur ein bisschen, um genau zu sein. Wie konnte ich nur so verantwortungslos sein? «Danach habe ich noch etwa eine Stunde wachgelegen.» Ich brauche Guy ja nicht zu erzählen, dass ich dabei ins Kissen geheult habe. «Und dann hat mich wohl der Schlaf übermannt.» Nicht direkt der Schlaf der Gerechten, sondern eher der Schlaf der Besoffenen.

«Sie könnten also schon den größten Teil der Nacht draußen unterwegs sein.»

Ich kaue nervös auf den Fingernägeln. «Das ist gar nicht gut, oder?»

Guys Gesicht ist grimmig. «Je schneller wir sie finden, desto besser.»

«O Gott», stöhne ich. «Ich werde es mir nie verzeihen, wenn ihnen etwas zugestoßen ist.»

«Keine Sorge», sagt Guy. «Wir bringen sie sicher zurück.»

Und ich kann nur hoffen und beten, dass er recht hat.

## 78

Es ist gerade hell geworden, als ich zusammen mit Guy, Alan und Serena auf das Hochmoor zusteuere. Wir alle sind so tief in unsere Sorgen versunken, dass wir die rosa und pfirsichfarbenen Töne, mit denen der Sonnenaufgang den grauen Himmel überzieht, gar nicht wahrnehmen.

Ich habe mich extra warm eingepackt, aber daran allein liegt es nicht, dass ich jetzt unter dem Mantel schwitze und mir der Schweiß die Achseln und den Rücken hinunterläuft. Mein Mund ist vor Aufregung ganz trocken, und mein Herz rast. Es ist das erste Mal seit Wills Zusammenbruch in der U-Bahn, dass ich wieder echte Panik empfinde. Was, wenn wir die Kinder nicht finden? Was, wenn ihnen etwas zugestoßen ist? Was, wenn sie nie mehr heimkommen? Ich könnte mir das niemals verzeihen.

«Wir sollten uns aufteilen», sagt Guy. Ich kann gar nicht sagen, wie dankbar ich bin, dass er die Führung übernimmt. Ich selbst bin zu keinem vernünftigen Gedanken mehr fähig. Ich kann immer nur denken, dass meine Kinder da draußen sind, verirrt in diesem Schneegestöber, und dass das alles meine Schuld ist. «So können wir eine größere Strecke abdecken. Serena, Sie gehen mit Alan.»

Mr. Steadman nickt ernst und sagt nichts. Meine Schwester geht zu ihm.

«Wenn wir sie in einer Stunde noch nicht gefunden haben, rufe ich die Polizei an.»

Bei diesen Worten steigt mir ein Schluchzen in die Kehle.

«Aber ich bin mir sicher, dass wir sie schon vorher finden. So weit wird es gar nicht kommen», fügt Guy hastig hinzu. «Los jetzt. Die Sonne geht auf, das macht es einfacher.»

Alan und Serena gehen in die eine Richtung davon. Guy ergreift meine Hand, und wir marschieren in die andere. Nur das Knirschen des Schnees unter unseren Füßen durchbricht die Stille.

«Ich glaube, sie gehen manchmal mit ihren Drachen hierher», sage ich, und mir wird bewusst, dass ich sie dabei nie begleitet habe, obwohl sie es so lieben. Schon wieder fühle ich mich wie eine schreckliche Mutter, die ihre Kinder vernachlässigt.

Der Schnee ist tief und reicht mir bis zu den Stiefeln hinauf. Unter anderen Umständen wäre es heute hier draußen wirklich wunderschön. Wir marschieren einen langsam ansteigenden Hang hinauf, und ich habe Mühe, mit

Guy Schritt zu halten, aber das Adrenalin in meinem Blut hält mich in Gang.

Wir rufen die Namen der Kinder. «Tom. Jessica», aber das Echo hallt leer zu uns zurück.

Nach einer halben Stunde haben wir noch immer nichts gefunden, nicht einmal Fußspuren. Ich sinke auf die Knie nieder. «Das ist hoffnungslos», keuche ich. «Sie könnten überall sein. Was, wenn sie inzwischen Meilen von hier entfernt sind?»

«Das glaube ich nicht», erwidert Guy. «Sie können gestern Nacht nur mühsam vorwärtsgekommen sein. Ich kann mir einfach nicht vorstellen, dass sie sehr weit weg sind.»

Ich stehe langsam auf und fange wieder an zu heulen. Guy nimmt mich in den Arm und wischt mir die Tränen mit dem Daumen weg. «Durch Weinen finden wir sie nicht», sagt er. «Wir müssen weiter. Schaffen Sie das?»

Ich nicke und zwinge mich erneut, einen Fuß vor den anderen zu setzen. Dann höre ich ein Geräusch. «Was war das?»

«Ich habe nichts gehört», sagt Guy.

«Pst.» Ich spitze die Ohren und lausche. Tatsächlich, da ist es. Aus der Ferne dringt leise und gedämpft Hundegebell heran. «Es ist Hamish.»

Wir stehen ganz still, und Guy lauscht aufmerksam. Da ist es wieder. Dieses Bellen würde ich überall erkennen. «Bei Gott, das ist er», stimmt Guy mir zu.

Dieses Lebenszeichen beflügelt uns, und wir eilen in die Richtung, aus der es kommt. Ich gebe Serenas Nummer in mein Handy ein. «Vielleicht haben wir sie gefunden», japse ich, während wir übers Moor eilen. «Kommt hier herüber. Wir können Hamish hören.»

Meine Beine schmerzen von der Anstrengung, gegen Wind und Tiefschnee anzukämpfen. Das Bellen wird immer lauter. Dann biegen wir um eine Ecke, und ich erkenne ihn sofort, Jessicas rosa Mantel, direkt neben einem riesigen Kalksteinblock.

«Hier sind sie», rufe ich erleichtert und renne auf den Farbflecken zu.

Und tatsächlich haben meine Kinder dicht aneinandergedrängt bei dem Felsen Schutz gesucht. Beide liegen leblos da, von Schnee überstäubt. Sie sehen aus wie in einem Märchen. Allerdings einem sehr düsteren Märchen. Hamishs Bellen lässt nicht nach, aber ich kann ihn nirgends sehen. Ich werfe mich zu den Kindern auf den Boden, dicht von Guy gefolgt.

«Jessica. Jessica. Tom. Wacht auf. Mummy ist da.» Ich ergreife die Hand meiner Tochter und reibe sie energisch. Wenigstens hat sie ihre Handschuhe angezogen, allerdings sind auch sie, wie der Rest ihrer Kleidung, vollkommen durchnässt. Jessica kämpft damit, die Augen aufzuschlagen, aber Gott sei Dank regt sie sich wenigstens. Guy hat sich Toms angenommen, und auch der kommt langsam wieder zu sich.

Keine Panik. Keine Panik, sage ich mir, als ich die Arme und Beine meiner Tochter reibe. Bewahre die Fassung, sie brauchen dich jetzt, und du musst dich der Situation gewachsen zeigen – aber ich kann die Tränen nicht zurückhalten.

Jessica beginnt ebenfalls zu weinen. «Wir hatten Angst, Mummy. Es ist so kalt hier draußen, und es war schrecklich dunkel.» Sie zittert, und ich drücke sie an mich.

«Jetzt seid ihr in Sicherheit», flüstere ich in ihr Haar.

Tom scheint in schlechterer Verfassung zu sein. Er sieht

schläfrig und benommen aus und hat bisher noch nichts gesagt.

«Tom. Tom.» Ich versuche, etwas Farbe in seine eiskalten Wangen zu bringen. «Mummy ist da.»

Langsam kommt wieder Leben in meinen Sohn, auch wenn er unkontrolliert zittert. «Hamish», sagt er, die junge Stirn von Sorgen zerfurcht. «Er hat versucht, uns nach Hause zu führen, weil wir Angst hatten. Er wusste, wo es langgeht, aber dann ist er in ein Loch gestürzt, und wir wussten nicht, was wir tun sollten.»

Erneut hören wir das Bellen des Hundes, und Guy rennt in die Richtung, aus der das Geräusch kommt. «Hier ist er. Ich habe ihn gefunden», ruft er mir zu. «Er ist in einen Felsspalt gefallen.»

«Kommt er da nicht wieder raus?»

«Er ist verletzt», sagt Guy, und meine Tochter bricht in Tränen aus. Guy rennt zu uns zurück. «Bringen wir erst einmal die Kinder heim und wärmen sie auf, die sind ja fast zu Tode erfroren.» Er hält plötzlich inne, entsetzt von seiner Wortwahl, aber ich weiß, dass er recht hat. Ich bin über die Symptome einer Unterkühlung nicht wirklich auf dem Laufenden, aber mir ist klar, dass den Kindern nicht einfach nur kalt und dass die Situation nicht zu unterschätzen ist.

In diesem Moment tauchen Serena und Alan auf und kommen durch den Schnee auf uns zugelaufen.

«Gott sei Dank», keucht Serena und umarmt mich fester als je zuvor.

«Helfen Sie mir bitte, die Kinder zu tragen», sagt Guy zu Alan, der wortlos gehorcht. Aber ich sehe, wie ihm eine einsame Träne über die zerfurchte Wange läuft. «Nehmen Sie Jessica.» Mr. Steadman hebt sie hoch, als wäre sie federleicht.

«Hier ist mein Handy.» Guy wirft es Serena zu. «Rufen Sie den Arzt an. Bitten Sie ihn, zum Grange rauszukommen. Und zwar sofort.»

Serena folgt der Aufforderung ohne jedes Zögern.

Guy nimmt Tom auf den Arm, was mein Sohn matt und widerstandslos mit sich geschehen lässt.

«Was ist mit Hamish?», fragt Jessica. «Wir dürfen ihn nicht hier lassen.»

«Sobald wir euch nach Hause geschafft haben, kommen wir sofort wieder und holen ihn», verspricht Guy.

«Mummy», ruft sie. «Lasst Hamish nicht allein.»

«Der kommt schon klar. Er wartet hier auf Onkel Guy», versichere ich ihr. Aber als sie nicht aufhört zu weinen, sage ich: «Ich schaue noch einmal nach ihm.»

Hamish wird langsam heiserer, und ich frage mich, ob er schon die ganze Nacht so bellt. Ich renne zum Rand des Kalksteinfelsens, an dem sich gefährliche Tiefen auftun. Als ich nach unten blicke, sehe ich, dass Hamish ernstlich verletzt ist. Er liegt am Grund eines tiefen Einschnitts, und der Schnee um ihn herum ist blutrot gefärbt. Sein Hinterbein steht in einem unnatürlichen Winkel ab, und selbst ein Laie könnte diagnostizieren, dass es gebrochen ist. Hamish blickt zu mir auf und bellt mitleiderregend. Er schafft sogar ein Schwanzwedeln, was bei mir neue Tränen auslöst.

«Wir kommen zurück, Junge», rufe ich ihm zu. «Wir kommen, sobald wir können. Halt durch, Hamish.» Und dann flüstere ich: «Bitte, stirb nicht.»

**79** In dem Moment, als wir unser Haus erreichen, die Kinder immer noch auf Alans und Guys Armen, fährt Dr. Redman mit seinem Geländewagen vor. Ich habe Dr. Redman seit Wills Tod nicht mehr gesehen, und bei diesem Gedanken gefriert mir das Blut in den Adern. Es scheint, dass wir eine weitere Tragödie gerade noch haben abwenden können.

«Danke, dass Sie gekommen sind.»

«Kein Problem», antwortet er, obwohl er von der Weihnachtsfeier seiner Familie weggerufen worden ist.

Wir drängen uns ins Haus. «Serena, dreh die Heizung auf.» Meine Schwester verschwindet in die Waschküche, wo der Boiler ist, und gleich darauf höre ich, wie die Rohre zum Leben erwachen. «Lasst uns die Kinder sofort nach oben in mein Schlafzimmer bringen.»

Alan und Guy tragen Tom und Jessica hoch, wo sie sie beide auf mein Bett legen. Milly Molly Mandy, die sich seit dem Morgen anscheinend nicht vom Fleck gerührt hat, stößt bei dieser Störung ihrer Privatsphäre ein verärgertes Miauen aus. «Ziehen Sie ihnen die nassen Sachen aus und stecken Sie sie in etwas Trockenes», weist Dr. Redman uns an. «So schnell es geht.»

«Die Schlafanzüge sind in ihren Zimmern», sage ich zu Guy, und er verschwindet, um sie zu holen. Als er mit ihnen zurückkommt, haben der Arzt und ich die Kinder schon aus ihren durchnässten Winterklamotten gepellt und rubbeln sie mit warmen Handtüchern ab.

«Wisst ihr, wie lange ihr draußen wart?», fragt der Arzt Tom.

Mein Sohn schüttelt den Kopf. «Wir sind vor allen anderen aufgestanden, um uns rauszuschleichen.»

«Um wie viel Uhr war das?»

Tom sieht mich mit tränennassen Augen an. «Ihr bekommt keinen Ärger», beruhige ich ihn. «Sag dem Doktor einfach die Wahrheit.»

«Es war drei Uhr.»

«Gut», sagt Dr. Redman. «Nicht zu lang. Aber lang genug.»

Ich ziehe den eiskalten Kindern die weichen Schlafanzüge an, während sich der Arzt über sie beugt und ihren Puls, ihre Augen und ihre Temperatur kontrolliert. Er nimmt sein Stethoskop hervor und lauscht ihrem Herzschlag. Gut, dass er es nicht an meine Brust hält, denn mein Herz schlägt so laut, dass er glatt einen Hörschaden davon bekommen würde. Als er fertig ist, wendet er sich an mich. «Geben Sie ihnen etwas Heißes zu trinken, am besten irgendwas Süßes. Und viele Kohlenhydrate. Sie sollen den Rest des Tages im warmen Bett bleiben.» Er spricht knapp und sachlich. «Die beiden werden wahrscheinlich ein paar Stunden schlafen wollen.»

«Werden sie wieder gesund?»

«Sie haben eine leichte Unterkühlung», antwortet er. «Ich bin mir sicher, morgen sind sie schon wieder auf dem Damm. Kinder erholen sich erstaunlich schnell. Noch ein oder zwei Stunden länger, und die Sache hätte anders aussehen können.» Er sieht mich ernst an, und es fällt mir schwer, nicht wieder loszuweinen.

«Danke», sage ich. «Danke, dass Sie an Weihnachten zu uns rausgekommen sind.»

«Nun, Sie hatten bestimmt auch nicht vor, das Fest auf diese Weise zu verbringen?»

«Nein.» Ich schüttele den Kopf.

«Schärfen Sie den Kindern ein, dass es gefährlich ist, einfach so aufs Moor hinauszugehen.»

«Ich bin mir sicher, dass sie ihre Lektion gelernt haben.»

«Sie selber sollten auch die Füße hochlegen», fordert er mich auf. «Sie sehen erschöpft aus. Überlassen Sie das Kochen jemand anderem.»

Dass es sich bei unserem Weihnachtsessen nur um ein paar Omeletts handelt, wage ich nicht zu sagen. Ich kuschele Jessica und Tom in Decken ein. Milly Molly Mandy reckt sich, spaziert über das Bett und rollt sich neben Jessica zusammen. Meine Tochter streckt die Hand aus, um sie zu streicheln, und steckt dann den Daumen der anderen Hand in den Mund. Wenn sie so weitermacht, bekommt sie noch Hasenzähne, und auch daran bin ich dann schuld, weil ich ihr als Kind so viel Stress zugemutet habe. Serena kommt mit einem Tablett herein, auf dem zwei Becher mit heißer Schokolade stehen und ein Teller mit warmen, gebutterten Toastscheiben.

«Ich muss los», sagt der Arzt, und ich folge ihm nach unten. Guy und Alan kommen hinter mir her.

«Fröhliche Weihnachten Ihnen allen.» Dr. Redman winkt uns zu. Es ist klar, dass er es eilig hat, jetzt wieder nach Hause zu kommen. «Rufen Sie mich an, falls es irgendwelche Probleme gibt. Ganz egal, welcher Art.»

Als er weg ist, sagt Guy: «Wir gehen jetzt besser Hamish holen. Der hat überhaupt keinen guten Eindruck gemacht.» Er beißt sich auf die Lippen. «Es wäre wesentlich einfacher, wenn dort irgendeine Straße hinführte.»

«Nehmen Sie doch Alans Schlitten», schlage ich vor. «Tragen können Sie Hamish bestimmt nicht.»

«Gute Idee.» Guy nickt. «Damit geht es zwar langsam, aber es sollte klappen.»

«Wer hätte gedacht, dass Ihr Geschenk so rasch zum

Einsatz kommen sollte», sage ich zu Alan und lege ihm die Hand auf den Arm.

«Ja», antwortet er, und seine Stimme klingt belegt. Er zieht die Überreste des Geschenkpapiers vom Schlitten. Zu den zusätzlichen Gravierungen durch Hamishs Zahnabdrücke sagt er nichts.

«Danke, Alan. Ich habe keine Ahnung, was wir ohne Sie tun würden.»

Der starke, schweigsame Mann blickt zu Boden.

«Es dauert vielleicht eine Weile», erklärt Guy. «Ich bringe den Hund direkt in die Praxis. Sein Bein hat nicht gut ausgesehen, und er schien eine Menge Blut verloren zu haben.»

Wieder ergreift mich Panik. «Er kommt doch durch?»

«Jedem anderen Hund würde ich keine große Chance einräumen», antwortet er mit einem Kopfschütteln, «aber wir reden hier schließlich von Hamish.»

«Rufen Sie mich an», bitte ich. «Geben Sie mir Bescheid, wie es ihm geht. Die Kinder werden sich Sorgen machen.» Und ich auch. Vielleicht noch mehr als sie. «Bringen Sie Hamish sicher zurück.»

«Das machen wir.» Guy drückt mir die Hand. «Keine Sorge.»

«Seien Sie vorsichtig.» Ich strecke die Hand aus und streiche Guy kurz übers Gesicht. «Danke. Vielen, vielen Dank.»

«Ich muss jetzt los», sagt er. «Ich komme so schnell wie möglich zurück.»

Die beiden Männer nehmen den Schlitten und gehen wieder in den Schnee hinaus, um den verletzten Hund zu retten. Und mir bleibt wieder nichts anderes übrig, als zu hoffen und zu beten.

**80** Jetzt, da sie den Fußspuren folgen konnten, fiel es Guy und Alan Steadman leichter, ihren Weg zu Hamish zurückzuverfolgen. Schweigend stapften sie durch den knirschenden Schnee, und Guy dachte, wie sehr er eine solche Wanderung genießen würde, wenn die Umstände nur andere wären.

Hamish hatte, wie er fand, ziemlich schlecht ausgesehen. Das viele Blut im Schnee um ihn herum verhieß nichts Gutes – es grenzte an ein Wunder, dass der Hund überhaupt die Nacht überlebt hatte. Er hoffte nur, dass sie es schafften, zu Hamish hinunterzugelangen und ihn auf dem Schlitten aus der Spalte zu ziehen. Er hatte seine Arzttasche mitgenommen und ein Seil aus dem Kofferraum seines Autos, um den Hund notfalls auf dem Schlitten festzubinden. Mit einem Ruck hievte sich Guy nun das schwere Seil über die Schulter.

Zum Glück war Alan Steadman bei ihm und zog den Schlitten hinter sich her. Er war dieser Aufgabe definitiv gewachsen. Hinter seinem schlaksigen Äußeren verbargen sich unglaubliche Kräfte – psychischer und physischer Art. Und so hatte er sich schon bei der Suche nach den Kindern als große Hilfe erwiesen.

Guy war nach dieser Rettungsaktion ziemlich erschöpft. Gott sei Dank hatten sie die Kinder rechtzeitig gefunden. Er hatte Amy nicht zeigen wollen, wie viele Sorgen er sich in Wirklichkeit gemacht hatte. Kinder konnten bei solchen Wetterbedingungen unglaublich schnell einer Unterkühlung erliegen. Sie waren dieses Mal gerade nochmal davongekommen. Hoffentlich lernten sie daraus, nicht mehr solche Dummheiten zu machen.

Er war froh gewesen, da zu sein und Amy helfen zu können. Sie war außer sich gewesen – welche Mutter wäre das nicht? –, und er hatte sie beschützen wollen. Jetzt waren die Kinder sicher zu Hause und hatten wie durch ein Wunder keine bleibenden Schäden erlitten. Nun musste er nur noch den Hund gut nach Hause bringen.

Als sie sich den wogenden Hügeln des Yorkshire-Moors näherten, hörte er wieder Hamishs leises Bellen. Der Hund klang jetzt heiser und schwach; wahrscheinlich waren seine Stimmbänder überlastet, weil er schon so lange bellte. Entweder das, oder er verlor rasch an Kraft.

Sie erreichten den Rand der Spalte, wo sie Hamish zurückgelassen hatten, und schauten hinunter. Der Hund lag immer noch bäuchlings im Schnee. Bildete Guy sich das ein, oder war die Pfütze aus Blut um ihn herum größer geworden? Der Hund hatte sich ein Hinterbein gebrochen, das war eindeutig. Guy hoffte nur, dass bei der Fraktur keine Arterie durchtrennt worden war, denn dann steckten sie in ernsten Schwierigkeiten. Sie mussten Hamish so schnell wie möglich bergen und in seine Praxis bringen, sonst verblutete er ihnen und würde sterben.

«Bereit?», fragte Guy.

«Klar, Doktor», antwortete Alan und nickte.

«Wir kommen, Junge», rief Guy zu dem Hund hinunter, was diesem ein schwaches Schwanzwedeln entlockte.

Zusammen kletterten die Männer die steile Wand der Felsspalte hinunter.

Zehn Minuten brauchten sie für den mühsamen Abstieg, dann erreichten sie schließlich, schwitzend und außer Puste, den Hund.

«Hallo, alter Freund», sagte Guy und kraulte ihm die Schlappohren. «Was hast du denn da angestellt?»

Hamish wedelte bei Alans Anblick glücklich mit dem Schwanz und unternahm einen mutigen Versuch aufzustehen, doch es misslang ihm, und mit einem Wimmern fiel er wieder in den Schnee. Sein Körper war von tiefen Schnitten übersät, die er sich wohl beim Sturz zugezogen hatte. Er atmete viel langsamer als normal, und es sah aus, als litte er ebenfalls an Unterkühlung.

Guy untersuchte den Bruch. Er sah übel aus. Der Oberschenkelknochen war in der Mitte durchgebrochen, und die schartigen Enden des Knochens ragten durch die Haut. Wenn früher ein Hund in diesem Zustand zu ihm gebracht worden wäre, hätte er keine andere Wahl gehabt, als ihn einzuschläfern. Jetzt lag die Sache zum Glück anders, und Hamish hatte immerhin eine Chance. Doch wenn Guy nicht bald handelte, konnte der Hund immer noch sein Bein verlieren. Guy öffnete seine Arzttasche und kramte darin herum. «Ich spritze ihm ein Schmerzmittel und ein Antibiotikum», erklärte er Alan. «Bei einem offenen Bruch besteht immer die Gefahr einer Infektion, und das könnte ihn ratzfatz umbringen.» Guy zog eine Spritze auf und stieß sie dem Hund in den Steiß. Hamish winselte, und der Tierarzt rieb beruhigend die Stelle. «Nimm's mir nicht übel, alter Bursche. Gleich geht's dir besser, das versprech ich dir.»

Er nahm Kompressen und Verbände aus seiner Tasche und verband das Bein behutsam. Es war nicht perfekt, doch es verschaffte Hamish wenigstens ein bisschen Erleichterung. Der Rückweg würde ganz schön schwierig werden.

Guy stand auf und schaute den Felsen hoch. «Wir können ihn unmöglich hier raustragen, Alan», sagte er, als er die vertrackte Situation abgeschätzt hatte. «Wir müssen ihn auf den Schlitten binden und hochziehen. Sind Sie bereit?»

«Ja», sagte Alan entschlossen.

«Lassen Sie uns Hamish am besten gemeinsam anheben.» Sie schoben den Schlitten so nah wie möglich an den

Hund heran und hievten ihn gemeinsam auf den Schlitten. Der Hund wog bestimmt eine Tonne, und Guy war froh, dass Alan Tom und Jessica so ein nützliches Geschenk gebaut hatte. Ohne den Schlitten hätten sie es nie geschafft. Schon jetzt konnte jede weitere Verzögerung für Hamish lebensbedrohlich sein.

Sie zurrten den Hund am Schlitten fest, und dieses eine Mal ließ Hamish sie tun, was sie tun mussten, ohne sich zur Wehr zu setzen. Nur als sein gebrochenes Bein einen Stoß abbekam, wimmerte er kurz auf. «Braver Junge», sagte Alan, während sie ihn sicherten, und streichelte Hamish vorsichtig. «Du bist doch mein braver Junge.»

Die beiden Männer kletterten die Steilwand wieder hinauf und zogen den schweren Schlitten samt Hamish hinter sich her. Sie hatten keine andere Wahl, als sich langsam vorwärtszubewegen, Zentimeter um Zentimeter, doch irgendwann waren sie endlich oben. Das schlimmste Stück hatten sie geschafft. Guy und Alan standen keuchend da, und Hamish stieß ein schwaches Bellen aus – eindeutig auch froh, dass der ruckelige Aufstieg überstanden war. Es lag noch ein weiter Weg vor ihnen, doch von hier an ging es leichter, denn der Pfad führte größtenteils bergab zum Auto. Jetzt fing das Wettrennen gegen die Zeit an. Sie mussten Hamish rechtzeitig in die Praxis bringen, um ihm das Leben zu retten.

## 81

Ich sitze zwischen meinen Kindern im Bett, Tom in dem einen Arm, Jessica in dem anderen. «Ihr dürft so was nie wieder tun», sage ich und streichele Jessicas Haar. «Mummy hat sich schreckliche Sorgen um euch gemacht.»

«Wir hatten solche Angst», sagt Tom unter Tränen, «dass du Hamish etwas tun würdest.»

«Es tut mir leid.» Ich drücke meinen Sohn an mich. «Ich war so böse auf ihn, dass ich die Beherrschung verloren habe. Aber ich verspreche euch, dass das nie wieder passieren wird. Ich habe Hamish nämlich auch lieb.» Habe ich das eben wirklich gesagt? Ja, das habe ich. Und ich meine es auch so. Ohne Hamish wäre unser Leben vielleicht viel ruhiger, aber plötzlich kommt mir das gar nicht mehr so verlockend vor. In einer Zeit, in der die Kinder es am meisten brauchten, hat er etwas Spaß und Freude in ihr Leben gebracht. «Ich will genauso wenig wie ihr, dass ihm etwas Schlimmes zustößt.» Wie wahr diese Worte doch sind. Ich mache mir schreckliche Sorgen, dass es Guy und Alan nicht gelingt, den Hund rechtzeitig aus dieser heimtückischen Schlucht zu holen. Bei dem Gedanken, dass auch die Kinder dort hätten hineinfallen können, gefriert mir das Blut in den Adern. Wenn wir hierblieben, müsste ich dafür sorgen, dass sie lernen, wie man sich draußen auf dem Moor sicher bewegt. Doch wie die Dinge stehen, kehren wir nach London zurück, wo sie wohl eher Gefahr laufen, von einem Bus angefahren oder überfallen zu werden. Auch nicht gerade tolle Aussichten.

«Sie sind da!», ruft meine Schwester von unten. «Sie bringen Hamish zurück.»

Ich schieße aus dem Bett, Tom und Jessica wollen mir folgen. «Ihr müsst hierbleiben», sage ich und staune, wie schnell sie sich nach einem Becher heißer Schokolade und ein paar Scheiben Toast schon wieder erholt haben. «Ihr müsst euch ausruhen.»

«Wir müssen Hamish sehen», erklärt Tom bestimmt. «Er hat uns gerettet.»

«Na gut», gebe ich nach. «Aber zieht euch wenigstens warm an! Und danach geht es gleich wieder ins Bett.»

Wir flitzen nach unten, wo sich die Kinder unter Serenas prüfendem Blick eine Kleiderschicht nach der anderen über ihre Schlafanzüge ziehen. Dann stürmen wir nach draußen, gerade in dem Moment, in dem Guy und Alan den schweren Hamish in den Hof ziehen. Bei unserem Anblick versucht der dumme Hund doch tatsächlich, zu bellen und mit dem Schwanz zu wedeln.

«Hamish!», ruft Jessica und rennt zu ihm.

Guy und Alan bleiben stehen, wo sie sind, und wischen sich den Schweiß von der Stirn. «Puh, das war anstrengend», keucht Guy.

Meine Kinder hocken sich neben den Hund in den Schnee und hätscheln und streicheln ihn.

«Wie geht es ihm?», frage ich Guy leise.

«Nicht besonders», gibt er zu. «Aber er ist eine Kämpfernatur. Wir sollten ihn jetzt sofort in die Praxis bringen. Alan kommt mit.»

Ich strecke die Hand aus und berühre Guy am Arm. «Komm so bald wie möglich zurück.»

«Das mache ich», sagt er.

«Ich backe euch beiden das festlichste Omelett, das ihr je hattet.» Ich weiß, dass ich diesem gütigen, starken Mann noch viel mehr schulde, aber das kann ich jetzt nicht sagen, sonst heule ich gleich wieder los.

Er lacht. «Ich nehme dich beim Wort.»

«Kinder», rufe ich Tom und Jessica zu. «Guy muss Hamish jetzt mitnehmen. Er muss sich um sein gebrochenes Bein kümmern.»

«Sei bitte vorsichtig mit ihm», sagt Tom und streichelt den Hund ein letztes Mal liebevoll.

«Bestimmt», versichert Guy ihm.

«Wir könnten nicht ohne ihn leben», fügt Jessica hinzu.

Und das stimmt. Falls Hamish überlebt – und ich bete zu Gott, dass er das tut –, wird er nun wohl doch mit uns nach London kommen.

## 82

Als sie bei der Praxis ankamen, schloss Guy die Tür auf und schaltete als Erstes sämtliche Lampen ein. Ungewöhnlicherweise hatten sie über Weihnachten nur einen einzigen stationären Patienten, und so war die Praxis praktisch verlassen. Nur Fluffy rumorte in seinem Käfig herum. Der kleine Igel, der ebenfalls mit einem gebrochenen Bein eingeliefert worden war, war inzwischen seit über einem Monat bei ihnen. Er war mittlerweile gänzlich wiederhergestellt, und so wurde es langsam Zeit, dass er entlassen wurde. Doch Fluffy hatte sich so an sein Katzenfutter und den Kontakt mit Menschen – besonders mit Cheryl – gewöhnt, dass Guy das Gefühl hatte, im Augenblick würde er in der freien Natur nicht überleben. Er sollte eigentlich Winterschlaf halten und nicht in einem zentralbeheizten Luxusapartment mit hingebungsvollen Bediensteten hausen. Welcher normale Igel wollte danach noch nach Nacktschnecken buddeln? Doch um dieses Problem würde Guy sich im neuen Jahr kümmern müssen. Jetzt hatte er erst einmal Dringlicheres zu tun.

Aus irgendeinem Grund schaltete Guy auch die Beleuchtung an dem Weihnachtsbaum ein, den Cheryl in stundenlanger Hingebung geschmückt hatte. Doch die roten, grünen und golden Lichter vermochten es nicht, der Praxis eine festlichere Atmosphäre zu verleihen. Auf dem Tisch lagen zahlreiche Schachteln mit schokoladigen Köstlichkeiten, die ihm dankbare Tierbesitzer geschenkt hatten. Cheryl hatte ein paar davon in eine Glasschüssel getan, und Guy steckte sich gedankenverloren eines in den Mund. «Schokolade?», fragte er Alan.

Der Mann schüttelte den Kopf.

«Etwas anderes werden Sie in absehbarer Zeit nicht kriegen», sagte Guy schulterzuckend und warf ihm trotzdem ein Quality-Street-Bonbon zu. Dann schaltete er den CD-Player ein, der hinter dem Tisch stand. Cheryls Auswahl an Weihnachtsliedern erklang aus den Lautsprechern. Er brauchte etwas, was ihn beruhigte, während er sich an diese spezielle Operation machte. Vielleicht war es ja übertrieben, aber irgendwie fühlte er sich, als wäre es sein eigenes Kind, das er da unters Messer nehmen musste. Und außerdem erinnerte ihn diese Situation wieder an den Tag, da er seinen eigenen Hund hatte einschläfern müssen. Hoffentlich würde diese Operation besser ausgehen.

Die sanfte Melodie von «Stille Nacht» erfüllte den Empfangsbereich. Es würde noch eine Weile dauern, bis ihre Nacht etwas stiller werden würde.

Guy seufzte. Sie sollten sich jetzt wohl besser an die Arbeit machen. Hamish hatte sich bis jetzt tapfer gehalten, doch er wollte die Sache nicht länger aufschieben. Deshalb würde er jetzt auch nicht extra seine Assistentin herbeirufen, sondern der Einfachheit halber Alan fragen, ob er ihm half. Er gab bestimmt einen verlässlichen Assistenten ab. «Sind Sie bereit, mir ein wenig als Arzthelfer zur Seite zu stehen?»

«Ja.» Alan nickte.

«Dann lassen Sie uns unseren Patienten hereinholen.»

Sie gingen zurück zum Auto, trugen Hamish zusammen in die Praxis und hievten ihn in Guys Behandlungszimmer auf den Tisch.

Der Tierarzt kratzte sich am Kopf. Jedem anderen Patienten hätte er erst einmal intravenös Flüssigkeit verabreicht und ihn über Nacht schlafen lassen, um vor der Operation seinen Organismus zu stabilisieren. Doch dies war Hamish, und von seiner Genesung hing so viel ab, dass er unmöglich so lange warten konnte.

Er wusch sich die Hände und bat Alan, es ihm nachzutun. Dann streiften sie sich grüne OP-Handschuhe über. Hamish wartete derweil geduldig. Guy hängte dem Hund eine Infusion an und machte dann eine Röntgenaufnahme des Bruches. Am Leuchtkasten betrachtet, erschien ihm die Fraktur Gott sei Dank nicht so schlimm, wie er befürchtet hatte. Er würde die Bruchstelle mit einem Stahlnagel fixieren müssen, damit der Knochen leichter zusammenwuchs, doch das war nicht weiter dramatisch. Diese Nägel mochten aussehen wie mittelalterliche Folterinstrumente, aber sie wirkten Wunder, und es war erstaunlich, wie gut Hunde die mitunter aus der Haut ragenden Stahlteile duldeten. Allerdings waren diese Hunde nicht Hamish. Obwohl der sich im Augenblick als rechter Musterpatient gab.

«Guter Junge», murmelte Guy und streichelte Hamish liebevoll.

Die Oberschenkelschlagader, um die Guy sich am meisten Sorgen gemacht hatte, war glücklicherweise unversehrt. Es sah aus, als wäre der größte Teil des Blutverlusts auf die vielen Schnitte zurückzuführen, die Hamish bei seinem Sturz erlitten hatte. Die meisten davon waren nur oberflächlich, und die tieferen würde Guy mit einigen Stichen wieder zunähen können.

«Ich gebe ihm jetzt eine Narkose, damit ich das gebrochene Bein richten kann», informierte Guy Alan.

Der Hund schaute ihm vertrauensvoll in die Augen. «Du musst dir jetzt wirklich alle Mühe geben, Hamish», sagte Guy. «Ganz so, wie wir das auch tun.»

Er gab dem Hund eine Spritze ins Vorderbein, und innerhalb weniger Sekunden schlief Hamish tief und fest. «Sie müssen Hamish festhalten, während ich ihm diesen Atemschlauch einführe. Hier, so.» Er zeigte Alan, wie er den Hund halten sollte, und stellte überrascht fest, dass dem Mann Tränen über das Gesicht liefen. «Machen Sie sich keine Sorgen», sagte Guy. «Den kriegen wir schon wieder hin.»

Alan wischte sich mit der Stulpe seines Handschuhs die Tränen weg. «Jep, Doktor.»

Alan hatte Schweiß auf der Stirn. Er streichelte dem Hund liebevoll über den Kopf.

«Bereit?»

«Jep», sagte der Mann. «Legen Sie los.»

«Gut.» Guy atmete tief ein. Noch nie im Leben hatte er sich so sehr gewünscht, dass ein Hund durchkam. Er griff zum Skalpell. «Also los.»

## 83

Alan und Guy saßen im Aufwachraum und sahen Hamish dabei zu, wie er in einem der großen Käfige die Wirkung des Betäubungsmittels ausschlief. Zwischen ihnen stand eine große Schachtel Pralinen, durch die sie sich systematisch durcharbeiteten.

«Wir verderben uns den Appetit aufs Abendessen», sagte Guy.

«Jep», stimmte Alan zu und steckte sich noch eine Praline in den Mund.

Sie hatten ihre OP-Handschuhe längst abgelegt und warteten jetzt nur noch darauf, dass Hamish wieder wach wurde. Dieser Hund war unverwüstlich, davon war Guy fest überzeugt. Er würde die Operation hervorragend überstehen. Guy lächelte in sich hinein. Es war immer ein kleiner Triumph, wenn Operationen ein gutes Ende nahmen. Er empfand eine starke Bindung zu dieser Nervensäge von Hund. Als er aufstand und Hamish zärtlich die Schlappohren streichelte, rührte der Hund sich in seinem Betäubungsschlaf und zuckte mit den Vorderpfoten.

Guy hatte Amy bereits angerufen und ihr Bescheid gesagt, dass es Hamish gutging. Er konnte sich lebhaft vorstellen, wie sie zusammen mit den Kindern in Helmshill Grange vor dem Ofen saß und darauf wartete, dass er endlich zurückkam. Ein schönes, tröstliches Bild.

«Waren Sie gern verheiratet?», fragte er Alan, während er noch mit Hamishs Ohren spielte.

«Jep», antwortete der Mann.

«Würden Sie es empfehlen?»

«Schätze schon.»

Guy drehte sich um und sah seinen Assistenten an, der sich als sehr kompetent erwiesen hatte, doch Alan studierte konzentriert den Inhalt der Pralinenschachtel.

«Vermissen Sie Ihre Frau?»

«Jep», sagte Alan. «Jeden einzelnen Tag.»

«Es tut mir sehr leid, dass ich sie nie richtig kennengelernt habe.»

«Sie war toll.» Alan schaute auf und begegnete Guys Blick. «Probieren Sie's aus, Doktor. Ich glaub, Sie wär'n ein guter Ehemann.»

Für Alans Verhältnisse war dies eine ziemlich lange Rede.

«Ich würde ja gern», räumte Guy ein. «Sehr gern sogar.» Er stieß einen tiefempfundenen Seufzer aus. «Aber was wäre gewesen, wenn Mrs. Steadman einen anderen geliebt hätte, jemanden, der eigentlich nicht da war und doch in so gut wie jeder Hinsicht anwesend? Hätten Sie auf sie gewartet, oder hätten Sie die Hoffnung aufgegeben und sich eine andere gesucht?»

Alans hagere Wangen färbten sich rot, und er musterte seine Schuhe. «Weiß nicht, Doktor.»

Diese emotionale Wendung des Gesprächs war dem Mann eindeutig zu viel. Froh über die Ablenkung, zeigte er plötzlich auf Hamish. «Der Hund ist wach.»

Und tatsächlich erhob sich Hamish aus seinem Schlaf und wirkte angesichts seiner Bewährungsprobe sogar recht munter. Er stieß ein begeistertes Bellen aus und schlug mit dem Schwanz gegen das Käfiggitter.

«Da ist ja unser tapferer Junge», begrüßte ihn Guy und ging zu dem Hund, um ihn zu kraulen. «Hast die Sache ja gut überstanden, was?»

Auch Alan trat näher, um Hamish zu streicheln. Guy sah, dass der Mann weinte, und spürte, dass auch ihm selbst Tränen über das Gesicht liefen.

«Was sind wir doch für dumme alte Heulsusen», schniefte Guy.

«Jep, Doktor.»

Guy legte dem älteren Mann den Arm um die Schultern und klopfte ihm auf den Rücken. Er war so erleichtert und wünschte sich jetzt nichts mehr, als bei Amy zu sein. Eigentlich sollte er noch ein paar Stunden hierbleiben und Hamish überwachen, nur um ganz sicherzugehen. Aber, verdammt, es war Weihnachten. Sollte er die ganze Nacht hier verbringen? Und Hamish etwa auch?

«Na, was meinst du, wollen wir nochmal vor die Tür?»

Alan wartete ab, was er im Schilde führte.

«Ich finde, wir sollten den Burschen nach Hause bringen», sagte Guy. «Niemand sollte an Weihnachten im Krankenhaus sein. Nicht mal ein Hund.»

Alan lächelte. Ein seltenes Ereignis.

«Nur eins noch.» Guy hob die Hand, um Alan zu bedeuten, einen Augenblick zu warten, und ging dann hinüber zu dem Käfig, in dem Fluffy noch immer herumwuselte. Der kleine Igel stand auf seinen frischverheilten Hinterbeinen, kratzte am Glas und grunzte zur Begrüßung, als Guy auftauchte. Guy konnte schwören, dass Fluffy täglich mehr so wurde wie ein Hund. Bestimmt würde es Amy nichts ausmachen, an Weihnachten noch ein Mäulchen mehr zu füttern. «Hast du Lust auf einen kleinen Ausflug, Fluffy?»

Er nahm den Käfig und ging damit in den Aufwachraum, wo Hamish und Alan warteten. «Los geht's», rief er, «sehen wir zu, dass wir endlich unser Weihnachtsessen kriegen.»

## 84

«Wir müssen jetzt noch eine Weile abwarten», lässt Guy uns wissen. «Aber es sieht so aus, als hätte Hamish alles gut überstanden.»

Alan und Guy haben Hamish in einem großen Drahtkäfig in die Küche geschleppt. Darin liegt er jetzt und sieht recht munter aus, trotz des schrecklichen Metallgestells, das an seinem gebrochenen Bein befestigt ist. Mit seinem Schwanz schlägt er gegen das Gitter seines zeitweiligen Gefängnisses und sieht dabei genauso aus, wie Hamish aussehen sollte –

bereit, dort so bald wie möglich herauszukommen und das Haus auf den Kopf zu stellen.

«Gott sei Dank.» Ich würde mich vor Erleichterung am liebsten zu Boden sinken lassen. Die Kinder sind ganz aufgeregt und drängen sich jubelnd um Hamishs Käfig, nachdem mein anfänglicher Versuch, sie im Bett zu behalten, gescheitert ist. Aber ehrlich gesagt freue ich mich einfach nur zu sehen, dass sie die ganze Tortur offenbar gut überstanden haben.

Es ist inzwischen spät am Nachmittag. Wir hatten die letzten Stunden in der Küche gesessen, dicht um den Ofen gedrängt, und gewartet, bis dann endlich Alan, Guy und Hamish, der Star des Tages, angekommen sind. Ohne den Tag vor dem Abend loben zu wollen, meine ich sagen zu können, dass unsere Weihnachtsfeier jetzt endlich beginnen kann. Allerdings ist genau das normalerweise das Stichwort für ein einstürzendes Dach oder einen Meteoriteneinschlag im Hof. Ich halte einen Moment lang angespannt inne, stelle aber zu meiner Erleichterung fest, dass nichts Schreckliches passiert. Was für ein großartiges Gefühl.

«Alan war eine wunderbare Arzthelferin», neckt ihn Guy.

Der heilige Steadman wird rot und blickt zu Boden.

Auch wenn Alan kein Mann ist, der sein Herz auf der Zunge trägt, sieht er von den Ereignissen des heutigen Tages ziemlich mitgenommen aus, und sein zerfurchtes Gesicht ist blasser als üblich. Trotzdem hat er darauf bestanden, nach draußen in die Kälte zu gehen und die Hühner für mich einzusperren sowie die Schafe, Ziegen und das Hängebauchschwein zu versorgen.

Ich gestatte mir ein paar Tränen, und Guy umarmt mich. «Danke.»

«Ich bin froh, dass ich helfen konnte», sagt er. Auch Guy sieht erschöpft aus, und ich denke, dass es allmählich Zeit wird, diese Omeletts auf den Weg zu bringen, bevor wir alle im Stehen einschlafen.

«Ich muss dir ein Geständnis machen.» Guy wirft Alan einen hilfesuchenden Blick zu. «Wir haben da noch einen kleinen Gast mitgebracht.»

Bei mir läuten alle Alarmglocken, aber ich weiß, dass ich Guy nichts abschlagen kann. Er hat meine Kinder und meinen Hund gerettet. Selbst wenn er eine riesige Boa Constrictor mitgebracht hat, werde ich lächeln und sie willkommen heißen.

Er geht zum Wagen und kommt mit einem Käfig zurück, in dem sich ein Igel befindet. «Das hier ist Fluffy», erklärt er. Die Kinder sind natürlich entzückt.

Der Igel ist außergewöhnlich niedlich, aber trotzdem beäuge ich ihn misstrauisch. «Sind die nicht mit Flöhen übersät?»

«Der hier ist floh- und beinahe stubenrein.» Guy lässt seinen Charme sprühen. «Er würde ein wunderbares Haustier abgeben.»

«Ach, Mummy», quietscht Jessica. «Können wir ihn behalten?»

«Du hättest auch gar keine Arbeit damit», fügt Tom hinzu, der begriffen hat, dass dieses Argument bei all unseren Schützlingen dazu beiträgt, dass sie bleiben dürfen.

«Nun, er darf vorläufig bleiben ...», antworte ich ausweichend. Guy mag der Retter der Menschheit sein, aber für diese Tat könnte ich ihn umbringen. Wie sollen wir jetzt noch einen Igel aufnehmen?

Auf meine Worte hin lässt meine Tochter Fluffy aus seinem Käfig, und das Tierchen wetzt wie ein kleiner Panzer über den Küchenboden. Milly Molly Mandy kneift die Augen zu Schlitzen zusammen und faucht ihn an.

«Alan, setzen Sie sich doch ans Feuer», bitte ich ihn. «Ich kann Ihnen gar nicht genug dafür danken, was Sie alles für uns getan haben.»

Ich küsse ihn auf die Wange und werfe die Arme um ihn, und diesmal ergibt er sich meiner Umarmung. «Darf ich Ihnen einen Drink holen? Ich denke, Sie haben sich einen verdient», sage ich.

«Jep, Mädel», antwortet er, und ich schenke ihm ein Glas Selbies' Strong Ale ein, ein lokales Bier, das Guy zufolge Alans Lieblingsgetränk ist. Alan zieht seine Mütze aus, macht es sich im Sessel bequem und genießt die Wärme. Milly Molly Mandy wirft einen begehrlichen Blick auf seinen Schoß und springt dann tatsächlich darauf. Dort trampelt sie herum, bis sie das bequemste Plätzchen gefunden hat, und rollt sich mit einem zufriedenen Schnurren zusammen.

Ich schenke uns anderen Sekt ein, und sogar Tom und Jessica bekommen jeder eine Flöte mit einem kleinen Schluck. «Auf Hamish», ergreife ich das Wort. «Dass es ihm bald wieder bessergeht.»

«Auf Hamish.» Wir heben alle unsere Gläser, und das Objekt unserer guten Wünsche jault zustimmend.

Ich kippe meinen Sekt herunter und denke, dass ich den ebenfalls verdient habe. «Ich kümmere mich jetzt mal ums Essen», kündige ich an. «Ich wette, alle sind schon am Verhungern.» Rundum ertönt zustimmendes Gemurmel.

Die Hühner haben eifrig gelegt, sodass es zum Glück genug Eier gibt, um uns allen Omeletts in der Größe von Kopfkissen zu machen. Außerdem habe ich noch ein großes Stück heimischen Käse da, den ich in die zusammengeklappten Omeletts reiben möchte.

Um mich von den Schrecken des Tages abzulenken, habe ich heute ziemlich viel Zeit damit verbracht, den Festtagstisch im Esszimmer verschwenderisch mit dem edlen Porzellangeschirr und den Kristallgläsern zu decken, die bis zu dem heutigen Tage noch nicht aus den Umzugskisten herausgenommen worden sind – und nach Weihnachten dort auch wieder reingepackt werden müssen. Außerdem habe ich einen Heizlüfter in den Raum gestellt, um den letzten Rest der Kälte zu vertreiben. Im Ofen brutzelt bereits eine große Bratpfanne mit Kartoffeln, und oben auf der Platte steht ein dampfender Topf mit Gemüse. Ich gehe zum Küchenschrank, hole meine Rührschüssel hervor und schlage die Eier hinein. Einen Moment darauf tritt Guy hinter mich. «Kann ich dir helfen?», fragt er.

«Du hast mehr als genug getan», antworte ich dankbar. «Jetzt entspann dich erst mal und lass zu, dass ich mich um dich kümmere.»

«Und was ist mit dir, Amy?» Er legt mir leicht die Hand auf die Schulter, und ich spüre, wie ihre Wärme durch meinen Pullover hindurch brennt. «Wer kümmert sich um *dich*?»

«Mir geht es bestens», versichere ich ihm. Aber meine Stimme ist zittriger, als mir lieb ist. Ich wende mich ihm zu, und wir sind nur wenige Zentimeter voneinander entfernt. Ich spüre seinen warmen Atem im Gesicht.

«Ich hätte es nicht ertragen, wenn den Kindern oder dir etwas zugestoßen wäre.»

«Dank deiner Hilfe sind wir alle wohlauf.»

Mir kommt der Gedanke, dass er mich, wären wir nicht umgeben von lauter Leuten, einfach in den Arm nehmen und küssen könnte.

Stattdessen schaut er mich traurig an und sagt: «Du wirst

mir fehlen, wenn du hier weggehst, Amy Ashurst. Ich werde dich entsetzlich vermissen.»

Und ich habe das schreckliche Gefühl, dass es mir genauso gehen wird.

## 85

«Warum hat der Truthahn die Straße überquert?» Tom liest seinen Witz aus dem Knallbonbon vor. «Weil die Hühner ihren freien Tag hatten.»

Nach zu vielen Gläsern Alkohol finden wir diese «Pointe» zum Schreien komisch und lachen hemmungslos.

«Den versteh ich nicht», beschwert sich Jessica.

«Das macht nichts, Liebling.» Ich küsse sie aufs Haar. «So komisch ist er eigentlich gar nicht.»

«Und warum lacht ihr dann so?»

«Weil wir alle froh sind, dass ihr wieder daheim seid und dass euch nichts zugestoßen ist.»

«Erwachsene versteh ich auch nicht.» Sie legt den Kopf auf die Tischplatte. Um ehrlich zu sein, verstehe ich die Welt der Erwachsenen auch nicht, aber selbst wenn ich es täte, hätte ich im Moment viel zu viel Sekt intus, um sie ihr erklären zu können.

Draußen fällt wieder Schnee, doch im Gegensatz zu heute Vormittag sitzen wir jetzt alle gemütlich im Warmen und sind glücklich. Nur die Gedanken an meinen lieben Mann trüben diese Freude. Wie anders dieses Weihnachten doch ist als das Fest im Vorjahr, als Will – vermeintlich – noch fit und gesund war. Als noch kein Herzproblem am Horizont drohte und von einem besseren Leben auf dem Land nicht die Rede war. Ich schiebe diesen Gedanken beiseite und hebe schweigend mein Glas für Will. Im Stillen sage ich ihm, wie sehr er mir fehlt und dass ich nie aufgehört habe, ihn zu lieben.

Auf der anderen Seite des Tischs fängt Guy meinen Blick ein, lächelt mir melancholisch zu und hebt ebenfalls sein Glas, als könnte er meine Gedanken lesen. Das ist ein Weihnachtsfest, das wir zweifellos so schnell nicht vergessen werden.

Die Omeletts waren ein durchschlagender Erfolg, und ich bin mir nicht sicher, warum ich mir eigentlich in Zukunft überhaupt noch einmal die Mühe mit einer Pute mache soll. Allerdings, gemessen daran, wie Milly Molly Mandy sich heute den Bauch vollgeschlagen hat, muss die Pute ebenfalls recht gut gewesen sein. Ich frage mich, ob Fluffy vielleicht auch gern etwas davon gehabt hätte, und dann wird mir plötzlich bewusst, dass ich mich schon wieder wie so eine waschechte Tierliebhaberin benehme. Was ist nur mit meinem abgebrühten, zynischen Ich passiert, das Tiere nicht ausstehen konnte?

Ich wende mich meinen Kindern zu, die anscheinend glauben, ich hätte vergessen, dass sie eigentlich schon längst im Bett sein müssten. «Es wird allmählich Zeit, dass ihr schlafen geht.»

«Es ist doch noch früh, Mummy», jammert Jessica. «Und es ist Weihnachten.» Dann unterdrückt sie ein Gähnen.

«Aber ihr habt die halbe Nacht draußen auf dem Moor verbracht. Höchste Eisenbahn, dass ihr endlich ins Bett kommt.»

«Ich möchte aber bei Guy und Onkel Alan bleiben.» Sie kuschelt sich bittend an mich.

«Wir gehen jetzt auch», sagt Guy diplomatisch. Er hat Alan überredet, bei ihm zu übernachten, damit er ein paar Gläser Selbies' Strong Ale trinken konnte, ohne sich Gedanken um die Heimfahrt machen zu müssen. Alan sieht glücklich und zufrieden aus. «Wahrscheinlich sehen wir euch morgen.»

«Aber was ist, wenn wir nach London ziehen?», meint Jessica. «Dann sehen wir euch nie wieder.»

«Wir werden euch besuchen kommen», versichert ihr Guy. «Nicht wahr, Alan?»

Alan sieht nicht sehr überzeugt drein.

«Das haben unsere Freunde auch alle gesagt, als wir hierhergezogen sind», bemerkt meine scharfsinnige Tochter. «Aber sie sind nie gekommen.»

«Genug geplaudert», sage ich, da mir die Richtung, in die sich das Gespräch entwickelt, überhaupt nicht gefällt. «Zeit zum Schlafengehen. Gib Guy und Onkel Alan einen Kuss.»

Mein Kind geht zu den beiden Männern und verabschiedet sich mit einer stürmischen Umarmung. «Du bist wie ein Großvater für mich», eröffnet Jessica Alan mit feierlichem Ernst, woraufhin sich dessen Augen mit Tränen füllen. Als Jessica zur Welt kam, waren sowohl Wills Eltern als auch meine schon tot, und ich hatte immer geglaubt, sie könnte das, was sie nie gekannt hat, auch nicht vermissen. Anscheinend hatte ich mich auch da getäuscht.

«Gute Nacht, Mädel», bringt Alan heraus.

«Danke, dass ihr Hamish heimgebracht habt», sagt sie noch, bevor sie erneut von einem Gähnen übermannt wird. Ich drehe sie um und gebe ihr einen kleinen Schubs in Richtung Treppe.

«Ich komme gleich hoch, um euch einzukuscheln», rufe ich meiner Tochter nach.

Nachdem auch Tom die beiden Männer umarmt hat, folgt er seiner Schwester ohne den geringsten Widerspruch. Er muss todmüde sein. Ich wette, die beiden sind schon eingeschlafen, bevor ich auch nur bei ihnen oben bin. Ich spüre, wie mich bei diesem Gedanken ebenfalls ein Gähnen überkommt.

«Lass dir doch noch schnell beim Aufräumen helfen», sagt Guy. «Wir werden dich sicher nicht mit dem ganzen Abwasch zurücklassen.»

Ich schüttele den Kopf. «Das kommt nicht in Frage. Serena und ich haben ja jetzt alle Zeit der Welt, und die Geschirrspülmaschine ist glücklicherweise eines der wenigen Dinge, das hier richtig gut funktioniert.»

«Dann gehen wir jetzt am besten», sagt er, «damit du die Kinder ins Bett bringen kannst.»

Alan und Guy stehen auf, und wir umarmen uns zum Abschied. Alan nimmt sogar freiwillig Serena in den Arm, auch wenn er dabei rot wird. Verblüffend, wie doch das ein oder andere Glas Selbies' Strong Ale die Hemmungen eines Mannes abbauen kann.

Ich begleite die beiden zur Tür. Der Schnee fällt jetzt wieder dicht, aber da die Kinder nun sicher zu Hause sind, erscheint mir dieser Anblick nicht mehr bedrohlich. Vielleicht können wir morgen mit dem Schlitten rausgehen, wenn die Kinder dafür schon wieder fit genug sind – wahrscheinlich wird es morgen ganz anderen aus dieser Runde schlechtgehen.

«Danke, Mädel», sagt Alan rau, «danke für einen großartigen Tag.» Er geht, die Mütze tief ins Gesicht gezogen, über die Zufahrt davon.

Das war das einzige Mal, dass Alan zwei Sätze hintereinander von sich gegeben hat, und ich bin ehrlich gerührt. Er hätte genauso gut splitterfasernackt einen Freudentanz auf meinem Rasen vollführen können, es hätte mich nicht weniger überrascht.

Guy bleibt noch einen Moment bei mir und ruft seinem Begleiter nach: «Ich hole Sie ein.»

Alan winkt zustimmend.

«Für mich war es ebenfalls ein großartiger Tag.» Schneeflocken landen auf seinem Haar und sorgen dafür, dass es sich wie verrückt kräuselt. Ich würde gerne die Hand ausstrecken und sie wegwischen.

«Du bist es, der dafür gesorgt hat, dass es noch ein guter Tag geworden ist», antworte ich. «Ich kann dir gar nicht genug danken. Ich wäre nie damit fertiggeworden, wenn ich nach Will nun auch noch die Kinder verloren hätte.» Meine Augen füllen sich mit Tränen.

«Denk nicht darüber nach», rät Guy mir. «Sie sind wieder zu Hause, das allein zählt.»

«Ich hoffe, Hamish erholt sich ebenfalls.»

«Er scheint mir in guter Verfassung zu sein», beruhigt mich Guy. «Ich lasse ihn heute Nacht in deinen fähigen Händen. Schau einfach alle paar Stunden nach ihm, und falls es irgendein Problem gibt, ruf mich an. Ansonsten komme ich gleich morgen vorbei und sehe nach, wie es ihm geht», verspricht er.

Ich erzähle Guy nicht, dass ich vorhabe, mich heute mit meiner Bettdecke zu Hamish zu legen und bei ihm zu schlafen. Man kann schließlich nicht vorsichtig genug sein, oder?

«Trotz allem», sage ich leise, «habe ich den heutigen Tag genossen. Es war schön, dich und Alan hier zu haben.»

«Ich fand es schön, hier zu sein. Du hast eine wunderbare Familie, Amy. Es tut gut, sich wie ein Teil davon zu fühlen.»

«Danke.»

Guy sieht mir tief in die Augen. «Ach, Amy», flüstert er.

«Ich könnte mich so leicht in dich verlieben.» Und bevor ich etwas darauf erwidern kann, macht er kehrt, rennt die Zufahrt hinunter hinter Alan her und lässt mich mit offenem Mund zurück.

# 86

Ein Monat ist seit Weihnachten vergangen, und jetzt bin ich fertig mit dem Packen und zum Umzug bereit. Ich habe Nägel mit Köpfen gemacht, obwohl ich von den Gerner-Bernards noch keinen unterschriebenen Vertrag bekommen habe, aber irgendwie habe ich das Gefühl, dass ich den Umzug nicht länger aufschieben kann. Bevor ich wieder bei der BTC anfange, hätte ich gerne ein bisschen Zeit, um mich in London einzuleben. Die Kinder haben schon ein paar Wochen ihres neuen Schuljahrs in Queensway versäumt, und ich möchte, dass sie dort so bald wie möglich anfangen. Ich bin mir sicher, dass mit dem Verkauf alles gutgeht. Die Eigentumsübertragung ist in die Wege geleitet, und der Anwalt sagt, dass alles ausgezeichnet läuft. Außerdem haben die Gerner-Bernards schon massenhaft Handwerker durchs Haus geschickt, die sich genau anschauen sollen, was es alles «umzukrempeln» gibt.

Der Umzugswagen steht in der Einfahrt, und zwei zuvorkommende junge Männer laden mein ganzes Hab und Gut ein, um es zu unserer Wohnung in London zu karren. Ganz genau stimmt das allerdings nicht, denn ein Großteil der Kisten muss eingelagert werden, da in der neuen Wohnung nicht annähernd genug Platz für den ganzen Kram ist, den wir im Laufe der Jahre angesammelt haben. Ein paar der Umzugskartons habe ich noch nicht einmal geöffnet, seit wir in Helmshill Grange eingezogen sind. Ich müsste sie erst einmal Stück für Stück sichten, bevor ich sie einlagern lasse – so sieht jedenfalls die Theorie aus.

Es sind immer noch massenhaft Sachen von Will da, die auszupacken ich nicht über mich gebracht habe. Seine Kleider, seine Sportsachen – sogar der Squash-Schläger, den er nie benutzt hat, obwohl er sich immer die Zeit dazu nehmen wollte. Außerdem seine Sammlung von allem, was auch nur annähernd mit der Band Queen zu tun hat, und ein Stapel verstaubter Biographien, die er nicht mehr gelesen hat und die nun wahrscheinlich auch keiner mehr lesen wird. Vermutlich werde ich jetzt auch das ausgezeichnete Buch *Hühnerhaltung* von Audrey Fanshawe nicht mehr brauchen. Und obwohl es unklug erscheint, das alles mitzunehmen, tue ich es trotzdem.

Unser Aufbruch aus Helmshill fällt auf keinen schönen Tag. Der Wind ist beißend kalt, triste Wolken hängen tief über dem Moor, und selbst der Himmel sieht deprimiert aus. Ich bin heute Morgen vor den Kindern aufgestanden und habe Wills Grab besucht. Ich habe einen Kranz aus Zweigen und Eicheln aufs Grab gelegt, weil ich weiß, dass der eine Weile halten wird. Der Gedanke, dass wir vielleicht für mehrere Wochen nicht hierherkommen werden, ist mir arg. Wer wird nach Will schauen, während wir weg sind? Allmählich wird mir bewusst, was ich da eigentlich alles zurücklasse.

Ich habe eine Ewigkeit dagestanden, aber nicht gewusst, was ich sagen sollte. Also bin ich heimgegangen und habe zum letzten Mal die Hühnereier eingesammelt und sie in Styroporschachteln verpackt, um sie gleich im Auto mitzunehmen. Ich kann nur hoffen, dass der klapprige alte Landrover die ganze Strecke über die Autobahn durchhält; sobald wir in London sind, muss ich ihn als Erstes gegen einen Wagen eintauschen, der besser für die Stadt geeignet und weniger mit Kuhkacke verdreckt ist.

Ende Februar trete ich meine neue Stelle an, was heißt, dass wir ein paar Wochen Zeit haben, uns einzuleben, bevor ich wieder in der großen, bösen Arbeitswelt beginne. Gavin Morrison ist praktisch nicht zu erreichen, da er mit dieser gewaltigen Entlassungswelle beschäftigt ist, die zurzeit durch alle Medien geht. Meinen Arbeitsvertrag habe ich auch noch nicht bekommen, obwohl ich zweimal die Woche in der Personalabteilung anrufe und Druck mache. Aber ich weiß noch von früher, wie langsam diese Abteilung ist, in der drei Frauen die Arbeit von zehn erledigen müssen. Außerdem haben sie wahrscheinlich zurzeit so viel damit zu tun, Leute zu entlassen, dass sie nicht auch noch ans Einstellen denken können. Ich bin sehr dankbar, dass sie mich überhaupt nehmen, obwohl sie so viele Leute rausschmeißen. Wenn die Stelle nicht so verlockend wäre, würde mich diese Tatsache wahrscheinlich skeptisch machen.

Ich wünschte mir, es gäbe eine andere Lösung, aber die hat sich nun mal nicht aufgetan. Und deshalb stehe ich jetzt da, sehe zu, wie die Jungs die letzten Kisten einladen, und spüre eine schlimme Übelkeit in mir aufsteigen. Ich ziehe die Jacke um mich zusammen, aber auch sie kann die Kälte nicht abhalten.

Die Kinder helfen beim Packen, und Jessica schluchzt dabei leise vor sich hin. Haben Sie eine Ahnung, wie schrecklich ich mich dabei fühle? Hamish ist mit einem dicken Seil im Hof festgebunden. Er bellt wie verrückt. Abgesehen von dem frankensteinartigen Fixateur am Hinterbein, an dem er ständig herumkauen will, scheint unser verrückter Hund seine Prüfung gut überstanden zu haben.

Leider hat ihn seine Beinahbegegnung mit dem Tod kein bisschen ruhiger gemacht, geschweige denn zu Verstand gebracht. Wie wir es schaffen sollen, ihn ohne irgendeine Katastrophe nach London zu bringen, ist mir ein Rätsel. Genauso wie die Frage, was eigentlich mit ihm geschieht, wenn wir einmal dort angekommen sind. Mit seinem gebrochenen Bein darf er nur kurze Strecken an der Leine spazieren gehen und muss sich ruhig halten. Wie soll das klappen? Guy hat versprochen, vorbeizuschauen und mir ein Beruhigungsmittel für ihn zu geben, bevor wir losfahren, und ehrlich gesagt könnte ich selbst eines gebrauchen. Wenigstens wird mir Guys Besuch die Gelegenheit verschaffen, mich von ihm zu verabschieden – etwas, worauf ich mich nicht gerade freue.

Wir haben uns seit Weihnachten nicht mehr unter vier Augen gesehen. Guy hat das, was er mir damals gestanden hat, auch nicht nochmal angesprochen, und ich frage mich, ob er sein Geständnis mittlerweile bereut und es vielleicht sowieso nur den hochgekochten Emotionen jenes Tages und dem Alkohol zuzuschreiben war – immer eine tödliche Kombination, wenn Sie mich fragen. Wir hatten beide unglaublich viel zu tun, ich mit dem Packen und Guy mit seiner Praxis, die er ganz allein führen musste, da sein Mitarbeiter Stephen Grippe hatte. Ich glaube, in gewisser Weise gehen wir uns zurzeit allerdings auch aus dem Weg.

«Beinahe fertig, Missus», sagt einer der Umzugsmänner und reißt mich damit aus meinen Gedanken.

«Gut. Danke.» Wir müssen bald los, sonst wird es bereits tief in der Nacht sein, bis wir in London eintreffen.

Milly Molly Mandy – die jetzt ebenfalls mit uns nach London kommt – ist eingefangen worden und harrt ihres Schicksals in einem Transportkäfig. Sie faucht böse über diese würdelose Behandlung. Die Nagetierpopulation von Helmshill stößt sicherlich einen kollektiven Seufzer der Erleichterung über die bevorstehende Abreise unserer Katze aus. Ich weiß nicht recht, ob ich es wagen soll, noch einmal nach den anderen Tieren zu sehen, die wir zurücklassen. Die Hühner, die ich gesundgepflegt habe, sind ein besonders wunder Punkt. Ich spüre, wie meine Augen sich mit Tränen füllen, wann immer ich auch nur an sie denke. Fluffy drückt ebenfalls auf die Tränendrüsen. Wer hätte gedacht, dass dieser stachelige kleine Freund uns allen so ans Herz wachsen würde? Seit Wochen folgt er Jessica durchs Haus wie ein Schatten und schläft in einen alten Schlafanzug von ihr gekuschelt unter ihrem Bett. Leider muss Fluffy jetzt ebenfalls allein zurückbleiben. Wie soll man sich in London einen Igel halten? Das geht einfach nicht. Dann sehe ich, dass meine Tochter bei Pork Chop steht, und ich denke, dass ich mit ihr eine letzte Abschiedsrunde bei den Tieren machen sollte. Denn irgendwie sind sie eben doch zu einem festen Bestandteil unseres Lebens geworden, obwohl ich anfangs keines von ihnen wollte.

Jessica ist auf den Zaun geklettert und beugt sich vor, um Pork Chop ein paar Hickory-Nüsse aus dem Eimer zu geben, der immer für ihn bereitsteht. Das rundliche vietnamesische Hängebauchschwein hat sich gut eingelebt und längst die Zuneigung meiner Kinder erobert. Ich muss zugeben, dass ich es ebenfalls recht gern mag. Er ist ein freundliches kleines Kerlchen mit guten Manieren, und ich hoffe, dass Guy ein schönes neues Zuhause für ihn findet. Für ihn und für unsere anderen Schützlinge, um genau zu sein. Delila ist inzwischen so dick wie ein Elefant, und Alan zufolge steht die Geburt jeden Moment bevor.

Der heilige Steadman ist da und macht sich auf dem Hof

zu schaffen. Auch er ist mir seit Weihnachten aus dem Weg gegangen – und ich glaube, es fällt ihm schwerer, uns gehen zu sehen, als er sich eingestehen möchte. Außerdem gehört er definitiv zu der Sorte Mann, die emotional aufgeladene Gespräche oder hysterische Szenen um jeden Preis vermeiden möchte. Die Kinder mögen ihn sehr, und ich weiß, dass er sie auf seine eigene stille Art ebenfalls ins Herz geschlossen hat. Er ist bereit, so lange zu bleiben, bis die Tiere vermittelt und die Gerner-Bernards in Grange eingezogen sind. Ich versuche, nicht daran zu denken, weil mir sonst die Tränen in die Augen steigen, und das will ich nicht. Nicht heute.

Ich stelle mich neben Jessica und lege ihr den Arm um die Schultern. «Alles in Ordnung, Liebling?»

Sie schüttelt den Kopf. «Warum können Tom und ich nicht mit Onkel Alan hierbleiben, und du gehst zum Arbeiten nach London und schickst uns Geld?»

Meine Tochter bringt diese Idee so vernünftig vor, dass ich mich fast schon wundere, warum sie nicht von mir stammt. «Aber ihr würdet Mummy schrecklich fehlen, mein Schatz.»

«Du würdest mir auch fehlen», antwortet sie ungerührt. «Aber du könntest ja an den Wochenenden heimkommen. Hamish gefällt es hier bestimmt auch besser.» Bei diesem Stichwort bellt der Hund zustimmend. Arbeite nie mit Tieren oder Kindern, heißt es beim Fernsehen. Jetzt verstehe ich, warum.

Tom klettert in einer besorgniserregenden Höhe in den Ästen der Eiche herum.

«Wir müssen bald los», rufe ich zu ihm hinauf.

«Ich klettere zum allerletzten Mal in den Baum», ruft er zurück, «weil ich es ab heute nie wieder tun werde.»

«In London gibt es auch Bäume.» Nicht allzu viele, wie ich zugeben muss, aber das muss ich ja nicht extra erwähnen.

«Ja», antwortet er. «Aber dort erlaubst du nicht, dass ich hinaufklettere.»

Ich seufze. Wahrscheinlich hat er recht. In der Stadt werden sie niemals dieselbe Freiheit genießen können wie hier.

Plötzlich kommt Alan über den Hof, ja, er rennt geradezu für seine Verhältnisse. «Delila bekommt ihr Junges», ruft er und zeigt mit dem Daumen auf die Scheune.

«Juhu!», schreit Jessica. «Ein Lämmchen!» Damit rennt sie zu den Schafen davon.

Tom rutscht hastig den Baum herunter, wobei er sich die Knie seiner Jeans aufreißt, und stürmt in den Stall.

«Kommen Sie auch, Mrs. Ashurst?»

«Ja», antworte ich. «Ich komme.» Und obwohl auch ich freudig erregt bin, denke ich, dass mir das gerade noch gefehlt hat. Ein Lämmchen. Ausgerechnet. Am Tag unseres Umzugs.

## 87

Guy kam just in dem Augenblick, als Alan Delila half, ihr Baby zur Welt zu bringen. Tom und Jessica schauten hingerissen zu. Amy, fiel ihm auf, war ziemlich grün im Gesicht. Guy konnte nicht umhin, in sich hineinzulächeln. Sie mochte sich noch so viel Mühe geben, sie würde nie eine richtige Bäuerin abgeben. Und das war natürlich auch der Grund, warum sie das Land verließ und in die verschmutzte Großstadt zurückkehrte. Sein Herz wurde schwer, wenn er an die bevorstehende Abreise dachte. Dem Umzugswagen nach zu schließen, war es jeden Augenblick so weit. Es schien, als wäre ihre Zeit abgelaufen.

Seit Weihnachten hatte er sich alle Mühe gegeben, nicht daran zu denken. Dabei hatte ihm die Tatsache geholfen, dass zahlreiche Tiere in Scarsby und Umgebung auf einmal krank geworden waren. Sein Assistent Stephen hatte die Sache dann noch dadurch verschlimmert, dass er wegen Krankheit ausfiel, sodass Guy in einer der hektischsten Zeiten im Jahr auf sich allein gestellt war. Das hatte zur Folge, dass er jeden Morgen ab kurz nach sechs in der Praxis war und selten vor zehn Uhr abends nach Hause kam. Hinzu kamen die nächtlichen Notrufe. Da blieb ihm nicht viel Zeit, sich um eine Frau zu bemühen. Das musste er auch Cheryl gegenüber immer wieder erklären, die ihn regelmäßig schalt, er würde Amy zu selten besuchen. Ihrer Meinung nach benutzte er die Arbeit nur als Vermeidungsstrategie. Und in diesem Punkt musste Guy seiner Tierarzthelferin und selbsternannten Lebensberaterin vielleicht sogar zustimmen. Aber was sollte er Amy jetzt nur sagen, nachdem er ihr gegenüber mit seinen Gefühlen herausgeplatzt war wie ein linkischer Schuljunge? Wobei dieser Vergleich vielleicht hinkte, denn selbst linkische Schuljungen kriegten so was heutzutage besser hin als er. Amy hatte damals nichts auf seine Beichte gesagt, aber er hatte ihr eigentlich auch keine Gelegenheit dazu gegeben, sondern sich umgehend aus dem Staub gemacht, beschämt über die ungewohnte und spontane Gefühlsäußerung. Jetzt kam er oft nicht mal mehr dazu, sein Abendessen aus der Mikrowelle zu nehmen, und war schon mehr als einmal in voller Montur ins Bett gefallen, weil er zu erschöpft war, um sich auszuziehen. Bei den seltenen Gelegenheiten, da er und Amy einen Augenblick zusammen waren, waren sie entweder nicht allein, oder die Umstände ließen es nicht zu, um mehr als ein paar flüchtige Worte zu wechseln. Die Gelegenheit, ihr sein Herz auszuschütten oder herauszufinden, wie sie zu ihm stand, hatte sich einfach nicht ergeben – und das war vielleicht auch gut so.

Die beiden Möbelpacker kamen nach getaner Arbeit näher und schauten jetzt ebenfalls über den Zaun.

«Komm schon, Mädchen, du kannst das», spornte Alan Delila an. Guy fand, dass es nicht gerade danach aussah. Das Mutterschaf plagte sich, doch nichts geschah.

Das Schaf richtete seine traurigen Augen auf ihn und stieß ein klagendes «Määh» aus. Guy schürzte die Lippen. «Wie lange geht das jetzt schon so?»

«Inzwischen fast eine Stunde. Wollen Sie übernehmen, Tierarzt?»

«Ich seh's mir mal an.» Er wusch sich unter dem Wasserhahn im Hof die Hände, bevor er behutsam in das Schaf hineingriff. Alles, was er ertasten konnte, war ein kleiner Schwanz und ein Hintern: Das Lämmchen streckte ihm seine Kehrseite entgegen. «Hier braucht jemand ein bisschen Hilfe.»

Guy tastete nach den Hinterbeinen des Lammes, packte fest zu und zog es rückwärts heraus. Ein grauer, glitschiger Haufen rutschte leblos zu Boden. Alan wischte ihm den Schleim aus dem Maul, dann schwang er das Lamm hin und her, um es zum Atmen zu bringen.

«Das hilft nicht!», rief er mit Bestürzung in der Stimme.

Guy hielt das Lamm und rieb es kräftig, um die Atmung zu stimulieren. Noch immer rührte sich die kleine Kreatur nicht. «Wasser», forderte Guy über die Schulter. «Ich brauche Wasser.»

Amy reichte ihm schnell einen Eimer mit kaltem Wasser,

den Guy sofort über das Lamm kippte. Vor Schock keuchte es auf und tat damit seinen ersten Atemzug. Es mochte ein brutaler Start ins Leben sein, doch es funktionierte.

«Oh», rief Jessica. «Wie süß!» Das kleine Mädchen und sein Bruder weinten, und wenn Guy sich nicht täuschte, vergoss auch Amy eine Träne. Sogar die Möbelpacker hatten feuchte Augen. Wenn man schon so häufig den Schafen beim Lammen geholfen hatte, erinnerte man sich kaum noch an das Wunder, zum ersten Mal eine Geburt mitzuerleben.

Es war ein sehr kleines Lamm, und es war sehr schwach. Mühsam hob sich seine kleine Brust beim Atmen, und das Tier versuchte vergeblich, auf seinen staksigen, wackeligen Beinen zu stehen. Guy glaubte nicht, dass es große Überlebenschancen hatte. Er sah Alan an, und der Mann nickte zustimmend, ohne dass er etwas sagen musste. Das Einzige, was sie jetzt tun konnten, war, das Lamm warm zu halten. «Wir müssen es wärmen. Können wir es in den Ofen stecken, Amy?»

Sie sah ihn entsetzt an. «Ihr wollt es doch nicht braten?»

Er lachte. «Nicht wirklich.» Dann wurde er schnell wieder ernst. «Es ist seine einzige Überlebenschance. Es ist ganz und gar gegen den Arbeits- und Gesundheitsschutz und wahrscheinlich auch von irgendeiner EU-Richtlinie untersagt, aber in so einem Fall ist das Beste einfach eine Nacht im Backofen. Richtig, Alan?»

Der Mann nickte. «Jep, Doktor.»

«Ich dachte, das wäre ein ländlicher Mythos.»

«Nein.»

Amy stimmte achselzuckend zu. «Na, dann mal los.»

«Ich sehe nach dem Mutterschaf, Alan», sagte Guy. «Sie kümmern sich um das Lamm.»

Alan hob das kleine Wesen behutsam auf und trug es zum Haus.

Jessica lief hinter ihm her. «Wir können Delila nicht mit einem kranken Baby zurücklassen», redete sie auf ihre Mutter ein. «Wir müssen ein andermal nach London fahren.»

Amy warf Guy einen hilfesuchenden Blick zu, doch der antwortete nur: «Sie hat recht, könnt ihr nicht noch einen Tag bleiben?» Er wusste, dass es falsch war, doch er klammerte sich an jede Möglichkeit, die dafür sorgte, dass Amy noch ein bisschen länger blieb.

## 88

Ich rufe Serena an und bitte sie, an meiner Statt die Umzugsleute in der neuen Wohnung zu empfangen, und gebe ihr für alle Fälle auch die Handynummern der Männer. Sie kann es nicht glauben, als ich ihr sage, dass unsere Verspätung durch eine Krise mit einem neugeborenen Lamm bedingt ist. Meine Schwester ist mittlerweile eindeutig der Meinung, dass ich durchgedreht bin. Ich erkläre ihr, dass wir das Lamm – hoffentlich – durch die Nacht bringen werden und dass wir morgen *hundertprozentig* in London eintreffen, um die Wiedervereinigung mit unseren Möbeln zu vollziehen.

Während ich telefoniere, bereiten Alan und Guy dem Lämmchen ein Lager und schieben es vorne in den Ofen. Himmel hilf, ich hoffe nur, dass sie mit diesem verdammten Gerät besser zurechtkommen als ich, sonst ist das Lamm im null Komma nichts halb gar. Ich frage mich, ob ich nicht doch für alle Fälle schon einmal ein bisschen Rosmarin dazutun sollte. Kleiner Scherz.

«Ein Lämmchen», jauchzt Jessica unaufhörlich. «Wir haben ein kleines *Lämmchen* in unserer Küche!»

Ich muss zugeben, dass ich so etwas noch nie erlebt habe und dass Grange genau der richtige Ort zu sein scheint, um ein schwächliches Jungtier aufzupäppeln.

Zum Glück habe ich den Umzugskarton mit dem Teekessel, den Bechern, dem Toaster und ein paar Sachen aus dem Kühlschrank gerade noch rechtzeitig aus dem Umzugswagen gerettet, bevor die Männer losfuhren und den Rest unseres Hab und Guts mit sich nahmen. Sie sind spät dran, und selbst wenn sie gut durchkommen, wird der Abend weit fortgeschritten sein, bis sie in London eintreffen. Auch wenn mir nicht mehr viel Geld bleibt, werde ich dafür sorgen, dass sie für diese ungünstigen Umstände entschädigt werden.

Abgesehen von dem einen Karton ist nichts im Haus zurückgeblieben. Weil ich nicht weiß, was ich sonst tun soll, setze ich den Teekessel auf. Ich bin müde, wir haben nichts zu essen, und allmählich frage ich mich, ob es eine gute Idee war hierzubleiben.

«Ich fahre Alan nach Hause», unterbricht Guy meine Gedanken. «Dann hole ich bei einem chinesischen Imbiss in Scarsby etwas zu essen und bringe auf dem Rückweg ein paar Decken von zu Hause mit.»

Ich hatte mir bisher noch keine Gedanken darüber gemacht, wo wir schlafen würden. Es sieht so aus, als wäre für heute Nacht der Küchenfußboden unser Bett.

«Ist das in Ordnung?», fragt er. «Wenn du möchtest, kannst du auch mit den Kindern bei mir übernachten, während ich hier bei dem Lämmchen bleibe.»

Mir wird ganz warm ums Herz bei der Vorstellung, wie dieser große, starke Mann hier sitzt und sich um dieses winzige Etwas kümmert, das sich an sein gefährdetes Leben klammert. «Denkst du etwa, ich würde die Kinder von dem kleinen Kerl hier wegbekommen?»

«Wahrscheinlich nicht.»

«Definitiv nicht», korrigiere ich ihn.

«Bleib hier, bis ich zurückkomme», fordert er mich auf. «Und ruf mich an, falls es dem Lamm irgendwie schlechter geht.»

Ich weiß nicht, wie es diesem Tier noch schlechter gehen könnte als jetzt. Das arme Ding zittert wie verrückt, obgleich es in ein flauschiges Handtuch eingehüllt ist und langsam bei schwacher Hitze geröstet wird – allerdings bei offener Ofentür, sodass ihm hoffentlich nicht allzu viel zustoßen kann.

Guy und Alan gehen zur Tür, beim Hinaustreten lüftet Mr. Steadman seine flache Kappe zum Gruß, bevor er verschwindet. Mir fällt auf, dass es das letzte Mal sein könnte, dass ich Alan sehe, und ich möchte den beiden am liebsten nachlaufen. Ich wollte Mr. Steadman so viel sagen und ihm so viel danken, aber nie gab es den geeigneten Moment dafür. Ich wollte ihm sagen, dass ich ihn inzwischen als einen Freund der Familie betrachte und dass die Kinder ihn schrecklich vermissen werden. Ich wollte diese raue, braune Tweedjacke umarmen und ihm erklären, wie sehr wir ihn mögen. Aber bei einem Mann wie Alan ist es vielleicht am besten, wenn solche Dinge ungesagt bleiben. Ich bin mir sicher, er weiß, wie viel er uns bedeutet, ohne dass ich bei uns allen auf die Tränendrüse drücken muss. Ich sollte ihm schreiben, wenn ich heimkomme, und zwar regelmäßig. Der Gedanke, dass ihm etwas zustoßen könnte und wir nichts davon mitbekämen, ist mir unerträglich. Dann denke ich «heimkommen»? Betrachte ich London wirklich schon wieder als mein Zuhause?

Ich bereite den Kindern mit ihren Mänteln ein kleines Lager neben dem Ofen, dann lasse ich alle Sparsamkeit fahren und gehe in die Waschküche, um die Zentralheizung noch einmal anzustellen. Die ganze Zeit über hat Hamish sich vorzüglich benommen – falls man lautes Bellen und den Versuch, sich mit einem Seil zu strangulieren, so bezeichnen kann. Jetzt wird ihm allmählich langweilig, und er bekommt Hunger. Ich hoffe, dass Guy daran denkt, Hundefutter mitzubringen, wenn er das Essen vom China-Imbiss holt, denn wir haben hier nichts, womit wir Hamish füttern könnten. Die Umzugsleute fahren gerade mitsamt seiner Futterschüssel und den Dosen voll Fleischbrocken über die Autobahn. Allerdings bin ich mir sicher, dass Hamish nichts dagegen hätte, heute Abend ebenfalls Spareribs und Schweinefleischbällchen zu verspeisen.

«Sitz, Hamish», fordere ich ihn auf. «Dein Herumgerenne macht mich noch verrückt.»

«Komm her, Junge», sagt Tom und schlägt sich aufs Bein. Der Hund lässt sich bei ihm nieder und begräbt meinen Sohn halb unter seiner massigen Gestalt.

Fluffy, der noch einen kurzen Aufschub erhalten hat, bevor er in die Tierarztpraxis zurückkehren muss, trippelt derweil glücklich über den Küchenboden. Die Kinder können die Augen nicht von dem Lämmchen wenden, und da ich nicht weiß, was ich mit mir anfangen soll, wandere ich durch die leeren Räume von Helmshill Grange. Ich frage mich, was die Gerner-Bernards wohl mit dem Haus anstellen werden. Werden sie es im ländlichen Stil umbauen? Oder in einen minimalistischen Schrein aus mattweißer Dulux-Wandfarbe? Es sind auf jeden Fall eine Menge Handwerker mit Bandmaß hier herumgelaufen.

Die Tage sind inzwischen so kurz, dass schon jetzt der

Mond am Himmel steht und durch die Terrassenfenster ins Wohnzimmer scheint.

«Wenn du uns nur mit ein bisschen Geld zurückgelassen hättest», sage ich laut zu Will. «Dann wäre ich vielleicht hiergeblieben. Denn trotz allem haben wir in Helmshill Grange auch schöne Zeiten erlebt.»

Ich sitze mitten auf dem Boden in einem hellen Flecken Mondlicht. «Ich möchte nicht, dass du denkst, dass ich dich hier allein lasse», erkläre ich meinem Mann. «Wir kommen zu Besuch zurück. Aber jetzt muss ich auch an die Kinder denken, und ich glaube, mit einem Umzug tue ich das Richtige für sie.» Ich muss mir eingestehen, dass dieses Argument im Moment nicht sonderlich überzeugend klingt. «Und außerdem muss ich arbeiten. Hier gibt es keinen Job für mich, und Gavin ist ganz wild darauf, mich wieder an Bord der BTC zu haben. Es wird mir eigenartig vorkommen, aber ich bin sicher, dass wir unser altes Leben wieder aufnehmen können. Es wird gerade so sein, als hätten wir dich zurück.» Die Tränen laufen mir übers Gesicht. «Ich habe meine Zeit in Helmshill Grange wirklich genossen. Danke, dass du mich in dieses heruntergekommene alte Haus geschleppt hast. Ich wünschte nur, du hättest mit mir hierbleiben können.»

Dann weine ich und weine und weine. Ich weine, weil ich hierbleiben will, aber nicht bleiben kann. Ich weine, weil ich das Richtige für meine Kinder tun will und trotzdem immer nur das Falsche mache. Ich weine, weil ich meinen Mann noch immer liebe und mich trotzdem in jemand anderen verlieben könnte.

## 89

Guy ist vollbeladen mit Tragetaschen zurückgekommen. Er hat es auf der Fahrt irgendwie geschafft, Milchpulver für das Lamm aufzutreiben, und hebt jetzt das arme Kleine sanft aus dem Ofen.

«Ich habe von einem der Bauern etwas Kolostrum bekommen», berichtet er, und ich nehme an, dass das etwas Gutes ist. «Und außerdem habe ich Glukose für das Lamm gekauft.»

Jetzt bringt er eine leere Weinflasche zum Vorschein und zieht einen Sauger darüber. «Rühr bitte etwas von der Babymilch an und fülle sie hier hinein.»

Ich tue, worum er mich gebeten hat, und gebe ihm kurz darauf die Flasche mit der Milch zurück. Er drückt das Lamm fest an seine Brust, hält ihm versuchsweise die Flasche hin, und das winzige Tierchen saugt hungrig daran.

«Kommt her, ihr beiden», fordert Guy die Kinder auf. «Wenn ihr möchtet, könnt ihr das machen.» Sie setzen sich neben ihn, und Guy gibt die Flasche erst Jessica und dann Tom. Ihre Augen leuchten vor Entzücken, während das Lamm unerschrocken weitersaugt.

«Ach, Mummy», seufzt Jessica, die die große Flasche mit ihren kleinen Händen behutsam festhält. «Wenn ich groß bin, möchte ich auch einmal Tierärztin werden.»

Na großartig. Ich hatte immer gehofft, sie würde Anwältin oder Astronautin werden. Jetzt sehe ich einem Leben mit dem Geruch von Jauche und Tierhaaren auf Kleidern entgegen. Allerdings muss ich schon auch sagen, dass das Lamm unglaublich niedlich aussieht. Ich hoffe nur, dass es die Nacht überlebt. Wenn man danach gehen kann, mit welchem Eifer es die Milch trinkt, wird es tapfer um sein Leben kämpfen.

«Mummy, komm doch auch mal und füttere das Lamm»,

drängt Tom mich, und Guy hält mir die Weinflasche hin. Da ich kein Spielverderber sein will, gehe ich hinüber, nehme die Flasche und schiebe sie in das hungrige, suchende Mäulchen. Das Lamm zieht eifrig an dem Sauger und zappelt mit seinem mageren, kleinen Körper in Guys Armen. Aus irgendeinem dummen Grund treibt mir das schon wieder die Tränen in die Augen.

«Ich werde ihn Stuart Little nennen», sagt Jessica, die Stimme noch immer voll Staunen.

«Stuart Little ist eine Maus, du Dummkopf», unterbricht mein Sohn ihr andächtiges Sinnieren.

«Nenn deine Schwester nicht Dummkopf», sage ich.

«Mir doch egal, ob das eine Maus ist», wehrt Jessica trotzig ab. Sie stemmt die Hände in die Hüften und reckt das Kinn vor. «So heißt er jetzt.»

Das hat mir jetzt gerade noch gefehlt, dass wir uns putzige Namen für Tiere ausdenken, die wir zurücklassen müssen.

Ich gebe Guy die Flasche zurück, wische mir verstohlen die Tränen aus dem Gesicht, wasche mir die Hände und teile das Essen vom China-Imbiss aus, das Guy besorgt hat. Er hat auch Teller und Besteck von sich zu Hause mitgebracht und außerdem zwei Schlafsäcke, ein paar Daunendecken und Kopfkissen, damit wir uns für die Nacht ein Lager herrichten können. Offensichtlich hat Guy vor, den Rest der Nacht mit uns zu verbringen, und ich bin ihm schrecklich dankbar dafür.

Er hat auch Hamish nicht vergessen und Hundefutter sowie einen Napf mitgebracht. Nachdem unser Problemhund gefressen hat, schlummert er jetzt tief und fest vor dem Herd. Er sieht vollkommen zufrieden aus. Nur seine Ohren und Pfoten zucken wie wild, da er zweifellos im Traum allen möglichen Unfug anstellt. Ich betrachte den Hund und empfinde zum ersten Mal ein starkes Gefühl der Zuneigung zu ihm, vielleicht sogar Liebe. Es hat lange gedauert, aber jetzt hat Hamish einen festen Platz in meinem Herzen gefunden und ist ein Mitglied der Familie. Milly Molly Mandy, die froh ist, aus ihrem kleinen Transportkäfig befreit zu sein, hat sich an seinen Bauch gekuschelt und schläft ebenfalls tief und fest. Da liegen sie, meine beiden verbrecherischen Komplizen, denke ich schwermütig.

Das Lamm, das ein wenig kräftiger aussieht, nachdem es gefüttert worden ist, wird wieder in den Ofen zurückgeschoben, während wir uns mit Tellern voll köstlichem chinesischen Essen davorhocken. «Jetzt wünschte ich, ich hätte nicht allen Wein weggepackt», sage ich.

«Ach», meint Guy. «Den hab ich ja ganz vergessen.» Er stellt seinen Teller zur Seite und geht zu einer weiteren Tragetasche an der Tür. «Ein Rotwein, zwei Gläser und ein Korkenzieher.»

Ich lache. «Du hast ja wirklich an alles gedacht.»

«Da ich dich jetzt doch noch für eine weitere Nacht hier habe, dachte ich, wir sollten das auch ausnutzen.» Dann wechseln wir einen Blick, der voller Bedauern ist um das, was hätte sein können.

Er wendet sich als Erster ab und beschäftigt sich umständlich damit, den Wein zu öffnen und auszuschenken. Er füllt beide Gläser randvoll, reicht mir eines und setzt sich neben mich, diesmal näher als vorhin. Meine Wangen glühen, und das kommt nicht nur von der Hitze des Ofens. Wie merkwürdig, dass ein derart leeres Haus so gemütlich sein kann.

«Das ist ein sehr guter Wein», sage ich, nachdem ich einen Schluck getrunken habe. «Da werde ich heute Nacht sicherlich gut schlafen.» Bei diesen Worten werde ich gleich noch röter.

«Auf London», prostet Guy mir zu.

«Auf London», echoe ich matt.

## 90

Kaum waren die Kinder mit dem Essen fertig, wurden ihnen die Augen schwer. Das war wohl zu viel Aufregung für einen einzigen Tag. Weil wir keine Schlafanzüge für sie dahaben, lasse ich sie Jeans und Pullover ausziehen, damit sie in ihrer Unterwäsche schlafen können. Ich frage mich, wo unsere Möbel und Kisten im Moment wohl sein mögen, und nehme mir vor, Serena anzurufen, sobald die Kinder eingeschlummert sind.

Guy und ich legen eine der Daunendecken für Tom und Jessica auf dem Boden aus und kuscheln sie gemütlich mit der anderen ein.

«In der Küche schlafen ist toll», sagt Jessica mit einem Gähnen. «Können wir das öfter machen?»

«Ja, natürlich», antworte ich und hoffe, dass sie das am nächsten Morgen vergessen hat. Ich küsse beide und streichele ihnen über die Haare. «Schlaft schön.»

Der Daumen wandert in den Mund meiner Tochter. «Kann Guy uns eine Geschichte vorlesen?»

«Es sind keine Bücher mehr da», rufe ich ihr in Erinnerung.

«Er kann sich doch was ausdenken.»

Ich werfe Guy lächelnd einen Blick zu, und er erklärt sich achselzuckend zu einem Versuch bereit. Er rutscht auf dem Boden zu den Kindern. «Ich könnte eine Geschichte über ein hübsches kleines Mädchen erzählen, das Tierärztin wird, wenn es einmal groß ist.»

Ermutige sie nicht auch noch, denke ich.

«Und was ist mit dem Jungen?», murmelt Tom schläfrig.

«Was würde denn ein kleiner Junge werden wollen, wenn er einmal groß ist?», fragt Guy leise.

«Bauer», antwortet Tom. «Mit vielen Schafen. Und ein paar schwarz-weißen Kühen.»

Gütiger Himmel! Was habe ich diesen Kindern angetan? Ich habe zwei Stadtkinder in komplette Naturfreaks verwandelt. Oder haben sie diese Vorliebe von ihrem Vater geerbt, der seinerseits jedoch ein paar Jährchen länger brauchte, um sie sich einzugestehen? Wie wird es ihnen jetzt in unserer engen Londoner Wohnung gefallen? Zum hundertsten Mal überlege ich, ob ich das Richtige tue.

Während Guy den Kindern seine Geschichte erzählt, schalte ich das Deckenlicht aus, sodass nur noch der warme Schein des Ofens und ein paar Strahler unter den Küchenschränken die Dunkelheit vertreiben. Ich gehe in die Waschküche und rufe kurz bei Serena an, die mir sagt, dass die Möbel gerade eingetroffen sind und von den erstaunlicherweise immer noch putzmunteren Umzugsleuten ausgeladen werden. Alle Kisten sind eindeutig gekennzeichnet, sodass meine Schwester die Männer nur mehr in die richtigen Räume dirigieren muss. Den Rest kann ich dann morgen erledigen. Ich werfe ihr einen dicken Luftkuss zu und sage ihr, dass sie dafür etwas gut bei mir hat. Dann lege ich auf und atme zittrig aus. Morgen. Morgen werde ich in London sein.

Ich räume die Teller ab und halte sie unter den Wasserhahn, um sie so gut abzuwaschen, wie das ohne Schwamm und Spülmittel möglich ist. Ich höre, wie Guy den Kindern von einer Hügellandschaft und magischen Tieren erzählt, und muss lächeln. Mein Herz zieht sich bei dem Gedanken zusammen, dass er eines Tages einen wunderbaren Dad abgeben wird.

Als ich die Teller zum Abtropfen hingelegt habe, drehe ich mich um und sehe, dass beide Kinder fest eingeschlafen sind. Guy erzählt noch immer von der Hügellandschaft, während sein Publikum längst im Land des Schlummers weilt.

«Du kannst langsam aufhören», flüstere ich ihm zu.

Er wirft einen Blick auf die Kinder und wirkt überrascht, dass sie beide längst eingenickt sind.

«Dir ist bewusst, dass ich mir jetzt die Fortsetzung ausdenken muss.»

«Ich bin mir sicher, dass du der Aufgabe mehr als gewachsen bist», sagt er, steht auf und reckt sich.

«Wie geht es dem Patienten?»

Guy sieht nach dem Lamm. «Schläft ebenfalls wie ein Baby.»

«Gut.» Ich möchte gar nicht daran denken, was für Tränen es gäbe, wenn Stuart Little jetzt etwas zustoßen würde. Ich hoffe, dass er morgen früh kräftig genug ist, um das Wiedersehen mit seiner Mutter zu feiern, denn dann könnte ich abfahren, ohne ganz so schlimme Schuldgefühle zu haben. «Noch etwas Wein?»

«Hmm, gerne.» Guy nimmt die beiden Schlafsäcke und legt sie Seite an Seite, sodass wir beim Ofen sitzen und unseren Schützling im Auge behalten können. Ich schenke Guy nach und reiche ihm das Glas. Er nimmt seinen Platz auf dem Schlafsack ein, und ich setze mich neben ihn.

«Früher war ich die Gastgeberin erlesener Empfänge», sage ich. «Und jetzt schau dir an, wie ich hier sitze.»

«Zu alldem wirst du bald wieder zurückkehren.»

Ja, das werde ich wohl, und ich frage mich müßig, ob ich das noch genauso spannend finden werde wie früher. Habe ich mich so sehr verändert, seit ich hier bin? Jedenfalls denke ich nicht, dass ich in meinem früheren Leben je ein schwächelndes Lamm beherbergt hätte.

«Ich bin froh, dass du geblieben bist», sagt Guy. «Irgendwie hat es sich so angefühlt, als eiltest du im Höchsttempo davon. Es war schön, noch etwas gemeinsame Zeit zu verbringen, bevor du gehst.»

Ich betrachte ihn in dem sanften Licht. «Du bist ein schrecklich netter Mann», erkläre ich. «Habe ich dir das je gesagt, Guy Burton?»

«Und du bist eine reizende Frau.»

«Ich habe das Gefühl, dass ich das hier wirklich vermasselt habe.»

«Ich weiß, dass diese Art Gespräch dir Angst macht, aber meinst du, wir beide hätten eine Chance gehabt, wenn du geblieben wärst?»

Ich nicke. «Auf lange Sicht ja. Aber auch wenn wir uns in den letzten Monaten nahegekommen sind, wäre es im Moment für mich noch zu früh, über eine Beziehung nachzudenken. Es wäre nicht fair.»

«Nein.» Er stockt und sagt dann: «Aber ich möchte den Kontakt zu dir und den Kindern nicht verlieren. Wenn ihr übers Wochenende kommt, seid ihr mehr als willkommen, bei mir zu wohnen. In meinem Haus gibt es reichlich Platz, und ich würde mich freuen, euch bei mir zu haben.»

«Du wirst mir fehlen», sage ich ehrlich. «Du warst sehr gut zu uns.»

«Du wirst mir auch fehlen. Und die Kinder.» Er schaut traurig auf Tom und Jessica. Er könnte ihren Vater unmöglich ersetzen, das weiß ich, aber Guy war während unserer ganzen Zeit in Helmshill Grange immer für sie da, und das bedeutet mir unendlich viel.

«Ich weiß, dass du Zweifel an deiner Entscheidung hast. Ist es wirklich zu spät, sie noch einmal zu überdenken?»

«Ich habe den Vertrag über den Verkauf des Hauses bereits unterschrieben», erkläre ich. «Bei den Gerner-Bernards ist es zu irgendeiner Verzögerung gekommen, aber sie werden bestimmt ebenfalls bald bei ihrem Anwalt erscheinen, um dasselbe zu tun. Sie scheinen absolut scharf darauf zu sein, in das Haus zu ziehen, und ich möchte sie jetzt nicht enttäuschen.» Ich frage mich lediglich, wie viel von dem Charakter des Hauses wohl noch übrig bleiben wird, wenn sie erst einmal alles umgekrempelt und die Tiere verscheucht haben. «Außerdem habe ich einen sechsmonatigen Mietvertrag für die Wohnung in London unterschrieben. Da würde mich ein Rückzieher ebenfalls eine Stange Geld kosten.» Ich seufze. «Und schlussendlich kann ich es mir einfach nicht leisten hierzubleiben. Hier gibt es keine Arbeit für mich, und ich brauche das Geld. Daran führt kein Weg vorbei.»

«Und es gibt wirklich keine andere Option?»

Ich schüttele den Kopf. «Außerdem freue ich mich darauf, wieder zu arbeiten und endlich wieder das zu machen, was ich am besten kann: Fernsehsendungen produzieren.» Ich hatte eine kurze Lagebesprechung mit Gavin Morrison und stelle seither schon eifrig im Kopf Ideen zusammen. «Es ist eine neue Herausforderung. Damit meine Gehirnzellen nicht ganz absterben.» Oder damit ich nicht zu oft an meinen Verlust denke. Dann fällt mir plötzlich etwas Organisatorisches ein. «Oh, kann ich dich um einen letzten Gefallen bitten?»

Mein Freund nickt. «Die Gerner-Bernards kommen Ende der Woche hier heraus, um sich noch einmal umzusehen und ein paar Dinge auszumessen. Ich habe dem Immobilienmakler einen Schlüssel gegeben, aber der gute Mann hat sich bisher als vollkommen unbrauchbar erwiesen. Kann ich dir einen Ersatzschlüssel dalassen und ihnen sagen, dass du hier sein wirst, um sie reinzulassen?»

«Natürlich.»

«Danke. Das wäre dann schon wieder eine Sache weniger, an die ich denken muss.»

Plötzlich streckt Guy die Hand aus, und seine Finger streichen sanft über meine Wange. «Du siehst müde aus.»

«Es war ein langer Tag.» Meine Stimme klingt brüchig.

Und ehe ich mich's versehe, finden Guys Lippen die meinen. Es ist das erste Mal seit Wills Tod, dass ich einen Mann küsse, und trotz meiner Skrupel erwidere ich den Kuss zögernd. Es ist ein unvertrautes Gefühl, und ich zittere innerlich.

«Leg dich neben mich», sagt er, als wir uns voneinander lösen.

Er breitet die Schlafsäcke aus, und wir schlüpfen voll bekleidet in sie hinein. Dann rücken wir wider mein besseres Wissen zusammen, bis mein Rücken gegen ihn gekuschelt ist. Ich habe bisher nur mit meinem Mann so gelegen, aber das hier ist ein gutes und behagliches Gefühl. Selbst durch den dicken Schlafsack hindurch spüre ich Guys Wärme und seinen Herzschlag – oder ist das vielleicht mein eigener? Sein Arm legt sich um meine Taille, und er zieht mich eng an sich. Mir war gar nicht bewusst, wie sehr mir die Berührung eines Mannes gefehlt hat. In diesem Moment denke ich, dass ich durchaus glücklich damit wäre, den Rest meines Lebens hier auf dem Küchenboden in Guys starken Armen zu verbringen. Aber es ist nicht dieser Gedanke, der mich die ganze Nacht lang wach hält. Sondern die Erkenntnis, dass das leider nicht sein soll.

## 91

Als ich im Morgengrauen aufwache, werde ich auf sehr plastische Weise daran erinnert, dass Hamish ein Rüde ist. «Um Himmels willen, du unanständiger Köter, nimm deine Klunker aus meinem Gesicht.» Ich schiebe ihn weg, aber bevor er sich verzieht, leckt er mir noch mit seiner schlabbrigen Zunge übers Gesicht.

Während ich den Sabber abwische, trottet Hamish davon und lässt sich mit einem Hundeächzen auf die Kinder plumpsen. Doch die beiden schlafen nur völlig ungerührt weiter.

Ich richte mich auf und schaue aus dem Fenster. Draußen ist noch alles dunkel. Vom Schlafen auf dem harten Steinboden tut mir der Rücken weh, und ich versuche, ihn mit beiden Händen zu massieren. Außerdem schmerzt mein Kopf, mein Hintern ist taub, und eines meiner Beine ist vollkommen abgestorben. Guy liegt immer noch tief schlafend auf dem Rücken, die Arme über dem Kopf ausgestreckt. Was um alle Welt habe ich mir dabei gedacht, mich so an ihn zu kuscheln? War es der Wein? Das warme Feuer? Das im Ofen schmorende Lamm? Oder einfach nur ein Bedürfnis in meinem Inneren, das niemals gestillt werden kann?

Als ich mich aus dem Schlafsack winde, weiß ich schon, dass ich mich heute auf der Fahrt nach London wie der Tod persönlich fühlen werde. Ich reibe mein Bein, um wieder etwas Leben hineinzubekommen. Es war eine sehr, sehr schlechte Idee, unsere Abfahrt zu verschieben, Lämmlein hin oder her. Wir hätten gestern fahren sollen, das wäre ein sauberer Schnitt gewesen. Man sieht ja, wie kompliziert die Dinge jetzt geworden sind. Ich bin wütend. Wütend auf mich selbst, weil es leider sonst niemanden gibt, dem ich etwas übel nehmen könnte.

«Hi.» Ich drehe mich um und sehe, dass Guy zu mir aufschaut. Seine Hand berührt meinen Arm, und eine Welle von Schuldgefühlen überflutet mich. «Gut geschlafen?», fragt er.

«Nein», antworte ich schärfer, als ich beabsichtigt habe. Tatsächlich habe ich kaum ein Auge zugetan. Die ganze Nacht habe ich entweder Guy angeschaut oder mich hin und her geworfen und gefragt, was ich da eigentlich mache.

«Musst du sofort aufstehen?» Er streckt die Hand nach mir aus.

«Ich habe so viel zu tun», murmele ich und rücke weg. «Wir sollten so bald wie möglich von hier loskommen.»

Mein Gast setzt sich abrupt auf, fährt sich mit den Händen durchs Haar und starrt mich an. «Von hier loskommen?»

«Ja.»

In seiner Stimme liegt Überraschung, als er fragt: «Du planst doch nicht etwa immer noch, nach London zu gehen.»

«Doch, natürlich. Warum?»

Guy sieht verletzt aus. «Ich dachte, nach gestern Nacht ...»

«Was dachtest du?»

Sein Blick heftet sich an meinen. «Nach gestern Nacht habe ich gedacht – gehofft –, dass du bleibst.»

«Dass ich bleibe? Was hat dich denn auf diesen Gedanken gebracht? Wir haben ein bisschen gekuschelt», sage ich. «Und uns geküsst.» Ich schiebe die Erinnerung an Guys Lippen beiseite. «Was im Übrigen falsch von uns war. Falsch von mir. Ich bin immer noch eine verheiratete Frau, Guy.»

«Amy? Was ist denn los mit dir? Bist du mit dem falschen Fuß zuerst aus dem Schlafsack gestiegen?»

«Ob ich will oder nicht, ich kann nicht hierbleiben», sage ich. «Das weißt du genau.»

«Was ist in der Nacht passiert, dass plötzlich alles anders aussieht?» Er schaut verwirrt drein. Wie soll er auch wissen, dass ich die letzten Stunden damit zugebracht habe, mich dafür zu tadeln, Glück mit einem anderen Mann auch nur in Erwägung zu ziehen? Es wird für uns beide wesentlich einfacher sein, wenn ich Guy auf Abstand halten kann – was natürlich genau das ist, was ich schon die ganze Zeit hätte tun sollen.

«Was würde William von mir denken?», frage ich. «Ich bin die Mutter seiner Kinder, Herrgott nochmal. Er würde nicht wollen, dass ich mich mit jemand anderem herumtreibe.»

Bei diesen Worten riskiert Guy ein Lächeln. «Was auch immer wir getan haben, Amy, ich versichere dir, als ‹herumtreiben› kann man es nicht bezeichnen.»

Ich habe kein Glück verdient, denke ich. So freundlich ist das Leben nicht. Es entreißt einem eher die Liebe, statt sie auf dem goldenen Tablett zu servieren. Es ist einfacher, im jämmerlichen Grau dieses Morgens steckenzubleiben, als darüber nachzudenken, was passieren könnte, wenn ich den nächsten Schritt in meinem Leben tue. Dazu bin ich noch nicht bereit. Auch wenn ich vielleicht kurz dachte, ich wäre es.

«Ich dachte, du hättest Helmshill Grange lieb gewonnen?»

«Schau es dir doch an.» Ich weise auf die Küche, die die Beschreibung «heruntergekommener Charme» nicht verdient. Sie ist einfach nur heruntergekommen. «Um das hier in Schuss zu bringen, müsste man ein Vermögen ausgeben. Und dieses Vermögen habe ich nicht. Ich mache einfach nur das, was jeder vernünftige Mensch tun würde.»

Er sieht verblüfft aus. «Was um alles in der Welt willst du eigentlich vom Leben? Außer mir wird dir das keiner sagen, aber ich glaube, dass du einen riesigen Fehler begehst.»

Jetzt stemme ich die Hände in die Hüften. «Ach, wirklich?»

«Die Kinder sind hier glücklich. *Du* bist hier glücklich.»

«Ich glaube, ich kann ganz gut selbst entscheiden, wo ich glücklich bin, ich und die Kinder. Du warst großartig mit ihnen, Guy. Wirklich großartig. Aber du bist nicht ihr Dad und wirst es auch niemals sein.»

Bei diesen Worten zuckt er zurück. «Tja, dann weiß ich jetzt wenigstens, wo ich stehe.»

«Es tut mir leid, dass ich dich zu dem Glauben verleitet habe, es könnte anders sein, aber ich denke, es ist das Beste, wenn wir einen sauberen Schnitt machen. Ich bin gefühlsmäßig völlig durcheinander, und das hier kommt mir einfach wie eine Komplikation zu viel vor.»

Guy schiebt sich aus seinem Schlafsack und steht auf. «Dann bin ich hier wohl nicht länger willkommen.»

Ich wage nicht, ihn zurückzuhalten. Das kann ich jetzt nicht mehr.

Er wirft einen Blick auf den Ofen. «Das Lamm sieht ganz munter aus», sagt er. «Ich bringe es zu Delila zurück, bevor ich gehe.»

«Danke.»

«Ich bin mir sicher, Alan wird dich über ihre Fortschritte auf dem Laufenden halten. Falls dich das interessiert.»

Ich stehe wie festgewachsen da und kann nur mit Mühe die Fassung wahren.

Guy tritt auf mich zu, jetzt unsicher. «Amy ...» Er sieht so aus, als wollte er mich noch einmal darüber belehren, wie ich mein Leben führen soll. Dann lässt er die Arme fallen, einen Ausdruck der Resignation im Gesicht. «Ich hoffe, das Leben in London wird genau so, wie du es dir wünschst.»

«Ganz bestimmt.»

Er wirft einen Blick auf Tom und Jessica, die noch immer auf dem Boden liegen und schlafen. «Grüß die Kinder schön von mir. Sag ihnen ...» Seine Stimme versagt. «Sag ihnen, dass sie mir fehlen werden.»

Damit nimmt er Stuart Little auf den Arm und geht zur Tür.

«Sie werden dich auch vermissen», sage ich, doch da ist Guy schon weg.

## 92

«Sie sehen ja aus wie von einer Katze ausgespuckt», begrüßte ihn Cheryl.

«Vielen Dank, meine freundliche und kluge Tierarzthelferin.»

«Und außerdem könnte man meinen, sie hätten in Ihren Kleidern geschlafen.»

«Nun, das habe ich auch», erklärte Guy, ging ins Behandlungszimmer und schloss rasch die Tür hinter sich, bevor Cheryl den Grund dafür herausfinden konnte.

Wenn er Glück hatte, konnte er das bis zum Mittagessen durchziehen, bevor irgendjemand hereinkäme und ihr erzählte, dass er die vergangene Nacht nicht zu Hause, sondern in Helmshill Grange verbracht hatte. Na ja, bis zum Mittagessen mochte ein wenig zu optimistisch sein. Eine derart saftige Geschichte hatte wahrscheinlich schon bis spätestens elf Uhr in Poppy's Tea Room die Runde gemacht. Bis dahin war sie sein Geheimnis. Sollten die Leute von Scarsby und Umgebung doch denken, was sie wollten. Niemand wusste genau, was zwischen ihm und Amy passiert war. Und wenn er ehrlich war, wusste er das nicht mal selbst. Letzte Nacht war er überzeugt gewesen, sie hätten eine gemeinsame Zukunft. An diesem Morgen sah es so aus, als hätte die Liebe ihm wieder mal einen Strich durch die Rechnung gemacht. Er hatte dabei zusehen müssen, wie sich die einzige Frau, an der ihm etwas lag, von ihm abwendete. Und er hatte offen gestanden keinen Schimmer, was er getan hatte, dass sich das Blatt so gewendet hatte.

Die Tür zum Behandlungszimmer flog auf, und Cheryl scheuchte eine unglaublich dünne und besorgt aussehende Familie herein, die einen Maschendrahtkäfig dabeihatte. «Stabschrecke», erklärte sie kurz und knallte die Tür dann wieder zu.

Guy rieb sich die Hände und warf einen Blick in seinen Terminkalender. Seinen Aufzeichnungen zufolge hatte er es hier mit der Familie Felix zu tun. «Nun, Mr. und Mrs. Felix … was kann ich für Sie tun?»

Mrs. Felix schob eines ihrer zwei Kinder vor, die einen recht verwahrlosten Eindruck auf ihn machten. Noch so eine Familie, die ihrem Haustier ähnelte.

«Twiggy geht's nicht gut», erklärte das kleine Mädchen unglücklich.

Guy nahm ihr den Käfig ab und stellte ihn behutsam auf den Behandlungstisch. Er blickte in den Blätterwald darin, konnte jedoch um alles in der Welt keine Stabschrecke entdecken. Was allerdings auch nicht weiter verwunderte, war doch die Stabschrecke – oder *carausius morosus*, um sie bei ihrem korrekten Namen zu nennen – eine Meisterin der Tarnung. Eingehend betrachtete Guy die Äste. Jeder von ihnen konnte sein Patient sein. «Kannst du mir Twiggy bitte zeigen?», bat Guy.

Das Mädchen und seine Familie betrachteten ihn mit Empörung und zeigten dann unisono auf den Maschendraht. «Da!»

«Natürlich», sagte Guy, sah jedoch immer noch nicht mehr als ein Bündel Zweige. «Und was glaubst du, was mit dem kleinen Kerl nicht stimmt?»

Erneut verächtliche Blicke. «Twiggy ist ein Mädchen.»

«Ah, ja. Jetzt sehe ich's.» Gespensterschrecken waren eindeutig nicht sein Spezialgebiet.

«Sie ist apathisch», ergänzte die Mutter. «Und frisst nicht.»

Vielleicht ein wenig wie der Rest der Familie, dachte Guy. Er hob den Deckel von Twiggys Zuhause und holte behutsam die größeren Äste heraus. Und tatsächlich konnte er zwischen den Blättern nach einer Weile endlich das perfekt getarnte Insekt ausmachen.

Vorsichtig hob er es heraus und balancierte es auf seiner Hand. Für ihn sah es vollkommen gesund aus, aber wie genau erkannte man, ob ein Zweig mit Beinen krank war?

«Nun, wie Sie ja sicher wissen, handelt es sich bei einer Stabschrecke um ein sehr sensibles Geschöpf», predigte er.

Allseitiges Kopfnicken.

«Sie haben nicht kürzlich das Futter umgestellt?»

Allseitiges Kopfschütteln.

Guy zermarterte sich das Hirn, um sich darauf zu besinnen, was er über Stabschrecken wusste, und wollte doch eigentlich im Augenblick nichts anderes, als über die Nacht mit Amy nachzudenken, über die Freude, sie in den Armen zu halten, und den Grund, warum dann alles so schrecklich schiefgelaufen war.

«Glauben Sie, sie braucht eine Kernspintomographie?», fragte die Familie wie aus einem Mund.

«Nein, nein», beschwichtigte sie Guy. «Das würde ein absolutes Vermögen kosten.»

«Für unsere Twiggy ist uns nichts zu teuer», erklärte der Vater ernst.

So, wie er das sagte, würde er sich wahrscheinlich auch in ein brennendes Haus stürzen, um seine Twiggy zu retten. Guy seufzte wehmütig. Würde sich doch nur jemand auch für ihn so sehr interessieren.

In der letzten Nacht hatte er gedacht, Amy und er könnten vielleicht versuchen, eine Fernbeziehung zu führen. Aber hätte so eine Beziehung jemals eine Chance? Wie sollte er Amy denn bei einer Distanz von mehr als dreihundert Kilometern den Hof machen (um mal einen veralteten Begriff zu benutzen), wo ihm das nicht einmal gelungen war, solange sie im selben Dorf wohnten?

Guy schaute auf Twiggy hinunter, die auf seiner Hand hockte. Vielleicht sollte er all das hier aufgeben und sich auf die wilde Verfolgungsjagd nach seiner Liebe machen. Dem Moor ade sagen und in einer gutbetuchten Gegend von London – vorzugsweise in der Nähe von Amy und den Kindern – eine todschicke Praxis eröffnen. Dort könnte er sich dann um die Hamster der Reichen und Schönen kümmern, Chihuahuas mit kirschroten Mäntelchen und Bengalkatzen mit Diamanthalsbändern behandeln, statt sein halbes Leben mit dem Arm im Hintern einer störrischen

Kuh zu verbringen. Um die Anrufe außerhalb der Sprechstunden würde sich ein engagierter tierärztlicher Notdienst kümmern, während er um fünf Uhr Feierabend machte, die Freuden des Kochens wiederentdeckte, sich im Fernsehen sämtliche Seifenopern reinzog und die ganze Nacht in seinem Bett verbrachte. Eigentlich war er nicht Tierarzt geworden, um so ein Leben zu führen. Aber sollte er es vielleicht trotzdem in Erwägung ziehen, um in Amys Nähe sein zu können? Guy starrte aus dem Fenster, um einen kurzen Blick auf das hügelige Moor zu erhaschen, das Scarsby umgab. Das Problem war, dass es hier einfach verdammt schön war. Und außerdem hatte er so lange daran gearbeitet, sich in der Gegend einen Ruf aufzubauen. Würde Stephen das alles einfach so übernehmen können? Er war jung, und in vielen Bereichen fehlte es ihm immer noch an Erfahrung. Und was war mit Amy? Würde sie überhaupt wollen, dass er ihretwegen in die Stadt zog? Nach dem, was sie am Morgen gesagt hatte, schien das eher unwahrscheinlich.

«Was sollen wir Ihrer Meinung nach jetzt tun, Herr Doktor?»

Mrs. Felix' Frage lenkte seine Aufmerksamkeit wieder auf sein mangelndes Wissen über Stabschrecken. «Ich glaube, Twiggy ist dehydriert», sagte er, nachdem er so getan hatte, als dächte er gründlich nach. «Sie weist die klassischen Symptome auf. Nehmen Sie sie mit nach Hause und sprühen Sie ihre Behausung regelmäßig mit Wasser ein. Behalten Sie sie im Auge und bringen Sie sie nochmal her, wenn sich in den nächsten Tagen keine Besserung zeigt.» Was er tun würde, wenn sie tatsächlich nochmal hier auftauchten, wusste er noch nicht.

Die Familie Felix stieß einen kollektiven Seufzer der Erleichterung aus, und Guy setzte Twiggy wieder behutsam in ihr Reich. Er schob die fünf aus der Tür und zeigte dabei sein bestes professionelles Lächeln, doch er wusste, dass es nicht von Herzen kam. Als Cheryl seinem Blick begegnete, waren ihre Augen so kalt, dass sie Wasser in Eis hätten verwandeln können. Sobald sie nach Hause gegangen war, würde er im Terminkalender nachsehen, wann er sein nächstes freies Wochenende hatte. Er musste dringend nach London fahren und schauen, wie Hamish mit seinem Fixator zurechtkam. Oder suchte er einfach nur nach einer Ausrede, um Amy wiederzusehen? Während seine Sprechstundenhilfe weiterhin versuchte, mit ihrem Starren sein Blut zu gefrieren, konnte er an nichts anderes denken als daran, wie er die Dinge wieder in Ordnung bringen konnte.

«Es ist nichts Ernstes», erklärte die Familie Cheryl mit sichtlicher Freude, bevor sie sich verabschiedete.

Er hoffte nur, dass sie nicht am nächsten Morgen wieder auftauchten, mit einer Twiggy, die flach auf dem Boden lag und ihre Beine in alle vier Himmelsrichtungen streckte. Das wäre ein genauso schlechter Start in den Tag, wie wenn die Frau, die man liebte, für immer die Stadt verließ.

«Wer ist als Nächster dran?», fragte Guy und rieb sich eifrig die Hände.

«Mrs. Harris.» Mit einem Nicken deutete Cheryl in den Empfangsbereich, wo die gute Frau und ihr nettes Hundchen Megan geduldig auf ihn warteten.

«Hallo, Megan.» Guy bückte sich und streichelte den Hund. Mit einem Schaudern dachte er an den letzten Besuch des armen Tieres und dessen Begegnung der intimeren Art mit Hamish. Trotzdem schenkte er der Hundebesitzerin ein Lächeln. «Was haben wir denn diesmal für ein Problem, Mrs. Harris?»

Die ältere Dame sah sich besorgt um und senkte die

Stimme zu einem Flüstern, auch wenn außer ihm und Cheryl niemand im Wartebereich war. «Ich glaube, Megan ist ‹guter Hoffnung›, Mr. Burton», vertraute sie ihm an. «Und ich habe absolut keine Idee, wie das passieren konnte.»

Nun, Guy konnte sich das Ganze schon sehr gut erklären. Leider!

## 93

Als wir in London eintreffen, wird es schon langsam dunkel, und es gießt in Strömen. So viel zu dem milderen Klima des Südens. Wir stecken stundenlang im Verkehr fest, sodass die Fahrt durch die Stadt fast genauso lange dauert wie die gesamte Strecke über Land.

Ich bin kurz davor, mir die Haare auszuraufen, während ich auf der Suche nach einem Parkplatz für den Landrover eine Runde nach der anderen drehe. Schließlich finden wir einen ewig weit von der Wohnung entfernt, und ich werde den Wagen morgen in aller Herrgottsfrühe wegfahren müssen, bevor er eine Parkkralle verpasst bekommt. Dann werde ich als Erstes aufs Rathaus gehen und einen Anwohnerparkausweis besorgen.

Milly Molly Mandy hat dafür gesorgt, dass uns die Fahrt auch ja nicht langweilig wurde, indem sie den ganzen Weg hierher gekotzt hat. Hamish dagegen hat seit Birmingham nicht mehr aufgehört zu bellen und damit wenigstens für etwas Unterhaltung gesorgt, da die Kinder seit der Raststätte Leicester Forest nicht mehr miteinander gesprochen haben. Bis kurz davor hatte mein jüngeres Kind unaufhörlich geweint, weil wir das Lamm Stuart Little zurücklassen mussten.

Da im Wohnblock Lancaster Court Haustiere verboten

sind – es steht mit Großbuchstaben im Mietvertrag, wenn ich mich recht erinnere –, muss ich Himmel und Hölle in Bewegung setzen, um Mils und Hamish ungesehen in die Wohnung zu bekommen. Im Fall des kleinen Katzenkäfigs wird der Tierschmuggel wohl nicht so schwierig sein, da wir einfach ein Handtuch darüberwerfen können. Aber wie zum Teufel soll ich einen großen Kerl wie Hamish ins Haus bringen, ohne dass einer der Nachbarn es merkt? Der Hund wedelt mit dem Schwanz, als könnte er meine Gedanken lesen. «Ach, Hamish», sage ich mit einer gewissen Verzweiflung in der Stimme. «Was soll ich nur mit dir tun?»

Um all das muss ich mich kümmern. Aber kümmert sich eigentlich ab und zu auch mal jemand um mich? Nein. Ich muss allein damit fertig werden, dass ich voller Zweifel und Schuldgefühle den Lebenstraum meines Mannes hinter mir gelassen habe.

«Los, kommt», sage ich zu den Kindern. «Wir sind da. Es ist nur ein kurzes Stück bis zur Wohnung.» Na ja, mehr oder weniger kurz. Aber ich hatte immerhin schon befürchtet, wir müssten wieder bis nach Yorkshire fahren, um überhaupt einen Parkplatz zu bekommen. Wie hatte ich nur all diese netten Details des Stadtlebens vergessen können?

Ich steige aus dem Wagen, hole die zerschlissene Autodecke heraus und werfe sie über Milly Molly Mandys Käfig. Sie miaut protestierend, und ich weiß, dass sie mir später aus Rache für diese unwürdige Behandlung das Bein zerkratzen wird. Tom zieht Hamish auf den Bürgersteig hinaus, der sofort gegen die Parkuhr pinkelt, bei der wir gehalten haben, und dabei für alle bestens vernehmbar seine Erleichterung herausbellt. Er kaut flüchtig auf dem Fixateur herum, der noch immer ordentlich festsitzt, und dann marschieren wir zur Wohnung, ich und meine abgewrackte

Begleiterschar, die so aussieht, als wäre sie von einem Umzugswagen gefallen. Als wir um unseren Wohnblock biegen, ziehe ich meinen Mantel aus und lege ihn über Hamish, der ihn prompt abwirft.

«Nein, nein, du dummer Hund», sage ich. «Du musst das tragen! Wir müssen dich verkleiden, um dich in die Wohnung mitnehmen zu können.» Ich werfe ihm den Mantel wieder über. Diesmal duldet er es, und ich trete zurück und betrachte ihn. Großartig. Jetzt sieht er aus wie ein Hund, der sich als ein Hund mit Mantel verkleidet hat. Seufzend denke ich, dass wir das nicht jedes Mal durchziehen können, wenn er zum Pinkeln nach draußen muss. Es sei denn, wir gehen nur nachts mit ihm raus. Brillante Idee.

Um Hamish daran zu hindern, unsere Ankunft mit seinem üblichen Bellen anzukündigen, lege ich ihm die Hand um die Schnauze, als wir vor der Haustür stehen. Der Wohnblock sieht viel schlichter und trister aus, als ich ihn in Erinnerung hatte, und sein Anblick hellt meine Stimmung nicht gerade auf. Doch jetzt, wo wir so weit gekommen sind, bleibt uns definitiv keine andere Wahl, und wir gehen hinein.

Als wir in der Wohnung sind, stelle ich zu meiner Erleichterung fest, dass Serena beim Aufstellen der Möbel großartige Arbeit geleistet hat. Auf den ersten Blick sieht es gar nicht so schlimm aus, auch wenn im Wohnzimmer und in der Küche stapelweise Umzugskartons stehen. Doch wenn ich mich hier ein paar Tage reinhänge, wird es bestimmt bald picobello aussehen. Das hoffe ich jedenfalls.

Tom und Jessica schlurfen hinter mir her. «Und hier sollen wir jetzt also wirklich wohnen?», fragt meine Tochter. «Das ist kein Scherz?»

«Nein, Liebling», sage ich. «Hier wohnen wir jetzt, zumindestens vorläufig.» Sie sieht so aus, als wollte sie gleich in Tränen ausbrechen. «Bei der Besichtigung hast du gesagt, die Wohnung gefällt dir.»

«Sie hat mir nicht *gefallen*», widerspricht sie. «Sie war nur nicht ganz so schrecklich wie alle anderen.»

«Wir machen es uns hier ganz schnell gemütlich», versichere ich ihr.

Sie schenkt mir ihren Alle-Erwachsene-sind-Lügner-Blick.

Dann werde ich von der Klingel gerettet. Hamish bellt wie üblich, und als ich losgehe, um die Tür zu öffnen, überkommt mich einen Moment lang ein Anflug von Panik. Was, wenn es der Vermieter ist, um sich zu überzeugen, ob mit uns alles in Ordnung ist? Was, wenn er dazu auch noch in die Wohnung kommen möchte? Wir müssen für einen solchen Fall ein Geheimversteck für Hamish und Milly Molly Mandy finden. Und Hamish am besten dauerhaft knebeln? Warum habe ich nicht vorher daran gedacht, wie viel Lärm er manchmal macht? Noch etwas, wofür ich eine Lösung finden muss. Im Moment ist es allerdings zu spät dazu, da ich schon bei der Tür bin, und falls es der Vermieter ist, hat er Hamish ohnehin schon bellen gehört. Ich öffne die Tür einen Spalt weit und stoße einen Seufzer der Erleichterung aus, als ich sehe, dass meine Schwester da steht.

«Was denn?», fährt sie mich an, als sie meinen Blick sieht. «Dachtest du etwa, ich wäre ein Einbrecher und würde euch schon in eurer ersten Nacht überfallen und ausrauben?»

«Ich dachte, es wäre der Vermieter», sage ich, «und da wir hier zwei illegale Immigranten haben, bin ich in Panik geraten.»

«Ach du meine Güte», stöhnt sie. «Das hatte ich ja ganz vergessen.»

Nun, ich nicht. Ich lasse sie rein, und sie gibt mir einen Blumenstrauß und einen Kuss, während ich versuche, unseren Hund von ihrem Bein wegzuzerren.

«So schlimm ist es doch gar nicht, oder?», frage ich.

Serena rümpft die Nase. «Es ist schrecklich», flüstert sie. «Ich konnte es gestern gar nicht glauben, als ich es gesehen habe. Welcher Teufel hat dich denn da geritten?»

«Der Preis», antworte ich. «Im Rahmen unseres Budgets war das die einzige Wohnung, die wenigstens einigermaßen in Ordnung war. Immerhin ist sie sauber und frisch gestrichen.»

«Ja, großartig, vor allem wenn man Beige als Lieblingsfarbe hat.»

«In der Not frisst der Teufel Fliegen.»

«Ach Schwesterherz», seufzt sie. «War es wirklich richtig, dein großes Haus für das hier aufzugeben?»

«Du warst doch diejenige, die mich dazu ermutigt hat, nach London zurückzuziehen.»

«Ja, das habe ich wohl», räumt Serena ein. «Aber warum eigentlich?»

«Das sag du mir.»

Als Ablenkungsmanöver deutet sie mit dem Kopf auf die Blumen. «Meinst du, du kannst in dem Durcheinander hier eine Vase finden?»

«Im Moment nicht», sage ich und fühle mich plötzlich sehr müde. «Ich stelle sie erst einmal in die Spüle.»

Tom und Jessica sind in ihre Kinderzimmer verschwunden, um ihre Spielsachen wieder in Besitz zu nehmen. Während meine Schwester mit mir redet, krame ich in den Umzugskartons in der Küche nach dem Teekessel; ich lechze jetzt nach etwas Heißem. An einer Tankstelle auf dem Weg hierher habe ich Milch und Brot gekauft und dabei das Risiko in Kauf genommen, dass Hamish in dieser kurzen Zeit versucht, das Auto von innen aufzufressen.

«Wird es dir hier gefallen?», fragt Serena und beißt sich auf die Lippen. «Nicht hier im Speziellen, aber in London, meine ich?»

«Das hoffe ich sehr.» Das Wasser kocht. Keinen Moment zu früh.

«Und wie sieht die Lage mit Guy aus?», fragt sie. «Wie war der Abschied?»

«Schlecht», antworte ich. «Ich glaube, er will mehr, als ich ihm bieten kann.»

«Das ist schade», meint sie. «Mir kam er wie jemand vor, den es lohnt festzuhalten.»

Ich zucke die Schultern, als wäre mir das gleichgültig. Aber das ist es natürlich nicht. Ich kann mir nur nicht leisten, es zu zeigen. Ich kann mir nicht leisten, es zu fühlen. «Ich freue mich einfach darauf, wieder zu arbeiten und zu dem Leben zurückzukehren, das wir früher einmal hatten», sage ich und versuche dabei zu lachen. Aber selbst ich merke, wie gezwungen das wirkt. «Jetzt kann es also endlich losgehen!»

## 94

Es ist acht Uhr morgens und noch immer dunkel, als wir Hamish aus der Wohnung in den kleinen Park gegenüber schmuggeln, um mit ihm seinen Morgenspaziergang zu machen. Der Hund hinkt ein bisschen auf seinem frischgerichteten Hinterbein, wirkt ansonsten aber glücklicherweise recht unbeeindruckt von diesem kleinen Handicap.

Bei dem Anblick der winzigen Grünfläche, die von einem schäbigen Zaun eingegrenzt ist, flippt Hamish sofort aus, obwohl er sich doch eigentlich noch vorsichtig bewegen soll. Wie wild versucht er von der Leine freizukommen. Überall liegt Abfall herum, und ich hoffe nur, dass sich keine weggeworfenen Spritzen oder Kondome dazwischen befinden. Auf dem Moor mussten wir uns nur davor hüten, nicht in einen der unzähligen Scheißhaufen zu treten. Hier sehen die Gefahren ganz anders aus, und es ist merkwürdig, wie schnell man das vergisst. Vor noch gar nicht langer Zeit wäre ich durch einen Park wie diesen spaziert und hätte ihn recht nett gefunden.

Nach den ersten Tagen in der neuen Wohnung fängt für Tom und Jessica heute der Unterricht an, und keiner von beiden scheint sich sonderlich darauf zu freuen. Nach dem Gesicht meiner Kinder zu schließen, möchte man meinen, es erwartete sie eine Guillotine und nicht eine städtische Grundschule.

Widerstrebend gebe ich dem Hund nach und lasse ihn von der Leine, obwohl das gegen die Anweisungen des Tierarztes verstößt. Mein Herz zieht sich bei der Erinnerung an Guy zusammen, aber ich schiebe den Gedanken beiseite. Hamish schießt sofort los wie ein geölter Blitz und begreift gar nicht, dass er bei diesem Tempo gleich gegen den Zaun krachen wird, der die andere Seite des Parks begrenzt. Ich sehe jetzt schon vor mir, wie ich seinen eingeklemmten Kopf dort herausmanövrieren muss.

«Es wird schon alles gut laufen heute», beruhige ich die Kinder, die verdrossen hinter mir herschlappen.

Jessica seufzt. «Yorkshire kann man das hier nicht gerade nennen, oder?»

Gütiger Himmel, sie ist erst sechs und doch schon so naseweis. Wie werde ich erst mit ihr zurechtkommen, wenn sie einmal sechzehn ist? Bei dem Gedanken schaudert es mich.

«Gib der Sache eine Chance», muntere ich sie auf. «St Mary's hat dir anfangs auch nicht gefallen.»

Meine Tochter zieht es vor, diese Bemerkung zu übergehen, da sie einsieht, dass ihre Mutter in diesem Punkt ausnahmsweise einmal recht haben könnte.

«Ich bin müde», sagt Tom und gähnt. «Die Autos waren so laut, dass ich die ganze Nacht nicht schlafen konnte.»

Ich auch nicht. Bei Tagesanbruch donnerten Lastwagen an unserem Fenster vorbei, als wollten sie das Glas im Rahmen sprengen. Das ist doch ein kleiner Unterschied zu dem morgendlichen Vogelgezwitscher in Helmshill Grange. Aber wir werden uns daran gewöhnen. Wir haben doch früher auch in London gelebt und immer gut geschlafen. Im Moment fühlen sich meine Augen allerdings so an, als wären meine Lider aus Schmirgelpapier. Ich weiß gar nicht, wie ich mich den Rest des Tages wach halten soll. Die Antwort liegt wahrscheinlich in einem Koffein-Exzess. Als leitende Angestellte habe ich früher auch schon von künstlichen Stimulanzien gelebt; ich bezweifle, dass es bei der zweiten Runde anders sein wird.

Vorne im Park höre ich laute Geräusche. Und obgleich es dunkel ist und ich nicht recht sehen kann, was los ist, ist mir sofort klar, wer den Tumult ausgelöst hat. «Los», sage ich zu den Kindern, und wie von der Feder geschnellt rennen wir in die Richtung, aus der Hamish bellt. Wenn unser Hund derart fröhlich klingt, werde ich immer ganz besonders unruhig.

Tatsächlich finden wir ihn am Ende des Weges. Mein ungestümer Hund versucht gerade, ein zimperlich aussehendes Hündchen zu vernaschen, das möglicherweise ein Spitz ist. Was auch immer die Rasse sein mag, ganz offensichtlich genießt es die derbe sexuelle Aufmerksamkeit des anderthalb Zentner schweren Gordon Setters nicht besonders. Und anscheinend geht es seiner Besitzerin ebenso. Die Frau ist klein, schon älter und trägt einen altmodischen Mantel mit Pelzhut. Im Moment schlägt sie Hamish mit ihrem Regenschirm auf seinen dicken Schädel. Der tapfere Hund fühlt sich dadurch erst recht angespornt und bellt fröhlich.

«Ist das Ihr Hund?», schreit die Frau mich an.

Einen Moment lang überlege ich, Hamish zu verleugnen, aber ich habe die verräterische Hundeleine in der Hand. «Es tut mir leid», keuche ich atemlos, und wir alle stürzen uns auf Hamish, um ihn von der Hündin wegzureißen.

«Schaffen Sie ihn von meiner Lou-Lou fort», kreischt die Frau. «Und zwar sofort.»

Ich zerre Hamish von dem armen, traumatisierten Tier herunter und nehme ihn wieder an die Leine. «Er wollte doch nur spielen», sage ich strahlend.

«*Spielen?* Er hat versucht, sich meinem kleinen Mädchen aufzuzwingen! Ich lasse Ihnen und dieser Bestie ein Zutrittsverbot für den Park erteilen, wenn er das nochmal macht», warnt sie und droht mir mit ihrem knochigen Finger.

Hoffentlich ist sie keine Nachbarin von uns. Ich hatte vergessen, wie schrecklich unfreundlich die Leute in London sein können. Wir können es uns nicht leisten, dass Hamish ein Verbot bekommt, da dieser Park die einzige Grünfläche in unserer Nähe ist. Von jetzt an muss ich ihn immer an der Leine halten. Armer Hamish, denke ich.

«Schafe und Hängebauchschweine sind das eine, Hamish», flüstere ich meinem Hund zu, der kläglich winselt, als das Objekt seiner unerwiderten Liebe davonhumpelt. «Diese Hunde hier sind verwöhnte Weichlinge. Du musst dein Flirtverhalten verändern, oder wir kriegen eine Menge Ärger.»

Völlig unbeeindruckt von meinen Worten pinkelt er daraufhin erst mal den nächsten Baum an. Was um Himmels willen soll mit Hamish passieren, wenn ich wieder anfange zu arbeiten? Viele Leute lassen ihre Hunde den ganzen Tag zu Hause, aber diese Hunde sind nicht Hamish. In der Wohnung würde er alles ankauen, und in die Arbeit kann ich ihn bestimmt nicht mitnehmen. Können Sie sich vorstellen, welches Chaos er dort anrichten würde? Das ist offensichtlich noch so ein Punkt, den ich nicht richtig durchdacht habe.

So unangenehm mir das ist, aber ohne Hilfe werde ich es nicht schaffen. Ich habe noch einmal auf dem Handy unseres früheren Kindermädchens angerufen, um zu sehen, ob Maya uns kurzfristig zur Rettung kommen könnte – aber ein dünnes, elektronisches Stimmchen erklärte mir, die Nummer, die ich angerufen habe, sei außer Betrieb. Vielleicht haben ihre Arbeitgeber ihr ein schickes neues Handy geschenkt. Oder sie hat die Nummer gewechselt, damit ich sie nicht mehr anrufen und anflehen kann zurückzukommen. Ich merke, wie sehr es mich verletzt hat, dass sie seit Wills Tod nie mehr Kontakt mit uns aufgenommen hat.

Ich muss also heute als Allererstes zur nächsten Stellenvermittlungsagentur gehen und mir ein Kindermädchen besorgen, das auch als Hundesitterin taugt und Nerven hat wie Drahtseile.

## 95

«Beeilt euch mal, ihr beiden.» Ich ermuntere die Kinder zu einem zügigen Frühstück, indem ich um ihre Teller herum schon mal den Tisch abräume. Du wolltest noch die Marmelade? Zu spät, sie ist schon wieder im Kühlschrank. Ich selbst konnte gar nichts essen, da ich zu aufgeregt bin. Irgendwie fühle ich mich nicht wie ein Profi, der zu neuen Karriereufern aufbricht, sondern eher wie ein Kind am ersten Tag in einer neuen Schule – und das hilft mir zu verstehen, wie einschüchternd diese Erfahrung für Tom und Jessica gewesen sein muss.

Mir wird zum ersten Mal bewusst, wie gemächlich unser Tag in Helmshill Grange immer begonnen hat, wo die Schule am Ende der Straße lag und ich mich an keinen rigiden Zeitplan halten musste. «Wir müssen in fünf Minuten los», ermahne ich die Kinder. «Nein, sogar noch früher.»

Beide gleiten sie von ihren Hockern an der Küchentheke herunter und gehen zu ihren Mänteln. Sehr gut.

«Ich möchte, dass du dich ebenfalls benimmst», sage ich mit erhobenem Zeigefinger zu Hamish. Der hat inzwischen bereits seinen Lieblingsplatz in der Küche gefunden und liegt genau da, wo alle über ihn stolpern. Er schlägt mit dem Schwanz auf den Boden. Ich hätte nie gedacht, dass ich so etwas einmal sagen würde, aber er kommt mir heute Morgen fast ein bisschen ruhig vor. Mein Wecker hat schrecklich früh geklingelt, damit ich mit dem Hund Gassi gehen konnte, bevor uns irgendjemand bemerkt. Er hat ohne Theater sein Geschäft erledigt, hat nicht versucht, irgendwo aufzureiten, nicht einmal auf den Parkbänken, hat mich nicht wie einen Wasserskifahrer hinter sich her geschleift oder sich in irgendetwas Unappetitlichem gewälzt. Es war, als ginge ich mit einem anderen Hund spazieren. «Alles in Ordnung mit dir?», frage ich, und er wirft mir einen klagenden Blick zu. «Ich möchte nicht, dass du die Wohnung zerkaust, während wir weg sind. Kapiert?»

Ich nehme sein lustloses Wedeln als schweigendes Einverständnis.

«Du musst nur bis Mittag durchhalten, dann kommt Kati und geht mit dir raus.»

Mein Besuch in der Au-pair-Vermittlung war ein großer Erfolg. Die hilfsbereite junge Dame in der Agentur hat mir ein estnisches Mädchen besorgt – die eben erwähnte Kati –, und sie ist jetzt eingestellt, um sich um Jessica, Tom und Hamish zu kümmern. Milly Molly Mandy kommt wie immer allein klar.

Kati ist eine schlanke Blondine mit einem etwas einschüchternden Augen-Make-up und von Löchern durchsetzten Ohren, aber ansonsten wirkt sie wie eine durchaus nette und kompetente Vertreterin der Gattung Mensch. Sie ist angeblich als Sprachstudentin hier, obgleich sie bereits fünf Sprachen fließend spricht. Ansonsten soll sie so zuverlässig sein wie Regen im Sommer, wunderbar mit Kindern umgehen können, Tiere lieben und mühelos in der Lage sein, den Fernsehkoch Jamie Oliver in einem Kochwettbewerb zu schlagen. Ich habe sie mir sofort geschnappt.

«Habt ihr euer Pausenbrot eingepackt?» Die Kinder, die schon dastehen und auf mich warten, nicken kläglich. «Die Schule wird heute nicht so schlimm», verspreche ich ihnen. «Der erste Tag ist immer der schlimmste, und den habt ihr ja schon hinter euch. Von jetzt an geht es bergauf, da bin ich ganz sicher.»

Mein Optimismus scheint sie nicht zu überzeugen, und ihr Anblick bricht mir fast das Herz. «Wir müssen jetzt los.»

Ich verrammele die Küchentür hinter Hamish und binde

dann die Klinke mit einem Schal an der Tür gegenüber fest, damit der Hund nicht entkommen kann. Ich kann nur hoffen, dass Kati bei ihrem Eintreffen alles noch genau so vorfindet. Sobald ich mir eine bessere Wohnung leisten kann, suche ich etwas mit einem Garten – umgeben von einem ein Meter achtzig hohen Zaun, der oben mit Stacheldraht bespannt ist und vielleicht auch noch einen Wachturm hat. Sonst bricht Hamish doch nur aus.

Ich schiebe Tom und Jessica für einen weiteren qualvollen Tag in ihrer neuen Schule aus der Tür. Sie werden viel zu früh da sein, aber ich möchte, dass sie sicher dort eintreffen, bevor ich zur Arbeit gehe. Es ist noch immer dunkel, und auf der Straße ist zu viel Verkehr, um sie allein gehen zu lassen. Die Autos zischen vorbei und machen so viel Lärm, dass wir uns nicht unterhalten können, also packe ich einfach nur Jessicas Hand und schleppe sie in meinem Tempo mit.

Vor der Schule gebe ich beiden einen Abschiedskuss. Tom lässt es zu, da noch keine anderen Schüler da sind, die uns sehen könnten. «Geht sofort hinein», fordere ich sie auf. «Denkt dran, bei Schulschluss auf Kati zu warten. Sie wird euch abholen und zur Wohnung zurückbringen. Okay?»

Beide nicken.

«Hast du den Schlüssel, Tom?»

Mein Sohn zieht ihn aus der Tasche und zeigt ihn mir. Ich dachte, ich gebe ihm besser einen Ersatzschlüssel mit, falls Kati doch weniger zuverlässig ist als erwartet und ihren sofort verliert.

«Beschütze ihn mit deinem Leben.»

Tom nickt wieder.

«Ich hab euch lieb», sage ich. Verdammt, mir kommen die Tränen. Ich drücke die beiden ein weiteres Mal an mich. Tom wirkt diesmal weniger begeistert. «Ich hoffe, es wird heute schöner für euch. Wünscht Mummy ebenfalls Glück.»

Meine Kinder murmeln etwas, das mich wohl zu Großem anspornen soll. «Und jetzt düst los.» Ich drehe Jessica herum und versetze ihr einen spielerischen Klaps auf den Po, damit sie losgehen. Ich sehe ihnen nach, wie sie zusammen in der Schule verschwinden, und wische mir die Tränen mit dem Mantelärmel weg. Sie sehen zu klein aus, um ganz allein in ein so riesiges Gebäude zu gehen.

Ich versuche nicht mehr darüber nachzudenken und schiebe einen Anfall von Übelkeit und Nervosität beiseite. Wenn ich jetzt nicht selbst losdüse, komme ich noch an meinem ersten Tag zu spät zur Arbeit. Und ich möchte nicht, dass Gavin Morrison denkt, ich hätte es nicht mehr drauf, nur weil ich jetzt eine Mutter bin, die ihre beiden Kinder allein erziehen muss.

## 96

Es ist mir gelungen, aus den Tiefen der Umzugskartons ein passendes Bürodress hervorzuwühlen. Ich habe eine silbergraue, wollene Wickeljacke und eine schwarze Hose gewählt. Die hochhackigen Schuhe sind wieder im Einsatz, und zum ersten Mal seit Monaten trage ich volle Kriegsbemalung.

Ich denke, ich mache durchaus was her, aber ich kann kaum glauben, wie nervös ich bin. Man könnte meinen, ich sei der Arbeitswelt Jahre, und nicht Monate ferngeblieben. Die Büros der British Television Company sind plötzlich mit strahlenden jungen Dingern gefüllt, die mir das Gefühl geben, steinalt zu sein.

Gavin Morrison steht auf, als man mich in sein Büro führt. Er reicht mir die Hand, und ich schüttele sie.

«Schön, wieder hier zu sein», begrüße ich ihn.

«Wir freuen uns genauso, dich wiederzuhaben. Auch wenn du vielleicht feststellen wirst, dass sich während deiner Abwesenheit sehr viel verändert hat.»

«Ich bin mir sicher, ich werde mich schnell hineinfinden.» Ich setze mich, während er im Raum auf und ab marschiert. «Meine einzige Sorge ist, dass ich noch keinen Arbeitsvertrag habe, und das, obwohl ich der Personalabteilung in den letzten Wochen ziemlich auf die Pelle gerückt bin.»

«Ich weiß», sagt Gavin. «Darum kümmern wir uns später. Meine Assistentin wird dich dorthin führen.»

Ich erinnere ihn nicht daran, dass ich mich noch gut erinnern kann, wo die Personalabteilung zu finden ist.

«Doch bevor wir das machen, wollte ich dich zuerst über einige Dinge informieren.» Er sieht aus dem Fenster auf den Innenhof des Gebäudes. Dort habe ich in der Mittagspause immer gerne gesessen, um wenigstens mal für zehn Minuten der stickigen Heizungsluft oder der eisigen Klimaanlage zu entkommen. «Die Lage hat sich ein wenig verändert, seit ich dir die Stelle angeboten habe.»

Das klingt gar nicht gut.

«Wir haben beschlossen, die neuen Kunst-und-Kultur-Sendungen kommerzieller auszurichten.»

Aha, der gefürchtete Niveauabfall, dessen die BTC so oft beschuldigt wird.

«Wir haben jemanden Neues dazugeholt, Lawrence Holmes, um diesen Ansatz zu pushen.»

Ich lächele in mich hinein. Ich hatte vergessen, wie sehr Gavin diesen Business-Jargon verinnerlicht hat.

«Du bist ihm direkt unterstellt.»

Oh. Ich dachte, Gavin würde weiterhin mein Chef sein. Ich schätze, das ist eine der ersten Veränderungen, mit denen ich mich abfinden muss.

«Er ist direkt nebenan, ich rufe ihn gleich mal an und bitte ihn zu kommen.» Gavin geht zu seinem Schreibtisch und greift zum Hörer. «Lawrence, Amy Ashurst ist hier. Hast du vielleicht eine Minute Zeit?»

«Was für einen Hintergrund hat er?» Mir scheint nicht, dass Lawrence Holmes ein BTC-Gewächs ist.

«Er ist ein Spitzenmann. In den letzten Jahren hat er in den Vereinigten Staaten kommerzielle Sendungen produziert und verkauft. Lawrence ist der Kopf hinter *Promi-Hochzeiten, Promi-Style* und *Promis allein zu Haus.*»

Gavin ist eindeutig beeindruckt. Ich nicht. Ich halte die genannten Sendungen für drei der banalsten im Fernsehen überhaupt, und Banales gibt es sehr viel.

Während ich die Information immer noch verdaue, kommt Lawrence Holmes in Gavins Büro. Er ist gutaussehend und wirkt gewieft. Und wie ein arroganter Sack obendrein. Ich stehe auf, und er umklammert meine Hand wie mit einem Schraubstock und reißt mir beim Händeschütteln fast den Arm aus. Dann setzt er sich auf den Rand von Gavins Schreibtisch und heftet den Blick auf mich. Lawrence ist jung, aufgeweckt und ehrgeizig, und ich möchte ihn nicht zum Feind haben. Im Moment lächelt er mich allerdings strahlend an. «Willkommen an Bord.»

«Danke. Ich hatte Gavin gerade gesagt, dass es schön ist, wieder zurück zu sein.»

«Die BTC hat sich verändert, Amy», erklärt er knapp. «Das wollen wir von Anfang an klarstellen. Schlampereien gibt es hier nicht.»

Hmm. Reizend. Ich kann jetzt schon sehen, in welche

Richtung die neuen Kunst-und-Kultur-Sendungen gehen werden: *Gähnattacken mit Promis*, bevor man sichs versieht.

«In all den Jahren, in denen ich Produktionsleiterin von *Sportquiz* war, war ich dafür bekannt, dass ich den Laden voll im Griff hatte», erkläre ich. «Ich bin mir sicher, dass wir gut zusammenarbeiten werden.»

«Das hoffe ich.» Lawrence schaut auf seine Uhr. Eine Rolex. «Ich habe den ganzen Tag Besprechungen, aber wir können uns ja heute Abend beim Essen weiter unterhalten.»

Bei mir läuten alle Alarmglocken. «Beim Essen?»

«Ich habe Ihnen gestern eine E-Mail geschickt.»

«Nach Hause?» Ich habe bisher noch nicht einmal den Computer aus seiner Kiste geholt. Um so etwas hat sich immer William gekümmert. «Die habe ich nicht erhalten.»

Lawrence runzelt die Stirn und schnalzt dann missbilligend mit der Zunge. «Wir haben ein paar Tage lang eine Gruppe von Kunden aus den USA hier. Heute Abend gehen wir mit ihnen ins La Strada.»

Wow. Ich würde liebend gerne ins La Strada gehen. Dieses Restaurant ist so ungefähr das komplette Gegenteil von Poppy's Tea Room. Doch bei dem Gedanken überkommt mich plötzlich und ohne Vorwarnung die Sehnsucht nach den einfachen Freuden von Scarsby.

«Sie müssen kommen», fährt Lawrence fort, während ich noch versuche, meine Verwirrung abzuschütteln und mich zu sammeln. «Schließlich geht es darum, produktive angloamerikanischen Beziehungen ins Leben zu rufen und mit Champagner zu begießen.»

«Es tut mir wirklich leid», sage ich. «Aber das ist wahrscheinlich zu kurzfristig für mich.»

Lawrence Holmes' Stirnrunzeln vertieft sich.

«Ich habe zwei Kinder», rufe ich ihm in Erinnerung. «Wir sind gerade erst aus Yorkshire zurückgezogen, und ich habe noch keinen Babysitter für sie. Ich kann versuchen, mein Au-pair-Mädchen zu überreden, heute Abend länger zu bleiben, aber es ist ihr erster Tag, und ich kann nichts versprechen. Sonst kenne ich niemanden, den ich so kurzfristig um Hilfe bitten könnte.» Ich könnte es auch noch mit Serena probieren, aber da mache ich mir keine großen Hoffnungen. Meine Schwester braucht normalerweise mehrere Tage Vorwarnung, um einen Termin freizubekommen.

Mein neuer Chef schiebt die Lippen vor, eindeutig unzufrieden mit dieser unerwarteten Wendung. «Lange Abende gehören zu Ihrem Job dazu», erklärt er. «Ich dachte, das wäre Ihnen bewusst. Nächste Woche haben wir zwei solche Abende, vielleicht auch drei. Stellt das ein Problem für Sie dar?»

Ich sehe, wie ich gerade den ersten Minuspunkt bei ihm bekommen habe.

«Nein.» Ich schüttele den Kopf und denke gleichzeitig: Doch, natürlich ist das ein Problem! Früher, als Will und ich hier gearbeitet haben, war ich oft abends unterwegs, aber da konnten wir uns absprechen – selbst wenn es manchmal die reinste Militäroperation war, unsere Terminkalender zu koordinieren. Aber heute ist schließlich mein erster Tag zurück bei der BTC, Himmelherrgott. Dürfte ich vielleicht erst mal langsam ankommen?

«Ich überlasse das Ihnen, Amy», sagt Lawrence. Damit schreitet er davon. «Ich hoffe, dass Sie kommen.»

«Hoppla», sage ich zu Gavin, als er das Zimmer verlassen hat. «Das ist ein Mann, mit dem nicht zu spaßen ist.»

«Denkst du, du kannst mit ihm arbeiten, Amy?»

Es sieht so aus, als bliebe mir keine andere Wahl, und aus Gavins Verhalten schließe ich, dass wir da im selben Boot sitzen. «Der frisst mir im null Komma nichts aus der Hand.»

«Das hoffe ich. Lawrence ist die Zukunft der BTC.»

«Na, wenn das so ist», denke ich, «dann gnade uns Gott.»

## 97

«Wie geht es Delia?»

«Prächtig, Doktor.» Alan nickte.

«Und dem Lamm?»

Wieder nickte Alan. Er fütterte das Neugeborene gerade mit der Flasche, es sah kräftig und stark aus und saugte hungrig an der Plastikzitze. Mit Stuart Little war jetzt so weit alles in Ordnung. Die Nacht in Amys Ofen hatte ihm eindeutig gutgetan. Noch ein Happy End.

«Und mit den übrigen Tieren ist auch alles gut?»

Alan zuckte die Achseln. «Kann kein neues Zuhause für sie finden.»

«Ja, ich weiß.» Guy stieß einen Seufzer aus. Er selbst hatte sich auch darum gekümmert, hatte alle angerufen, die ihm einfielen, doch niemand wollte Pork Chop, Daphne oder Stephanie und Blob zu sich nehmen, geschweige denn die Ziegen oder Schafe. Wenn sie Glück hatten, würde sich in letzter Minute jemand melden und den Hühnern ein neues Zuhause geben, doch was sollte aus den übrigen Tieren werden? Er würde noch einmal mit den Gerner-Bernards reden müssen. Vielleicht erweichte der Anblick des neugeborenen Lamms ja ihre kalten Städterherzen. Guy schaute auf seine

Armbanduhr. Er hatte sich eine Stunde freigenommen, um die Gerner-Bernards in ihrem neuen Zuhause zu begrüßen, und hoffte, dass sie bald kamen. Er hatte Amy versprochen, sie ins Haus zu lassen, damit sie Vorhänge und Teppiche und weiß Gott was sonst noch alles ausmessen konnten. Danach wollten sie dann zu ihrem Anwalt gehen, um die Verträge zu unterschreiben.

Fünf Minuten später brauste endlich ein schicker Mercedes in die Einfahrt. Die Gerner-Bernards stiegen lächelnd aus. Guy hasste sie auf den ersten Blick. Der Mann trug ein schwarzes Samtjackett mit knallrotem Futter und eine dieser rechteckigen, intellektuell wirkenden Brillen. Die Frau war in ein flatterndes, purpurnes Etwas gekleidet, das beim Gehen über den Boden schleifte, und hatte Haare in einem alarmierenden Pinkton. Guy konnte sich beim besten Willen nicht vorstellen, wie die beiden hierherpassen sollten. Andererseits hatte er sich das nach der ersten Begegnung mit Amy und Will ebenfalls gedacht. Doch schon nach einem kurzen Gespräch mit Will Ashurst war klar gewesen, dass er sich unbedingt auf die Dorfgemeinschaft und das Landleben einlassen wollte – ganz egal, was für ungewohnte Formen dieser Lebensstil auch manchmal annehmen konnte. Irgendwie spürte Guy bei den Gerner-Bernards einfach nicht dieselbe Schwingung, obwohl das arme Paar bis jetzt nicht einmal den Mund aufgemacht hatte.

Sie schüttelten einander die Hand. «Guy Burton», begrüßte er sie. «Ich bin ein Freund von Mrs. Ashurst. Ich habe mit ihr ausgemacht, dass ich sie reinlasse.»

«Wo ist der Makler?», wollte Mrs. Gerner-Bernard wissen.

Hallo, freut mich auch, Sie kennenzulernen, dachte er. Die

Frau war eindeutig nicht erpicht darauf, sich mit den ortsansässigen Bauerntrampeln abzugeben. «Er müsste eigentlich noch kommen, aber er ist nicht besonders zuverlässig», räumte Guy ein. «Die Uhren ticken ein wenig langsamer hier, und deswegen hat Amy mich gebeten herzukommen, damit Sie nicht vor verschlossenen Türen stehen.»

«Hm», schnaubte Mrs. Gerner-Bernard, und damit schloss Guy die Küchentür auf und ließ die beiden ins Haus.

«Jetzt, wo es leer ist, sieht es noch schlimmer aus», trällerte Mrs. Gerner-Bernard, die beim Eintreten bereits die Nase rümpfte.

«Wie können Menschen so leben?», entrüstete sich Mr. Gerner-Bernard. «Das ist doch die reinste Barbarei. Ja, ich möchte fast so weit gehen und behaupten, dass ein gewisser Charles Dickens an dieser Szenerie seine wahre Freude gehabt hätte.»

Spätestens nach diesen Kommentar hätte Guy die beiden am liebsten umgebracht. Und diese Ekel sollten seine neuen Nachbarn werden?

«Die Bauarbeiter haben das bald gerichtet», beruhigte Mrs. Gerner-Bernard ihren Mann.

«Fangen sie zuerst mit der Untermauerung an?», erkundigte Guy sich.

Die beiden wirbelten herum und starrten ihn an, als hätten sie vergessen, dass er überhaupt da war.

«Untermauerung?», fragten sie wie aus einem Mund.

«Ihr Gutachter hat Sie doch auf den Grubenschacht aufmerksam gemacht? Oder?»

Zu Guys Entzücken sahen sie einander verdutzt an. «Grubenschacht?»

«Die ganze Gegend hier ist durchsetzt davon», informierte er das trendige Paar. «Vielleicht haben Sie aber auch Glück, und er verläuft nicht direkt unter dem Haus.» Guy machte ein möglichst neutrales Gesicht. «Sondern nur unter dem Hof.»

«Das hat niemand erwähnt», sagte Mr. Gerner-Bernard stirnrunzelnd.

«Wirklich nicht?» Guys Gesicht war die reine Unschuld. «Das ist hier aber eigentlich überall bekannt. Könnte natürlich gut sein, dass Sie auf lange Sicht gar keine Probleme damit haben.»

Sie wirkten erleichtert.

«Andererseits ...» Guy rieb sich das Kinn und holte tief Luft.

«Ich bin überrascht, dass Mrs. Ashurst uns davon nichts gesagt hat», sagte der Mann. «Sie hat einen recht ehrlichen Eindruck gemacht.»

«Oh, das ist sie auch», versicherte Guy ihr. «Aber man muss schon sagen, dass sie das Haus wirklich so schnell wie möglich loswerden wollte.»

Ihr Stirnrunzeln wurde wieder tiefer.

«Nun, vielleicht mache ich Ihnen auch unnötig Angst», sagte er leichthin. «Vielleicht kann die große Spalte in der Erde Ihren Besitz gar nicht so sehr beeinträchtigen.» Er lächelte sie süß an. «Noch nicht.»

Die Gerner-Bernards standen wie festgewurzelt da.

«Lassen Sie sich von mir nicht beim Ausmessen aufhalten», sagte er höflich. «Ich warte im Hof bei den Tieren, bis Sie fertig sind. Und bitte machen Sie sich keine Sorgen, dass die Tiere noch hier sind. Bis zu Ihrem Umzug sind sie weg. Da Sie sie nicht wollen, schicken wir sie alle zum Schlachter.»

Die Gerner-Bernards fuhren zusammen. «Lass uns ...

lass uns voranmachen», flüsterte die Frau, und damit verschwanden die beiden im Wohnzimmer.

Trotz Amys harscher Worte am Morgen ihrer Abreise war Guy immer noch überzeugt, dass sie sich längst in Helmshill und das alte Bauernhaus verliebt hatte. Sie konnte sich noch so viel Mühe geben, es zu leugnen. Er seufzte. Was könnte er bloß noch tun, um sie zur Rückkehr zu bewegen?

Knappe zehn Minuten später kamen die neuen Besitzer bereits wieder raus auf den Hof. «Vielen Dank», sagte Mrs. Gerner-Bernard steif. «Wir haben mehr als genug gesehen.»

«Gut», entgegnete Guy. «Ich freue mich darauf, Sie im Dorf willkommen zu heißen. Hier in der Gegend brauchen die Leute sehr lange, um sich Fremden gegenüber zu erwärmen, aber wenn wir die anfängliche Scheu erst mal überwunden haben, stehen wir ständig bei Ihnen auf der Matte. Darauf können Sie sich verlassen.»

Er winkte ihnen freundlich zu, und Mr. und Mrs. Gerner-Bernard hielten einander fest an den Händen.

Seltsamerweise schienen sie es auf einmal noch eiliger zu haben wegzukommen. Und als sie mit ihrem Mercedes in der Ferne davonsurrten, lehnte Guy sich mit dem Rücken an das Eingangstor. Er betrachtete Helmshill Grange und rieb sich dabei nachdenklich übers Kinn. Es war ein schönes Haus. Trotz Alans Diensten sah es noch immer ein wenig verwahrlost aus, doch das war nichts, was sich nicht beheben ließe. Etwa ein Grubenschacht. Er grinste in sich hinein. Das war richtig gemein gewesen. Alles, was Helmshill Grange brauchte, war eine ordentliche Finanzspritze von etwa zwanzigtausend Pfund, und dann ließe sich das alte Bauernhaus in etwas ziemlich Spektakuläres verwandeln. Das Haus war seit vielen Jahren ein wichtiger Bestandteil des Dorfes. Aber es war für eine Familie mit Kindern und Tieren gedacht. Und kein schickes Vorzeigeobjekt für reiche, arrogante Städter.

Er hatte sein Möglichstes getan, um die Gerner-Bernards von ihrem Vorhaben abzubringen. Hatte es funktioniert? Er würde es bald erfahren. Amy würde ihn umbringen, wenn sie wüsste, was er getan hatte. Doch er wollte einfach nicht noch mehr Wochenendpendler in diesem Dorf haben. Und noch etwas anderes wollte er auf einmal auch nicht mehr: Tatenlos zusehen, wie sich sein Glück vor ihm vom Acker machte.

## 98

Den ganzen Tag über habe ich versucht, Kati auf ihrem Handy zu erreichen, um sie zu fragen, ob sie heute Abend babysitten kann, aber immer lande ich nur auf der Mailbox. Obwohl ich ihr ein Dutzend Nachrichten draufgesprochen habe, hat sie mich noch nicht zurückgerufen. Langsam mache ich mir Sorgen. Ich habe auch versucht, Serena zu erreichen, aber sie ist in einer Besprechung und darf nicht gestört werden. Also habe ich ihr eine SMS geschickt.

Und so muss ich wohl oder übel gleich heute, an meinem ersten Tag bei der Arbeit, früher gehen, um Tom und Jessica von der Schule abzuholen. Wenn ich Kati nicht erreichen kann, wie kann ich da sicher sein, dass sie meine Kinder überhaupt abholt? Ich schaue auf die Uhr. Es ist halb vier. Ich versuche es zum tausendsten Mal auf Katis Handy. Ohne Erfolg. Jetzt muss ich Gavin meine Notlage erklären und dann losrasen, um rechtzeitig an der Schule zu sein.

Genau in dem Moment platzt Lawrence herein. Der hat mir gerade noch gefehlt.

«Amy ...»

Ich hebe die Hand. «Lawrence, ich muss leider los. Jetzt sofort. Es tut mir wirklich unglaublich leid. Mein Kindermädchen hat mich versetzt, und die Kinder werden vor der Schule stehen, ohne dass jemand kommt, um sie abzuholen.»

Wieder trifft mich der finstere Lawrence-Holmes-Blick.

Dann läutet mein Handy, und noch dickere Furchen graben sich zwischen seine Augen, da Privatgespräche während der Arbeitszeit nicht erlaubt sind. «Das könnte sie sein», sage ich und nehme trotzdem ab.

«Hallo Mrs. Ashurst. Hier ist Wayne von Colliers.» Der Immobilienmakler.

«Ich bin gerade beschäftigt», erkläre ich widerstrebend. Ich hoffe, dass er mich anruft, um mir zu sagen, dass der Verkauf von Helmshill Grange endlich abgeschlossen ist. «Kann ich Sie zurückrufen?»

«Tun Sie sich nur keinen Zwang an, Amy», zischt mir Lawrence mit hochgezogenen Augenbrauen zu. Dann marschiert er davon und schlägt die Bürotür krachend hinter sich zu.

Seufzend schlüpfe ich in meinen Mantel, schnappe mir meine Handtasche, gehe zur Tür und setze unterdessen das Gespräch mit Wayne fort. «Ich hoffe, Sie haben gute Nachrichten für mich», sage ich müde.

«Äh ... leider nicht», antwortet er und räuspert sich. «Die Gerner-Bernards hätten heute Nachmittag zu ihrem Anwalt gehen sollen, um den Vertrag zu unterschreiben.»

«Aber das haben sie nicht getan?»

«So in etwa könnte man das wohl formulieren», bestätigt er. «Sie haben gesagt, sie brauchen noch mehr Zeit.»

«Zeit wozu?»

«Diese Information habe ich nicht erhalten, Mrs. Ashurst.» Das heißt auf Immobilienmaklersprache wahrscheinlich so viel wie: «Ich habe genauso wenig Ahnung wie Sie.»

«Und wann gedenken sie zu unterschreiben?»

Am anderen Ende der Leitung entsteht eine unbehagliche Pause, und dann sagt Wayne: «Darauf kann ich Ihnen leider keine Antwort geben.»

Ich schnaube durchs Telefon. «Ich muss Ihnen wohl nicht sagen, dass ich hier baldmöglichst klare Verhältnisse brauche.»

«Das verstehe ich», antwortet Wayne.

«Dann kümmern Sie sich um diese Angelegenheit so schnell Sie können.» Ich lege auf und schaue auf die Uhr. Es ist beinahe schon viertel vor vier, und so schieße ich aus dem Büro und eile zur U-Bahn.

Es sind nur ein paar Haltestellen, aber in diesem Tempo werde ich es nicht rechtzeitig schaffen. Bevor ich die U-Bahn betrete, rufe ich in der Schule an und erkläre der Sekretärin meine Notlage. «Könnte bitte jemand meine Kinder im Auge behalten, solange ich unterwegs bin?»

«Ich glaube, die sind schon längst gegangen», erwidert sie. «Aber lassen Sie mich schnell nachschauen, ich rufe Sie dann direkt zurück.»

Die U-Bahn rattert durch den Tunnel, und ich stehe da und kaue an den Fingernägeln. Wie konnte ich nur so blöd sein, meine Kinder jemand anderem anzuvertrauen? Wahrscheinlich stehen sie jetzt schon seit Ewigkeiten draußen im Dunkeln und warten auf eine Kati, die nicht auftaucht.

Sobald ich aus der U-Bahn aussteige, klingelt mein Handy. «Sie sind nicht hier», erklärt die Sekretärin. «Ich habe überall geschaut, aber ich kann sie nicht finden. Es tut mir leid, Mrs. Ashurst. Wir suchen weiter.»

Plötzlich ist mein Mund trocken, mein Herz hämmert in der Brust, und Tränen strömen mir übers Gesicht.

Ich ziehe die hochhackigen Schuhe aus und renne, so schnell ich kann, die Straße hinunter. Falls die Kinder beschlossen haben, auf eigene Faust nach Hause zu gehen, hole ich sie vielleicht gerade noch ein. Ich dachte, ich hätte ihnen gründlich genug eingetrichtert, wie sie sich in einem solchen Fall verhalten sollen. Sie hätten ins Schulgebäude zurückgehen und einem ihrer Lehrer sagen sollen, dass keiner sie abholen gekommen ist. Alles, nur nicht einfach allein in der Dunkelheit loszuziehen. Plötzlich fällt mir ein, wie sie mit Hamish aufs Moor hinausmarschiert sind, und ich hoffe, sie versuchen nicht, nach Yorkshire zurückzuwandern.

Ich bin schon fast bei der Wohnung angelangt und habe die Kinder immer noch nicht gesehen. Wenn sie nach Hause gegangen sind, hätten sie diese Straße hier nehmen müssen. Vor mir leuchten hell die Lichter von Lancaster Court. Dann sehe ich, dass auch bei uns eine Lampe angeschaltet ist. Habe ich sie heute Morgen versehentlich angelassen? Ich renne noch schneller und spüre, wie mein Blutdruck immer weiter nach oben schießt.

Ich hantiere mit dem Schlüssel und platze durch die Tür. Hamish begrüßt mich mit lautem Bellen und hüpft wie wild an mir hoch. Sobald ich mich an ihm vorbeigekämpft habe, stürme ich ins Wohnzimmer, überzeugt, dass ich niemand dort antreffen werde und Tom und Jessica auf dem Rückweg von der Schule zuallermindest von Pädophilen entführt worden sind. Doch da liegen sie auf dem Sofa, vor sich ein Glas Milch und Kekse und jede Menge unausgepackte Umzugskartons, und schauen *Happy Feet* auf DVD. Schluchzend stürze ich mich auf sie und ziehe sie an mich.

«Was ist denn los, Mummy?», fragt Jessica, ohne den Blick von dem tanzenden Pinguin im Hintergrund abzuwenden.

«Deine Füße bluten ja», meint Tom, der versucht, sich von mir freizumachen.

Ein Blick nach unten zeigt mir, dass meine Strumpfhosen zerfetzt und meine Füße wund gelaufen sind.

Hinter mir sagt eine Stimme: «Hallo, Mrs. Ashurst. Sie sind aber früh daheim.»

Ich bin vollkommen überrumpelt. «Was machen *Sie* denn hier?»

Kati sieht mich verwirrt an. «Ich dachte, so hätten wir es abgemacht. Ich habe die Kinder von der Schule abgeholt.»

«Wirklich?»

«Ja.»

«Aber ich habe den ganzen Tag versucht, Sie anzurufen, und bin immer nur auf der Mailbox gelandet.»

Sie zuckt die Schultern. «Das verstehe ich nicht.»

Ich tippe ihre Nummer in mein Handy. Kein Klingeln ertönt, dafür aber erneut die automatische Stimme des Anrufbeantworters.

Kati nimmt mir das Handy aus der Hand und schaut aufs Display. «Die Nummer stimmt nicht, Mrs. Ashurst. Sie haben zwei Zahlen verdreht.»

«Wirklich?»

«Warum weinst du denn?», möchte meine Tochter wissen.

«Ich weine doch gar nicht.» Noch mehr Tränen strömen über mein Gesicht. Wie soll ich eine Führungsposition ausfüllen, wenn ich nicht einmal eine Handynummer richtig abspeichern kann? «Ich bin einfach nur ein bisschen durch den Wind.»

Jessica sieht mich so an, als wollte sie sagen, das sei ja nichts Neues.

«Soll ich Guy anrufen?», fragt Tom ängstlich. Vielleicht denkt mein Sohn, dass ich gleich wieder zusammenbreche. Und vielleicht hat er ja recht.

Ich reiße mich zusammen und wische die Tränen weg. «Nein, nein. Ich habe euch heute einfach nur vermisst. Das ist alles.»

Beide schauen mich argwöhnisch an.

«In unserer neuen Schule stinkt es», sagt Jessica und zieht eine Schnute. «Ich glaube nicht, dass ich da morgen wieder hingehen möchte.»

Wie kann ich den Kindern sagen, dass ich das Gleiche über meinen neuen Arbeitsplatz behaupten könnte? Wie kann ich ihnen sagen, dass mir mein neuer, karrierebesessener Chef eine Heidenangst einjagt? Wie kann ich ihnen sagen, dass ich mich selbst um sie kümmern möchte, statt sie einem estnischen Au-pair-Mädchen zu überlassen, egal, wie zuverlässig sie auch immer zu sein scheint?

Hamish kommt zu mir und schiebt mir winselnd die Schnauze in die Hand. Selbst der verdammte Hund sieht jämmerlich aus, und beim Anblick des schrecklichen Metallgestells, das aus seinem Bein ragt, kommen mir schon wieder die Tränen. Es ist meine Schuld, dass er in dieser Verfassung ist. Es ist meine Schuld, dass meine Kinder fremden Leuten ausgeliefert sind, während ich zur Arbeit gehe.

Ich bin eine beschissene Hundebesitzerin und eine beschissene Mutter. Ich schaffe das alles nicht. Und erst recht nicht ganz allein.

**99** Amy hatte ihn am Abend zuvor angerufen. Einfach so, aus heiterem Himmel. Er hatte nichts mehr von ihr gehört, seit sie nach London zurück gezogen war, und er hatte sie mehr vermisst, als er sich je hätte vorstellen können. Seine Freude darüber, ihre Stimme zu hören, war jedoch nur von kurzer Dauer gewesen. «Sie klang unglaublich elend am Telefon», erzählte Guy jetzt.

«Und deshalb lassen Sie hier alles stehen und liegen und fahren nach London, um sie zu besuchen?», fragte Cheryl ungläubig.

«Ja», antwortete Guy. Offen gestanden war er krank vor Sorge um Amy, auch wenn sie ihm versichert hatte, es gehe ihr gut. Ihrer Stimme nach ging es ihr alles andere als gut. Er war froh, dass sie ihn in ihrer Verzweiflung angerufen hatte, doch es quälte ihn, dass sie so weit weg war und er nichts tun konnte, um ihr zu helfen.

Seine Tierarzthelferin verdrehte die Augen. «Das muss Liebe sein.»

«Ja, das muss Liebe sein», pflichtete er ihr bei.

«Gut für Sie», sagte sie mit einem Lächeln. «Wurde aber auch Zeit.» Sie stützte sich auf den Schreibtisch. «Ihnen ist schon klar, dass Sie damit den Zorn Ihrer Patienten auf sich ziehen?»

«Ja», sagte er. «Aber es wird langsam Zeit, dass ich auch mal an mich denke. Ich bin mir ganz sicher, dass Stephen und die Meerschweinchenpopulation von Scarsby auch mal zwei Tage ohne mich auskommen.»

«Sind Sie das wirklich?», neckte sie ihn. «Oder sind Sie von Außerirdischen entführt worden und haben eine Hirntransplantation erhalten?»

«Nein, das bin ich wirklich. Das ist mein neues Ich.»

«Dann sollten Sie sich auf den Weg machen, sonst stecken Sie noch das ganze Wochenende im Verkehr fest.» Cheryl stand auf und umarmte ihn. «Kommen Sie bloß wieder zurück.»

«Wir sehen uns am Montagmorgen», versicherte Guy ihr. «In aller Frühe.»

Er fühlte sich leicht, als er in den Range Rover sprang und Richtung Autobahn fuhr. Es war eine Ewigkeit her, seit er das letzte Mal in London gewesen war. Fünf Jahre, um genau zu sein. Er war aus der Stadt geflohen, nachdem seine Beziehung mit Laura in die Brüche gegangen war, und hatte sich seither niemals zurückgesehnt. Die Lichter der Großstadt hatten ihren Reiz für ihn verloren, und er überlegte, ob es ihm jetzt, da er Amy und die Kinder sehen würde, anders ergehen würde. Unfassbar, wie sehr er sie vermisste, seit sie weggezogen waren. Wie um alles in der Welt wollte er auf lange Sicht ohne sie zurechtkommen?

Amys Anruf hatte ihn beunruhigt. Sie hatte geklungen, als würde sie jeden Augenblick in Tränen ausbrechen, und er hatte den Eindruck gewonnen, als tue sie sich schwer, in ihrem alten Freundes- und Bekanntenkreis wieder Anschluss zu finden. Die Kinder mochten ihre neue Schule nicht, und auch Hamish war Amy zufolge nur noch ein Schatten seiner selbst. Allein Milly Molly Mandy schien von dem ganzen Aufruhr unbeeindruckt. Doch so war das mit Katzen eben.

Guy hatte die ganze Nacht wachgelegen und sich Sorgen um Amy gemacht. Schließlich hatte er beschlossen, den Ritter in schimmernder Rüstung zu geben. Cheryl war einigermaßen beeindruckt gewesen; er hoffte nur, dass Amy ähnlich reagieren würde. Sie hatte auf jeden Fall erleichtert geklungen, als er sie gleich am Morgen angerufen hatte, um ihr zu sagen, dass er vorhabe, sie in London zu besuchen.

Inzwischen war es dunkel; er steckte seit Stunden im Verkehr fest und hatte längst einen starren Blick bekommen. Was für ein Unterschied das doch war zu den grünen Landstraßen zwischen Tälern und Mooren! Er hatte vergessen, dass es tatsächlich so viele Autos auf der Welt gab.

Amys Wohnung zu finden war ziemlich einfach, doch mit einem Parkplatz tat er sich sehr viel schwerer. Frustriert kreiste er eine Viertelstunde nach Ankunft immer noch in ihrem Viertel herum. Am liebsten hätte er seinen Wagen mitten auf der Straße abgestellt. Wie brachten die Menschen das jeden Tag über sich? Dann hatte er Glück und konnte sich in eine Parklücke quetschen, die für einen Range Rover eigentlich viel zu klein war. Als er auf Amys Klingel drückte, fühlte er sich auf einmal ziemlich erschöpft, doch der Klang von Hamishs Gebell hob seinen erlahmten Energiepegel wieder an.

Die Wohnblocks wirkten trist und deprimierend, und es fiel ihm schwer, sich vorzustellen, dass Amy und die Kinder an diesem Ort ein behagliches Familienleben führen konnten. Dann öffnete Amy die Tür, und ihr Lächeln brach ihm beinahe das Herz. Sie wirkte abgespannt und blass – so blass wie kurz nach Wills Tod –, und er hätte sie am liebsten gleich hier auf der Schwelle in die Arme genommen. Stattdessen sagte er nur: «Hi.»

Gott sei Dank war Amy weniger zurückhaltend. «Du bist tatsächlich gekommen», rief sie aus und umarmte ihn. Seine Muskeln waren angespannt nach der langen Fahrt, und sie fühlte sich weich und warm und einfach gut an. «Ich habe mir schon Sorgen gemacht, dass du eine fürchterliche Fahrt hattest.»

Es war in der Tat ziemlich furchtbar gewesen, doch mit solchen Kleinigkeiten wollte er sie jetzt nicht belästigen.

«Es ist schön, dich zu sehen», sagte er, und er erschrak, als er merkte, wie brüchig seine Stimme auf einmal klang.

Noch bevor sie etwas darauf erwidern konnte, kamen die Kinder aus dem Wohnzimmer gesaust und stürzten sich auf ihn. Jessica sprang in seine Arme und rief: «Yippie!»

«Deine größten Fans haben dich vermisst.»

«Und ich habe euch vermisst.»

«Wir hassen London», platzte es aus Jessica heraus. «Wir möchten nach Hause.»

Und er wollte sie mit nach Hause nehmen – zurück nach Helmshill Grange –, doch er überlegte, ob Amy je damit einverstanden wäre.

## 100

Es ist ein ohrenbetäubender Lärm, den Hamish von sich gibt. «Pst», mache ich und öffne die Küchentür einen Spalt weit. «Beruhig dich doch, um Himmels willen. Sonst werden wir hier deinetwegen noch rausgeworfen.»

Ich halte ihn am Halsband fest, als er hinausspringen will, um Guy zu begrüßen. «Haustiere sind hier verboten», erkläre ich unserem neu eingetroffenen Gast. «Jetzt verstehe ich auch, warum.»

Mit jedem Wedeln seines mächtigen Schwanzes macht Hamish irgendwas kaputt – wenn auch unbeabsichtigt. Allerdings muss ich sagen, dass ich unseren Hund seit unserer Ankunft in London nicht mehr so munter gesehen habe. Und wenn ich ehrlich bin, könnte ich dasselbe auch über mich und die Kinder sagen.

Ich bin so froh, dass ich Guy diese Woche angerufen habe und dass zwischen uns wieder alles gut ist. Ich hatte nicht erwartet, dass er gleich hier herunterbrausen würde, aber nun freue ich mich umso mehr, dass er es getan hat.

Hamish entkommt meiner Umklammerung und springt zu Guy, um ihm seine freundlichste hinternbeschnuppernde Version einer Umarmung zu verabreichen. Guy beugt sich vor, um ihn zu streicheln, und wird dabei fast umgeworfen. Hamish ist außer sich vor Erregung, und wir sollten bald mal mit ihm rausgehen, sonst pinkelt er vor Freude gleich noch auf meinen sowieso schon ziemlich schmuddeligen Teppich.

«Hallo, mein Junge», lacht Guy und krabbelt ihn am Ohr. Und zu mir sagt er: «Er sieht gut aus.»

«Es geht ihm aber ziemlich dreckig, seit wir hier sind», entgegne ich. «Du hast ihn eindeutig aufgemuntert.» Das gilt auch für den Rest von uns. Aber das sage ich nicht laut.

Es ist toll, Guy hier zu sehen, wenn auch ein wenig seltsam. Seine Wachsjacke und sein kariertes Hemd erscheinen in der Großstadt merkwürdig deplatziert, und in unserer winzigen Wohnung wirkt er sogar noch größer, als ich ihn in Erinnerung habe. Er sieht mehr denn je wie der typische «Landtierarzt» aus, und aus irgendeinem Grund bringt mich das zum Lächeln.

Er streicht mit den Händen über Hamishs Flanken. «Das Bein scheint sich gut zu machen.»

«Er hinkt ein bisschen», erkläre ich, «aber das macht ihm offenbar nicht viel aus.»

«Vielleicht quält ihn der Fixateur», meint Guy, «und er ist deshalb nicht so ganz auf der Höhe.»

«Ich glaube, es liegt eher daran, dass er in diesem Loch hier eingesperrt ist», sage ich mit gesenkter Stimme, damit die Kinder mich nicht hören. «Und wer könnte ihm das verübeln?»

Guy schaut sich um. Er sagt nichts, aber ich merke, dass er meine Empfindungen teilt.

«Ich habe mit Serena ausgemacht, dass sie heute Abend kommt und auf die Kinder aufpasst, damit wir ausgehen können», fahre ich fort. «Ich hoffe, das ist dir nach der langen Fahrt nicht zu viel?»

«Ganz und gar nicht», antwortet Guy. Er blickt an seiner Jacke herunter. «Ich habe sogar ein paar Großstadtklamotten mitgebracht, damit du dich meiner nicht zu schämen brauchst.»

«Ich würde mich niemals für dich schämen.» Dann erröte ich über meine Direktheit. «Ich setze mal Tee auf und zeige dir in der Zwischenzeit dein Zimmer.»

«Du kriegst mein Bett», eröffnet Jessica ihm stolz, womit klar ist, dass sie unser Gespräch belauscht hat.

Meine Tochter wird bei mir schlafen, während Guy in ihrem Zimmer wohnt. Ich hoffe nur, dass sie nicht so schrecklich zappelt wie üblich, sonst tue ich in den nächsten Nächten kein Auge zu. «Du musst das Bett leider mit einem ganzen Arsenal von Kuscheltieren teilen.»

«Ich könnte mir nichts Schöneres vorstellen», meint er lachend, und ich kann kaum glauben, wie sehr ich dieses Geräusch vermisst habe.

«Groß ist es nicht», sage ich, als ich ihm Jessicas Schuhschachtel von Zimmer zeige. Sein Gesicht nimmt einen besorgten Ausdruck an.

«Bist du glücklich hier?», fragt er.

«Nein», gebe ich zu. «Ich fühle mich schrecklich.» Dann sage ich nichts mehr, da diese dummen Tränen sich schon wieder melden. «Aber vorläufig tut die Wohnung es. Ich habe nicht vor, ewig hierzubleiben.» Bevor ich jetzt wirklich gleich losheule, würge ich heraus: «Vielleicht willst du erst einmal auspacken», und ziehe mich hastig in die Küche zurück.

Ich vertreibe Milly Molly Mandy von der Arbeitsplatte und kümmere mich um den Tee, während Guy im Bad ist. Gerade als ich die Milch in unsere Becher gieße, taucht er wieder auf. «Bevor wir ausgehen, muss ich noch kurz mit Hamish vor die Tür, falls dir das recht ist», sage ich.

«Oh, ich habe überhaupt nichts dagegen, mir ein bisschen die Beine zu vertreten.»

Wir sehen uns über unsere dampfenden Becher hinweg an. «Es ist wirklich schön, dich zu sehen», sage ich leise. «Ich hatte nicht erwartet, dass du so schnell kommen würdest.»

«Cheryl war ebenfalls überrascht.»

Darüber müssen wir beide lachen. «Dir ist bewusst, dass wir nächste Woche das Hauptgesprächsthema in Poppy's Tea Room abgeben werden», warne ich ihn. «Und was sie nicht wissen, werden sie erfinden.»

«Ja, ich bin bestens darauf vorbereitet.» Guy trinkt einen Schluck heißen Tee. «Alan lässt grüßen.»

«Wie geht es ihm?»

«Gut.» Dann sieht er mich direkt an und fragt: «Vermisst du Helmshill?»

Ich nicke, und eine schreckliche Traurigkeit erfasst mich. «Ja, und zwar mehr, als ich mir das eingestehen möchte.»

## 101

Guy hatte vergessen, wie hektisch es in den Restaurants der Stadt zugehen konnte. Amy hatte zwar einen Tisch reserviert, doch dieser war, als sie kamen, noch nicht frei, und so saßen sie jetzt auf schwindelerregend hohen Hockern an einer überfüllten Bar und warteten. Sein Magen grummelte vor Hunger, und Guy erinnerte sich, dass sein letztes Sandwich an einer Autobahntankstelle schon einige Zeit her war.

Es war unglaublich nervtötend hier. Jede Minute stieß ihm jemand einen Ellbogen in die Rippen oder trat ihm auf den Fuß. Er hasste die Art von Restaurant mit der minimalistischen Einrichtung, der dröhnenden Musik und einem so hohen Lärmpegel, dass er kaum hörte, was Amy sagte.

Die Frauen wirkten alle sehr elegant und gepflegt, und er war überzeugt, dass seine Ex dieses Lokal geliebt hätte. Die Männer trugen Designershirts und Röhrenjeans, und Guy kam sich auf einmal in seinem legeren Hemd und seiner klassischen Levis ziemlich altmodisch vor. Bis dato hatte er sich um derlei noch nie Sorgen gemacht, doch jetzt bemerkte er, wie er sich, um sich aufzubauen, überlegte, wie viele von den Gästen wohl in der Lage wären, einen schlechtgelaunten Stier zu kastrieren.

«Der Laden hier ist ziemlich angesagt», brüllte Amy überflüssigerweise. Das einzig Gute an dem Lärm war, dass sie den Mund ziemlich dicht an sein Ohr halten musste, wenn sie etwas sagen wollte.

«Das sehe ich», rief er zurück. Guy fand, dass er das «Angesagte» in seinem Leben eigentlich nicht mehr brauchte. Er war eher fürs Behagliche, für Ruhe und Frieden. Ein Pint und ein Chili con Carne in Helmshill Arms entsprach in etwa seinem Level. Das hier war ihm viel zu stressig. Auch Amy wirkte, als fühlte sie sich nicht wohl. Vielleicht hatte sie sich doch mehr von der Stadt entfremdet, als sie zugeben wollte. Guy konnte es nur hoffen.

«Jemand auf der Arbeit hat mir dieses Lokal empfohlen»,

rief sie. «Vielleicht hätten wir lieber irgendwo hingehen sollen, wo es ruhiger ist.»

Er wollte gerade vorschlagen, sie könnten ja höheren Verlusten vorbeugen und einfach gehen, doch da trat bereits eine Kellnerin zu ihnen, um ihnen zu sagen, dass ihr Tisch jetzt bereit sei. Guy half Amy von dem Barhocker herunter und nahm sie am Arm, als sie der Kellnerin durch das Gedränge folgten.

Bevor sie zum Restaurant aufgebrochen waren, hatten sie zehn Minuten gefunden, um Hamish unter einer dunklen Decke aus dem Haus zu schmuggeln und in einem schmuddeligen kleinen Park gegenüber von Amys Wohnung rasch eine Runde mit ihm zu drehen. Im Augenblick war das für Hamish gar nicht so schlecht, denn er sollte ja sowieso nicht zu viel herumlaufen, doch sobald sein Bein ganz verheilt war, brauchte er unbedingt wieder mehr Auslauf. Das hier war kein Ort für einen großen Hund. Kein Wunder, dass sich Hamish so elend fühlte.

«Vielleicht können wir morgen raus nach Hampstead fahren und dort ein wenig im Park spazieren gehen», schlug Guy vor, als sie sich setzten. Er hatte den Gestank der Abgase jetzt schon satt und sehnte sich verzweifelt nach frischer Luft. Er fühlte sich wie eingezwängt. Wie um alles in der Welt konnten Menschen auf Dauer so leben? Wie hatte er selbst einst so leben können?

«Das wäre schön. Ich könnte einen kleinen Ausflug gut gebrauchen.» Amy seufzte. «Diese Woche war ein Albtraum.»

«Am Telefon klang es, als wäre der Job nicht gerade das Gelbe vom Ei.»

Amy schüttelte den Kopf. «Ich habe einen jungen Chef, der unbedingt die Welt verändern will. Oder am besten gleich regieren», erklärte sie ihm. «Wenn es nach ihm ginge, säße ich am Morgen, am Mittag und in der Nacht im Büro. Der Rest der Mannschaft ist unter dreißig und ohne jegliche Verpflichtungen. Ich glaube, er begreift einfach nicht, dass ich auch noch ein Leben außerhalb der Arbeit habe.» Sie seufzte wehmütig. «Nachdem ich in Helmshill so viel Zeit mit den Kindern verbracht habe, fällt es mir schwer, sie einem Kindermädchen zu überlassen, auch wenn sie die Reinkarnation von Mary Poppins ist.» Sie trank einen Schluck.

Das war auch noch so etwas. Die Preise hier trieben einem die Tränen in die Augen. Auch das vergaß man leicht, wenn man auf dem Land lebte.

«Es wäre alles viel leichter, wenn ich wenigstens schon das Geld vom Verkauf des Hauses hätte», fuhr Amy fort.

Guy spürte, wie es ihn kalt den Rücken runterlief.

«Aus irgendeinem Grund schieben die Gerner-Bernards die Unterzeichnung des Vertrags aber immer wieder auf, und aus dem Makler werde ich auch nicht richtig schlau.» Sie zuckte frustriert die Achseln. «Ich weiß nicht, was da los ist. Sie waren so heiß darauf, das Haus zu kaufen. Jetzt kommt mir ihr Interesse nur noch lauwarm vor.»

«Vielleicht klärt es sich bald von selbst», sagte Guy ausweichend. Amy würde ihn umbringen, wenn sie wüsste, was er getan hatte, und bei dem Gedanken daran überkamen ihn Schuldgefühle.

Sie sah ihn an und lächelte. «London ist nicht so dein Fall, oder?»

«Sieht man mir das etwa an?»

Sie kicherte.

«Ich hatte vergessen, wie hektisch es hier ist», erklärte Guy und fügte scherzhaft hinzu: «Waren hier früher auch schon so viele Menschen?»

«Könntest du dir vorstellen, je wieder zum Stadtmensch zu werden?»

Er schüttelte den Kopf.

«Ich hoffe, wir können in Kontakt bleiben, Guy.» Amy legte ihre Hand auf seinen Arm, und er spürte die Wärme ihrer Finger durch das Hemd auf seiner Haut. «Es wäre schön, wenn du uns ab und zu besuchen kommst.»

«Sehr gern.» Bis zum heutigen Abend hatte er gedacht, er würde Himmel und Erde in Bewegung setzen und so oft wie möglich nach London kommen, wenn auch nur die geringste Chance bestand, dass er und Amy zusammenkamen. Doch wenn er ehrlich war, glaubte er nicht mehr so recht daran. Wollte er wirklich die Wochenenden hier in Amys deprimierender Wohnung verbringen? Und wie viele solcher freien Wochenenden würden sie bei ihren anspruchsvollen Jobs wohl zusammen haben? Er hatte gedacht, er könnte sein Leben in Helmshill aufgeben und für immer hierherziehen, wenn Amy das wollte, doch jetzt überkamen ihn starke Zweifel. Das Leben hier würde ihn umbringen – das war so sicher wie das Amen in der Kirche. Liebte er Amy und die Kinder genug, um alles aufzugeben, was ihm etwas bedeutete? Er war sich dessen absolut sicher gewesen. Doch jetzt, da er hier war, traf ihn die Realität mit voller Wucht. Und die Frage war sehr viel schwerer zu beantworten.

## 102

Ich arbeite jetzt erst zwei Wochen wieder bei der British Television Company und befinde mich doch schon seit drei Abenden in Folge nur auf Cocktailpartys. Es ist Donnerstag, und ich bin fix und fertig. Ich kann es gar nicht erwarten, dass endlich Freitag ist und ich mit den Kindern vor dem Fernseher abhängen darf, statt in lauten Kneipen mit betrunkenen Leuten Smalltalk zu machen. Ich scheine die Kunst verlernt zu haben, mich über Nichtigkeiten zu unterhalten. Habe ich das früher nicht genossen? Doch, das habe ich. Aber ich kapiere ums Verrecken nicht mehr, warum.

Wir befinden uns wieder einmal in einem extrem angesagten Lokal. In meinen Augen sieht es einfach nur wie eine überfüllte Kneipe aus – und das, obwohl nur geladene Gäste der BTC Zutritt haben. Hat mich die Großstadt früher nicht belebt? Jetzt habe ich das Gefühl, sie kostet mich die letzte Kraft. Allein diese Woche hat mich schon vollkommen ausgelaugt. Dabei scheinen meine Kollegen diese Abende nicht so langweilig zu finden wie ich. Alle sehen frisch und munter aus und so, als würden sie sich ganz wunderbar amüsieren.

Ich habe ein Alter erreicht, in dem ich lieber in einem ländlichen Pub sitze und am Kaminfeuer einen Drink zu mir nehme, als eingequetscht in einem hippen Lokal zu stehen, in dem alles grellweiß gestrichen ist und die Stühle so unbequem sind, dass man nicht auf ihnen sitzen kann.

Kati, unser neues Kindermädchen, macht ihre Arbeit fabelhaft und geht phantastisch mit den Kindern um, aber ich bezahle jede Woche ein Vermögen für die Betreuung. Das frisst ein riesiges Loch in mein ohnehin schon schwindendes Budget, denn die Lebenshaltungskosten sind hier ebenso erschreckend hoch. Ich hatte noch nicht einmal Zeit, mich hinzusetzen und über die Finanzen zu gehen – auch das war immer eine von Wills Aufgaben gewesen –, aber ich habe das Gefühl, dass ich, wenn alles gutgeht, gerade mal bei null rauskomme – oder schlechter.

Serena hat mir versprochen, ein paar Abende die Woche nach den Kindern zu schauen, aber das bedeutet, dass sie jedes Mal früh von der Arbeit kommen muss, was trotz besten Willens ein großes Problem für sie ist. Ich bin noch nicht dazu gekommen, meine alten Freunde zu kontaktieren, mit denen ich mich manchmal beim Babysitten abgewechselt habe. Aber wie sollte ich mich jetzt, da ich auf mich gestellt bin, revanchieren können? Auch auf die Nachbarn kann ich mich hier nicht auf die gleiche Weise verlassen, wie ich es vielleicht in Helmshill hätte tun können. London ist immerhin ein Ort, wo man unter Umständen dreißig Jahre lang nicht mit seinem Nachbarn spricht. Wie zum Teufel soll man da spontan Freundschaft schließen?

Der Mann neben mir lacht schallend über irgendetwas, und ich versuche, mich wieder ins Gespräch einzuklinken und nicht darüber nachzudenken, wie weh mir die Füße tun und wie sehr mein Kopf pocht. Der lachende Mann neben mir ist immerhin der leitende Angestellte einer italienischen Fernsehgesellschaft, und ich soll mit ihm über eine Unmenge von Produktionen sprechen, deren Namen zu lächerlich sind, um sie laut auszusprechen. Lauter neue Ideen des schwachsinnigen Lawrence Holmes, bei dem ich mich zum tausendsten Mal frage, ob ich wirklich noch für so jemanden geschaffen bin. Meine Vorstellung von Kreativität ist eine andere, und ich weiß nicht, ob es mich auf Dauer zufriedenstellen wird, an der Art von Sendungen mitzuarbeiten, die unsere Abteilung produzieren wird. Shows wie *Promis gehen ins Museum, Promi schreibt Buch* und *Promis suchen Möbel aus*. Wobei die Promis zunehmend Leute sind, die gerade aus dem *Big Brother*-Container geworfen wurden.

Das Wochenende mit Guy war wunderschön, und ich war

seit langem endlich mal wieder richtig gut gelaunt. Wir waren mit den Kindern und Hamish im Naherholungsgebiet Hampstead Heath und sind dort ein paar Stunden lang herumspaziert, alle froh, an der frischen Luft zu sein. Es war ein tolles Gefühl, der engen Wohnung zu entkommen.

Aber jetzt, da Guy nach Helmshill zurückgefahren ist, bin ich wieder niedergeschlagen. Es könnte Wochen dauern, bevor wir ihn wiedersehen. Und auch zu Wills Grab werde ich es wohl erst mal nicht so schnell schaffen. Ich hatte gedacht, wenn ich in London zurück wäre, würde ich mich meinem Mann näher fühlen, aber stattdessen fühle ich mich nur noch einsamer. Wie soll ich es bei all dem Druck schaffen, Helmshill nicht ganz zu vergessen? Wenn das Wochenende endlich da ist, bin ich so erschöpft, dass ich kaum Kraft habe, mich zu rühren – von einer Fahrt nach Yorkshire und zurück ganz zu schweigen.

Es ist mir nicht entgangen, dass es Guy nicht gefallen hat, wieder in London zu sein – und wer könnte es ihm verdenken? Er sagte, es sei Jahre her, seit er zum letzten Mal in der City war, und er sei überrascht, wie sehr es sich verändert habe. Ehrlich gesagt fühle ich das Gleiche, obwohl ich doch nicht einmal ein Jahr weg war.

Der Mann neben mir brüllt schon wieder vor Lachen, und ich zwinge mich zu einem breiten Grinsen, obgleich ich keine Ahnung habe, worum es geht. Dann spüre ich seine Hand auf meinem Po und sehe, wie er mir sein lüsternes Gesicht zuwendet. Damit ich nur ja nicht glaube, dass es ein Versehen war, kneift er mir vorsichtshalber beherzt in die Hinterbacke.

«Hände weg. Von. Meinem. Arsch», sage ich mit zusammengebissenen Zähnen und so leise, dass nur er es hören kann. Das Englisch des Mannes ist begrenzt, aber meinen

Tonfall und den Ausdruck in meinen blitzenden Augen scheint selbst er zu verstehen. Er zieht seine Hand weg, zuckt unverschämt mit den Schultern und wendet sich einem meiner Kollegen zu.

Es ist mir egal, dass es noch früh ist. Mir reicht's, und ich koche vor Wut. Ich kippe meinen Champagner herunter – wenigstens der ist nicht so billig wie das Benehmen so mancher Leute hier – und gehe zur Garderobe, um meinen Mantel zu holen.

Gerade als der Garderobier mir meine Sachen reicht, taucht mein Chef aus der Toilette auf. Lawrence Holmes beobachtet bestürzt, wie ich mich in meinen Mantel mühe, und tritt entschlossen auf mich zu.

«Sie können nicht jetzt schon gehen», sagt er.

Wie soll ich ihm höflich erklären, dass ich hier gar nicht schnell genug verschwinden kann?

«Mir reicht es für heute Abend», entgegne ich knapp. «Meine Füße tun weh. Mein Kopf schmerzt.» Mein Herz tut weh. «Und ich bin gerade von einem der Italiener begrapscht worden.» Ich hebe die Hände. «Ich bin bedient.»

Sein Gesicht wird hart. «Amy», hebt er an. «Ich muss Ihnen sagen, dass ich an Ihrem Engagement zu zweifeln beginne.»

«Wissen Sie was, Lawrence», erwidere ich, die Hände in die Hüften gestemmt. «Da könnten Sie sogar ausnahmsweise einmal recht haben.»

Damit stürme ich aus der Tür, und da ich die verdammte U-Bahn heute nicht ertrage, hoffe ich nur, dass ich rasch ein Taxi bekomme, das mich nach Hause bringt.

## 103

«Ich hab es heute Abend komplett vermasselt», hebe ich an, als ich zu Hause ankomme und Serena mir die Tür öffnet.

Meine Schwester fordert mich auf, mich erst einmal hinzusetzen, und setzt dann unverzüglich einen Kamillentee auf. Ich ziehe die Schuhe aus und genieße die Kälte der Kacheln unter meinen nackten Füßen.

«Heutzutage verlangt jeder Arbeitgeber Opfer», ruft sie mir in Erinnerung.

«Ich habe nichts dagegen, Opfer zu bringen, aber ich möchte mir nicht auch noch meinen Hintern betatschen lassen. Der Typ war ja nicht mal attraktiv.»

Das hier sollte meine große Chance werden: Kunst-und-Kultur-Sendungen für einen seriösen Sender zu produzieren. Stattdessen darf ich jetzt für einen Größenwahnsinnigen arbeiten, der gerade einmal volljährig ist und Sendungen machen möchte, die sogar die Gehirnzellen einer Amöbe unterfordern würden.

«Ich habe noch mehr schlechte Nachrichten für dich», gesteht Serena. «Ich glaube, Hamish hat ein paar von deinen Slips gefressen.»

Ich seufze. «Das ist die geringste meiner Sorgen.»

«Ich habe ihn mit der Schnauze in deiner Unterwäscheschublade erwischt», fährt sie fort, «und ich könnte wetten, dass ich weiße Spitze in seinem Maul habe verschwinden sehen.»

«Wenigstens scheint es, als ginge es meinem Hund allmählich besser.» Ich halte mich an meinem Becher Kamillentee fest. Wenn der mich auch nur ein wenig entspannen soll, muss er ganz schön stark sein. «Waren die Kinder brav?»

«Die reinsten Engel», antwortet sie. Dann sieht sie mich

traurig an. «Sie haben etwas Besseres verdient als das hier.»

«Ich weiß.» Ich stoße einen zittrigen Atemzug aus. «Ich arbeite daran. Wirklich.»

«Wenn ich dir irgendwie helfen kann, musst du mich nur darum bitten.» Meine Schwester legt mir den Arm um die Schultern und drückt mich fest.

In diesem Moment klingelt es an der Tür, und mir zieht sich der Magen zusammen. So spät am Abend kann es sich nur um etwas Unangenehmes handeln. «Was denn jetzt noch?», frage ich und stapfe los, um die Tür zu öffnen.

Hamish, der wie verrückt losgebellt hat, schiebe ich ins Wohnzimmer. Dann mache ich die Tür hinter ihm zu.

Draußen im kalten Hausflur steht eine winzige Chinesin, die mir sehr höflich zunickt. «Ich wohne über Ihnen», sagt sie und zeigt dabei mit dem Finger nach oben.

Ich habe bisher noch niemanden kennengelernt, der in unserem Mietshaus wohnt. Das hier ist immerhin London, und es könnte noch Jahre dauern, bevor mich die Nachbarn auch nur grüßen.

«Tut mir leid, dass ich Sie so spät noch störe», druckst sie herum, «aber ich muss unbedingt mit Ihnen reden.»

Ich bin ganz Ohr, aber ich denke, ich weiß, was jetzt kommt.

«Ihr Hund heult den ganzen Tag», fährt sie fort und sieht peinlich berührt aus, dass sie das Thema ansprechen muss. «Ich bin Krankenschwester. Und ich arbeite nachts. Deshalb muss ich tagsüber unbedingt schlafen.»

Ich kann Hamish jetzt wohl kaum verleugnen, wo er doch gerade so überschwänglich das Türklingeln kommentiert hat. «Es tut mir wirklich schrecklich leid», sage ich, und das stimmt.

«Ich glaube nicht, dass Sie hier überhaupt Hunde halten dürfen. Ich habe eigentlich nichts dagegen, ich mag Tiere. Aber ich glaube nicht, dass die anderen Nachbarn das auf Dauer tolerieren werden. Er ist sehr laut.»

Ja, wem sagt sie das. «Bitte entschuldigen Sie vielmals. Ich werde versuchen, ihn ruhig zu halten. Wir haben die Wohnung hier nur vorübergehend gemietet», erkläre ich. «Wir sind hier weg, ehe Sie sich's versehen.»

«Danke», antwortet sie. «Ich bin sicher, dass Sie das Problem lösen werden.»

Ich schließe die Tür und lehne mich dagegen. Was kann ich nur tun? Hamish knebeln? Den Fernseher so laut stellen, dass nur noch lautstarke Baller-Serien aus der Wohnung dringen? Gleichzeitig beunruhigt es mich, dass Hamish offensichtlich so unglücklich ist, während wir tagsüber weg sind. Er muss sich wirklich einsam fühlen. Letztes Wochenende war er so außer sich vor Freude, Guy zu sehen. Und ich muss sagen, dass er da nicht der Einzige war.

Auch Milly Molly Mandy ist nicht mehr die Alte. Ich habe sie, seit wir hier sind, noch kein einziges Mal rausgelassen, aus Angst, sie könnte überfahren werden oder weglaufen und nie wieder zurückkommen. Sie wirkt lethargisch und scheint sich für ihre bescheidene Umgebung nicht zu interessieren. Mit ihren mörderischen Neigungen ist sie einfach nicht dafür geschaffen, eine reine Stubenkatze zu sein.

Am meisten aber machen mir die Kinder Sorgen. Sie haben sich noch immer nicht in ihrer neuen Schule eingelebt, auch wenn mir klar ist, dass es noch zu früh ist, um das wirklich zu beurteilen. Sie kommen mir jetzt schon kränklicher vor als in Yorkshire, wo ihre Wangen stets von der frischen Landluft gerötet waren.

Ich gehe zurück in die Küche.

«Du siehst aus, als wäre dir ein Gespenst begegnet», sagt Serena.

«Meine Nachbarin hat sich über Hamish beschwert», berichte ich meiner Schwester.

«Haben die nichts Besseres, worüber sie sich aufregen können?»

«Sie hat eigentlich recht», meine ich müde. «Wir dürfen hier keine Haustiere halten.»

Serena kommt und legt den Arm um mich. «Das wird sich alles regeln», sagt sie. «Ich verspreche es dir. Alles wird gut.»

Ich hoffe, dass sie recht hat. Aber irgendwie glaube ich nicht mehr daran.

## 104

Aller schlechten Dinge sind drei, scheint es. Um acht Uhr dreißig am nächsten Morgen, als ich gerade überlege, welches Fernsehprogramm Hamish wohl am ehesten ruhig halten wird, klingelt das Telefon, und es meldet sich das Sekretariat von Queensway, Toms und Jessicas Schule. Die Schulleiterin, wird mir mitgeteilt, möchte mich dringend sehen. Weitere Informationen kann man mir allerdings nicht geben.

Ich rufe sofort Lawrence' Assistentin an und erkläre ihr, dass ich heute etwas später komme. Da mein Chef ohnehin schon sauer auf mich ist, kommt es auf die paar Stunden jetzt auch nicht mehr an.

Ich treibe die Kinder an, und wir machen uns auf den Weg zur Schule. Während der Verkehr an uns vorbeidonnert, versuche ich, mit Jessica zu reden, aber ich kann keinen klaren Gedanken fassen, geschweige denn ein vernünftiges Gespräch darüber führen, ob sie ihre Hausaufgaben macht oder nicht.

An der Schultür verabschiede ich mich von den Kindern, wobei ich daran denke, Tom nicht zu küssen, und dann sage ich im Sekretariat Bescheid, dass ich da bin, um die Schulleiterin zu sprechen. Während ich warte, sehe ich, wie von den Wänden in der Eingangshalle die Farbe abblättert. Das ist mir bei meinem letzten Besuch hier gar nicht aufgefallen. Sehe ich London inzwischen mit anderen Augen, oder ist tatsächlich alles einfach schrecklich, schmutzig und deprimierend?

In ihrem abgenutzten und etwas schmuddeligen Büro bietet Mrs. Richards mir eine Tasse Tee an. Obwohl ich gerne eine hätte, lehne ich ab, denn ich habe keine Zeit, allzu lange zu bleiben. «Ich habe Sie gebeten zu kommen, Mrs. Ashurst», sagt sie, «weil ich mir Sorgen um Tom und Jessica mache.»

Da sind Sie nicht die Einzige, denke ich.

«Sie scheinen Probleme zu haben, sich hier einzuleben», fährt Mrs. Richards fort. «Gibt es einen Grund, warum sie so unglücklich sind?»

«Es war ein sehr traumatisches Jahr für sie», erkläre ich. «Wir haben unsere Wurzeln hier gekappt und sind aufs Land gezogen. Dann haben sie ihren Vater verloren, und jetzt sind wir wieder nach London zurückgekehrt, um in der Nähe meiner Familie zu leben. Ich musste wieder anfangen zu arbeiten, und das bringt immer Probleme mit sich, vor allem, wenn man alleinerziehend ist.»

«Hmm», macht Mrs. Richards mit vorgeschobenen Lippen. «Ich begreife, dass die beiden da eine Menge zu verarbeiten haben.»

«Ja», erwidere ich schwach, von Schuldgefühlen überwältigt.

«Und für Sie ist es auch nicht gerade leicht.» Sie lächelt mich gütig an, worauf ich mich gleich noch schlechter fühle. «Leider gibt es in der Schule jetzt noch ein weiteres Problem für Tom und Jessica», holt Mrs. Richards aus. «Sie werden von den anderen Schülern gemobbt.»

«Gemobbt?»

«Ich kann Ihnen versichern, Mrs. Ashurst, dass wir alles in unserer Macht Stehende tun, um dieses Problem klein zu halten, aber hin und wieder hebt es leider doch sein hässliches Haupt.»

Ich kann mich nicht erinnern, dass sie das bei unserem Aufnahmegespräch erwähnt hat, als sie die Vorzüge ihrer Schule gar nicht genug hervorheben konnte.

«Verstehen Sie, als neue Schüler, die mitten im Schuljahr gekommen sind, sind Tom und Jessica bevorzugte Opfer.»

«Die beiden haben nie etwas davon erzählt.»

«Sie sind reizende Kinder, Mrs. Ashurst», sagt Mrs. Richards.

Das weiß ich, und am liebsten würde ich jetzt weinen. Der Gedanke, dass irgend so ein aufgeblasener Wicht meine ohnehin schon verunsicherten Kinder schlecht behandelt, ist mir arg. Und ich bin unglücklich, dass sie nicht genug Vertrauen hatten, mir davon zu erzählen.

«Was kann ich tun?»

«Unterstützen Sie sie einfach. Wir versuchen, die Situation hier unter Kontrolle zu halten», versichert mir die Schulleiterin, «aber ich wollte, dass Sie wissen, dass die beiden es im Moment nicht besonders leicht haben. Wir tun alles, um ihnen zu helfen.»

«Danke», sage ich. «Vielen Dank, dass sie mich angerufen haben.» Warum verhalte ich mich so höflich, wo ich sie doch am liebsten anschreien würde, dass sie ihre verdammten Schüler gefälligst in den Griff bekommen soll? Am liebsten würde ich sofort in Toms und Jessicas Klassenzimmer rennen und sie da herauszerren.

«Wir bleiben in Kontakt», beendet sie das Gespräch und steht auf, um mir die Hand zu schütteln. Ein Schatten huscht über ihr Gesicht. «Sind Sie sicher, dass mit Ihnen alles in Ordnung ist, Mrs. Ashurst?»

«Es geht mir gut, danke.» Als ich ihr Büro verlasse, schaue ich auf die Uhr. Ich müsste praktisch fliegen. Schon jetzt bin ich eine Stunde zu spät, und ich weiß, dass ich heute Abend nicht länger bleiben kann, da weder Kati noch Serena babysitten können. Was der Wonderboy Lawrence Holmes wohl davon halten wird?

Wen schert's? Ich möchte Zeit mit meinen Kindern verbringen. Sie brauchen mich mehr als diese beschissene Fernsehgesellschaft. Da kann Lawrence Holmes sagen, was er will.

## 105

Ohne Rücksicht auf die Kosten winke ich ein Taxi heran und springe hinein. Ich lehne den Kopf ans Fenster, schließe die Augen und versuche zu verdauen, was Toms und Jessicas Schulleiterin mir soeben gesagt hat.

Zwanzig Minuten später trete ich durch die blitzenden Glastüren der BTC. Gerade als ich versuche, unbeobachtet zu meinem Schreibtisch zu huschen, tritt Lawrence Holmes aus seinem Büro und stellt sich mir in den Weg.

«Würden Sie mir vielleicht fünf Minuten Zeit für ein

Gespräch opfern?», fragt er. Sein Sarkasmus entgeht mir nicht.

«Natürlich, Lawrence.»

Er führt mich in sein prachtvolles Büro. Es ist genau wie das, das ich einmal hatte.

«Setzen», sagt er. Er redet so mit mir wie ich mit Hamish.

Ich tue wie befohlen. Lawrence schreitet vor mir auf und ab, die Stirn erneut in alarmierende Falten geworfen. Ich habe noch nie einen Menschen getroffen, dem so viele verschieden Arten des Stirnrunzelns zur Verfügung stehen. Viele dieser Varianten kenne ich schon jetzt nur allzu gut.

«Ich muss Ihnen leider mitteilen, Amy, dass wir Ihre Probezeit nicht fortsetzen können.»

Probezeit? Ich wusste gar nicht, dass ich eine hatte.

Er verschränkt die Arme vor der Brust und sieht mich finster an. «Falls Sie Ihren Schreibtisch bitte räumen würden? Sie können dann jetzt gehen.»

Ich verschränke ebenfalls die Arme vor der Brust. «Liegt es daran, dass einer unserer Kunden meinen Hintern betatscht hat und ich mich dagegen gewehrt habe?»

«Ich glaube nicht, dass wir dieses Thema jetzt weiter vertiefen sollten. Wir haben erhebliche Bedenken, was Ihre Teamfähigkeit angeht, und hier in der British Television Company ist das für uns ein wesentliches Kriterium.»

Von wegen Teamfähigkeit! Was Sie brauchen, sind hirnlose Sklaven ohne Privatleben, denke ich, sage aber nichts. Es ist sinnlos, mit jemandem wie Lawrence zu diskutieren, und ehrlich gesagt habe auch ich erhebliche Bedenken, was die BTC angeht. Ich habe hier nicht ganz das Zuhause gefunden, das ich mir vorgestellt habe, und war von Tag eins an nicht mit dem Herzen bei der Sache. Allerdings denke ich nicht, dass ich meine Arbeit so schlecht gemacht habe, dass es einen Rausschmiss rechtfertigt. Wenn Lawrence auch nur ein Minimum an Mitgefühl hätte, würde er meine Probleme verstehen. Aber das tut er nicht. Der Mann hat dort, wo seine Seele sein sollte, einen Taschenrechner sitzen, und alles, was er kennt, sind Zielvorgaben, Quoten und Verkäufe. Das hier ist nichts für mich. Ich möchte anständige Sendungen mit anständigen Menschen produzieren. In meiner Zeit war ich eine verdammt gute Produktionsleiterin, und ich habe etwas Besseres verdient.

Doch gegenüber Lawrence fehlen mir die Argumente. Ich bin zu erschöpft und zu niedergeschmettert, um mich verteidigen zu können.

Ich hebe die Hände und gehe rückwärts aus der Tür. «Danke», sage ich. «Danke für nichts.»

Aller schlechten Dinge sind anscheinend mehr als drei. Bevor ich mich recht versehe, stehe ich benommen auf der Straße. Es ist noch nicht einmal zehn Uhr, und doch habe ich heute schon erfahren, dass meine wunderbaren Kinder in der Schule gemobbt werden und dass ich meinen Job los bin.

Vollkommen umnebelt steige ich in die U-Bahn und fahre nach Hause. Ich halte mich an der Stange fest, schwanke im Takt des Zugs und überlasse mich meinem Unglück. Ich bin hierher zurückgekehrt, um mein altes Leben wieder aufzunehmen, doch plötzlich fliegt mir alles um die Ohren.

Ohne zu merken, was ich da eigentlich tue, steige ich aus und laufe zu meinem alten Haus in Notting Hill. Plötzlich bleibe ich stehen. Das hatte ich doch gar nicht vor. Ich hatte es einfach automatisch getan, bevor mir wieder eingefallen ist, dass ich gar nicht mehr hier wohne. Seit wir wieder in London sind, habe ich es nach Kräften vermieden, hier vorbeizukommen. Sogar Umwege bin ich gegangen, um nur ja diesen Ort nicht wiederzusehen.

Es ist heute zur Abwechslung einmal trocken, aber auf der Straße ist es windig, und ich ziehe den Mantel enger, während mir der aufgewirbelte Staub in den Augen beißt. Als ich jetzt vor dem Haus stehe, das mich viele glückliche Jahre lang beherbergt hat, fühle ich mich vollkommen fremd. Die Hände in die wärmenden Taschen gesteckt, starre ich es an, als würde ich hier nicht jede Ecke und jeden Winkel, jede Ritze und jede Fuge kennen. Ich weiß, dass die Tür des Abstellraums verzogen ist, dass es im Arbeitszimmer zieht, wenn man am Schreibtisch sitzt, und dass das Thermostat des Heizgeräts im Bad ersetzt werden muss.

Sie haben nicht viel an dem Haus verändert, die neuen Besitzer. Nur zwei edle schwarze Blumentöpfe mit windzerzausten Lorbeerbäumchen stehen neben der Haustür, aber davon abgesehen sieht alles noch so aus wie früher. Trotzdem weiß ich, dass die Zimmer jetzt nicht mehr wiederzuerkennen wären. Alles wird anders sein, die Möbel, die Bücher, das Essbesteck, die Bettdecken, selbst im Kühlschrank werden andere Lebensmittel stehen. All die kleinen Dinge, die uns als Familie ausgemacht haben, sind verschwunden. Ob das Haus, wenn es mich ebenfalls anschauen könnte, wohl dasselbe von mir denken würde? Dass ich eigentlich ganz so wie früher aussehe und sich in mir drin dafür umso mehr verändert hat und nichts Vertrautes mehr übrig ist?

Ich würde so gerne in das Haus hineingehen und versuchen, die Vergangenheit noch einmal zu fassen zu bekommen. Aber niemand kommt, um mir die Tür zu öffnen. Und das macht mir auf einmal schlagartig bewusst, dass dieser geliebte Teil meines Lebens vorüber ist. Er gehört der Vergangenheit an. Und zwar für immer.

Ich habe so angestrengt versucht, unser altes Leben wiederzufinden, und dabei gar nicht gemerkt, dass das schlichtweg unmöglich ist – selbst wenn alles sich perfekt entwickelt hätte. Selbst wenn ich mein Haus und meine geliebte Stelle beim *Sportquiz* zurückbekommen hätte, selbst wenn ich den Kindern wieder einen Platz an der Weston Academy hätte verschaffen können – all das hätte mir William nicht zurückgebracht. Ich hatte gedacht, dass ich in meinem alten Leben, dem Leben, das mir einmal so viel Sicherheit gegeben hat, besser damit zurechtkommen würde, allein zu sein. Aber das war ein schrecklicher Irrtum. Es wird nie wieder so sein wie früher. Ein guter Job und eine noble Wohnung werden mir meinen Mann nicht zurückbringen und den Kindern ihren geliebten Vater nicht. Die ganze Zeit habe ich geglaubt, nach vorne zu blicken, dabei war all mein Streben in Wirklichkeit rückwärts gewandt.

Meine Augen füllen sich mit Tränen, und ich merke, dass hier von Will überhaupt nichts zurückgeblieben ist. Er ist nicht mehr in London. Nicht in den Restaurants, in die wir so gerne gingen, und nicht an den anderen Orten, die wir so liebten. Mein Mann ist jetzt in Helmshill. Dort ist sein Grab. Und dort ist sein Herz. Nur ich bin nicht dort. Und das wird mir auf einmal schmerzhaft bewusst.

Ich spüre den Ehering an meinem Finger und nehme die Hand aus der Tasche, um ihn anzuschauen. Dieses glänzende, goldene Schmuckstück hat sich immer wie ein Teil meiner selbst angefühlt; jetzt komme ich mir wie eine Betrügerin vor, weil ich es trage. Ich streife mir den Ring vom Finger und lasse ihn in die Tiefen meiner Manteltasche fallen. Ich bin keine verheiratete Frau mehr. Ich bin eine Witwe und eine alleinerziehende Mutter. An meiner Seite ist niemand. Ich bin allein.

**106** Als ich das Mietshaus am Lancaster Court betrete, kommt gerade der Wohnungsmakler aus der Eingangstür. Wir brauchen beide einen Moment, um uns wiederzuerkennen. Doch dann wird er plötzlich glühend rot.

«Guten Tag», sage ich, unfähig, die Überraschung in meiner Stimme zu verbergen.

«Ich bin mit einem Räumungsbefehl hier», antwortet er knapp. Dann bemerke ich den dicken, braunen Umschlag in seiner Hand. «Vom Vermieter. Ihre Nachbarn haben sich bei uns beschwert. Der Hund muss bis zum Wochenende verschwunden sein, oder Sie sind hier raus.»

«Ach.» Mein armer Hund. Ich seufze und nehme den Umschlag entgegen. «Hamish ist kein Haustier. Er ist ein Mitglied der Familie.»

Den Makler scheint das nicht weiter zu beeindrucken.

«Sollten Sie beschließen, gleich mit dem Hund zu gehen, verlieren Sie Ihre Kaution», erklärt der Makler.

«Aha.» Das ist verdammt viel Geld.

«Tut mir leid», sagt er, ohne einen besonders betroffenen Eindruck zu machen.

«Mir auch.»

Dann eilt er davon, schlägt die Tür hinter sich zu und lässt mich mit der Frage zurück, ob es mir *wirklich* leidtut.

Mit hängenden Schultern schließe ich die Wohnungstür auf. Im Wohnzimmer liegen Hamish und Mils Seite an Seite auf dem Sofa und schauen eine Talkshow. Als ich hereinkomme, blicken beide auf, und Hamish rutscht vom Sofa und springt an meinen Beinen hoch.

«Ich denke darüber nach, euch beide an ein Laboratorium zu verkaufen, das scheußliche Tierversuche durchführt», erkläre ich den Tieren, aber sie wirken nicht gerade entsetzt. Vielleicht wissen sie, dass ich nur bluffe. «Andernfalls haben wir keine Wohnung mehr. Oder habt ihr vielleicht eine bessere Idee?»

Milly Molly Mandy gähnt und kehrt ihre Aufmerksamkeit wieder einer Lesbe zu, die sich aus mir unbekannten Gründen auf dem Bildschirm mit ihrem Exmann streitet.

«Ich brauche jetzt eine gute Tasse Tee», erkläre ich Hamish und ziehe meinen Mantel aus. «Du wirst mir nicht glauben, was für einen Vormittag ich hinter mir habe. Die reinste Hölle.»

Doch noch bevor ich beim Teekessel angekommen bin, läutet mein Handy. Na, so was, es ist Wayne, der Immobilienmakler aus Yorkshire. Wenn das mal nicht zur Abwechslung eine gute Nachricht ist.

«Mrs. Ashurst», begrüßt er mich. «Ich habe eine sehr schlechte Nachricht für Sie.»

Ich kann mich nur mit Müh und Not zusammenreißen, um nicht hysterisch ins Telefon zu lachen.

«Die Gerner-Bernards haben beschlossen, Helmshill Grange nun doch nicht zu kaufen.»

Mein drohender Lachanfall bleibt mir im Hals stecken, und stattdessen schnappe ich nach Luft. «Die können doch jetzt keinen Rückzieher machen. Nicht zu diesem späten Zeitpunkt.»

«Sie bedauern diese Entscheidung wirklich aufrichtig», sagt Wayne, und ich frage mich, auf wessen Seite er eigentlich steht.

«Geben Sie mir die Telefonnummer der beiden», fordere ich. «Ich möchte sie anrufen.»

«Das geht leider nicht.»

«Ich möchte ihnen aber klarmachen, was sie da eigentlich tun.»

«Ich habe alles versucht, um sie umzustimmen, Mrs. Ashurst, aber sie ändern ihre Meinung nicht mehr.»

«Was kann ich tun?»

«Wir setzen eine neue Anzeige auf», schlägt er vor. «Sofort. Vielleicht könnten Sie ja erwägen, mit dem Preis herunterzugehen?»

«Ich muss darüber nachdenken», antworte ich dem guten Wayne. «Erst mal muss ich die schlechten Nachrichten verdauen.»

Doch als ich auflege, weiß ich genau, was ich zu tun habe. Ich muss nach Yorkshire fahren und herausfinden, was da eigentlich los ist.

Ich vergesse meinen Tee, gehe stattdessen ins Schlafzimmer und hole eine Reisetasche aus dem Schrank. Rasch werfe ich ein paar Sachen für mich hinein, gehe dann in die Zimmer der Kinder und packe für sie das Wichtigste zusammen. Dann schlüpfe ich wieder in meinen Mantel. «Los, ihr beiden», sage ich zu Hamish und Milly Molly Mandy. «Ihr kommt auch mit.»

Mils versucht die Flucht zu ergreifen, als sie ihren Reisekäfig erblickt, aber ich packe sie, küsse sie auf die Nase und schiebe sie hinein, solange sie noch perplex genug ist von meinem unerwarteten Anfall von Zuneigung. Ich nehme Hamish an die Leine, und mein Hund, der sich über das Abenteuer freut, bellt sofort wie wild los und hüpft herum, obwohl er ja genau das nicht tun soll. Dann schlage ich die Tür hinter mir zu und haste die Straße entlang, so schnell wie meine Beine mich tragen. Der Landrover steht um die Ecke, und ich belade ihn mit unseren Sachen. Kurz darauf halte ich vor der Schule der Kinder.

«Kau hier ja nichts an», sage ich zu Hamish, bevor ich aussteige.

Die Empfangssekretärin blickt auf, als ich in die Schule stürme. «Ich möchte Tom und Jessica abholen. Es ist ein familiärer Notfall eingetreten.»

Ohne weiter nachzufragen marschiert sie los, und nachdem ich fünf Minuten ungeduldig mit dem Fuß auf den Boden geklopft habe, tauchen meine Kinder auf.

Sie haben ihre Mäntel dabei und schauen mich besorgt an.

«Warum sollen wir aus der Klasse kommen, Mummy?», möchte Tom wissen.

«Gehen wir zum Zahnarzt?» Jessica blickt missmutig zu Boden.

«Mummy hat da ein paar Dinge, die sie klären muss. Wir fahren nach Yorkshire», antworte ich ihnen. «Zurück nach Helmshill Grange.»

«Hurra!», rufen beide und rennen zum Wagen hinaus.

Und trotz der Tatsache, dass ich in Problemen versinke, ist mein Herz auf einmal leicht. Leichter als seit Wochen. Und so nehme ich meine Beine in die Hand und eile hinter ihnen her.

# 107

«Was halten Sie davon, wenn ich mal wieder eine meiner Freundinnen frage, ob sie mit Ihnen ausgehen möchte?», schlug Cheryl vor.

«Nicht nötig», wehrte Guy ab. «Das hatten wir doch alles schon, und es war die absolute Katastrophe.»

«Aber dann würden Sie vielleicht aufhören, Trübsal zu blasen wie ein liebeskranker Teenager.»

«Ich blase kein Trübsal.» Aber er musste zugeben, dass er sich ziemlich genauso fühlte wie ein liebeskranker Teenager.

«Sie sind einfach zu anspruchsvoll», schnaufte Cheryl.

«Das stimmt», pflichtete Guy ihr bei. «Und zufällig habe ich ganz auf eigene Faust jemanden gefunden, der diesen Ansprüchen genügt.»

Cheryl stieß noch ein verächtliches Schnauben aus. «Ich will Ihnen ja nicht den Spaß verderben», sagte sie, «aber die nette Mrs. Ashurst wohnt leider am anderen Ende des Landes.»

«Das ist ein Problem, an dem ich arbeite», erklärte er.

«Kommen Sie bloß nicht auf die Idee, hier wegzuziehen und in den Süden zu gehen.»

«Nein», sagte Guy aufrichtig. «Das ist nicht der Masterplan.»

«Freut mich zu hören.»

Er seufzte. Er konnte nur hoffen, dass Amy sich auch über das freuen würde, was er vorhatte. «Und jetzt lassen Sie uns an die Arbeit gehen. Was steht heute im Terminkalender?»

Cheryl leierte die Liste der Patienten herunter. «Wir haben zwei Katzen, die kastriert werden sollen, einen Wellensittich mit einer Wucherung am Schnabel und einen Hund mit Durchfall. Oh, und den Hund von Mrs. Harris. Megan hat vor ein paar Wochen ihre Welpen bekommen.»

Guy blieb wie angewurzelt stehen. «Warum hat mir niemand davon erzählt?»

«Warum sollte Sie das interessieren?» Cheryl sah ihn – zu Recht – verdutzt an. Jeden Tag bekamen Haustiere, die von ihnen betreut wurden, Junge, und Guy wollte nie extra darüber unterrichtet werden. Woher sollte Cheryl wissen, dass es diesmal anders war?

«Stephen hat sie sich angesehen. Hat sie geimpft und alles. Jetzt will Mrs. Harris sie noch einmal durchchecken lassen. Ist das ein Problem?»

«Nein, nein.» Er schluckte schuldbewusst. Diese Konsultation konnte er Mrs. Harris unmöglich in Rechnung stellen. Er war sie ihr schuldig für das, was Hamish ihrer armen Hündin angetan hatte.

«Sie sind ganz blass geworden.» Aus Gründen, von denen Cheryl nichts ahnte, fühlte er sich mehr als ein wenig verantwortlich für Megans Welpen.

«Keine Sorge, mir geht's gut. Wirklich bestens.»

«Ich habe Mrs. Harris dazwischengeschoben», fuhr Cheryl nichtsahnend fort. «Sie müsste jeden Augenblick hier sein.» Wie aufs Stichwort fuhr draußen ein glänzender neuer Vauxhall Corsa vor. «Oh, da ist sie schon.»

Er beobachtete, wie Mrs. Harris aus dem Wagen stieg, die Heckklappe öffnete und mühsam versuchte, einen Pappkarton herauszuwuchten.

«Stehen Sie nicht so dumm herum», schimpfte Cheryl. «Gehen Sie raus und helfen Sie ihr!»

Guy schoss zur Tür hinaus auf den Parkplatz. «Kommen Sie», sagte er zu Mrs. Harris. «Ich mache das für Sie.»

«Oh, haben Sie vielen Dank, Mr. Burton», lächelte sie. «Sie sind zwar erst ein paar Wochen alt, aber sie wiegen bestimmt schon eine Tonne.»

Guy nahm ihr den Karton aus den Händen und starrte hinein. Fast hätte er ihn zu Boden fallen lassen. Es konnte kein Zweifel daran bestehen, wer der Vater dieser Welpen war. Sechs Miniaturausführungen von Hamish starrten ihn an und fiepten.

«Ganz schöne Nervensägen sind das», seufzte die ältere Dame. «Das kann ich Ihnen sagen.»

Guy konnte es sich nur allzu lebhaft vorstellen.

«Sie halten mich ziemlich auf Trab.»

Nach dem Vater zu urteilen, würde das mit der Zeit noch schlimmer werden. Was für eine Schande, dass sie nicht wenigstens die Persönlichkeit ihrer friedfertigen Mutter geerbt hatten.

Die kleinen schimmernd schwarzen und gelbbraunen Fellbündel kletterten übereinander und versuchten ihr Möglichstes, aus dem engen Karton zu fliehen. Auf einer Sind-die-aber-süß!-Skala von eins bis zehn lagen sie mindestens bei elf. Eines der kleinen Hündchen leckte Guy mit seiner weichen, kitzligen Zunge über den Finger. Er spürte, wie sein Herz dahinschmolz.

«Gott sei Dank habe ich für vier von ihnen schon Angebote. Bald bin ich sie los.»

Guy hob den Welpen hoch, der ihm prompt übers Kinn leckte. Es war ein Männchen, der Größte des Wurfs.

«Das ist der Lebhafteste, Mr. Burton. Wir haben ihm den Spitznamen Trouble gegeben. Ich glaube, er wächst mal zu einem schönen Hund heran.»

Er traute seinen eigenen Ohren nicht, als er hörte, was er da sagte: «Mrs. Harris, ist der schon vergeben?»

## 108

Ich brauche fünf Stunden für die Fahrt nach Scarsby. Die Kinder waren auf dem ganzen Weg die reinsten Engel. Selbst Hamish und Milly Molly Mandy haben keinerlei Probleme gemacht. Es ist, als wüssten sie Bescheid.

Jetzt haben wir die letzte Etappe erreicht und nähern uns dem Ziel. Ich lenke den Landrover über die steilen Hänge. Mit jeder Kurve werden die Straßen schmaler. Die Moore vor mir sind winterlich kahl, und über viele Meilen hinweg sehe ich nichts außer die niedrigen, geschwungenen Trockensteinmauern und hin und wieder ein einsames Farmhaus. Ein Falke schwebt geduldig am Himmel über mir und wartet darauf, dass sein Lunch auftaucht. Ich stelle das Radio aus und höre jetzt nur noch das klagende Pfeifen des Fahrtwindes.

«Wir sind fast da.»

«Juhu!», schreien Tom und Jessica im Chor. Hamish wacht auf und bellt.

Bevor ich zum Haus hinausfahre, halte ich mit quietschenden Reifen vor dem Büro des Immobilienmaklers. «Wartet hier», sage ich zu den Kindern. «Es dauert nicht lang. Passt auf, dass der Hund nichts ankaut.»

Wayne, der junge Immobilienmakler, blickt schockiert auf, als ich so energisch zur Tür hineinstürme, dass sie wackelt. So viel Aufregung hat Scarsby bestimmt schon seit Monaten nicht mehr erlebt.

«Mrs. Ashurst.» Sein Pickelgesicht erbleicht, als hätte er ein Gespenst gesehen. «Ich wollte Sie gerade a…a… anrufen», stottert er, bevor ich etwas sagen kann. «Ehrlich.»

«Was zum Teufel ist hier los?», fahre ich ihn an. «Wie konnte Ihnen dieser Verkauf durch die Lappen gehen? Haben Sie auch nur annähernd eine Ahnung davon, wie wichtig das für mich war?»

Wayne hebt abwehrend die Hände. «Ich habe gute Nachrichten», verkündet er. «Es sieht so aus, als hätten wir einen neuen Käufer.»

Bei diesen Worten bleibe ich abrupt stehen. Jetzt ist es an

mir, überrumpelt zu sein. «Oh. So schnell?» Ist das nicht die Nachricht, die ich hören wollte? Warum hämmert dann nur mein Herz auf einmal so panisch?

Der Immobilienmakler gewinnt die Fassung zurück. Er schiebt Unterlagen auf dem Schreibtisch herum und versucht so auszusehen, als wüsste er, was er tut.

«Der Interessent ist gerade zum Haus gefahren. Sie haben ihn nur um ein paar Minuten verfehlt.»

«Ich fahre ihm gleich hinterher», sage ich entschlossen. «Ich zeige ihm das Haus.» Auch, wenn das eigentlich *Ihre* Aufgabe wäre, denke ich. Anscheinend bin ich keinen Augenblick zu früh zurückgekommen. «Nennen Sie mir bitte seinen Namen.»

Der Makler wechselt schon wieder die Farbe. Dieser Mann sollte sich besser nie im Pokerspiel versuchen. «Leider steht es mir nicht frei, das zu tun.»

«Warum denn nicht? Wenn jemand mein Haus kaufen möchte, werde ich doch wohl verdammt nochmal wissen dürfen, um wen es sich handelt.»

«Er wollte vorläufig noch anonym bleiben.»

«Ist dieser Mann wirklich interessiert, oder ist es nur reine Zeitverschwendung?»

Der Makler zuckt die Schultern. «Es schien ihm durchaus ernst zu sein.»

Ob es wohl einer dieser Seifenopernstars aus der Stadt ist? Die kaufen doch laufend Häuser auf dem Land. Andererseits ist es mir ehrlich gesagt scheißegal, wer das Haus kauft, solange es nur schnell geht. Nein, das stimmt eigentlich nicht. Es liegt mir sehr am Herzen, wer in Helmshill Grange wohnt – wider alle Vernunft.

«Rufen Sie ihn an», fordere ich den Makler auf und hebe dabei drohend den Finger. «Sagen Sie ihm, dass ich unterwegs bin. Er soll nicht weggehen, ohne mit mir gesprochen zu haben.»

«Das mache ich sofort, Mrs. Ashurst.»

Ich kann Helmshill Grange optimal präsentieren. Wollen wir doch mal sehen, ob ich das Haus innerhalb der nächsten Stunde verkauft bekomme oder nicht.

## 109

«Na, wie finden Sie den?», fragte Guy und reichte Alan den Welpen. Das wuselige Hündchen fing sofort an, Alans Gesicht abzuschlecken und pieselte vor Aufregung in hohem Bogen auf den Boden. Nachdem ihn Alan aufmerksam gemustert hatte, sagte er: «Sieht genauso aus wie Hamish.»

«Ja», meinte Guy. «Es ist ja auch sein Sohn. Aber ich möchte nicht, dass sich das herumspricht, sonst hängt man uns noch eine Vaterschaftsklage an.»

Der kleine Hund wand sich in Alans Armen. «Netter kleiner Köter.»

«Er heißt Trouble.» Die beiden Männer tauschten einen wissenden Blick.

«Ich kann nicht glauben, dass ich ihn genommen habe», gestand Guy. «Ich muss verrückt sein.»

Alan widersprach ihm nicht.

«Ich hoffe, Sie helfen mir ein bisschen mit ihm.»

Auch hier widersprach Alan nicht, und dieses Mal nahm Guy das als ein gutes Zeichen.

«Könnten Sie sich vorstellen, permanent in Helmshill Grange zu bleiben?», fragte Guy Alan.

Der Hauch eines Lächelns umspielte die Lippen des alten Mannes. «Sicher, Doktor.»

«Sie arbeiten doch gern hier, oder?»

Alan nickte, bevor er ausführlicher darauf antwortete: «Jep.»

Der Hof war für Alan zu einem zweiten Zuhause geworden, und er machte dauernd Überstunden. An manchen Tagen schien er gar nicht nach Hause gehen zu wollen. Alan redete nicht viel, doch es war deutlich, dass Helmshill Grange und die Tiere ihm ans Herz gewachsen waren. Es kostete Guy ein kleines Vermögen, das Anwesen am Laufen zu halten, doch es war die Sache wert. Er hoffte nur, dass Amy das auch so sah.

Guy sah sich auf dem tadellosen Hof um. In seinem Pferch schnüffelte Pork Chop herum, daneben die beiden Ziegen Stephanie und Blob. Auf der Koppel kauten Daphne, Doris und Delilah glücklich an dem spärlichen Wintergras, während Stuart Little, das Lamm, auf der Weide fröhliche Luftsprünge machte und mit jedem Tag kräftiger wurde.

Guy lehnte sich an den Zaun und atmete die kalte, klare Luft ein. Jeder Mann wäre glücklich, Helmshill Grange sein Zuhause nennen zu können. Das Haus lag wunderschön am Fuße der stimmungsvollen Moorlandschaft. Wie hatten sich die Gerner-Bernards nur gegen den Kauf eines solchen Anwesens entscheiden können? Guy lächelte in sich hinein.

«Eine Schande, dass die Städter jetzt doch nicht herziehen, was?», sagte er zu Alan.

«Schätze, da hatten Sie Ihre Finger im Spiel, Doktor.» Alan tippte sich wissend an die Nase.

«Mrs. Ashurst darf niemals Wind davon bekommen, Alan, sonst bin ich geliefert.»

«Ihr Geheimnis ist bei mir gut aufgehoben.»

«Wenigstens die Tiere haben eine Gnadenfrist bekommen.»

«Jep.» Der Welpe war in Alans Armen eingeschlafen. Der ältere Mann trug ihn zu Guys Auto und legte ihn behutsam auf den Beifahrersitz.

«Ich muss Amy später gleich einmal anrufen», sagte Guy gedankenverloren. «Sehen, wie die Dinge in London laufen.»

In diesem Augenblick hörten sie das vertraute Rattern eines Landrovers, und Sekunden später bog Amy mit dem Wagen in die Einfahrt. Guys Herz machte einen Satz. Amy hatte ihm nicht erzählt, dass sie zu Besuch kommen wollte. War sie etwa zu dem Schluss gekommen, dass sie es keine Sekunde länger mehr ohne ihn aushielt? Guy hoffte es. Er wollte zu ihr laufen, sie in die Arme nehmen und leidenschaftlich küssen. Na ja, er durfte ja wohl wenigstens noch träumen.

Dann überlegte er, wie sie die Nachricht aufnehmen würde, die er ihr gleich überbrachte. Und so blieb er, wo er war, und trat nervös von einem Fuß auf den anderen.

## 110

Als wir kurz vor Helmshill um die letzte Kurve biegen, sitzt mir ein Klumpen in der Kehle, und ich würde am liebsten in Tränen ausbrechen. So sonderbar es auch klingen mag, aber es fühlt sich wie eine Heimkehr an. Ich erinnere mich an unsere erste Ankunft hier und wie ich dachte, dass Will den Verstand verloren haben musste, uns an einen solchen Ort zu bringen. Aber nach ein paar Wochen zurück in London habe ich den Eindruck, dass ich es war, die den Verstand verloren hatte, als ich von hier wegwollte.

«Wir sind daheim!», ruft meine Tochter, und ich bin vollkommen ihrer Meinung. Hamish pinkelt vor Aufregung in den Fußraum, aber nicht einmal das kann meine Laune trüben.

Als ich in die Zufahrt einbiege, wird meine Stimmung sogar gleich noch besser, denn ich sehe, dass Guys Range Rover dort parkt. Nun drohen sich meine Tränenschleusen vollständig zu öffnen, und ich glaube nicht, dass ich jemals so schnell geparkt und das Auto verlassen habe.

Gleichgültig darüber, was die Leute denken mögen, stürze ich mich in Guys Arme und vergrabe mein Gesicht in seinem Hals. Es ist ein tolles Gefühl, ihn zu sehen. Ich habe ihn diese Woche schrecklich vermisst, aber mir war nicht klar gewesen, wie sehr.

Hamish flippt völlig aus. Wild bellend torkelt er gegen Guy, dann erblickt er Alan, rast mit fliegenden Ohren übers Pflaster und wirft sich mit einem Riesensatz auf seinen Helden.

«Ruhig, Junge», sagt Alan, als er Hamish mitten im Sprung abfängt, und ich habe keine Ahnung, wie er es schafft, nicht von ihm zu Boden gerissen zu werden.

Ich löse mich aus Guys Umarmung, und er geht zu Tom und Jessica und drückt sie an sich. Ich sehe, wie fest meine Tochter sich an ihn klammert.

«Ich wusste gar nicht, dass ihr kommen wolltet», sagt Guy über die Schulter.

«Ich auch nicht.» Alles, was ich weiß, ist, dass ich jetzt eine Tasse Tee brauche. Ich bin schrecklich erschöpft nach der Fahrt und allem, was heute passiert ist. «Der Immobilienmakler hat mich heute Vormittag angerufen und mir gesagt, dass der Hausverkauf geplatzt ist. Auf dem Weg hierher habe ich bei ihm haltgemacht, und da hat er mir mitgeteilt, dass es einen neuen Kaufinteressenten gibt.» Ich schaue auf die Uhr. «Laut Wayne müsste er jetzt eigentlich hier sein.»

«Hmm», macht Guy.

«Wie lange bist du schon da?»

«Eine halbe Stunde oder so. Ich habe Alan einen kleinen Besucher mitgebracht. Anscheinend gerade zur rechten Zeit.» Guy geht zu seinem Wagen und öffnet die Tür. Dort auf dem Sitz liegt der niedlichste Welpe, den ich je gesehen habe. Den Kindern steht vor Staunen der Mund offen.

Guy hebt ihn hoch, und der Welpe öffnet verschlafen die Augen.

«Mein Gott.» Meine Hand fährt zum Mund. «Das ist ja ein Mini-Hamish.»

«Ja», stimmt Guy zu.

«Wie ist denn das passiert?»

«Auf die übliche Art und Weise», erklärt er, geht aber nicht näher darauf ein. Ich bin mir sicher, es gibt eine Geschichte dazu, die ich später einmal erfahren werde.

Der Welpe gähnt und beginnt herumzuzappeln. «Das ist Trouble», verkündet Guy.

«Er gehört dir?»

«Als Strafe für meine Sünden.»

«Hast du denn aus Hamishs Streichen nichts gelernt?»

Guy schüttelt den Kopf. «Offensichtlich nicht.»

«Ich finde ihn toll», sagt Jessica, als Guy ihn ihr in den Arm drückt. «Er ist total süß.»

Er ist wirklich süß, da muss ich ihr recht geben. Aber ich weiß genau, wie er einmal wird, wenn er groß ist.

«Tja», sage ich, «dann ist der Interessent für das Haus offenbar doch nicht aufgetaucht.»

«Äh …», macht Guy und weicht meinem Blick aus. Ich sehe ihn fragend an. «Dieser Interessent, das wäre ich.»

*«Du!»* Das begreife ich nicht. Kein Wunder, dass der Immobilienmakler den Mund gehalten hat. «Du möchtest Helmshill Grange kaufen? Aber warum denn?»

«Schau es dir doch an», sagt er und weist mit einer ausladenden Geste auf das Anwesen. «Ich hätte es nicht ertragen, wenn das Haus an jemand anderen gegangen wäre. Schon gar nicht an ein paar überkandidelte Londoner mit überkandidelten Brillen.»

Ich lache laut heraus. «Aber das ist doch kein Grund, um ein Haus zu kaufen!»

«Was wäre denn mit den Tieren geschehen?» Er senkt die Stimme. «Und mit Alan? Das hier ist jetzt auch sein Leben.»

Ich weiß, dass Alan Steadman sehr viel Zeit und Energie in dieses Haus hier gesteckt hat, mehr, als man je von ihm hätte verlangen können. Ob die neuen Besitzer das zu schätzen gewusst hätten?

Guy tritt zu mir und legt mir die Hände auf die Arme. «Ich weiß, dass du das jetzt vielleicht nicht hören willst, aber ich glaube, dass wir gut zusammenpassen würden. Wenn wir uns nur etwas Zeit geben.» Er seufzt. «So, jetzt ist es raus. Ich weiß, dass du deinen Mann noch immer liebst und dass sich das niemals ändern wird, aber ich denke, dass du in deinem Herzen auch noch einen kleinen Platz für mich finden könntest. Wir könnten eine Chance haben, Amy, wenn du nur bereit wärst, uns eine zu geben. Findest du nicht, dass wir das verdient haben?»

«Doch», gebe ich schließlich zu – vor Guy und vor mir selbst. «Das finde ich auch.»

«Ich möchte das Haus kaufen, damit du darin wohnen kannst», sagt er. «Komm aus London zurück. Es war furchtbar, euch dort in dieser schrecklichen Wohnung eingesperrt zu sehen.»

«So schlimm ist die Wohnung doch gar nicht», wehre ich ab. Dann fällt mir ein, dass sie es sehr wohl ist.

«Komm zurück», fleht er mich an.

«Wie soll das gehen? Ich habe heute Morgen meine Stelle verloren, Guy. Ich habe kein Einkommen. Wir werden bald aus ‹dieser schrecklichen Wohnung› rausgeschmissen, weil die Nachbarn sich über Hamishs Gebell beschwert haben, und die Kinder werden in ihrer neuen Schule gemobbt. Glaubst du nicht, dass ich sofort wieder zurückkommen würde, wenn es nur irgend möglich wäre?» Ich muss mich nur umschauen, um zu begreifen, dass es ein schrecklicher Fehler war, nach London zurückzugehen.

«Du bekommst doch das Geld aus dem Hausverkauf», macht Guy eilig weiter. «Dann kannst du das Haus von mir zurückmieten. Denk doch mal nach, Amy, du kannst das Haus umsonst kriegen.»

«Das kann ich nicht machen.»

«Genau deswegen schlage ich ja vor, dass du es mietest. Zu einem fairen Preis, denn dir ist ja wohl hoffentlich klar, dass ich nicht an dir verdienen möchte. Ich habe so viel Geld, dass ich gar nicht weiß, was ich damit anfangen soll. Die Praxis läuft gut, und meine Ausgaben sind niedrig. Was soll ich denn sonst mit dem Geld machen? Bitte», fleht er, «lass zu, dass ich euch helfe.»

Ich spüre, wie ich schwach werde. Kann ich denn wirklich einfach so hierher zurückzukehren?

«Um die Einzelheiten kümmern wir uns später. Sag einfach nur, dass du zurückkommst.»

«Und wie soll ich meinen Lebensunterhalt verdienen?» Das war doch die ganze Zeit das Problem. Ich habe keine Fähigkeiten, die ich der Gemeinschaft hier anbieten könnte. Ich bin Fernsehproduzentin, und auf dem Land haben weder Mensch noch Tier für so was Verwendung.

«Wir überlegen uns was. Das verspreche ich dir.»

Mir schwirrt der Kopf, und ich kann nicht klar denken. Ich kann kaum glauben, dass Guy das alles hier ausgeheckt hat. Und ich begreife, dass er uns wirklich liebt. Uns alle. Mich, die Kinder, Hamish, Milly Molly Mandy, Doris, Daphne, Delila, Stuart Little, Stephanie, Blob, Fluffy, die Hühner und Pork Chop. Und auch Alan. Ich glaube nicht, dass ich jemanden ausgelassen habe. Es ist überwältigend.

«Puh», sage ich und massiere mir die Schläfen. «Ich kann das noch gar nicht ganz begreifen. Ich brauche Zeit, um darüber nachzudenken.»

«Lass dir alle Zeit der Welt», meint Guy. «Aber in der Zwischenzeit sag einfach ja.»

Wenn das doch bloß so leicht wäre, denke ich. Wenn doch bloß.

## 111

Ich lasse die Kinder zurück, die unter Guys und Alans Aufsicht glücklich die Ziegen füttern, Pork Chop mit seinen geliebten Hickory-Nüssen verwöhnen und sich wieder mit dem Lamm Stuart Little vertraut machen. Während sie beschäftigt sind, nutze ich die Gelegenheit, allein in den Garten zu gehen.

Ich bin für London gekleidet und trage noch immer mein Bürokostüm und einen leichten Mantel. Jetzt ist mir kalt, und ich wünschte, ich hätte daran gedacht, meine Steppjacke, eine Wollmütze und ein Paar dicke Handschuhe mitzubringen. Wenigstens habe ich nicht vergessen, für die Kinder vernünftige Kleidung einzupacken. Ich ziehe den Mantel enger zusammen und gehe, ohne auf mein lächerlich ungeeignetes Schuhwerk zu achten, über den Rasen.

Im Garten setze ich mich auf die Bank, auf der Will gestorben ist. Bisher habe ich das noch nie übers Herz gebracht. Jetzt aber tröstet es mich, auf dem Plätzchen meines Mannes zu sitzen, wo er sich früher, den schlafenden Hamish zu seinen Füßen, immer so gern ausgeruht hat. Geistesabwesend streichele ich die Bank, als könnte ich dadurch auch Will wieder berühren. Ich fühle mich hier so viel stärker mit ihm verbunden als in London. Dort war ich immer so fix und fertig, dass ich überhaupt nicht zu ihm reden konnte.

Es ist in diesem letzten Jahr so viel geschehen, dass mir beim Gedanken daran ganz schwindlig wird. Da möchte ich mich nicht gleich wieder in etwas Neues stürzen. Auf der anderen Seite binden mich dieser Ort und Guy stärker an sich, als ich dachte.

Ich betrachte die Äste der alten Eiche über mir. Kahl sind sie jetzt im Winter, aber immer noch lebendig und robust. Das Gras ist von all dem Regen üppig grün. Ich blicke über die Landschaft, über die uralten, durch nichts verschandelten Moore, und denke, dass jemand, der vor hundert Jahren hier gesessen hätte – wenn nicht sogar schon die ersten Bewohner von Helmshill Grange –, dasselbe gesehen hat, was ich jetzt sehe. Die Stille wird lediglich durch das komische Blöken der Schafe und das Muhen der Kühe in der Nähe durchsetzt. In wenigen Monaten nur wird hier wieder alles voller Leben sein. Kleine, blaue Prachtlibellen werden über der sumpfigen Ecke im Garten schwirren, in der man gut einen Teich anlegen könnte, falls ich mich endlich mal darum kümmern würde. Die Blumen werden hervorbrechen, von Bienen und Schmetterlingen umschwärmt. Letztes Jahr war ich zu gestresst und zu unglücklich, um diese kleinen Wunder zu genießen. Ich hoffe, dass es dieses Jahr anders sein wird. Falls wir zurückkommen, möchte ich mir die Zeit nehmen, auf dieser Bank hier zu sitzen, in der Natur zu sein und Wills Nähe zu spüren. Ich lächele in mich hinein. Jetzt sage ich schon dieselben Dinge wie früher immer mein Mann. All das, worüber ich damals gespottet habe. Vielleicht wäre Will stolz auf mich. Das hoffe ich jedenfalls. Es ist schon jetzt sehr schön hier, aber es gibt so viel, was ich noch tun könnte. Das Potenzial ist riesig. Vielleicht sollte ich mir ab und zu mal diese Gartensendung von Marty und Gill Bainbridge ansehen, um ein paar Tipps und Ideen zu bekommen. Oder vielleicht würden mir die beiden auch ein wenig helfen.

«Was meinst du, Will?», frage ich laut. «Hast du Guys Angebot gehört? Sollte ich versuchen hierzubleiben?»

Wie schön es wäre, die Stimme meines Mannes wieder zu hören. «Ich möchte das Beste für die Kinder, und ich weiß, dass du ihnen ein weniger stressiges Leben gewünscht hast, als das, das sie in London hatten. Das verstehe ich jetzt.»

Ich ziehe die Knie an und lehne den Kopf gegen die Rücklehne der Bank. «Weißt du eigentlich, wie sehr ich dich geliebt habe?» Jetzt laufen die Tränen. «Habe ich dir das oft genug gesagt? Ich hätte mir nie vorstellen können, dass ich jemanden finden würde, der mir dasselbe Gefühl gibt wie du. Aber ich liebe auch Guy. Ich bin sehr glücklich. Er war so gut zu uns, Will. Und er vergöttert mich. Er vergöttert die Kinder. Ja, er vergöttert sogar diesen verdammten Hund. Ich liebe ihn – genau so wie früher dich.»

Jetzt wird der Himmel dunkel, und der Abend bricht herein. Bald werden im Dorf die Lichter angehen und als kleine, warme Punkte durch die Dämmerung zu uns hinüber scheinen. Ich frage mich, wo wir heute übernachten werden, da Helmshill Grange vollkommen leer geräumt ist und es Tage dauern wird, bis das uralte Heizungssystem das Haus so weit aufgetaut hat, dass man dort wieder wohnen kann. Ob Guy uns vielleicht bei sich schlafen lässt? Eigentlich kenne ich die Antwort schon. Er wird begeistert sein, uns bei sich zu haben, und wir werden uns bei ihm geborgen und geliebt fühlen.

«Ich mache mir Sorgen, dass es zu früh ist. Aber schau doch, wie es uns beiden ergangen ist. Wir dachten, wir hätten noch so viel Zeit, doch wir haben uns geirrt.»

Ich könnte Tom, Jessica und mich zu einer kleinen, in sich geschlossenen Einheit zusammenschweißen, lebensfähig, selbstgenügsam und resistent gegenüber jedem, der von außen dazustoßen will. Ich könnte mein Herz vor einer neuen Liebe schützen und alle Gefühle abwehren, die ich für Guy empfinde. Aber das wäre für keinen von uns gut. Ich möchte, dass das Leben meiner Kinder von jener Art Liebe und Lachen erfüllt ist, die nur eine Vaterfigur ihnen geben kann.

Das Licht ist jetzt beinahe verschwunden. Bald wird es zu kalt sein, um hier zu sitzen und mit meinem Mann zu reden.

«Ich möchte mit ihm zusammen sein, Will, und ich hoffe, das ist dir recht.» Ich atme tief ein. «Wie genau das alles gehen soll, muss ich mir noch überlegen. Ich möchte gerne glauben, dass ich einen Teil deines Traums verwirkliche und dass du billigen würdest, was ich tue. Ich weiß, dass du immer ein Bed and Breakfast eröffnen wolltest ...»

Dann halte ich plötzlich inne. Ein *Bed and Breakfast*? Das ist das Letzte, was mir je in den Sinn gekommen wäre!

Dachte ich damals nicht, dass das überhaupt nicht zu mir passen würde? Aber manchmal verändern sich die Dinge im Leben. Ich habe immer geglaubt, das Fernsehen wäre mein Ein und Alles, aber ich habe mich geirrt. Ich kichere in mich hinein und spüre, wie mich Erregung überkommt. Ein Bed and Breakfast, hm? Vielleicht habe ich da gerade die Lösung für mein Einkommensproblem gefunden. Mein Mann würde darüber lächeln.

«Danke, Will.» Ich puste einen Kuss in die Luft. Ich weiß einfach, dass mein Mann immer mit uns hier sein wird – für mich und für die Kinder –, und darin liegt ein großer Trost. Es ist merkwürdig, aber plötzlich habe ich das Gefühl, dass er uns nie wirklich verlassen hat. «Du hast die ganze Zeit gewusst, was richtig für uns war. Tut mir leid, dass ich so lange gebraucht habe, selbst darauf zu kommen. Ich liebe dich, Will», sage ich zum dunkler werdenden Himmel hinauf. «Danke, dass du uns hierhergebracht hast.»

## 112

«Ich gehe nicht nach London zurück», erklärt Jessica, als ich zu den Kindern trete. «Und Tom auch nicht.»

Mein Sohn, der sich hinter seiner tapferen Schwester versteckt, nickt zustimmend. Sie steigen vom Gartenzaun herunter, wo sie eindeutig Ränke geschmiedet haben – ohne zu wissen, dass auch ich inzwischen einiges ausgeheckt habe. Tom hält Hamishs kleines Ebenbild im Arm, und wie ich sehe, kaut Trouble gerade ein Loch in seine neue Schuluniform. Der Apfel fällt nicht weit vom Stamm. Gott steh uns bei.

«Wirklich?», frage ich.

«Du kannst tun, was du willst», fügt sie hinzu, die Hände in die Hüften gestemmt. «Aber wir bleiben hier. Daddy hätte das erlaubt.»

Ich habe keine Ahnung, warum sie redet wie eine Fünfunddreißigjährige, aber ich muss darüber lächeln.

«Nun, dann sollte ich wohl unsere Sachen kommen lassen.»

Sie schauen mich mit offenem Mund an. Meine bereitwillige Zustimmung wird meine Tochter wahrscheinlich in ein machtgieriges Ungeheuer verwandeln, aber damit befasse ich mich später. Ich frage mich, was die Umzugsleute denken werden, wenn sie all unsere Sachen wieder zurückbringen müssen. Und ich frage mich, was Guy wohl sagen wird.

«Dann mal los.» Ich winke ihnen, mir zu folgen. «Gehen wir und erzählen Guy die Neuigkeit.»

Wir finden ihn noch immer bei Alan im Hof, obgleich es jetzt wirklich schon ziemlich dunkel ist. Alan versorgt die Tiere für die Nacht. Es ist ein schöner Gedanke, dass Mr. Steadman noch eine Weile hier sein wird, um nach ihnen zu schauen.

Ich stelle mich neben Guy, der am Tor lehnt und Alan bei der Arbeit zusieht. «Einverstanden», sage ich.

Guy fährt herum und sieht mich an, freudige Überraschung im Gesicht. «Ihr bleibt?»

«Sieht so aus.»

«Das meinst du wirklich ernst?»

Ich nicke. «Ich werde Helmshill Grange als Bed and Breakfast führen. Natürlich nur, falls ich die Zustimmung meines neuen Vermieters bekomme», necke ich ihn.

«Das ist eine großartige Idee.»

Meine Gedanken überschlagen sich, und ich habe Mühe,

sie unter Kontrolle zu bekommen. «Ich verwende einen Teil des Geldes aus dem Hausverkauf zur Renovierung, und mit dem Rest zahlen wir dir die Miete – vielleicht anfangs zu günstigen Konditionen. Sobald das Geschäft gut läuft, kann die Miete steigen. Was hältst du davon?»

Guy nimmt mich in die Arme. Selbst in der Dunkelheit kann ich sehen, dass in seinen Augen Tränen glänzen. «Das klingt großartig.»

«Glaubst du, das wird hinhauen?»

«Dafür werden wir verdammt nochmal sorgen.»

Vor lauter Aufregung muss ich auf einmal anfangen zu lachen. «Wir haben bald viel zu tun, Alan», rufe ich Mr. Steadman zu. «Ich habe massenhaft Pläne für dieses Haus.»

Auf Alans Gesicht tritt ein unsicheres Lächeln.

«Haben Sie Lust?»

«Jep, Mrs. Ashurst», sagt er mit rauer Stimme. «Ich denk schon.»

«Gut. Denn ich glaube nicht, dass ich es ohne Sie schaffen würde.»

Er lächelt schüchtern und wendet sich wieder seiner Heugabel zu, eindeutig von seinen Gefühlen überwältigt.

Die Kinder kommen und schließen sich unserer Umarmung an.

«Bedeutet das, dass ich ein Pony haben kann, wenn wir bleiben?», meldet sich Jessica.

«Jetzt übertreib es mal nicht», mahne ich meine Tochter. Aber ich denke, dass wahrscheinlich doch von irgendwoher eins auftauchen wird, ob ich das nun will oder nicht.

«Danke», sage ich zu Guy. «Danke, dass du uns das hier möglich machst.»

Dann kommt Hamish angesprungen und streckt die

Nase an meinen Hintern. «Hamish!» Verdammter Köter. Ich lache unter Tränen. Und ich weiß, dass von jetzt an alles gut wird.

## 113

Es heißt, auf den Regen folgt der Sonnenschein, und so war es auch bei uns. Nach Verlust und Trauer habe ich gelernt, ein anderes, gelasseneres Leben zu schätzen. Als ich dem Traum meines Mannes folgte, hatte ich keine Ahnung, dass er irgendwann auch mein Traum sein würde.

Ich drehe die Heizung in der Waschküche für die Nacht ab, als ich ein Stück schwarze Spitze aus Hamishs Hintern aufblitzen sehe. «Ich hatte mich schon gefragt, wo die war.»

«Komm her, du verrückter Hund.» Hamish wimmert und steht mit zitternden Beinen da, als ich meinen Slip Zentimeter um Zentimeter aus ihm herausziehe. Ich halte den Slip mit spitzen Fingern, werfe ihn in die Waschmaschine und stelle Kochwäsche ein. Ich kaufe schon seit langem nicht mehr ständig neue Unterwäsche, sondern wasche einfach die, die Hamish verschlungen hat. Ich habe festgestellt, dass die Slips von Marks and Spencers den ewigen Kreislauf von Hamishs Verdauungstrakt und der darauffolgenden Kochwäsche am besten überstehen, und so kaufe ich sie dort inzwischen einfach online.

Als ich die Hände gewaschen habe, folgt mir der Hund nach oben. Ich akzeptiere inzwischen nicht nur Hamishs Vorliebe für Spitzenhöschen, sondern habe auch längst aufgegeben, ihn über Nacht in der Waschküche einzusperren. Das hat uns einfach zu viele Türen gekostet. Die einzige Möglichkeit, Ruhe vor ihm zu bekommen, ist, ihn im

Schlafzimmer auf dem Boden schlafen zu lassen. Der Fixateur ist längst verschwunden, und man merkt überhaupt nicht mehr, dass das Bein einmal gebrochen war. Sollte sein eines Bein ein bisschen schwächer sein als früher, hindert ihn das mittlerweile an gar nichts mehr. Leider.

Ich strecke den Kopf durch Jessicas Tür und höre, wie meine Tochter im Schlaf tief atmet. Sie ist froh, wieder zur St. Mary's School zu gehen, und Mrs. Barnsley hat ihre beiden Star-Schüler mit offenen Armen aufgenommen. Die Kinder können inzwischen allein zur Schule gehen, ohne dass ich gleich einen Herzinfarkt bekomme, aber meistens nehme ich mir morgens doch noch die Zeit, sie hinzubringen, denn ich genieße es, mich mit ihnen zu unterhalten, während wir über die stillen, grünen Wege schlendern.

Ich schließe das Fenster in Jessicas Zimmer, um den kühlen Wind abzuhalten, der aufgekommen ist. Hier in Helmshill Grange war es ein langer, heißer Sommer, und wir alle haben es genossen, viel im Garten zu sein. Überall blühten die Kornblumen und Storchenschnabel, und es wimmelte nur so von Bienen und Schmetterlingen. Jetzt wird es langsam Herbst, und das Wetter schlägt allmählich um.

Der Igel Fluffy – mittlerweile ebenfalls ein dauerhafter Bewohner von Helmshill Grange – steckt den Kopf unter dem Bett meiner Tochter hervor und schließt sich mir und Hamish an, als wir bei Tom hereinschauen.

Auch mein Sohn schläft tief und fest. Ich decke ihn wieder mit dem Federbett zu, das er teilweise abgeworfen hat. Mein zarter, ängstlicher Sohn ist viel entspannter, seit wir wieder in Helmshill wohnen. Er hat im Dorf neue Freunde gefunden – zwei reizende Jungs namens Alfie und Zack – und geht jedes Wochenende mit ihnen aufs Moor hinaus, um Drachen steigen zu lassen. Auch er kommt in der Schule bestens zurecht, und jetzt, da ich die Kinder beide so zufrieden erlebe, bin ich mir endlich sicher, die einzig richtige Entscheidung getroffen zu haben. Es tut mir nur leid, dass wir dazu so einen langen und schmerzhaften Weg gehen mussten.

Der Hausverkauf lief wie am Schnürchen. Guy Burton war ein vorbildlicher Käufer! Auch die Pläne für das Bed and Breakfast gedeihen, und ich habe bei der Gemeinde bereits eine Umbaugenehmigung angefordert. Sobald die da ist, legen wir los. Zunächst einmal richte ich drei Räume her, und dann sehen wir weiter. Ich habe Angebote von Handwerkern eingeholt, um die alten Wasserleitungen in Ordnung zu bringen und die Gästezimmer jeweils mit einem eigenen Bad auszustatten. Alan wird natürlich bei den Umbauarbeiten helfen. Was würden wir nur ohne den heiligen Steadman tun? Er geht mittlerweile nur selten vor der Schlafenszeit nach Hause. Er isst immer mit uns zu Abend, lässt sich dann gewöhnlich von den Kindern für die Hausaufgaben einspannen und steht morgens zum Frühstück schon wieder auf der Matte. Als Großvaterersatz macht er seine Sache ausgezeichnet.

Heute waren wir zusammen im Garten und haben über das erste Projekt auf unserer Liste gesprochen, und da ist mir wieder klargeworden, wie sehr ich mich inzwischen auf ihn stütze. Alan wird die sumpfige Ecke im Garten in einen kleinen Teich verwandeln. Vielleicht können wir uns dort ein paar Enten und Gänse halten. Ich betrachte das als eine Art Gedächtnisstätte für Will, weil ich glaube, dass ihm das wirklich gefallen hätte.

Es ist jetzt beinahe schon ein ganzes Jahr seit dem Tod meines Mannes vergangen, und ich kann es kaum glauben. Er ist hier präsenter als je zuvor, und das gefällt uns allen, selbst Guy, denn er empfindet keinerlei Groll gegen den anderen Mann, der immer ein Teil meines Lebens bleiben wird. Von Will geliebt zu werden, war ein großes Glück für mich, aber ich habe in den letzten zwölf Monaten gelernt, dass das Herz heilen und von neuem lieben kann.

Ich öffne die Schlafzimmertür. Hamish tapst hinter mir her, und ihm folgt Fluffy. Er krabbelt sofort unters Bett, wo er sich für die Nacht zusammenrollt. Er ist wahrscheinlich der einzige Igel, der sich tagsüber hellwach herumtreibt und nachts schläft.

Guy liegt bereits unter dem Federbett. «Ich hatte mich schon gefragt, wo du bleibst», sagt mein geliebter Mitbewohner und Vermieter mit einem unterdrückten Gähnen.

«Hamish hat sich wieder über meinen Slip hergemacht.»

Guy hebt eine Augenbraue. «Der Glückliche.»

«Lass mich nur noch schnell die Zähne putzen, dann bin ich bei dir», sage ich. «Ich wette, du bist fix und fertig.» In der Praxis ist viel zu tun. Stephen hat sich eingekauft, und sie überlegen sogar, zur Entlastung einen dritten Partner dazuzunehmen. Guy möchte mehr Zeit mit Tom und Jessica verbringen, und Sie können sich nicht vorstellen, wie froh mich das macht. Nach vielen Diskussionen hat er sein eigenes Haus an einen Arzt vermietet und ist vor ein paar Wochen zu uns gezogen. Obgleich er so viele Jahre allein gelebt hat, hat er sich unglaublich leicht an den Trubel des Familienlebens gewöhnt. Guy hat mir versichert, dass er jede Minute mit uns genießt. Sogar, wenn er Frühstücksdienst hat.

Im Bad ziehe ich mich aus und schlüpfe rasch in meinen flauschigen Schlafanzug. Obwohl es tagsüber noch mild ist, gestatten mittlerweile die kühlen Nächte kein hauchzartes Negligé mehr. Das scheint Guy aber nicht zu stören. Über die eiskalten Bodendielen husche ich ins Schlafzimmer und ignoriere dabei die zerfledderten Mäuseleichen. Mit denen werde ich mich morgen befassen. Ich springe neben Guy ins Bett und schubse Milly Molly Mandy weg, die über diese grobe Störung empört miaut.

«Ich habe vorhin mit Marty gesprochen - das Pony kommt am Montag», informiert mich Guy, als ich unters Federbett krieche und meine eiskalten Füße an seinen Beinen reibe. Ich muss mir ein neues Paar Hausschuhe kaufen, wenn ich nächstes Mal in Scarsby bin. Pelzgefütterte. «Ist das okay?»

«Habe ich eine Wahl?»

«Nein», gibt Guy zu. «Aber ich bin mir sicher, du wirst es lieben.»

Und wissen Sie was, das werde ich wahrscheinlich wirklich - wenn auch bestimmt nicht halb so sehr wie meine Tochter.

Unsere stetig wachsende Tierschar umfasst nun zusätzlich zwei Kaninchen - ein glänzend schwarzes für Jessica und ein schneeweißes für Tom - und ein paar weitere zerrupfte Hühner, was heißt, dass ich wieder Antibiotikadienst habe. Wir überlegen sogar, ein paar Alpakas auf die obere Wiese zu stellen. Nicht schlecht für jemanden, der Tiere eigentlich gar nicht mag, oder?

Am Fußende des Bettes hat Trouble sich schon für die Nacht zusammengerollt. Hamish dreht sich auf dem Teppichläufer im Kreis, bis er den bequemsten Platz gefunden hat, und lässt sich dann mit einem lauten Seufzer niederplumpsen.

«Bald gibt es hier drinnen keinen Platz mehr für uns», murre ich.

«Hättest du je gedacht, dass du einmal dein Bett mit zwei Hunden, einer Katze, einem Igel und einem Tierarzt teilen würdest?»

«Nein.» Ich schiebe mich tiefer unters Federbett, bis ich an Guys warmen Körper gekuschelt bin. Er legt den Arm um mich. «Hättest *du* jemals gedacht, dass du dein Bett mit einer Frau teilen würdest, deren Unterwäsche den Verdauungstrakt eines Hundes passiert hat?»

«Nein.» Guy stemmt sich auf den Ellbogen und beugt sich über mich. Er küsst mich leidenschaftlich. «Hättest du je gedacht, dass du einmal mit einem Mann schlafen würdest, der den Arm in einem Kuhhintern gehabt hat?»

«Nein», hauche ich erotisch. «Niemals.»

Er knöpft meinen flauschigen Schlafanzug auf, ganz langsam, einen Knopf nach dem anderen. Schon jetzt ist mein Körper entflammt. Seine Hände legen sich warm auf meine Brüste. Er küsst meine Kehle, mein Gesicht, mein Ohr. Dann spüre ich seine Zunge, heiß, prüfend und ... voll Sabber.

«Hamish», rufen wir im Chor. «Runter mit dir!»

FSC
www.fsc.org
MIX
Papier aus verantwortungsvollen Quellen
FSC® C083411

Das für dieses Buch verwendete FSC®-zertifizierte Papier *Lux Cream* liefert Stora Enso, Finnland.